Über die Autorin:
Johanna Marie Jakob, Jahrgang 1962, lebt am Fuße der Burg Lohra im Südharz, wo sie an einem Gymnasium Mathematik, Physik und Astronomie unterrichtet. Dies ist ihr siebenter historischer Roman.

Johanna Marie Jakob

Falke und Adler

Historischer Roman

1.Auflage

Bibliographische Information der Deutschen Nationalbibliothek:
Diese Publikation ist verzeichnet in der Deutschen Nationalbibliografie,
detaillierte Daten sind abrufbar unter http://dnb.dnb.de

Coverdesign: Ingeborg Helzle Grafikdesign, www.ihgk.de
Titelbild: istock/duncan1890
ISBN 987-3-00-066796-1

Wozu all die Worte, wer wird sie jemals lesen?

Viele! Mein Herz, viele.

Sie werden ihn verfluchen.

Und lieben.

Wie wir.

Es ist die Absicht dieses Werkes,
die Dinge, die sind,
so darzustellen, wie sie sind.
Friedrich II., „Über die Kunst zu beitzen“

Prolog

Ionisches Meer, September anno 1227

Ein Brecher krachte auf das Oberdeck, die Galeere erbebte und neigte sich bedenklich nach Backbord. Wasser flutete über die Planken und hölzernes Treibgut schoss gefährlich dicht an den nackten Beinen des Schiffsjungen vorbei. Er taumelte zum nächsten Mast und klammerte sich an das Manntau.

„He, Nichtsnutz!“ Die Stimme des Kapitäns kämpfte gegen das Brüllen des Windes. Der Junge wandte den Kopf und sah ihn auf zwei Ledereimer deuten, die oberhalb der Luke hingen. „Kleiner Laderaum!“, verstand er und reckte den Daumen hoch.

Das Schiff erreichte mit dem Bug voran nach rasanter Talfahrt den Tiefpunkt zwischen zwei Wasserbergen. Der schmale Streifen Himmel über den Wellenkämmen trug die gleiche namenlose Farbe wie das Wasser, nur die weiße Gischt trennte das eine von dem anderen. Der Junge nutzte das kurze Innehalten, um sich die Eimer zu schnappen, er riss die Luke zum kleinen Laderaum auf und stolperte hinein. Warmer Gestank schlug ihm entgegen, doch zum Naserümpfen blieb keine Zeit. Die Galeere nahm den Anstieg in die nächste Woge. Der Niedergang, die steile hölzerne Stiege in den Schiffsbauch hinab, hob sich ihm entgegen. Während die Luke sich krachend über ihm schloss, stürzte ein Schwall Wasser die Stufen hinab und riss ihn mit. Unten kam er auf die Füße und schlitterte nach Backbord, wo sich die salzige Flut gurgelnd sammelte. Kaum hatte er seine Eimer gefüllt, kippte das Schiff und er wurde gegen eine notdürftig gezimmerte Koje geschleudert. Der Mann darin

stöhnte, seine rechte Hand packte den sägerauen Rand. Niemand, den der Junge kannte, besaß solch saubere Fingernägel. Am Ringfinger blitzte ein großer grüner Stein auf. Der Mann keuchte etwas, das wie „Luna“ klang.
Der Junge starrte auf den Edelstein. Mit einem Juwel von dieser Größe könnte er mit Sicherheit das Schiff kaufen. Der Ring saß locker auf dem mageren weißen Finger.
Das Schiff ergab sich mit Knarzen und Ächzen der nächsten Welle. Einen Augenblick zu spät griff er nach festem Halt und rollte mitsamt seinen Eimern nach Steuerbord.
„Drei Schwestern!“, schrie er und umklammerte einen Fender, der am Schott lehnte und der wankelmütigen Schwerkraft trotzte. Er wusste, dass der Mann mit dem Ring der Kaiser war. Wenn die Galeere sich nach Steuerbord neigte, konnte er das Gesicht sehen. Rotblondes Haar klebte auf dem mit Stroh gefüllten Kissen, die hellen Augen glänzten vom Fieber. Er sah nicht aus wie ein Italiener, obwohl er hin und wieder „*Stupido*!“ murmelte.
Vor dem Ablegen hatte der Kapitän ihm eingeschärft, wie er dem Kaiser begegnen müsse. Am besten gar nicht, hatte er besorgt gedacht. Siebzig Galeeren im Hafen von Brindisi, aber nur auf einem Schiff reiste der Kaiser. Die Ritter hasteten an Bord, mit Gebrüll und Peitschenknallen verluden sie die Pferde, denn in der Stadt wütete ein Fieber. In der Kombüse hörte er, die Edelmänner hätten das Kreuz genommen und wollten nach Jerusalem.
Die Befürchtung der Seeleute, dass die Landratten die Seuche einschleppen würden, traf umgehend ein, trotz aller Gebete zum heiligen Andreas. Schon am zweiten Tag begannen die ersten Ritter zu kotzen und die Latrinen waren ständig besetzt. Einen Tag später kamen die Männer nicht mehr auf die Beine und blieben im Logis liegen. Unerträglicher Gestank breitete sich unter Deck aus. Inzwischen glichen die Galeeren Hospitälern. Allein ihre hohe Geburt gewährte

dem Kaiser und den wenigen Männern im kleinen Laderaum die Gunst, sich nicht vor den Augen der anderen zu die Beinkleider zu bekleckern. Der Junge betrachtete missmutig den Boden, wo das hereinschwappende Wasser den Unrat von den Brettern hochspülte. Er musste schöpfen, worauf wartete er?

Die Hängematten der edlen Männer – nur für den Kaiser hatte man in aller Eile eine Koje gezimmert – schwankten im Takt des Sturmes zwischen den Balken, die Kranken verschnürt wie Schmeißfliegen im Netz der Spinne. Direkt neben der Koje baumelte einer, den sie Marschall genannt hatten. Eine spitze weiße Nase ragte aus der Bundhaube heraus, kein Lebenszeichen kam von ihm.

„Luna“, murmelte der Kaiser erneut. Der Junge tastete sich am Schott entlang zur Koje. Das Fieber ließ die Stirn des Kranken glänzen, seine Lider flatterten. Er rief etwas in einer derben Sprache, womöglich deutsch. Plötzlich packte die Hand das Brett, mit dem die Koje eingefasst war, der schwere Ring schlug aufs Holz. Erschrocken trat der Junge einen Schritt zurück, gerade rechtzeitig, bevor der Kranke sich aufbäumte und grüne Galle spuckte.

Danach fiel er auf das Lager und keuchte: „Gütiger Gott, ...was verlangst du ... von mir?“ Es klang, als klebten die Worte auf seiner Zunge. „Willst du ein Gebet? Dann halt diesen Trog aufrecht, ... damit ich ... die Hände falten kann!“

Ein wütendes Fauchen des Sturmes war die Antwort und Gallonen von Meerwasser stürzten den Niedergang herab.

„Drei Schwestern, Majestät!“, rief der Junge. „Es sind immer drei, danach flaut der Sturm ab.“

Der Mann öffnete die Augen, sie hatten die Farbe von Brindisis Himmel im Frühjahr.

„Vielleicht kommt noch der kleine Bruder, aber der ist harmlos“, fügte der Junge hinzu. Der Kranke reagierte nicht. Er würde doch nicht sterben? Was würde der Kapitän mit ihm

anstellen, wenn der Kaiser unter seiner Obhut starb? Behutsam stupste er die Schulter unter hellem Linnen an. „Majestät, hört Ihr? Das Wetter klingt ab.“
Polternd öffnete sich die Luke. Jemand stieg den Niedergang herab. Kühle, salzige Luft strömte herein und schob den Gestank beiseite. Ein Edelmann trat an die Koje. „Wie geht es Euch?“
„Beschissen, das könnt Ihr wörtlich nehmen.“ Der Kranke wollte sich aufrichten, sank aber kraftlos zurück.
„Der Sturm hat uns nach Westen abgetrieben, Otranto ist näher als Kreta. Wir sollten umkehren.“
„Seine Scheinheiligkeit wird mich exkommunizieren.“
„Besser vogelfrei als Fischfutter“, sagte der Mann. „Mehr als die Hälfte der Männer ist siech, etliche sind gestorben.“
Der Kaiser drehte den Kopf. „Ludwig?“
Der Edelmann beugte sich über die spitze weiße Nase. Seine Lippen wurden schmal.
„Gebt Befehl zur Umkehr!“, sagte der Kaiser. Und dann leise: „Ich hätte auf Luna hören sollen.“
Während im Unterdeck die Ruderer polternd die Riemen einlegten, winkte der Kranke dem Jungen. „Bring mir Wasser.“
Gehorsam füllte er aus einem Fass in der Ecke Trinkwasser in einen Becher. Nachdem er getrunken hatte, faltete der Kaiser die Hände. Der Stein saß wie ein kleiner grüner Frosch auf seiner Rechten. „Herr, ich nahm das Kreuz in deinem Namen und du wirfst mir Steine in den Weg?“
In der stinkenden Brühe stand der Schiffsjunge neben ihm, längst hätte er sie ausschöpfen sollen. „Majestät, weshalb wollt Ihr unbedingt in das Heilige Land?“
„Das ist eine lange Geschichte.“ Der Kaiser drehte den Ring an seinem Finger. „Als sie begann, war ich ungefähr so alt wie du.“

Palermo, Herbst anno 1201

„Bald plagt mich der Deutsche,
bald verletzt mich der Toskaner,
bald quält mich der Sizilier ...“
Der junge Friedrich II. in einem Brief an die Fürsten des Reiches

Entsetzen stand in den Augen des Jungen, der Haken schlagend über den Basar rannte und im Vorüberlaufen am Korbmacherstand einen Stapel Füllkörbe umriss. Der beleibte Mann, der ihm dicht auf den Fersen war, schwang ein blankgeschliffenes Hackebeil, wie die Fleischer es verwenden, um Hammelhälften zu zerteilen. Sein Gesichtsausdruck ließ keinen Zweifel daran, dass er es benutzen würde, sollte er den Jungen einholen. An der Auslage eines Obststandes stieß der Flüchtende mehrere Kisten mit Zitronen um, die gelben Früchte rollten die abschüssige Gasse hinunter. Der Obsthändler kreischte wie ein Weib und schloss sich dem Beilschwinger an.

In einer Seitengasse, die vom Hafen kam und auf den Markt mündete, lehnte ein junger Edelmann an einer Hausecke. Von seinem Standpunkt aus hatte er einen guten Überblick über das Geschehen. Er sah, wie der Tuchhändler, auf dessen Stand der Flüchtende zusteuerte, sich breitbeinig vor seinen Stoffballen aufstellte, seine Fäuste schüttelte und schrie: „Diesmal kriegen wir dich, verdammter *aleman*!“. Zu seiner Rechten entdeckte der junge Beobachter eine Frau, die sich über die Auslagen eines Gewürzhändlers beugte, bis das Geschrei auch ihre Aufmerksamkeit weckte und sie sich aufrichtete. Sie trug Seidenhosen arabischer Machart, ein zarter Schleier verdeckte ihr Gesicht. Er runzelte die Stirn, denn ihre Gestalt und die Art, sich zu bewegen, kamen ihm vage bekannt vor. Der Junge rannte jetzt direkt auf sie zu, hinter sich eine ständig anwachsende Meute von

Verfolgern. Die wütende Menge schrie *aleman* und *maledetto* und fuchtelte mit Messern, Stöcken und anderen gefährlichen Gegenständen. Da die Verfolger rollendem Obst und Scherbenhaufen ausweichen mussten, vergrößerte sich der Vorsprung des Flüchtenden. Der Gewürzhändler hinter dem Tresen stieß einen warnenden Ruf aus. Er schien zu überlegen, ob er seinen schwerfälligen Körper nach vorn bewegen sollte, doch der Junge war bereits heran. Die Frau mit dem Schleier öffnete die Arme, als wolle sie ihn auffangen, da schlug der Kleine einen sehenswerten Haken, wich nach links zwischen die Marktstände aus und rannte schnurstracks auf seinen heimlichen Beobachter zu. Überrascht schrie er auf, als dessen Arm hervorschnellte und ihn am Kragen packte. Dunkle Locken und knielange Hosen aus sizilianischer Wolle wiesen den erfolgreichen Häscher als Einheimischen aus. Der feine Stoff seiner Beinkleider und das helle Linnen des Hemdes ließen außerdem einen Mann von Stand erkennen. Das hielt die Menge ab, sofort über den Gefangenen herzufallen, der verbissen mit den Armen ruderte und nach hinten austrat. Nach einigen Augenblicken sprachlosen Staunens regte sich unter den Verfolgern Unruhe.

„Er gehört uns!“, rief der Korbhändler. „Gebt ihn heraus, den kleinen *bastardo*!“

„Was hat er getan?“, fragte der junge Mann.

„Er klaut mit seiner Diebesbande mehr, als er essen kann!“, schnaufte der Zitronenhändler.

Der Metzger drehte das Beil in der Hand und knurrte: „Was soll das Gerede? Es muss endlich ein Ende haben.“ Er fuhr mit dem Daumen über die blank geschliffene Klinge. „Ich kürze seine klebrigen Finger.“

„Er ist ein Kind, das seht ihr doch!“ Zum ersten Mal mischte sich die Frau mit dem Schleier ein.

Der junge Mann wandte überrascht den Kopf, als er ihre Stimme hörte. Ihr Oberkleid war aus teurem Damast gefertigt, vom Schnitt her allerdings längst aus der Mode. Hinter der zarten Seide des Schleiers schimmerte ihr Gesicht weiß wie Milch. Die Leute murmelten und tuschelten, kurz abgelenkt durch diese hellhäutige Frau.
Der Zitronenhändler kam endlich auf das dringende Anliegen zurück. Er deutete mit seinem langen Messer hinter sich. „Seht, was er angerichtet hat!“ Die beträchtliche Verwüstung zog sich durch die Marktgasse. „Das ist nicht das erste Mal. Wollt Ihr für den Schaden aufkommen?“ Sein Messer zeigte jetzt auf den jungen Mann, an dessen Arm der Gefangene zappelte.
Zustimmend knurrend rückten die Leute einen Schritt vor. Die Frau schlug ihren Schleier zurück. „Fasst ihn nicht an!“
„Luna?“, rief der Edelmann. Ihre ungewöhnlich hellen Augen forschten in seinem Gesicht. Dann hob sie die Hände. „Florent, du bist es!“
„Was wird nun?“, schrie der Zitronenhändler ungeduldig. „Gebt Ihr ihn freiwillig raus?“
„Diebe! *Ladri*!“ Unerwartet kam Bewegung in die Leute, als aus dem Zentrum des Marktes vereinzelte Rufe kamen. „Dort laufen die anderen! Schnappt sie euch!“
Ohne Zögern drehten die Händler um und rannten zurück zu ihren Ständen, die unbewacht in der Morgensonne lagen. „Schnell!“ Florent drängte sie in die Nebengasse, aus der er vor wenigen Minuten gekommen war. „Lasst uns verschwinden.“
Der Junge wollte sich losreißen, doch er packte ihn fester. „Du bleibst, *amico mio*, ich will wissen, für wen ich mir Ärger einhandele.“ Mit hastigen Schritten liefen sie die Gasse hinunter in Richtung Hafen.
„Was machst du in Palermo?“, fragte er Luna.
„Ich arbeite bei einer Kräuterfrau.“

Als er abwartend schwieg, fügte sie hinzu: „Ursprünglich wollte ich zurück in den Norden, doch Lorna ist blind und braucht mich."
„Kann ich endlich gehen?", begehrte der Junge auf.
Florent schüttelte den Kopf. „Zuerst klären wir ein paar Dinge: Wie ist dein Name und wo bist du zu Hause?"
Der kleine Dieb schniefte abfällig und wischte sich die Nase am Ärmel ab. Unter dem Straßenstaub kamen ein paar vereinzelte Sommersprossen zum Vorschein. Florent schätzte ihn auf sechs oder sieben Jahre. Seinem Selbstbewusstsein nach zu urteilen, gehörte er zu den Bettlerkindern, die sich in Palermos Gassen durchschlagen mussten. Sein Wams starrte vor Schmutz, war jedoch von bester Qualität. Das Hemd aus feinem Linnen wies am Ärmel einen Riss auf, die Beinkleider waren aus teurer Wolle gefertigt. Der Junge trug sogar lederne Schuhe, was für ein Bettlerkind mehr als ungewöhnlich war.
Florent knuffte ihn leicht in die Seite. „Wenn du nicht redest, dann bringe ich dich umgehend zurück zu dem Metzger. Der hatte irgendwas mit deinen Fingern vor, erinnerst du dich?"
Sie bogen am Kai nach Osten ab. Auf etwa einem Dutzend windschiefen Tischen boten Fischer schreiend ihren frischen Fang an. Es roch nach Salz, Tang und Fischabfällen. Sie tauchten ein in die Menge schwatzender Hausfrauen und körbetragender Mägde, die mit kritischen Mienen und Fingern die zum Teil noch zappelnden Fische, Oktopusse und Krabben prüften. Die Blicke des Jungen hingen an einem Stapel frischer Seehechte.
„Hunger?", fragte Luna.
„Ich schon", bemerkte Florent. Sie blieben bei einer älteren Frau stehen, die in einer großen Pfanne Garnelen röstete. Es duftete verführerisch. Er kaufte für jeden eine Portion, die die Alte in einem Kohlblatt reichte. Der Junge griff zögerlich zu.

„Was ist? Bist du etwa wählerisch?“, fragte Luna und fingerte vorsichtig nach einer der heißen Garnelen.
„Hab keinen Hunger.“ Sein Tonfall war noch immer verstockt und sein Blick suchte die Umgebung ab.
„Denk gar nicht daran!“, knurrte Florent und versuchte, eine heiße Garnele mit den Lippen aus dem Kohlblatt zu fischen. „Ich habe dich am Kragen.“
„Warum stiehlst du, wenn du keinen Hunger hast?“, fragte Luna. Sie liefen am Kai entlang und ließen den Trubel des Fischmarktes hinter sich.
Der Junge verdrehte die Augen und fuhr sich mit der freien Hand durch sein struppiges helles Haar. „Es war nicht für mich.“
„Für wen dann? Für deine Freunde?“
Er schwieg und griff sich nun doch eine Garnele.
„Warum haben die Händler *aleman* geschrien?“, fragte Florent.
„Mein Vater kam aus dem Norden, aus Deutschland.“
Luna musterte die sandfarbenen Haare des Jungen. „Ist er tot?“
„Ja, schon lange.“
„Aber deine Mutter …“
„Gestorben.“
Luna sah ihn mitleidig an, erntete einen genervten Blick aus graublauen Augen und bemühte sich um einen neutralen Tonfall: „Wer kümmert sich um dich?“
Er leckte das heiße Öl vom Kohlblatt. „Die Mägde im Palazzo.“
Florent schob die Brauen hoch, sodass sie unter seinen dunklen Locken verschwanden. „Welcher Palazzo?“
Wieder sah der Junge sich um, als warte er auf jemanden.
„Suchst du deine Freunde?“, fragte Florent. „Habt ihr die Marktleute gemeinsam bestohlen?“

Der Bengel stöhnte. „Wir wollten nur eine Handvoll Rindfleisch. Das hätte den Geizhals von Metzger nicht umgebracht.“
„Wozu Rindfleisch?“
„Für den Falken.“
„Jetzt lass dir doch nicht alles aus der Nase ziehen!“, schimpfte Florent. Er hatte seine Garnelen aufgegessen und machte sich über das ölgetränkte Kohlblatt her. „Ein wenig dankbar könntest du sein. Wer weiß, was der Metzger mit seinem Beil inzwischen alles …“
„Niemand kriegt Federico!“, trumpfte der Junge auf, ohne zu merken, dass er seinen Namen verraten hatte. „Wenn Ihr mich nicht feige aus dem Hinterhalt gegriffen hättet, wäre ich ihnen davongerannt.“
Florent furchte die Stirn. „Feige?“ Die Reste seines Kohlblatts fielen in den Sand.
Im selben Moment zeigte der Bengel mit erschrockener Miene in Richtung Fischmarkt: „Da, seht!“
Sie wandten die Köpfe und starrten hinüber zu den Ständen, wo nach wie vor Frauen und Knechte mit den Fischern feilschten, scherzten und stritten. Dahinter schaukelten die Fischerboote friedlich in der Dünung.
„Was ist?“, fragten Luna und Florent wie aus einem Mund.
Als sie sich umdrehten, war der Junge verschwunden.
Florent fluchte. „Dieser kleine Bastard!“
„Pfiffiges Kerlchen“, lachte Luna.
Doch Florent schien ernsthaft verärgert. „Zu gern hätte ich ihn seinen Eltern übergeben.“
„Er behauptet, sie seien tot. Er sah nicht so aus, als ob sorgende Eltern auf ihn warten.“
„Wahrscheinlich ist er der Spross einer armen Magd, die ihn längst nicht mehr im Griff hat. Die Ritter aus dem Norden hinterlassen bei jedem Feldzug ein kleines Heer von blauäugigen Bastarden auf der Insel.“

Luna schüttelte den Kopf. „Dafür ist er zu gut gekleidet." Sie wischte sich das Fett von den Lippen. „Doch jetzt erzähle von dir, was tust du in Palermo?"
„Ich erhalte im Normannenpalast Anstellung als Schwertmeister." Er sah nach der Sonne. „Ich glaube, ich muss mich beeilen, wenn ich dort heute noch jemanden erreichen will."
„Du willst im Palast arbeiten?" Lunas Stimme war voller Unbehagen. „Nach all dem?"
„Ich habe versucht, auf dem Land zu leben", sagte Florent und seine Worte klangen bitter. „Mein Vater besitzt Oliven- und Zitronenhaine unten im Süden. Aber ich bin kein Bauer. Ich brauche das Schwert in meiner Hand." Sie schlugen unwillkürlich den Rückweg ein. „Und du? Warst du noch einmal im Palast, seit damals?"
Luna schüttelte den Kopf. „Ich bin erst seit wenigen Wochen in Palermo. Und die Leute dort oben gehören nicht zu Lornas Kundschaft."
Nachdem der Hafen hinter ihnen lag, passierten sie auf der *Cassaro*, wie die Sarazenen die Straße einst nannten, zunächst die *Porta Felice*, das Tor, an dem die Seeleute kontrolliert wurden, die in die Stadt wollten. Nach der *Porta Nuova* ließen sie die gewaltige Kathedrale von Palermo rechts liegen und bogen zum Normannenpalast ab. Seine spitzen Zinnen ragten wie die Zahnreihe eines Raubtieres in den blauen Himmel. Unter König Roger II. war er zur Residenz umgebaut und unter Kaiser Heinrich gründlich renoviert worden. Die arkadenartigen Fensterbögen und Simse im obersten der fünf Geschosse erinnerten an die Architektur der Sarazenen, von der die normannischen Baumeister sich inspirieren ließen. Beim Anblick der Mauern dachte Luna an den prächtigen Palastgarten mit seinen verschlungenen Pfaden unter einem dicht gewachsenen Dach aus Weinranken, wo zahlreiche Wasserspiele für Erfrischung sorgten. Dort hatte sie mit König Rogers Sohn Wilhelm Latein geübt, während seine Schwestern zwischen den

Springbrunnen Haschen spielten, zwei wonnige kleine Mädchen, die nicht ahnten, dass ihr Schicksal sie bald in eine feuchtkalte Festung nördlich der Alpen verschlagen würde.
„Wie lange bist du schon in Palermo?“, fragte Luna.
„Seit gestern. Mein Vater hat mir die Anstellung besorgt. Er und Walter von Pagliara kennen sich gut.“
„Der Kanzler?“ Sie erklommen den steilen Anstieg zum Hauptportal und Luna schnaufte leise. „Was ist das für eine Anstellung?“
„Ich soll den kleinen König im Bogenschießen und im Schwertkampf unterweisen.“
„Oh, ich erinnere mich an deine Lektionen damals in Bari.“ Sie senkte ihre Stimme: „Luna, du sollst nicht tanzen, sondern kämpfen!“
Er nickte grinsend. „Dir fehlte die Kraft und Prinz Wilhelm die Eleganz.“
„Denkst du oft an ihn?“
„Es vergeht kein Tag. Gut, dass Kaiser Heinrich tot ist, ich hätte sonst keine Ruhe.“
Sie waren am Tor angekommen. Einer der Wachleute sah ihnen aufmerksam entgegen. Er würde Luna nicht ohne einen triftigen Grund ins Innere des Palazzos lassen.
Sie blieb stehen. „Sehen wir uns wieder?“
Florent überlegte kurz. „Morgen Mittag am Hafen? Dort, wo der Junge entwischte?“
„Einverstanden.“
Während er der Wache sein Anliegen erklärte, trat sie den Heimweg an. Ihr Weg führte sie zurück zum Basar, wo ihr Einkauf unterbrochen worden war. Sie suchte nach Anis, Kümmel, Piment und Safran, Gewürze, die sie nur bei den sarazenischen Händlern bekam. Von ihrem Ziehvater hatte sie sie arabisch gelernt, was beim Feilschen von Vorteil war. Sie schnupperte an den frischen Pimentdolden und begutachtete Safranfäden. Neben einem Bündel Kümmelstängel und einem Säckchen mit Anisfrüchten erstand sie noch eine

Flasche Walnussöl und getrockneten Wermut. Bei einem Händler am Rande des Marktes fand sie hochwertigen Weihrauch, den sie nach kurzem Verhandeln zufrieden lächelnd in ihre Tasche schob.
Vom Basar aus gelangte sie in die breitere Straße der sizilianischen Kaufleute, sauber verputzte Häuser reckten hohe Giebel mit Fenstern aus buntem Glas gen Himmel. In den schattigen Hinterhöfen lauschten steinerne Engel dem plätschernden Wasser der Springbrunnen, streckten ihre weißen Arme gen Himmel oder lächelten still über Körben voll roter Geranien. Unter mannshohen Oleanderbüschen, deren Duft zwischen spitzbogigen Mauerdurchbrüchen herausströmte, rekelten sich träge Katzen.
Am Ende der Straße kam sie an zwei Häusern vorbei, deren Fenster mit Brettern vernagelt waren und deren Hofgärten verdorrt und stumm in der Sonne lagen. Von Lorna wusste sie, dass die Besitzer deutsche Kaufleute waren, die während der Herrschaft der Kaiserwitwe Konstanze vertrieben wurden. Nach Konstanzes Tod verlief die Ausweisung der Deutschen aufgrund der führerlosen und chaotischen Verwaltung im Sande. Einige der Adligen kamen zurück und nahmen klammheimlich ihre Güter wieder in Besitz, aber längst nicht alle. Palermo war ein brodelnder Kessel verschiedener Volksgruppen, Sarazenen, französische Adlige und Normannen, deutsche Ritter und einheimische Sizilianer. Die vier Erzbischöfe, die unter Walter von Pagliaras Vorsitz vom Papst eingesetzt worden waren, um bis zur Volljährigkeit des kleinen Königs über das Reich zu herrschen, sahen sich einer schier unlösbaren Aufgabe gegenüber: Sie mussten das Chaos regieren.
Die breite Straße der Kaufleute ging allmählich in das bescheidenere Viertel der Handwerker über. Kleinere Häuser, wenn auch sauber verputzt und mit ordentlich gestrichenen Haustüren, standen dichter und beugten sich über den Weg, als gelte es, einander die Stirn zu bieten. Luna bog in

eine schmale Nebengasse ein, nach wenigen Schritten betrat sie ein geducktes einstöckiges Haus mit zwei kleinen Fenstern ohne Verglasung. Sie schob die Haustür mit der Schulter auf und die Lederscharniere knarrten leise, ein Laut, der ihr inzwischen vertraut war. Genau wie die brüchige Stimme, die aus dem dämmrigen Raum hinter dem schmalen Flur kam. „Luna? Endlich!"
„Ja. Es war viel los auf dem Basar. Stell dir vor, einer der Händler bot die Unze Weihrauch für dreißig Denar an. Er sagt, es käme aus einem Land hinter dem Morgenland."
Aus einem Sessel in der Ecke neben dem Fenster, in dem Geranien üppig blühten, hob sich ein runzliges Gesicht. „Du klingst so fröhlich! Was ist passiert?"
Luna lachte und drückte der Frau den frischen Weihrauch in die Hand. „Ich habe jemanden getroffen. Einen jungen Mann, den ich von früher kenne."
Die Alte befühlte mit ihren dunkel gefleckten Händen den Weihrauch. Sie schnüffelte daran und gluckste zufrieden.
„Florent war Wilhelms Lehrmeister im Schwertkampf. Manchmal musste ich gegen Wilhelm kämpfen." Sie nahm Lorna den Weihrauch ab und hängte ihn in der Ecke des Raumes an einen Haken. „Er soll den jungen König unterrichten. Das bedeutet, er wird in der Stadt bleiben. Morgen treffen wir uns am Hafen."
Die Alte lachte trocken auf. „Da wird er Spaß haben."
Luna sah sie verdutzt an. „Im Hafen?"
„Nein, mit dem kleinen König. An dem haben sich schon andere ihre Zähne ausgebissen." Sie kicherte schadenfroh.
„Woher weißt du das?", fragte Luna.
„Jeder weiß das. Er terrorisiert die ganze Stadt mit seinen Dummheiten. Und niemand kann ihn bestrafen, denn er ist der König."
„Wie alt mag er sein?" Luna legte den Kopf in den Nacken und rechnete nach. An jenem Weihnachtsfest hatten sie hier in Palermo Heinrichs Krönung zum König von Sizilien

gefeiert. Nur einen Tag danach wurde in Jesi sein Sohn geboren. Damals glaubte Heinrich, er habe das Glück für immer gepachtet. „Es ist sechs Jahre her. Was kann ein Junge von sechs Jahren schon anrichten?“

Lorna neigte den Kopf. Ihre blinden Augen rollten in den Höhlen hin und her. „Er zündet leerstehende Häuser an, angeblich, um zu sehen, wie sich das Feuer ausbreitet. Im Februar ist in der Gerbergasse eine ganze Häuserzeile abgebrannt. Nur mit Mühe konnten sich die Bewohner retten. Er fängt streunende Hunde ein und sperrt sie in einen Zwinger, um zu beobachten, wie sie sich zerfleischen. Er tötet Katzen und nimmt sie aus wie Hasen, um ihre Innereien zu erkunden. Er hat keine Achtung vor dem Leben.“

Luna bekam große Augen. Ein Sechsjähriger? Doch die Alte war noch nicht fertig. Obwohl sie nie aus dem Haus ging, wurde sie von Kunden und Nachbarinnen zuverlässig mit Neuigkeiten versorgt. „Erst heute früh verwüstete er den oberen Markt mit einer Bande von Straßenjungen. Einer lenkt die Händler ab, indem er alles umreißt, was ihm in den Weg kommt, die anderen klauen in der Zeit die Stände leer ...“

„Warte mal ...“, unterbrach sie Luna. Sie lachte ungläubig. „Federico? Er ist der König?“

„Ja, schon seit drei Jahren. Niemand kümmert sich um ihn, seit seine Mutter starb.“

Luna setzte sich auf einen Hocker. „Wir hatten den kleinen Übeltäter vorhin in unserer Gewalt.“

„Du und dieser Schwertkämpfer?“

„Ja, wir ahnten doch nicht, dass er der König ist.“ Luna sprang auf. „Ich muss Florent warnen. Federico wird eine Mordswut auf ihn haben. Das ist kein guter Start für einen Lehrmeister.“ Sie hielt inne und ließ sich wieder auf den Hocker fallen. „Es ist längst zu spät.“

„Er wird ihm schon nicht den Kopf abreißen.“ Lorna wedelte mit der Hand. „Jetzt ist es Zeit, an die Arbeit zu gehen. Ich

habe drei Aufträge für Tinkturen und einen für eine Salbe gegen schrundige Haut. Die sollen noch heute geliefert werden. Und der Schuster braucht Theriak für seinen Sohn.“ Sie hob die Nase und schnüffelte. „Der frische Piment scheint hervorragend zu sein.“
„Ja, nicht wahr?“ Luna wandte sich dem Wandregal zu, wo sich Dutzende von Behältern und Flaschen aus dickwandigem Glas aneinanderreihten, alle mit beschrifteten Zetteln versehen. Unter dem hinteren Fenster stand ein stabiler Tisch mit Waage, Mörser und Stößel sowie verschieden großen Messlöffeln. Da die Geranien nicht genug Licht in den Raum ließen, zündete sie eine Öllampe an, bevor sie an die Arbeit ging.

Florent lief seit einer halben Stunde vor dem Kabinett des Erzbischofs auf und ab. Ein Schreiber trat zum wiederholten Male zur Tür heraus, eilte über den Flur davon, mal eine Treppe hinauf, mal eine hinunter. Kam er zurück, verschwand er schnell wie eine Maus, die eine Katze hinter sich weiß, und mied Florents Blick. Gerade als der sich vornahm, ihm beim nächsten Mal den Weg zu verstellen, um zu fragen, ob man ihn vergessen hätte, öffnete sich die hohe, reich verzierte Tür, und ein anderer Mann mit tintenverschmierten Fingern bat ihn herein.
Der Erzbischof thronte hinter einem pompösen Tisch mit Schnitzereien, die beim genaueren Hinsehen furchteinflößende Kreaturen mit spitzen Zähnen und ebenso spitzen Ohren darstellten. Sein gewaltiger Bauch drückte sich gegen die Tischplatte, sodass er das Schriftstück vor ihm nur mühsam erreichen konnte. Das Kinn lag auf zwei Fettwülsten gebettet. Florent war in der Tür stehen geblieben und ertappte sich bei der Überlegung, ob man einen Mann hängen könnte, dessen Hals dicker war als der Kopf.

Walter von Pagliara schnaufte einmal über das Papier, das daraufhin von dem Schreiber mit den Tintenfingern weggezogen und mit Sand bestreut wurde. Dann hob er seinen Blick und fixierte Florent, der dabei das Gefühl hatte, zu schrumpfen wie Fleisch in heißem Fett.
„Und wer seid Ihr?“, fragte er mürrisch.
„Florent von Accera, Euer Gnaden. Mein Vater empfahl mich als Lehrmeister für den Schwertkampf.“ Er schob sich eine lästige Locke aus dem Gesicht.
„Accera, soso.“ Der Mann wedelte mit einer Hand. „Tretet näher.“ Er musterte ihn. Sein Kinn wackelte wie Gallert, als er nickte. „Groß, kräftig. Euer Vater hat nicht zu viel versprochen. Ihr verfügt über gewisse Erfahrungen in der Ausbildung von Knaben, wie ich hörte.“
„Ich war der Lehrmeister von Wilhelm von Lecce, Euer Gnaden. Ich brachte ihm das Reiten und den Schwertkampf bei, außerdem die Regeln ...“
„Ja, ja. Das genügt.“ Der Erzbischof winkte ab. Florent begriff, dass er Wilhelms Namen besser nicht erwähnte. Dabei hatte der junge Prinz mehr Anspruch auf den Thron in diesem Reich gehabt, als alle zusammen, die heute regierten.
„Euer Sold beträgt achthundert Silbergrosso im Jahr. Außerdem erhaltet Ihr Speisung und Unterkunft im Palazzo. Wegen der Unterrichtszeiten müsst Ihr Euch mit dem König absprechen und mit Magister Wilhelm Franciscus. Den findet Ihr in der Bibliothek. Wann könnt Ihr anfangen?“
„Jederzeit. Wenn der König Zeit hat, jetzt gleich.“
Der Erzbischof sah ihn an, als hätte er nach der Formel für die Unsterblichkeit gefragt. „Jetzt?“ Er gab ein Prusten von sich, das sein Kinn erzittern ließ. „Am besten, Ihr versucht, ihn morgen nach dem Frühstück zu erwischen. Aber Ihr müsst schnell sein.“
Florent verbarg seine Verwunderung und verbeugte sich.
„Kommt in den nächsten Tagen vorbei, dann könnt Ihr eine

Abschrift von Eurem Vertrag abholen“, sagte der Schreiber, bevor er die Tür hinter ihm schloss.
Zwei Mägde wiesen ihm den Weg zur Schreibstube des Quartiermeisters. Der brachte ihn zu einem schlichten, sauberen Raum an der Galerie zum Innenhof, mit Tisch und Hocker und einem einigermaßen breiten Bett.
„Wenn Ihr Euch mit den Mägden gut steht, putzen sie für Euch und kümmern sich um Eure Kleidung. Essen gibt es unten im Hof, immer dem Geruch nach. Die Küche ist gar nicht schlecht, Ihr werdet sehen. Falls Ihr sonst noch was braucht ...“
„Mein Brauner steht unten in der Stadt in einem Mietstall.“
„Ihr könnt ihn in den Stallungen des Königs unterbringen. Soll ich ihn holen lassen?“
„Nein, ich habe noch Gepäck dort, ich gehe selbst.“
Der Mann war schon fast zur Tür hinaus, da fiel Florent etwas ein: „Wo kann ich den jungen König um diese Zeit finden?“
Der Quartiermeister sah ihn mit einem ähnlichen Blick an wie der Erzbischof. „Geht hinunter in die Stadt und lauscht. Dort wo der größte Tumult ist, dort ist der junge König.“
Verwundert sah er die Tür ins Schloss fallen. In die Stadt würde er heute nicht mehr gehen. Der Duft von gebratenem Lamm stieg aus dem Küchentrakt empor. Sein neuer Schützling konnte warten.

Florent erwachte von den üblichen Morgengeräuschen eines Palastes. Mägde riefen sich mit verschlafenen Stimmen Anweisungen zu, Türen knarrten und schlugen, die Holzsohlen der Knechte polterten über den Hof. Geschirr klapperte, Eimer schepperten. Vom Dach gurrten die Tauben. Er hatte gut geschlafen und ging hinaus auf die Galerie, um einen Blick über die Brüstung zu werfen. Der Duft frisch gebackenen Brotes stieg in seine Nase und ließ seinen Magen freudig knurren. Im Innenhof war die lange Tafel, an der er am Vorabend bereits gegessen hatte, erneut für eine ordentliche Mahlzeit vorbereitet. Hungern würde er hier jedenfalls nicht. Voller Tatendrang schlüpfte er in sein Hemd. Heute musste er unbedingt sein Schwert holen, das er mit Pferd und Gepäck bei dem Wirt in der Stadt zurückgelassen hatte. Aber zuerst galt es, den jungen König zu finden. Er fuhr sich durchs Haar und wusch sich über der Schüssel in der Ecke.

Als er den Hof betrat, nahmen die ersten Stallknechte Platz, um zu frühstücken. Er wollte sie fragen, wo er sein Pferd unterbringen konnte. Doch bevor er dazu kam, lief ihm ein vertrautes Gesicht über den Weg. Helles, ungekämmtes Haar, trotzig hervorgeschobene Lippen unter einer Nase voller Sommersprossen, zerrissener Hemdsärmel. Ohne lange zu überlegen, griff er nach seinem Arm.

„He, Bürschchen! Kennen wir uns nicht?“, fragte er.

Der Junge sah ihn entrüstet an. „Was fällt Euch ein?“

„Federico, nicht wahr? Wer ist für dich verantwortlich? Wir sollten mal ein ernstes Wörtchen mit ihm reden.“ Die erstaunten Blicke der Stallknechte nahm er nicht wahr, auch nicht die Mägde, die ihre Arbeit vergaßen und die Szene beobachteten.

„Lasst mich sofort los!“ Der Junge zerrte an seinem Hemd, um sich zu befreien, doch Florents Griff war fest.

Der Quartiermeister trat an ihn heran und raunte ihm zu: „Das ist der junge Herr, nach dem Ihr mich gestern gefragt habt!“

Florent zuckte zurück, als glühe frisch geschmiedetes Eisen in seiner Hand. Täte sich jetzt ein Loch im Boden auf, er wäre mit Freuden hineingesprungen. Die Knechte an der Tafel grinsten. Wie hatte er nur so dumm sein können. Federico war nicht gerade ein häufiger Name auf Sizilien.

„Was ist?“, fragte der Junge herausfordernd. Sein Selbstbewusstsein war schon in der Stadt erstaunlich groß gewesen,

wo er wie ein Hase gejagt worden war. Hier im Palazzo schien es unermesslich zu sein.
Florent überlegte fieberhaft, wie er sein Gesicht wahren konnte. „Lasst uns beim Essen darüber reden. Kommt!“ Er fasste den Jungen weitaus behutsamer als zuvor am Arm und schob ihn in Richtung Tisch.
„Warum sollte ich mit Euch essen wollen?“
„Weil ich Euch gestern vor dem Beil des Metzgers bewahrt habe.“
Achselzuckend nahm Federico neben ihm Platz. Das Grinsen in den Mienen der Knechte verblasste.
„Ihr hättet mir gestern sagen können, wer Ihr seid!“, begann Florent vorwurfsvoll und griff nach einem knusprig gebackenen Weizenfladen.
Federico trank in aller Ruhe einen Becher Milch, während er einen seiner trotzigen Blicke über den Gefäßrand schickte. Als er absetzte, blieb ein weißer Rand an seiner Oberlippe. „Warum? Alle in der Stadt kennen mich.“
„Ich kannte Euch nicht.“
„Na und?“
„Findet Ihr es angemessen, als Majestät über den Markt zu rennen und Eure eigenen Untertanen zu bestehlen?“
Federico starrte in seinen Becher und zuckte mit den Schultern. „Warum interessiert es Euch, was ich tue?“
„Ich bin seit gestern Euer Lehrmeister. Ich unterrichte Euch im Schwertkampf, im Bogenschießen und bringe Euch das Reiten bei.“ Florent brach ab, als er die Augen des Jungen aufleuchten sah. Er hatte mit weiterem Widerstand gerechnet, stattdessen sprang Federico begeistert auf, nicht ohne dabei den Milchkrug umzureißen.
„Endlich! Das habe ich mir schon lange gewünscht! Und immer sagte der Dick... der Bischof, dafür sei kein Geld da.“ Er setzte sich und stellte den Krug wieder an seinen Platz. Eine ältere Magd mit ausladenden Hüften und einem runden Gesicht wischte die Milchpfütze auf und zog ihn zärtlich am

Ohr. „Aufpassen, Rico, sage ich dir das nicht immer wieder?“
Florent freute sich. Ein begeisterter Schüler versprach einfachen Broterwerb. „Wann können wir anfangen, was meint Ihr?“
„Sofort!“
Die Magd, die im Weggehen begriffen war, blieb stehen. „Oh nein, mein Lieber. Zuerst wird mit Magister Franciscus geredet. Er muss seine Zustimmung geben!“
„Latein ist morgen genauso langweilig wie heute.“ Der gut bekannte trotzige Ton war im Gespräch mit der Frau mit Zuneigung unterlegt.
Florent begann zu ahnen, dass die Prioritäten bei der Erziehung des jungen Königs alles andere als normal verteilt waren. Die ältere Magd schien Einfluss auf ihn zu haben. Der Magister dagegen erweckte wenig Begeisterung und der Erzbischof hatte seine Chancen längst verspielt.
„Wo finden wir Euren Magister? Wir sollten gemeinsam mit ihm reden.“
„In der Bibliothek.“ Die Magd wies auf eine Reihe spitzbogiger Fenster im ersten Obergeschoss. „Dort verbringt er den ganzen Tag. Rico soll sich jeden Morgen nach dem Frühstück dort einfinden.“ Sie seufzte und rubbelte dem Jungen durchs Haar. „Leider vergisst er das immer wieder. Und der Magister ist nicht böse drum.“
„Er ist froh, wenn er in Ruhe seine Bücher studieren kann“, ergänzte Federico.
„Und du gönnst ihm seine Ruhe?“, fragte Florent schmunzelnd.
„Manchmal“, entgegnete der Junge ernsthaft. „Ich hasse es, deutsche Bücher zu lesen oder lateinische Wörter herzubeten. Aber Naturlehre verpasse ich nie. Ich will alles wissen über die Tiere, wie sie funktionieren und wie ich sie erziehen

kann. Und warum die Pflanzen wachsen, wie man Gold herstellen kann und warum aus manchen Bergen Feuer kommt."
„Wenn du Latein kannst, dann brauchst du den Magister nicht mehr, dann liest du die Bücher selbst, in denen das alles steht."
„Wozu diese Mühe, wenn ich nur den Magister fragen muss?" Seine kindliche Logik war schwer zu widerlegen.
Florent seufzte und die Magd warf ihm einen schadenfrohen Blick zu.
Auf dem Weg in die Bibliothek erklärte der junge König großspurig: „Reiten müsst Ihr mir nicht beibringen, es gibt hier im Palast nur vier ordentliche Pferde, die habe ich alle schon geritten. Außer der lahmen Stute vom Quartiermeister."
„Könnt Ihr während des Reitens das Schwert führen? Mit der anderen Hand ein Schild halten? Und zwar so, dass Pferd und Reiter geschützt sind?"
„Das würdet Ihr mir beibringen?"
„Unter anderem."
Federico übersprang zwei Stufen und Florent verbuchte im Stillen erneut einen Punkt für sich.
Die Tür zur Bibliothek war mit kunstfertig geschnitzten orientalischen Ornamenten versehen. Florent hob die Hand, um zu klopfen, doch Federico riss die Tür auf und rief: „Magister?"
Wohl oder übel folgte er dem Jungen in ein Labyrinth aus Regalen, in denen sich Pergamentrollen und lose Papierblätter stapelten, direkt neben Büchern in kostbaren Ledereinbänden. Die stickige Luft roch nach Staub und altem Holz und irgendetwas Süßlichem. Doch plötzlich wehte ein frischer Luftzug durch die Regalreihen und ließ Blätter rascheln wie ein Windstoß im Herbst.

„Federico, du sollst die Tür schließen, wie oft habe ich dir das gesagt?“ Eine mürrische Stimme drang hinter einem der Regale hervor.
„Ich war nicht der Letzte!“, rief der Junge fröhlich.
Florent blieb stehen, als er begriff, dass er der Übeltäter gewesen war und in der Pflicht stand, zurückzugehen. Er schloss die schwere Tür mit einiger Mühe, der Riegel befand sich in Höhe seiner Schultern und das Meisterwerk schmiedeeiserner Kunst brauchte dringend Öl. Wie hatte der Junge dieses Monstrum nur so schnell geöffnet? Auf halbem Weg durch das Labyrinth hörte er den König eifrig reden und er versuchte, sich an der Stimme zu orientieren, um ihn zu finden.
„Seid versichert, Magister, ich werde es nachholen. Jedes einzelne Wort.“
„Und was ist mit der Arithmetik? Wie soll eine Majestät ihrem Schatzmeister auf die Finger klopfen, wenn sie nicht weiß, wie man zwei und zwei zusammenrechnet?“ Die mürrische Stimme klang jetzt milder als vorhin.
„Aber die Majestät muss reiten können, Magister. Und vom Pferd aus kämpfen. Sonst zählt der Feind die Kasse nach, wenn er sie erobert.“
Florent hatte die beiden Debattierenden erreicht, eine letzte Biegung um ein dunkles Holzregal und er stand vor einem Tisch, der die Last auseinandergerollter Schriften und aufgeschlagener Büchern nur deshalb trug, weil er aus massiven, mindestens einen Spann dicken Holzplatten zusammengefügt worden war. Dahinter saß ein kleiner Mann mit einem weißen Spitzbart und dem Aussehen eines Wiesels. Seine Augen waren dunkel und bewegten sich schnell, im Nu hatten sie Florent über einen Stapel Bücher hinweg entdeckt und fixiert.
„Ist er das?“, fragte er den Jungen, der neben ihm stand.
„Ja.“ Federico erinnerte sich offensichtlich an den erfolgreichen Teil seiner Erziehung und sprang hinter dem Tisch

hervor. Mit einer eleganten Armbewegung wies er auf Florent. „Ich stelle vor: den Reit- und Schwertkampfmeister Florent ..." Er brach ab und wandte den Kopf: „Eure Herkunft?"
Florent lächelte und verbeugte sich. „Florent von Accera."
„Accera? Die verstorbene Königin trug diesen Namen, bevor sie ..."
„Sie war eine Base meines Vaters."
Der Alte nickte versonnen. „Ich bin Magister Wilhelm Franciscus, wie Ihr gewiss schon von unserem jungen Freund hier erfahren habt. Wie ich höre, gedenkt Ihr, mir ernsthafte Konkurrenz zu machen mit Euren Künsten. Wie ungerecht es doch zugeht in der Welt. Was kann ich mit meinen trockenen Vokabeln und der komplizierten Wissenschaft ausrichten gegen Bewegung und Kampfkunst? Noch dazu bei einem Jungen wie ihm." Er hob die schmalen Schultern und lächelte versöhnlich.
„Und doch ist beides unermesslich wichtig für einen künftigen König", sagte Florent.
Der gelehrte Mann neigte dankbar den Kopf. „Ich sehe, wir werden uns einigen. Es heißt, Abwechslung zwischen den Ertüchtigungen des Körpers und des Geistes bringe bessere Erfolge. Deshalb schlage ich vor, wir tauschen im Laufe des Tages." Federico verdrehte die Augen und schnaubte. Doch der Magister ließ sich nicht beeindrucken. „Ich beginne morgens mit Deutsch, dem Lateinischen und mit der Arithmetik. Da ist der Geist frisch und ausgeruht. Dann übernehmt Ihr und bringt seinen Körper in Bewegung, womit auch immer. Nach der heißen Stunde am Mittag nehmen wir die Naturlehre und das Schreiben und Lesen in Angriff."
„Ich werde ein Dutzend Schreiber haben, wenn ich erst regiere", nörgelte Federico.
Der Alte reckte das Kinn vor, sodass der Spitzbart auf den Jungen zeigte. „Und sie alle müssen von dir kontrolliert werden. Niemals werden sie Respekt vor dir haben, wenn sie

wissen, dass du nicht überprüfen kannst, was sie aufs Pergament bringen."
Federico verdrehte die Augen, wahrscheinlich hatte er dieses Argument schon ein dutzendmal gehört. „Und jetzt?", fragte er mit hoffnungsvollem Blick auf seinen Schwertmeister. „Kann ich mit ihm gehen?"
Florent räusperte sich. „Das ist keine gute Idee, Majestät. Ich muss zuerst mein Pferd aus der Herberge holen. Und mein Schwert. Danach können wir gern anfangen. Bis dahin kämpft mit dem Lateinischen, es ist Euch ein würdiger Gegner." Er klopfte Federico ermunternd auf die Schulter. Der schob seine Unterlippe vor, doch Florent wusste inzwischen, dass es nicht mehr als eine dumme Angewohnheit war.

Luna war zu früh am Hafen. Die Mittagshitze setzte ihr zu, selbst vom Meer kam kein kühlender Luftzug. Als Florent endlich eintraf, führte er einen braunen Destrier am Zügel, ein Streitross, das mit zwei großen Reisesäcken bepackt war und durstig den Kopf hängen ließ.
„Dort drüben gibt es Wasser", sagte Luna statt einer Begrüßung und zeigte auf den langen Trog, wo die Hafenarbeiter ihre Lasttiere tränkten.
Florent nickte. Er sah, wie sie in der Sonne litt und erinnerte sich plötzlich, dass sie mit ihrer hellen Haut schon immer den Schatten hatte suchen müssen. „Wir hätten uns besser am Abend getroffen."
„Aber Neugier ist schlimmer als Hitze", sagte sie und lachte. „Bis heute Abend hätte ich es kaum ausgehalten." Sie kühlte ihre Hände in dem Wasser, das Florent mit einem Handschwengel nach oben pumpte und in den Trog laufen ließ. Sein Pferd trank gierig.
„Neugier?"

„Ich will wissen, wie es dir mit Federico ergangen ist." Sie hob den Schleier und spritzte sich etwas Wasser ins Gesicht.
Er horchte auf. „Woher weißt du?", fragte er.
„Dass er der König ist?" Sie kicherte. „Tante Lorna sagte etwas von einem zerstörten Markt und anderen schlimmen Sachen, die der junge König anstellt. Wie hat er es aufgenommen, dass du sein Lehrmeister bist?"
Sie setzten sich in den Schatten einer Pinie, der Hengst knabberte lustlos an dem trockenen, staubigen Gras.
„Er ist nicht so schlimm wie sein Ruf, nur ein einsamer kleiner Junge, dem keine Grenzen gesetzt werden."
„Wer kümmert sich um ihn?"
Florent hob die Schultern. „Der dicke Erzbischof jedenfalls nicht. Eine ältere Magd bemuttert ihn und sein Magister, der ihm die Wissenschaften beibringt, hat auch etwas Einfluss."
„Armer Kerl", sagte Luna leise. „Hier unten in der Stadt ist er nicht gern gesehen."
Florent wurde nachdenklich. „Seine Mutter hat nach dem Tod seines Vaters eine wahre Hetzjagd auf die Adligen veranstaltet, die zu Heinrichs Lebzeiten aus dem Norden kamen und sich in Sizilien breitmachten. Sie schürte damit den Hass auf alles Deutsche. Und er sieht nun wirklich nordisch aus."
„Deswegen klang das *aleman* gestern so boshaft. Was hat sie sich nur dabei gedacht? War sie nicht selbst Normannin?"
„Sie hatte nicht mit ihrem frühen Tod gerechnet. Mit etwas mehr Zeit wäre ihr Plan aufgegangen. Sie handelte beim Papst das Wohlwollen für ihren Sohn aus, indem sie auf die nördlichen Gebiete des alten deutsch-römischen Reiches verzichtete. Ihr war klar, dass man mit einem Kind als König niemals ein so großes Gebiet unter Kontrolle halten konnte."
„Daran scheiterte schon ihr Gemahl Heinrich", warf Luna ein.

„Sie sagte sich wahrscheinlich, lieber den Spatzen in Hand als die Taube auf dem Dach. Mit dem päpstlichen Segen bereitete sie ihrem Sohn das Königreich Sizilien als Nest für eine lange und zufriedene Regierungszeit."
„Und dann starb sie und ließ den Jungen allein zurück." Luna fächelte sich mit einer Hand Luft zu.
„Zuvor setzte sie Papst Innozenz als Vormund ein. Sie schien ihm zu vertrauen." Florent sah sie von der Seite an. Ihre schneeweiße Haut schimmerte durch den Schleier. Er stieß einen kurzen Pfiff aus. Der Destrier, der sich beim Grasen ein Stück entfernt hatte, hob den Kopf und trabte heran. „Ich bringe dich nach Hause. Du musst in den Schatten."
„Gut erzogen!", lobte Luna den Hengst. „Wenn du den jungen König erst mal so weit hast ..."
Florent lachte. „Das war eigentlich nicht mein Ziel, aber jetzt, wo du es sagst, finde ich den Gedanken gar nicht schlecht." Er wickelte sich die Zügel um die Hand und sie gingen in der drückenden Hitze über das Hafengelände in Richtung Basar. „Erzähl mir von dieser Tante, bei der du lebst!"
„Eine alte Kräuterhexe, wie sie selbst sagt. Die Leute des Viertels bestellen bei ihr Salben, Theriak, Kräutertee und alle möglichen Heilmittel. Sie ist blind und kann kaum noch arbeiten. Aber sie hat all das Wissen in ihrem Kopf. Sie war dankbar, als ich an ihre Tür klopfte und meine Hilfe anbot."
„Woher kanntest du sie?"
Luna schüttelte den Kopf. „Ich kannte sie nicht. Als ich Edessa verließ, nannte mir mein Vater eine Reihe von Namen; Freunde und Bekannte in verschiedenen Städten, die mir helfen würden. In Palermo war es die Kräuterhändlerin Lorna. Ich wollte ein paar Tage bleiben und dann weiter in den Norden gehen. Ich sehne mich nach den kühlen Tagen, den Reif auf den Gräsern und den ruhigen Wintertagen voller Schnee. Ich bin kein Kind der Sonne."
„Warum bist du geblieben?"

Sie hob die Hände. „Lorna ist alt. Erst gestern sagte sie, Gott der Herr hätte mich zu ihr gesandt. Ich kann sie nicht allein lassen."
Sie waren am Eingang der schmalen Gasse angekommen.
„Möchtest du sie kennenlernen?", fragte Luna, um den Abschied ein wenig hinauszuzögern.
„Ein anderes Mal. Ich muss pünktlich zur ersten Unterweisung sein. Mal sehen, wie Federico auf meine Pfiffe reagiert", sagte er und grinste. Der Braune scharrte ungeduldig mit dem Vorderhuf auf den heißen Pflastersteinen.
„Ich würde gern den Garten hinter dem Palast wiedersehen", sagte Luna.
Florent, der schon seit einiger Zeit überlegt hatte, wie er die nächste Verabredung arrangieren konnte, sah erfreut auf.
„Das kann ich organisieren. Wie wäre es gleich heute nach dem Abendessen?"
„Das wäre schön. Auch in Edessa gab es prächtige Gärten, aber keiner war so wie der im Palazzo Reale."
„Ich hole dich ab."
„Das ist nicht nötig", wehrte sie ab. „Ich muss am Abend Arzneien austragen, mein Weg endet beim Palazzo. Dann treffen wir uns am Hauptportal."

Wie eine reife Apfelsine hing die Sonne zwischen den Turmspitzen des Palazzos, als Luna den Weg zum Haupttor erklomm. Ihr Gesicht glühte unter dem Schleier. Sie hatte sich beim Ausliefern der Salben und Tinkturen ungewöhnlich beeilen müssen. Ausgerechnet heute war sie viel zu spät fertig geworden. Nun befürchtete sie, Florent habe das Warten aufgegeben. Ihr Herz klopfte stürmisch, zum einen wegen des schnellen Schrittes, andererseits – ja, sie war aufgeregt. Sie redete sich ein, es sei die Aussicht auf den Spaziergang durch die Gärten und die damit verbundenen Erinnerungen.

Kopfschüttelnd dachte sie an ihre Arbeit am Nachmittag zurück. Bei der Zubereitung des Theriak verwechselte sie Kurkuma mit zerstoßenem Pfeffer und verdarb somit die gesamte Mischung. Dann fiel ihr der Mörser aus der Hand und sie verschüttete grünes Meersalz auf dem Tisch. Während des Aufwischens kippte der kleine Flaschenkürbis um, den sie zum Abmessen von Flüssigkeiten benutzte. Kostbarer dunkler Honig tränkte die Tischplatte. Lorna hatte die Nase nach oben gereckt und missbilligend mit der Zunge geschnalzt.
Die Wachen sahen ihr mäßig interessiert entgegen. Als sie zu einer Erklärung ansetzen wollte, wurde die Schlupfpforte im großen Portal aufgerissen und Florent steckte seinen Kopf heraus.
„Das ist sie!“, sagte er und nickte einem der Wachposten zu.
„Wir haben sie schon erkannt“, knurrte der und trat beiseite, um Luna durchzulassen.
„So haarklein, wie Ihr sie beschrieben habt, ist keine Verwechslung möglich“, sagte der andere und grinste.
„Was hast du ihnen erzählt?“, fragte Luna betreten, als sie den dunklen Gang unter der Mauer passierten.
„Na ja“, Florent wand sich ein wenig. „Eine junge Frau mit Schleier und sarazenischer Kleidung und ...“
„... heiß und wunderschön wie die Morgensonne, das hat er gesagt!“, rief der Wachmann hinter ihnen und sein lautes Lachen hallte durch den Gang.
Florent wurde rot und beschleunigte die Schritte.
„Wie war dein Unterricht?“, fragte sie hastig, um die Verlegenheit zu überspielen.
„Oh, Federico wird ein guter Kämpfer. Ein wenig ungestüm, aber er ist tapfer und er nimmt meinen Rat mitunter sogar an.“
Sie betraten den Innenhof, der von den fünfstöckigen Gebäuden des Palastes umgeben und von dort über Balustraden einsehbar war. Mägde verteilten irdenes Geschirr auf

der langen Tafel in der Mitte des schattigen Hofes, Küchenjungen schleppten Platten mit würzig duftenden Käselaiben und Körbe mit kleinen Weißbroten herbei.
„Kommt nicht zu spät, Meister Florent“, rief eine von ihnen. Sie war jung und streifte die verschleierte Frau an seiner Seite mit einem unfreundlichen Blick. „Das Beste ist immer zuerst weg!“ Die anderen Mägde lachten.
„Ich gebe mir Mühe!“, antwortete er über die Schulter hinweg und beschleunigte seine Schritte.
Luna erkannte den Weg, der Durchgang zwischen Küche und Wäscherei führte zunächst zum Wirtschaftsgarten, in dem Gemüse und Beeren wuchsen. Er roch nach frisch gewässerter Erde und lag verlassen in der Abendsonne. Dahinter begann das Paradies. Jedenfalls war das vor Jahren so gewesen. Jetzt stockte ihr Schritt und sie starrte ungläubig auf die wild wuchernden Weinranken, die die herrlichen Laubengänge von damals fast völlig versperrten.
„Was ist denn hier passiert?“, rief sie.
„Dieser Teil des Gartens wird offensichtlich nicht mehr gepflegt“, meinte Florent. „Aber es gibt einen Pfad, schau nur!“ Er deutete auf einen schmalen Durchlass zwischen dem Weinlaub, der einen Eingang ins Dickicht bildete. „Komm.“ Er fasste wie selbstverständlich nach ihrer Hand und zog sie in das dichte Grün hinein.
Dieser Teil des Gartens war kaum wiederzuerkennen. Rankengriffen wie dünne Finger nach ihrem Schleier, Brennnesseln und Disteln brannten sich durch den feinen Stoff ihrer Hose. Nach wenigen Schritten tauchten längst vergessen geglaubte Bilder in ihrem Kopf auf.
Kichernde Mädchenstimmen, wie Vogelgezwitscher zwischen den Weinblättern, verlieren sich in schattigen Gängen und kehren zurück, umkreisen die plätschernden Brunnen und steinernen Bänke. Weiße Kleider aus Florentiner Spitze, silbriges Grün, das von tausend kleinen Sonnen er-

hellt wird. Blätter rascheln unter Kinderfüßen. Helle Kinderstimmen – sieh nur – eine gelbe Schnecke, ein violetter Schmetterling. Wilhelm – auf seinen spitzen Knien die Schriftrolle mit den deutschen Wörtern. Sein Gesicht, so konzentriert, seine Hand, so warm ...
Florents Hand zog sie durch das Geflecht aus Winden, Brennnesseln und Weinranken. Als sie über eine dicke Wurzel strauchelte und er mit der anderen Hand zugriff, um sie zu stützen, blieben sie stehen. Ihr Schleier war zerrissen und sie nahm ihn ab. Er sog heftig die Luft ein, als sein Blick auf ihr Haar fiel. Er hatte vergessen, wie hell es war. Jetzt erinnerte er sich an die Gerüchte, damals im Gefolge des Kaisers. Dieses Mädchen, das den Namen der Mondkönigin trug und niemals in die Sonne durfte. Ein Feenkind, sagten die einen. Von bösen Geistern besessen, die anderen. Das Kind, an dem der Kaiser einen Narren gefressen hatte.
Es war still im Halbdunkel der grünen Blätter, nur die Insekten summten ihr Lied. Er blickte auf sie herab, als würde er sie zum ersten Mal sehen. Ihre hellen Augen ließen ihn nicht los. „Luna“, sagte er leise, „so schön wie das Mondlicht.“
Sie lächelte verlegen. Seine dunklen Augen und die Locken, die ihm ins Gesicht fielen, wenn er den Kopf nach vorn neigte, die leicht gebogene Nase, die ihm etwas Verwegenes gab, all das gefiel ihr. Ihr Herz klopfte heftig, sie wusste nicht, was sie sagen sollte. Sie knetete den Schleier mit ihren Händen, bis er danach griff und sie festhielt. Er beugte sich herab, sie roch Olivenöl und Zitronen, sah tausend kleine Sonnen im Weinlaub über seiner Schulter.
Aus dem Dickicht hinter ihm drang ein hoher, spitzer Schrei. Sie fuhren auseinander.
„Was war das?“, flüsterte sie.
„Es hörte sich an wie ein Vogel.“ Er nahm ihre Hand und zog sie vorsichtig weiter.
„Früher gab es hier Pfauen, erinnerst du dich?“
„Ihr Gekreische ging mir auf die Nerven.“

Erneut ertönte der Ruf. Sie lauschten. Es klang hell und aufgeregt. Aiij-aiij-aiij-aark.
„Das ist kein Pfau“, sagte er und zog sie weiter. „Das ist ein Falke.“
„Wahrscheinlich hat er sich in dieses Dickicht verirrt und findet nicht wieder heraus.“ Sie vermutete, dass sie sich auf dem ehemaligen Hauptweg befanden, von dem in regelmäßigen Abständen schmalere Pfade zu Nischen, Lauben oder Wasserspielen geführt hatten. Davon war jetzt nichts mehr zu sehen. Die Holzgerüste, die vor Jahren die Weinranken gestützt hatten, lagen zerbrochen unter den wuchernden Pflanzen und bildeten gefährliche Stolperfallen. Doch es gab noch immer den Trampelpfad, Gestrüpp und Ranken waren dort niedergetreten und welk. Dieser Spur folgte Florent.
Nach einigen Schritten knickte der Pfad nach rechts ab und führte in einen der alten Seitengänge. Je weiter sie vorwärtskamen, umso besser wurde der Weg. Jemand hatte das Gras abgeschnitten, Disteln und Brennnesseln beseitigt. Die Weinranken fielen wie Vorhänge von dem hier noch erstaunlich intakten Holzgerüst herab. Aus dem grünen Zwielicht schälte sich der Umriss eines Springbrunnens. Luna hielt freudig überrascht die Luft an, als sie den Brunnen mit der Nymphe erkannte, an dem sie oft gesessen hatte.
„Du musst keine Angst haben, alles wird gut. Bald darfst du fliegen und jagen, soviel du willst.“ Es war eine kindliche Stimme. Sie sahen Federico am Rande des Steinbeckens hocken. Er wandte ihnen den Rücken zu und redete auf etwas ein, das von seinem schmalen Körper verdeckt wurde. Florent brach einen Zweig von einem Zitronenbaum ab, der am Rande der ehemaligen Laube stand.
Es knackte, der Junge erstarrte und drehte sich langsam um. Als er sie erblickte, verfinsterte sich seine Miene. „Was tut Ihr hier?“, fragte er mit gedämpfter Stimme.

„Genau das wollte ich Euch fragen!“, sagte Florent und trat ein paar Schritte auf ihn zu.
Hinter Federico flatterte etwas. „Kommt nicht näher!“, zischte er. „Ihr verschreckt sie!“
„Ein Falke?“, fragte Florent und klang ehrlich erstaunt. „Gestohlen?“
„Pah! Nicht alles muss ich ergaunern.“ Der Junge setzte seine trotzige Miene auf.
„Für ihn wolltet Ihr das Rindfleisch?“, fragte Luna.
Federico starrte sie an. „Eure Haare!“
Luna sah auf den zerknüllten Schleier in ihrer Hand. Alle Menschen reagierten so, wenn sie zum ersten Mal ihre schneeweißen Haare zu Gesicht bekamen. Die Kopfbedeckung war nicht nur Schutz vor der Sonne, sie war auch ein nützliches Schild gegen die Blicke der Menschen. Sie hob die Schultern und hoffte, dass es gleichmütig aussah. „Sie sind weiß“, sagte sie. „So wie Eure blond sind.“
„Seid Ihr eine Fee?“
„Vielleicht.“
Diese Erklärung schien ihn zufriedenzustellen. Er zeigte hinter sich. „Rindfleisch frisst sie am liebsten. Oder Taubenfleisch.“ Er wandte sich ab, um den Vogel zu beruhigen, der wieder sein ängstliches aiij-aiij-aark ausstieß. „Es ist gut, meine Schöne. Dir passiert nichts, keine Sorge.“
Florent machte einen weiteren Schritt nach vorn. „Darf ich sie sehen?“
„Nein! Sie hat Angst vor Menschen, die sie nicht kennt. Kommt nicht näher!“
„Habt Ihr keine Haube für sie?“
„Doch. Aber sie ist zu groß. Sie reißt sie mit den Krallen herunter.“
Florent ließ nicht locker. „Setzt sie ihr auf und haltet sie fest. Dann kann ich sie mir ansehen.“
„Versteht Ihr etwas von Falken?“, fragte Federico.

„Mein Vater besitzt etliche hervorragende Jagdfalken, sogar einen Habicht. Ich verbrachte als Junge viel Zeit bei unserem Falkner."
„Hat Euer Vater auch einen Gerfalken?" Federicos Misstrauen schmolz.
„Einen schwarzen. Der erwischt jede Ente."
Der Junge strahlte. „Wartet." Er wühlte in einer Kiste zu seinen Füßen und brachte eine kleine Lederhaube zutage. Wieder hörten sie Rascheln und Flügelschlagen und Florent runzelte die Stirn.
„Das klingt nicht gut", flüsterte Florent. „Er wird ihn verderben."
„Ihr könnt kommen. Aber seid leise." Federico drehte sich nicht um, er war bemüht, die Haube auf dem Kopf des Vogels zu halten. Über seine Hand verliefen blutige Kratzer.
Luna trat hinter Florent an den Brunnen und erblickte den Greifvogel, der auf dem schmutzigen Brunnenrand saß. Er war beinahe so groß wie ein Huhn, aber wesentlich schlanker. Die grauen Federn auf dem Rücken und an den Flügeln waren mit schwarzen Flecken gesprenkelt. Die Haube auf dem Kopf verdeckte seine Augen, ließ aber Schnabel und Nasenlöcher frei. Er stellte das Gefieder im Nacken auf und schob die Brust mit den helleren flaumigen Federn vor. In seiner Hilflosigkeit versucht er, aggressiv zu wirken. Sie musste sich beherrschen, um die Haube nicht herunterzureißen und dem Tier seine Würde zurückzugeben.
„Ein kräftiges junges Weibchen", flüsterte Florent. „Sie ist gut genährt, aber ihre Flügelfedern sind teilweise abgebrochen. Sie hat versucht, zu fliehen, nicht wahr?"
Der Junge nickte bekümmert. „Immer wieder. Ich weiß nicht, was ich tun soll."
Florent sah sich um. „Es ist zu hell hier. Sie wird von dem Sonnenlicht über dem Blätterdach angezogen. Bis sie Euch vertraut, braucht sie eine Hütte oder einen Raum, in dem sie kein Licht sieht, wenn sie allein ist."

Er betrachtete die Lederkappe genauer. Sie war aus weichem Leder, vielleicht Ziege, und kunstfertig vernäht. „Die ist für einen ausgewachsenen Falken gemacht. Wir werden ihr die Lider vernähen, dann braucht sie die Kappe nicht mehr."
Federico riss die Augen auf. „Du meinst aufbräuen? Das kannst du? Bringst du es mir bei?"
Florent zögerte verdutzt, weil der Junge plötzlich das vertrauliche Du benutzte.
Federico verstand es falsch. „Wenn ich erst selbst regiere, bezahle ich dich! Das schwöre ich. Dann verfüge ich über das Geld des Königreiches, auf dem der fette Erzbischof sitzt wie eine Kröte." Er war laut geworden und der Falke begann, nervös auf dem Brunnenrand zu springen.
„Gibt es einen Tischler im Palast?", fragte Florent.
„Ja, Antonio. Warum?"
„Ich hoffe, Ihr steht mit ihm nicht auf Kriegsfuß? Er könnte ein Falkenhaus bauen, so wie es sein muss. Verschließbare Holzladen nach drei Seiten und oben ein abnehmbares Dach. Innen drin ein ordentliches Reck, auf dem sie sitzen kann. Platz genug für Euch, wenn Ihr sie füttert und ein kleines Bassin am Boden, in dem sie baden kann."
Federico sah so glücklich aus, wie ein Sechsjähriger nur aussehen konnte. Zum ersten Mal wirkte er auf Luna wie ein Kind und nicht wie ein frühreifer Knabe. Er sprang auf und fiel Florent um den Hals. „Dich schickt meine Mutter, direkt aus dem Himmel!"
Florent räusperte sich und tauschte über die schmalen Schultern des Jungen hinweg einen schnellen Blick mit Luna. „Nun ja ..."
Federico trat einen Schritt zurück und nickte eifrig. „Bevor sie starb, sagte sie, ich solle nie daran zweifeln, dass sie über mich wacht. Und wenn ich Hilfe brauche, dann schickt sie mir welche." Er drehte sich zu Luna um. „Und du bist die Fee, die ihn hergebracht hat."

Bevor Luna antworten konnte, redete Florent hastig drauflos: „Ich schlage Folgendes vor: Wir gehen morgen früh vor Sonnenaufgang her und vernähen deiner kleinen Freundin die Lider. Dann kann sie hierbleiben, bis der Tischler die Hütte fertig hat.“ Nun war auch er zum Du übergegangen, ohne es zu merken.
Luna wollte etwas einwenden, doch Federico war schneller: „Und du zeigst mir, wie ich ihr das Geschüh anbringe und die Langfessel? Und wenn sie das erste Mal fliegt, wie locke ich sie zu mir zurück? Einen Handschuh brauche ich auch, der hier ist viel zu groß.“ Er kramte wieder in der Kiste zu seinen Füßen und hielt einen derben abgewetzten Lederhandschuh in die Luft. Offensichtlich hatte er ein Sammelsurium unbrauchbarer Dinge für seinen Falken zusammengetragen.
„Langsam mit den jungen Pferden, *amico mio*.“ Florent hob die Hand. „Der Erzbischof bezahlt mich für den Unterricht im Schwertkampf und im Reiten. Von Falknerei war nicht die Rede.“ Er wurde lauter, weil Federico ihm ins Wort fallen wollte. „Das schließt nicht aus, dass wir zwei in unserer freien Zeit den Falken betreuen. Aber alles andere darf nicht darunter leiden, ist das klar?“
Hinter ihnen schwirrten plötzlich Flügel, der Vogel hatte sich die Haube vom Kopf gezogen und versuchte panisch, abzuheben. Federn stieben auf, Federico schrie etwas und Florent sprang auf, was den Falken noch mehr erschreckte. Unbeholfen flatterte er auf Luna zu, doch entweder war er zu schwer oder seine abgebrochenen Flugfedern verhinderten, ihn höher in die Luft zu tragen.
Luna breitete instinktiv ihren Schleier aus, warf ihn über den Vogel und fing ihn auf, bevor er zu Boden fiel. Dabei drückte sie mit beiden Händen die Flügel an seinen Körper und hielt ihn fest.
Wind braust und drückt unter die Schwingen, die kalte Luft riecht frisch, wie Wasser in einem Bergbach. Ajji-ajji-ark...

Weit unten die Beute, fokussiert, ahnungslos. Rasend schnell kommt die Erde näher, Pupillen fixieren den Fang, alles andere verschwimmt und verschwindet im freien Fall.
Federico sah mit offenem Mund, wie sich der Falke beruhigte, sogar die Augen schloss. Luna schien weit weg zu sein, sie taumelte leicht. Florent griff nach ihrem Arm, gemeinsam trugen sie den Falken zum Brunnenrand, der weiß gesprenkelt von getrocknetem Vogelkot war. Er ließ sich absetzen und sah sich zufrieden um.
„Lass das verbinden, wenn du in den Palazzo zurückgehst, hörst du?" Luna deutete auf Federicos Hand. „Sie sollen Kräuter auflegen, solche Kratzer entzünden sich leicht."
Der Junge nickte mit großen Augen.
Später begleitete Florent Luna nach Hause. Sie waren kaum zum Tor hinaus, da stellte sie die Frage, die sie die ganze Zeit beschäftigte: „Du willst dem Vogel die Lider vernähen?"
Er nickte und nahm ihren Arm, denn sie wirkte noch immer etwas unsicher auf den Beinen. „Es ist notwendig. Dann versucht sie nicht, zu fliehen und wird schneller zahm."
„Aber das ist grausam!"
„Nicht, wenn es richtig gemacht wird. Wir nehmen ihr damit die Angst. Schließt du nicht selbst manchmal die Augen, wenn du dich fürchtest?" Er zog sie ein wenig dichter an sich und sie ließ es zu.
„Warum setzt du ihr nicht einfach die Haube auf?"
„Sie passt nicht. Sie wird sie immer wieder abreißen."
„Wie lange bleibt sie blind?"
„Bis sie sich an Federico gewöhnt hat. Dann wird der Faden entfernt. Es wird ihr nicht wehtun, vertrau mir." Er blieb stehen. „Woher wusstest du, wie man sie richtig hält?"
Sie zuckte mit den Schultern. Sie hatte im Gefolge von Kaiser Heinrich häufig Falken und andere Greifvögel bei der Jagd beobachtet. Sie fand es erstaunlich, wie viel Vertrauen die Tiere ihrem Falkner entgegenbrachten. Bisher hatte sie

sich nie Gedanken darüber gemacht, wie die Vögel abgerichtet oder gehalten wurden. Vorhin hatte sie instinktiv reagiert, in der Hoffnung, dem Tier nicht zu schaden. „Wird sie wieder fliegen können?"
„Flugfedern wachsen sehr langsam nach. Man könnte sie schiften, also fremde Federn ansetzen. Aber in der Zeit, in der sie sich an Federico gewöhnt, darf sie ohnehin nicht fliegen." Sie gingen in Richtung Basar, der um diese Zeit menschenleer war. „Hast du Nadel und Faden in deiner Arzneisammlung?"
„Natürlich", sagte sie erstaunt. Dann begriff sie. „Du meinst, für den Falken?"
„Ja. Wenn wir morgen früh nähen wollen, kann ich vorher nicht zum Markt gehen. Ich will aber nicht länger warten, weil sie sich sonst völlig die Flügel verdirbt."
„Eigentlich sollte ich dir nicht dabei helfen." Luna seufzte. „Komm mit und schau selbst, was am besten geeignet ist."
An Lornas Haus angekommen, schlichen sie hinein. Die Tür knarrte und die Geranien verbreiteten einen strengen Duft. Aus der Kammer hörten sie Schnarchgeräusche. Luna zog ihn in die Ecke mit dem Arzneiregal, wo sie eine Öllampe entzündete. Sie legte ihm eine Reihe von Nadeln vor. „Kupfer? Horn ist nicht geeignet, zu dick."
Er nickte und wies auf eine dünne Kupfernadel.
In einer hölzernen Kiste bewahrte sie ihren Vorrat an Garn auf, das zum Verschließen von Wunden geeignet war. „Das hier ist Hanf."
„Hast du was Dünneres?"
„Schafsdarm? Oder Seide? Sie ist sehr stabil."
Er entschied sich für Seide. „Was bekommst du dafür?"
„Ist ein Geschenk. Versprich mir, dem Falken nicht wehzutun."
Sie standen sich gegenüber und wussten nicht so recht, wohin mit ihren Blicken. Die Flamme der Öllampe knisterte.

Als Luna später mit offenen Augen zur Decke starrte, glaubte sie, nie wieder schlafen zu können. Er hatte sie zum Abschied geküsst, sacht auf die Lippen, und sie fühlte sich, als würde sie schweben. Sie lächelte vor sich hin und fasste einen Entschluss. Sie würde nicht in den eisigen Norden ziehen, in die Berge, wo sie als Kind mit ihrer Mutter gelebt hatte. Sie würde in Palermo bleiben. Schleier zum Schutz vor der heißen Sonne besaß sie genug. Kaiser Heinrich hatte sie ihr einst geschenkt und sie würden reichen bis an ihr Lebensende.

Noch vor dem Morgengrauen war Florent auf den Beinen. Er wusch sich mit dem Wasser aus der Schüssel in der Ecke seines Zimmers. Eine Magd stellte täglich einen Krug mit frischem Wasser daneben. Er wusste, es war immer dieselbe Magd, eine kleine, zierliche mit schwarzen Augen. Sie warf ihm beim Essen fragende Blicke zu. Irgendwann musste er ihr erklären, dass sie sich umsonst Hoffnungen machte. Danach würde er wahrscheinlich selbst zum Brunnen gehen müssen. Er seufzte und fuhr sich mit der Hand ein paar Mal durch die Haare. Dann suchte er das Päckchen heraus, das Luna ihm am Abend gegeben hatte. Die Nadel war sorgfältig in ein kleines Stück Stoff gesteckt, der Faden darum gewickelt. Er wühlte in der Kiste in der Ecke, in der seine Kleidung lag. Eine alte Tunika, die er sonst beim Schwertkampf trug und die schon einige Flicken zierten, zog er hervor, klemmte sie unter den Arm und schlich durch das noch schlafende Haus hinaus zum Garten. Am Eingang zum grünen Dickicht wartete Federico. Er hielt eine blakende Öllampe und zappelte vor Ungeduld. Die linke Hand zierte ein makellos gewickelter Verband. Der Trampelpfad schien im Licht der schwankenden Lampe beweglich wie ein Schiff auf hoher See. Florent fluchte, wenn er mit dem Fuß in einer Ranke hängen blieb oder über eine Wurzel stolperte. Der Junge, der den Weg genau kannte, blieb ab und

zu stehen und leuchte ihm, was ihn eher blendete und nicht besonders hilfreich war.
„Geh langsamer!“, sagte er. „Wenn ich mir den Kopf aufschlage oder die Hand breche, kannst du das Unternehmen vergessen.“
Endlich kamen sie am Springbrunnen an. Der Falke tänzelte nervös und blinzelte in das Licht der Öllampe, blieb aber sitzen und sperrte den Schnabel weit auf.
„Sie hat Hunger“, erklärte Federico. „Soll ich sie erst füttern?“
„Nein, Futter gibt es hinterher, als Belohnung.“ Florent griff nach seinem alten Hemd. „Normalerweise gibt es dafür speziell angefertigte Säcke, aber das Hemd tut es auch.“ Ein leises Bedauern lag in seiner Stimme, denn er liebte dieses Hemd und er fürchtete, dass es danach unbrauchbar war.
Der Junge stellte die Lampe ab, kramte mit einer Hand in seiner Kiste und förderte einen Leinensack zutage. „Meinst du so etwas?“
Florent pfiff leise. „Mir scheint, das ist eine Wunderkiste. Woher hast du nur all diese Dinge?“
„Luigi hat sie mir geschenkt. Er war Falkner hier im Palast, bevor der Erzbischof kam. Der hat ihn nach Hause geschickt und die Falken verkauft. Unnützes Zeug und Geldverschwendung, hat er gesagt.“
„Und sie ...“ Florent deutete mit einer Kopfbewegung auf den Gerfalken. „... wurde nicht verkauft?“
„Nein. Niemand wollte sie, weil sie nicht abgetragen war. Außerdem sah sie schon damals so zerrupft und kränklich aus. Luigi meinte, ich soll sie ein bisschen aufpäppeln und dann freilassen.“
„Und warum hörst du nicht auf Luigi?“
„Sie freilassen?“ Federicos Augen blitzten zornig auf. „Sie ist mein einziger Freund und ich lasse sie nicht im Stich.“
Florent antwortete nicht. Er legte sein Hemd beiseite und betrachtete den Leinensack. Er war an zwei Seiten offen,

konnte aber jeweils mit einem Band zugezogen werden. Ein richtiger Falkensack, er hatte sogar die perfekte Größe. Das grobe Leinen war stabil genug, den Krallen des Vogels standzuhalten. An der schmaleren Seite wurde der Kopf des Tieres durchgesteckt.
„Hier müssen wir vorsichtig zubinden, damit deine Schöne Luft kriegt", erklärte er. „Wenn sie im Sack ist, wirst du ihn halten. Das ist nicht einfach, deshalb hör genau zu. Wenn du etwas falsch machst, kann es passieren, dass ich ihr Auge verletze und sie blind wird."
Federico nickte mit eingezogener Unterlippe.
„Du musst sie mit beiden Händen festhalten, sodass sie gar nicht erst versucht, sich zu befreien. Drück sie sanft gegen deine Brust, benutze deine Unterarme."
Der Falke beobachtete sie mit schief gelegtem Kopf. Seine Pupillen waren groß und schwarz.
„Wenn du zu fest drückst", mahnte Florent, „wird sie ersticken."
Federico verdrehte die Augen. „Das ist klar."
Sein Lehrer zog im Licht der Öllampe die Seide durch das Nadelöhr. „Etwa so lang, siehst du? Besser etwas länger, wenn der Faden zu kurz ist, quälst du das Tier unnötig, dann musst du von vorn beginnen."
Ohne weitere Vorrede griff er mit einer Hand nach dem Falken, schob das Tier in den Sack und gab ihn Federico. „Halt ihn ins Licht, damit ich gut sehe."
Florents Hand zitterte ein wenig, als er zur Nadel griff. Er hoffte, dass der Junge es nicht sah. Die Lider eines Falken hatte er selbst erst ein einziges Mal vernäht, aber oft zugesehen. Doch Unsicherheit war ein schlechter Gehilfe bei einem solchen Eingriff. Er wusste, dass er dem Tier kaum Schmerzen bereiten würde, wenn er keine Fehler machte, atmete tief ein und hielt dann die Luft an. Behutsam stach er mit der Nadel von innen heraus in das Unterlid des Falken. „Genau in der Mitte, nicht zu weit oben, dann reißt der

Faden aus, auch nicht zu weit unten. Halt den Kopf leicht zwischen deinen Fingerspitzen." Er zog die Seide beherzt durch das obere Lid und legte ihn über den Kopf des Falken, wo er die beiden Enden zusammenzog, sodass die Lider des Tieres sich über dem Augapfel schlossen. „Hier bindest du die Enden zusammen und steckst den Knoten unter den Kopffedern fest. Streich sie darüber, dann kann sie sich den Faden nicht herunterkratzen."
Federico sah fasziniert zu und Florent vermutete, dass er am liebsten selbst ausprobieren würde, was er gerade gesehen hatte. „Wenn du nicht sorgfältig arbeitest, ist das Tier für immer verdorben. Aufbräuen darf man nur ein einziges Mal, weil das Lid sonst reißt und das Tier sein Auge nicht mehr richtig schließen kann, verstehst du?" Er streichelte dem Falken beruhigend über den Rücken. „Vergiss niemals, dass ein Vogel ein Geschöpf Gottes ist. Er soll für dich jagen, und er verdient dafür deinen ganzen Respekt."
Der Junge nickte, doch er war mit seinen Gedanken längst woanders. Sein Blick schweifte zur Kiste. „Ich habe Glöckchen. Wollen wir die anbringen?"
„Denk nach, ob das sinnvoll wäre."
„Du meinst, solange sie nicht fliegt, braucht sie keine Glöckchen?"
„Genau. Außerdem wollen wir sie jetzt ausruhen lassen. Jetzt kann sie geatzt werden, hast du Fleisch?"
„Ja, die Köchin hat mir ein Täubchen gegeben."
Sie zogen den Leinensack vom Körper des Vogels und setzten ihn auf den Brunnenrand. Gierig schlang er die schmalen Streifen Taubenfleisch hinunter, die Federico mit dem Messer abtrennte. Immer wieder riss er den Schnabel auf, bis sein Kropf deutlich sichtbar hervortrat.
„Das genügt", sagte Federico. „Wenn sie zu viel frisst, würgt sie es wieder heraus."

Florent nickte zufrieden. „Beim nächsten Mal zeige ich dir, wie man sie an den Arm gewöhnt und die Krallen schneidet.“ Dann wies er auf den Brunnen. „Und du wirst jetzt putzen, es kann nicht sein, dass sie in ihrem eigenen Dreck sitzt.“
„Aber heute ...“
„Kein Aber! Sauberkeit ist wichtig, wenn sie erst Ungeziefer im Gefieder hat, hast du noch mehr Arbeit.“ Er wandte sich zum Gehen. Die Morgendämmerung war inzwischen so weit fortgeschritten, dass er den Weg zurück ohne Öllampe finden würde. „Wir sehen uns beim Frühstück.“

Der Herbstwind in den Bergen über Palermo war mild, nicht so feuchtkalt und ungemütlich wie nördlich der Alpen. Der Himmel versteckte sich hinter mausgrauen Wolken. Luna genoss das Wetter, das ihr nach der Hitze des Sommers endlich Erleichterung brachte. Hier draußen konnte sie sogar den Schleier abnehmen. Florent ritt voran und führte sie auf einen kahlen Hügel, von dem sie eine herrliche Sicht über Palermo und das Meer haben würden. Federico, der neben ihr ritt, saß kerzengerade auf einem falben Renner. Mit der rechten Hand hielt er die Zügel, auf dem linken Arm trug er den Falken. Zum ersten Mal ritten sie mit dem Vogel aus und der Junge platzte fast vor Stolz. Luna vermutete, dass die Muskeln in seinem Unterarm bereits rebellierten, denn die Haltung, in der er ihn vom Körper weg hielt, sah denkbar unbequem aus.
Der Vogel saß ruhig auf dem Handschuh, die gelben Krallen fest ans Leder geklammert. Ein kurzer Lederriemen verband sein Geschüh mit dem Handgelenk, doch er würde nicht abspringen, wenn nichts Unvorhergesehenes geschah. Noch immer aufgebräut, lebte er in Dunkelheit und was er nicht sah, beunruhigte ihn nicht. Nur manchmal,

wenn ein Vogel aufflatterte oder ein aufgescheuchtes Kaninchen davonrannte, stellte sich sein Nackengefieder auf und er drehte den Kopf in alle Richtungen.

Sie waren auf dem Hügel angekommen, die Pferde schnauften und reckten die Köpfe nach dem Gras, das hier oben frisch und grün aussah. Florent half dem Jungen aus dem Sattel.

„Wie geht es deinem Arm?“, fragte er. „Halt ihn näher am Körper, dann ist es nicht so anstrengend.“

„Sie ist nicht schwer“, sagte Federico großspurig.

Florent sah sich nach einem Platz zum Ausruhen um. „Sie hat viel gelernt in der letzten Woche, du übrigens auch. Ihr könnt beide stolz sein.“

Lunas Zelter gehörte der Frau des Quartiermeisters, eine friedliche Stute, die jetzt dankbar zu grasen begann. Am Rande der Hügelgruppe wuchs eine weit ausladende Pinie, unter der Florent den Proviantkorb abstellte.

„Kommt zu Tisch!“, rief er und breitete eine Decke aus. „Wohl dem, der gute Beziehungen zur Küche hat.“

Federico grinste. „Du nicht mehr!“

Florent warf einen schnellen Blick zu Luna herüber. Gestern hatte er der kleinen Schwarzäugigen deutlich gesagt, dass sein Herz vergeben sei. Sie heulte sich daraufhin in der Küche bei den anderen Mägden aus, sodass jeder im Palazzo Bescheid wusste. Wahrscheinlich würde es nicht bei einem leeren Wasserkrug bleiben, er musste sich gewiss auf weitere Unbequemlichkeiten einstellen.

Der Junge winkte ab. „Sie tröstet sich mit dem neuen Stallknecht. Heute früh, als ich die Pferde satteln ließ, kam sie aus der Futterkammer.“

„So?“, sagte Florent pikiert. „Das ging aber schnell.“

„Was denn?“, fragte Luna, während sie sich neugierig über die Leckereien beugte. Die dicke Küchenmagd hatte sie für ihren Liebling eingepackt.

„Florent findet, dass wir beide viel gelernt haben in der letzten Woche.“ Der Junge hob den Arm und der Falke plusterte sich auf, als hätte er das Lob verstanden.
Luna nickte. „Das stimmt. Sie ist ausgeglichener, sie hat sich an dich gewöhnt. Und die Händler in der Stadt hatten eine ruhige Woche. Ich habe gehört, sie wollen den Falken zum Vogel des Jahres erklären.“
Der Junge blickte auf und entdeckte den Schalk in ihren Augen. Er lachte leise und holte ein totes Küken aus seiner Tasche, das der Vogel sofort mit seinem scharfen gelben Schnabel zu rupfen begann.
„Es wird Zeit, dass sie einen Namen bekommt“, sagte Florent und schenkte dunklen Wein in zwei Tonbecher aus. „Hast du darüber schon nachgedacht?“
Federico zögerte. „Ich hätte sie gern nach meiner Mutter benannt, aber ich fürchte, das ist zu lang.“
„Du hast Recht, der Name darf höchstens zwei Silben haben.“ Florent schnupperte an dem Wein. Er duftete nach Zimt und roten Beeren. „Wer möchte Rindfleisch?“
„Aiij-aiij“, machte der Falke und schlug mit den Flügeln. Federico erschrak und zog am Riemen, was den Vogel zum Hüpfen brachte.
Luna lachte. „Rindfleisch ist ihr lieber, das muss sie nicht rupfen.“
„Bleib ruhig“, mahnte Florent den aufgeregten Jungen. „Sie darf auf keinen Fall abspringen, solange sie nichts sieht.“
„Wie lange muss sie denn noch im Dunkeln sitzen?“, fragte Luna mit Unbehagen in der Stimme. „Sie hätte doch mehr Freude an unserem Ausflug, wenn sie etwas sehen könnte.“
Er musterte das Tier nachdenklich, das von Luna mit einem dünnen Streifen Rindfleisch verwöhnt wurde. „Wir könnten es probieren, was meinst du, Federico?“
„Jetzt?“
„Ja. Ziehe den Faden hinter den Federn hervor und lass ihn langsam nach vorn gleiten.“

Der Junge fasste vorsichtig zwischen die Kopffedern des Vogels. Als der Faden sich lockerte, öffneten sich die Lider, und der Falke duckte sich erschrocken. „Alles in Ordnung, *Bella*. Keine Sorge, ich bin bei dir“, flüsterte Federico und strich ihr über den Rücken.
„Hast du die neue Haube dabei?“, fragte Florent.
„In der Satteltasche.“
„Dann lösen wir jetzt den Faden und setzen ihr für den Heimweg die Haube auf.“ Er ging zu den Pferden.
Luna lächelte erleichtert. Endlich endete diese grausame Prozedur, die sie wahrscheinlich mehr geschmerzt hatte als den Falken. „*Bella* ist ein guter Name“, sagte sie.
Federico nickte. „Kurz und deutlich.“
Mit besorgter Miene kam Florent zurück. „Reiter! Etwa fünfzig Bewaffnete, sie sind kurz vor den Stadttoren von Palermo. Wir müssen zurück.“ Vorsichtig zog er dem Vogel den Seidenfaden vom Kopf und setzte ihm die Lederhaube auf. Sie war aus weichem Ziegenleder gearbeitet, mit nach außen gestülpten Nähten, er hatte sie von einem arabischen Händler gekauft. Die Sarazenen stellten die besten *burqu*ʿ her.
Vom Rande des Hügels aus konnten sie zwar die Reiter gut sehen, aber das Wappen nicht erkennen. Am östlichen Tor hielten die Männer kurz, wurden aber dann zügig eingelassen.
Sie ritten im scharfen Galopp und benutzten das gleiche Tor, um in die Stadt zurückzukehren.
„Welches Wappen führten die Männer, die eben kamen?“, fragte Florent den Torwächter.
„Ihr Anführer nannte sich Markgraf von Ancona.“
„Sein Anliegen?“
Der Torwächter musterte Florent empört, wahrscheinlich wollte er zurück zu seinem Bierkrug, der im Fenster des Torhauses stand. Doch dann fiel sein Blick auf Federico und er

verneigte sich kurz. „Dringende Nachrichten für den Erzbischof.“
„Mit fünfzig bewaffneten Begleitern habt Ihr ihn einfach in die Stadt gelassen?“ Federico funkelte den Mann vom Sattel herab an.
Der Wächter wand sich und suchte nach Ausflüchten. „Was sollte ich tun? Im schlimmsten Fall hätte er mich niedergestochen und das Tor selbst geöffnet. Allein kann ich nichts ausrichten. Seit Monaten bitten wir um mehr Wächter an den Toren.“
Luna dagegen dachte angestrengt nach. Markgraf von Ancona. Irgendetwas ließ ihr Unterbewusstsein Alarm schlagen. Ihre Stute schüttelte heftig den Kopf, als ihr eine Biene um die Ohren summte. Sie klopfte ihr beruhigend den Hals. Und da plötzlich fiel es ihr ein. „Annweiler! Markward von Annweiler! Er bekam von Heinrich die Gebiete um Ancona zugesprochen und nennt sich hier im Süden Markgraf von Ancona.“
Florents Brauner tänzelte und drehte sich im Kreis. „Kaiser Heinrichs engster Vertrauter? Was kann er wollen?“
„Mich!“, sagte Federico lakonisch. „Meine Mutter hat immer gesagt: Hüte dich vor Markward von Annweiler. Er ist ein Wolf im Schafspelz.“
Der Wächter war so weiß wie die gekalkte Wand in der Kammer hinter ihm. „Soll ich Verstärkung anfordern? Die Nachtwache könnte …“
„Dazu ist es zu spät.“ Florent überlegte fieberhaft. „Können wir Federico in der Stadt verstecken?“
„Nein.“ Der Junge richtete sich im Sattel auf. „Ich verstecke mich nicht. Ich werde ihn fragen, was er will.“
„Wenn uns dazu Gelegenheit bleibt“, murmelte Florent. Er trieb sein Pferd an. Lunas Herz klopfte laut, jeder Schlag dröhnte in ihren Ohren. Wenn es sich um Markward handelte, durfte sie ihm auf keinen Fall begegnen. Nach Kaiser Heinrichs Tod war sie mit ihren Eltern vor ihm geflohen,

denn Markward machte sie für dessen Sterben verantwortlich. Traurigkeit überfiel sie. Ihr neues Leben hier in Palermo war so verlockend erschienen. Doch falls Markward blieb, musste sie die Stadt verlassen.

Florent beugte sich zu Federico. „Kennst du einen Weg in den Palast, der nicht bewacht wird?“

„Klar.“

„Dann werden wir diesen Weg nehmen, Markwards Männer warten mit Sicherheit am Tor. Wenn wir ungesehen hineinkommen, können wir herausfinden, was er will.“

„Es ist aber nur eine Schlupfpforte. Die Pferde müssen wir zurücklassen.“ Federico sah sich nach Luna um. „Könntest du dich um sie kümmern?“

Luna hob die Augenbrauen. „Was soll ich mit ihnen machen?“

„Geh in die Schustergasse und frag dort nach Emilio. Er soll sie zum Palasttor bringen und sagen, er hätte sie vor der Stadt eingefangen. Vielleicht bekommt er eine Belohnung“, sagte Federico und grinste.

Der Junge führte Florent in weitem Bogen um den Palazzo herum. Am Fuße des Wirtschaftstraktes faulten vor der Mauer Küchenabfälle und anderer stinkender Unrat. Sie kletterten durch den schlammigen Graben und stiegen über braune Kohlblätter und abgenagte Knochen. Ein paar fette Ratten ließen sich nicht stören, sie stoben erst davon, als Florent einer von ihnen einen Fußtritt versetzte.

„Bei den Augen Gottes“, stöhnte er, „das ist dein Schleichweg?“

„Wenn er einfacher zu gehen wäre, hätte man ihn schon entdeckt.“

Sie kletterten den steilen Hang hinauf zum Fuße der Palastmauern. Unter einem Vorsprung fand sich eine schmale eiserne Tür, die dazu diente, größere Mengen Abfall, die nicht gleich aus dem Fenster gekippt wurden, hinauszubringen. Florent rüttelte am Riegel, sie war verschlossen. Federico

bückte sich nach einem Stein und zog einen kleinen Eisenhaken hervor, mit dem er geschickt das Schloss öffnete. Der schmale finstere Gang hinter der Tür führte zwischen unverputzten Wänden leicht bergan. „Nicht so schnell!", zischte Florent, der sich an der Mauer entlang tastete. Sie kamen an Vorratskammern vorbei, aus denen es abwechselnd nach Fisch und Schinken und nach Äpfeln duftete. „Ich wette, hierfür hast du auch Schlüssel?", flüsterte er.
„Nicht nötig", entgegnete Federico über seine Schulter. „Ich habe gute Beziehungen zur Küche, wie du weißt."
Florent stolperte über einen Stein und fluchte leise.
„Wir sind gleich am Küchentrakt. Dort ist es hell", sagte der Junge.
Sie bogen um eine Ecke und standen vor einer Brettertür, durch deren Ritzen Licht schimmerte. Das Klappern von Töpfen, laute Stimmen und das lodernde Brausen von Feuer klangen eindeutig nach großer Küche. „Schau, ob du fremde Männer siehst!", sagte Florent und deutete auf ein Astloch.
„Ich sehe nur den Koch und seinen Gehilfen."
„Dann los, wir müssen es riskieren."
Sie öffneten die Tür und betraten den riesigen Raum, in dem eine große Feuerstätte für enorme Hitze sorgte. Dampf und Rauch zogen unter der geschwärzten Decke entlang zu einem breiten Abzug, der schräg oben im Mauerwerk verschwand. Der Koch stand mit gerunzelter Stirn vor einem mächtigen Kessel, während ein Gehilfe mit einem Löffel darin herumrührte. Zwei Mägde schnitten an einem Tisch Gemüse. Eine von ihnen entdeckte sie und schlug die Hand vor den Mund. Es war die dicke Frau, die sich um Federico kümmerte.
„Wo bist du gewesen?", rief sie. „Du musst dich verstecken." Sie wischte sich die Hände an ihrem Kittel ab und eilte auf sie zu. „Es sind deutsche Ritter gekommen, sie suchen dich überall im Palazzo, selbst den Garten haben sie

durchstöbert.“ Sie versuchte, ihn an sich zu drücken, wobei sie den Falken übersah und Federico mit einem gekonnten Manöver zur Seite ausweichen musste.
„Wo sind die Deutschen jetzt?“, fragte Florent.
Inzwischen waren der Koch und sein Gehilfe herbeigeeilt.
„Sie haben sich im ganzen Palast verteilt und stellen alles auf den Kopf. Sie wollen den Jungen“, sagte der Koch und wischte sich den Schweiß von der Stirn.
„Was ist mit dem Erzbischof?“
„Er bekam einen Herzanfall und ringt mit dem Leben.“
„Wie viele von unseren Wachsoldaten sind im Palast?“, fragte Florent.
Der Koch winkte ab. „An den Toren waren jeweils zwei, die haben sie überwältigt. Auch die sechs Männer der Bereitschaft sind festgesetzt. Und die Stadtwachen kommen nicht mehr herein, weil die Tore geschlossen sind.“
„Wie konnte der Erzbischof nur so nachlässig sein?“ Florent war fassungslos. „Wo ist Graf Gentile, der Befehlshaber der Wache?“
Der Koch hob beide Hände. „Es heißt, er sei nach Messina, um Proviant zu holen.“
„Proviant? Seid Ihr nicht dafür zuständig?“
„Normalerweise schon. Aber er bestieg heute früh ein Schiff, das habe ich selbst gesehen, als ich im Hafen Fisch kaufte.“
„Das stinkt doch gen Himmel.“ Florent sah Federico an.
„Wenn Ihr Hilfe braucht, Majestät, ich bin bereit“, rief der Gehilfe und schwang seinen Holzlöffel.
Der Koch runzelte die Stirn. „Scher dich an den Kessel, Nichtsnutz! Wenn etwas anbrennt, wirst du Hilfe brauchen.“ Der Junge verzog sich eilig.
„Was habt Ihr vor?“, fragte der Koch.
In diesem Moment stürmte ein Küchenjunge herein. „Sie sind in der Bibliothek und bedrängen den Magister! Jemand muss ihm helfen!“

Federico rannte zur Tür, Florent folgte ihm. Der Junge lief quer über den Hof auf die Bibliothek zu. Im Augenwinkel sah Florent zwei bewaffnete Ritter am Eingang zum Haupthaus stehen, doch sie waren in ein Gespräch vertieft und warfen nur einen flüchtigen Blick auf das Kind mit dem Falken. Er dankte Gott, dass der Junge eine schäbige Filzkappe auf dem Kopf trug, die sein blondes Haar verdeckte. Auch sonst sah er nicht wie ein König aus, die Beinkleider schmutzig und der Hemdsärmel zerrissen, im Gesicht und an der freien Hand die blutigen Reste der Falkenatzung.
Die große Tür zur Bibliothek stand offen. Laute Stimmen drangen heraus. „Wenn dir dein Leben lieb ist, rede endlich: Wo ist der Junge?"
Florent hatte in seiner Zeit als Wilhelms Lehrmeister nicht viel mit Markward von Annweiler zu schaffen gehabt, aber dessen Stimme erkannte er sofort. Sie schlichen sich durch das Labyrinth aus Regalen heran.
„Ich weiß es nicht, wie oft soll ich das noch sagen?" Die Stimme des Magisters zitterte leicht. „Er tut und lässt, was er will."
„Ihr seid sein Lehrer, Ihr werdet wissen, was er für Vorlieben hat. Wo könnte er um diese Zeit sein?"
„Er liebt seinen Falken. Er könnte auch im Pferdestall sein, wo er ..."
„Papperlapapp! Im Stall ist er nicht. Aber es fehlen drei Pferde. Wohin ist er geritten? Und mit wem?"
„Ich weiß es nicht, so glaubt mir doch!" Die Stimme des Magisters kippte und war nur ein Fiepen.
Florent registrierte mit Hochachtung, dass der alte Mann selbst in größter Angst nichts verriet, obwohl er genau wusste, mit wem Federico ausgeritten war. Der Junge hatte ihm heute früh berichtet, dass sein Falke zum ersten Mal mit hinausdurfte. In diesem Moment hörten sie einen dumpfen Schlag und einen Schrei.

Federico machte einen Satz nach vorn und sprang aus der Deckung, bevor Florent es verhindern konnte. „Sofort lasst Ihr den Mann in Ruhe! Was seid Ihr für ein erbärmlicher Feigling!"
Seine Stimme zitterte vor Wut und vermittelte doch Autorität, sodass es für einen Augenblick still wurde. Als Florent hinter dem Regal hervortrat, sah er eine Szene, die wie eingefroren schien. Der Magister saß mit weit aufgerissenen Augen in dem Stuhl, der von seinem Peiniger nach hinten gekippt und in dieser misslichen Lage gehalten wurde. Seine kurzen Beine hingen hilflos in der Luft. Der kräftige Mann mit weißem Haupthaar und einem Lederharnisch, der sich über den Magister beugte, wandte sein überraschtes Gesicht Federico zu. Der kleine König stand vor dem Schreibtisch und hielt den Falken wie ein Schutzschild vor sich.
Am Fenster entstand eine Bewegung, Florent drehte den Kopf und entdeckte einen weiteren Ritter, jünger als der Erste und mit unmissverständlicher Geste die Hand am Schwertgriff.
„Sieh an!", sagte Markward endlich und richtete sich auf. „Wenn das nicht das Subjekt unserer Begierde ist!"
„Wenn Ihr ein Ritter seid, dann helft dem Magister aus seiner Lage!", befahl Federico, ohne mit der Wimper zu zucken.
Von Annweiler richtete den Stuhl auf und klopfte dem Alten auf die Schulter, ohne ihn weiter zu beachten. Seine Augen waren starr wie die einer Schlange auf den Jungen gerichtet.
„Was wollt Ihr?", fragte Federico.
„Euch, Majestät!" Markwards Stimme war voller Triumph. Mit der schon etwas hölzernen Geschmeidigkeit eines alten Fuchses kam er um den Schreibtisch herum und musterte den Jungen. „Die Augen Eures Vaters, darin besteht kein Zweifel. Besonders königlich seht Ihr allerdings nicht aus.

Es wird Zeit, dass sich jemand um Euch kümmert.“ Er trat einen kleinen Schritt zurück und deutete eine Verbeugung an. „Markward von Ancona, ich war der getreue Berater Eures Vaters, habe ihm gedient, bis er unglücklicherweise verstarb. Er hätte nicht gewollt, dass Ihr so vernachlässigt aufwachst.“
„Und das wollt Ihr jetzt ändern?“ Wer Federico kannte, hörte den Hohn in seiner Stimme.
„Ihr braucht eine ordentliche Ausbildung, standesgemäße Kleidung ...“, sein Blick wanderte abfällig über die Filzkappe und das zerrissene Hemd, „... und Unterricht im Geschäft des Regierens. Ihr werdet einmal über das gesamte Römische Reich Deutscher Nation herrschen, höchste Zeit, Euch darauf vorzubereiten.“
Jetzt platzte Florent der Kragen. „Was gibt Euch das Recht, hier einzudringen“, fuhr er dazwischen, „und zu glauben, Ihr könntet mir nichts, dir nichts, die Erziehung des Königs von Sizilien übernehmen? Nehmt Eure Männer und verschwindet!“
Markward riss die Augenbrauen hoch. Bisher hatte er den unbewaffneten Florent nur am Rande wahrgenommen. Es folgte ein kurzer Blickwechsel mit seinem Begleiter, dessen Hand am Schwertgriff lag und der sich augenblicklich in Bewegung setzte.
Federico überlegte nicht lange. Er zog seinem Falken die Haube vom Kopf, löste die kurze Fessel vom Handschuh und warf ihn Markward entgegen. Der Vogel, der plötzlich sehen konnte und sich gleich darauf in der Luft befand, kreischte überrascht auf und schlug dem Mann seine messerscharfen Krallen in die Kopfhaut, bevor er sich abstieß und panisch flatternd zwischen den Regalen verschwand.
Florent dachte bedauernd an das Schwert in seiner Kammer, als er den Jungen in Richtung Ausgang schob. „Lauf!“

Markward war hinter dem Schreibtisch in Deckung gegangen und hielt beide Arme über dem Kopf. „Diepold!", brüllte er.
Florent und Federico rannten durch das Bücherlabyrinth zurück in Richtung Tür, dann die lange Balustrade entlang zur Treppe. Unten im Hof standen einzelne Gruppen von Bediensteten, die ihre Hälse reckten. Die zwei Flüchtenden erregten die Aufmerksamkeit von Markwards Vasallen, die zur Treppe eilten, um sie in Empfang zu nehmen. Einige Knechte stellten sich den Fremden in den Weg, doch die bewaffneten Männer schoben sie rüde beiseite. Florent suchte in Gedanken nach einem Fluchtweg oder Versteck, hinter ihnen polterte Diepold mit gezogenem Schwert die Stufen hinab, unten auf dem Hof sammelte sich ein gutes Dutzend von Markwards Rittern. Hoffnungslos.
„Federico, gib auf!", rief er.
„Nein!"
Sie hatten inzwischen zwei Drittel der Stufen hinter sich, unten bildeten Markwards Männer eine undurchdringliche Mauer aus Harnischen. Auf einem Absatz des Marmorgeländers stand eine steinerne Vase, die in besseren Zeiten einmal mit Blumen bepflanzt gewesen war. Der Junge riss sie herunter, sie fiel der zurückweichenden Menge vor die Füße. Er nutzte den Augenblick und sprang mit einem behänden Satz seitlich über das Geländer hinweg. Ehe die Ritter sich besonnen, war er unterhalb der Treppe in einem der Zugänge zum Keller verschwunden. Florent sprang einen Augenblick später, doch nun reagierten die Männer. Als er unten aufkam, landete er mitten zwischen ihnen. Er riss dem ersten besten sein Schwert aus der Hand und drehte sich wie ein Kreisel. Doch gegen die Überzahl war er machtlos. Irgendwann packten ihn feste Hände und drückten ihn rücklings zu Boden.

„Wen haben wir denn hier? Seid Ihr der Patenonkel, oder was?“, fragte Diepold, der keuchend die unterste Stufe erreicht hatte. Er setzte Florent die Schwertspitze auf die Brust und brüllte über den Hof: „Wo immer Ihr seid, großer König von Sizilien, kommt heraus, wenn Euch das Leben Eures Begleiters lieb ist! Ich zerlege ihn sonst gleich hier in handliche Stücke.“
„Hör nicht auf ihn!“, rief Florent ebenso laut und flehte in Gedanken, der Bengel möge einmal auf ihn hören.
Markwards Scherge holte aus und trat ihm in die Rippen. Florent keuchte und das umstehende Gesinde murrte entrüstet.
„Was ist?“, schrie Diepold. „Kommt Ihr heraus? Am Boden liegt er bereits, ich muss ihn nur noch zerhacken.“
Florent versuchte, etwas zu rufen, doch der kräftige Tritt hatte ihm die Luft aus der Lunge gepresst. Mühsam rang er nach Atem. Aus dem Augenwinkel sah er die Filzkappe aus dem Kelleraufgang auftauchen. Er schüttelte heftig den Kopf, aber Federico starrte ihn trotzig an und marschierte direkt auf seinen Widersacher zu.
„Wer immer Ihr seid“, sagte er mit zittriger Stimme, aber voller Würde, „fürchtet den Tag, an dem ich volljährig bin und den Thron besteige.“
Diepold sah ihn verdutzt an, als wüsste er nicht, ob er lachen oder weinen sollte. Er entschied sich, zu grinsen, aber es sah irgendwie schief aus.
Markward kam die Treppe herab, er blutete aus einer tiefen Wunde auf der Stirn, auf den Kopfhaut zwischen seinen schlohweißen Haaren schimmerte ebenfalls Blut. „An Mut mangelt es Euch nicht, Majestät. Auch das habt Ihr von Eurem Vater. Ich schlage vor, wir setzen unser Gespräch fort, wenn wir uns alle ein wenig beruhigt haben. Bringt sie ins Verlies!“

Ein dunkelhaariger Junge lief durch die Gassen zum Hause des Kräuterweibes Lorna. Er klopfte kurz an ihrer Tür und wurde sofort eingelassen.

„Emilio! Was hast du erfahren?“ Luna zog ihn aus dem dunklen Flur in die etwas lichtere Kammer. Erst jetzt sah sie den behaubten Falken auf seiner Faust. Die glatten Federn auf dem Rücken glänzten, das helle Brustgefieder war herausfordernd aufgeplustert. Sie legte die Stirn in Falten. Wenn Bella nicht bei Federico war, bedeutete das nichts Gutes.

„Rede schon, was ist passiert?“, meldete sich die Stimme der Alten aus der Ecke.

Emilio genoss einen kurzen Moment die Neugier der beiden Frauen. „Als ich die Pferde abgab, sorgte das für gehörige Verwirrung unter den Wachleuten. Es waren Deutsche und sie erkannten die Tiere nicht. Ich wartete eine Weile, bis sie ihren Befehlshaber geholt hatten. Ich wollte schließlich eine Belohnung. Eine Zeit lang befürchtete ich, sie würden mich als Pferdedieb ins Verlies bringen, denn sie warfen mir misstrauische Blicke zu.“

„Emilio!“, mahnte Luna ungeduldig.

„Während ich also am Torhaus wartete, schlich sich ein kleiner Mann heran, der irgendwie kauzig aussah, recht alt und ganz in Schwarz gekleidet. Er sagte, er sei Federicos Lehrer, er hätte gesehen, dass ich sein Pferd zurückbringe und fragte, wer ich sei. Nachdem ich ihm erklärt hatte, dass ich mich für Federicos besten Freund halte, nickte er zufrieden und hieß mich warten. Das musste ich sowieso, weil der Befehlshaber noch immer nicht erschienen war und die Deutschen kopflos hin und her rannten.“

„Das muss Magister Franciscus gewesen sein“, warf Luna ein.

„Mag sein, jedenfalls kam er nach kurzer Zeit mit dem Falken wieder und befahl mir, ihn zu Euch zu bringen. Ihr wüsstet, mit ihm umzugehen, sagte er.“

Luna lachte verblüfft. „Wieso glaubt er das?"
„Wenn Ihr Hilfe braucht, ich bin gern bereit, ihn zu atzen und spazieren zu tragen." Emilio strich Bella übers Gefieder und sein begehrliches Grinsen legte etliche Zahnlücken frei.
„Was ist mit Federico und Florent geschehen?", fragte Lorna.
„Der Magister sagte, sie seien im Verlies."
„Gütiger Gott!" Luna sah ihn panisch an. „Wir müssen etwas tun!"
Emilio hob den Kopf. „Ich gehe zurück in den Palazzo, ich bin oft mit Federico durch den Küchentrakt geschlichen. Ich finde heraus, wie wir ihnen helfen können."
Luna betrachtete stirnrunzelnd den Falken. „Warum hat er sie nicht im Palast gelassen? Irgendjemand hätte sie gewiss gefüttert."
„Einer von den Knechten erzählte, der deutsche Befehlshaber sei verletzt, des Königs Falke habe ihn angegriffen."
Lorna kicherte. „Kluger Vogel."
Luna musterte das Tier und widerstand dem Drang, ihm die Kappe abzunehmen. „Arme Bella, dann musst du dich also auch vor Annweiler verstecken. Emilio, versuch, im Palast die Falkenkiste mit dem Geschirr aufzutreiben. Ich werde sie brauchen."

Das Verlies war trocken und, soweit sie beurteilen konnten, auch sauber. Allerdings besaß es kein Fenster. Sie hockten im Dunkeln nebeneinander an der Wand aus grob behauenen Steinen und warteten.
„Er lässt uns bald holen", sagte Federico, als müsse er Florent Mut zusprechen. „Er wird versuchen, mir seine Erziehung anzupreisen."
Tatsächlich hatte Florent den Zuspruch des Jungen bitter nötig, denn obwohl es ihm als Lehrmeister zugekommen wäre, den König zu trösten, fühlte er sich dazu kaum in der Lage. Die Situation in dem Verlies erinnerte ihn an die Tage,

die er mit seinem letzten Schützling hier unten verbringen musste.
Auch Wilhelm glaubte damals fest daran, dass Kaiser Heinrich ihn holen würde, schließlich hatte Wilhelm versprochen, mit ihm das Kreuz zu nehmen und ins Gelobte Land zu ziehen. Und dann war alles anders gekommen. Eine leise Stimme in ihm sagte, dass die Situation nicht die gleiche sei, diesmal habe nur von Annweiler sie ins Verlies werfen lassen und nicht ein rechtmäßiger Kaiser, der seinen ebenso rechtmäßigen Rivalen aus dem Weg räumen wollte.
Die Stimme wurde übertönt von etwas Lauterem, das sich mit aller Macht in seinem Bewusstsein ausbreitete und ihm fast den Verstand raubte: Was, wenn Markward glaubte, er selbst habe ein Anrecht auf diesen Thron? Oder wenn er im Auftrag von Federicos Onkel Philipp von Schwaben handelte, der als König jenseits der Alpen regierte? Philipp musste den Jungen als störenden Rivalen betrachten, schworen die deutschen Fürsten doch einst seinem Vater Heinrich, dass sie Friedrich, wie er im Norden genannt wurde, als legitimen König anerkennen würden.
Er legte den Kopf in beide Hände und schluckte mühsam den Kloß in seiner Kehle hinunter. So viele rechtmäßige Könige, das verstand niemand, der mit gesundem Menschenverstand auf die Welt gekommen war. Und wer sollte ihnen hier heraushelfen? Der Erzbischof kämpfte um sein Leben, Graf Gentile, der Befehlshaber der Wache, hatte sich feige davongemacht. Blieb der Küchenjunge. Er lachte bitter auf.
„Was ist?“, fragte Federico und schob seine Hand herüber. „Warum lachst du?“
„Wenn man nicht weiter weiß und der Verstand zu versagen droht, dann muss man plötzlich lachen.“ Florent sprach leise und atmete flach, seine Rippen schmerzten.
Federico rückte näher an ihn heran. „Machst du dir Sorgen?“
„Du etwa nicht?“

„Hoffentlich hat er Bella nicht töten lassen."
„Ich wette, sie sitzt in der Bibliothek auf einem Regal und kackt auf die Ledereinbände."
Federico kicherte und es klang seltsam hohl in dem Kellerraum. „Bestimmt versucht der Magister, ihr Latein beizubringen."
„Gute Idee, dann kann sie sich auf Latein entschuldigen, bevor sie ein Kaninchen schlägt." Jetzt lachten sie beide.
„Wenn er mich fragt", sagte Federico, „werde ich zustimmen. Unter der Bedingung, dass der Magister und du weiterhin meine Lehrer bleiben dürfen."
Florent nickte, dann fiel ihm ein, dass der Junge im Dunkeln nicht sehen konnte. „Ich fürchte, du hast keine andere Wahl. Ansonsten wird er uns hier unten verschmoren lassen und die Macht an sich reißen."
„Wenn ich volljährig bin, werde ich mich rächen, furchtbar rächen. An diesem schrecklichen Diepold und an Markward und an Graf Gentile. Und du wirst mein Kanzler, versprochen."
Florent traten die Tränen in die Augen, er war einen Moment dankbar für die Dunkelheit. Es waren Tränen der Rührung, aber auch der Wut und der Ohnmacht. Sie schnürten ihm die Kehle zu. Stumm drückte er Federicos Hand.
Eine Ewigkeit später polterten Schritte die Treppe herab, klirrten Schlüssel und quietschten Türen. Einer von Markwards Vasallen leuchtete mit einer Fackel in die enge Kammer und wies auf den Jungen. „Mitkommen!"
Florent wollte ihm folgen, doch der Mann stieß ihn grob zurück und verriegelte die Tür. Er hämmerte mit der Faust an die eisernen Beschläge, bis er vor Schmerzen beinahe ohnmächtig wurde. Dann saß er apathisch auf dem Boden. Die Erinnerung fraß ihn auf, er sah die Bilder von damals – als sie Wilhelm zurückbrachten. Diesen warmherzigen, immer

optimistischen Jungen, der ein lebloses Bündel aus blutigem Fleisch gewesen war, als sie ihn zu ihm in die Zelle warfen. Jetzt hatte er erneut versagt.
Später hallten Schritte auf dem Gang, Schritte eines Mannes. Sicher trug er Federico über der Schulter. Oder er brachte ihn gar nicht erst zurück. Wenn Markward die Macht übernehmen wollte, war es für ihn am einfachsten, den Jungen zu töten, daran bestand kein Zweifel. Der Riegel schlug hart gegen die Arretierung, die rostigen Angeln gaben ein gequältes Quietschen von sich.
„Florent von Accera, kommt!“
Seine Rippen schmerzten, als er auf die Beine kam und aus der Tür trat. Das Licht der Fackel blendete ihn, er konnte das Gesicht des Wärters nicht sehen. „Was ist mit dem Jungen?“
„Geht voraus!“ Der Mann deutete in Richtung Ausgang. Er brachte ihn die Treppen hinauf in den Wohnbereich des Palazzos, dorthin, wo der Saal und die Residenzräume des Königs lagen. Wenigstens würden sie ihn hier nicht umbringen, dafür waren die Teppiche zu kostbar. In dem Raum, in dem er seinen Kontrakt als Lehrmeister erhalten hatte, saß von Annweiler hinter dem Schreibtisch des Erzbischofs. Bevor er etwas sagen konnte, kam Federico vom Fenster herangeschossen und fiel ihm um den Hals. Als Florent verhalten stöhnte, besann er sich und nahm Abstand.
„Du bleibst mein Lehrmeister“, raunte er ihm zu, bevor er ihn in Richtung Tisch schob.
Markward musterte ihn wie der Fuchs das Kaninchen und deutete auf den Stuhl vor dem Tisch. Die Wunde auf seiner Stirn war mit einigen Stichen genäht worden. Eine Narbe würde bleiben, der er sich als Ritter nicht unbedingt rühmen konnte. „Der junge König hat sich erheblich für Euch eingesetzt. Es bleibt dabei, dass Ihr ihn im Reiten und im Schwertkampf unterrichtet.“

Florent hatte eine Menge Fragen, aber die würde Markward ihm sowieso nicht beantworten. Also schwieg er.
Von Annweiler schob den schweren Armlehnstuhl zurück und ging zum Fenster. „Nur, dass wir uns richtig verstehen: Ich bin noch immer dem Andenken des Kaisers Heinrich treu und sorge mich um seinen legitimen Nachfolger. Wenn Ihr ehrlich seid, war das, was Friedrich bisher an Erziehung erhielt, seiner nicht würdig."
Florent stutzte zunächst bei dem ungewohnten deutschen Namen seines Schützlings.
Der deutete sein Schweigen falsch und sprach eindringlicher weiter. „Er liest keine Gesetzestexte, er spricht nur zwei Sprachen."
„Drei!", fiel ihm Federico ins Wort. „Beinahe vier. Volgaro, Deutsch und Latein, ein bisschen hebräisch hab ich vom Judenarzt gelernt."
„Das genügt nicht. Die Gerüchte seiner Verwahrlosung verbreiten sich nicht nur auf der Insel, sie dringen bis aufs Festland vor. Wie soll er sich später Respekt verschaffen, wenn sein Leumund schon jetzt verdorben ist?"
Federico war es nicht gewohnt, dass man über ihn sprach, als wäre er nicht anwesend. Er sah ihn empört an. „Ich weiß schon, wie ich mir Respekt verschaffe!"
„So? Dann sprecht!", forderte Markward ihn auf.
„Wer meinen Befehlen nicht folgt, den lasse ich ins Verlies werfen, auspeitschen oder henken!"
„Dann begeht Ihr den gleichen Fehler wie alle Herrscher, die nichts taugen: Ihr verwechselt Furcht mit Respekt. Eure Männer werden Euch folgen, weil sie Euch fürchten, aber sie werden hinter Euch kriechen wie geprügelte Hunde mit eingezogenem Schwanz. Und bei der ersten Gelegenheit verpissen sie sich in die Büsche. Wollt Ihr das?" Er hob die buschigen weißen Augenbrauen und zuckte zusammen, als die die frisch genähte Wunde sich dabei verschob. „Wenn es Euch dagegen gelingt, dass sie Euch mit Achtung und

Respekt begegnen, ja sogar mit Liebe, dann geben sie alles für Euch, im Ernstfall selbst ihr Leben."
Federico schwieg mit vorgeschobener Unterlippe und Florent überlegte, ob Annweiler vielleicht gar kein Problem für den Jungen war, sondern eine positive Wendung des Schicksals. Erleichterung erfasste ihn, doch er nahm sich vor, auf der Hut zu bleiben.
„Hat Graf Gentile sich auch in die Büsche verpisst?", fragte Federico.
Markward schmunzelte. „Aus meiner Sicht verhielt er sich wie ein guter Stratege. Er erkannte rechtzeitig, auf welche Seite er sich stellen muss und zog die Konsequenzen."
„Aber welche ist die richtige Seite?", hakte Federico nach.
Von Annweiler wiegte den Kopf. „Das ist eine der schwierigsten Fragen, die das Leben Euch stellt. Später werdet Ihr bestimmen, welche Seite die richtige ist. Das ist der Sinn der Macht. Aber bis dahin müsst Ihr viel lernen."
Federico verdrehte die Augen. Diesen Satz kannte er zur Genüge.
Als sie den Raum verließen, fragte Florent: „Was ist mit Bella?"
Federico hob die Schultern. „Von Annweiler behauptet, es nicht zu wissen."
„Dann suchen wir sie in der Bibliothek."
Der Magister sprang hinter seinem Schreibtisch hervor, sein Gesicht rot vor Freude. „Federico, ich bin erleichtert, es geht dir gut. Aber Ihr, Florent, Ihr seht ein bisschen angeschlagen aus."
„Ein treffendes Wort, Magister." Florent grinste schief.
Federico legte den Kopf in den Nacken und suchte die Oberkanten der Regale ab.
Franciscus sah ihm irritiert zu, dann begriff er. „Oh, du suchst den Vogel?" Der Magister tippelte mit seinen kurzen Beinen von Regal zu Regal, um dem Jungen auf den Fersen zu bleiben. Er sah aus wie eine Krähe, die auf dem

frisch gepflügten Acker nach Würmern sucht. „Ich hielt es für besser, ihn hier wegzubringen, nachdem er den Markgrafen verletzte. Ich fürchtete, der würde ihm den Hals umdrehen, wenn er seiner habhaft würde. Immerhin blutete er stark und wirkte, nun ja, sehr wütend und ganz bestimmt ..."
„Wo ist sie?", fiel Federico ihm ins Wort.
„Der Küchenjunge half mir, ihn einzufangen. War nicht einfach, die Regale sind sehr hoch und der Vogel ängstigte sich sehr, und ich bin nicht mehr in der Lage, wie ihr sicher versteht ..."
Federico stampfte mit dem Fuß auf.
Franciscus legte den Finger an die Nase. „Dieser Junge, wie heißt er doch gleich? Der aus der Stadt, mit dem du dich herumtreibst ..."
„Emilio?"
„Der mit den dunklen Locken und den Zahnlücken, er hat den Vogel mitgenommen. Ich habe ihm gesagt, er soll ihn zu Signorina Luna bringen."
„Dem Himmel sei Dank!", sagte Federico voller Inbrunst. Für einen Moment sah es aus, als wolle er den Magister küssen. „Ich werde sie holen, sobald es dunkel wird." Längst hatte er vergessen, was der Markgraf nur kurze Zeit zuvor befahl: „Keine Eskapaden mehr in der Stadt! Die Leute müssen Euch und Eure Streiche vergessen, damit sie Euch in Zukunft respektieren. Ihr werdet in den nächsten Wochen den Palazzo nicht verlassen."
Magister Franciscus klopfte auf seine Schreibtischplatte. „Ich schlage vor, wir zeigen guten Willen und beginnen mit dem Unterricht. Mir scheint, dein Reitlehrer braucht noch ein wenig Schonung."
Federico nickte gönnerhaft, nichts konnte seine gute Stimmung trüben. Schicksalsergeben setzte er sich auf den bereitstehenden Hocker.

Als Emilio am Abend zuvor niedergeschlagen vor der Tür stand, um zu berichten, dass es kein Hineinkommen in den Palazzo mehr gab, fasste Luna schweren Herzens den Entschluss, die Stadt zu verlassen. Von Annweiler fegte mit hartem Besen, sie sah keine Möglichkeit, den beiden zu helfen.
„Sie haben die Schlupfpforte unter den Vorratskammern zugemauert. Das Tor ist von Deutschen besetzt, da kommt nur herein, wer einen triftigen Grund vorweisen kann“, berichtete Emilio.
Sie erzählte Lorna die Geschichte von Kaiser Heinrichs Tod, an dem sie zwar keine Schuld trug, gegen den sie aber auch nichts unternommen hatte. Dass sie damals Markwards Repressalien entrinnen konnte, lag nur an dem allgemeinen Durcheinander, wie es beim Tod eines Herrschers meist auftritt. Sie nutzten das Chaos, packten im Handumdrehen die Sachen und liefen zum Hafen. Nach wenigen Stunden fanden sie ein Schiff, das die kleine Familie nach Akkon brachte.
Lorna mümmelte nachdenklich. „Es ist besser, wenn du gehst. Ich komme zurecht, Liebes. Emilio wird mir helfen, das hat er versprochen. Er ist froh, wenn er seinem launischen Vater entwischen kann. Nimm die alte Römerstraße nach Messina. Dort setze über aufs Festland und schließ dich einem Händlerzug an. Kräuterfrauen werden gern mitgenommen.“
Luna fühlte sich elend. Sollte sie nicht doch bleiben und Florent helfen? Doch was konnte sie tun? Wenn sie Markward über den Weg liefe, landete sie höchstens im gleichen Verlies. Am Ende schadete sie ihm zusätzlich. Nein, es war besser, er würde nicht mit ihr in Zusammenhang gebracht werden. Sie schüttelte energisch den Kopf und hängte sich ihre Tasche auf den Rücken, drückte Lorna ein letztes Mal, nahm den Falken auf die Faust und trat vor die Tür.

Die Alte hatte ihr etliche Namen genannt von Menschen, die ihr weiterhelfen würden. Zusammen mit der Liste ihres Vaters ergab das eine ausreichende Versicherung entlang ihrer Marschroute. In den morgendlichen Straßen von Palermo zog sich die Dunkelheit gerade zwischen die Häuser zurück und wich einer milchigen Dämmerung. Noch waren nur Wasserträger und Dienstleute unterwegs, die am Stadtrand bei ihren Familien geschlafen hatten und zu ihren Herren eilten. Der Bäcker öffnete die Läden vor seinem Fenster und winkte ihr zu. Die Wachen am Stadttor musterten die Frau mit dem Falken neugierig, ließen sie jedoch ungehindert ziehen. Die Via Valeria führte am Meer entlang in Richtung Osten, der aufgehenden Sonne entgegen.
Sie hatten am Abend zuvor lange überlegt, ob sie Bella mitnehmen sollte.
Emilio redete ihr zu, obwohl sein Herz an dem Falken hing. „Sie wird Euch eine große Hilfe sein. Tags jagt sie für Euch, nachts bewacht sie Euer Lager." Er lief zu Luigi, dem alten Falkner, und kam mit Haube, Geschüh, Langfessel und Handschuh zurück. Geduldig wiederholte er, was der Alte ihm eingeschärft hatte: „Langfessel für die Nacht und zum Halten auf der Faust, wenig Atzung, wenn sie fliegen und jagen soll."
Jetzt saß Bella mit ihrer neuen Haube auf der Faust und ließ sich den Morgenwind durchs Brustgefieder streichen. Luna schritt zügig voran, gegen Mittag wollte sie in Villabate sein, dem nächstgelegenen Fischerdorf.
Sie rastete auf einem angespülten Baum am Strand, wickelte die Langfessel sorgfältig um einen Ast und nahm Bella vorsichtig die Haube ab. Der Falke zwinkerte einige Male, blieb aber sitzen und blickte sich mit seinen tiefschwarzen Augen interessiert um. Luna ließ ihn vom Handschuh auf den Baumstamm springen, kramte etwas Taubenfleisch aus ihrer Tasche und sah zu, wie Bella das

Fleisch zwischen ihren Krallen festhielt und mit dem krummen Schnabel schmale Streifen abzog, die sie dann verschlang. Die Sonne stand auf halber Höhe, der sizilianische Herbst sorgte für lauen Wind und angenehme Temperaturen. Sie setzte sich in den trockenen Sand und lehnte sich an den Baumstamm. Der Strand war menschenleer, weit draußen kreuzten einige Fischerboote. Das Meer rauschte, es roch nach Tang und faulendem Muschelfleisch, Möwen kreischten. Der Falke schnäbelte an seiner Bürzeldrüse und zog dann die Federn auf seinem Rücken einzeln durch den Schnabel, bevor er sie sorgfältig zurücklegte und glattstrich. Ein friedliches Bild, doch der Gedanke an Florent saß wie ein Stachel in ihrem Herzen.

„Achte auf deine Deckung! Du bist tot, wenn du die Seite frei gibst. Wo hast du nur deine Gedanken?" Florent drückte mit dem Übungsschwert gegen Federicos Rippen.
Der warf wütend sein Schwert ins Gras. „Ich kann es nicht fassen, dass er mich hier einsperrt wie einen Verbrecher! Ich hasse ihn!"
Florent setzte sich auf einen Baumstumpf am Rande der Übungswiese und wischte sich den Schweiß von der Stirn. Seit einer Stunde mühte er sich ab und der Junge kämpfte wie ein blutiger Anfänger. Er sah sich vorsichtig um. „Ein Grund mehr, besser zu werden!", sagte er leise. „Wie willst du dich gegen ihn wehren, wenn du das Schwert nicht führen kannst?"
„Ich kann es!", fauchte Federico. „Nur heute will ich nicht. Ich überlege, wie ich hier rauskommen kann, um Bella zu holen."
Florent klopfte neben sich ins Gras. Der Junge musste sich beruhigen, vorher war es sinnlos, weiterzumachen. „Setz dich."

Widerwillig ließ Federico sich neben ihm nieder und stützte den Kopf in die Hände. „Hast du einen Plan?“, fragte er mit leiser Hoffnung in der Stimme.
„Ich werde Markward fragen, ob ich den Falken holen kann.“
„Wann?“
„Heute Abend. Er will jeden Tag über deine Aktivitäten unterrichtet werden.“
„Pah! Was bildet er sich ein? Ist er etwa meine Mutter?“
„Das nicht, aber er glaubt, so eine Art Vater für dich zu sein.“
„Wohl eher Großvater!“, schnaubte Federico.
„Von mir aus auch das. Aber wenn du ehrlich bist, er schadet dir nicht. Vielleicht war es ein Glücksfall, dass er den Palazzo übernommen hat. Alles läuft wesentlich geordneter, seit er das Heft in der Hand hat.“
Der Junge sprang auf die Füße. „Du nennst es Glück, dass ich nicht mehr in die Stadt darf?“
„Es tut dir gut, wenn du zur Ruhe kommst, dich auf die Dinge konzentrierst, die ...“
Federico stampfte mit dem Fuß auf. „Ich will nicht zur Ruhe kommen. Meine Freunde fehlen mir, hier habe ich niemanden, außer Felipe, den Sohn des Schmieds. Der verkriecht sich allerdings vor mir.“
„Kein Wunder, du hast ihn das Falkenhaus schrubben lassen, obwohl ich dir gesagt hatte, es sei deine Aufgabe, den Schmelz zu entfernen.“
„Es ist keine Arbeit für einen König, Falkenscheiße wegzumachen!“
Florent seufzte. „Wenn du ein richtiger Falkner sein willst, gehört das dazu. Du siehst am Schmelz, ob dein Falke gesund ist und ob er ausreichend geatzt hat.“
Federicos Blick ging in die Ferne, ein Zeichen, dass er genug hatte von Belehrungen.
„Also gut, Schluss für heute. Der Magister wartet mit der Arithmetik.“ Florent stand auf und sammelte Schilde und Schwerter ein.

„Gehst du heute Abend den Falken holen?“, fragte Federico.
„Wenn der Markgraf es erlaubt.“
„Ich hasse ihn!“ Der Junge stob davon und Florent sah ihm kopfschüttelnd nach. Jetzt, wo der Wind von vorne wehte, lernte er seinen Schützling richtig kennen. Wenn er erst auf dem Thron saß, sollte man ihn nicht zum Feind haben. Er brachte die Übungswaffen in die Kammer zurück und schlenderte zum Tor. Er würde den Markgrafen nicht um Erlaubnis fragen, er war ein freier Mann. Er ginge in die Stadt, wann er wollte. Er musste Luna sehen. Seit gestern waren die Wachen angewiesen, niemanden in den Palazzo zu lassen, der nicht hier zu tun hatte. Sie würde sich Sorgen machen.
Die Wachen am Tor wiesen ihn ab. „Niemand darf den Palazzo verlassen.“
„Warum nicht?“, brachte er hervor.
„Fragt den Markgrafen. Wir führen seinen Befehl aus.“
Jetzt war auch Florent wütend. War er ein Gefangener? Vor Annweilers Schreibstube standen mehrere Bedienstete mit besorgten Gesichtern. Sie murmelten leise untereinander und traten nervös von einem Bein aufs andere. Florent begriff, dass sie mit dem gleichen Anliegen zum Markgrafen vorgelassen werden wollten.
Nach einer Weile öffnete sich die Tür und einer der Schreiber steckte den Kopf heraus. „Ihr sollt morgen wieder kommen. Eventuell bekommt ihr dann eine Erlaubnis, den Palast zu verlassen. Heute nicht mehr.“ Er trat in Windeseile zurück und schloss die Tür, bevor der Sturm der Entrüstung losbrach.
„Was soll das?“, brüllte ein Mann, den Florent als Stallknecht kannte.
„Meine Mutter ist krank! Ich muss zu ihr“, jammerte eine Magd.

Der Stallknecht hämmerte mit der Faust an die Tür. „Öffnet! Wir haben ein Recht, den Palast zu verlassen, wir sind freie Menschen."
Das schwere hölzerne Türblatt flog mit solcher Wucht auf, dass es dem Mann am Kopf traf. Er taumelte zurück. Der Markgraf selbst trat heraus. Seine Augen waren zu kleinen Schlitzen verengt. Die Wunde auf seiner Stirn leuchtete hellrot und gab ihm ein verwegenes Aussehen.
„Freie Menschen, ja?", brüllte er. „Wer von euch sich frei fühlt, der möge gehen. Ich persönlich schließe ihm das Tor auf. Aber er sollte nicht wagen, noch einmal wieder zu kommen!" Er sah die Leute an, als wolle er sich jedes Gesicht einzeln einprägen. „Wenn ihr nicht begreift, dass es notwendig ist, den Palast zum Schutze des Königs einige Tage isoliert zu halten, dann habt ihr hier nichts mehr verloren. Also, wer möchte jetzt gehen?"
Es war plötzlich still auf dem Korridor. Alle schauten betreten zu Boden. Auch Florent ertappte sich dabei, obwohl er eben noch sein Recht einfordern wollte. Er zollte dem Markgrafen wohl oder übel Respekt, er verstand sein Handwerk. Einen besseren Vormund konnte Federico nicht finden. Er drehte sich um und ging. Die anderen Bediensteten schlurften in verschiedene Richtungen davon.
Als er zwei Tage später in der kleinen Gasse an Lornas Tür klopfte, öffnete ihm ein schwarz gelockter Junge. Er fragte nach Luna und sah in ein verlegenes Gesicht.
„Kommt herein!", hörte er die krächzende Stimme der Alten im Hintergrund. Er zog den Kopf ein, um sich nicht am Türstock zu stoßen, und betrat den Raum, in dem es vertraut nach Kräutern und Geranien roch. Was er in den nächsten Minuten zu hören bekam, ließ ihn die Gerüche des Raumes vergessen. Luna war fort, war einfach gegangen. Wie ein Häufchen Unglück saß er auf dem einzigen Hocker in der Kammer. Lorna spürte seine Verzweiflung und rang mit sich. Sie hatte Luna versprechen müssen, ihm nichts von

der unheilvollen Verbindung zu Markward zu erzählen, damit er sich nicht unnötig in Gefahr brachte. Doch jetzt entschied sie, dieses Versprechen zu brechen.
Sie schickte den Jungen hinaus und sagte leise: „Es war der Markgraf, der sie veranlasste, zu gehen."
Florent sah auf. „Von Annweiler? Warum?"
„Sie fürchtet, er trägt ihr eine alte Geschichte nach."
„Was für eine Geschichte?"
Lorna seufzte. Wo sollte sie beginnen? Es war für sie schon schwer genug zu verstehen gewesen. „Ihr wisst sicher, dass Luna über ... sagen wir, gewisse Fähigkeiten verfügt, Menschen zu heilen?"
Florent verstand nicht, worauf sie hinaus wollte, aber er nickte. „Sie heilt Kranke, ja."
„Ihre Eltern waren die Leibärzte des Kaisers Heinrich. Luna hatte mit ihrer sonnigen Natur das Herz des Kaisers erobert und der liebte sie abgöttisch." Lorna überlegte, ob sie dem jungen Mann von den bösen Gerüchten über diese Liebe erzählen sollte, die damals nicht nur in Palermo im Umlauf waren. Aber sie entschied sich, ihn nicht noch mehr zu belasten. „Als er krank wurde, musste sie an seinem Bett sitzen und ihm die Hand halten. Einige Male gelang ihr so eine Heilung des Sumpffiebers."
„Man erzählte, sie habe ihn zum Leben erweckt, als er am Fieber gestorben sei", warf Florent ein, das Einzige, was er von dieser Geschichte wusste.
„Es gab viele Gerüchte. Die wenigsten stimmen wohl." Lorna winkte ab. „Nachdem Luna erfuhr, dass Heinrich ihren Freund Wilhelm hatte blenden lassen, wandte sie sich vom Kaiser ab. Als ein neuer Fieberanfall ihn aufs Lager warf, verweigerte sie ihm ihre Hilfe."
„Ja, und?"
Lornas Augäpfel rollten.

Florent stand auf und rieb sich die Schläfen. „Ihr wollt damit sagen, dass Markward glaubt, sie trage die Schuld am Tode des Kaisers?"
„Das jedenfalls denkt Luna."
„Aber das ist absurd! Jeder weiß, dass das Sumpffieber tödlich ausgehen kann."
Lorna beugte sich vor und sagte so leise, dass Florent genau hinhören musste: „Ich weiß nicht genug über Lunas Kräfte, aber sie selbst sagt, sie hätte ihn heilen können, wenn sie es gewollt hätte."
„Das redet sie sich ein", vermutete Florent.
Die Alte hob die Schultern. „Wie gesagt, ich weiß zu wenig darüber. Und ich habe Euch schon viel zu viel erzählt."
„Wohin ist sie gegangen?"
„Sie wollte die Via Valeria entlang nach Messina. Dann weiter in Richtung Norden."
„Allein? Und Ihr habt sie gehen lassen?"
„Sie ist nicht allein!" Emilio platzte zur Tür hinein. „Sie hat den Falken dabei."
Florent stieß ein Keuchen aus, das wie das Lachen eines Irrsinnigen klang. „Der Falke. Na klar. Der ist nicht einmal fertig abgetragen."
„Luigi sagt, wenn sie Tag und Nacht zusammen sind, gewöhnen sie sich aneinander und Bella kann für Luna jagen."
„Sag mal, du nichtsnutziger Bengel, hast du etwa die ganze Zeit gelauscht?", krächzte Lorna.
„Von mir erfährt niemand was, schon gar nicht diese verdammten Deutschen! Mögen sie alle in die Hölle fahren!"
„Emilio!" Die Alte bekreuzigte sich.
„Ein Tag Vorsprung. Wenn ich die Nacht durchreite, kann ich sie einholen." Florent raufte sich die Haare. „Wenn ich mein Pferd aus dem Palazzo herauskriege. Im Moment spielt von Annweiler den Despoten."
„Ich komme mit Euch!", rief Emilio begeistert.

Lorna richtete sich in ihrem Sessel auf. „Du bleibst hier und trägst meine Tinkturen aus! Schon vergessen, was du Luna versprochen hast? Zwei Kunden warten heute Abend auf dich.“ Sie hob den Zeigefinger und wies auf Florent. „Wenn Ihr sie zurückholt, wer sorgt dann für ihre Sicherheit? Könnt Ihr sie vor dem Markgrafen beschützen?“

Während Emilio kleinlaut an den Kräutertisch eilte, erinnerte Florent sich nicht weniger kleinlaut an die Aura von Stärke und Macht, die von Annweiler umgab und die er kurz zuvor erst erlebt hatte. Sie hat recht, dachte er. Hier in Palermo ist Luna in Gefahr. Und ich muss auch an Federico denken. Allein ist er dem Markgrafen vollkommen ausgeliefert. Verflucht, was sollte er tun? Wie einfach war die Welt noch vor zwei Tagen gewesen.

Cefalù, November anno 1201

Ach, erlebt' ich's einmal noch!
Daß wir die Rosen miteinander brächen!
Ach, erlebt' ich's noch zum Heil uns beiden!
Daß wir freundlich wie zwei Liebste sprächen!
Nichts vermöchte uns dann mehr zu scheiden.
Küßte sie mich dann zu guter Stunde
mit dem roten Munde,
braucht' an Glück ich nie mehr Not zu leiden.
Walther von der Vogelweide

Nach fünf Tagesmärschen hatte Luna die Hälfte der Strecke zwischen Palermo und Messina zurückgelegt und erreichte gegen Abend die Küstenstadt Cefalù. Von weitem sah sie von der Via Valeria aus Häuser, die wie Bauklötze auf dem weitläufigen Hang gestreut lagen, der sich oberhalb des Strandes an einen Berg schmiegte. Seit Tagen hatte sich dieser Berg am Horizont abgezeichnet, man konnte meinen, hinter ihm sei die Welt zu Ende. Wie eine riesige Glucke hockte er über Cefalù und schützte es vor Ostwinden. Am Strand lagen einzelne Fischerboote. Zwischen aufgespannten Netzen schleppten Frauen Fischkörbe und tobten spielende Kinder. Die blassroten, gelben und weißen Fassaden der Häuser oberhalb des Meeres leuchteten selbst im trüben Novemberlicht sommerlich.

Doch Luna gönnte sich nicht die Muße, den Anblick der Stadt zu bewundern. Sie lief aufs Geratewohl ins Zentrum, denn dort vermutete sie den Markt und die Wohnungen der Händler. Vor einbrechender Dunkelheit wollte sie einen Gewürzhändler aufsuchen, den Lorna ihr empfohlen hatte. Die Gasse der Spezereihändler war leicht zu finden, ein aromatischer und würziger Geruch lag in der Luft, der sich von dem einsetzenden Nieselregen nicht verdrängen ließ.

Sie sprach einen Jungen an, der fasziniert den Falken anstarrte: „Kannst du mir sagen, wo der Gewürzhändler Ahmed wohnt?"
„Das dritte Haus auf dieser Seite. Das mit dem hohen Giebel." Der Junge deutete hinter sich, ohne Bella aus den Augen zu lassen.
Sie klopfte an der Tür, durch die lautes und vielstimmiges Geschrei drang, für einen sizilianischen Haushalt nichts Ungewöhnliches.
Ein dunkler Lockenkopf öffnete, der knapp bis an den Türriegel reichte. „Ja?"
„Ich möchte zu Ahmed."
Wortlos trat er einen Schritt beiseite. Sie kam in den Hausflur, indem es nach Piment und einer kräftigen Fischsuppe roch.
„Julio, wie oft habe ich dir gesagt, du sollst den Tisch decken? Wo steckt diese kleine Rotznase nur wieder? Julio!"
„Hier, Großmama. Wir haben einen Gast."
Der Junge flitzte an ihr vorbei und verschwand in einem großen Raum, der sich als Küche und Esszimmer herausstellte. Auf dem Fußboden krabbelten zwei Kleinkinder, eine junge Frau schnitt mit flinken Fingern Gemüse. Rechter Hand stand eine kleine, rundliche Frau am Herd und rührte in einem dampfenden Kessel. Ein grauer Zopf war an ihrem Hinterkopf zu einer Art Schnecke gedreht, darüber saß der Knoten eines bunten Kopftuches. Sie wandte sich um und musterte Luna erstaunt.
„Ein Gast?" Ihr Gesicht war rotbraun von der Hitze, voll feiner Runzeln und dominiert von zwei rabenschwarzen Augen. Bevor Luna etwas sagen konnte, herrschte die Frau den Jungen an: „Worauf wartest du? Hole deinen Vater aus dem Lager!"
Ahmed erwies sich als großer, schlanker Mann, der seine Mutter um zwei Köpfe überragte und einen safrangelben Turban trug.

Sie stellte sich vor. „Es wäre sehr freundlich, wenn ich ein paar Tage bleiben könnte, um Kraft zu schöpfen. Ich würde Euch bei der Arbeit helfen."
Ahmed brummte zustimmend. Während sein Sohn mit lautem Geklapper Tonteller auf dem Tisch verteilte, zeigte er ihr seinen Laden. Dazu gingen sie über den Hof in ein Nebengebäude, das auch von der Straße aus zu erreichen war. Ein heller und geräumiger Raum voller Düfte und verwirrender Gerüche. Bella drehte den Kopf nervös hin und her.
„Wie geht es Lorna?", fragte Ahmed gespannt.
„Sie steht kaum noch aus dem Sessel auf. Ich hoffe, Emilio kümmert sich gut um das Geschäft."
„Sie muss über achtzig sein, ich kannte sie bereits, als ich noch ein Kind war."
Die junge Frau steckte den Kopf zur Ladentür hinein, sie trug zwei kleine Mädchen, auf jedem Arm eines. Die beiden waren offensichtlich Zwillinge. „Das Essen steht auf dem Tisch." Die Mädchen kreischten und streckten die Hände nach dem Falken aus, Bella schlug panisch mit den Flügeln und wollte abspringen.
Ahmed hob beide Hände. „Ich schlage vor, ich zeige dir das Zimmer, wo du wohnen kannst. Wenn du so weit bist, kommst du zum Essen herunter."
Der Raum im Obergeschoss lag direkt unter den Lehmziegeln, es gab ein einfaches Lager mit einem Strohsack und einem dreibeinigen Tisch an der Wand. Luna erblickte einen Stuhl mit Lehne, auf der Bella sitzen konnte. Sie befestigte die Langfessel an dem Holz und gab dem aufgeregten Falken den Rest der Atzung aus ihrer Tasche. Ahmed brachte ihr eine Schüssel mit Wasser.
„Ein altes Tuch wäre gut oder Stroh, damit der Schmelz nicht auf den Fußboden fällt."
Ahmed nickte. „Ich kümmere mich darum."

Sie wusch sich den Straßenstaub von Gesicht und Händen und betrat schließlich die Küche. Die Fischsuppe war vorzüglich und Luna fühlte sich zunehmend wohler in der fröhlich schwatzenden Runde. So fiel ihr die Antwort nicht schwer, als Ahmed sie fragte, ob sie nicht länger bleiben wolle. „Ich kann eine helfende Hand wirklich gut gebrauchen. Erst letzte Woche musste ich den Gehilfen verjagen, weil er ein notorischer Faulpelz war."
Draußen regnete es, die Suppe wärmte den Magen und Julio blickte sie mit großen bittenden Augen an. „Ich besorge Futter für deinen Falken!", sagte er.
Damit war es beschlossen. Nach einer Woche war sie in Cefalù bekannt als die weiße Frau mit dem Falken. Ahmed bestand darauf, dass Bella tagsüber in seinem Laden auf einem Reck saß, das er extra für sie errichtet hatte.
„So hast du sie ständig bei dir", sagte er.
Luna vermutete, dass seine Hoffnung auf neugierige Kunden dabei eine nicht geringe Rolle spielte. Tagsüber wog sie auf einer klapprigen alten Waage Anis ab, zählte Lorbeerblätter auf den Ladentisch, zerrieb auf Wunsch Muskatnüsse oder schaufelte grünes Meersalz in dreieckige Tüten. Die Arbeit unterschied sich kaum von jener bei Lorna, nur dass die Kunden hier zu ihr kamen und die Gewürze gleich mitnahmen. Sie war ständig von Kindern umringt. Manchmal wunderte sie sich, dass es bereits abends war, wo sie doch das Gefühl hatte, gerade erst aufgestanden zu sein. Wenn sie dann jedoch im Bett lag und Bellas Federn raschelten in der Dunkelheit, dann tauchte Florents Gesicht vor ihrem Geiste auf, sie glaubte, seine Stimme zu hören und den Druck seiner warmen Hände zu spüren. Ob er noch immer im Verlies saß? Ob sie ihm hätte helfen können, wenn sie geblieben wäre? Sie überlegte oft, eine Nachricht an Lorna zu senden, doch dann verwarf sie den Gedanken, denn weder Lorna noch Emilio konnten lesen. Einer durchziehenden Gauklerfamilie hatte sie einen Gruß aufgetragen,

mit dem Hinweis, es gehe ihr gut. Aber sie glaubte nicht, dass die Leute sich die Mühe machen würden, Lorna aufzusuchen, obwohl sie ihnen ein Säckchen Meersalz als Lohn gegeben hatte.
Es war ein Samstag Anfang Dezember, als die Großmutter feststellte, dass sie gern mal wieder Kaninchen essen wollte.
Julio rief begeistert: „Bella wird sie für uns jagen!“
Luna hob die Augenbrauen. „Sie hat noch nie gejagt. Ich weiß nicht ...“
„Sie wird wissen, was zu tun ist“, sagte Ahmed nach kurzem Überlegen. „Geht zum La Rocca. Dort gibt es jede Menge Kaninchen.“
Der gewaltige, alleinstehende Felsen trennte die Stadt vom Inselinneren und lag in einem dichten grünen Gürtel von mannshohen Feigenkakteen. Er glich einem Stein, den ein Riese beim Spielen am Strand verloren hatte. Luna betrachtete skeptisch die senkrecht aufragenden Felswände, die mit Festungsmauern gekrönt waren. Seit Julios Vorschlag war nicht mal eine Stunde vergangen.
„Keine Sorge“, sagte Julio. „Es gibt einen Weg hinauf.“
Dieser Weg war steil und steinig, mit dem Falken auf der Hand ließ es sich mühsam klettern. Endlich hatten sie die Mauern erreicht, Teile einer aufgegebenen Festung. Dahinter stieg der Berg sanfter an, er war übersät von kleinen Büschen und mit struppigem Gras bewachsen. Dazwischen sah sie jede Menge dunkle Löcher: Kaninchenbauten. Nach einer halben Stunde waren sie auf dem Plateau angelangt, das größtenteils von einer Festungsruine eingenommen wurde. Dicke Mauern mit Zinnen zogen sich rund um den Bergsporn. Sie waren teilweise mit Gras und kleinen Bäumen bewachsen, trotzdem blieb kein Zweifel daran, dass die Festung einmal wehrhaft gewesen war. Von hier aus gab es einen guten Überblick über das Gelände, ideal für die Falkenjagd.

Julio brannte vor Ungeduld. „Nimm ihr die Haube ab!"
Luna war als Kind einige Male bei einer Beizjagd dabei gewesen. Der Kaiser hatte sie vom Pferd aus zusehen lassen. Sie erinnerte sich an die beruhigende Sprache der Falkner und an die vorsichtigen Handgriffe, mit denen sie die Vögel vorbereiteten. Sie löste langsam die Verschnürung der Haube. Bella blinzelte und reckte den Hals. Was sie sah, interessierte sie sofort, sie begann, mit ihren gelben Krallen den Lederhandschuh zu kneten.
Luna gab Julio die Haube und entknotete den kurzen Lederriemen am Geschüh des Vogels. Bella drehte den Kopf ruckartig in alle Richtungen, ihre tiefschwarzen Augen fixierten das Grasgelände unterhalb der Mauern. Und dann ging alles rasend schnell. Lautlos breitete sie die Schwingen aus, drückte sich von Lunas Hand ab und stieg in die Luft. Julio wollte vor Begeisterung schreien, besann sich aber rechtzeitig und schlug die Hand vor den Mund.
„Pass auf, wo sie landet!", sagte Luna.
Im leicht torkelnden Sturzflug fiel der Falke plötzlich vom Himmel und landete im trockenen Gras, ein Kaninchen hoppelte davon.
„Das war nichts!", rief Julio und rannte los.
Als Luna die beiden außer Atem erreichte, hatte Julio das Falkenweibchen auf dem Arm. „Ihr Herz schlägt ganz schnell, fühl mal!"
„Sie ist aufgeregt", sagte Luna. „Hier, nimm den Handschuh, sie kratzt dir den Arm blutig."
Sie stiegen noch einmal hinauf und suchten sich ein Areal auf der anderen Seite des Plateaus, wo die Kaninchen noch ahnungslos waren. Und hier hatte Bella ihren ersten Jagderfolg, sie schlug ein halbwüchsiges Junges und Julio jubelte, als er ihr das Tier abnahm, um es zu töten. Luna belohnte den Falken mit einem Stück Fleisch aus ihrer Tasche.

Auf dem Rückweg erlegte Julio noch ein Kaninchen mit dem Bogen. „Jetzt wird Großmama zufrieden sein“, sagte er stolz.
Am Fuße des Berges stießen sie auf eine Gruppe Halbwüchsiger, die mit Pfeilen auf einen Baumstamm schossen. Julio verlangsamte seinen Schritt.
Luna sah ihn fragend an. „Was ist?“
„Denen begegnet man besser nicht außerhalb der Stadt.“ Er sah sich nach einem Umweg um, doch es war zu spät. Einer der Bogenschützen bemerkte sie und vertrat ihnen den Weg. Ihre erstaunten Blicke fixierten Luna und wanderten dann zu dem Falken.
„Darf ich ihn anfassen?“, fragte der größte der Jungen. Er trug ein zerlumptes Beinkleid, sein nackter Oberkörper war sonnenverbrannt. Mehrere Narben leuchteten hell auf der mageren Brust.
„Besser nicht“, sagte Luna. „Lasst uns bitte vorbei.“
„Warum? Der Falke soll uns zeigen, was er so kann.“
„Lasst uns durch!“, fauchte Julio und baute sich vor Luna auf, obwohl er einen Kopf kleiner als der Narbige war.
Die anderen Jungen lachten. Es waren fünf an der Zahl und sie sahen alle nicht vertrauenerweckend aus. Barfuß, zerlumpt und mager gehörten sie mit Sicherheit zu einer der Banden, die Markt und Hafengassen unsicher machten.
Ein anderer Junge mischte sich ein: „Willst deine Freundin beschützen, was? Sie ist zu alt für dich.“ Er schielte so furchtbar, dass niemand erkennen konnte, wen er gerade ansah.
Der Große streckte jetzt die Hand nach Bella aus. „Gib her, ich will ihn mal halten.“
Luna schob ihren Schleier zurück und sah ihn an. „Glaub mir, das ist unmöglich. Sie wird dir Hände und Arme zerkratzen. Sie kennt dich nicht und wird panisch reagieren.“
Der Narbige starrte Luna ins Gesicht und wich zurück. „Was bist du?“, fragte er. „Eine *strega*?“

Julio erkannte seine Gelegenheit. „Ja, das ist sie, und wenn ihr uns jetzt nicht vorbei lasst, dann wird sie euch alle ..."
„Du kleiner *bastardo*, schleppst hier eine Hexe an!", schrie der Schielende und stürzte sich auf Julio. Die beiden fielen und rollten ineinander verkeilt ein Stück den Hang hinab. Die anderen Jungen johlten erfreut. Bella fing an zu tänzeln und drehte den Kopf hin und her, ohne Haube wäre sie längst abgesprungen.
Das Knäuel, das Julio und der Schielende bildeten, blieb ein Stück weiter unten neben einem großen Feldstein liegen.
Julio rappelte sich auf und klopfte sich den Staub von der Hose. „Wo sind die Kaninchen?", rief er besorgt und krabbelte auf allen vieren den Hang wieder hinauf.
„He, Schielauge, was ist?", rief der Lange und alle blickten jetzt nach unten. Der Junge lag im Gras und rührte sich nicht.
„Er ist eingeschlafen", witzelte einer der Jungen, doch niemand lachte. Wie auf Kommando setzten sich alle in Bewegung.
Sie drehten ihn um und Luna beugte sich über ihn. Auf seiner Stirn klaffte eine Platzwunde, die heftig blutete.
„Kleiner, das wirst du bereuen", sagte der Lange und sah sich nach Julio um.
„Genug jetzt!", sagte Luna energisch. „Helft mir, ihn aufzusetzen! Gibt es hier irgendwo Wasser?"
„Dort hinten ist eine Quelle, ich hole Wasser", erbot sich der Große.
Die anderen Jungen starrten Luna unverhohlen an. Sie bereute, den Schleier abgenommen zu haben. „Was ist mit ihm, ist er tot?"
„Er hat sich den Kopf gestoßen, das seht ihr doch. Er kommt wieder auf die Beine."
Als der Lange mit dem Wasser zurückkam, hatten sich die anderen Bengel aus dem Staub gemacht.
„Tolle Freunde sind das", sagte Luna vorwurfsvoll.

Der Verletzte stöhnte und öffnete die Augen. „Was ist los?"
„Du bist gestürzt", erklärte sie. „Tut dir der Kopf weh? Ist dir schwindlig?"
Der Junge setzte sich auf. „Ich glaube nicht."
„Bring ihn nach Hause", sagte Luna zu dem Langen.
Julio kam mit den erlegten Kaninchen und seinem Bogen den Hang herab gestolpert. Auf seiner Wange prangte ein breiter Kratzer. „Das ist noch mal gut gegangen", sagte er, während sie den beiden Jungen nachsahen.
„Hoffentlich!", entgegnete Luna besorgt.

Palermo, Herbst anno 1202

Wer zieret nû der êren sal?
der jungen ritter zuht ist smal,
sô pflegent die knehte gar unhövescher dinge
mit worten, und mit werken ouch.
swer zühte hât, der ist ir gouch.
nemt war, wie gar unfuoge für sich dringe.
Walther von der Vogelweide

Nach dem Frühstück trat Florent Markward in den Weg. Seit Tagen über dessen Schreiber um ein Gespräch ersucht, vergeblich. „Von Annweiler, ich muss Euch sprechen."

„Was gibt es?" Markward schlug den Weg zur Amtsstube ein.

Florent folgte ihm. „Ihr könnt den jungen König nicht im Palazzo einsperren. Wie soll er später regieren, wenn ..."

„Wollt Ihr mir vorschreiben, was ich zu tun habe?" Markwards Stimme klang amüsiert, als er die Treppe hinauf eilte. Florent bewunderte im Stillen den kraftvollen Schritt des Mannes, der wahrscheinlich schon auf die siebzig zustrebte, und auch auf der Treppe nicht außer Atem kam. „Ich soll ihn erziehen, da dürfte es mir gestattet sein, kritische Worte anzubringen."

Am oberen Ende der Treppe stockte Markwards Schritt plötzlich und er fasste sich an die Seite. Obwohl er das Gesicht abwandte, konnte Florent sehen, wie er die Augen schloss und die Lippen zusammenpresste. Doch dann eilte der Markgraf weiter und stieß die hohe Tür zum Schreibzimmer auf. Ein Schreiber sprang auf, nahm ihm den Mantel ab, rückte den Stuhl zurecht, öffnete das Tintenfass und legte Federn vor. Mit einer harschen Handbewegung scheuchte er ihn beiseite und ließ sich auf den Stuhl fallen. Florent hatte den Eindruck, als sei das Gesicht unter dem weißen Haar deutlich blasser geworden.

„Der Bengel muss Grenzen haben, an denen er sich reiben kann. Wie wollt Ihr sicher wissen, was ihm schadet?"
„Im Umgang mit den Händlern und Handwerkern in der Stadt lernt er Verständnis und Toleranz."
Markward beugte sich weit vor, sein Kinn schob sich auf das Tintenfass zu. „Toleranz?", schnaubte er. „Friedrich soll Kaiser werden, er wird ein Reich regieren, für das er dreißig Tage braucht, um es im Sattel zu durchqueren. Toleranz ist das Letzte, was Ihr ihn lehren solltet. Toleranz wird ihm das Genick brechen."
„Aber ..."
Markward schlug mit der Faust auf den Tisch, das Tintenfass machte einen Satz nach vorn. „Kein Aber! Der Bengel bleibt hier, basta. Und jetzt raus, ich habe zu tun."
Als Florent die Tür schloss, sah er, wie Markward sich über dem Tisch zusammenkrümmte. Zwei Türen weiter befand sich die Bibliothek. Florent trat ein, wobei die Tür laut quietschte und ihn anmeldete. Am Tisch inmitten des Regallabyrinths beugte sich der Magister über mehrere aufgeschlagene Bücher. Nur langsam löste der alte Mann seinen Blick von den Buchstaben.
„Wo ist Federico?", fragte Florent.
„Ist er denn nicht bei Euch?"
„Die Stunden nach dem Morgenmahl gehören Euch, so die Vereinbarung."
Der Alte nickte. „Wohl. Aber der Junge sagte, Ihr hättet darum gebeten, die Reitstunde vorzuziehen."
Florent schüttelte den Kopf. „Magister, verzeiht meine offenen Worte. Ihr lasst Euch an der Nase herumführen. Ein solches Anliegen würde ich mit Euch absprechen."
Franciscus seufzte. Seine Blicke glitten sehnsüchtig über die Schriften vor ihm.
„Ich werde ihn suchen und herbringen."

Reitstunde? Wo sollten sie in diesem Palast denn reiten? Florent schnaufte. Was für eine dumme Ausrede. Zielstrebig ging er in Richtung Garten. Er ahnte, wo sein abtrünniger Schützling sich aufhielt. Er schob sich durch das Weinrankengeflecht, ohne Rücksicht darauf, dass er gehört werden könnte. Als er am steinernen Brunnen ankam, sah Federico ihm mit genervten Blicken entgegen.
„Warum belügst du den ehrbaren Magister? Ist das eines Königs würdig?“, schimpfte er.
„Er wollte lieber in diesen alten Wälzern lesen, die er im Archiv gefunden hat.“
„Es geht hier nicht um den Magister. Es geht um dich und dein Verhalten. Du bist unehrlich und faul.“
„Aber ich studiere hier!“
„So?“ Florent drehte sich im Kreis und hob die Hände. „Was genau studierst du? Das Weinrankenwachstum? Den Zerfall der Engelsfiguren?“
Federico rollte mit den Augen. „Ich studiere die Entwicklung der Küken in den Eiern. Sieh her.“
Erst jetzt entdeckte Florent, dass der Brunnen nicht leer war. Drei Hennen saßen auf Strohnestern und musterten sie ihn wachsam mit zuckenden Köpfen. Vor dem Brunnen lagen diverse Messer und Scheren auf einer umgedrehten Kiste, daneben seltsame schleimige Klumpen. Entsetzt trat er einen Schritt zurück. „Was ist das?“
„Küken in verschiedenen Stadien der Entwicklung. Dieses dort war zehn Tage bebrütet, das hier zwölf Tage und dieses nur ...“
„Sei still!“ Er atmete tief aus und wandte sich ab von den kleinen, unförmigen Körpern, die nebeneinander aufgereiht lagen wie Leichen nach einer Schlacht. „Wie gehst du mit Gottes Geschöpfen um? Hast du vor nichts Ehrfurcht? Diesen kleinen Wesen war bestimmt, zu leben.“
„Es sind nur Hühner.“ Federicos Miene zeigte keine Reue, eher Verwunderung.

„Auch sie haben unseren Respekt verdient. Sie liefern uns Eier, Federn und Fleisch.“
„Für Letzteres müssen wir sie schlachten“, konterte der Junge.
„Nachdem sie *gelebt* haben! Verstehst du nicht? Du nimmst ihnen die Möglichkeit, überhaupt zu leben. Das ist verabscheuungswürdig.“ Florent warf einen längeren Blick in den Brunnen. „Was sind das für Bänder um die Glucken?“
„Ich habe sie festgebunden.“
Sein Meister musterte ihn eine Weile sprachlos, dann sagte er: „Du glaubst, die Natur gibt Antworten auf deine Fragen, wenn du sie quälst? Das funktioniert nicht. Lass die Hühner frei und bring sie zurück, wo sie hingehören.“
Federico schüttelte den Kopf. „Das geht nicht, die Eier sind schon angebrütet.“
„Gütiger Jesus!“ Florent lief rot an. „Ich will nicht mit dir debattieren, ich will, dass du tust, was ich sage! Sofort befreist du die Hühner!“ Er schrie es und die Glucken gackerten panisch.
Federico zögerte. Er hatte seinen Lehrmeister noch nie wütend gesehen, das allein sprach dafür, zu tun, was er verlangte. Allerdings verstand er diese Wut nicht, er musste herausfinden, was sie verursachte. „Opfer zu bringen ist notwendig für die Wissenschaft und ein Huhn ist ein armseliges Tier.“
„Ein Huhn ist ein Lebewesen wie alle anderen auch! Wenn du nicht augenblicklich deinen Hintern in Bewegung setzt, kannst du dir einen neuen Meister suchen. Frag den Magister, ob er dir zeigt, wie man das Schwert benutzt. Frag Markward, ob er dir die Armbrust spannt.“
Mit einem Schulterzucken erhob sich der Junge und kletterte in den Brunnen. Florent sah zu, wie er eine der Glucken mit ihrem Nest anhob und einen breiten Leinenstreifen löste, der um das Tier und den Korb gewickelt war.

„Wenn du dich beeilst, können sie im Hühnerstall weiter brüten“, sagte Florent. „Aber ohne Gurt!“
„Die Eier werden absterben“, grummelte der Junge.
„Nein, das halten sie aus. Die Glucken müssen schließlich fressen und kacken gehen können.“
Federico bedachte ihn mit einem zornigen Blick.
Er hat nichts verstanden, dachte Florent entsetzt. Was geht in diesem Kind vor?
„Wenn die Hühner wieder an Ort und Stelle sind, melde dich bei Magister Franciscus. Entschuldige dich bei ihm und nimm die Lateinlektion wahr.“ Fluchtartig verließ Florent den Garten. Den Kopf voller bestürzender Gedanken eilte er über den Hof. Auf welche dummen Einfälle würde Federico noch kommen? Er musste dafür sorgen, dass der Junge eine Aufgabe bekam, die ihn forderte, der Unterricht allein genügte nicht. Wenn er wenigstens in die Stadt dürfte, seine Freunde sehen.
Er selbst hatte in den letzten Tagen verstärkt darüber nachgedacht, Luna zu suchen. Sorgen und Vorwürfe quälten ihn, weil sie allein unterwegs war. Doch dann müsste er Federico für Tage, vielleicht Wochen allein lassen. Verflucht, warum fiel ihm kein Ausweg ein?
Am Eingang der Palastwäscherei blieb er stehen. Aus der Tür quollen Dampfschwaden, es roch nach Seife und feuchter Wolle. Er hörte Mägde schwatzen, während Wasser plätscherte und nasser Stoff auf Stein klatschte. „Das geht schon länger. Es müssen qualvolle Schmerzen sein.“
„Von mir aus kann er verrecken, ich war seit drei Wochen nicht bei meiner Mutter.“
„Eine Frechheit, uns hier einzusperren. Reich mir mal den Korb rüber.“
Sie sprachen über den Markgrafen. Wenn der tatsächlich krank war, ergab sich vielleicht eine Möglichkeit, aus dem Palazzo herauszukommen. Er könnte Lorna aufsuchen, vielleicht hatte sie etwas von Luna gehört ... Wie ein Wink

des Schicksals kam einer der Schreiber des Markgrafen über den Hof.
Seine Miene war hochnäsig wie immer, doch Florent vertrat ihm den Weg. „Baron Maserini, ich bitte um Verzeihung. Es heißt, der Markgraf sei erkrankt. Es gibt eine heilkundige Frau in der Stadt, ich würde sie holen, wenn Ihr mir eine Genehmigung erteilt."
Der Schreiber war stehen geblieben und musterte ihn. „Ihr seid der Schwertmeister des jungen Königs, wenn ich mich recht erinnere. Wie kommt Ihr darauf, der Markgraf sei krank?"
„Es gibt Gerüchte und heute früh ... mir schien, er hatte starke Schmerzen."
„Unsinn, es geht ihm ausgezeichnet." Maserini reckte seine Nase ein wenig höher und eilte die Treppe hinauf.
Missmutig schlenderte Florent in Richtung Küche. Vor der Siesta musste er etwas essen. Seit der Palazzo abgeriegelt war, stellte sich unter den Bediensteten solidarische Brüderlichkeit ein, die eine bisher unbekannte Großzügigkeit des Küchenpersonals einschloss. Eine Magd füllte ihm einen frisch gebackenen Fladen mit gekochtem Gemüse. „Vorsicht, sehr heiß", sagte sie und lächelte ihm zu.
„Wer?", scherzte er.
Sie kicherte. „Verschwinde. Der Koch sieht es nicht gerne, wenn wir unsere Zeit vertun."
„Was ist dran an den Gerüchten, der Markgraf sei krank?"
Das Lächeln verschwand. „Wir kochen jede Menge Tee. Vielleicht ein Nierenleiden."
„Na so was", sagte Florent und biss in den heißen Fladen. Er schmeckte Kichererbsen und Gurken. „Mmh, himmlisch. Ein bisschen salzig vielleicht. Ist der Koch verliebt?"
Die Magd wurde rot. „Luigi? Höchstens in sich selbst."
Er war schon auf dem Hof, als ihn jemanden rief. „He, Schwertmeister!" An der Balustrade stand der hochnäsige Schreiber. „Der Markgraf will Euch sehen."

Markward hatte sich in den ehemaligen Räumen der Königin einquartiert. Kostbare Teppiche bedeckten Boden und Wände, an den Motiven erkannte er das Werk persischer Teppichknüpfer. Marmorstatuen blickten ernst auf leere Bodenvasen. Der Schreiber führte ihn in ein helles Zimmer, in dem die Fenster bis zum Boden reichten. Dort schob er ihn auf ein breites Bett mit roten Samtvorhängen zu und verkündete: „Der Schwertmeister, Hoheit!"
Als Antwort kam ein markerschütterndes Stöhnen und eine Hand winkte ihn aus einem Berg von Decken heran. Es war wenige Stunden her, seit er Markward in dessen Schreibstube gegenüber gesessen hatte. In dieser Zeit hatte der sich rapide verändert, seine Gesichtshaut war gelblich und um seine Augen lagen dunkelblaue Schatten.
„Der Schreiber sagte mir, meine Krankheit hätte sich herumgesprochen", krächzte der Kranke. „Wen kennt Ihr, der mir helfen könnte, Judenärzte ausgeschlossen?"
„Es gibt eine alte Kräuterfrau in der Stadt. Sie ist blind, aber sie mischt für einen großen Kundenkreis ihre Arzneien und viele Leute vertrauen ihr."
„Blind, sagt Ihr? Wie kann sie da mischen?"
„Sie hat eine Gehilfin, äh... ich meine, einen Jungen, der ihr hilft. Er handelt nach ihren Anweisungen und ist dabei recht geschickt."
„Maserini? Lasst Euch die Adresse geben und bringt die Alte her."
Florent hob die Hand. „Mit Verlaub, wäre es nicht besser, Ihr würdet Eure Gebrechen schildern, damit sie die erforderlichen Arzneien gleich mitbringen kann?"
„Blödsinn ...aah." Ein erneuter Schmerzanfall nahm ihm den Atem. „Es ... sind Steine. Die Bader sind sich nicht einig, wo sie sitzen. Der eine sagt, in den Nieren, der andere sagt, in der Galle. Ich saufe wie ein Schlachtross nach einem Ritt durch die Wüste, gehe alle Stunde pissen, aber die Dinger

sitzen fest.“ Er stöhnte und auf seiner Stirn bildeten sich kleine Schweißtropfen.
Florent wusste nicht so recht, was er sagen sollte.
„Gebt mir zu trinken!“, presste Markward hervor.
Zwei Krüge voll Tee standen auf einem Tisch neben dem Bett. Florent füllte einen Becher, half ihm beim Aufsetzen und beim Trinken. Wie schnell eine Krankheit einen Mann zu Fall bringen kann, dachte er. Wie eine Säge einen Baum.
„Wie lange habt Ihr diese Steine schon?“
„Einige Jahre. Meist ist es nach einer Woche vorüber. Die Bader sagen, der Körper scheidet sie aus, wenn sie nicht zu groß sind.“
„Warum sucht Ihr keinen Arzt auf?“
„Einen Juden vielleicht?“
„Es gibt auch arabische Ärzte.“
„Der Kaiser hatte einen hervorragenden Arzt. Sie nannten ihn den Mauren.“ Markward sank zurück in die Kissen der sizilianischen Königin. „Leider verlor ich ihn aus den Augen. Er und sein Weib waren hervorragende Ärzte. Ohne sie wäre Heinrich schon früher umgekommen. Noch früher. Gütiger Gott, er war gerade vierunddreißig Jahre alt.“ Markward verstummte und starrte wehmütig an die Decke.
Florent zog sich einen Hocker ans Bett. Sollte er sagen, dass er den Mauren gekannt hatte oder besser schweigen?
Der Kranke zuckte zusammen und krümmte sich. „Gütiger Himmel“, stöhnte er. „Betet für mich, so schlimm war es nie zuvor.“
Florent faltete die Hände und murmelte ein Vaterunser, doch in seinem Hinterkopf reifte ein Gedanke heran, der sich nicht mehr abweisen ließ. Er wälzte ihn hin und her und nach dem dritten „ ...in Ewigkeit, Amen.“ Beschloss er, es zu riskieren. „Wenn Ihr dieses Ärztepaar kanntet, wisst ihr bestimmt auch von der Tochter?“

„Sie war nicht ihre Tochter, die beiden hatten nicht einmal geheiratet. Judith war nichts weiter als eine entlaufene Äbtissin, die in Sünde lebte. Hätte Heinrich sie nicht so sehr gebraucht, wäre sie im Verlies gelandet." Er stockte plötzlich. „Warum fragt Ihr nach dem Mädchen?" Seine tränenden Augen richteten sich misstrauisch auf Florent.
„Sie kennt sich auch mit der Heilkunst aus."
Von Annweiler stützte sich mühsam auf die Unterarme. „Ich vergesse immer wieder, dass Ihr Wilhelms Schwertmeister wart." Er kniff die Augen zusammen. „Natürlich kanntet Ihr das Mädchen. Weißes Haar und diese seltsamen Augen, sie hatte Heinrich völlig verhext. Keinen Schritt tat er ohne sie. Sie rettete ihm das Leben, damals vor Neapel, als die Männer starben wie Frösche in der Wüste."
„Vielleicht könnte sie Euch helfen."
Der Kranke winkte ab. „Sie sind nach Akkon geflohen, alle drei."
Florent grübelte fieberhaft. Sollte er Luna verraten? Markward würde ihr vergeben, wenn sie ihn heilte. Wenn er sie nur fragen könnte.
Markward musterte ihn. „Was wisst Ihr über Luna?"
Florent holte tief Luft. „Sie ist hier auf der Insel."
„Was? Und das sagt Ihr erst jetzt?"
Florent konnte von Glück sagen, dass Markward so schwach war, sonst hätte er ihn mit Sicherheit am Kragen gepackt. Wut und Hoffnung vermischten sich in seinem Blick.
„Sie ist unterwegs nach Norden."
„Ihr müsst sie holen! Wenn sie noch auf der Insel ist, könnt Ihr vor Ablauf der Woche zurück sein."
„Ihr tragt ihr nichts nach, was den Tod des Kaisers angeht?"
Der Kranke schien ihn nicht zu hören. „Worauf wartet Ihr? Ich will nicht unter diesen goldbestickten Samtvorhängen sterben. Reitet wie der Teufel und bringt mir diese weiße Hexe."

Cefalù, Herbst anno 1202

Wer gab dir, Minne, die Gewalt,
daß du so ganz allmächtig bist?
Du siegtest über jung und alt,
Und gegen dich hilft keine List.
Walther von der Vogelweide

Ahmeds Frau Liliane warf die Haustür zu. „Es ist schon wieder passiert!“
„Was?“, fragte ihr Mann.
„Sie haben die Hauswand mit Schafmist beworfen.“
„Die Dummheit der Menschen kennt keine Grenzen.“ In seiner Miene spiegelte sich Ratlosigkeit.
Luna erhob sich vom Tisch, an dem sie bis eben gemeinsam gegessen hatten. „Ich habe eure Gastfreundschaft lange genug strapaziert. Sie werden Ruhe geben, wenn ich weg bin.“
„Nein!“, rief Julio. „Dann haben sie gewonnen.“
Er war der Einzige, der protestierte, alle anderen blickten betreten zu Boden. Die vergangenen Sommermonate waren schwierig gewesen. Nachdem der schielende Junge mit einer Beule am Kopf nach Hause gekommen war, kamen Gerüchte in Umlauf. Es hieß, sie habe ihn nach seinem Sturz zum Leben erweckt. Urheber waren mit Sicherheit seine Kumpane, die voreilig davongelaufen waren und in der Stadt erzählten, der Schielende sei tot, erschlagen vom Sohn des Gewürzhändlers. Doch dann tauchte der Totgesagte auf dem Marktplatz auf. Umringt von interessiertem Publikum, glaubte er bald selbst, dass Luna ihn ins Leben zurückgeholt habe.
Zunächst belebten die Geschichten das Geschäft des Gewürzhändlers, viele Leute kamen, um Luna zu sehen und vor der Tür zu tuscheln. „Habt ihr das Haar gesehen?“
„Weiß wie die Seide aus Messina.“
„Und ihre Augen, sie haben überhaupt keine richtige Farbe.“

Einige fragten sie um medizinischen Rat und Ahmed erweiterte sein Angebot um etliche Heilkräuter, wie Anis und Lavendel, die am La Rocca wuchsen. Anfangs sammelte Luna die Pflanzen selbst, doch mit der Zeit verfolgten sie immer mehr Kinder, wenn sie sich vor der Tür blicken ließ. Bald übernahm sie das Kochen und blieb im Haus, während Julio mit seiner Großmutter Kräuter sammelte.
Eines Tages brachten sie ein kleines Mädchen mit hohem Fieber zu ihr. Luna vermutete ein Lungenfieber und verordnete Arumwurzel und Anis. Das Kind erholte sich bald und die Gerüchteküche brodelte umso schlimmer. War die Frau mit dem Falken eine Hexe oder ein Engel oder was sonst? Luna konnte nicht mehr zum Markt gehen, ohne dass die Leute hinter ihrem Rücken tuschelten, sie berühren wollten oder sich bekreuzigten und vor ihr ausspuckten. Dann blieben im Gewürzladen die ersten Stammkunden aus, Wochen später gab es Tage, an denen niemand in den Laden kam.
Luna holte tief Luft. „Ich wollte über Winter bleiben. Jetzt ist fast ein ganzes Jahr daraus geworden."
Sie benötigte nicht viel Zeit, ihre wenigen Dinge zusammenzupacken. Am nächsten Morgen stand die Familie des Gewürzhändlers bereit, um Lebewohl zu sagen. Luna umarmte sie der Reihe nach. „Habt Dank für alles."
„Ich begleite dich zum Stadtrand", sagte Ahmed, dessen Empfindungen zwischen Bedauern und Erleichterung schwankten. Die Dunkelheit kroch aus den leeren Straßen und zog sich nach Westen übers Meer zurück. Sie verabschiedeten sich am Fuße des La Rocca. Bella hob den Schnabel in den Wind, eine willkommene Abwechslung nach den Wintertagen im stickigen Haus.
Der Gewürzhändler sah der jungen Frau nach, bis sie hinter dem Felsen verschwunden war. „Allah sei mit dir", murmelte er.

Am späten Nachmittag des gleichen Tages galoppierte ein junger Mann im Lederharnisch vor das Westtor der Stadt.
„Wer seid Ihr und was ist Euer Begehr?“, fragte der Wächter, der ihm entgegentrat.
„Ich bin der Schwertmeister des Königs und suche den Gewürzhändler Ahmed.“
Der Wächter streckte den Rücken durch und legte die Stirn in Falten. Dieser Händler erregte in letzter Zeit viel Aufsehen. Nun kam sogar ein Diener des Königs – waren die Gerüchte bis nach Palermo gelangt? Doch das ging ihn nichts an. Der Mann schien ehrbar, es gab keinen Grund, ihm den Zutritt zur Stadt zu verwehren. Er trat zurück und wies über die Straße. „Gleich gegenüber befinden sich die Ställe, wo Ihr Euren Hengst unterstellen könnt.“ Sein Blick ging bewundernd über die kräftigen Muskeln und das glatte Fell des Braunen, dem man die Strapazen des langen Rittes nicht ansah.
„Ich habe nicht vor, mich von dem Tier zu trennen“, sagte der Reiter eine Spur zu hochnäsig.
Der Wächter sah auf. Sollte er sich in dem Mann getäuscht haben? „Die Gassen der Stadt sind schmal, außerdem werdet Ihr nirgendwo sonst Futter bekommen.“
„Also gut.“ Der Mann saß ab. „Wie weit ist es zu Fuß bis zum Haus des Händlers?“
„Hundert Schritte die Hauptstraße hinunter und dann rechter Hand in die Gewürzgasse hinein. Geht einfach dem Geruch nach, ihr könnt sie nicht verfehlen.“
Vor dem Stall lauerte ein halbwüchsiger Pferdejunge. „Wie lange bleibt Ihr, Herr?“
„Höchstens einen Tag.“
„Zahlen müsst Ihr im Voraus.“ Der Junge nahm die Zügel und hielt dem Hengst die Hand vor die Nüstern, damit er seinen Geruch wahrnehmen konnte. Dann führte er ihn zur Tränke vor dem Stall. „Benötigt Ihr Unterkunft, Herr? Ich zeige Euch eine Herberge.“

„Das ist nicht nötig. Der Gewürzhändler – woran erkenne ich sein Haus?“
„Welcher? Es gibt viele hier.“
„Ahmed.“
Der Junge riss die Augen auf. „Wollt Ihr zu der Hexe?“
„Hexe?“
„Die weiße Frau mit dem Falken. Seid Ihr krank? Ihr habt Pech, sie ist nicht mehr da.“
„Langsam, Junge.“ Florent wedelte genervt mit der Hand. „Sprichst du von einer Frau namens Luna?“
„Keine Ahnung. Die Leute nennen sie *strega*, weil sie einen Jungen zum Leben erweckt hat, der tot war.“
Bei den Ohren Gottes, das ist sie, dachte Florent. „Sie ist weg?“
„Vielleicht hat sie sich in Luft aufgelöst“, sagte der Junge und grinste.
„Hast du Hafersäcke?“
„Ja, warum?“
„Bring mir einen!“ Florent griff nach den Zügeln. „Den Braunen nehme ich mit.“
„Aber Herr! Ihr kennt die Gassen nicht.“
„Beeil dich, sonst mache ich dir Beine.“
Wenig später führte Florent seinen Hengst um Auslagen und Gewürzstände herum, die Enge und die fremden Gerüche ließen es scheuen. Immer wieder tänzelte es und riss unwillig den Kopf hoch. Florent erntete missbilligende Blicke und zornige Bemerkungen.
„Ruhig, Brauner. Das sind nur Zimtstangen oder Nelken. Keine Gefahr!“
„Das ist grüner Pfeffer, Herr. Passt auf den Schwanz des Gaules auf, der fegt mir den Tisch leer“, schimpfte eine dicke Händlerin, die eilig Deckel auf ihre Gewürzdosen verteilte.
„Hat Euch niemand gesagt, dass Pferde hier nicht hingehören?“, keifte eine ältere Frau.

„Hauptsache, Ihr habt seine Verdauung unter Kontrolle. Der Gestank wäre geschäftsschädigend!“, rief ein kleiner Mann mit einem Turban.
Florent sah sich genervt um. „Wo wohnt Ahmed?“, fragte er laut.
Es wurde still. „Das übernächste Haus“, rief die dicke Händlerin. „Das mit den Mistflecken an der Wand.“
„Wollt Ihr die *strega* verhaften?“, krächzte die Alte. „Da seid Ihr zu spät!“
Vor Ahmeds Haus gab es keine Auslagen, nur ein bemaltes Holzschild an der Tür verwies auf den Laden. Das Fenster im Erdgeschoss war geöffnet und er steckte den Kopf hinein. Ein erschrockenes Jungengesicht blickte zu ihm auf.
„Bist du Ahmeds Sohn?“, fragte Florent.
Der Junge rannte davon. Kurz darauf kam der Händler selbst, er trug einen gelben Turban über seinem dunklen Gesicht. „Was wünscht Ihr, Herr?“
„Mein Name ist Florent, ich bin der Schwertmeister des Königs und auf der Suche nach Luna.“
Die schwarzen Augen des Händlers blitzten auf. „Kommt herein.“ Er blickte über die Schulter nach hinten. „Julio, kümmere dich um das Pferd.“
Eine halbe Stunde später verließ Florent die Stadt durch das östliche Tor und verschwand bald hinter dem La Rocca.

Lunas Füße brannten, der Falkenarm schmerzte. Höchste Zeit, einen Platz für die Nacht zu finden. Die Sonne saß auf dem Horizont und die Dunkelheit lauerte bereits hinter den Büschen. Sollte sie Bella jagen lassen? Der Falke war aus der Übung, seit sie Ahmeds Haus nicht mehr hatten verlassen können. Aber ihr Proviant reichte höchstens noch zwei, drei Tage. Eine Gruppe Zedern mit dichtem Gras zwischen den Stämmen versprach Schutz für die Nacht.

„Bella, du musst dir dein Abendessen selbst fangen.“ Sie legte ihr Bündel ab und sah sich um. Die Zedern boten Deckung zur Straße hin, eine kleine Lichtung zog sich bis zu einem Zitronenhain, in dem heute sicher niemand mehr arbeitete. Sie trat aus dem Schatten der Bäume heraus und löste den Riemen, der Bellas Geschüh mit dem Handschuh verband. Dann nahm sie dem Falken die Haube ab. Der Vogel schüttelte kurz die Federn auf, breitete die Flügel aus und hob ab. Mit zwiespältigen Gefühlen verfolgte sie den flatternden Aufstieg. Jeder zufällige Beobachter erkannte an dem baumelnden Riemen den zahmen Beizvogel, sie hoffte, dass niemand in der Nähe war, dessen Neugier sie erregen würden. Wenn Bella große Beute schlug, musste sie ihr zu Hilfe eilen. Schon ein kräftiger Hase konnte im verzweifelten Kampf um sein Leben einen Falken ernsthaft verletzen. Mit dem Kopf im Nacken verfolgte sie den Flug des Vogels. Er schraubte sich höher und höher, im Abendlicht der Sonne war er bald nur ein dunkler Punkt am Himmel. Sie schirmte mit einer Hand die Augen ab.
Plötzlich hörte sie Hufschläge auf der Straße, die schnell näher kamen. Sie eilte zu den Zedern zurück und versuchte gleichzeitig, Bella im Blick zu behalten, die jetzt etwas tiefer ihre Bahnen zog. Sie kreiste über einer Gruppe niedriger Büsche. Kaninchen? Vielleicht auch nur Mäuse.
Auf dem Weg erschien ein einzelner Reiter auf einem kräftigen Pferd, das jetzt in langsamen Trab fiel. Luna flehte innerlich, er möge vorbeireiten. Doch vergeblich. Als Bella auf die Büsche hinabstieß, lenkte der Mann im Lederharnisch sein Tier auf die Wiese. Luna trat hinter einen der mächtigen Zedernstämme und versuchte, beide im Auge zu behalten, Reiter und Falken.
Bella war nicht zu sehen. Der Mann dagegen ... Sie blickte genauer hin. Dieser dunkelbraune Destrier und die Gestalt darauf erschienen so vertraut, ihr Herz stolperte und klopfte

laut und doch wagte sie nicht, hervor zu treten. Wenn sie sich irrte?
„Luna?“, rief der Mann halblaut, stellte sich in die Steigbügel und sah sich um.
Sie stieß einen Freudenschrei aus, raffte ihren Umhang und rannte los. Florent glitt aus dem Sattel und breitete die Arme aus. „Luna!“
Einen Moment lag sie an seiner Brust, roch die bekannte Mischung aus Leder, Pferd und Florent, dann löste sie sich verlegen. „Wie hast du mich gefunden?“, fragte sie und musterte sein Gesicht. Staub saß in den kleinen Falten um die Augen.
„Ich sah den Falken in der Luft und den Geschühriemen an seinem Fang. Wer außer dir sollte um diese Zeit einen Falken aufsteigen lassen?“
„Du liebe Güte, Bella“, erinnerte sie sich. Sie zog ihn über die Wiese. Unter einem Maulbeerstrauch fanden sie den Vogel zufrieden atzend über den Resten einer Maus.
„Mir scheint, ihr beide kommt zurecht?“ Florents Augen leuchteten vor Freude.
Luna grinste. „Normalerweise teilen wir.“
„Wärt ihr trotzdem bereit, mir zurück nach Palermo zu folgen?“
Lunas Miene verdüsterte sich. „Ich sollte dir etwas über Markward von Annweiler erzählen ...“
„Nicht nötig. Lorna erzählte mir von deinen Sorgen. Aber Markward ist krank, er braucht deine Hilfe. Er versprach, dir nichts nachzutragen.“ Mit einem Blick auf den blutroten Horizont fügte er hinzu: „Wir sollten uns eine Herberge suchen.“
„Es ist noch warm in den Nächten.“ Luna wies auf die Zedern. „Wenn du mit einem grünen Dach und einem Grasbett zufrieden bist, dann lass uns hierbleiben.“

Bevor Florent antworten konnte, fiepte Bella durchdringend, sprang schwerfällig auf einen trockenen Ast und von dort auf Lunas Hand.
„Ich glaube, sie ist einverstanden“, sagte er.
Die Nacht fiel wie eine dichtgewebte Decke über die Wiese vor den Zedern. Während einer einfachen Mahlzeit, zu der sie beide ihre Vorräte beisteuerten, erzählten sie abwechselnd von den letzten Monaten.
„Was fehlt Markward?“, fragte Luna.
„Er sagt, es handelt sich um Steine. Er leidet furchtbare Schmerzen.“
Luna verzog das Gesicht. „Wenn wir nach seiner Genesung im Verlies landen, sind wir wenigstens zu zweit.“
„Er wird sein Wort halten. Er ist zwar ein Despot, aber er besitzt Ehrgefühl. Du wirst staunen, wie viel Ordnung er in den Palast gebracht hat. Federico erhält geregelten Unterricht in mehreren Sprachen, in der Kunst der Diplomatie, in Philosophie.“
Luna lachte. „Ich wette, er ist nicht so begeistert wie du?“
„Er ist sehr wissbegierig und Markward bezahlt nur die besten Lehrer. Der Junge bekommt endlich die Zuwendung, die er verdient. Das spürt er wohl auch. Jedenfalls lernt er willig.“ Nach einer kurzen Pause fügte er hinzu: „Meistens.“
Später lagen sie im Gras auf Satteldecken und blickten zu den Sternen hinauf. Eine letzte Zikade sang ihr Lied in den Sträuchern, der halbe Mond leuchtete durch die Äste, mit denen der Wind spielte. Auf der Wiese graste der Braune.
„So könnte es bleiben, für immer.“ Luna seufzte glücklich. Obwohl sie Markward nicht über den Weg traute, überwog die Freude, mit Florent zusammen sein zu können. Sie wollte es riskieren, mit ihm zurück zu reiten. Diese Entscheidung fiel ihr plötzlich sehr leicht.
Florent drehte sich auf die Seite und betrachtete ihr Gesicht. „Du hast recht, es ist perfekt. Fast.“
„Fast? Ist dir kalt?“

Er lachte leise und schüttelte den Kopf.
„Was fehlt dir dann?“ Sie sah sein Gesicht dicht über sich und atmete den Geruch seiner Haut. Seine Augen glitzerten im Mondlicht.
„Wann genau dachtest du, meine Frau zu werden?“
„Warum nicht heute?“, flüsterte sie und sie staunten beide über ihre Kühnheit.

Palermo, Frühjahr anno 1209

*„Denn da Wir mit großer Macht durch Sizilien ritten,
machte die Furcht vor Unserer Gewalt die Söhne des Aufruhrs,
die den Frieden hassen, so friedlich,
daß sie das Joch Unserer Herrschaft
in aller Ergebenheit auf sich nahmen
und sich Unserer Macht demütig unterwarfen...“
Friedrich II., 18. August 1209*

Niemals!“ Hinter Friedrich flog die schwere Holztür krachend ins Schloss, die Schnitzereien erbebten. Florent seufzte. Mehr als sechs Jahre waren ins Land gegangen, seit er mit Luna zurückgekehrt war. Der vierzehnjährige König war fast so groß wie sein Schwertmeister und ließ sich morgens von seinem sarazenischen Leibdiener Assad den hellen Flaum von den Wangen schaben. Er zeigte zunehmend weniger Bereitschaft, auf seine Berater zu hören.

Walter von Pagliara sah den Bischof vorwurfsvoll an. „Mein lieber Berard“, sagte er laut, „der Junge muss sich an den Gedanken gewöhnen.“

Bischof Berard von Castacca, ein päpstlicher Legat, hatte ihn während seiner schweren Krankheit vertreten und Pagliara behandelte ihn nun, da er sich zusehends erholte, meist von oben herab. Den lästigen Stellvertreter fortzuschicken, gelang ihm nicht, ein Vetter zweiten Grades saß im Lateran und hielt beide Hände über Berard.

Markward von Annweiler war vor sechs Jahren unter grässlichen Schmerzen an seinen Nierensteinen verstorben. Der jüdische Arzt aus Palermo versuchte noch eine Operation, doch es war zu spät. Er fand einen taubeneigroßen Stein in Markwards rechter Niere. Luna und Florent kehrten am Tag seiner Beisetzung aus Cefalù zurück. Seitdem gab es niemanden mehr am Hofe, vor dem Federico Respekt zeigte.

Pagliara faltete seine Hände, als wolle er beten. „Ich kann ihn sogar verstehen, mit Verlaub. Konstanze ist in seinen Augen eine alte Frau, sie ist bereits Witwe und hatte ein Kind!“
„Was nur beweist, dass sie fruchtbar ist.“ Bischof Berard hob die Augenbrauen. „Außerdem bringt sie fünfhundert spanische Panzerreiter ein. Er kann nicht widerstehen, schließlich ist er ein König ohne Heer.“
„Er fühlt sich betrogen“, verteidigte nun auch Florent den jungen König. „Der Papst versprach ihm Konstanzes Schwester, die wesentlich jünger ist.“ Er stand auf und ging zur Tür. „Geben wir ihm etwas Zeit.“
Der Bischof neigte den Kopf. „Im Oktober vollzog ich in Zaragosa die Ferntrauung. Seither ist genug Zeit vergangen. Ich hoffe, der König gehört nicht zu denen, die lange mit einem Entschluss hadern.“
„Manches Mal werdet Ihr noch wünschen, er wäre ein wenig zögerlicher.“ Florent lächelte wie jemand, der sich seiner Sache sicher ist und verließ den Raum.
Auf dem Übungsplatz hinter der Wäscherei des Palazzos entbrannte nur kurze Zeit später ein erbitterter Kampf. Funken schlugen aus den Schwertern, Schlag auf Schlag klirrte durch die milde Frühlingsluft und die unfeinen Flüche der Kämpfer hielten die Wäscherinnen von der Arbeit ab.
„Sie ist fünfundzwanzig!“, brüllte der König. „Eine trockene alte Pflaume!“ Er schlug wie ein Berserker auf Florents Schwert ein. Die Mägde, die die Wäsche auf dem Bleichplatz ausbreiteten, kicherten. Florent hatte alle Mühe, die unbeherrschten Ausfälle seines Schülers zu parieren.
„Was denkt sich der Trottel in Rom? Ich bin doch nicht sein Hofhund, der Sitz und Platz macht, wenn er ... Oh, verdammt!“
Florent hatte den tobenden König mit einem gezielten Tritt gegen die Beine zu Boden geschickt. „Lektion eins: Kämpft

niemals mit so viel Wut im Bauch, dass Ihr die Regeln vergesst!“ Er setzte dem verdutzt am Boden Liegenden die Schwertspitze auf die Brust und fragte: „Habt Ihr gerade den Heiligen Vater einen alten Trottel genannt?“
„Ich nenne ihn noch ganz anders, wenn er mir die alte Vettel aus Aragon schickt“, keuchte Federico und schielte auf die Schwertspitze.
„Mit fünfundzwanzig ist sie jünger als ich“, versuchte Florent, ihn zu besänftigen. „Sie kann Euch Kinder schenken und Euch nebenbei noch vieles lehren.“
„Was denn lehren?“ Federico schnaubte. Er schob das Übungsschwert beiseite und richtete sich auf. „Fragt sie!“ Sein Finger zeigte auf die Wäscherinnen, die inzwischen tatenlos lauschend neben ihren Körben standen. „Fragt sie, ob man mich noch etwas lehren muss!“
Die Mädchen kicherten und wandten sich eilig der Wäsche zu. Florent grinste wider Willen. „Welche soll ich fragen?“, fragte er.
Der König musterte die gutgeformten Hinterteile der Mägde, die sich im plötzlichen Arbeitseifer der Sonne entgegen reckten, und nickte siegessicher. „Egal.“
„Ihr werdet in der Hölle schmoren!“, murmelte sein Lehrer beeindruckt und klaubte das Schwert aus dem Gras.
„So oder so!“, bestätigte Federico. „Aber vorher werde ich dem Papst zeigen, wer der Herr über Sizilien ist.“
„Wie denn?“ Florent war plötzlich wieder ernst. „Ihr habt nicht einmal ein Heer.“
Der Vierzehnjährige schob seine Unterlippe vor, was ihn in Florents Augen wieder zu dem kleinen Jungen aus Palermos Gassen werden ließ.
„Konstanze bringt fünfhundert spanische Ritter mit, die alles niederreiten, was nicht schnell genug laufen kann.“ Florent hob das Schwert und ließ es in der Luft kreisen. „Das ist ein Angebot, das Ihr nicht von der Hand weisen könnt.“

„Dafür soll ich zu ihr ins Bett steigen? Assad kann ihr vorher ein Handtuch über das Gesicht legen."
„So viel Boshaftigkeit ziemt sich nicht. Ihr solltet Euch und anderen die Würde wahren." Florent stieß das Schwert in der Erde. „Außerdem erzählt man sich, Konstanze sei eine schöne Frau."
Der König riss sich den Lederharnisch vom Leib und knurrte: „Möge Allah dafür sorgen, dass Ihr Recht habt."
„Allah?"
„Beim Gott der Christen habe ich nichts mehr gut."
„Eure Majestät!" Assad rannte über den Wäscheplatz. „Der Kanzler bittet Euch in sein Amtszimmer!"
„Wer ist hier eigentlich der König, er oder ich?", knurrte Friedrich, klopfte sich den Staub von den Beinkleidern und schlug den Weg zum Palazzo ein. Sein Schwertmeister klaubte die Übungswaffen vom Boden und eilte ihm nach.
Walter von Pagliara redete auf einen Reiter ein, dessen schmutzige Kleidung nach Pferd und Schweiß roch. Der Mann trank gierig aus einem Krug und hob dann die Schultern. „Mehr als in diesem Schreiben steht, kann ich Euch nicht sagen. Als ich losritt, waren es ..." Er brach ab, weil der König eintrat, und verbeugte sich.
„Was ist passiert?", fragte Federico.
„Ein Aufstand der Barone im Nordosten, Majestät." Der Kanzler räusperte sich. „Sie sind empört über den Befehl Eurer Majestät und weigern sich, Ihre Besitzverhältnisse offenzulegen. Wie ich Euch schon damals sagte, werdet Ihr niemals erreichen, dass die sizilianischen Adligen ..."
„Wer schickt dich?", fragte Federico den Boten, wobei er Pagliara rüde unterbrach.
„Der Graf von Cefalú, Majestät."
„Berichte, lass nichts aus!"
Der Bote wischte sich den Schweiß von der Stirn. „Es gab viele Unmutsäußerungen, als Eure Justiziare den Befehl

verlautbarten, dass jeder Grundbesitzer Eigentumsurkunden vorlegen müsse. Einige taten es, ohne zu zögern, andere riefen zum Widerstand. Sie zogen bewaffnet vor die Amtsstuben und bedrohten Eure Beamten. So geschah es in Cefalú und in Messina."
„Unglaublich!", fauchte Federico. „Kannst du Namen nennen?"
Der Bote nickte und deutete auf das Schreiben in der Hand des Kanzlers.
Der drückte es an seine breite Brust und mahnte: „Wir sollten das ignorieren, Majestät. Ein solcher Befehl musste Unmut hervorrufen. Sie beruhigen sich wieder, wenn wir ihnen ..."
„Sie werden sich beruhigen. Dafür sorge ich. Gebt mir das Schreiben!" Federicos Stimme war gefährlich leise und Florent betete im Stillen, der Kanzler möge die Anzeichen des drohenden Sturmes erkennen.
Doch dem fehlte jegliches Einfühlungsvermögen, wenn es um die Stimmungen des Königs ging. „Das ist nicht nötig, Majestät. Ich kümmere mich darum."
Federico machte einen Schritt nach vorn, riss das Dokument an sich und entrollte es. Der Kanzler zuckte zurück und wurde blass. „Was tut Ihr?"
Der König erstarrte. „Wer seid Ihr, dass Ihr mich das fragt?"
„Euer Kanzler, Majestät!"
„Falsch!" Der König schob den Kopf vor wie eine Schildkröte, die aus ihrem Panzer schaut. „Ihr seid mein ehemaliger Kanzler. Geht mir aus den Augen!"
Pagliaras Gesichtsfarbe wechselte zu dunklem Rot und Florent befürchtete, der Mann würde erneut einen Herzanfall erleiden. Er fasste ihn am Arm und schob ihn aus dem Raum.

„Cicala, Lavoro, alles Emporkömmlinge. Sagt Euch der Name Lavoro etwas?“, fragte Federico, unbeeindruckt davon, dass er gerade seinen langjährigen Kanzler aus Amt und Würden geworfen hatte.
Florent schüttelte den Kopf.
Der Bote hob die Hand. „Darf ich sprechen, Eure Majestät?“
„Aber ja!“
„Es sind meist Leute, die sich in den letzten Jahren Land oder andere Privilegien verschafften. Durch Bestechung, Betrug und ähnliche Machenschaften. Es war einfach, solange es keinen König ... ich meine, solange Ihr noch nicht volljährig wart. Dieser Lavoro ist ein Vetter Eures Kanzlers.“
„Sie besitzen keine Eigentumsurkunden, die einer gründlichen Prüfung standhalten“, vermutete Florent, und der Bote nickte.
„Wir reiten nach Cefalú“, bestimmte Federico. Er winkte einem Diener. „Schick den Hauptmann der Wache zu mir.“
Zwei Stunden später galoppierten sie mit einer Eskorte von zwanzig gepanzerten Rittern auf der Via Valeria gen Osten. Die ausgeruhten Pferde verfielen gern in das hohe Tempo, das Federicos Renner vorgab. Florent spornte seinen Braunen und schloss zum König auf. Dessen helles Haar flatterte unter dem Helm hervor und verlieh ihm das Aussehen eines nordischen Gottes.
„Wie wollt Ihr mit dem Kanzler verfahren?“, rief Florent gegen den Wind.
Der König lockerte die Zügel und ließ den Fuchs traben. „Welchen meint Ihr, den alten oder den neuen?“
„Es gibt bereits einen neuen?“
Friedrich lachte laut. „Ihr seid so leicht zu verblüffen. Ich habe das Versprechen nicht vergessen, das ich Euch damals gab.“
„Was meint Ihr?“, fragte Florent ärgerlich. Er kam sich erbärmlich begriffsstutzig vor.

„Ich hatte Euch versprochen, dass Ihr mein Kanzler werdet, sobald ich König bin."
Florents Hände krampften sich um die Zügel, der Braune reagierte mit einem Ausfallschritt. Dieses Amt verlangte höchste Künste in der Diplomatie, Welterfahrenheit, Sprachgewandtheit – Vorzüge, die er gewiss nicht besaß. Niemals würde er seinem König ein brauchbarer Berater in politischen Dingen sein. Das Versprechen des Jungen, im Verlies gegeben aus kindlicher Dankbarkeit, hatte er längst vergessen gehabt.
„Majestät, das ehrt mich, aber ..." Er klopfte dem Braunen den Hals und suchte nach einer Erklärung. „Ich eigne mich denkbar schlecht. Lasst mich weiterhin Euer Schwertmeister sein, damit kenne ich mich aus. Es gibt so viele Männer unter Euren Vasallen, die einen besseren Kanzler abgeben als ich."
Federico grinste. „Gut, dass Ihr es selbst sagt. Ich breche ungern ein Versprechen."
Unverschämter kleiner Wicht!, durchfuhr es Florent und er biss sich auf die Zunge, um es nicht auszusprechen. „Aber Ihr hättet es gebrochen?", fragte er mit säuerlicher Miene.
„Zum Wohle des Reiches, ja." Der König stellte sich für einen Moment in die Steigbügel und streckte den Rücken durch. Er war ein ausgezeichneter Reiter, der auch mit schwierigen Hengsten zurechtkam und ohne Probleme weite Strecken zurücklegte. „Ihr habt recht, Florent. Ihr seid ein hervorragender militärischer Berater, der sollt Ihr auch bleiben. Ich komme ohne Kanzler aus, es gibt genug Leute, die mir ständig reinreden wollen."
Florent dachte an die Unmengen an bürokratischer Arbeit, die Pagliara täglich bewältigt hatte. „Wer soll in Zukunft die Verträge aufstellen, Klauseln ausarbeiten, Gesetze entwerfen?"
Der König lenkte seinen Fuchshengst um einen umgebrochenen Feigenkaktus herum. „Die Schreiber, die das bisher

gemacht haben. Die wissen, wie das geht. Ich muss es nur kontrollieren. Bischof Berard und Ihr werdet mir dabei helfen."
Florent zog die Mundwinkel nach unten, doch im Stillen bewunderte er den Jungen. Er traf Entscheidungen, als wäre er seit Jahrzehnten auf dem Thron und das gelang ihm bisher nicht schlechter als weitaus erfahreneren Männern.
„Als militärischer Berater könnt Ihr mir vielleicht sagen, wie wir mit zwanzig Soldaten einen Aufstand zerschlagen werden?", fragte Federico.
„Wir müssen uns zunächst ein Bild machen, wie viele Aufständische es gibt und wie gut sie gerüstet sind. Dann sollten wir herausfinden, wer uns treu ist und dort Unterstützung verlangen." Florent grübelte weiter. Das war die Standardlösung. Gab es eine andere, gerissenere Möglichkeit? Eine Zeit lang ritten sie schweigend, wieder im hohen Tempo. Die Bauern auf den Feldern und die Händler auf der Straße bekamen kaum Gelegenheit, den König zu erkennen und sich zu verneigen, da waren sie schon vorbei.
Die Nacht verbrachten sie zwei Stunden vor Cefalú in einer Herberge am Straßenrand. Der Wirt und seine Frau tischten ein herzhaftes Frühstück mit gebratenem Fisch und frischem Brot auf. Aus der Geschichte, den König bewirtet zu haben, würden sie eine Weile Nutzen ziehen. Von dem Paar erfuhren sie weitere wichtige Einzelheiten über die aufständischen Barone in Cefalú. Und schließlich schmiedeten sie einen Plan, der ihnen gefiel.
Florent rief zwei Soldaten heran, von denen er wusste, dass sie nicht auf den Kopf gefallen waren. „Sattelt auf und reitet voraus. Gebt euch als Quartiermeister des Königs aus und bestellt beim Bürgermeister Kost und Lager für fünfzig Ritter und ebenso viele Pferde. Sagt ihnen, wir werden übermorgen ankommen. Außerdem soll die beste Herberge der Stadt für den König hergerichtet werden. Und fordert, der *podestà* möge für übermorgen eine Gerichtsversammlung

einberufen und einen stabilen Galgen auf dem Marktplatz errichten."
Die Männer nickten und sattelten ihre Pferde.
Federico schlug mit der flachen Hand auf den Tisch. „Zu gern möchte ich die Gesichter der Herren sehen, wenn sich das Gerücht in der Stadt verbreitet." Er sah Florent triumphierend an: „Seht Ihr, auch ohne Kanzler habe ich einen ausgezeichneten Plan."
Florent staunte über die Fähigkeit des Königs, die Ideen anderer zu seinen eigenen Gunsten zu verrechnen, denn der Vorschlag zu dieser List war seiner gewesen.
Sie aßen in aller Ruhe und ritten gemächlich, um den beiden Männern ausreichend Vorsprung zu lassen. Am frühen Nachmittag kamen sie in Cefalú an. Die Wachen am Tor fielen auf die Knie und sahen ihnen mit großen Augen nach. Sie ritten hintereinander und schlugen den direkten Weg zum Haus des Bürgermeisters ein. Federico wies die Eskorte an, sich in den schmalen Nebenstraßen zu verteilen und zu präsentieren. In den engen Gassen der Hafenstadt genügte ein einziger Destrier, um einem Flüchtenden den Weg zu versperren. In dem Gewirr der Straßen ließ sich unmöglich abschätzen, wie viele Ritter in der Stadt waren.
Aus den offenen Fenstern des Ratssaales drang aufgeregtes Stimmengewirr nach draußen. Federico und Florent saßen ab und gingen in das Haus. Niemand bemerkte die beiden Ankömmlinge, sie gelangten ungehindert bis zur Saaltür, die halb offen stand. Die versammelten Barone diskutierten erregt, wie sie ihren Hals retten konnten.
„... und ich sage, wir müssen ihnen entgegenreiten!", schrie ein dicker Mann, der trotz der Wärme einen blauen Brokatmantel mit Falkenmuster trug.
„Fünfzig gepanzerte Reiter auf freiem Feld? Vergesst es! Wir müssen sie in die Stadt locken", rief ein anderer. „In den Gassen kriegen wir sie, jeden für sich."
„Sie werden unsere Häuser plündern!"

„Wir müssen sie überwältigen, bevor sie dazu kommen!"
„Ihr könnt fein reden, Euer Haus liegt weit draußen!"
Der Bürgermeister fuchtelte mit den Armen, wobei sich die goldene Amtskette in seinem Umhang verfing. Er bemühte sich vergeblich, die etwa zwanzig Männer zu beruhigen.
„Ruhe! Bei allen Dienern des Herrn! Sie werden hier sein, bevor Ihr Euch einigt!"
Federico und Florent standen im Schatten der schweren, metallbeschlagenen Tür. Der König gab ihr einen kräftigen Tritt und sie flog mit einem dumpfen Knall hinter ihm zu. Alle Köpfe wandten sich um.
„Sie sind schon da", sagte er laut in die plötzliche Stille hinein und ging zur Mitte des Saales. Florent blieb an der Tür zurück, die Hand am Schwertgriff. Die vor Schreck erstarrten reich gekleideten Männer im Saal erinnerten an eine Szene auf einem Gemälde.
Der König sprach leise, aber deutlich. „Die Stadt ist in unseren Händen. Wer sich jetzt beugt und mir Treue schwört, dem gewähre ich Gnade."
Der *podestà* warf gehetzte Blicke in Richtung Tür, doch dort stand Florent, breitbeinig, mit zusammengeschobenen Augenbrauen. Er hoffte, dass er grimmig genug aussah, um zwei Dutzend Männer vom Verlassen des Saales abzuhalten. Zwar trugen sie keine Waffen, doch sollten sie sich einig sein, würden sie ihn überrennen.
Der Dicke im blauen Mantel ging als Erster in die Knie. „Verzeiht, Euer Majestät! Ich habe einen großen Fehler begangen. Ich biete Euch meine Treue und meine Dienste, so wahr mir Gott helfe."
Damit war der Bann gebrochen. Wie Weizenähren im Sturm brachen die Männer ein und beugten die Knie. Federico ging von einem zum anderen und nahm Treueschwüre ab. Den Bürgermeister hob er sich bis zuletzt auf.

Wie verprügelte Hunde schlichen die Adligen einzeln zur Tür hinaus und verdrückten sich in die Gassen, wo der Anblick der Berittenen ein Übriges tat. Sie ahnten nicht, wie wenig Reiter es waren, die auf dem Stadtpflaster patrouillierten.
Einer von ihnen würde es nie erfahren: Den Bürgermeister ließ Federico am Abend auf dem Marktplatz von Cefalú enthaupten.
Als der Mann um sein Leben flehte und an das Gnadenversprechen des Königs erinnerte, entgegnete Federico: „Für Euch bedeutet Gnade, zu dieser Stunde schnell und ohne Qualen sterben zu dürfen."
Am nächsten Morgen ritten sie ohne Umschweife nach Palermo zurück. Das Geschehene würde sich herumsprechen, Gerüchte waren schneller als die Pfeile eines Bogenschützen. Nur zwei Tage nach ihrer Rückkehr trafen Boten aus Catania ein, die von der Ergebenheit der dortigen Aufständischen berichteten und ihre Treueschwüre auf Schriftrollen überreichten.
„Das Glück ist auf meiner Seite", triumphierte Federico.
Berard sprach aus, was Florent dachte: „Gebe Gott, dass es so bleibt!"
„Dann betet dafür!", entgegnete der König scharf. „Das ist doch Eure Aufgabe, oder nicht?"

Palermo, Sommer anno 1209

„Deshalb schicken Wir uns an,
mit ihr, so Gott es will, die Eheschließung zu begehen.
Nach deren glücklichem Vollzug beabsichtigen Wir,
machtvoll in die Gefilde Apuliens zu ziehen...“
Friedrich II., August 1209

Hunderte festlich gekleidete Bürger drängten sich seit Stunden am Kai und auf den Straßen am Hafen, um in der heißen Augustsonne das Einlaufen und Festmachen der stattlichen aragonischen Flotte zu beobachten. Sie bestand etwa zur Hälfte aus Naos, moderne Segelschiffe ohne Ruder, vorn und achtern mit hohen Borden und jeweils vier bis fünf leuchtend weißen Segeln. Die restlichen Schiffe, wendige Galeerenmit seitlich auf- und abschwingenden Rudern, erinnerten an schwimmende Tausendfüßler. Sie verfügten ebenfalls über Segel, um den Wind nutzen zu können, doch waren sie beim Einlaufen gerefft worden.
Graf Alfonso betrat als Erster den festen Boden des Hafens von Palermo. Der große und stattliche Aragonier trug die Farben seines Königreiches: rot-gelb gestreifte Hosen aus Chinaseide und einen safrangelben Damastumhang. Über einer leichten Hakennase sahen sich zwei taubengraue Augen forschend um.
Bischof Berard stand mit dem Bürgermeister unter einem Baldachin bereit, um die Gäste in Empfang zu nehmen.
„Er wird es übelnehmen, dass der König nicht hier ist“, murmelte der *podestà* verzagt.
„Wir müssen es ihm überzeugend erklären“, entgegnete Berard leise, während er sich verbeugte.
Hinter Alfonso drängte der Hofstaat auf die Kaimauern, empfangen von den Hochrufen der Schaulustigen. Der Bürgermeister trat einen Schritt vor. „Willkommen in Palermo, verehrter Graf von Aragon. Wir hoffen, Ihr hattet eine ruhige Überfahrt?“

Alfonso musterte ihn kurz und fragte: „Wo ist der König?"
„Er erwartet seine Braut im Palast. Dort ist alles vorbereitet für einen würdigen Empfang." Berards Stimme zitterte leicht.
Alfonso nickte knapp. Wenn er verstimmt war, verbarg er es hervorragend. In diesem Moment brandete der Jubel unter der Bevölkerung lauter als zuvor auf und bunte Blüten regneten auf die Straße. Umgeben von ihren Hofdamen verließ Konstanze das Schiff und betrat sizilianischen Boden. Angesichts der vielen Menschen schob sie ihren Schleier zurück und winkte den Leuten lächelnd zu.
Bischof Berard bedauerte einmal mehr, dass Friedrich nicht bereit gewesen war, seine Frau hier im Hafen zu begrüßen. So hätte er erleben können, wie die Sizilianer die Königin schon jetzt liebten. Was ihre Schönheit betraf, wurden die Gerüchte wohl noch übertroffen. Sie besaß die große und schlanke Gestalt ihres Bruders Alfonso, die leicht gekrümmte Nase verriet die Aragonierin, doch ihre Augen glänzten dunkel, ebenso wie ihr Haar, das unter dem Schleier aus heller Spitze hervorlugte. Ihr Unterkleid aus safrangelber Seide leuchtete in Konkurrenz mit der Sonne. Den Mantel mit weit geschnittenen Prunkärmeln zierten üppige Goldstickereien auf dunkelblauem Damast. Er entlockte den umstehenden Frauen Seufzer der Verzückung.
Konstanze lächelte dankbar, der euphorische Empfang tat ihr sichtlich gut. Doch als ihr Blick prüfend über die Reihen der Barone und Würdenträger glitt, die sich zu ihrer Begrüßung aufgestellt hatten, verblasste das Lächeln. Unter all den wohlwollenden und ehrwürdigen Gesichtern fehlte das junge Antlitz des Königs.
Florent hätte ihr gern jegliche Befürchtungen genommen, doch war er kaum in der Position, das Wort an sie zu richten. Außerdem wusste er selbst nicht, wie sein Schützling der künftigen Königin begegnen würde. Seit dem Ende der päpstlichen Vormundschaft im Dezember war der Einfluss

der königlichen Berater noch weiter gesunken. Wobei er, Florent, noch zufrieden sein konnte. Seine Ratschläge hörte sich der Fünfzehnjährige meist bis zum Ende an. Walter von Pagliara dagegen hatte weniger Glück gehabt. Er saß schmollend auf seinem Landgut und wartete auf den Befehl, an den Hof zurückzukehren. Florent bezweifelte, dass es jemals dazu kommen würde. Der König hatte Pagliaras unrühmliche Rolle während seiner Vormundschaft nicht vergessen.

Für die Braut stand eine mit Polstern bestückte Sänfte bereit. Die Bürger von Palermo säumten die Straßenränder, mit Blumen geschmückte Häuser warteten auf den festlichen Zug zum Palazzo. Doch der Abmarsch verzögerte sich. Die Schaulustigen reckten die Hälse und diskutierten. Was dauerte denn so lange?

Plötzlich erschollen einzelne Rufe: „Seht nur!"

„Dort, die Pferde!"

„Was für kräftige Tiere!"

„Und das Geschirr, prachtvoll! Aah! Das ist reines Silber!"

Aus den weiter draußen im Hafen ankernden Schiffen waren die Streitrosse der aragonischen Reiter auf Boote verladen worden und gingen nun auf dem Kai in Formation. Die durchweg schwarzen Destrier benahmen sich nach der langen Seereise nervös und unbändig, die Pferdeknechte hingen am Zaumzeug und fluchten vor sich hin. Nach und nach brachten sie die Kampfrösser hinter dem wartenden Hofstaat in Stellung und die Ritter saßen auf. Die dichten Mähnen der Tiere waren zu glänzenden Zöpfen geflochten, das Zaumzeug aus Leder zierte ziseliertes Silber, die leichten Rüstungen der Reiter zeugten von hoher Handwerkskunst – kurzum, die Formation war eine Augenweide. Die Blicke der einheimischen Männer hingen an Pferden und Ausrüstung, die der Frauen musterten stattliche Ritter, sämtlich breitschultrig und furchteinflößend. Mit diesem Heer musste

Sizilien nichts und niemanden mehr fürchten, da waren sich alle einig.
„Was für eine Truppe!“, rief auch Luna, die vom Fenster des Saales aus die Formation beobachtete. „Mit diesen Rittern könnt Ihr alles erreichen!“ Begeistert wandte sie sich zu Federico um, der eben noch hinter ihm gestanden hatte. Doch außer seinem Leibdiener war niemand mehr im Raum. „Wo ist er?“
Assad wies aus dem Fenster. „Hinausgerannt. Seine Neugier siegt endlich über seinen Stolz.“ Aus dem Palasttor sprengte soeben der Fuchs des Königs, der barhäuptig und ohne Rüstung im Sattel saß. Einer seiner Leibwächter nahm die Verfolgung auf. Bald verdeckten die hohen Mauern des Palazzos die Sicht auf die Straße.
„Schade“, sagte Assad. „Für die erste Begegnung mit seiner Braut hätte ich ihn gern etwas herausgeputzt.“

Die Hochzeit des Königs von Sizilien mit Konstanze von Aragon fand im August 1209 im Dom von Palermo statt. Alle wichtigen Vertreter des sizilianischen Adels nahmen teil und füllten die Kirche bis in den letzten Winkel. Auf dem Platz vor dem Dom versammelten sich die Bürger der Stadt, die keinen Einlass mehr fanden.
Gegen den Rat des Bischofs ließ der König eine prunkvolle Feier ausrichten. „Ich zeige meinen Untertanen, wie ein wahrer Herrscher feiert. Wenn ich ihnen Armut demonstriere, wie sollen sie dann an mich glauben?“
Diese Überlegung erwies sich als richtig. Selbst die Abtrünnigen, die insgeheim mit dem Gedanken an eine Regentschaft durch einen der sizilianischen Barone spielten, verfielen dem Liebreiz der Braut und der Weltgewandtheit des jungen Königs. Immer wieder fielen lobende Bemerkungen über die prunkvolle Gestaltung des Festes und das edle Königspaar. Da Federico in seinem Königsmantel Autorität und Reife ausstrahlte, fiel der Altersunterschied nicht auf.

Er plauderte gelassen mit seinen Gästen, küsste ab und zu die Hand seiner Frau und wirkte rundum zufrieden. Nur wer ihn besser kannte, bemerkte, wie er die Anwesenden prüfte. Eine flüchtig eingeworfene Bemerkung über eine Landvergabe oder eine höflich gestellte Frage nach dem Ertrag der letzten Weinlese, kein einziges Wort war zufällig oder unüberlegt.
„Er macht Politik, ohne dass es jemand merkt“, sagte Florent leise.
„Er erinnert mich an seinen Vater“, entgegnete Luna. „Wenn es ihm gelingt, den Jähzorn zu beherrschen, wird er ein fähiger König.“
Inzwischen hatten die Musiker Aufstellung genommen und spielten auf. Sarazenische Tänzerinnen verzückten die Männer mit einem Schleiertanz, eine deutliche Botschaft des Königs, die Kultur des Morgenlandes, seit Jahrhunderten nicht aus Sizilien wegzudenken, auch in Zukunft zu schätzen.
Luna beobachtete die Gäste durch ihren Schleier und sah, wie manche deutsche Adelsdame die Nase rümpfte über die leicht bekleideten Tänzerinnen. Hier und da wandte sich auch eine sizilianische Matrone empört ab, aber die Blicke der Männer hingen unverwandt an den herumwirbelnden braunen Mädchenkörpern. Diener mit seidenen Turbanen schenkten süßen Inselwein aus, eine geschickte Huldigung der einheimischen Weinbauern. Stockfisch und normannische Rouladen wurden auf silbernen Schalen serviert. Zum Nachtisch brachten die Diener gezuckerte Früchte mit honigsüßem Eis vom Ätna. Friedrich hatte an alles gedacht, niemand musste sich vor den Kopf gestoßen oder zurückgesetzt fühlen. Heute war der Tag des Neubeginns für das Königreich Sizilien.
„Hoffentlich trinkt er nicht zu viel von dem Wein“, raunte Florent Luna ins Ohr.

„Machst du dir schon wieder Sorgen?“ Sie kicherte. „Manche Dinge schafft er ohne dich.“
„Glaubst du?“
Sie nickte ernsthaft und deutete auf das Königspaar. „Sieh nur hin!“
Hinter dem Rücken der Gäste zog Friedrich seine Braut verstohlen aus dem Saal. Als einige der Hofdamen folgen wollten, scheuchte er sie mit einer heftigen Handbewegung zurück. Der Bischof, der das Brautbett hätte segnen müssen, stieß gerade seinen Weinkelch gegen den des Grafen von Aragon.
Florent prustete leise. „Du hast recht, er wird zurechtkommen. Wir sollten an uns denken.“ Er drückte ihr einen zärtlichen Kuss auf die Stirn. „Lass uns ebenfalls verschwinden.“

Das Brautgemach war nicht wieder zu erkennen, Assad hatte sich selbst übertroffen. Rosen und Lilien dufteten in Bodenvasen im Wettstreit mit einem Dutzend Öllämpchen, die Amber-, Mandelholz- und Zimtgeruch verströmten. Friedrich atmete tief ein, er liebte diese schweren orientalischen Gerüche. Rosenblätter lagen über Boden und Bett gestreut, mehrere Flaschen kostbarer Öle standen griffbereit.
Konstanze blieb an der Tür stehen und sah sich um. „Ihrr habt Eusch sehr viel Mühe gegeben, Majeschtät“, sagte sie mit ihrem merkwürdigen Akzent.
Friedrich freute sich über dieses Lob und wunderte sich gleichzeitig darüber, wie wichtig ihm ihr Beifall war. Die Frau gefiel ihm, vergessen war all der Groll über die Hochzeit. Nicht nur, dass sie schön war und überhaupt nicht alt aussah, sie war anscheinend auch klug. Die wenigen Sätze, die er seit ihrer Ankunft mit ihr wechseln konnte, hatten genügt, um ihn von ihrer Bildung und ihrem scharfen Verstand zu überzeugen. Außerdem klang ihr Akzent ein bisschen wie das Schnurren einer Katze.

„Kommt!“, sagte er mit rauer Stimme. Er zog sie zum Bett und wischte ein paar Rosenblätter beiseite. Dann begann er, die Schnürung ihres Brautkleides zu untersuchen. Sie stand still und ließ ihn gewähren. Nach einer Weile verfluchte er sich, weil er die Hofdamen weggescheucht hatte. Die im Rücken gekreuzten Schnüre verknoteten sich und das Licht genügte nicht, um sie zu entwirren.
„Verzeiht mir!“, sagte er und griff ungeduldig nach dem Dolch, der immer neben seinem Bett lag.
Wenn sie erschrocken war, verbarg sie es gut. Sie rührte sich nicht, als er die Schnüre vorsichtig mit der Klinge durchtrennte. Dann fiel das Oberkleid, das leinene Unterkleid stellte kein Hindernis mehr dar. Endlich stand sie nackt vor ihm, und ihm gefiel, was er sah. Sie war groß und musste nicht zu ihm aufblicken. Er beugte den Kopf vor und küsste sie auf den Mund. Ihre dunklen Augen verschwammen vor seinem Blick, endlich schloss sie die Lider und öffnete die Lippen.
Sacht schob er sie auf das Bett und entledigte sich hastig seiner Beinkleider. Beinahe stoisch legte sie sich bereit und spreizte die Beine, was ihn ein wenig aus der Fassung brachte. Dann erinnerte er sich an ihren Witwenstand und schüttelte den Kopf. „Nein. Wir wollen es genießen.“
Sie hob den Kopf. „Was meint Ihr?“
Er legte sich neben sie und verschloss ihren Mund, indem er sacht mit dem Finger an ihren Lippen entlang fuhr. „Ihr werdet gleich sehen“, murmelte er und fuhr mit seiner Zunge an ihrem Hals hinab bis zu den Brüsten. Sie schnappte nach Luft und beobachtete ihn argwöhnisch. Er setzte seine Reise fort, über den Bauchnabel bis zu dem dunklen seidigen Haar zwischen ihren Schenkeln. Ihre Hand zuckte nach oben und sie bekreuzigte sich.
Friedrich blickte auf und runzelte die Stirn. „Nicht doch, meine Liebe. Ihr solltet Eure Hände für andere Dinge nutzen.“

Als seine Zunge fand, was sie gesucht hatte, keuchte sie: „Aber das ist Sünde!"
„Genau!", flüsterte er und lächelte zufrieden.

Ein heißer Sommer neigte sich dem Ende zu, in der Abenddämmerung zog kühle Luft durch die Gemächer und der Wein reifte an den Hängen Siziliens. Friedrichs Glückssträhne schien zu Ende. Den Teil des Reiches nördlich der Alpen beherrschte Otto IV. unangefochten, nachdem dessen Widersacher Philipp von Schwaben – Friedrichs Onkel – ermordet worden war. Papst Innozenz krönte den Welfen Otto im Herbst 1209 zum Kaiser, in der Hoffnung, den Norden zu befrieden und in Italien Ruhe zu haben. Doch er bereute seine Entscheidung kurz darauf bitter. Statt sich mit seiner Kaiserkrone zufrieden über die Alpen zurückzuziehen, blieb Otto in Italien und sammelte in der Po-Ebene zahlreiche Männer für ein Heer. Gleichzeitig verhandelte er mit den Pisanern, die über eine große Flotte von Galeeren und modernen Segelschiffen verfügten. Spätestens jetzt wurde klar, was er vorhatte.
„Die Pisaner lecken ihm die Stiefel, diese Hunde!", tobte Friedrich. „Sie werden ihn übers Meer in den Süden bringen, darauf wette ich meine rechte Hand."
„Wir müssen damit rechnen, dass Otto in den kommenden Monaten an Rom vorbei nach Apulien zieht und nächstes Jahr auch Katalanien einnimmt", gab Florent Wasser auf die Mühlen. Sie berieten in der Amtsstube, in der Pagliara früher gearbeitet hatte und die Federico als Arbeitszimmer benutzte. Beinahe täglich trafen Boten mit schlechten Nachrichten ein.
„Niemals!", knurrte Federico. „Wir werden ihn in Apulien mit unseren Panzerreitern erwarten."
„So Gott will!" Berard trat in den Raum, er hatte die letzten Worte gehört. Auf seiner Stirn zeigten sich tiefe Sorgenfalten.

Federico hob die Augenbrauen. „Was soll das heißen?“
„Ein Fieber, Majestät. Die Aragonier vertragen unser Klima nicht. Ein großer Teil von ihnen liegt danieder, zwei sind heute gestorben.“
Der König fuhr auf. „Was sagt Ihr da?“ Diese Männer waren sein ganzer Stolz, seine Hoffnung.
Florent sah den Bischof eindringlich an. Konnte es sein, dass er nur Scherze mit ihnen trieb? Doch der Mann starrte einen Kratzer auf der Tischplatte an und schwieg.
„Was ist mit Ibn Salif?“, fragte Federico.
„Der Arzt? Er ist unterwegs nach Castrogiovanni. Ersucht nach Kräutern, die es nur dort bei den Sarazenen gibt. Wir haben nach ihm geschickt, spätestens morgen ...“
„Beim Barte des Propheten!“, schrie Federico. „Wieso muss der Mann selbst Kräuter kaufen? Kann das nicht ein Gehilfe übernehmen?“
Berard bekreuzigte sich hastig.
„Luna soll sich die Männer ansehen“, befahl Federico.
„Ich bin sicher, es gibt bereits andere Ärzte, die sich um sie kümmern“, entgegnete Florent. Das letzte, was er wollte, war, dass Luna sich an einem Fieber ansteckte. Er sah Berard fragend an.
Der nickte. „Ein jüdischer Arzt aus Palermo wurde geholt.“
Federico starrte aus dem Fenster. „Isoliert die Kranken, damit sie die anderen nicht anstecken. Ich frage mich, warum sich Graf Alfonso nicht gemeldet hat. Normalerweise kommt er sofort, wenn bei einem seiner Männer ein Furz quer liegt.“
Berard räusperte sich. „Man sagte mir, er sei ebenfalls krank.“
„Etwa auch dieses Fieber?“
Der Bischof seufzte schwer. „Es sieht so aus, Majestät.“
Federico drehte sich vom Fenster weg. „Florent, bring Luna zu mir. Berard, Ihr schafft mir den Juden her. Ich will alles über diese Seuche wissen.“

Auf dem Weg in die Stadt verfluchte Florent Lunas Berufung. Konnte sie nicht einfach eine Magd sein oder eine Schneiderin?
In Lornas Haus herrschte angenehme Kühle, die Geranien verströmten ihren herben Duft. Florent stürmte in den Raum, in dem Luna sonst arbeitete. Sie war nicht da.
„Was ist?“, krächzte Lorna in ihrem Sessel erschrocken.
„Wo ist Luna?“, fragte er.
„Auf dem Markt. Sie dürfte jeden Moment zurückkommen.“
„Etliche von Federicos Rittern sind am Fieber erkrankt.“
Die Alte neigte den Kopf. „Ich hörte davon. Sie holten Salomon, den Arzt aus der Judengasse.“
„Wie gefährlich ist es?“
„Woher soll ich das wissen?“ Die Alte mümmelte missbilligend.
Draußen hörten sie leichte Schritte, Florent riss von innen die Tür auf und blickte in Lunas erstauntes Gesicht. „Was machst du hier?“, fragte sie.
„Du musst mitkommen, Befehl vom König.“
Sie verloren keine Zeit, unterwegs erzählte er ihr alles Notwendige.
„Bevor ich Federico etwas raten kann, sollte ich mir die Kranken ansehen.“
Widerwillig begleitete er sie ins Lager der Aragonier, die vor den südlichen Mauern Palermos ihre Zeltstadt errichtet hatten.
Der zweite Heerführer, ein kräftiger Ritter mit rotblondem Haar, empfing sie mit verzweifelter Miene. „Es werden stündlich mehr. Der jüdische Arzt hat angeordnet, die gesunden Soldaten wegzubringen. Er meint, die giftigen Dämpfe aus der Erde wären schuld. Das Lager ist neben einem Sumpf aufgebaut.“
„Kann ich ihn sprechen?“, fragte Luna.

„Er ist zum König gerufen worden.“ Der Ritter führte sie zu einem der größten Zelte. „Graf Alfonso besuchte die Kranken, das ist ihm zum Verhängnis geworden.“
Hinter dem Eingang des Zeltes gingen sie über weiche Teppiche, vorbei an kostbaren Möbeln. Der schwere Duft aus den Öllampen konnte den Gestank, den die Krankheit mit sich brachte, nicht ganz vertreiben. In einem breiten Bett, eingehüllt in Damastdecken, lag der Graf mit gelblichem Gesicht und schweißbedeckt. Seine trüben Augen fixierten die Ankömmlinge über die Hakennase hinweg.
Als er Florent erkannte, zog er die Mundwinkel nach unten. „Wenn der König seinen Schwertmeister schickt, dann steht es schlecht um meine Truppe. Wie viele sind es? Man sagt mir nichts.“
Florent hob die Hände. „Ich bin noch dabei, mir einen Überblick zu verschaffen.“
Luna schlug den Schleier zurück. Alfonsos Blicke blieben an ihr hängen. „Eine weiße Frau? Kein Arzt?“
Luna ignorierte die Bemerkung. „Seit wann habt Ihr diese Glut in Euch?“
„Seit vorgestern, glaube ich. Ich dachte erst, ich hätte etwas Verdorbenes gegessen ...“
„Durchfall?“, fragte Luna.
Der Graf schloss die Augen. „Es kam oben und unten. Jetzt ist nur noch dieses Feuer in mir.“
„Was hat Salomon verordnet?“, fragte Luna den rotblonden Mann, der am Zelteingang stand.
„Wickel mit feuchten Tüchern, außerdem Asant mit Weihrauch und Pfeffer in warmen Wein gerührt.“
Sie nickte. Salomon heilte nach der Methode von Avicenna, dem Arzt, der auch ihrem Vater ein großes Vorbild gewesen war. Asant wurde aus dem Saft einer grauenhaft stinkenden Pflanze gewonnen und deshalb auch Teufelsdreck genannt. Die harzige Substanz half bei einer ganzen Reihe von Krankheiten. Da sie ausschließlich im Morgenland wuchs,

war sie auf dem Markt, wenn überhaupt, nur für gutes Geld zu haben.
Sie fühlte die Stirn des Kranken. Das Fieber war erschreckend hoch.
Alfonso packte mit ungeahnter Kraft ihre Hand. „Sagt mir die Wahrheit, was ist mit meinen Männern? Ich habe sie auf diese verfluchte Insel gebracht, ich muss dafür sorgen, dass sie Frau und Kind wiedersehen."
„Ich kann es nicht sagen, Herr. Ich bin gerade erst ..." Das Gesicht des Grafen wurde undeutlich und verschwamm vor ihren Augen zu einem hellen Fleck. Davor drängten sich plötzlich andere Bilder.
Eine schwankender Körper auf der Mauerkrone, dunkles Haar vom Wind gepeitscht, eine Frau. Unter ihr das schwarze Nichts. Augen voller Tränen, das Bündel in ihren Armen, leblos und blutig. Blakende Fackeln, Rufe. Arme, die sie halten, ein Schrei. Nicht!
Luna entriss dem Grafen ihre Hand und taumelte zurück.
Der Graf richtete sich auf. „Was ist mit Euch?"
Sie schüttelte den Kopf. „Schon gut."
Florent hatte nichts bemerkt, er redete mit dem Befehlshaber. „Wie viele Eurer Männer sind erkrankt?"
Die Miene des Mannes war bitter. „Drei Dutzend liegen danieder, fünf sind tot." Hastig fügte er hinzu: „Es wird an einem Ausweichquartier gearbeitet, den ganzen Tag. Wir lassen die Zelte versetzen. Nur die Kranken bleiben. Wenn die gesunden Männer fort sind, dann werden sie sich nicht mehr anstecken."
„Wenn das nicht bereits geschehen ist", sagte Alfonso. „Verbrennt die Zelte, in denen kranke Soldaten lagen, samt Inventar!"
Der Rotblonde nickte und verschwand. Graf Alfonso trat ungeduldig seine Decken zur Seite und setzte sich auf. Florent registrierte verwundert, dass der Graf gesünder wirkte als noch vor wenigen Minuten.

Luna protestierte. „Ihr seid zu krank, um aufzustehen.“
„Unsinn, es geht mir besser. Ich muss nach meinen Rittern sehen, ich kann sie jetzt nicht im Stich lassen.“ Er sah sich suchend um. „Louis!“, brüllte er. Ein junger Page kam hereingestürzt. „Herr?“
„Wo hast du meine Kleider versteckt, kleiner Nichtsnutz?“
„In der Truhe, Herr. Welche wollt Ihr? Reitkleider?“
In diesem Moment sackte Luna zusammen. Florent griff reflexartig zu und fing sie auf. Vorsichtig ließ er sie auf den Teppich gleiten und schüttelte sie leicht. „Luna?“ Herr im Himmel, flehte er im Stillen, lass sie nicht krank sein.
Sie atmete gleichmäßig, ihr Puls ließ sich gut fühlen. Sie sah aus, als würde sie schlafen.
„Was ist?“, fragte der Graf alarmiert. „Fieber?“
Florent schüttelte den Kopf. „Fühlt sich nicht so an.“
„Aber sie ist so blass. Schafft sie weg!“
Das ließ Florent sich nicht zweimal sagen. Behutsam hob er sie auf. Am Zeltausgang stieß er mit der Königin zusammen.
Ihr besorgter Blick glitt über Luna. „Was ist passiert?“
Florent verfluchte im Stillen die Verzögerung. „Sie ist ohnmächtig.“
Konstanze beugte sich über Lunas Gesicht. Behutsam strich sie ihr über die Stirn. „Kein Fieber.“ Sie griff nach einer Strähne von Lunas Haar. „Hat sie meinen Bruder behandelt?“
Florent nickte. „Sie hat nach ihm gesehen, aber der jüdische Arzt …“
„Hat sie ihn berührt?“, fragte Konstanze eindringlich.
Florent erinnerte sich, wie Alfonso Lunas Hand gepackt hatte, aber er begriff nicht, was daran so wichtig war. „Ja, warum?“
„Bringt sie weg, sie muss schlafen.“
Hinter ihnen im Zelt fluchte der Graf.

„Oh, es geht ihm besser", rief Konstanze. Sie legte eine Hand auf Florents Arm und sagte voller Wärme: „Ich danke Euch!"
Florent zog Luna den Schleier über das Gesicht und ließ sich den Braunen bringen. Mit seiner reglosen Last ritt er in Richtung Stadt. Die Menschen, denen er begegnete, wichen aus und bekreuzigten sich, sobald sie den leblosen Körper in seinen Armen sahen. Die Angst vor der Seuche bestimmte das Leben in Palermo, überall brannten Feuer, um die Geister der Krankheit zu vertreiben. Wer Zeit hatte, lief in die Kirche, um zu beten. Hier und da begegnete ihm ein Totengräber mit seinem Karren.
Die Worte der Königin schwirrten in Florents Kopf herum und er suchte nach ihrem Sinn. Hat sie ihn berührt?
„Ich Idiot!", rief er plötzlich laut und eine verhärmte Frau blieb stehen, um ihm kopfschüttelnd nachzusehen. Lunas Gabe! Hatte sie den Grafen etwa geheilt?
Endlich kam die kleine Gasse in Sicht. Emilio kam aus dem Haus und nahm ihm das Pferd ab. Besorgt schaute der Junge auf Luna, fragte jedoch nicht, sondern band den Hengst an.
„Sie gab dem Grafen von ihrer Kraft. Jetzt schläft sie", sagte Lorna lapidar, nachdem Florent ihr das Wichtigste erzählt hatte.
„Das ist alles? Wird sie wieder gesund?"
„Sie ist nicht krank, nur erschöpft."
Florent atmete auf und setzte sich an den Tisch. „Gütiger Gott, ich danke dir."
Die Alte hob den Kopf. „Ihr solltet auf sie achten."
Florent brummte. Was sonst tat er?
Doch die Alte war nicht zufrieden. „Wenn der König begreift, was Luna bewirkt, wird er sie gnadenlos ausnutzen."
„Ihr habt recht!" Florent sprang auf. „Er wird sie zwingen, seine Ritter zu heilen. Ich muss sie hier wegbringen!"

Lorna schüttelte den Kopf. „Lasst sie hier bei mir. Möglich, dass der Graf nichts gemerkt hat."
„Aber Konstanze weiß Bescheid."
„Hier wird niemand nach ihr suchen."
Schweren Herzens verließ Florent das Haus und ritt zurück zum Palast. Der König erwartete ihn bereits. Vor ihm auf dem Tisch lagen Karten und Pläne.
„Wo bleibt Ihr? Wo ist Luna?" Er begann, auf- und abzulaufen. „Der Jude war hier. Er sagt, es gibt fünf Tote und drei Dutzend Kranke?"
„Das stimmt. Sie verbrennen alles, was mit den Siechen in Berührung kam. Außerdem schlagen sie das Zeltlager an einer anderen Stelle auf." Florent trat an die Karte und tippte mit dem Finger auf einen Punkt südlich von Palermo.
Federico nickte erbittert. „Es war ein Fehler, den Aragonier den Ort für das Lager aussuchen zu lassen. Er kennt die Tücken unserer Insel nicht." Er schlug mit der Faust auf den Tisch, die Pläne knisterten. „Betet, dass nicht mehr sterben. Ich muss nach Apulien, um dem deutschen Schnösel in den Hintern zu treten. Die Zeit verrinnt. Wenn wir ihn nicht aufhalten, ist er an Weihnachten in Tarent und klettert auf eine pisanische Galeere."
„Sobald die Soldaten im anderen Lager sind, wird das Fieber abflauen." Florent hoffte, dass er nicht zu viel versprach.
„Schreibt an den Papst, er muss uns helfen, Otto aufzuhalten."
Der König nickte grimmig. „Was ist mit Luna?"
„Es geht ihr nicht gut."
„Ist sie etwa auch ..."
„Nein!" Florent fiel ihm ins Wort. „Nur erschöpft."
„Guter Hoffnung?", fragte Federico. „Solltet Ihr schneller gewesen sein als ich? Ihr seid nicht einmal verheiratet."
„Sie war einfach nur müde."
Federico sah ihn prüfend an. „Ihr verheimlicht mir was. Das gefällt mir nicht."

Florent begann zu schwitzen. Er war ein schlechter Lügner und Federico überdies schlau. Zu seinem Glück öffnete sich die Tür des Saales und die Konstanze trat ein, dicht gefolgt von ihrem Bruder. Der Graf trug noch immer dunkle Schatten unter den Augen, doch seine Blicke sprühten Feuer.
„Stellt Euch vor, mein Lieber, Alfonso geht es besser. Luna und Salomon haben gute Arbeit geleistet." Sie lächelte Florent dankbar zu.
Ihm schien, als sagten ihre Augen mehr als ihre Lippen. Leider verstand er sich nicht besonders gut auf das Lesen von Mienenspielen. Trotzdem beeilte er sich, zu versichern: „Luna hat nicht viel getan, Salomon verordnete zuvor bereits Wickel und eine Arznei."
„Asant", sagte Graf Alfonso.
„Teufelsdreck?" Federico und schüttelte sich. „Damit hat er mich vor Jahren mal traktiert, als ich erkältet war und ihm in die Hände fiel. Danach habe ich einen Bogen um die Judengasse gemacht."
Konstanze trat neben ihn. „Aber es hat geholfen, oder?"
„Ich wurde gesund, vor lauter Angst, noch einmal dieses Zeug schlucken zu müssen."
Alfonso lachte, wurde aber sofort wieder ernst, als er die Karte entdeckte. „Wo befindet sich das neue Lager, Majestät?" Die beiden Männer beugten sich über den Tisch.
Florent nutzte die Gelegenheit, um zu verschwinden.
„Wie geht es Eurer Liebsten? Hat sie sich erholt?", fragte Konstanze, während sie mit ihm den Raum verließ und zur Treppe ging. „Mir scheint, ihr kennt Euch mit ihrer Gabe nicht aus."
„Woher wisst Ihr davon?", fragte er.
„Ich begriff, als ich ihr Haar sah. In Aragon gab es auch eine weiße Frau. Sie war so jung und schön wie Luna. Ihre Augen leuchteten in der Farbe des Morgenrots und ihr Haar war schneeweiß. Und sie schlief wie ein Stein, nachdem sie geheilt hatte."

„Was wurde aus ihr?“
„Die Gabe verschwand, als sie ein Kind gebar. Ich habe sie aus den Augen verloren.“
Am Fuß der Treppe blieb er stehen. „Ich wäre Euch sehr dankbar ...“
Sie legte ihm ihre Hand auf den Arm. „Was kann ich tun?“
„Der König weiß nichts davon.“
Sie zögerte kurz, dann neigte sie den Kopf. „Ich verstehe. Dann soll es so bleiben.“
Florent verbeugte sich. Als er sich aufrichtete, war sie gegangen. Er hatte sie noch bitten wollen, mit Federico über seine Hochzeit zu reden. Der König überging dieses Thema, sobald er es ansprach. Wenn es ihm in den Kram passte, kritisierte er Florents sündige Beziehung zu Luna, aber legalisieren wollte er sie auch nicht. Konstanze konnte ihn vielleicht beeinflussen. Doch nun war die Gelegenheit verstrichen.
Oben im Amtszimmer hörte er einen entsetzten Schrei. Sollte er zurückgehen? Die Entscheidung wurde ihm abgenommen, als eine Tür aufflog und er den König brüllen hörte: „Florent!“
Er nahm die Beine in die Hand und rannte die Treppe hinauf. Der König stand auf dem Gang an der Brüstung und raufte sich die Haare. „Alfonso!“, sagte er matt und deutete hinter sich ins Zimmer.
Der Graf lag auf dem Boden, Karte und Lagepläne waren vom Tisch gerutscht. Seine Beine zuckten in Krämpfen, seine Augäpfel drehten sich nach oben weg, er keuchte wie ein Erstickender.
Florent drehte ihn auf die Seite, damit er besser atmen konnte. Die Stirn des Mannes glühte. Die Krankheit war zurück und hielt ihn in ihren tödlichen Klauen.
Assad kam aus einem Nebenraum und schob die Pergamentrollen beiseite.
„Was können wir tun?“, fragte Federico.

„Wasser?“, fragte Assad.
Sie versuchten gemeinsam, dem Grafen etwas einzuflößen, aber er wehrte ab und stammelte: „Kon…stanze!“
An der Tür drängte sich inzwischen Gesinde.
„Holt die Königin!“, befahl Federico.
Bischof Berard betrat den Raum, schloss die Tür und bekreuzigte sich hastig.
„Ihr kommt gerade recht“, sagte der König. „Betet für ihn!“
Als Konstanze atemlos bei ihrem Bruder niederkniete, war der kaum noch bei Bewusstsein. Sie nahm seine Hand und rang um Fassung. „Was tust du?“, fragte sie, ihre Stimme versagte. „Bleib bei mir, ich brauche dich!“
„Es tut ... mir leid“, formten seine Lippen. Mühsam drehte er den Kopf und suchte Federicos Blick. „Achtet auf sie. Sie ist ...“ Dann starb er.
Während die Königin schluchzend über ihm zusammensank, umklammerte Berard das Kreuz in seinen Händen und betete lauter. In Florents Kopf überschlugen sich die Gedanken. Er suchte nach Catalina, Konstanzes Kammerdienerin. Sie stand mit schreckgeweiteten Augen unter dem Gesinde an der Tür. „Bring sie hinaus, sie darf sich nicht anstecken!“
„Aber wie ...?“ Eva starrte hilflos auf das schluchzende Bündel am Boden.
„Lass dir was einfallen!“, drängte Florent. „Nimm dir jede Hilfe, die du brauchst.“
„Ich werde sie in ihre Kammer bringen“, sagte Federico.
Catalina atmete erleichtert auf. „Ich helfe Euch, Majestät!“
Während sie die sich wehrende Königin hinausführten, kamen Assad und zwei Knechte mit einer Trage. Sie bedeckten den Toten und trugen ihn hinaus. Das Gesinde wich zurück, die Frauen bekreuzigten sich, vielen liefen Tränen über das Gesicht. Der charmante Graf war bei den Dienerinnen und Mägden beliebt gewesen.

Berard starrte ihnen mit düsterer Miene nach. „Es kommt noch schlimmer: In den letzten Stunden sind sechs Aragonier gestorben. Mit ihm sind es sieben.“
„Das war zu erwarten.“ Florent schloss die Tür und rieb sich die Stirn. „Etliche lagen gestern bereits halbtot auf der Pritsche.“
Berard senkte den Blick wie ein geprügelter Hund. „Drei Tote gab es im neuen Zeltlager.“
„Was sagt Ihr da?“
Das Lager war nicht einmal fertig aufgebaut, die Seuche war schneller gewesen. Nun konnte nur noch ein Wunder helfen. Eine Zeit lang starrten die beiden Männer stumm vor sich hin, jeder in der Hoffnung, ihm fiele eine Lösung ein, die alles ändern könne.
„Ich reite hin.“ Federico stand in der Tür, er musste die letzten Worte gehört haben.
„Nein!“, riefen Berard und Florent gleichzeitig und der Bischof ergänzte: „Was, wenn Ihr Euch ansteckt? Denkt an Euren Vater, er starb aufgrund seiner Unvorsichtigkeit!“
„Wenn diese Ritter nicht überleben, wird das Reich ohnehin zu Grunde gehen“, prophezeite Federico düster.
„Was soll diese Schwarzmalerei?“, schimpfte Florent. „Habt Ihr Euch je einschüchtern lassen?“ Er trat vor den König, der zusammengesunken auf einem Stuhl hockte. „Erinnert Ihr euch an den Tag, als Markward den Palazzo einnahm? Ihr wart ein Kind, doch Ihr habt gekämpft wie ein Löwe. Als die Barone im Norden sich erhoben, zogt Ihr mit zwanzig Reitern los und nahmt ihnen jeden Mut, jemals wieder aufzumucken. Jetzt sterben ein paar Ritter am Fieber und Ihr zieht den Schwanz ein?“
„Also gut“, Federico hob den Kopf. „Warten wir ab und beten. Letzteres übernehmt Ihr, Hochwürden!“ Sein Blick schweifte von Berard zu Florent. „Wir bereiten den Feldzug nach Apulien vor. Und kein Wort mehr über meinen Schwanz!“

Graue Dämmerung kroch in die letzten Winkel des Palazzos, als Federico allein über den Karten Apuliens saß. Er suchte den strategisch besten Ort, an dem er mit seinem kleinen Gefolge das große Heer Ottos aufhalten konnte. Doch ihm fehlte eine seiner zündenden Ideen. Sollte er Florent rufen lassen? Oder Konstanze? Sie besaß ebenfalls einen scharfen strategischen Verstand. Er rieb sich die Nasenwurzel und kniff die Augen zusammen. Die feinen Linien und Striche auf dem Pergament verschwammen allmählich zu einem bizarren Muster.
Eine sarazenische Dienerin trat ein und brachte Licht. Sie entzündete eine kleine Lampe neben der Tür und stellte eine Öllampe direkt vor ihn auf den Tisch. Mit arabischem Akzentfragte sie leise: „Habt Ihr noch einen Wunsch, Majestät?"
Er blickte nicht auf. „Wo ist Assad?"
„Er kümmert sich um die Leiche des Grafen."
„Hole mir die Königin!"
„Es tut mir leid, Majestät. Die Königin bekam einen starken Schlaftrunk."
Den Kummer der Königin hatte er über seinen eigenen Sorgen vergessen. Federico seufzte und schloss die Augen. Als er sie wieder öffnete, stand die junge Sarazenin abwartend vor ihm. Ihre rehbraune Haut schimmerte im Schein der Öllampe, schwarzes Haar lugte ungebändigt unter dem leichten Seidenschleier hervor. Sie trug ein über der Brust gewickeltes Tuch, das in der Taille verknotet war und eine weite Hose aus Damast. Ihre großen Augen blickten ihn mitleidig an.
„Wie heißt du?", fragte er.
„Daria", entgegnete sie.
Er schluckte und sagte rau: „Komm her, Daria."
Sie lächelte scheu und gehorchte.

„Du hast mich gefragt, ob du noch etwas für mich tun kannst.“ Er zog sie auf seinen Schoß. „Ich glaube schon.“
Er öffnete den Knoten an ihrer Taille und zog den knisternden Stoff von ihren Brüsten. Sie waren klein und fest.
Sie lächelte etwas mutiger und fasste gekonnt in seinen Schritt. „Kommt, Herr!“, sagte sie in kehligem Arabisch und zog ihn zu der Liege, die in der Ecke des Amtszimmers stand und auf welcher der Kanzler früher sein Mittagsschläfchen gehalten hatte. Als ihre Hosen über die schmalen Hüften glitten, verließen ihn alle vernünftigen Gedanken. Er riss sich die eigenen Beinkleider vom Leib, drückte ihre schlanken braunen Beine auseinander und drang in sie ein. Drei, vier kräftige Stöße, dann war es vorüber und er sackte über ihr zusammen. Als er wieder denken konnte, hob er den Kopf und sah sie an. Sie wirkte ein wenig enttäuscht, aber nicht verängstigt.
„Es tut mir leid“, sagte er zerknirscht. „Ich mache das wieder gut.“ Er legte sich neben sie und begann, mit den Händen ihren Körper zu erforschen. Seine Fingerspitzen fuhren über ihren Hals und die dunklen Warzen ihrer Brüste, erforschten den Bauchnabel und fanden schließlich den kleinen Knoten der Lust. Er atmete ihren Duft, er fühlte glatte Haut, Wärme und seine eigene Feuchte. Denselben Weg ging er noch einmal mit der Zunge. Es dauerte nicht lange, da streckte sie den Kopf nach hinten und stöhnte leise. Mit ihrer kleinen Hand griff sie nach ihm und hob ihm ihre Hüften entgegen. Diesmal bewegte er sich sanft und langsam in ihr und sah ihr dabei in die großen braunen Augen, in denen sich die Flamme der Öllampe spiegelte. Als sie sich aufbäumte und schrie, lachte er zufrieden.

Am Tag darauf zogen graue Wolken über den Himmel, doch der Wind verjagte sie recht schnell. Vormittags beerdigten sie den Grafen. Die ohnehin betrübliche Trauerfeier überschatteten Nachrichten von weiteren Todesfällen unter den

Panzerreitern. Nachmittags befahl Federico zur Ablenkung eine Beizjagd. Das Hochzeitsgeschenk des *podestà* von Palermo, ein großer goldfarbener Gerfalke namens Caesar, sollte zum ersten Mal für ihn jagen. Sie verließen die Stadt durch das östliche Tor in Richtung des Maredolce-Palastes, der an den leicht ansteigenden Hängen des Grifoneberges lag, wo es viele Kaninchen gab. Eine Meute Hunde begleitete sie mit erwartungsvollem Hecheln.

Die Königin war blass, doch sie trug mit Fassung ihren schieferfarbenen Lannerfalken, dessen helle Brust mit dunklen Punkten besprenkelt war. Sie drängte ihren Zelter dicht an Lunas Stute. „Ich danke Euch für die Hilfe, die ihr meinem Bruder geleistet habt."

Luna warf ihr einen schnellen Blick zu. Für einen Moment sah sie wieder die Frau aus ihrer Vision, die versucht, ihr Leben durch einen Sprung von den Mauern zu beenden. „Es tut mir leid, dass ich nicht mehr tun konnte. Dieses Sumpffieber ist tückisch, es kehrt zurück, wie es ihm beliebt."

Konstanze schwieg. Ihre Dienerin Catalina lächelte Luna traurig zu.

Die Jagd lief gut an, auch das Wetter schien sich zu halten. Zwar blieb es bewölkt, aber es fiel kein Regen. Die Hunde scheuchten Kaninchen, Sumpfhühner, Fasane und einige Kraniche auf. Innerhalb kürzester Zeit schlugen die Beizvögel der Gesellschaft genug Beute für ein Abendessen. Des Königs Laune besserte sich, seinen Caesar hielt er allerdings noch zurück.

Während Florent einen dunklen Gerfalken aus dem Bestand des Palastes aufsteigen ließ, erlegte Bella eine junge Fasanenhenne. Luna belohnte sie mit einem kleinen Stück Taubenfleisch aus ihrer Tasche.

Federico kam mit seinem Caesar vorbei und rief: „Meinen Glückwunsch! Sie scheint sich bei Euch wohlzufühlen." Es klang ein wenig gehässig.

„Wir verbrachten lange Zeit gemeinsam“, entgegnete Luna. Sie hockte sich mit Bella auf einem umgestürzten Baum und ließ sich die Innereien der Henne bringen.
„Gebt acht, dass sie nicht zu viel atzt“, mahnte Federico und setzte sich zu ihr.
Luna musterte den stolzen Gerfalken auf seinem Arm, der die gelben Krallen fest in das dicke Rindsleder des Handschuhes geschlagen hatte. „Werdet Ihr Caesar noch jagen lassen?“, fragte sie.
Der König streifte den goldbraunen Vogel, der noch verhaubt war, mit einem flüchtigen Blick. „Sicher. Er ist jung und ungestüm und sollte zuletzt jagen, wenn alle anderen Vögel vom Himmel sind. Luiso, mein bester Falkner, macht ihn zu einem zuverlässigen Jäger. Ich selbst habe keine Zeit mehr, die Vögel abzutragen.“ Echtes Bedauern lag in seiner Stimme.
„Vor Jahren, im Garten unter den Weinreben, da hattet Ihr alle Zeit der Welt“, erinnerte sich Luna mit einem wehmütigen Lächeln.
„Ihr wart damals sehr freundlich zu mir, ich habe das nicht vergessen.“ Sein scharfer Blick schien ihren Schleier zu durchdringen.
„Ihr glaubtet, Eure Mutter habe mich geschickt.“
„Das denke ich noch immer. Nichts geschieht zufällig, hinter allem steckt eine Ursache.“ Er griff nach der zarten Seide ihres Schleiers und schlug ihn zurück. Spielerisch wickelte er sich eine Strähne ihres Haares um den Finger. „Ich wüsste zu gern, was hinter Eurer Gabe steckt, Luna.“ Er lächelte nachdenklich und neigte den Kopf über die weiße Locke, als wolle er daran riechen. „Werdet Ihr es mir verraten?“
Bella kreischte plötzlich aufgeregt und schlug mit den Flügeln, worauf der Gerfalke nervös den Handschuh massierte, als wolle er steigen. Federico ließ die Strähne fallen, erhob er sich abrupt und rief: „Luiso! Es kann weitergehen!“

Luna blickte ihm nach. Erst jetzt bemerkte sie, dass sie die Luft angehalten hatte, während er neben ihr saß. Er war nicht einmal sechzehn Jahre alt, auf seinen Schultern lastete die Verantwortung für ein ganzes Königreich. Die deutschen Landsleute seines Vaters, die Sarazenen, die sich in die Bergregionen zurückgezogen hatten und von dort aus Unheil stifteten, die einheimischen Sizilianer, die ebenfalls ihre Rechte verlangten – drei verschiedene Kulturen auf einer Insel, nach welcher der deutsche Kaiser mit einem gut gerüsteten Heer die Finger ausstreckte. Und das eigene Heer war bedroht von einer Seuche. Diese Aufgaben ließen ihn schneller erwachsen werden und gaben ihm die Ausstrahlung eines reifen Mannes. Doch die Leichtigkeit, mit der er den Tag genoss, sich voll und ganz der Jagd hingab, ohne sich Trübsal oder Sorgen anmerken zu lassen, erinnerte an das Kind in ihm. Gerade diese Zerreißprobe zwischen dem Kind und dem Manne war es wohl, die wie ein drohender Schatten über ihm hing und ihr Angst machte.
Sie beobachtete, wie er aufsaß, zum Hang hinüber ritt und Caesar die Haube abnahm. Er sprach auf den Falken ein, glättete das zerzauste Gefieder am Hinterkopf und löste den Riemen vom Geschüh. Dann streckte er den Arm aus, ließ ihn leicht sinken und dann kurz nach oben schnellen. Der Vogel stieß sich ab und schraubte sich nach oben, den grauen Wolken entgegen. Außer ihm war kein anderer mehr in der Luft.
„Lasst die Hunde los!“, rief der Luiso.
Während die Meute davonstob und die Jagdgesellschaft in die Luft starrte, setzte sich Florent neben Luna auf den Baumstamm. Bella war von einem Falkner abgeholt worden und saß bereits reisefertig im Käfig.
„Unser Schützling mausert sich“, sagte sie leise.
Florent ließ seinen Blick über den Hang schweifen. „Fragt sich nur, was nach der Mauser auf der Stange sitzt, Adler oder Geier.“

„Warum so verbittert?“, fragte Luna.
Florent runzelte die Stirn. „Er ist an einem Scheideweg, ich habe Angst, dass er die falsche Richtung einschlägt.“
„Was meinst du damit?“
Bevor Florent antworten konnte, hörten sie erstaunte Ausrufe und blickten auf. Die Zuschauer hatten die Köpfe in den Nacken gelegt, einige zeigten erregt nach oben. Zwei Raubvögel umkreisten einander in ziemlicher Höhe und mit großer Geschwindigkeit.
„Sie spielen“, rief Catalina entzückt.
„Danach sieht es nicht aus“, murmelte Florent und stand auf.
„Der kleinere ist Caesar, aber wer ist der andere?“, fragte Luna und folgte ihm ein paar Schritte über die Wiese.
„Sieht aus wie ein junger Seeadler“, antwortete Luiso, der nur wenige Meter entfernt von ihnen stand. „Es gibt drüben an der Küste mehrere Horste auf dem Felsen. Jetzt im Herbst sind sie natürlich flügge, aber meist noch etwas ungeschickt.“
Der größere der beiden Vögel flog leicht taumelnd eine scharfe Kehre und attackierte den Gerfalken, der plötzlich drastisch an Höhe verlor. Die Zuschauer stöhnten auf. Der Seeadler legte die Flügel an und setzte nach. Doch Caesar hatte sich gefangen und breitete die Schwingen aus, um nach unten zu gleiten. Federico lenkte den Fuchs ein Stück abseits, damit der Falke ihn ansteuern konnte, und streckte seinen behandschuhten Arm aus. Doch Caesar nutzte den Schwung und zog in einem eleganten Bogen zurück nach oben. Der Seeadler, der dicht hinter ihm war, verfehlte ihn, schoss knapp über die Köpfe der erschrockenen Gesellschaft hinweg und drehte eine große Schleife.
„Was macht der Falke?“, fragte Luna atemlos. „Warum landet er nicht?“

Alle starrten fasziniert nach oben, wäre hinter ihrem Rücken Kaiser Otto mit seinem Heer an Land gegangen, niemand hätte es bemerkt.
„Wie todesmutig“, sagte Catalina.
Die Falkner diskutierten halblaut untereinander.
Lunas Blick fiel auf den König. Federico schien zu Stein erstarrt, nicht einmal den Arm hatte er gesenkt. Sein Gesicht glänzte weiß.
Der junge Seeadler war aufgrund seiner Größe und seiner ungeübten Flugfertigkeit deutlich im Nachteil. Bevor er sich nach seiner Schleife orientiert hatte, war der Falke über ihm und griff ihn von oben an. Der Adler wehrte sich, indem er den Kopf nach hinten riss und den Angreifer mit seinem Schnabel zu erreichen suchte. Nach zwei oder drei Zusammenstößen drehte der Adler sich im Flug auf den Rücken und schlug seine Krallen in Caesars Brust. Die beiden so verkeilten Körper torkelten umeinander und stürzten abwärts. Catalina schrie auf, die Falkner stöhnten und fluchten verhalten.
Der König saß auf seinem Pferd und regte sich nicht. Lediglich den Arm hatte er sinken lassen. Nur ein paar Ellen über dem Hang löste sich das federnstiebende Knäuel, der Adler fiel weiter, der Falke schwang sich laut fiepend auf, hatte aber offensichtlich auch Schaden genommen. Leicht taumelnd flog er auf Luiso zu, der instinktiv den Arm ausstreckte, obwohl er keinen Handschuh trug. Der Falkner zog heftig die Luft ein, als Caesar auf seinem Unterarm landete und ihm seine Krallen in die Haut schlug.
Der Seeadler stürzte zwischen die unterhalb des Hanges mit Fußfesseln weidenden Pferde, die scheuten und stiegen. Die Pferdeknechte hatten alle Hände voll zu tun, um sie zu beruhigen.
„Er ist tot!“, rief einer der Knappen den Hügel herauf. „Der Falke hat ihn erledigt.“

Die Falkner brachen in Jubel aus, Konstanze und ihre Hofdamen klatschten. Der Hundeführer pfiff die Meute zusammen.
Caesar saß mit zerzaustem Gefieder auf Luisos Arm, einige Federn hingen lose herab, von Hals und Brust tropfte Blut. Er pumpte heftig beim Atmen, doch seine gelben Augen blickten kampfeslustig und munter. Alle traten näher, um ihn zu loben.
Federicos Augen waren schmal, er spornte seinen Fuchs und drängte ihn zwischen die Leute. Als er vor Luiso stand, hob der Falkner den Arm, weil er glaubte, der König wolle Caesar selbst tragen. Doch Federico würdigte den Vogel keines Blickes, sondern sagte gerade so laut, dass nur die Umstehenden es hören konnten: „Bring ihn weg und dreh ihm den Hals um!" Dann wendete er sein Pferd.
„Aber Herr!", rief Luiso fassungslos. Tag für Tag hatte er mit Caesar gearbeitet, nachts an seinem Reck gesessen, um ihn an sich zu gewöhnen, er fühlte wie ein Vater für ihn. Die Leute um ihn herum sahen sich sprachlos an. Ein solcher Beizvogel kostete beinahe so viel wie ein ausgebildetes Schlachtross. Der Falkner stolperte einen Schritt rückwärts, wobei er den ahnungslosen Caesar an sich drückte.
Federico zog die Zügel mit einem Ruck an seine Brust, sein Hengst wieherte erschrocken und stieg. „Er hat seinen König getötet. Dreh ihm den Hals um oder ich tue es selbst!" Dann stob er davon in Richtung Stadt. Seine Leibwächter rannten zu ihren Pferden, um ihm zu folgen.
Luna drückte sich an Florent, ebenso erschrocken wie alle anderen. „Ich weiß jetzt, was du meinst", murmelte sie. Er legte die Arme um sie und antwortete nicht.
Luisos sonnenverbranntes Gesicht wirkte grau wie der Staub auf dem trockenen Weg. „Das kann er doch nicht wollen, das geht doch nicht", sagte er tonlos. Zwischen den gelben Fängen des Falken tropfte Blut von seinem Unterarm. Die anderen Falkner und die Jagdgesellschaft zerstreuten

sich mit betretenen Mienen und gingen zu ihren Pferden. Caesar drehte ahnungslos den Kopf in alle Richtungen.
„Zeig mir deinen Arm, ich werde ihn verbinden.“ Luna nahm ihm den Falken ab, indem sie ihm vorsichtig die Flügel an den Körper drückte, und reichte ihn an Florent weiter. „Bring ihn weg!“, sagte sie leise.
Dann redete sie auf Luiso ein. „Ein Stück Stoff vom Hemd musst du opfern. Wenn ich mir deinen Arm so ansehe, war das nicht der erste Vogel, den du ohne Handschuh hast landen lassen. Hier ist kaum noch Platz für eine Narbe.“ Sie riss einen Streifen von seinem Hemd und wickelte ihn fest um den Arm.
Luiso versuchte, über ihre Schulter zu blicken. „Er wird ihn doch nicht töten, oder?“ Eine Träne tropfte auf den Verband.
Luna sah sich um. Sie waren allein, die Jagdgesellschaft bewegte sich in lockerer Formation auf das Stadttor zu. Unten am Hang grasten noch drei Pferde.
„Er wird ihn freilassen“, murmelte sie und steckte das Ende des Verbandes fest.
Luisos Miene hellte sich auf. „Das könnte funktionieren. Caesar ist noch nicht lange abgetragen, er wird sich erinnern.“ Er bewegte vorsichtig die Hand am verletzten Arm.
„Zu niemandem ein Wort, hörst du?“ Luna erhob sich und suchte den Hang nach Florent ab.
Er schob die Augenbrauen nach oben. „Was denkt Ihr denn?“
„Reite allein zurück. Sag allen, die es wissen wollen, du hättest ihm den Hals umgedreht.“
Als Florent den Hang herabkam, war Luna allein mit den zwei Pferden. „Du hast ihn fliegen lassen?“ fragte sie.
„Ja. Er war nur leicht verletzt, er wird zurechtkommen.“ Zwischen Pferdeäpfeln und zertretenem Gras lag der tote Seeadler.
„Schade um ihn“, sagte sie.
„Schade um den jungen König“, antwortete Florent.

Federicos Glückssträhne schien zu Ende. Als sie in die Stadt einritten, fanden sie überall Spuren des Todes. Leichen lagen vor den Haustüren, Totengräber hasteten mit zweirädrigen Karren durch die Gassen. Kinder schrien nach ihren Müttern, über die Straßen hasteten verzweifelte Angehörige, auf der Suche nach einem Geistlichen. Die Glocken aller Kirchen Palermos tönten über der Stadt, und Florent fragte sich, wer sich die Zeit nahm, sie zu läuten. Der Gestank des Todes mischte sich mit dem Rauch der zahllosen Feuer, mit denen die Bewohner die Geister der Seuche zu vertreiben suchten.
Luna ritt trotz der Proteste Florents sofort zu Lorna, um Kräuter zu holen. „Es war falsch, zur Jagd zu ziehen und sich vorzugaukeln, es wäre alles in Ordnung. Während wir uns vergnügten, starben die Leute in der Stadt zu Hunderten."
Sie hat recht, dachte Florent, aber was können wir tun, wenn Gott uns diese Geißel schickt? Missmutig lenkte er seinen Hengst zum Zeltlager der Aragonier. Hier stank es nach Kot und Todesangst. Die Helfer schafften es nicht mehr, die Kranken zu säubern. Sie schleppten lediglich Wasser und halfen beim Trinken.
Zwischen den Zelten traf er auf Federico, der kreidebleich umher stolperte und nach den Ärzten schrie. Salomon kam den Hauptweg hinuntergelaufen, Ibn Salif, der Leibarzt des Königs, trat wenig später mit müdem Blick aus einem der Zelte.
„Sprecht!", sagte Federico ohne weitere Vorrede.
Die beiden Ärzte fochten mit Blicken einen stummen Kampf aus, wer das Wort führen sollte.
Erst als der König knurrte wie ein tollwütiger Hund, öffnete Ibn Salif den Mund. „Die Seuche ist ausgesprochen ansteckend, Majestät. Niemand scheint vor ihr gefeit. Inzwischen

sind beinahe alle Ritter erkrankt und Ihr solltet das Lager schleunigst verlassen."
„Sagtet Ihr *alle*?", keuchte Federico.
Die Ärzte nickten beide. Mit hängenden Schultern standen sie vor ihrem König, tiefe Schatten unter den Augen.
„Gibt es denn nichts, was wir tun können? Was ist mit diesem Teufelszeug – Asant?"
Ibn Salif hob die Hände, eine hilflose Geste. „Es kann die Symptome lindern, aber die Krankheit heilen kann es nicht."
Hinter ihnen schrie jemand qualvoll um Hilfe. Die beiden Ärzte drehten sich um und liefen zum Zelteingang.
Federico ging zu seinem Pferd, ritt wie der Teufel zum Palazzo und schickte nach Daria. Florent dagegen versuchte Luna abzufangen, deren Kräuter wohl nichts mehr ausrichten würden.

Rom, Herbst anno 1209

„Sie waren Unbeständige geworden:
um Geld, um Liebe, um Furcht schworen sie
heute diesem, morgen jenem."
Der Chronist Cäsarius von Heisterbach über die deutschen Fürsten

Auf einem Hügel vor Rom fand ein Festessen statt, das den Bauern in den Olivenhainen der Umgebung das Staunen in die Gesichter trieb. Nicht, dass die Leute nahe genug herankamen, um die ausgewählten Speisen zu sehen, die auf den herbeigekarrten Tafeln standen. Dafür sorgten grimmig dreinblickende Ritter, die das Gelände auf der Hügelkuppe weiträumig absicherten. Aber die hellen Baldachine, die zahlreichen Tische und Bänke sowie die Anzahl der Eselskarren, die alles angefahren hatten, in der Sonne blinkende Krüge und dampfende Schüsseln, all das brachte die Bauern dazu, die Hälse zu recken und sehnsüchtig zu seufzen.

Bedienstete bauten Tafeln auf, verteilten Körbe mit duftendem Brot und Weinkelche. Während sie mit den leinenen Tischtüchern kämpften, die von Windböen gebläht wurden, trabte ein gutes Dutzend Reiter den Hügelweg herauf. Gerade rechtzeitig trugen oben auf dem Plateau die Mägde Platten voller Hühnerkeulen und Rehbraten auf und schenkten roten Wein aus Apulien aus.

Die Olivenbauern verbeugten sich derweil und musterten aus den Augenwinkeln das silberne Zaumzeug der Destrier, die ledernen Stiefel und die hochwertigen Mäntel, die die Männer trotz der Wärme trugen. Einer von ihnen, der sich ein wenig auskannte, deutete auf das Wappen, das einer der Ritter auf der Brust trug. Das sei der deutsche König, behauptete er. Die anderen nickten, diesen schwarzen Adler hatten die meisten schon einmal gesehen. Ein großes deutsches Heer lag seit Tagen nordöstlich von Rom und es

war nur eine Frage der Zeit gewesen, bis deutsche Söldner die Gegend durchstreiften. Die Bauern bekreuzigten sich, wandten sich ab und griffen wieder zu ihren Hacken.
Auf dem Hügel wurde es allmählich laut. Die Ankömmlinge drückten den Knechten die Zügel in die Hände und nahmen an der langen Tafel Platz. An der Stirnseite probierte der Mann mit dem Adler auf der Brust den Wein. Er hatte wohl drei Jahrzehnte gesehen, dunkelblonde Locken fielen ihm bis auf die Schultern, deren Breite von einem blauen Samtwams betont wurde. Ein dichter Bart bedeckte Kinn und Wangen. Er musterte eine der schwarzhaarigen Dienerinnen begehrlich und nickte zufrieden. „Nur zu Mädchen, das Zeug ist gut. Schenk nach, nicht zu knapp!"
„Edle Herren!" Als er sich zu voller Größe aufrichtete, erhoben sich die Männer an der Tafel ebenfalls. Nun war deutlich zu erkennen, dass der König der Deutschen nicht nur die breitesten Schultern hatte, sondern auch der größte unter den anwesenden Männern war. „Es ist mir wichtig, Euch für Treue und Mut zu danken, die Ihr auf dem Weg bis vor die Tore der Ewigen Stadt bewiesen habt. Nun gilt es, die Kaiserkrone zu erzwingen und damit weiterzuziehen nach Sizilien. Wir werden erst zufrieden sein, wenn das Römische Reich Deutscher Nation vereint ist, von der Nordsee bis nach Palermo! Darauf lasst uns trinken!"
Er hob den Weinkelch und die Männer riefen: „Hoch König Otto!"
„Hoch lebe der Braunschweiger!"
„Auf den künftigen Kaiser!"
Otto grinste zufrieden. „Und nun esst, bis die Schwarte kracht!"
Eine Weile hörte man außer dem Schmatzen der Männer und dem Knacken von Hühnerknochen nur das Mahlen der Pferdezähne. Die Knechte hatten den Tieren Hafersäcke vorgebunden, denn hier oben in der heißen Sonne war alles

verdorrt, was einem Pferd hätte schmecken können. Nachdem Schüsseln und Krüge weitgehend geleert waren, erhob sich der König und ging hinüber zur anderen Seite der Hügelkuppe, von wo aus er Blick auf die Stadt hatte. Es dauerte nicht lange, da trat Wolfger von Aquileia zu ihm, königlicher Legat für Italien und langjähriger Berater.
„Was denkt Ihr, Majestät?"
„Diese Stadt sieht von hier oben harmlos aus. Man sollte nicht meinen, dass in ihrem Herzen der Teufel sitzt."
„Wenn Ihr erst Kaiser seid, kann Euch das egal sein."
Otto musterte ihn von oben herab, seine buschigen Augenbrauen zogen sich zusammen. „Seid Ihr sicher?"
„Wenn Ihr mit diesem Heer nach Süden weiterzieht, liegt Sizilien vor Euch wie die Reste des Rehbratens dort hinten auf dem Tisch."
„Hoffentlich nicht so abgenagt!"
„Es war nur ein Vergleich, Majestät", beeilte sich Wolfger, zu versichern.
Ein Mann im hellen Mantel eines Bischofs trat hinzu. Etwa im gleichen Alter wie Otto, wirkte er schlanker und drahtiger als der König. Das blonde Haar trug er im Nacken zu einem Zopf gebunden. Es war Ottos Kanzler, Bischof Konrad von Scharfenberg.
„Was hört man von diesem Sizilianer?", fragte er.
Wolfger wandte sich um und winkte einem Ritter zu, der sie schon eine Zeit lang von der Tafel aus beobachtete. „Graf Diepold von Schweinspeunt kam gestern mit den neuesten Nachrichten aus Apulien."
Diepold neigte gegenüber dem König kurz den Kopf und berichtete: „Es heißt, ein Drittel von Palermos Bevölkerung sei an der heimtückischen Seuche gestorben, darunter die Ritter, die der Staufer als Mitgift aus Aragon erhielt. Selbst ihr Heerführer, Graf Alfonso von Aragon, ist tot. Ganz Palermo

versinkt in Apathie. Da ist niemand, der sich uns entgegenstellen kann. Die Leute nennen Federico *puer apuliae*, den armen Apulier, böse Zungen betiteln ihn als Zaunkönig."
„Palermo ist nicht Sizilien", gab Otto zu bedenken. „Was ist mit den Sarazenen? Der Bengel soll ein gutes Verhältnis zu ihnen haben."
„Diese Mohren sind zu unorganisiert, um einen Krieg zu führen. Und der Junge ist fünfzehn, kaum das Alter, um ein Heer aufzustellen." Diepold sah Wolfger Beifall heischend an.
Otto war nicht überzeugt. „Er hat Berater, die das für ihn tun. Außerdem ist der sizilianische Adel nicht zu unterschätzen. Die Grafen hängen seit Roger an ihrem Königreich wie der Teufel an seinen Barthaaren."
Wolfger runzelte die Stirn. Nach wie vor fiel es ihm schwer, dem König zu widersprechen. „Prinzipiell habt Ihr Recht, Majestät. Aber woher sollen die Ritter kommen? Die Sizilianer sind Bauern. Sie bestellen die Kornfelder, ernten Zitronen oder Flachs. Wenn man sie zu den Waffen ruft, laufen sie nach spätestens zwei Wochen wieder auf ihre Felder zurück, weil die Ernte eingefahren werden muss. Die wenigen Söldner, über die der *terrone* verfügt, reichen gerade, um seine Leibwache zu stellen."
„Also gut. Ein Schritt nach dem anderen. Holen wir uns zunächst die Kaiserkrone, dann marschieren wir in Richtung Süden." König Otto wies auf die Tafel. „Doch zuallererst leeren wir die restlichen Krüge. Und anschließend nehmen wir uns die Mädchen vor. Diese schwarzhaarigen Schönheiten haben gewiss einiges zu bieten."
Diepolds Augen leuchteten auf und Wolfger nickte eifrig. Bischof Konrad dagegen blickte eher sauertöpfisch drein, denn der König war seit Pfingsten verlobt und um sein Seelenheil stand es nicht zum Besten.

Drei Tage später ritt König Otto mit kleinem Gefolge in Rom ein, um den Papst aufzusuchen. Die Audienz begann am späten Vormittag. Papst Innozenz – Otto nannte ihn im Stillen die Bohnenstange – saß auf seinem erhöhten Thron, trug einen rostroten, mit Gold verbrämten Mantel und die Tiara verlängerte sein ohnehin schon pferdeähnliches Gesicht sehr unvorteilhaft. Mit achtundvierzig Jahren galt er als junger Papst, doch Otto war fünfzehn Jahre jünger und Innozenz in seinen Augen ein alter Mann. Mit derart hämischen Gedanken im Kopf kniete Otto nieder, senkte die Augen und küsste den Ring, der ihm dargeboten wurde.
„Gott sei mit Euch, Otto von Braunschweig."
Otto schluckte die Beleidigung, die in der Unterschlagung des Königstitels lag, herunter. Die Zeit zum Streiten würde noch kommen. „Und mit Euch, Heiligkeit."
Ohne Austausch weiterer formeller Höflichkeiten kam der Papst zur Sache. Er bat Otto, sich zu erheben und sprach langsam und deutlich, er wusste, dass Ottos Latein etwas schwerfällig war. „Wie Wir hören, intrigiert Euer königlicher Legat gegen die Versprechen, die Wir von Euch mit Zeichen und Siegel besitzen. Von Aquileia fordert die Rechte an der Mark Ancona und am Herzogtum Spoleto ein. Handelt er in Eurem Auftrag? Wenn nicht, dann müssen Wir ihn zur Rechenschaft ziehen und fordern Euch auf, Uns zu unterstützen."
Otto grinste verhalten. Selbst sein geradeaus denkendes Feldherrenhirn durchschaute diesen Schachzug. Er sollte Wolfger opfern und seine Hände in Unschuld waschen. Ein verführerisches Angebot, wenn man nicht den ganzen Plan kannte.
„Ich muss Euch enttäuschen, Eure Heiligkeit. Mein Legat handelt mit meinem Einverständnis. Ancona und Spoleto gehören seit Jahrhunderten zum Deutschen Reich, so soll es auch bleiben."

„Wir erinnern Euch an Eure schriftlich gegebenen Versprechen, in denen Ihr nicht nur auf diese Gebiete, sondern auch auf Ravenna und die Mathildischen Güter verzichtet. Außerdem ...“
Die Berater des Papstes hielten entsetzt die Luft an, als Otto ins Deutsche verfiel und ihm das Wort abschnitt: „Das ist altes Papier im Kasten Eures Schreibtisches. Sobald ich die Kaiserkrone auf dem Kopf habe, können wir darüber reden. Ich bin hier, um mit Euch den Tag der Krönung auszumachen.“
Innozenz als erfahrener Diplomat ließ sich die Verärgerung nicht anmerken, lediglich seine Augen wurden schmaler, als er – nun ebenfalls auf Deutsch – fragte: „Ihr fordert von Uns die Kaiserkrone, nachdem Ihr gegen Uns intrigiert? Vergesst Ihr, wer Euch zum König gemacht hat?“
Otto beugte sich vor: „Das war der Wittelsbacher, der den Schwabenkönig Philipp erschlug. Es gab nur mich als rechtmäßigen Nachfolger.“
Der Papst schwieg vielsagend.
„Was denkt Ihr? Philipp besaß nur eine Tochter, mit ihr bin ich inzwischen verlobt, damit ist das geregelt.“
„Philipp hat auch einen Neffen“, sagte der Papst süffisant.
„Ha! Ihr meint den Zaunkönig da unten auf seiner Insel? Der ist noch grün hinter den Ohren. Der wäre nach Eurem Geschmack, was? Mit ihm könntet Ihr nach Gutdünken umspringen. Doch bevor Ihr Euch in diese Idee verliebt: Steigt auf Euren Glockenturm und schaut nach Osten. Vor den Toren liegt ein Heer, das Euren Gedanken auf die Sprünge hilft.“ Er spürte selbst, dass er zu weit gegangen war und verstummte.
Innozenz‘ Miene verriet nichts von seinem inneren Aufruhr. Er wusste, dass er dem Deutschen geben musste, was er verlangte. Längst hatten seine Berater ihm von der Stärke des Heeres berichtet. Und es gab tatsächlich keinen besseren Kandidaten als Otto. Seit er mit dieser Schwabentochter

verlobt war, standen nicht nur die Welfen, sondern auch die Staufer hinter ihm. Schlau eingefädelt. Ihm, dem Papst, blieb nur, das Beste für den Lateran herauszuholen.
„Ihr wäret bereit, für die Krone des Kaiserreiches Eure Versprechen zu wiederholen, und auf die genannten Gebiete zu verzichten?“, fragte er in neutralem Ton.
Otto rieb sich das Kinn. „Ich muss sie nicht wiederholen, Ihr habt sie schriftlich. Ich erkläre mich bereit, sie unter gewissen Voraussetzungen einzuhalten.“
Innozenz fragte nicht nach diesen gewissen Voraussetzungen, er fand, dieses zermürbende Gespräch zöge sich schon zu lange hin. Seine Menschenkenntnis hatte ihn in die Irre geführt. Otto von Braunschweig war ihm damals als geeigneter Kandidat erschienen, den ermordeten Philipp von Schwaben zu ersetzen und endlich Ruhe in das Reich im Norden zu bringen. Nun entpuppte sich dieser Kerl als räudiger Hund, der den eigenen Herrn ankläffte.
„Unsere Berater werden einen Termin für den Tag der Krönung finden“, sagte er kühl. „Gott segne Euch.“

Die Krönungsfeierlichkeiten fanden am vierten Oktober statt, mit der üblichen Zeremonie, die von den Römern in einem Volksfest gefeiert wurde. Die Prozession aller Beteiligten startete an der Kirche von *Santa Maria Transpadina*. Ottos Verlobte Beatrix von Schwaben konnte aufgrund der eilig angesetzten Zeremonie nicht mehr anreisen, sodass der König nur von seinem Kanzler Konrad von Scharfenberg, von Wolfger von Aquileia und vom Pfalzgrafen des Laterans begleitet wurde. Hoch zu Ross und in farbenprächtigen Kleidern boten sie trotzdem ein sehenswertes Schauspiel. Der Stadtadel huldigte Otto von Tribünen aus, die römische Zimmerleute eilig aufgestellt hatten.
Der Festzug wandte sich direkt in Richtung Sankt Peter, an der Freitreppe vor der Basilika stiegen der König und die

Würdenträger von den Pferden. Oben auf der Treppe wartete Innozenz mit seinen Kardinälen, hier erfolgte der Teil der Zeremonie, der bei jedem künftigen Kaiser im Vorfeld für Stirnrunzeln sorgte: Der zu Krönende musste dem Papst die Füße küssen. Seit byzantinischen Zeiten galt das als Zeichen der Verehrung gegenüber dem Stellvertreter Christi.
Auch Otto beugte sich zähneknirschend und küsste der Bohnenstange die seidenen Schuhe, obwohl er seine Zähne viel lieber in die dünnen Waden geschlagen hätte.
Nach dem üblichen Gebet betraten der König und die Würdenträger im Durchgang zum Hof die Kirche *Santa Maria in Turri*. Dort wurde Otto in kirchliche Zeremoniengewänder gekleidet, bevor sie über den Innenhof zur Silbernen Pforte gingen. Hier sprach der Kardinalbischof ein weiteres Gebet, dann betraten sie die Basilika durch den Eingang, der sich nur zu solch besonderen Anlässen öffnete.
Die Salbung fand am Mauritiusaltar statt. Der Bischof von Ostia, der den knienden König nur wenig überragte, salbte ihn am rechten Arm und zwischen den Schulterblättern, wo der Gewandschneider des Laterans eine Öffnung in den Stoff eingearbeitet hatte. Im Anschluss erhob sich Otto und trat vor den Papst. Ein Mönchschor stimmte in der Seitenkapelle einen liturgischen Gesang zum Lobe Gottes an. Die geschulten Stimmen der Mönche verwandelten die alte Melodie in ein harmonisches Intermezzo von Klängen, das wie ein Schwarm zwitschernder Vögel an den Marmorsäulen der Basilika hinaufstieg, von den Wänden zurückgeschickt wurde, den weiten Raum der Kirche eroberte und sich in den Seitenschiffen verlor. Kanzler Konrad schloss für einen Moment die Augen und genoss die imposante Akustik.
Otto spürte davon nichts. Er streckte Innozenz seinen Ringfinger entgegen, damit der ihm den kaiserlichen Siegelring aufschieben konnte. Anschließend übergab ihm der Papst

die weltliche Macht, indem er ihm das Schwert umgegürtete. Ein helfender Kardinal reichte die Mitra. Nun war Innozenz ein großer Mann, aber Otto überragte ihn eine Handbreit, und der Papst musste sich recken, um die Mitra über Ottos Haupt zu heben. Dabei störten ihn seine schweren Brokatgewänder, seine Arme verhielten auf halber Höhe und die Handlung geriet ins Stocken. Innozenz‘ langes Gesicht lief puterrot an.
„In die Knie!“, zischte er dem König, der beinahe Kaiser war, zu.
„Das letzte Mal, seid versichert!“, knurrte Otto zurück und drückte aufreizend langsam die Knie auf das Polsterbänkchen vor seinen Füßen.
Endlich saß die Mitra auf den dichten Locken des Braunschweigers. Er hoffte inständig auf das Ende dieses Schauspiels, das Gejaule der Mönche ging ihm auf die Nerven und dieses wackelige Ding drohte ihm vom Kopfe zu fallen. Lediglich das verkniffene Gesicht der Bohnenstange bereitete ihm etwas Vergnügen. Doch er musste sich konzentrieren. Sein Kanzler hatte ihm am Morgen noch einmal eingeschärft, dass während der Zeremonie nichts schieflaufen durfte, sonst wurde die Krönung womöglich nicht anerkannt. Jetzt kam die Krone, soweit er sich erinnerte. Tatsächlich reichte der Kardinal dem Papst die Kaiserkrone. Große rote Edelsteine blitzen auf, dazwischen Perlen, hell schimmernd wie die Zähne des Mädchens in der letzten Nacht. Die Krone gehörte zwischen die Hörner der Mitra. Wenigstens kniete er nach wie vor, sodass Bohnenstange nicht erneut zischen musste. er fühlte das zusätzliche Gewicht auf seinem Kopf und fragte sich, wie er diesen schwankenden Turm heil aus der Kirche tragen sollte. Nun fehlten noch der Reichsapfel und das Zepter. Als Otto diese letzten Reichsinsignien in den Händen hielt, segnete ihn der Papst und erinnerte ihn an die Unterwerfung der weltlichen unter die

geistliche Macht. Der Chor stimmte einen Ausgangschoral an.
Beim Auszug aus der Basilika schritt Innozenz voran, Otto folgte ihm. Er spürte keinen Triumph, fühlte sich eher wie ein Schaf, das zum Opferstock läuft. Sein Nacken war verkrampft, weil er den Kopf nicht bewegen durfte. Falls die Krone fiel, konnte er sie nicht auffangen, denn in den Händen trug er Reichsapfel und Zepter.
Vor der Freitreppe erwartete ihn die nächste Demütigung, er musste der Bohnenstange die Steigbügel halten. Bischof Konrad hatte keine Möglichkeit gesehen, diesen Teil der Zeremonie zu umgehen. Den Ritus zu ändern, konnte zu Anfechtungen führen. Also legte er Zepter und Reichsapfel auf das rote Samtkissen in den Händen seines Kanzlers, beugte erneut die Knie und half der Bohnenstange aufs Pferd. Als er endlich selbst auf seinem Hengst saß und triumphierend durch die Straßen voller jubelnder Römer ritt, waren alle Erniedrigungen vergessen. Zu guter Letzt füllten doch noch Freude und Triumph sein Herz, Sizilien schwebte vor ihm wie eine reife Frucht, er musste sie nur pflücken.

Sommerpalast in Catania, Sommer anno1211

„Zur Blum aus Syrierland,
Mein Lied, den Gang nun lenke,
und sag ihr, die mein Herz gefangen hält,
daß sie in Höfischkeit
gar minniglich gedenke
Des, der sich ganz in ihre Dienste stellt ...“
Auszug aus einer Kanzone Friedrichs II.

Über den Burghof von Catania gellten die Schreie einer Gebärenden. Sie drangen aus dem Gesindetrakt und waren selbst in der hintersten Futterkammer noch zu hören. Die Männer ignorierten die Geräusche mit hochgezogenen Schultern, warfen mitunter lediglich schräge Blicke zum Fenster der Gebärstube hinauf. Die Frauen, die bereits Kinder in die Welt gesetzt hatten, seufzten schwer und bekreuzigten sich ab und zu, die anderen lauschten schaudernd den sporadisch eingeworfenen Sätzen der Mütter:
„Zwölf Stunden hat es bei mir gedauert!“
„Bei meiner Großen habe ich zwei Tage gebraucht.“
„Mein Jüngster lag verkehrt herum, hoffentlich bleibt ihr das erspart.“
Anders als sonst lag diesmal eine greifbare Spannung in der Luft, man wisperte hinter vorgehaltenen Händen und vielsagende Blicke wanderten zwischen den Mägden hin und her. Beinahe jeder in der Burg wusste, das Kind, das darum kämpfte, auf die Welt zu gelangen, war nicht irgendein Kind. Es war das Kind des Königs.
„Soll sie ruhig ordentlich leiden“, sagte die alte Köchin unten im Vorratskeller, wo sie faule Orangen aus dem Vorratsregal sortierte. „Schließlich hat das braune Luder die Königin betrogen.“
Das Küchenmädchen, das ihr half, sah sie von der Seite an. „Als ob sie eine Wahl gehabt hätte!“

„Das weiß man nicht“, knurrte die Alte und warf eine matschige Frucht in den Eimer. „Es gehören wohl immer zwei dazu.“
Das Mädchen schwieg und griff nach einer schimmeligen Orange. Zwecklos, mit der Alten zu streiten. Alle Frauen im Gesinde wussten, in welcher Zwickmühle Daria gewesen war. Die Gunst des Königs zu erlangen, bedeutete für eine sarazenische Sklavin ein großes Glück, denn es konnte das Ende von Abhängigkeit und Schufterei sein. Dass sie dem König ein Kind gebar, war ein weiterer Schritt in diese Richtung. Jetzt konnte er sie nicht mehr schlichtweg vergessen. Doch würde er das Kind anerkennen oder Mutter und Säugling verstoßen? Die Gefahr bestand, zumal man munkelte, die Königin, die selber hochschwanger war, habe keine Ahnung von dem Verhältnis. Daria musste zufrieden sein, wenn sie am Hofe bleiben durfte. Der König ließ erst vor wenigen Wochen etliche vaterlose Säuglinge in einem leer stehenden Haus vor den Toren Palermos unterbringen und von Mägden betreuen. In Küche und Wäschekammer rätselte man über dieses neue Projekt des Königs, mit dem er angeblich ledigen Müttern und Waisenkindern half. Vielleicht wurde Darias Kind dorthin gebracht?
Erneut gellte ein qualvoller Schrei durch die dicken Mauern der Burg, drang bis in den Obstkeller. Die Alte lachte höhnisch. „Der kleine Bastard macht es ihr nicht leicht. Wahrscheinlich kneift sie in Zukunft ihre Beine zusammen.“
Das Küchenmädchen bekreuzigte sich mit klebrigen Fingern und schickte ein Stoßgebet zum Himmel: „Lieber Gott, bitte erspare mir solch ein Elend und hilf Daria.“
„Jetzt mach schon“, knurrte die Köchin. „Sonst hocken wir heute Abend noch hier unten in der Kälte.“

Mehrere Stockwerke weiter oben im Palazzo saß Konstanze in ihrem Gemach zwischen ihren Hofdamen. Eine

der Frauen las aus dem „Tristan“ vor, den der jüngste Bruder der Königin ihr zum Geburtstag aus Aragon geschickt hatte. Bei jedem Schrei, der durch das offene Fenster drang, zuckte sie zusammen und strich über ihren Bauch. Am liebsten wäre sie hinausgeritten, zur Jagd oder zu einem Essen an der frischen Luft unten am Meer. Doch Reiten durfte sie schon lange nicht mehr und es war ohnehin viel zu heiß. „Hoffentlich hat das bald ein Ende“, stöhnte sie, und die Vorleserin hob den Kopf.
„Langweilt es Euch?“
„Ich meine nicht das Buch“, entgegnete Konstanze genervt. Die Frauen schwiegen mit gesenkten Köpfen. Überhaupt fand die Königin, dass sie sich schon den ganzen Tag seltsam verhielten. Sonst plapperten sie und redeten, endlos wie die kleinen Springbrunnen unten im Hof. Wahrscheinlich bedrückten auch sie die qualvollen Schreie der Kreißenden.
„Ich lege mich ein wenig hin“, entschied sie und stand schwerfällig auf. Ihre Leibdienerin Catalina begleitete sie zum Bett und half ihr beim Ablegen des Oberkleides. Die anderen Frauen verließen schweigend den Raum.
„Sie benehmen sich heute sonderbar, findest du nicht?“ Konstanze wälzte sich stöhnend auf den Rücken.
„Das liegt an dieser Geburt“, sagte Catalina betreten.
„Warum nur? Es ist doch nicht die erste hier im Palazzo. Allerdings schreit sie wirklich wie ein Tier. Es ist demütigend, sich so gehen zu lassen.“ Sie umfasste ihren Bauch.
Catalina holte tief Luft. „Herrin, ich muss Euch etwas sagen. Es drückt mir schon seit Wochen das Herz ab.“
Konstanze hob den Kopf. „Nur heraus damit!“
„Es geht das Gerücht, dass dieses ..., also dieses Kind, das da geboren wird, dass es vom König gezeugt wurde.“ Catalina atmete aus. Jetzt war es heraus.
Konstanze legte den Kopf zurück und zog die Decke zurecht. „Solche Gerüchte gibt es an jedem Hof. Darauf muss

man nichts geben. Kaum ist eines der Mädchen schwanger, heißt es: Der Herr war es. Meist verbreiten die jungen Dinger die Gerüchte selbst, um sich wichtig zu machen." Ihre Stimme zitterte nur ein kleines bisschen.
Catalina nickte verblüfft und antwortete nicht. Sie zog die Vorhänge am Bett zu und legte sich selbst in einer Ecke des Raumes zur Ruhe.
Konstanze drehte sich auf die Seite, das Kind erwachte und trat schmerzhaft gegen ihre Bauchdecke. Sie unterdrückte ein Stöhnen und versuchte, ihre Hände an die Stellen zu legen, wo die kleinen Gliedmaßen Beulen verursachten. Sonst fühlte sie sich glücklich dabei, doch heute blieben Stolz und Freude aus. Catalinas Worte zischten wie kleine Giftschlangen durch ihren Kopf und stießen hier und da auf Erinnerungen, die plötzlich einen neuen Sinn ergaben. Dieser schwere Duft nach einem orientalischen Öl, den Friedrich manchmal mitbrachte, die vielen Abendstunden, die er in seinem Amtszimmer arbeitete. Wann hatte er das letzte Mal bei ihr gelegen? Das war Monate her. Sie schob es auf ihre Schwangerschaft. Doch hatte er nicht darauf bestanden, dass diese Daria mit hierher nach Catania zog, wo der Hof den Sommer verbrachte? Warum war sie da nicht stutzig geworden?
Sie drehte sich auf den Rücken, doch das gefiel dem Kind überhaupt nicht. Seine Tritte wurden kräftiger. Als sie Catalinas tiefe Atemzüge hörte, stand sie leise auf, setzte ihre Haube auf, warf sich einen Umhang über und schlich hinaus. Die Schreie der Gebärenden waren seit einer Weile verstummt. Sie ging die Treppe hinunter und über den Hof hinüber zum Gesindetrakt. Sie wollte das Neugeborene betrachten, der Mutter in die Augen blicken. Was war schon dabei, wenn die Königin nach ihren Untergebenen sah, zumal sie selbst bald entbinden sollte?
Bei den Gesindekammern begegnete sie zunächst niemandem, die meisten Bediensteten hielten Siesta. Eine Magd

kam ihr mit einem Armvoll blutiger Wäsche entgegen. Sie stutzte beim Anblick der Königin, verbeugte sich dann rasch, um weiterzueilen. Aus einem der Räume hörte sie Stimmen. Sie öffnete vorsichtig die angelehnte Tür und schaute hinein. Auf dem Lager erblickte sie Daria, deren braune Haut sich vom Laken abhob wie dunkler Honig in Milch. Mit abgewandtem Kopf lächelte die Dienerin in Richtung Fenster. Als Konstanze dem Blick folgte, stockte ihr das Herz. Federico stand im einfallenden Sonnenlicht und wiegte sacht ein gewickeltes Bündel in den Armen. Dabei summte er leise ein Lied. Sein vertrautes Gesicht strahlte vor Zuneigung und Zufriedenheit.
Konstanze durchfuhr ein heftiger Schmerz, als würde jemand ein Messer in ihren Eingeweiden drehen, ein roter Feuerball raste durch ihr Gesichtsfeld, gefolgt von einem schwarzen Sog, dunkel und weich wie Samt in der Nacht, in den sie dankbar hineinfiel.

„Wie konnte das passieren?“, brüllte Federico. „Wo waren ihre Frauen?“ Er rannte im Saal auf und ab wie ein eingesperrtes Tier. Seine Wut war besonders gefährlich, wenn sie sich mit schlechtem Gewissen paarte. Alle im Raum wussten das. Aber niemand hatte die geringste Ahnung, wie man dem am besten begegnete, denn diese Wutausbrüche verliefen jedes Mal anders.
Catalina schluchzte auf.
Der König blieb vor ihr stehen. „Was hast du zu sagen?“, schnauzte er.
„Ich brachte sie zu Bett, alles war in Ordnung, es ging ihr gut! Ich muss ... eingeschlafen sein. Als ich erwachte, war sie fort.“
Federico holte aus und verpasste ihr eine Ohrfeige. „Wie kannst du schlafen, wenn dir die Königin anvertraut ist?“
Die anderen Frauen duckten sich, Catalina heulte laut und brach zusammen.

Luna eilte zu ihr, zog sie nach oben und nahm sie in den Arm. „Schscht“, machte sie leise und wiegte die Unglückliche leicht hin und her.
Florent bemerkte, wie Federicos Wut allmählich verrauchte, während er Luna und Catalina beobachtete. Er fragte sich, ob es nur daran lag, dass der König sie bereits als Sechsjähriger für eine Fee gehalten hatte, oder ob der König sich inzwischen ganz andere Gedanken über Luna machte.
„Verschwindet!“, sagte Federico zu den Frauen, die daraufhin in wenig damenhafter Eile zur Tür drängten. „Und nehmt das heulende Elend mit! Luna, du bleibst!“
Schließlich waren nur Florent, Bischof Berard, Luna und Federico im Raum.
„Was können wir tun?“, fragte der König.
Alle sahen Luna an.
„Wir müssen abwarten. Der Schock hat die Wehen in Gang gesetzt, es ist etwas zu früh, aber das Kind ist gewiss lebensfähig.“ Sie hielt inne und wandte sich direkt an den König. „Wichtig ist, dass die Königin sich von dem Schock erholt. Ihr müsst zu ihr gehen und sie um Verzeihung bitten.“
Er hob die Augenbrauen, doch sie trat einen Schritt auf ihn zu und sah ihn ernst an. „Zwei Frauen bedürfen Eures Trostes, Euer Herz ist groß genug für beide. Sprecht mit Konstanze, sie wird Euch zuhören, wenn Ihr offen und ehrlich zu ihr seid. Aber lasst Daria nicht fallen, sie ist die Mutter Eures ersten Kindes.“
Florent hielt die Luft an. Insgeheim bewunderte er Luna für ihren Mut. Etwas übereifrig fügte er hinzu: „Bastarde des Königs werden an jedem Hof großgezogen, manche erlangen sogar offiziellen Status, wenn ein Thronfolger benötigt wird.“ Er verschwieg, dass Bastarde oft genug Anlass für Morde oder kriegerische Auseinandersetzungen gaben.
Der unbesonnene Teil von Federicos Gemüt erlangte schon wieder die Überhand. „Eine alberne Erfindung der Christen, diese Monogamie. Garantiert stecken missgünstige Päpste

dahinter. Im Alten Testament gab es sie jedenfalls nicht. Die Araber sind schlauer, die lassen sich ihre Vielweiberei nicht nehmen.“ Er grinste süffisant, als er sah, wie Bischof Berard sich bekreuzigte. „Schickt mir einen Goldschmied. Ich muss meinen beiden Frauen ein Geschenk machen.“ Es schien, als gefiele ihm die Rolle des doppelten Vaters allmählich. Dann wandte er sich an Luna: „Bleibt bei der Königin, bis alles überstanden ist.“
Luna nickte. „Ibn Salif wäre sehr hilfreich.“
„Ich lasse ihn rufen. Von mir aus kann auch Salomon aus der Stadt geholt werden, wenn es nötig ist.“
Jetzt konnte der Bischof nicht mehr an sich halten. „Herr, Ihr wollt einen Ungläubigen und einen Juden bei der Geburt Eures rechtmäßigen Thronfolgers zulassen?“ Seine Miene war ein einziger Vorwurf. Immerhin bedachte er Luna nur mit einem schrägen Seitenblick, denn auch ihre Heilkünste erschienen ihm nach wie vor suspekt.
Federico hob die Augenbrauen. „Erinnert Ihr Euch, Hochwürden, wer bei der Geburt von Jesus Christus dabei war?“ Er pikste dem Bischof seinen Zeigefinger auf die Brust und gab die Antwort selbst: „Zwei Juden, nämlich Maria und Josef. Und wer kam aus dem Morgenland, um das Kind anzubeten? Ungläubige! Doch wenn Ihr meint, das Gleichgewicht wäre gestört, könnt Ihr gern der Entbindung beiwohnen.“
Der schamhafte Berard sah ihn entsetzt an. Florent eilte mit Luna zur Tür, damit der Bischof sein schadenfrohes Lachen nicht bemerkte.
Zwei Tage später lag Konstanze noch immer in den Wehen. Am ersten Tag waren sie erträglich gewesen, in unregelmäßigen Abständen und mit Schmerzen, die Konstanze mit gutem Willen und zusammengebissenen Zähnen aushielt. Sie klammerte sich an die Hoffnung, beim zweiten Kind ginge es schneller und einfacher. Auch wenn sie die Erinnerung

an ihren ersten Sohn in einer streng verschlossenen Kammer ihres Herzens aufbewahrte, die unangenehmen Stunden seiner Geburt holte ihr Gedächtnis schnell wieder hervor.
Sie verzieh Federico, der ihr noch am selben Tag von seiner Nacht mit Daria erzählte, von seiner Verzagtheit und seiner Sucht nach Trost, als sie nicht erreichbar gewesen war. Sie rechnete ihm seine ehrliche Reue an, auch wenn sie recht spät kam und er die anderen Nächte mit der Sarazenin verschwieg. Sie sah seine Jugend, sein Ungestüm und seine beinah drollige Zerknirschtheit. Dann zog er wie nebenbei eine Brosche aus der Tasche, mittendrin ein riesiger Achat, umgeben von unzähligen kleinen Smaragden, die wie Tropfen aus einem tiefen Brunnen in der Dunkelheit glitzerten.
„Sie muss ein Vermögen wert sein", sagte sie vorwurfsvoll. Seit Apulien an Kaiser Otto verloren war und keine Steuern mehr zahlte, versuchte der Kämmerer verzweifelt, den Hof über Wasser zu halten. Er winkte großspurig ab. Konstanze ahnte nicht, dass Daria ein ähnlich wertvolles Kleinod unter ihrem Kopfkissen verbarg.
Am zweiten Tag kamen die qualvollen Wehen in kürzeren Abständen, wie Wellen in der Brandung mit Schmerzen, bei denen es selbst der Königin egal war, ob ihre Schreie in der ganzen Burg zu hören waren. Niemals hätte sie geglaubt, dass sie sich derart gehen lassen würde, dass sie zuließe, dass gar ein Ungläubiger seine Hände in sie hineinschob. Die Zeit narrte sie, Minuten wurden zu Stunden und Stunden zu Tagen, sie ließe viel mehr zu, wenn es nur endlich zu Ende wäre. In den wenigen Momenten, in denen sie klar denken konnte, sah sie nur das ratlose Gesicht von Ibn Salif und das besorgte von Luna. Als Federicos Antlitz sich über sie beugte, schrie sie ihn an, er solle verschwinden. Irgendwann verschlang dieser Dämon, der in ihrem Körper wütete, ihr Bewusstsein ganz. Zeit, Raum, Schmerz, Angst, alles

ballte sich zu einer einzigen Bedrohung, die sich um sie zusammenzog wie eine Würgeschlinge.

Federico hockte im Innenhof mit dem Hauptmann der Wache und dem rotblonden Ritter, der als einer der wenigen aus dem Heer der Panzerreiter übrig geblieben war. Seit Konstanze ihn aus der Gebärstube gescheucht hatte, suchte er Trost im Weinkrug. „Das geht schon den zweiten Tag", sagte er mit schwerer Zunge. „Sie wird sterben. Gottes Strafe für Daria."
Der Hauptmann schob die Brauen zusammen. Auch seine Frau starb bei einer Geburt und ihm fielen beim besten Willen keine tröstenden Worte ein.
Der Rotblonde dagegen setzte seinen Krug ab und sagte: „Warum hilft ihr die weiße Frau nicht?"
Federico blickte auf. „Luna? Sie ist bei ihr."
„Hält sie ihre Hand?"
„Keine Ahnung. Ist das von Bedeutung?"
Der Rotblonde spitzte die Lippen. „In Aragon hatten wir eine weiße Frau. Sie heilte, indem sie die Hand hielt."
„Und Ihr glaubt, Luna vermag das?"
„Aber ja. Graf Alfonso erzählte mir, dass es ihm viel besser ging, nachdem sie bei ihm war."
Federico sah ihn skeptisch an. „Alfonso ist tot, das ist Fakt."
„Aber Ihr erinnert Euch, dass er zunächst wieder auf den Beinen war?"
„Weil das Fieber kommt und geht, wie es ihm beliebt."
Der Hauptmann der Wache räusperte sich. „Mir fällt da diese alte Geschichte ein, die man sich erzählte, als Euer Vater noch lebte." Er starrte nachdenklich auf seinen Krug. „Wir lagen vor Neapel, schon viele Monde und die Mauern der Stadt schienen jeden Tag dicker zu werden. Da brach diese Seuche aus, es waren die gleichen Scheußlichkeiten wie bei den Aragoniern, alle kotzten wie die Reiher und

schissen sich ein. Nach drei Tagen waren die meisten hinüber. Als es hieß, Euer Vater sei tot, brachen wir das Lager ab und zogen uns zurück, das höhnische Gelächter der Neapolitaner im Nacken. Doch auf einmal ging das Gerücht, der Kaiser sei am Leben. Wir konnten es nicht glauben, bis wir ihn mit eigenen Augen sahen."

Federico starrte ihn an, als wolle er sagen: Trink nicht so viel, Mann!

Der Hauptmann fuhr fort: „Man erzählte sich, die kleine Tochter seines Leibarztes, die sein besonderer Liebling war, habe ihn zum Leben erweckt."

„Und das war Luna ...", ergänzte Federico nachdenklich.

Der Hauptmann nickte. Der Rotblonde spitzte erneut die Lippen, als hätte er das alles schon gewusst. Federico erhob sich, der Boden unter ihm schwankte leicht. Warum erfuhr er so etwas nebenbei?

Nürnberg, Spätsommer anno 1211

„Das Schwert,
das Wir selbst geschmiedet haben,
schlägt Uns schwere Wunden.
Es reut Uns,
diesen Menschen geschaffen zu haben."
Papst Innozenz III. über Otto IV.

Im großen Rittersaal der Burg zu Nürnberg versammelten sich Fürsten, Landgrafen, Bischöfe und Erzbischöfe aus allen Teilen des Landes. Sie waren in den Tagen zuvor auf Einladung des Mainzer Erzbischofs in der Stadt eingetroffen. Halblautes Geraune und zusammengesteckte Köpfe unter federgeschmückten Hüten und hohen Bischofsmützen boten sich jedem Neuankömmling, der den Saal betrat und sich nach bekannten Gesichtern umsah. Wer sich auskannte, der erblickte den Erzbischof von Köln, den Thüringer Landgrafen Hermann, die Herzöge von Österreich und Baiern, den Bischof von Bamberg, ja – selbst König Ottokar von Böhmen gab sich die Ehre.
Als der Saal sich gut gefüllt hatte, eröffnete der Erzbischof von Mainz die außerordentliche Versammlung. „Eminenzen, Majestäten, hohe und edle Herren! Mein Dank geht an alle, die den Weg hierher nicht gescheut haben, doch wissen wir, wie dringend notwendig eine Klärung der vertrackten Situation im Reich ist. Nur, wenn wir heute hier Einigkeit zeigen und Entschlossenheit, sehe ich eine Möglichkeit, der drohenden Katastrophe zu entgehen. Die tiefe Ungewissheit nagt schon seit letztem Jahr an uns. Seit März ist Kaiser Otto mit dem Kirchenbann belegt, was ihn nicht hindert, weiterhin im Namen des Reiches – in unserem Namen! – zu morden und zu brandschatzen. Er überschritt mit dem deutschen Heer die Grenzen des sizilianischen Königreichs. Der vom Papst organisierte Widerstand ist gebrochen. Die Oberen der Städte Neapel, Bari und Tarent öffneten ihre Tore

und leisteten den Treueeid. Der Heilige Vater wendet sich nun an uns, er fordert uns auf, Verantwortung zu übernehmen. Wenn wir Otto nicht aufhalten, wird der Bann auch uns treffen. Ich frage Euch, soll der Welfe weiterhin in unserem Namen sündigen? Soll er Sizilien erobern, während wir im Norden ohne Heer schutzlos allen Nachbarn ausgeliefert sind? Was nützt uns die ferne Insel, während die Engländer nach Sachsen schielen?"
Tumult kam auf im Saal, einige riefen laut: „Wohl gesprochen!", andere nickten nur ernst.
„Was können wir tun?", rief Hermann von Thüringen.
Der Erzbischof hob die Hand. „Seine Heiligkeit schlägt vor, den Kaiser abzusetzen. Da er unter dem kirchlichen Bann steht, ist das rechtens."
Wieder gab es Rufe und laute Wortgefechte.
Der Erzbischof stampfte mit seinem Stab auf den Bohlenfußboden, bis Ruhe einkehrte. „Gleichzeitig schlägt Seine Heiligkeit den deutschen Fürsten vor, den Sohn Kaiser Heinrichs zu wählen." Jetzt war die Katze aus dem Sack. Einen Moment herrschte Stille, bis die ersten der Anwesenden begriffen, wer gemeint war.
„Der Apulier?"
„Der Zaunkönig?"
Meinungen und Argumente flatterten durch die Luft wie Tauben, die einen Falken über sich entdecken.
„Er ist zu jung!"
„Spricht er denn deutsch?"
„Aber er ist Philipps Neffe!"
„Edle Herren!", schrie der Erzbischof und klopfte erneut seinen Bischofsstab auf den Boden. Diesmal hörte ihn niemand.
Erst als der König von Böhmen brüllte: „Lasst ihn endlich reden!", kehrte Ruhe ein.

„Edle Herren, ich will erklären: In dem Schreiben unterstreicht Seine Heiligkeit, dass er sich bereits mit König Philipp von Frankreich beraten hat, Seine Majestät ist einverstanden." Der Mainzer machte eine bedeutungsvolle Pause, damit jeder begriff, wie wichtig dieser Umstand war. Unter dem jungen Friedrich als Kaiser wäre Frankreich demnach auf ihrer Seite, im Falle eines Krieges gegen England ein äußerst wichtiger Aspekt. „Und nicht nur das. König Philipp erklärt, dass er sich jedem Fürsten gegenüber erkenntlich zeigt, der die Wahl des Staufers unterstützt."
„Hört, hört!", riefen einige.
„Warum gleich Kaiser?", fragte der Landgraf von Thüringen.
„Friedrich von Staufen ist laut Gesetz bereits deutscher König", erklärte der Erzbischof, „denn eine Versammlung deutscher Fürsten, bei der etliche der heute hier Anwesenden Zeuge waren, wählte ihn vor fünfzehn Jahren auf Wunsch seines Vaters Heinrich zum Thronfolger. Und deshalb können wir, ja – wir müssen ihn zum Kaiser wählen."
Landgraf Hermann meldete sich erneut zu Wort. „Schreibt Seine Heiligkeit etwas über die Bereitschaft des Jungen?"
Gemurmel signalisierte Zustimmung. Eine wichtige Frage. Der Erzbischof runzelte die Stirn. „Meines Wissens ist er noch nicht gefragt worden."
„Sollten wir das nicht zuerst tun?"
„Aber bis wir eine Antwort haben, vergehen Wochen, wenn nicht Monate!"
Ottokar von Böhmen erhob seine Stimme. „In der Tat sparen wir Zeit, wenn wir heute hier abstimmen. Wird er gewählt, senden wir einen Boten nach Palermo. Warum sollte er eine solche Ehre ausschlagen, zumal sie ihm von Geburt an zusteht?"
Wieder zustimmendes Gemurmel. Hermann neigte den Kopf und murmelte seinem Begleiter, Graf Ludwig von Lare, ins Ohr: „Das Ganze ist kein schlechter Gedanke. Wenn der

Zaunkönig so grün ist, wie man vom ihm sagt, dann wird er nach unserer Pfeife tanzen."
Ludwig von Lare schmunzelte. „Es gibt ziemlich viele Pfeifen. Das wird eine ganze Blaskapelle sein."
Hermann gefiel dieser Vergleich. „Und jeder wird sein eigenes Liedchen spielen. Das klingt verlockend."
„Aber harmonisch wird das Liedchen nicht klingen."
Herrmanns Schultern zuckten. „Wer braucht schon Harmonie?"

Südkalabrien, Herbst anno 1211

„Sie wählten am Tag des heiligen Michaelis
nach dem Rath König Philipps von Frankreich
und nach dem Willen des Papstes
den Sizilianer Friedrich zum Kaiser des Imperiums."
Dietrich von Köln in einem Brief an Otto IV.

Ottos Heerlager war sternförmig angelegt. Alle Hauptwege führten zur Mitte, zum viereckigen Pavillon des Kaisers. Der Stern hatte fünf Zacken, annähernd dreieckige Flächen, auf denen die Zelte der Söldner angeordnet waren und die sie gleichzeitig streng nach Herkunft trennten. In Richtung der aufgehenden Sonne kampierten die apulischen Ritter, die von den Grafen von Bari, Tarant, Lecce und Brindisi gestellt worden waren. Man erkannte sie leicht an ihren runden Zelten, sie hatten sie von den Arabern übernommen und nannten sie *ekub*. Je einen weiteren Zacken des Sterns beanspruchten die deutschen Ritter aus dem Lager der Welfen und der Staufer. Gegen die Abendsonne lagerten die Söldner aus allen möglichen Teilen der Welt, ein bunt zusammengewürfelter Haufen, in dem es immer wieder zu Unruhen und Streit kam. Sie hausten meist in billigen Treifs, Soldatenzelte mit spitzem Dach. Zwischen ihnen und den Deutschen standen die Pavillons der Ritter aus Mailand, Pisa und anderen norditalienischen Städten, die sich an Otto hielten.

Unmittelbar nach der Kaiserkrönung war es zu einem Scharmützel zwischen römischen Rittern und Ottos Heer gekommen. Die Soldaten des Papstes stellten sich dem Kaiser entgegen, nachdem klar wurde, dass er wider allen Versprechungen gen Süden ziehen würde. Otto musste empfindliche Verluste hinnehmen und floh zunächst zurück in den Norden bis nach Pisa. Die Pisaner versprachen ihm Unterstützung, sowohl finanziell als auch in Form einer hervorragend ausgestatteten Flotte, und Otto fasste wieder

neuen Mut. Ein Jahr lang sammelte er daraufhin im Norden Italiens ein größeres Heer und zog dann doch an Rom vorbei in Apulien ein, was zum Königreich Sizilien gehörte. Die deutschen Barone in den Städten Bari, Tarant und schließlich auch Neapel öffneten Tore und Schatullen, der Papst musste ohnmächtig zusehen.
Nun fehlte Otto nur die Insel Sizilien, dann wäre das Römische Reich deutscher Nation wieder vereint. Er lagerte kurz vor Tarent und wartete auf die pisanische Flotte, die seine Truppen übers Meer bringen sollte. An diesem Abend im Oktober ging es hoch her im Pavillon des Kaisers. Die wichtigsten Heerführer waren zu Gast, darunter Kanzler Konrad, Wolfger und Diepold. Alle hatten üppig gegessen und reichlich Wein getrunken.
„Nur noch ein Katzensprung, dann sind wir auf der Insel“, tönte Diepold.
Otto, der nie zuvor auf Sizilien war, konnte nicht genug davon hören. „Sind die Weiber dort so feurig wie hier?“
„Seht Ihr den Rauch über dem Ätna?“, prahlte Diepold und wies unter den hochgebundenen Stoffbahnen des Zeltes hindurch über die Meerenge, wo die Rauchfahne über dem Gipfel des Vulkans vor dem sich rötlich färbenden Himmel stand. „So stellt Euch die Frauen vor!“
Einer der Heerführer, ein schwarzhaariger Neapolitaner, grölte: „Ja, sie qualmen, wenn Ihr sie verlasst!“
Alle brüllten vor Lachen.
„Weiber.“ Der Kaiser bekam einen glasigen Blick. „Wir sollten uns ein paar holen, was denkt Ihr?“
Wieder zustimmendes Gegröle. Konrad von Scharfenberg beugte sich herüber und sagte leise: „Bedenkt, was Ihr schon alles getrunken habt. Lasst es gut sein.“
Doch Otto war über den Punkt hinweg, an dem er auf Ratschläge hörte. „He, Emilio, besorg uns Weiber! Junge, schwarzhaarige, hörst du?“

Bischof Konrad erhob sich bedächtig und verließ das Zelt. Er erwischte den Diener am Arm. „Emilio! Lass dir Zeit. Mit etwas Glück liegen sie auf der Tafel und schnarchen, wenn du zurückkommst!“
Emilio sah ihn unglücklich an. „Und wenn nicht, dann wird er mich bestrafen, Herr.“
Konrad winkte ab. „Keine Sorge, bis morgen früh hat er das vergessen.“
„Was hat er vergessen?“, lallte Otto plötzlich hinter ihm. „Intrigiert Ihr etwa mit meinem Leibdiener gegen mich?“
„Nein, Majestät. Es geht um den Mann, der hier vor Eurem Zelt Wache steht“, improvisierte Konrad. „Emilio macht sich Sorgen, dass er zu viel hört.“
Otto starrte ihn misstrauisch an, fand aber in der Aussage keinen Widerspruch. Er drehte sich zu dem Wachmann um, der sich plötzlich im Zentrum der Aufmerksamkeit fand und zusammenzuckte.
„Hörst du Dinge, die du nicht hören sollst?“, fragte Otto den verdutzten Soldaten. Der schüttelte den Kopf, obwohl er nicht verstand, um was es ging.
„Na siehst du!“ Otto wollte zurück ins Zelt, besann sich dann aber und stolperte in Richtung Abort.
„Begleite ihn!“, sagte Konrad zu dem Wachmann. „Sonst fällt er in die Gruben.“
Aus dem Zelt kamen Rufe. „Wo bleiben die Weiber?“
Emilio verschwand in der Dämmerung zwischen den Treifs der Söldner.
Konrad hielt einen der Diener, die neuen Wein brachten, am Arm fest. „Schenkt nach, so schnell ihr könnt, lasst sie nicht mit leeren Bechern sitzen.“ Er hoffte, dass die Männer bald ohnmächtig schliefen. Und während er draußen vor dem Zelt wartete, verfluchte er wieder einmal sein Amt. Wie stolz war er gewesen, Ottos Kanzler zu werden. Seine Eltern gehörten zum einfachen Landadel und er hatte sich hochgearbeitet, vom Mönch zum Beichtvater der Braunschweiger.

So lernte er Otto kennen und sie waren so etwas wie Freunde geworden. Otto nahm ihn in seinen Beraterkreis auf, verlieh ihm einen Bischofssitz, und nach Ottos Aufstieg zum König war er, Konrad, plötzlich Kanzler gewesen. Er wusste, dass er ein guter Diplomat war, und wollte alles tun, um für seinen König die besten Verträge auszuhandeln und Gesetze zu verabschieden, die durchdacht und fortschrittlich waren. Nie hatte er sich vorgestellt, dass er nachts vor dem kaiserlichen Pavillon stehen und Huren aufhalten müsse.
Als Otto zurückkam, wirkte er frischer. Er klopfte seinem Kanzler auf die Schulter. „Na, was ist, kommt Ihr nicht wieder mit rein?“ Er sah ihn streng an. „Ihr habt doch nicht etwa Angst vor Frauen?“
„Nein, Herr, aber ich bin Bischof, und Ihr seid verlobt!“
„Meine Güte, Konrad, seid nicht so streng mit uns. Es geht Beatrix doch nichts verloren, wenn ich hier ein paar Äcker pflüge. Und ich sage Euch, Ihr müsst es probieren. Kommt!“ Otto fasste ihn am Arm und sah sich gleichzeitig um. „Wo bleibt nur dieser verfluchte Emilio? Ist es denn so schwer, ein paar Weiber aufzutreiben?“
„Majestät, ich bitte Euch, morgen früh wird es Euch reuen. Wenn Ihr wieder nüchtern seid ...“
Otto pikste mit dem Zeigefinger auf Konrads Brust. „Zum Teufel mit Euch, was redet Ihr da von nüchtern? Und merkt Euch: Mich reut niemals, was ich getan habe, egal zu welcher Tageszeit.“
Im Zelt war es inzwischen ruhiger geworden. Wenigstens hier hatte Konrads Plan funktioniert, die Hälfte der Gäste schlief auf oder unter dem Tisch, Wolfger hatte sich auf der Bank neben Diepold ausgestreckt und schnarchte laut. Diepolds Blick ging starr über den Weinkelch hinweg. Konrad nickte den Dienern dankbar zu. Er nahm sich vor, ihnen gleich morgen früh ein paar Münzen zuzustecken.

„Was ist das denn für ein Haufen Schwachköpfe hier?“, rief Otto erbost. „Schwachköpfe und Schlappschwänze.“ Er packte Konrad erneut am Arm. „Dann müssen wir zwei es eben den Weibern besorgen, was?“
Das fehlte noch, dachte Konrad, bevor er fragte: „Soll ich die Diener anweisen, Eure Gäste in die Zelte zu bringen?“
Otto sank auf die Bank und nahm Diepold den Krug weg, um ihn auszutrinken. „Macht doch, was Ihr wollt!“, grummelte er.
Darauf hatte Konrad nur gewartet. Er eilte aus dem Zelt und stieß auf Emilio, der drei Mädchen hinter sich herzog, die aussahen, als wollten sie jeden Moment die Flucht ergreifen. „Wo hast du die denn her?“, zischte Konrad. „Das sind doch keine Huren!“
„Keine Ahnung, ein Bauer hat sie mir verkauft, es musste schnell gehen.“
„Bring sie zurück, sofort. Sag dem Bauern, wenn er das noch mal versucht, knüpf ich ihn am nächsten Baum auf. Und seine Töchter dürfen dabei zusehen.“
Emilio verzog das Gesicht und machte kehrt. Die Mädchen stolperten mit verwirrten Mienen hinter ihm her.
Konrad war als Halbwüchsiger Knappe im Heer des Kaisers Barbarossa gewesen. Dort herrschte eine strenge Ordnung, jedes Verbrechen wurde hart bestraft. Selbst Huren waren verboten. In Ottos Heer hingegen ging es zu wie in Sodom und Gomorrha, mehrmals schon hatte er als Kanzler versucht, etwas dagegen zu unternehmen. Doch Otto selbst wollte es nicht anders. Gaukler, Spielleute und die bunten Wagen der Huren begleiteten den Heerzug schon seit Pisa.
Müde und vor allem mutlos schlich Konrad von Scharfenberg zu seinem Zelt. Sein Leibdiener erwartete ihn schon. Warmes Wasser stand bereit und ein guter Schluck Wein. Der half manchmal beim Einschlafen, ebenso wie die vertrauten Geräusche des Lagers. Das Gemurmel der Wachen, die die Wege abliefen und sich kurz unterhielten,

wenn sie sich begegneten, das Stöhnen der Männer, die schlecht schliefen oder feuchte Träume hatten. Das Flattern der Zeltbahnen, wenn der Wind auffrischte.
Gedämpfte Schreie. Er fuhr hoch und fluchte verhalten. Da schrie eine Frau in höchster Not. Er warf sich einen Umhang über, griff nach seinem Kurzschwert und eilte aus dem Zelt, brauchte eine Weile, um sich zu orientieren. Die inzwischen unterdrückten Jammerlaute kamen von links, vom Rande des Lagers. Er durchquerte den deutschen Bereich und gelangte zu den Pisanern. Dumpfe Laute von Männern, die jemanden anfeuerten, Konrad erkannte diese Kakofonie, ahnte, was ihn erwartete. Er griff das Schwert fester und beschleunigte seine Schritte. Die Treifs der Soldaten standen dicht und er musste aufpassen, nicht über Seile und Pflöcke zu stolpern. Am Ende des pisanischen Lagers schließlich fand er sie. Etwa ein Dutzend Soldaten drängte sich um ein Knäuel am Boden liegender Körper.
Er stieß einen wütenden Schrei aus: „Weg da, Ihr Hundesöhne!“
Mit der flachen Schwertklinge hieb er dem Ersten, den er erwischen konnte, über den Kopf. Der Mann jaulte auf und raffte seine Bruch, die um seine Knöchel hing und ihn am Fortlaufen hinderte. Die Zuschauer verschwanden flink im Dunkeln des Lagers zwischen den Zelten. Die Soldaten, die sich am Boden vergnügt hatten, sprangen hastig auf und griffen nach ihrer Kleidung.
„Wache!“, brüllte Konrad, der inständig hoffte, dass man ihn erkannte, denn er trug nur ein langes Leinenhemd, nichts außer dem Schwert deutete auf seinen Rang.
Aus dem zertrampelten Gras erhoben sich schluchzend die drei Bauernmädchen und versuchten, sich notdürftig zu bedecken. Ihre einfachen Kleider waren zerrissen. Inzwischen trafen Wachsoldaten ein. Der Bischof ließ die unmittelbar ertappten Männer in Arrest setzen, eine weitere Wache

wurde beauftragt, die Mädchen sicher nach Hause zu bringen. „Euer Vater soll sich morgen früh bei mir melden. Wenn er nicht kommt, werde ich ihn holen lassen."
Er nahm sich vor, den Bauern streng zu bestrafen, ebenso die Handvoll Wüstlinge. Außerdem würde er sich Emilio vorknöpfen, der die Mädchen wohlbehalten nach Hause hatte bringen sollen. Aber jetzt musste er dringend schlafen. Falls die pisanische Flotte morgen endlich eintraf, brauchte er alle seine Sinne.
Doch am nächsten Morgen wurde die Welt mal wieder auf den Kopf gestellt. Nach der Frühmesse suchte Konrad eine Gelegenheit, dem Kaiser von dem nächtlichen Verbrechen zu berichten. Doch da traf ein Bote ein, und alle Aufmerksamkeit wandte sich dem Reiter zu, der offensichtlich die Nacht durchgeritten war. Sein Renner war schaumbedeckt und auch der Mann war am Ende seiner Kräfte, er fiel auf die Knie und überreichte dem Kaiser eine Lederrolle.
„Kümmert euch um ihn!", befahl Otto und öffnete die Rolle. Sie enthielt ein Pergament mit einem Siegel, das Konrad auf die Schnelle nicht erkannte. Otto hielt sich damit nicht auf, er zerbrach die Wachsplakette und entrollte das Schreiben. Während er las, wurde es still an der Tafel, an der die Berater ihre Morgenmahlzeit einnahmen. Sie sahen, wie Ottos Gesicht sich verfärbte. Zuerst wurde er aschfahl, er riss die Augen auf, dann schoss das Blut in seine Wangen.
„Diese Hundsfötte, mögen ihre Leiber auf ewig in der Hölle schmoren! Mögen ihre Kinder und Kindeskinder lebendig verrotten!" Er sprang auf und rannte um den Tisch herum, die Rolle ließ er achtlos fallen. „Ich reiße mir hier den Arsch auf für diese Schmarotzer und sie haben nicht Eiligeres zu tun, als einen anderen zu wählen! Einen Grünschnabel, einen Nichtsnutz, einen dreckigen Sizilianer ..." Seine Augen nahmen einen irren Ausdruck an, Speichel tropfte ihm vom Kinn.

Kanzler Konrad nahm das Schreiben auf und las es. „... *muss ich Euch darüber in Kennthnis setzen und bitte untert-hänigst um Vergebung, dasz ich der Übermittler dieser Nachricht sein werde. Die Fürstenversammlung unter dem Diener des Satans, dem Mainzer Erzbischof, dessen verruchten Namen meine Feder sich weigert, aufzuschreiben, fandt im September in Nürnberg statt. Anwesent waren König Ottokar von Böhmen, Landgraf Herrmann von Thüringen, die Herzöge von Baiern und Österreich und weitere Verräter, deren Seelen in der Hölle schmoren werden. Sie wählten am Tag des heiligen Michaelis nach dem Rath König Philipps von Frankreich und nach dem Willen des Papstes den Sizilianer Friedrich zum Kaiser des Imperiums. Damit seidt Ihr, Majestät, pro forma kein Kaiser mehr, vielmehr ist der päpstliche Bann über Euch verhangen und Ihr versündiget Euch, wenn Ihr im Namen des Reiches weiterziehet und tötet ...*"
Konrad spürte, wie sich seine Kehle zuzog. Er überflog den Rest, der nur noch aus Floskeln bestand und las, wer den Brief unterzeichnet hatte: der ehemalige Erzbischof Dietrich von Köln, der Anfang des Jahres vom stauferfreundlichen päpstlichen Legaten abgesetzt worden war.
Otto hatte sich in der Zwischenzeit auf einen Hocker fallen lassen und stierte vor sich hin. Die anderen Männer warteten mit bangen Mienen.
Nach einem langen Seitenblick auf Otto verlas Konrad die wichtigsten Sätze des Schreibens. Dann sah er alle der Reihe nach an. „Was tun wir?", fragte er, da der nunmehr gebannte Kaiser offensichtlich nicht fähig war, einen klaren Gedanken zu fassen.
Diepold fasste sich als Erster. „Gibt es ein offizielles Bannschreiben vom Papst?"
Konrad schüttelte den Kopf.
„Das ist gut. Wir tun, als wüssten wir von nichts, warten auf die Flotte, segeln hinüber und lösen das Problem. Wenn der

kleine Sizilianer nicht mehr ist, haben sie keinen Kaiser mehr." Er bemerkte den Lapsus und korrigierte sich hastig: „Ich meine, dann müssen sie sich wieder ihres rechtmäßigen Kaisers besinnen."

Wolfger nickte zustimmend. „Diesen kleinen *terrone* erledigen wir im Handumdrehen."

Otto, der bisher nur geradeaus gestarrt hatte, stand plötzlich auf. Als er seine Entscheidung verkündete, herrschte entsetztes Schweigen im Zelt.

Catania und Palermo, Herbst anno 1211

„Wenn dieser Knabe zu den Jahren der Einsicht gelangt und dereinst erkennt,
er sei durch die Römische Kirche der Ehre des Reiches beraubt,
dann wird er ihr nicht nur die geziemende Ehrfurcht versagen,
sondern sie sogar auf jede nur mögliche Weise bekämpfen,
wird Siziliens Königtum von ihrem Lehnsbande reißen
und ihr den gewohnten Gehorsam verweigern.“
Papst Innozenz III.

In der Gebärstube war es bedrückend still, die Hebamme aus Catania saß zusammengesunken in der Ecke und schnarchte leise. Konstanze dämmerte vor sich hin, Ibn Salif hatte ihr Mohnsaft eingeflößt. Die nächste heftige Wehe würde die Königin wieder wecken. Doch im Moment schien der Körper eine Pause zu brauchen.

Ibn Salif wusch sich über einer Schüssel die Hände. „Wir müssen das Kind holen“, sagte er leise mit einem Seitenblick auf die Königin.

Luna sah auf. Sie hatte dunkle Ringe unter den Augen und der Arzt musterte sie besorgt.

„Ihr seid erschöpft“, stellte er fest. „Wie lange habt Ihr nicht geschlafen?“

Sie hob die Schultern. „Wie wollt Ihr das Kind holen?“

„Entweder zerstückele ich den Säugling und rette die Königin.“ Ibn Salif seufzte tief. „Oder wir öffnen die Bauchdecke und retten das Kind.“

Die Hebamme riss bei seinen letzten Worten die Augen auf und bekreuzigte sich. „Bei der Milch der Jungfrau Maria“, stammelte sie.

Konstanze stöhnte verhalten. Luna setzte sich zu ihr ans Lager und nahm ihre Hand. Das Zimmer verschwamm vor ihren Augen und obwohl sie sich wappnete, kamen die Bilder mit Wucht.

Schwerterklirren, Schreie, Kinderweinen. Mosaikboden, ein Mann im eigenen Blut. Eine Frau, ein Bündel weißes Linnen an ihrer Brust. Nein, nicht das Kind! Ein Arm in Rüstung, ein harter Griff, ein Zerren, Wimmern, die Mauer, nein! Nicht! Stille.

Luna ließ die Hand der Königin fallen wie ein Stück Glut. Sie sollte ihre Kräfte einteilen. „Auf alle Fälle müssen wir mit dem König sprechen", sagte sie und erhob sich.

„Worüber?", kam es von der Tür. Mit unsicherem Gang betrat Federico das Zimmer. Sein Blick huschte hinüber zu Konstanze, deren hohlwangiges Gesicht kaum wiederzuerkennen war.

Ibn Salif erklärte ihm die Alternativen. Federicos Miene erstarrte, er wurde zusehends nüchtern. „Aber sie hat schon einmal ein Kind geboren!"

„Das bedeutet nichts", sagte der Arzt. „Es ist jedes Mal anders. Ihr müsst eine Entscheidung treffen."

„Sollten wir den Juden aus der Stadt holen?"

Der Arzt hob die Schultern. „Kann er Wunder bewirken?"

Federico sah Luna an. „Man sagt, du hast meinen Vater zum Leben erweckt."

„Diese alte Geschichte!" Sie schüttelte müde den Kopf. „Euer Vater war nicht tot. Er war einer der wenigen Glücklichen, die das Fieber überwinden konnten."

„Majestät, ich bitte Euch, wir brauchen eine Entscheidung!", mahnte der Arzt.

Federico hörte ihn nicht. „Luna?"

Sie holte tief Luft. „Ich habe ihm von meiner Kraft gegeben, das stimmt. Aber vielleicht wäre er auch ohne mich genesen."

„Warum hilfst du der Königin nicht?" Federicos Stimme gewann an Schärfe.

„Aber das tut sie laufend", rief Ibn Salif verzweifelt. „Schaut sie Euch an, sie kann kaum stehen vor Erschöpfung."

Federico packte Lunas Arm. „Ich verlange, dass du dich nicht schonst!“
„Nein, wartet!“
Sie fuhren herum. Konstanze hatte sich halb aufgerichtet und gebieterisch die Hand gehoben. „Sie kann dabei sterben. Ich werde nicht zulassen, dass mein Kind mit einer solchen Schuld beladen zur Welt kommt.“ Sie fiel zurück in die Kissen.
Federico kniete vor ihrem Bett nieder und küsste ihre Hand. „Gott will mich strafen, aber das lasse ich nicht zu!“
Die Königin strich ihm über das wirre blonde Haar, als wäre er ein Kind. „Wer bist du, dass du Gott in seine Schranken verweist?“, fragte sie. Dann entzog sie ihm ihre Hand. „Jetzt geh, wir bringen das hier zu Ende.“ Ihre Stimme war plötzlich voller Kraft.
Luna fragte sich, woher sie die nahm. Federico erhob sich zögernd.
Ibn Salif sah ihn ratlos an. „Was denn nun?“
„Luna, Ihr geht dem Arzt zur Hand“, sagte Konstanze, „aber Ihr werdet mich nicht mehr berühren. Habt Ihr verstanden?“ Sie sah Federico fest an. „Jetzt geh!“
Während der König kleinlaut den Raum verließ, kam die Wehe. Konstanzes Körper bäumte sich auf wie ein junges Pferd, das zum ersten Mal einen Sattel spürt. Ein raues Knurren drang aus ihrer Brust, schwoll an und hallte durch die Mauern der Burg, wo alle schaudernd innehielten.
„So brüllt eine Löwin!“, sagte die alte Köchin zu dem Küchenmädchen und rupfte zufrieden nickend an dem Huhn in ihrem Schoß.
Erleichterter Jubel und Beifall brachen aus, als kurz darauf ein weiterer Schrei durch die Hallen und Korridore drang: weitaus dünner und zittriger als der einer Löwin, dennoch kräftig und laut. Der Thronfolger war geboren.

Kaum hatte Konstanze sich so weit erholt, dass sie reisen konnte, zog der Hof nach Palermo zurück. Es war eine Flucht, so früh war der Hof sonst nie vom Sommersitz an der Ostküste zurückgekehrt. Doch Otto hatte mit seinem Heer Katalanien eingenommen und lagerte kurz vor der Meerenge von Messina. Sobald die pisanische Flotte zu seiner Unterstützung eintraf, würde er seine Füße auf die Insel setzen. Federico hatte nicht nur ein Königreich zu verlieren, sondern auch seine Familie. Im Hafen von Palermo wurde eine Galeere vorbereitet, mit der Konstanze und ihr kleiner Sohn an die afrikanische Nordküste fliehen konnten, wo ihre Familie Verbündete hatte.
„Lass uns nach Aragon gehen, alle zusammen", bettelte sie wiederholt. Ihre großen Augen füllten sich mit Tränen. „Schon einmal erschlug man mir mein Kind vor meinen Augen. Erneut ertrage ich das nicht."
Federico schüttelte den Kopf. „Der Weg nach Aragon ist zu gefährlich. Die Schiffe der Pisaner könnten uns auflauern. Außerdem muss ich hierbleiben. Das ist mein Königreich, soll ich es im Stich lassen?"
Am Sonntag nach ihrer Rückkehr aus Catania wurde der Säugling im Dom zu Palermo von Bischof Berard auf den Namen Heinrich getauft. Während der anschließenden Feier traf ein Bote ein mit der Nachricht, dass Otto in Tarent eingezogen sei.
Federico trank einen großen Schluck Wein. „Jetzt ist es nur noch eine Frage der Zeit", sagte er und starrte in den leeren Krug.
„Wir werfen ihm die Insel nicht in den Rachen, so wie es die Feiglinge auf dem Festland mit ihren Städten tun." Florent winkte einer Magd, den Krug nachzufüllen.
Federico nickte grimmig. „Wozu habe ich gelernt, das Schwert zu führen?"

„Wozu haben wir gelernt, unseren Kopf zu gebrauchen? Wir locken sie in Hinterhalte, von denen sie noch Jahre Albträume haben werden."
„Falls sie noch träumen können." Der König stand auf und klopfte ihm auf die Schulter.
Florent grinste halbherzig und trank einen Schluck von dem dunklen sizilianischen Wein. Noch immer steckte ein Dorn in seinem Herzen, der besonders schmerzte, wenn der König neben ihm saß und Ränke schmiedete. Luna hatte ihm von Federicos Auftreten in der Gebärstube erzählt. Betrunken und voller Sorge um Frau und Kind, doch ohne Interesse für Lunas Wohl. Er sah sich als älteren Freund des Königs und damit auch privilegiert, doch er erkannte jetzt, dass diese Vorstellung ein Wunschtraum war, auf den er nicht mehr bauen konnte. Grübelnd sah er dem König nach, der zielsicher auf eine der Fensternischen zusteuerte. Darin saß eine junge Frau, ihr Lächeln einladend, ihre schwarzen Augen leuchtend.
Er winkte der Magd. „Wer ist diese Frau dort drüben?", fragte er.
„Signorina Perotti, die Tochter des Bürgermeisters, mein Herr."

Florent war auf dem Weg zu seiner Kammer, da galoppierte ein Reiter auf den Hof.
„Eine Botschaft für den König!", rief er schwer atmend.
„Gib sie mir, ich bin sein Schwertmeister", sagte Florent. Er entrollte das ungesiegelte Pergament und las. Er glaubte, seinen Augen nicht zu trauen, und las erneut. „Wer schickt dich?", fragte er den Boten, der am Brunnen stand und einen Krug Wasser in einem Zug leerte.
„Der *podestà*, er hat den Brief gezeichnet, wie Ihr seht."
Er musste den König finden. Im Saal war er nicht, diese Perotti war ebenso verschwunden. Federicos Leibdiener lief ihm über den Weg. „Wo ist der König?"

„Im Garten. Aber Ihr solltet ihn besser nicht stören." Assad grinste anzüglich.
„Glaub mir, ich bin die angenehmste Störung der Welt."
Assads Grinsen verschwand. „Er will nicht gefunden werden."
„Er wird seine Meinung ändern, wenn er das hier liest. Wo finde ich ihn?"
„Gewöhnlich unter den Weinstöcken." Assad schob die Augenbrauen in Richtung Turban. „Aber das wisst Ihr nicht von mir."
Alte Gewohnheiten ändert er nicht, dachte Florent. An dem Ort, wo Federico als Sechsjähriger Bella versteckt hatte, sprudelte inzwischen wieder ein Springbrunnen inmitten eines Gartens mit beschnittenen Weinreben und geharkten Wegen. Es war leichter als damals, die grüne Nische zu finden. Als er näher kam und die Geräusche hörte, die durch die Weinreben drangen, verlangsamten sich seine Schritte wie von selbst. Eine Frau stöhnte und die Stimme des Königs feuerte sie leise an. Florent begann mit den Füßen lautstark über den Kies zu schlurfen, damit man seine Schritte hören konnte, doch jetzt begann diese Frau in Ekstase zu schreien, tiefe, kehlige Schreie der Lust. Florent räusperte sich und brach geräuschvoll einen Zweig ab, umsonst. Er hörte sie sagen: „Jetzt seid Ihr an der Reihe, Majestät."
Gut, dann eben die direkte Art, dachte er. Als er um die Ecke kam, von wo aus er den Brunnen sehen konnte, kniete die Tochter des Bürgermeisters vor dem König und ihr Kopf wippte in seinem Schoß auf und ab. Federico hatte die Augen geschlossen und seufzte tief.
„Majestät! Es gibt wichtige Nachrichten", rief Florent und zog sich hinter den Weinstock zurück, was den beiden das Gefühl erlaubte, er habe nichts gesehen.
Es blieb eine Weile still. „Nichts ist so wichtig, dass ich hier gestört werden sollte", hörte er Federico endlich knurren. „Woher wisst Ihr, dass ich hier bin?"

„Es ist kein besonders originelles Versteck." Florent trat erneut um die Ecke. „Schon öfter fand ich Euch hier." Er freute sich über die kleine Boshaftigkeit.
Scheinbar sittsam saß die Tochter des Bürgermeisters neben dem König auf der Bank, allein ihre geröteten Wangen und ihre zerzauste Frisur straften sie Lügen.
„Signorina Claudia, wenn Ihr uns allein lassen würdet?"
Sie warf Florent einen vorwurfsvollen Blick zu, erhob sich langsam und ging mit wiegenden Hüften davon. Florent reichte dem König das Pergament.
Der las, stutzte und sprang auf. „Das glaube ich nicht!"
„Der Bote bestätigt es."
„Eine Falle! Sie wollen uns aufs Festland locken."
„Denkbar." Florent legte die Stirn in Falten. „Es gibt nur eine Möglichkeit, das herauszufinden."
Der König sah ihn an. „Wir reiten hin."
„Aber inoffiziell. Wenn es ein Hinterhalt ist, werden wir es nur so feststellen."
Federico stürmte mit großen Schritten zurück in den Saal. Die fragenden Blicke der Signorina ignorierte er und verließ ohne weitere Erklärung die Taufe, um sich mit Florent und dem Kanzler im Amtszimmer zu beraten.
Am Abend packte Florent seinen Reisesack. „Im Morgengrauen brechen wir auf. Federico will keine Zeit verlieren."
Luna trat hinter ihn und schlang ihre Arme um ihn. „Nur du und er?"
„Wir nehmen zwei Soldaten mit und geben uns als Steuereintreiber aus."
„Wie lange werdet ihr fort sein?"
„Eine Woche vielleicht."
„Was denkst du? Hat Otto sich wirklich zurückgezogen?"
„Nein. Welchen Grund sollte es dafür geben?"
„Vielleicht haben die Pisaner ihn im Stich gelassen."
„Wir finden es heraus. Ich glaube, er liegt auf dem Festland auf der Lauer. Er kennt die Insel nicht und fürchtet, hier in

einen Hinterhalt zu geraten oder in zähe, aufreibende Kämpfe verwickelt zu werden." Er schob sie in Richtung Bett. „Lass uns ein paar Erinnerungen schaffen, von denen ich unterwegs zehren kann."

Während er mit fliegenden Fingern ihr Unterkleid aufschnürte, verfluchte er im Stillen seine Abhängigkeit vom König. Wäre er auf dem Gut seines Vaters geblieben, dann müsste er nicht im ersten Morgenlicht gen Osten reiten, sondern könnte in aller Ruhe Zitronenbäume pflanzen. Allerdings hätte er dann Luna nicht getroffen. Wurde es nicht langsam Zeit für eine eigene Familie? Zitronen ernten, jagen, dem eigenen Sohn das Bogenschießen beibringen... Luna löste seinen Gürtel und seine Gedanken nahmen ganz andere Wege.

Sie ritten scharf im Galopp, tauschten auf halber Strecke die Pferde und erreichten am zweiten Tag um die Mittagszeit den Hafen von Messina. Ein weißhaariger Fischer erklärte sich bereit, sie überzusetzen, denn eine größere Fähre wollten sie nicht benutzen. Die Gefahr, erkannt zu werden, war zu groß. Der Alte berichtete, das gewaltige deutsche Heer lagere vor Tarent.

Auf dem Festland ritten sie weiter in die Richtung, die ihnen einheimische Bauern zeigten. Vorsichtig umrundeten sie im weiten Bogen die Stadt in der Ebene. Hinter ihren Mauern stießen sie auf Spuren eines verlassenen Lagers. Es roch nach kalter Asche und schlampig abgedeckten Latrinen. Ein Krähenschwarm kreiste in der Luft, schwarze Feuerstellen und Trampelpfade bildeten regelmäßige Muster auf dem Gelände. Im Pferdemist und in den Abfallhaufen wühlten streunende Hunde und verscheuchten mit wütendem Gekläff die Krähen. Ein halbes Dutzend halbwüchsiger Jungen stromerte zwischen den Feuerstellen umher.

„He, kommt her!", rief Florent.

Die Jungen näherten sich argwöhnisch. Einer trug einen zerbrochenen Bogen in seinen schmutzigen Händen, ein anderer einen Bierkrug ohne Henkel.
„Was treibt ihr hier?"
„Wir suchen nach Dingen, die wir in der Stadt verkaufen können." Der größte der Jungen gab zögernd Auskunft.
„Was wisst ihr über dieses Lager?"
„Der deutsche Kaiser Otto lag hier, Herr. Mit Tausenden von Rittern, bis zum Horizont reichten ihre Treifs." Der Junge beschrieb einen Halbkreis mit dem Arm.
Die anderen musterten neugierig die kräftigen Pferde sowie die Ausrüstung der vier Fremden.
„Seit wann sind sie weg?", fragte Federico.
„Seit vorgestern, Herr."
„Seit Sonntag. Vorgestern, das war die Nachhut", verbesserte der Junge mit dem Bogen.
„Und wohin sind sie gezogen?"
Sie sahen sich ratlos an. Einer deutete weg vom Meer, auf die Bergkette am Horizont. „Richtung Norden, Herr."
„Gab es eine Seuche?"
Die Jungen schüttelten einhellig den Kopf. So etwas hätte sich in der Stadt schnell herumgesprochen. Florent warf ihnen ein paar Münzen zu und sie bedankten sich freudestrahlend.
Sie ritten einmal um das ehemalige Heerlager, deutliche Spuren bestätigten die Aussagen der Jungen. Ein von tausenden Hufen plattgetrampelter Weg mit eingefahrenen Spurrinnen führte vom Meer weg nach Norden. Die überall präsenten Pferdeäpfel waren bereits trocken.
Federico schüttelte fassungslos den Kopf. „Die sind tatsächlich weg."
Für den Rückweg nahmen sie die Fähre von Tarent nach Messina, eine kleine Galeere mit wenigen Passagieren. Ein paar arabische Händler, die mit leeren Körben vom Gewürz-

markt kamen und unter langen Mänteln wahrscheinlich dicke Ledertaschen mit den Einnahmen verbargen. Außerdem eine Gauklertruppe, die unter lautem Geschrei ihren bunt bespannten Reisewagen an Deck bugsierte.
Eine Gruppe deutscher Reiter erregte Florents Aufmerksamkeit. Sie kamen in letzter Minute, bevor das Schiff ablegte, und zahlten ohne zu feilschen einen viel zu hohen Betrag für die Überfahrt. Ein vornehm gekleideter Mann mit grauen Schläfen und Vollbart schien der Anführer zu sein, die anderen drei Reiter trugen einfache Lederharnische. Ihren Rennern sah man die lange Reise an, schnelle, aber derbe Pferde, wie sie überall als Wechselpferde erhältlich waren. Aber auch die vier Männer zeigten erschöpfte Gesichter über ihrer staubigen Kleidung.
„Wer mag das sein?", fragte er halblaut.
„Spione Ottos?", entgegnete Federico, dem die Reiter ebenfalls aufgefallen waren.
„Man müsste ihnen auf den Zahn fühlen." Florent und ärgerte sich zum ersten Mal, dass er kein Wort Deutsch verstand. Seit seinem unfreiwilligen Aufenthalt in einem Verlies jenseits der Alpen hasste er diese Sprache mit ihrem rauen Klang.
„Gute Idee." Federico schlenderte nach Backbord, wo die Matrosen die Taue aufwickelten. Unter Deck erklangen Kommandos für die Ruderer, eine monotone Geräuschkulisse, die sie während der gesamten Überfahrt hören würden. Die vier Deutschen standen an der Reling und blickten auf Tarent, das in der untergehenden Sonne in warmen Farben leuchtete.
„Eine interessante Stadt, nicht wahr?", fragte Federico. Sein Deutsch war ausgezeichnet, dank der klugen Voraussicht seiner Mutter und den Mühen des Magisters.
Der Edelmann, den er angesprochen hatte, drehte sich erstaunt zu ihm um. „Gewiss, mein Herr. Wir haben leider nicht viel von ihr gesehen."

Federico nickte. „Verzeiht, dass ich mich erdreiste, Euch anzusprechen. Ich war erfreut, die Sprache meines Vaters zu hören. Mein Name ist Federico.“ Er neigte kurz den Kopf und ergänzte dann schnell: „Von Palermo.“
Der Deutsche musterte ihn, sein Blick glitt über die Reithose aus dunklem Hirschleder, den kurzen Mantel aus schwerem Damast und das solide Schwert am Gürtel. Offenbar imponierte ihm, was er sah, denn er verbeugte sich ebenfalls leicht und sagte: „Anselm von Justingen.“
„Was führt Euch auf unsere schöne Insel?“, fragte Federico direkt.
Die Miene des Deutschen verschloss sich. „Wir kaufen Wein in Palermo.“
Federico nickte bemüht verständnisvoll. Innerlich ärgerte er sich, den Mann nicht sofort zurechtweisen zu können, denn er ähnelte einem Weinhändler sosehr wie ein Destrier einem Maulesel. „Unser Ziel ist das gleiche, wenn Ihr wollt, könnt Ihr Euch anschließen.“
Der Mann zögerte, offenbar traute er seinem Gegenüber nicht so recht.
„Wir waren in Steuersachen im Auftrag des Königs in Tarent, nun reiten wir zurück. Zwei Soldaten begleiten uns. Wegen der Sarazenen in den Bergen.“ Federico hoffte, mit der Erwähnung der Sarazenen, vor denen alle Deutsche eine panische Angst zeigten, dem Mann die Begleitung schmackhaft zu machen. „Dort drüben, das ist mein Begleiter Florent, er spricht Eure Sprache leider nicht.“
„Aha.“ Anselm von Justingen zeigte sich nicht sonderlich beeindruckt, sah jedoch nach steuerbord, wo besagter Begleiter an der Reling stand und ab und zu einen kurzen Blick herübersandte. „Florent von Accera, der Schwertmeister des Königs?“
„Ihr kennt ihn?“, fragte Federico erstaunt.

„Nicht von Angesicht, ich hörte von ihm. Er – nun ja, soweit ich weiß, hielt er sich vor Jahren eine Zeit lang in Deutschland auf."
Darauf sprecht ihn lieber nicht an, dachte Federico und verkniff sich ein Grinsen.
„Danke für Euer Angebot, es kommt uns entgegen", sagte der deutsche Ritter schließlich und lächelte verbindlich.
Federico nickte großzügig und ging hinüber zu Florent.
„Und?", fragte der gespannt.
„Offenbar ein Bote mit einer wichtigen Nachricht für mich. Er behauptet, sie seien Weinhändler."
„Ja, und? Habt Ihr ihm nicht ..." Florent hielt inne und begann zu lachen. „Oh, verflucht. Ich vergaß Eure Tarnung."
Federico grinste ebenfalls. „Sie ist ausgesprochen kurzweilig, birgt aber durchaus Nachteile."
„Sobald wir in Messina angekommen sind, suchen wir den *podestà* auf. Der wird Eure Identität bestätigen", schlug Florent vor.
Doch Federico schüttelte den Kopf. „Wozu? Die zwei Tage können wir noch warten. So wichtig wird die Nachricht nicht sein."
„Die Lederrolle, die der Mann unter seinem Arm festhält, als hinge sein Leben davon ab, trägt wahrscheinlich das Wappen des Papstes. Wenn der Wind den Umhang bläht, kann man es teilweise erkennen."
„Tatsächlich?" Über Federicos Nasenwurzel erschien eine steile Falte. „Wahrscheinlich will er mir endlich erklären, warum Otto nicht nach seiner Pfeife tanzt."
„Vielleicht erfahren wir, wohin Otto verschwunden ist. Und vor allem – warum. Sollen wir nicht doch ...?"
„Nein! Ich finde dieses Spiel unterhaltsam. Ich erfahre so mehr über mein Reich als in einem Dutzend ermüdender Ratssitzungen." Federico deutete mit dem Kinn hinüber zu dem Deutschen. „Übrigens kennt er Euch. Zumindest weiß er, dass Ihr in Deutschland wart."

„Wie nennt er sich?"
„Anselm von Justingen."
Florent kniff die Augen zusammen und versuchte, sich zu erinnern. „Glaubt Ihr ihm? Er könnte trotz allem ein Spion sein."
„Wir werden ihm eine Weile auf den Zahn fühlen. Sie reiten mit uns gemeinsam nach Palermo."
Der Deutsche, der sich beobachtet fühlte, nickte ihnen freundlich zu. Florent erwiderte die Geste mit einem unverbindlichen Lächeln. Nein, das Gesicht kam ihm nicht bekannt vor.

Sie nahmen am Abend Herberge in Messina und brachen beim ersten Morgengrauen in Richtung Westen auf. Anselm und seine Männer schienen froh, ortskundige Führung zu haben, obwohl der Weg nach Palermo denkbar einfach zu finden war. Man musste nur das Meer zu seiner Rechten haben und immer geradeaus reiten. Als die Sonne über den Horizontkroch, passierten sie die dunklen Berge des Nebrodigebirges. Gegen Mittag rasteten sie in Cefalú, zwei der deutschen Ritter tauschten in einem Mietstall die Renner aus.
„Seid Ihr auf Eurer Reise dem Heer Ottos begegnet?", versuchte Federico, etwas Brauchbares zu erfahren.
Anselm von Justingen streifte ihn mit einem schnellen Blick. „Wir fanden seine Spuren, Feuerstellen der Spähtrupps, leer geräumte Speicher in den Dörfern, zornige Bauern, denen sie das Vieh weggetrieben und die Felder zertrampelt hatten. Dem Heer selbst sind wir nicht begegnet. Wir mieden die Via Popilia und ritten am Meer entlang."
„Nicht der kürzeste Weg."
„Seid ihr schon einmal einem abziehenden Heer entgegen geritten? Das ist mühsam, zeitaufwendig und vor allem staubig." Anselm trank einen großen Schluck aus dem Wasserbehälter an seiner Satteltasche. Florents Blick fiel auf

den stabilen, ledernen Zylinder, in der das Pergament mit der Nachricht sein musste. Der Mann bemerkte es und zog die Satteldecke über die Rolle.
„Konntet Ihr erfahren, warum das Heer abzog?"
Anselm antwortete nicht, sondern sah nach der Sonne. „Denkt Ihr, wir erreichen wir Palermo noch vor Einbruch der Nacht?"
„Aber sicher. Eure Pferde sind ausgeruht, unsere tauschen wir am Nachmittag. Aber wir sollten jetzt aufbrechen." Federico fühlte sich wohl in seiner Rolle und genoss den Ritt nach Palermo sichtlich. Anselm dagegen blieb wortkarg, was den König veranlasste, seinen Begleiter mit Fragen zu überhäufen, einen Ministerialen namens Gernot aus Nürnberg.
Kurz vor Palermo befahl er Florent leise, die Deutschen allein in die Stadt zu geleiten. Denn die Wachen am Tor würden ihn mit Sicherheit erkennen und er wollte seine wahre Identität noch nicht preisgeben. Er tat, als müsse er austreten und ließ sich hinter der Gruppe zurückfallen.
„Wo habt Ihr den König gelassen?", fragte prompt der Hauptmann der Wache, der auf einem Kontrollgang war.
„Er kommt in kurzer Zeit nach." Florent sah sich um, doch die Männer hinter ihm diskutierten angeregt, anscheinend bestaunten sie den Mechanismus der Falltore. „Bringt Ihr Deutsche mit? Diese Sprache klingt, als hätten sie hölzerne Zungen."
„Weinhändler. Wir haben sie bis hierher begleitet."

Anselm von Justingen wandte sich gleich hinter dem Stadttor an Florent und gestand ihre wahre Identität. „Bitte verzeiht unsere Tarnung, sie erschien uns sicherer. Wir sind Abgesandte der deutschen Fürsten und wären dankbar, wenn Ihr uns zum Palast des Königs Friedrich geleiten würdet."

Mit größer werdenden Augen hörte Florent die in sauberem Latein gesprochenen Worte. Was wollten die deutschen Fürsten von Federico?
„Ich dachte mir schon, dass Ihr kein Weinhändler seid", sagte er und bat die Männer, ihm zu folgen. Mit gewohntem Tempo jagte sein Brauner in der inzwischen herabgesunkenen Dunkelheit durch die Gassen Palermos. Schwitzend trieben Anselms Männer ihre Pferde die steil ansteigende Straße hinauf, bemüht, den Schwertmeister nicht aus den Augen zu verlieren.
„Beim Sattel des heiligen Georg, was ist in diesen Kerl gefahren?", fluchte Anselm laut. „Ist er toll geworden?"
„Er wittert den heimischen Stall!", rief Gernot von Nürnberg und lenkte seinen Hengst in letzter Sekunde um eine Tränke herum, die sich als schwarzer Schatten aus der Dunkelheit herausschälte.
Nur wenig später führte Florent die erschöpften Gäste in den Saal des Palazzos. „Wartet hier einen Moment, ich melde Euch beim König", sagte er und lächelte kläglich dabei. Was würde der Deutsche sagen, wenn Federico vor ihm stand?
Er rannte er in den Beamtentrakt, wo seine Kammer lag. Unterwegs beauftragte er einen Diener, sich um die Gäste zu kümmern. „Wein und etwas Ordentliches zu essen für die Männer im Saal!" Dann stürmte er die Treppe hinauf in den dritten Stock. Leise öffnete er die Tür, sein Herz klopfte so laut, dass er fürchtete, es wäre im gesamten Palast zu hören. Eine kleine Öllampe verbreitete ein dämmriges Licht. Luna lag im Bett, sie sah selbst im Schlaf glücklich aus.
„Ich bin wieder zurück", flüsterte er und küsste sie vorsichtig. Sie reckte sich verschlafen und legte ihre Arme um seinen Nacken. „Du riechst nach Pferd!"
„Hör zu, ich muss in den Saal, ein Bote ist mit uns gekommen. Sobald ..."

„Schon gut, geh nur. Wir haben noch viel Zeit." Als er sich aufrichtete, hielt sie ihn zurück. „Was ist mit Otto?"
„Er ist weg."
Sie lächelte zufrieden und schlief wieder ein.
Der Diener hatte Anselm und seine Männer mit Wein und kalter Pastete versorgt.
„Entschuldigt die Wartezeit", sagte Florent, als er an den Tisch trat. „Der König wird bald hier sein."
Anselm nickte müde. Der lange Ritt und der kräftige Rotwein zeigten Wirkung. Auf dem Schoß hielt er die Lederrolle fest. „Er muss sich erst umziehen, nicht wahr?", fragte er, nun in gebrochenem Italienisch.
Florent hob überrascht den Kopf.
Anselm lachte. „Ein deutscher Ritter ist nicht dumm, Florent von Accera." Gernot von Nürnberg nickte beifällig.
„Wir waren inkognito unterwegs", sagte Florent betreten, „genau wie Ihr."
„Der junge König ist bekannt für seine Abenteuerlust."
Florent fragte neugierig: „Er sagte mir, Ihr kanntet mich?"
Anselm lächelte unverbindlich. „Wir erhielten in Rom genaue Anweisungen. Wie Ihr Euch denken könnt, ist seine Heiligkeit bestens informiert über die Leute, denen der König vertraut. Seine Berater wissen mit Sicherheit mehr über Euch, als Ihr selbst."
„Wann habt Ihr gemerkt, mit wem Ihr es zu tun habt?"
„Schon auf dem Schiff. Der Schwertmeister des Königs in Begleitung eines gut gekleideten Burschen, dem alle anderen Reiter mit ungewöhnlichem Respekt begegneten, da war es einfach, sich den Rest zu denken."
„Wir haben Euch unterschätzt." Florent schnaufte. „Der König wird enttäuscht sein."
„Wenn Ihr es wünscht, werde ich meine Rolle zum Teil weiterspielen. Warum sollen wir ihm den Spaß verderben?"
Er überlegte kurz, ob er einen schlecht gelaunten König vorziehen würde. Dann grinste er schief. „Einverstanden."

Als Federico endlich eintrat, hatten die beiden Männer ihren Bund mit einem weiteren Krug Wein besiegelt. Anselm riss die Augen auf und rief auf Deutsch: „Ihr seid der König?“ Er verbeugte sich tief. „Majestät!“
Auch die anderen Deutschen erhoben sich und beugten die Knie.
Federico genoss den vermeintlichen Triumph, zeigte jedoch selbst kein Erstaunen über die wahre Identität seiner Gäste. „Eure Tarnung war miserabel. Ein echter Weinhändler hätte niemals einen Silbergrosso für die Überfahrt bezahlt.“ Dann siegte seine Neugier. „Jetzt zeigt mir endlich Eure Botschaft. Ich bin gespannt, welche Ausreden Seine Scheinheiligkeit diesmal hat.“
Anselm öffnete die Lederrolle und zog ein Pergament hervor. Federico wollte das rote Wachs brechen, als er plötzlich innehielt. „Das ist nicht das päpstliche Siegel!“
„Nein“, sagte Anselm. „Das ist das Siegel des Herzogs von Baiern.“
„Ihr kommt nicht im Auftrag des Papstes?“
„Nein Majestät. Ich bin ein Abgesandter der deutschen Fürsten.“
Federico warf Florent einen vorwurfsvollen Blick zu. Der hob die Schultern. Das rote Wappen des Papstes mit dem gelben Adler sah dem des Baiernherzogs auf der Rolle überhaupt nicht ähnlich. Der König hielt das entrollte Pergament ins Licht der Öllampe und begann zu lesen. Florent sah, wie der Inhalt des Schreibens sich in der Miene Federicos widerspiegelte. Zunächst Neugier, dann Unglauben, Zweifel, Freude und zum Schluss standen ihm Tränen in den Augen.
„Ist das wahr?“, fragte er tonlos.
Anselm räusperte sich. „Schaut auf die Namen der hohen Herren, die unterzeichnet haben: der Herzog von Baiern, der König von Böhmen, Landgraf Herrmann von Thüringen, der Herzog von Österreich und der Bischof von Bamberg. Wie könnt Ihr da zweifeln?“

„Aber warum ...?"
Selten hatte Florent seinen Schützling so verwirrt gesehen. Ihm riss der Geduldsfaden: „Was steht da drin, zum Teufel?"
Federico sah ihn an. „Sie haben mich zu ihrem Kaiser gewählt." Dann rutschte ihm die Rolle aus der Hand, er trat einen Schritt vor und fiel Florent um den Hals.
Der stand wie vom Donner gerührt und dachte nur: Neben dieser Botschaft sind wir zwei Tage lang ahnungslos einhergeritten.
Federico löste sich und fuhr sich kurz mit dem Ärmel über die Augen. „Bringt mehr Wein!", rief er dem Diener zu. „Und lasst die Königin holen."
Florent stöhnte innerlich und bückte sich nach dem Schreiben. Er las den lateinischen Text, suchte den Haken, wo war die Falle in dieser Nachricht, wo lauerte die Gefahr, der Betrug, die Hinterlist?
Als Konstanze mit verschlafenem Gesicht erschien, fiel Federico auch ihr um den Hals. „Stell dir vor, die deutschen Fürsten haben mich zum Kaiser gewählt!" Er entriss seinem Schwertmeister das Pergament und hielt es ihr vors Gesicht. „Sieh her: Friedrich von Staufen ...*In imperatorem electus*!"
Konstanze las mit bebenden Lippen. „Aber warum?", fragte sie. „Sie haben doch Otto."
„Ich würde gern versuchen, es Euch zu erklären", mischte Anselm sich ein und Federico nickte eifrig.
„Ich muss etwas weiter ausholen. Wie Ihr sicher wisst, wurde Otto vor etwa einem Jahr vom Papst exkommuniziert, weil er sich nicht an die ausgehandelten Verträge hielt."
„Das Schwert, das Wir selbst geschmiedet haben, schlägt Uns schwere Wunden", sagte Federico.
Anselm neigte den Kopf. „Das waren die Worte des Papstes. Wie Ihr vielleicht auch gehört habt, herrscht von je her

unter den deutschen Fürsten große Uneinigkeit. Nur ein Herrscher mit starker Hand vermag sie unter einer Krone zu halten. Seit Otto bei Seiner Heiligkeit in Ungnade gefallen ist, regt sich Widerstand gegen ihn. Ein großer Teil der Fürsten erinnerte sich daran, dass Ihr, Majestät, anno 1196 auf Wunsch Eures Vaters zum König gewählt wurdet. In Nürnberg trafen sich just jene Fürsten, die Euch für den rechtmäßigen König halten, und unterzeichneten dieses Schreiben, das hier vor Euch liegt."
„Einfach so?", fragte Federico argwöhnisch.
Der Bote der deutschen Fürsten lächelte. „Ich sehe, Ihr seid schlau und bleibt misstrauisch. Ihr habt mächtige Fürsprecher, die weder Kosten noch Einfluss sparten, um die anderen zu überzeugen." Er hob die Hand, als er sah, dass Federico ihn unterbrechen wollte. „Zum einen Innozenz, der nach wie vor Euer größter Patron ist. Und mit dem Papst habt Ihr die gesamte deutsche Kurie hinter Euch, eine mächtige Armee von Geistlichen. Außerdem bat Innozenz König Philipp um Unterstützung."
Jetzt platzte Federico doch dazwischen. „Den Franzosen? Warum sollte er ...?"
„Weil er ein erbitterter Feind des englischen Königs ist, und alles tun würde, um ihm eins auszuwischen. Und bevor Ihr fragt: Die englische Krone verhält sich welfenfreundlich, denn Otto hat englische Vorfahren. König Philipp ist daher zwangsläufig erbitterter Feind der Welfen, was ihn dazu veranlasste, immense Summen Gold an die deutschen Fürsten zu verteilen, die bereit waren, Euch zu wählen."
Federicos Miene wurde dunkel. „Ihr meint damit, sie sind gekauft worden?"
„Im gewissen Sinne schon." Anselm verstand die Sorgen des Königs. „Ihr wisst selbst, dass Fürsten immer dem dienen, der sie unterstützt und das schließt auch finanzielle Zuwendung ein. Ihr könnt davon ausgehen, dass die Fürsten

von dem Gold ihre Ritter ausstatten, die Euch dann wiederum in einem Heer zur Verfügung stehen."
„Was sagt der Papst dazu?", fragte Konstanze mit besorgter Miene.
„Offiziell begrüßt er, dass die Fürsten so schnell seinem Vorschlag gefolgt sind. Otto ignorierte seinen Bannfluch bisher, doch nun hat er Nachricht von der Entscheidung der Fürsten erhalten, woraufhin er sofort seine Zelte abbrechen ließ, um in den Norden zurückzukehren. Er sieht seine Felle davonschwimmen."
„Deshalb ist er Hals über Kopf davon!", sagte Federico. „Plötzlich ergibt das einen Sinn."
„Ihr sagtet offiziell", hakte Konstanze nach. „Gibt es auch eine inoffizielle Meinung Seiner Heiligkeit?"
Anselm zögerte.
„Heraus damit!", sagte Federico. „Ihr habt nichts zu befürchten."
Von Justingen fasste sich an die Kehle, als wolle er seinen Hals schützen. „Nun, er sagte nach der Unterzeichnung der Urkunde: ‚Um den Teufel zu überwinden, berufe ich den Beelzebub.' So jedenfalls geht das Gerücht."
Federico lachte. „Das gefällt mir. Es wird Zeit, dass ich meinen Patron kennenlerne. Er scheint Humor zu besitzen."
„Aber was geschieht, wenn Otto nach Deutschland zurückkehrt?", warf Florent ein. „Mit seinem Zorn und diesem Heer im Gefolge, werden die Fürsten dann nicht wieder umschwenken?"
Zum ersten Mal fiel Anselm nicht auf Anhieb eine Antwort ein. Stattdessen legte er die Stirn in Falten.
„Dann muss ich vor ihm dort sein", sagte Federico.
„Wie meinst du das?" Konstanze sah ihn erschrocken an.
Auch Florent stockte der Atem.
Federico blickte sich triumphierend um. „Ich werde nach Deutschland gehen und vor Otto dort sein."

Florent kannte diesen Gesichtsausdruck. Alle Argumente der Welt konnten den Jungen nicht von einer Idee abbringen, wenn er diese Miene aufgesetzt hatte, eine Mischung aus Trotz, Triumph und unverhohlener Freude.
Die Königin baute sich vor ihm auf. „Noch liegt das Schiff im Hafen, das uns nach Afrika bringen sollte, da setzt du uns erneut Gefahren aus? Womit willst du denn in den Norden ziehen? Ist dir über Nacht ein Heer zugelaufen?“
„Ihr seid nicht mehr in Gefahr. Du und Heinrich, ihr werdet von hier aus Sizilien regieren und mir den Rücken freihalten.“ Als er sah, dass Konstanze nach Luft schnappte, fügte er eindringlich hinzu: „Ich weiß, dass du das kannst.“
Und an Florent gewandt, fuhr er fort: „Wir werden ohne Heer schneller vorwärtskommen als Otto mit seinem gewaltigen Tross. Wir reisen inkognito, das hat schon einmal gut geklappt.“
Und wie das geklappt hat, dachte Florent und wechselte einen schnellen Blick mit Anselm. Er war kurz davor, in Panik auszubrechen. Die Ideen sprudelten nur so aus seinem Schützling heraus und er selbst brauchte Zeit, über die Realisierbarkeit nachzudenken. Alle erschienen ihm tollkühn und waghalsig, er schwankte zwischen Begeisterung und Sorge. Federicos Einfälle überrumpelten ihn wie hangabwärts rollende Baumstämme.
Anselm goss Wasser auf die Mühlen. „Das Heer, das Ihr braucht, wird entstehen, wenn die deutschen Fürsten und deren Ritter sich Euch anschließen.“
Konstanze schüttelte den Kopf und packte ihren Gemahl am Arm. „Was willst du im kalten und nassen Norden? Erst schmieren sie dir Honig ums Maul, wenn sie dich nicht mehr benötigen, lassen sie dich fallen. Warum begnügst du dich nicht mit Sizilien? Jetzt, da Otto fort ist, kannst du hier ein Heer aufbauen, die Sizilianer stehen hinter dir. Liegt dir denn nichts an deiner Heimat? Die Insel ist reich, wir ernten genug Korn und Wein und ...“

Er schüttelte ihre Hand rüde ab. „Verstehst du denn nicht? Was, wenn es Otto oder einem anderen Deutschen erneut einfällt, ein Heer zu sammeln und gegen uns zu ziehen? Meinst du, wir kommen immer so glimpflich davon? Soll ständig eine Galeere im Hafen liegen, die dir die Flucht ermöglicht?“ Er besann sich kurz, legte ihr beide Hände auf die Schultern und sah ihr in die Augen. „Ich, Friedrich von Staufen“, der neue Name kam ihm noch etwas holprig über die Lippen, „sage dir: Es war der Traum meines Großvaters und meines Vaters: ein einheitliches Reich unter einer Krone. Und ich sorge dafür, dass es kein Traum bleibt.“

Die Ewige Stadt Rom, Frühjahr anno 1212

„... Auch würde sich Unser Eifer
von der Beachtung jeglicher Vernunft entfernen
... wenn Wir den Glanz und den Ruhm Unserer Herrschaft
nicht in die königliche Stadt trügen,
die Uns, wie eine Mutter ihren Sohn,
aus ihren Armen nach Deutschland gesandt hat,
um den Gipfel des Kaisertums zu erringen."
Friedrich II. an die Römer

Trotz des jugendlichen Eifers, den Federico an den Tag legte, war eine sofortige Abreise in den Norden unmöglich. Zu viele Dinge mussten zuvor geregelt und geordnet werden. Der Papst sandte einen Legaten nach Palermo, der den kleinen Heinrich in einer kurzen Zeremonie zum König von Sizilien krönte und Konstanze als Regentin bestätigte. Innozenz fürchtete um seine Pfründe, deshalb ließ er sich von Federico noch einmal die Lehnsabhängigkeit des Königreiches Sizilien bestätigen. Federico dagegen brannte vor Ungeduld, verfluchte jede Verzögerung und alle am Hofe bekamen seine Launen zu spüren.
Auf der ersten Etappe der Reise wäre der Seeweg in den Norden der schnellste. Eine Galeere mit drei Großsegeln wurde gerüstet, sie war die beste Möglichkeit, unabhängig von günstigen Winden zu reisen. Sie mussten wendig sein, denn im Tyrrhenischen Meer kreuzte trotz Ottos Rückzug noch immer die pisanische Flotte. Federico stellte eine kleine Truppe zusammen, die ihn begleiten sollte. Zu ihr gehörten Anselm von Justingen mit seinen drei deutschen Rittern, Bischof Berard, eine ausgewählte Gruppe von jungen sizilianischen Adligen, zwanzig Söldner der Leibwache, zwei Diener und zwei Pferdeknechte, schließlich Florent und Luna.
„Ich brauche jemanden, der ein Sumpffieber von einer Erkältung unterscheiden kann"; begründete Federico knapp,

als er Florents besorgte Miene sah. „Ibn Salif bleibt hier und kümmert sich um Heinrich und Konstanze.“
Anfang März gebar Claudia de Perotti, die Tochter des *podestà* von Palermo, einen Sohn. Sie behauptete, Federico sei der Vater. Der Bürgermeister wurde vorstellig und verlangte, der König solle den Jungen anerkennen.
„Einen Teufel werde ich tun!“, fauchte Federico. Seine Nerven lagen schon seit Wochen blank, nun musste auch das noch geklärt werden.
„Habt Ihr sie ... angefasst?“, fragte Berard mit roten Ohren.
Florent sah geflissentlich aus dem Fenster. Es bot einen herrlichen Blick über das Meer, allerdings konnte er ihn im Moment nicht genießen.
„Angefasst?“, höhnte Federico, der sich von der Art des Bischofs, um den heißen Brei zu reden, immer wieder gern provozieren ließ. „Meint Ihr, das genügt, um einen Sohn zu zeugen?“
Florent verkniff sich ein Grinsen. Er hätte sein bestes Schwert verwettet, dass der Bischof gleich beleidigt den Raum verlassen würde, kurz bevor ein Gegenstand an der Tür zerschellte, geworfen von einem jähzornigen König. Er musste vorher eingreifen.
„Lasst uns Vor- und Nachteile abwägen“, sagte er, ohne auf die eigentliche Schuldfrage einzugehen. Nur zu gut erinnerte er sich an die Szene unter den Weinreben. Er drehte sich vom Fenster weg. „Der Vater des Enkelkindes vom *podestà* zu sein, ist als politisches Pfand nicht zu unterschätzen. Gerade jetzt, wo wir die Stadt verlassen müssen.“
Berard sah ihn konsterniert an. Obwohl seine Moralvorstellungen alles andere wollten, musste er ihm recht geben.
Federico dagegen blickte finster. „Konstanze darf davon nichts erfahren. Ich will sie nicht mit Groll im Herzen zurücklassen.“

Florent bezweifelte zwar, dass die Königin nicht längst wusste, was die Spatzen Palermos von den Dächern pfiffen, aber er nickte, um den König zu beruhigen.
„Dann setzt ein Schreiben auf, indem ich das Kind anerkenne. Sie sollen aber nicht auf Geld hoffen, der *podestà* hat mehr Einkommen als ich. Und findet einen passenden Mann für Claudia, damit sie auf andere Gedanken kommt."
So wurde es Mitte März, als sie von Messina aus endlich in See stachen. Marius von Cefalù, ein erfahrener Kapitän, befuhr das Tyrrhenische Meer seit seiner Kindheit und kannte all seine Tücken. Der kräftige Sizilianer stand, so oft er konnte, selbst am Steuer und hielt das Schiff stets in Sichtweite der Küste, um jederzeit in den Schutz einer Bucht oder einer Insel manövrieren zu können, falls Ottos Flotte in Sicht kommen sollte. So verlängerte sich die Strecke nach Rom zwar um etliche Seemeilen, doch Marius schätzte, in drei oder vier Tagen trotzdem im Hafen der Ewigen Stadt einzulaufen.
Der in Ungnade gefallene Kaiser Otto war, den neuesten Nachrichten zufolge, schon vor Tagen heil über die winterlichen Alpen nach Deutschland gelangt. Vor ihm dort zu sein, war damit unmöglich geworden.
Um sich der Unterstützung des Papstes zu versichern, musste Federico ihn persönlich aufsuchen, was er erst nach heftigen Diskussionen mit Anselm von Justingen und Berard eingesehen hatte. Nun hoffte er auf finanzielle Unterstützung aus den Truhen des Lateran, seine kleine Gefolgschaft wollte unterhalten werden. Der Plan sah vor, nach dem Papstbesuch von Rom aus bis Genua weiterzusegeln. Die Stadt war den Stauferkaisern immer treu gewesen. Federico setzte auf sein Glück und auf päpstliche Empfehlungsbriefe. Von Genua aus würden sie in einem weiten Bogen um das feindliche Mailand reiten, über Cremona und Trient in Richtung Alpen.

Doch zunächst hieß es, sicher nach Rom zu gelangen. Um ihre Abreise geheim zu halten, stachen sie nicht von Palermo aus in See, sondern weiter östlich von einem Fischerdorf aus. Der Wind frischte gleich am ersten Tag auf, blähte die Segel und Marius stand inmitten seiner vornehmen Passagiere zufrieden an der Reling auf dem Vorderschiff. Backbord ragte der Stromboli aus dem Meer, steuerbord zogen die steilen Felsen von Tropea vorüber. Zwei Männer saßen im Ausguck und beobachteten ununterbrochen den Horizont. Fischerboote und einzelne Handelsschiffe kreuzten ihre Route, doch sie stellten keine Gefahr dar.
„Spätestens nach Eurer Audienz beim Papst wird es offensichtlich, wohin wir segeln", sagte Marius, während sie einer Gruppe Delfinen zuschauten, die das Schiff schon eine Weile begleiteten. Aufgrund der kräftigen Brise waren die Ruder eingezogen und die Besatzung fütterte die Tiere mit Abfällen aus der Kombüse.
„Das ist keine Audienz", mahnte Federico vergleichsweise milde. Da sie gut vorankamen, war seine Laune bestens. „Innozenz und ich begegnen uns auf Augenhöhe."
Marius deutete eine Verbeugung an. „Vergebt mir, Majestät. Was ich sagen wollte: Spätestens nördlich von Rom müssen wir mit der Flotte der Pisaner rechnen. In Rom bleibt nichts geheim, dort wimmelt es von Spionen."
„Vielleicht stellt Innozenz uns ein Begleitboot mit Gardisten zur Verfügung", meinte Florent.
Der Kapitän schob sich die vom Wind zerzausten Haare aus dem Gesicht und lachte verächtlich. „Das sind alles Landratten. Auf einem Boot taugen sie nur als Fischfutter. Außerdem können wir allein schneller in Deckung gehen."
Kurz vor Amantea, einem alten Bischofssitz von Federicos Großvater Roger I., kamen sie in unruhige See und mussten zwei Segel reffen. Das Schiff schlingerte ordentlich in der Dünung.

Beim Abendessen musterte Federico Florent eingehend und fragte: „Was ist mit Euch? Ihr seid grün im Gesicht."
„Tatsächlich?", fragte Florent kläglich, sprang auf und hastete hinaus zur Reling.
„Niemals gegen den Wind spucken!", rief Federico ihm nach und lachte.
Bald standen weitere Männer aus dem Gefolge draußen und krümmten sich in regelmäßigen Abständen über die Bordwand. Luna verteilte Ingwerwurzel zum Kauen an die Unglücklichen.
„Vergeudet nicht das teure Zeug!", sagte Marius. „Das wird sowieso zu Fischfutter."
Ratlos sah sie ihn an. „Was hilft denn wirklich?"
„Nichts, meine Liebe, außer frische Luft. Die Augen fest auf den Horizont richten und tief atmen." Er deutete den Niedergang hinunter in den Schiffsrumpf, wo die Ruderer saßen und Karten spielten. „Bei meinen Jungs ist es umgekehrt. Sie fangen an zu kotzen, wenn sie an Land gehen."
Luna lief zum Heck, wo Florent sich kreidebleich an der Reling festklammerte. „Der Kapitän meint, das sei das Einzige, was hilft, ist tief atmen."
„Der Kapitän kann mich ...", weiter kam er nicht. Ein neuer Magenkrampf zwang ihn über das Geländer. Luna rieb ihm den Rücken, sie fühlte sich hilflos.
„Wenn die Pisaner jetzt kommen, ergebe ich mich als Erster", stammelte Florent und wischte sich den Mund am Ärmel ab.
„Das habe ich gehört!", ertönte Federicos Stimme von Backbord. Ihm schien das Geschaukel nichts auszumachen. „Erstaunlich, wie schnell Ihr unterzukriegen seid, Schwertmeister. Seid Ihr nicht bald leergekotzt?"
Florent biss sich auf die Unterlippe und schüttelte den Kopf. „Leer bin ich schon, Majestät, aber es hört nicht auf."
Federico lachte. „Marius sagt, sobald Amantea in Sicht kommt, geraten wir in ruhigeres Fahrwasser."

Er sollte recht behalten. Mit Einbruch der Dunkelheit beruhigte sich das Meer. An der Küste leuchteten einzelne Feuer und Marius ließ vor der Küste von Amantea den Anker werfen. Kurz vor Sonnenaufgang segelten sie weiter und erreichten mit günstigen Winden am frühen Nachmittag die Bucht von Salerno, die sie mit Kurs auf die Insel Capri durchkreuzten.
Der Kapitän trat zu Federico an die Reling. „Majestät, falls sich herumgesprochen hat, dass wir unterwegs sind, dann wäre die Meerenge bei Capri die ideale Stelle, uns aufzulauern. Sie könnten uns in die Zange nehmen, wenn ein Teil der Schiffe hinter der Insel lauert und ein anderer Teil an der Landzunge von Sorrento. Es gibt einige Buchten, in denen ein Schiff ankern kann, ohne von uns rechtzeitig gesehen zu werden."
Federico legte die Stirn in Falten. „Was können wir tun?"
„Auf alle Fälle die Segel bergen. Ohne sie sind wir unauffälliger."
„Und langsamer."
Marius wiegte den Kopf. „Unwesentlich. Wenn meine Männer sich in die Ruder legen, nehmen wir gut Fahrt auf."
Federico nickte knapp. „Ihr seid der Kapitän." Die Falten auf seiner Stirn verschwanden nicht.
Kommandos schallten über das Deck, nach und nach rutschten die großen Segel an den Masten herunter und wurden von den Seeleuten gepackt. Unter Deck nahmen die Ruderer ihre Plätze ein und bald hörten die Reisenden die gleichförmigen Rufe des Antreibers im Gleichklang mit dem Platschen der Ruder.
„Wenn Ihr etwas tun wollt, haltet Ausschau. In alle Richtungen. Sobald Ihr ein verdächtiges Segel seht, ruft mich." Marius trat selbst ans Steuer.
Mit angestrengtem Blick standen der König und seine Begleiter an der Reling verteilt und beobachteten den Horizont. Zwischen Capri und der Festlandszunge waren Dutzende

Schiffe unterwegs, hier schob sich der Schiffsverkehr von Neapel zur Insel Sizilien durch ein Nadelöhr. Wie sollten sie die Schiffe der Pisaner herauskennen?
„Majestät, Ihr geht besser unter Deck, man könnte Euch sonst ausmachen“, mahnte der Bischof.
„Wer sollte mich erkennen?“, fragte Federico, der keine Lust verspürte, sich zu der schwitzenden Mannschaft hinunter zu begeben.
„Kaufleute aus Palermo zum Beispiel. Seht, dort drüben die Victoria, ein Schiff des *podestà* von Palermo. Weiter hinten die dunkle Galeere gehört den Spoleto-Brüdern“, zählte der Kapitän mit unbewegter Miene auf. Er stand jetzt selbst am Steuer und seinen scharfen Augen entging nichts.
War es die Erinnerung an seinen jüngst geborenen Bastard oder die Aussicht auf das stickige Unterdeck? Die Miene des Königs verfinsterte sich, doch er verschwand ohne ein weiteres Wort nach unten.
Des Bischofs Kinn ruckte in Richtung Florent. „Ihr solltet ihm folgen, Ihr seid in Palermo ebenfalls bekannt wie ein bunter Hund.“
Florent nahm eine Hand von der Reling und zog seine Filzkappe tiefer ins Gesicht. „Nichts in der Welt bringt mich da runter.“
Der Bischof verzog sein Gesicht zu einem schiefen Grinsen.
Ohne feindliche Schiffe zu sichten, verließen sie die Meerenge und fuhren in den Golf von Neapel ein. Steuerbord zog das Massiv des Vesuvs alle Blicke auf sich. An seinem runden Gipfel hingen ein paar dicke weiße Wolken fest.
„Es heißt, dieser Berg könne Feuer speien, so wie der Ätna“, sagte Florent.
„Er sieht harmlos aus“, entgegnete Anselm. „Verglichen mit den Bergen der Alpen ist er ein Hügel.“
„Zwei Hügel“, verbesserte Berard. Gerade schob sich der zweite Gipfel hinter dem vorderen hervor.

Anselm zeigte auf Neapel, das zu Füßen des Vesuvs an der Küste auseinanderlief wie verschütteter Honig. „Dort verbrachten wir auf der Hinreise eine Nacht in einer furchtbaren Herberge. Ich habe kein Auge zugetan, die Wanzen haben mich gepiesackt, es war höllisch laut und dem Wirt hätte ich so ziemlich jede Schandtat zugetraut."
Florent lachte. „Seid froh, dass Ihr in Palermo keine Herberge aufsuchen musstet. Dagegen wäre Euch Neapel wie ein ..."
„Segel in Sicht! Backbord, West-Südwest!" Der Ruf erklang aus dem Ausguck und alles, was an Deck war, stürmte nach Backbord.
Florent orientierte sich am Arm des Matrosen, der über das Meer wies, und kniff die Augen zusammen. Weiße Segel, so groß wie Ameiseneier, direkt unter der absteigenden Sonne. Er zählte zehn, es konnten aber mehr sein, das Sonnenlicht blendete stark.
„Das sind sie!", sagte Marius lapidar.
Federico steckte den Kopf aus dem Niedergang. „Seid Ihr sicher?"
„So sicher, wie der Teufel Beelzebub heißt."
„Haben sie uns entdeckt?"
Marius wackelte mit dem Kopf. „Unwahrscheinlich. Wir fallen zwischen den vielen anderen Schiffen hier kaum auf. Und wir kreuzen vor der Küste, nicht vor dem offenen Horizont." Er übergab das Ruder an seinen Steuermann, schirmte die Augen mit der Hand ab und beobachtete die Flotte. „Wenn sie den Kurs beibehalten, kreuzen sie unsere Route in einer halben Stunde." Er kratzte sich am Kopf. „Entweder gehen wir in Neapel vor Anker oder wir versuchen, bis Gaeta zu kommen. Dort gibt es eine versteckte Bucht, in der unser Schiff vom Meer aus nicht gesehen werden kann."
Federico wandte sich nach steuerbord und musterte die befestigten Hafenanlagen von Neapel. Ganz vorn lag das

mächtige Castel dell'Ovo, das Eierkastell. Der Sage nach auf einem rohen Ei erbaut, fiele die Festung erst, wenn dieses Ei zerstört würde. Wie die Neapolitaner auf ihn zu sprechen waren, wusste er nicht und er hatte keine Zeit mehr, das herauszufinden. Fest stand, wer in diese Stadt nicht hinein sollte, der kam nicht hinein. „Was ist mit diesem Gaeta?", fragte er.

„Wie gesagt, der Hafen liegt versteckt." Marius hob die Hände.

„Die Gaetanis sind eine papsttreue Familie", sagte Berard. „Papst Gelasius II. war ein Gaetani, sie werden uns helfen, da bin ich sicher."

„Dann sei es, wir fahren nach Gaeta." Federico nickte dem Kapitän zu.

„Hisst die Segel!", brüllte Marius über das Deck. „Legt euch in die Riemen!", rief er nach unten.

Mit vollen Segeln und der Kraft von zwei Dutzend Rudern nahm das Schiff gehörig an Fahrt auf. Gischt schäumte am Bug, wo die Fahrgäste sich versammelten, um dem Teil der Mannschaft nicht im Wege zu stehen, der eichhörnchenartig in den Masten turnte. Der König starrte mit schmalen Augen übers Meer, die steife Brise zerrte an seinem Haar.

„Man kann sehen, wie sie größer werden", rief Anselm.

„Da draußen herrscht mehr Wind. Wenn sie erst in Küstennähe sind, verlieren sie an Fahrt", beruhigte Marius.

„Aber es sind so viele!"

„Ich zähle fünfzehn. Wenn sie sich teilen, können sie uns in die Zange nehmen." Berard zupfte nervös am Gürtel seiner Kutte.

Inzwischen passierten sie Ischia. Die Insel versperrte vorläufig die Sicht auf die Pisaner. Steuerbord tauchte an der Küste das Castell Volturno auf. Während sie die hellen Mauern der Feste betrachteten, erschienen backbord wieder die ersten Schiffe der pisanischen Flotte. Ischia bot keinen

Sichtschutz mehr. Obwohl sie volle Fahrt hatten – die Kommandos des Antreibers unter Deck folgten einem schnellen, harten Rhythmus – waren die Segel der Pisaner deutlich gewachsen. Inzwischen konnten sie die einzelnen Schiffe genauer erkennen, hochbordige Naos mit zwei oder drei Masten.

„Wie weit ist es noch bis Gaeta?", fragte Berard und zupfte hektisch an seinem Gürtel.

Niemand antwortete. Marius stand wieder am Ruder und starrte geradeaus. Er hielt sich dicht an der Küste, hier kreuzten nur Fischerboote ihren Kurs. Er steuerte auf eine Landzunge zu, auf der eine Festung thronte. Wie ein Kuckuck im fremden Nest schien sie viel zu groß für das kleine Stück Land, das unter ihr ins Meer ragte.

„Ist das Gaeta?", rief Federico.

Marius nickte und grinste zufrieden. Verhaltener Jubel brandete auf. Die Pisaner kreuzten zwar hinter ihnen, aber ob sie das einzelne Schiff vor der Küste ausgemacht hatten, blieb fraglich.

„Was für ein Kastell!", rief Anselm ehrfürchtig. „Ist es jemals eingenommen worden?"

Marius schüttelte den Kopf. „Er ist uneinnehmbar, dieser Kasten. Gaeta kann stolz auf ihn sein."

Federico rümpfte die Nase. „Er ist so hässlich, dass ich die Augen schließen muss, wenn wir noch näher kommen."

Anselm sah ihn verständnislos an. „Ein Kastell sieht nun mal so aus, Majestät."

Der König wies mit dem Arm auf die Küste. „Wenn der Blick diese wunderschöne Küstenlinie entlang gleitet, bleibt er schmerzhaft an diesem Klotz hängen."

Ein Diener trat heran und reichte Wein und Wasser. Federico griff nach dem Wein und hob den Becher. „Auf den Erfolg unserer Reise. Mögen die Götter ihre schützende Hand über uns halten."

Berard warf ihm über seinen Becher hinweg einen strafenden Blick zu.
„Was?“, fragte Federico. Er war in Hochstimmung, was bedeutete, dass er sich liebend gern mit dem Bischof anlegte. „Haben die Christen nicht etwa drei Götter?“
Berard ließ seinen Wein wieder sinken. „Falls Ihr auf die Dreieinigkeit anspielt, Majestät, so ...“
„Ach Berard, lasst das Predigen sein“, wurde er rüde unterbrochen. „Wie Ihr wisst, scheue ich mich nicht, auch Allah um Beistand zu bitten, falls der Herrgott gerade anderweitig zu tun hat.“
Die Männer lachten und prosteten sich zu, Berard nahm einen großen Schluck Wein, um seinen Groll hinunter zu spülen.
Federicos Blick verlor sich in der Ferne über den Bergen, die die weitere Aussicht ins Landesinnere versperrten. „Als Kaiser werde ich Festungen bauen, die nicht nur wehrhaft, sondern auch schön sind. Der Mensch sollte Dinge schaffen, die nutzen und gleichzeitig der Ästhetik genügen. Wozu sonst haben die Götter“, er warf Berard einen leicht gehässigen Blick zu, „uns mit Geschmack und Schönheitsempfinden ausgestattet?“
„Wie sieht sie aus, die Festung Eurer Träume?“, rief Marius vom Ruder her. „Vielleicht rund wie das Steuer hier in meiner Hand?“
Federico betrachtete das Rad nachdenklich. „Nein, sie wird acht Ecken haben und an jeder Ecke einen Turm. Die Türme wachsen wie Schultern aus der Mauer heraus und sind ebenfalls achteckig. Das ist ästhetisch und gleichzeitig trutzig.“
Sie passierten die äußeren Leuchtfeuer, die nachts die Position des Hafens markierten. Sie brannten noch nicht, waren aber bereits sorgfältig aufgeschichtet, so dass sie bei einbrechender Dunkelheit oder plötzlich aufkommendem

Nebel sofort entzündet werden konnten. Eine kleine Schaluppe kam ihnen entgegen, der Hafenmeister nahm das einlaufende Schiff in Empfang.
Eine Reihe von Befehlen und Kommandos unterbrach das eintönige Ruderstakkato unter Deck. Das Schiff verlor an Fahrt und glitt langsam in die Hafenbucht.
Federico verhandelte neben Marius mit dem Hafenmeister über die Reling hinweg. „Sorgt für Pferde, am besten ein paar ausdauernde Renner! Sie sollten bereitstehen, wenn wir von Bord gehen."
Sobald die Schaluppe wieder abgelegt hatte, steuerte Marius das Schiff mit Feingefühl auf einen Liegeplatz zu. Mehrere Ruderboote sollten Federico und sein Gefolge ans Ufer bringen. Der Kapitän würde zurück nach Palermo segeln. Falls die pisanische Flotte ihm auflauerte, fände sie nur ein leeres Handelsschiff auf der Rückfahrt vor.
Sie zahlten für die Pferde aus dem Stall der Festung, kräftige Gäule, ausgeruht und willig, nicht zu auffällig. Der Graf von Gaeta befand sich auf seinem Landgut, was Florent erleichtert zur Kenntnis nahm. Diplomatisches Händeschütteln und lange Reden hätten sie nur aufgehalten. Seine Blicke wanderten immer wieder hinunter zum Hafen, wo jeden Moment die pisanischen Naos einlaufen konnten. Er atmete auf, als sie endlich im Sattel saßen und den Weg nach Rom antraten.
Sie ritten tagsüber ununterbrochen, doch nie im scharfen Galopp, um keine Aufmerksamkeit zu erregen. Sie hielten nur, um die Pferde zu tränken oder von einem Bauern frisches Brot und Oliven zu kaufen, die sie dann im Sattel verzehrten. Bischof Berard erwies sich bald als schwächstes Glied in der Kette, er jammerte, sein Pferd ginge holprig und der Sattel würde ihn umbringen. Zuerst glaubte Florent, er tue das aus heimlicher Rücksicht auf Luna. Doch am Abend

fasste sich der Bischof ein Herz und zeigte ihm seinen Hintern, auf dessen weißen Backen ihm das rohe Fleisch entgegen leuchtete.
Leise berichtete er Luna davon, sie zog noch in der Dämmerung los, um Ringelblumen und Beinwell zu suchen. Aus den Blüten und Wurzeln stampfte sie eine Paste, die sie mit Schafsfett vermischte und die ein Diener dem Bischof auf die Wunden streichen musste. Eine Frau an seinen Allerwertesten zu lassen, das ging dem Mann Gottes doch zu weit. Am Morgen bekam Berard den Sattel mit Schafwolle gepolstert, was für gutmütigen Spott unter den Rittern sorgte.
Am Ostersonntag erreichten sie das südliche Vorland von Rom und rasteten am späten Vormittag auf einem Hügel. Wie ein riesiger Teigfladen breitete sich die Stadt vor ihnen in der dunstigen Ebene aus. Ihre Mauern zeichneten sich als deutliche Linie ab, doch das Wuchern der Gehöfte, Häuser und Hütten konnten sie längst nicht mehr aufhalten. Die Gebäude quollen heraus wie Geschwüre eines Leprakranken. In Richtung Westen verließ der Tiber die Stadt und eilte dem Meer entgegen, das Wasser glitzerte in der Sonne, die Boote glichen schwimmenden Nussschalen.
Federico legte die rechte Hand auf sein Herz. „Die Ewige Stadt liegt uns zu Füßen!“, rief er. Einige der Soldaten lachten, doch Florent brachte sie mit einem strengen Blick zum Schweigen. Diese Stadt bedeutete einen wichtigen Meilenstein im Leben des jungen Königs. Hier würde er zum ersten Mal dem Mann gegenüberstehen, der ihn bisher unterstützt und gefördert hatte.
Federico musterte seine Männer, sein Blick blieb an einem Soldaten der Leibwache hängen. „Arnold!“
„Majestät?“
„Nehmt Euch drei, vier Mann als Begleitung und reitet hinab. Meldet uns beim Bürgermeister an und im Lateran. Ich

möchte nicht inkognito in dieser Stadt ankommen. Ich will, dass man mich gebührend begrüßt."
Arnold verneigte sich und verschwand. Die anderen Männer sattelten ab und ließen die Pferde grasen. Trotzdem ihr Lagerplatz auf einem Hügel lag, war es windstill und warm, kleine weiße Wolken verdeckten ab und zu die Sonne, doch sie sahen zu freundlich aus, um mit Regen zu drohen. Berard lag stöhnend auf dem Bauch und ließ sich von einem der Diener den Hintern salben. Die Männer spielten Karten und lästerten über das Gejammer des Bischofs.
Federico streckte sich im Gras aus und starrte zum Himmel. „Mir fehlen die Falken", sagte er zu Florent, der seine Stiefel ausgezogen hatte und die nackten Füße in die Sonne hielt. „Hier gibt es garantiert jede Menge Kaninchen."
„Die Kaninchen müssten wir roh essen. Ein Feuer würde uns verraten."
„Ihr seid ein Spielverderber, Florent. Ich glaube, Ihr werdet alt." Er lachte über Florents griesgrämiges Gesicht und sprang auf die Füße. Laut rief er: „Macht euch bereit. Sobald Arnold zurückkehrt, müsst ihr eines künftigen Kaisers würdig aussehen!"
Mit kurzen Befehlen brachte er das Lager auf Trab. Die Pferdeknechte striegelten die Tiere, flochten die Mähnen und putzten das Zaumzeug. Die Soldaten klopften ihre Beinkleider aus und polierten die Harnische, bis sich die Sonne darin spiegelte. Selbst die Edelmänner bürsteten den Staub aus ihren Mänteln, kämmten Haare und Bärte.
Luna holte das Überkleid aus dem Reisesack, das sie an Federicos Hochzeit getragen hatte. Es war mit der passenden Haube dazu aus glänzendem Brokat genäht und ein Geschenk Konstanzes gewesen. Das dunkle Nachtblau unterstrich ihre weiße Haut.
Als sie den staubigen Reiseschleier absetzte, stand der König plötzlich neben ihr. „Ich hatte es fast vergessen", sagte er.

„Was?"
„Euer Haar." Er trat näher und berührte ihre Zöpfe mit den Fingerspitzen. „Wie die Seide der Sarazenenmädchen", flüsterte er.
Luna trat einen Schritt zurück und öffnete das Geflecht, um die Haare neu zu ordnen.
„Darf ich das für Euch tun?", fragte Federico.
Luna zögerte. Ihre Wangen färbten sich rosa.
„Ich bitte Euch", sagte er leise.
„Was unterscheidet die Bitte eines Königs von einem Befehl?", fragte Luna.
Er musterte sie eindringlich. „Ich würde gern einmal in den Genuss Eurer geheimnisvollen Kräfte kommen." Ohne ihre Zustimmung abzuwarten, nahm er ihr den beinernen Kamm aus der Hand und fuhr ihr damit sanft durchs Haar.
Luna fühlte die verhaltenen Blicke der Soldaten und die bohrenden des Bischofs und wäre am liebsten unsichtbar geworden. Ihr Gesicht glühte. „Majestät, ich muss den Schleier aufsetzen, die Sonne schadet mir."
Als hätte er sie nicht gehört, sprach er weiter: „Würdet Ihr mich auch ins Leben zurückholen, so wie meinen Vater?" Sein Gesicht war dem ihren sehr nah und seine Hände flochten ziemlich geschickt einen Zopf, direkt über dem Ohr entlang.
Florent sattelte nur wenige Schritte entfernt sein Pferd. Er fühlte eine kalte Hand nach seinem Herzen greifen. Er biss sich auf die Zähne bis es schmerzte und schloss die Augen, um dem König nicht auf die Finger zu klopfen, wegzureißen von der Frau, die zu ihm gehörte, dem Schwertmeister des Königs. Die Frau, mit der er längst verheiratet wäre, wenn der König nicht dauernd irgendwelche Ausflüchte vorbringen würde. Seine Finger krallten mit weißen Knöcheln um den Sattelgurt.
Luna zog den Zopf aus Federicos Fingern und sah ihm fest in die Augen. „Für Eure Gesundheit und Euer Wohlergehen

würde ich alles tun, was in meiner Macht steht, Majestät. Was Euren Vater angeht: Das Sumpffieber spielte mit ihm. Ihr wisst, wer am Ende der Sieger war.“ Sie flocht den zweiten Zopf selbst. Mit schnellen Bewegungen streifte sie die blaue Haube über.
„Und wenn es nur der kleine Tod wäre, Luna?“ Der König lächelte wie jemand, der stets bekam, was er wollte. „Ihr wisst doch, was man den kleinen Tod nennt?“
„Ihr wisst, dass ich Euren Schwertmeister liebe, Majestät.“
„Eine Beziehung ohne Gottes Segen.“
Luna hob die Augenbrauen. „Weil Ihr bisher die Erlaubnis verweigert habt.“
„So? Sollte ich schuldig sein an Eurem Frevel?“ Jetzt lächelte er hinterlistig. „Stimmt es, dass Ihr Eure Kräfte verliert, sobald Ihr ein Kind zur Welt bringt?“
In diesem Moment rief jemand: „Reiter in Sicht! Arnold kehrt zurück!“
Federico drehte sich um und starrte den Hügel hinab. Luna fand Florents wütenden Blick und schüttelte leicht den Kopf, um ihn zu beruhigen. Hastig verschnürte sie ihre Haube, zog den dünnen Schleier vor ihr Gesicht und schloss die Riemen ihrer Satteltasche.
Arnolds Hengst preschte den Hügel herauf. Kurz vor dem König riss er die Zügel herum und sprang ab. „Es wird alles vorbereitet, Majestät. Die Berater seiner Heiligkeit sind erschrocken, niemand hatte mit Euch gerechnet.“
„Genauso sollte es sein“, sagte Federico zufrieden. „Aufsitzen! Köpfe hoch und lächeln! Wir wollen einen außerordentlichen Eindruck hinterlassen.“

Und das taten sie. Als sie eine Stunde später die *porta appia* passierten, hatten sich die Einwohner Roms an der Hauptstraße versammelt. Die Stadt war für das Osterfest herausgeputzt, der Einzug des Königs war eine zusätzliche Attrak-

tion, wie geschaffen für diesen heiligen Tag. Bettler und Huren hatten sich wohlweislich in die Nebengassen zurückgezogen, die Straßen waren frei von dem üblichen Abfall, toten Ratten und streunenden Hunden. Festlich gekleidete Bürger verteilten Blumen an die Reiter und schenkten Wein aus, sie jubelten und riefen „Viva, viva Federico!", bevor sie Federico überhaupt in der Reihe seiner Ritter ausgemacht hatten. Doch kaum erblickten sie den jungen Mann mit der Krone auf dem Haupt, verstummten sie ehrfürchtig und beugten die Knie. Luna beobachtete, wie sie in der Verbeugung die Augen aufrissen und sich, kaum, dass der König vorüber war, verstohlen ihre Eindrücke zu murmelten.
„*Giovane e bella*!"
„Wie ein junger Gott!"
Die Blicke folgten den Begleitern Federicos, doch sie fanden nichts, was es zu kritisieren gab. Kräftige Pferde, stattliche Ritter in glänzenden Rüstungen, blank polierte Schwerter an den Seiten. Eine einzelne Frau ritt in ihrer Mitte, wer mochte das sein? Unmöglich die Königin, es fehlte ihr der kostbare Schmuck einer Herrscherin.
Luna hatte ihr Haar sorgfältig unter der Haube versteckt und hielt den Blick gesenkt, um den Leuten keinen Grund zum Tuscheln zu geben. Sie taten es trotzdem, aber all ihre Vermutungen gingen ins Leere. Der Weg führte an den verfallenen Mauern entlang.
„Als Kind bin ich schon einmal hier gewesen", sagte sie leise zu Florent. „Das ist an die zwanzig Jahre her."
Hinter den Mauern öffnete sich ein weitläufiger Platz, an dessen Ende eine breite Freitreppe zu einem Torhaus führte. Gardisten des Papstes nahmen sie in Empfang, sie saßen ab und Knechten führten ihre Pferde davon. Rechts von ihnen reckte sich der sechsstöckige Glockenturm in den blauen Himmel, den sie schon vom Hügel vor der Stadt aus gesehen hatten. Schlanke hohe Bogenfenster verliehen ihm

architektonische Leichtigkeit. Hinter dem Torhaus passierten sie einen überdachten Brunnen. Vier dunkle Säulen aus Marmor trugen ein Dach mit einem großen bronzenen Pinienzapfen.
„Dieser Hof lag damals in Trümmern“, erinnerte sich Luna. „Federicos Großvater Barbarossa ließ alles zerstören, bis auf die Basilika und den Brunnen.“
Die Giebelfassade von Sankt Peter versperrte am Ende des Hofes die Sicht auf den Rest der Leostadt. Breite Rundbogenfenster glänzten in der Abendsonne. Darunter gab es drei Portale, von denen das mittlere, das *porta argenta*, verschlossen war. Früher mit purem Silber beschlagen, hatten längst Plünderer die äußere Hülle abgeschlagen und derbes Holz übrig gelassen, das provisorisch geschliffen und poliert worden war. Links und rechts von diesem Tor strömten Gläubige, Priester und die allgegenwärtigen Pilger mit ihren gekrümmten Stäben durch die anderen Portale ein und aus. Dicht neben den Eingängen hockten Bettler in demutsvoller Haltung und baten um Brot oder Münzen.
Die begleitenden Gardisten schwenkten nach rechts. Der Rundgang um den Hof endete hier mit einer mannshohen Pforte. Sie mussten warten, bis einer der Männer den richtigen Schlüssel fand, um aufzuschließen. Sie betraten einen zweiten Hof. Er zog sich mit geharkten Wegen und Blumenrabatten am südlichen Nebenschiff entlang, das sich neben das Mittelschiff der Kirche duckte.
Luna beobachtete, wie Federico seine Blicke schweifen ließ und alles genau registrierte, dabei jedoch eine unbeeindruckte Miene zeigte. Sie wurden in einen kleinen Palast geführt, nur wenige Schritte vom Seiteneingang der Basilika entfernt. Er war von einem sorgfältig gepflegten Garten mit frisch austreibenden Rosenbüschen, Krokussen und dichten Büscheln von Narzissen umgeben. Vögel zwitscherten, Zitronenfalter gaukelten um die Glockenblüten herum.

Diese Idylle störten ernst blickende Geistliche in bestickten Chorhemden über farbigen Talaren. Sie hasteten ein und aus, musterten die Ankommenden flüchtig und hetzten weiter. In einer Vorhalle mit genügend Sitzmöbeln für ein kleines Heer bekamen sie von Mönchen in schlichten Kutten Wein und Oliven gereicht. Die Gardisten verschwanden lautlos.
Federico sah sich pikiert um. „Wo ist Seine Heiligkeit?“, fragte er einen der Mönche.
„Er wird Euch gleich empfangen, Majestät, bitte geduldet Euch. Nehmt derweil einen Becher Wein.“
„Was soll das werden?“, fauchte der junge König. „Will er mich warten lassen wie einen Bittsteller? Muss ich ausharren wie ein Bauer?“
Anselm von Justingen versuchte, zu beschwichtigen. „Seine Heiligkeit hat erst vor Stunden erfahren, dass Ihr kommt. Es braucht Zeit, ...“
„Genau, vor Stunden!“, unterbrach Federico rüde. „Das dürfte genügen, den päpstlichen Arsch herzubemühen.“
„Majestät!“ Berard sah sich ängstlich um.
Federico fuhr herum und musterte ihn wie die Schlange das Kaninchen. „Habt Ihr Euch Euren Steiß wundgeritten, um hier zu sitzen und die Zeit verrinnen zu lassen?“
Bischof Berard war sicher froh über jede Stunde, die er nicht im Sattel saß, aber er begriff ausnahmsweise, dass es besser war, zu schweigen.
Florent zog Luna beiseite. „Was wollte Federico von dir?“, fragte er hastig. Diese Frage brannte ihm seit dem Hügel vor Rom auf der Seele.
Luna sah sich um. „Nicht hier!“
Florent trat einem der Bediensteten in den Weg. „Wir suchen den Ort, an dem man sich erleichtern kann.“
Der Mönch wies einen Gang hinab. „Dort hinten, Herr. Am Ende des Ganges.“

Zwei Männer aus Federicos Gefolge schlossen sich ihnen an. Den Gang zwischen den mit biblischen Motiven bemalten Wänden unterbrachen in gleichmäßigen Abständen Nischen mit soliden Holztüren. Auf halbem Weg hielt er Luna zurück. „Geht schon vor!“, sagte er zu den Männern, die verständnisvoll grinsten.
Florent zog Luna in eine der Nischen.
„Ich müsste tatsächlich mal“, flüsterte sie.
„Lass die beiden erst zurückkommen.“ Er verschloss ihr den Mund mit einem langen Kuss. Leicht atemlos fragte er: „Also, was genau wollte er?“
Bevor sie antworten konnte, hörten sie Stimmen aus dem Raum hinter ihnen. Offenbar stritten sich zwei Männer. Luna deutete auf den Spalt im Türrahmen, die Tür war nur angelehnt.
„... wenn dieser Knabe dereinst erkennt, dass wir ihm der Ehre des Reiches beraubt haben, wird er uns nicht nur die Ehrfurcht versagen, sondern er wird uns bekämpfen, auf jede nur mögliche Weise.“
Luna legte einen Finger auf die Lippen und trat einen Schritt näher an die Tür.
„... keine Wahl, wir müssen ihm Beistand gewähren. Er ist ein Staufer, einen besseren Anwärter gibt es nicht.“
„Wir werden ihm einiges auferlegen, damit er sich stets an unser Entgegenkommen erinnert. Holt die vorbereiteten Kontrakte, wir können ihn nicht länger warten lassen.“
Sie hörten das Scharren von Stuhlbeinen auf dem Boden und ergriffen die Flucht. Hastig liefen sie den Gang hinab, wo sie die beiden Ritter trafen.
„So eilig?“, scherzte der eine. „Es ist nicht mehr weit. Am Ende des Ganges haltet Euch rechts.“ Ihr Lachen hallte den Korridor entlang.
Sie huschten durch die Tür zum Abort.
„Kann es sein, dass wir seine Heiligkeit belauscht haben?“, fragte Luna.

„Still!“, zischte Florent. Er ging die Reihen der Holzsitze ab, die nur durch schmale Holzwände getrennt wurden. Sie waren allein. „Vielleicht auch seine engsten Berater. Aber es ging ohne Zweifel um Federico.“
„Sie wollen ihn in die Zange nehmen.“ Luna setzte sich auf eine der Latrinen. Die hölzerne Bank war sauber geschrubbt. Ein Öllämpchen verbreitete Lavendelduft und vertrieb die Fliegen. Florent betrat den Verschlag neben ihr. „Hoffentlich haben sie stabile Zangen.“
Für seine drängende Frage blieb keine Zeit. Sie eilten zurück, kamen gerade rechtzeitig, als sich am Ende des Ganges eine Tür öffnete.
Ein Kardinal in einer schwarzen Soutane mit rot abgesetzten Nähten trat heraus. „Eure Majestät? Seine Heiligkeit empfängt Euch jetzt.“
Federico sprang auf, eine zynische Bemerkung auf den Lippen, doch Berard flüsterte ihm zu: „Beherrscht Euch, Majestät, denkt daran, was auf dem Spiel steht!“
So blieb es bei einem undeutlichen Knurren, gefolgt von dem knappen Befehl: „Bischof und Schwertmeister, Ihr kommt mit!“
Innozenz war ein hagerer Mann, dem Gott zudem ein langes Gesicht geschenkt hatte. Dessen bekümmerten Ausdruck verstärkten eine Hakennase und nach unten gezogene Mundwinkel. Er musterte seinen jungen Gast aus hellen Augen, der Adamsapfel wippte an seinem dürren Hals. Florent fühlte sich sofort an einen Gänsegeier erinnert und dieses Bild verschwand nicht aus seinem Kopf, als der König niederkniete und den Ring küsste. Er fragte sich unsinnigerweise, ob man mit Gänsegeiern beizen könne und biss sich auf die Innenseite der Wangen, um nicht lachen zu müssen. Im selben Moment drang auch aus Federicos Brust ein kleines Prusten.
„Was ist mit Euch?“, fragte Innozenz mit heller Stimme. „Seid Ihr krank?“

„Nein, Eure Heiligkeit. Es ist die Freude, Euch endlich gegenüberzustehen."
Der Papst neigte den Kopf und legte die Hand mit dem Ring wieder auf der Lehne seines Stuhles ab. „Die Freude ist ganz auf Unserer Seite. Ihr seid zu einem stattlichen jungen Mann herangewachsen." Der Adamsapfel tanzte.
„Eure Heiligkeit, vergebt mir, ich komme gleich zur Sache. Wie Ihr Euch denken könnt, zählt jede Stunde auf meinem Weg in den Norden. Ich bitte Euch um Eure Unterstützung beim Kampf um die Krone, die mir angetragen wurde und die mir zusteht."
Innozenz hob eine Augenbraue und musterte den jungen Mann, der nach wie vor zu seinen Füßen kniete, von oben herab, was ihm umso mehr das Aussehen eines Raubvogels gab. Dann lächelte er. Es sollte väterlich wirken, doch Florent entdeckte ein gewisses Lauern darin. „Ihr werdet verstehen, dass es einige wichtige Dinge zu klären gibt, bevor Ihr in den Norden weiterzieht."
„Was meint Ihr?"
„Ihr solltet die Rechte des Laterans an dem Königreich Sizilien noch einmal schriftlich bestätigen, damit keine Zweifel aufkommen, falls Ihr Kaiser des Deutsch-Römischen Reiches werdet. Ihr werdet Euren Sohn Heinrich sofort nach der Kaiserkrönung aus der väterlichen Munt entlassen, damit Sizilien eigenständig bleibt."
Federico erhob sich. „Hegt Ihr Argwohn in Eurem Herzen?"
Wieder zeigte Innozenz sein Raubvogellächeln. „Wisst Ihr, junger Freund, Wir sahen schon viele hohe Herren kommen und gehen, die Uns Dinge versprachen, damit Wir sie unterstützen. Die meisten von ihnen besaßen ein schwaches Gedächtnis. Deshalb gibt es Verträge. Unsere Schreiber haben sie bereits aufgesetzt, damit Ihr nicht unnötig aufgehalten werdet."
„Wie sieht Eure Unterstützung aus?"

„Eine Mannschaft zu Eurem Schutz, Gold und Geleitbriefe, mit denen Ihr bis nach Konstanz kommt. Schiffe bis nach Genua. Die Genueser werden Euch weiterhelfen, im Norden müsst Ihr Euch dann auf die Fürsten verlassen, die Euch gewählt haben."
„Ihr werdet meine Frau und meinen Sohn unterstützen, sobald mir etwas zustößt?"
„Sizilien ist Lehen des Lateran. Da Euer Sohn Heinrich zum König von Sizilien gekrönt wurde, steht dem nichts im Wege", sagte Innozenz milde.
„Ich brauche eine Liste von papsttreuen Vasallen, an die ich mich auf dem Weg in den Norden wenden kann. Welche Städte sollte ich meiden? Wir sind der pisanischen Flotte kurz vor Gaeta knapp entronnen."
„Wir hörten davon." Der Papst winkte dem Kardinal, der an einem Nebentisch saß. „Lasst eine solche Liste erstellen. Und bringt eine Begleitmannschaft auf."
Federico schüttelte den Kopf. „Habt Dank, aber Söldner benötige ich nicht. Wir sind unerkannt bis hierher gekommen, wir wollen es weiter so halten."
Innozenz nickte. Es mochte stimmen, was seine Spitzel über den jungen König berichtet hatten. Selbstbewusst, mutig, ungeduldig und klug. Er schien genau zu wissen, was er wollte.
„Habt Ihr Kenntnis darüber, wie viele von Ottos Söldnern im Norden unterwegs sind?", fragte Federico.
„Ich lasse den Hauptmann der Garde holen, er wird es genau sagen können."
„Mein Schwertmeister soll sich mit ihm beraten. Ich lese in der Zeit die Vertragsentwürfe."
Beim letzten Satz zuckte Innozenz' rechter Mundwinkel, während der linke noch ein wenig tiefer herabsank. In der Tat, mit diesem Bengel musste er in Zukunft rechnen. Hoffentlich hatte er sich da keinen Kuckuck ins Nest geholt.

Seine Heiligkeit wies auf den Nebentisch. „Dort ist alles vorbereitet. Die Verträge liegen bereits in Reinschrift vor und müssen nur unterzeichnet werden."
Federico ignorierte den Hinweis. „Bischof Berard wird mich beraten."
Auf der Stirn unter der Tiara entstand eine steile Falte, die sich in den nächsten Stunden harten Feilschens noch vertiefen sollte.
„Was sind das für Pfandrechte? Vier Grafschaften in Apulien?", fragte Federico, nachdem Berard dezent auf einen Paragrafen gedeutet hatte.
Innozenz seufzte. „Federico, in den Jahren Unserer Vormundschaft für Euch sind Uns enorme Kosten entstanden. Es gilt nun, da Ihr mündig seid, Eure Schulden abzuzahlen."
„Schulden? Wofür? Hat Euer Statthalter in Palermo nicht jede kleine Kupfermünze umgedreht, bevor er sie für mich ausgab, während er die Goldmünzen an Euch sandte?"
Der Papst schüttelte leicht den Kopf und wies auf den Berater zu seiner Rechten. Der Mann raschelte mit den Pergamenten, die vor ihm lagen. „Ihr hattet Bedienstete und Erzieher, Majestät. Sie alle mussten bezahlt werden. Allein Euer Schwertmeister kostete uns im Jahr achthundert Silbergrosso."
Florent, der sich mit dem Hauptmann der Garde über eine Karte beugte, horchte auf, als er seinen Titel hörte.
„Was? Mehr nicht? Dabei war er der Einzige, der sein Geld wert war!", konterte Federico. „Wir ändern diesen Punkt auf zwei! Zwei Grafschaften als Pfand für Eure Unkosten."
Die Dunkelheit hatte sich längst über die Leostadt gesenkt, als die Schreiber des Laterans geholt wurden, um die Änderungen einzuarbeiten.

Pavia, Juli anno 1212

Unter der Linden, an der Heide,
da unser Zweier Bette was,
da möget ihr finden hold sie beide
gebrochen Blumen so wie Gras.
Vor dem Walde in einem Tal, tandaradei!
Lieblich sang die Nachtigall.
Walther von der Vogelweide

Majestät, ich muss Euch sprechen." Florent klopfte lauter, doch keine Reaktion kam aus dem Raum, in dem Federico sich vor Stunden zur Ruhe begeben hatte. „Federico?" Nur selten noch wagte er es, den Namen des Jungen zu verwenden, dem er in Palermo auf dem Markt die Finger gerettet hatte. Doch nun machte er sich wirklich Sorgen. „Ich werde die Tür aufbrechen lassen, denn ich muss vermuten, Euch ist etwas zugestoßen." Er schlug mit der Faust an die Tür aus massivem Pinienholz, mit Sicherheit zwei Finger dick. Das von innen verriegelte Schloss bewies beste Schmiedekunst. Wahrscheinlich wäre das Fenster eher von außen zu öffnen, allerdings befanden sie sich im dritten Stock und er wusste nicht, ob der Hausherr entsprechende Leitern besaß. Ihr Gastgeber seit einer Woche war der Bürgermeister von Pavia.

Er sah sich nach einem Diener um. Am Ende des Ganges fegte eine Magd die Treppe. „He, du! Schick mir einen Knecht mit Werkzeug, der diese Tür ..." Er wurde vom Geräusch des leise quietschenden Schlosses unterbrochen. Knarrend öffnete sich die Tür und gab den Blick frei auf ein bildschönes, verängstigt blickendes Mädchen, das in ein Laken gehüllt war.

„Was ist passiert?", herrschte er sie an.

„Nichts, Herr. Ich hörte ein Klopfen. Ich wusste nicht, ob ich öffnen sollte ..."

„Himmel, ja. Wo ist der König?"

Sie wies hinter sich auf das Bett. Er stürmte in die Kammer und riss den schweren Vorhang beiseite. Der Duft orientalischer Öle waberte hervor und nahm ihm den Atem. Weihrauch und Myrre, wie Federico es liebte. Zwischen Kissen und Seidendecken konnte er zerzauste Köpfe und ineinander verschlungene Gliedmaßen ausmachen. Er erkannte Federicos blonden Schopf und sah zwei schwarzhaarige Mädchen. Sie schliefen fest, der König schnarchte leise.
Florent atmete auf. Zwar war Pavia eine stauferfreundliche Stadt, aber Ottos Anhänger, allen voran die Stadtherren von Milano oder Pisa, zahlten hohe Kopfgelder für Federico. Sie mussten Tag und Nacht auf der Hut sein.
Er sah das Mädchen hinter ihm streng an. „Ihr habt ihm ganz schön zugesetzt, was? Er schläft wie ein Toter."
Jetzt lächelte sie und wurde kokett. „Er ist unersättlich. Aber wir waren zu dritt ..."
„Schaff die Mädchen hier raus, beeil dich."
Florent öffnete die Fenster und ließ frische Luft herein. Als die kichernden Schönen ihre Kleider gerafft und verschwunden waren, setzte er sich auf die Bettkante. „Federico, wach auf!", sagte er laut und zog die Decken zur Seite.
Der König drehte sich um und blinzelte. Ungläubig fixierte er seinen Schwertmeister. „Ich habe meine Bettgenossen lieblicher in Erinnerung."
„Zieht Euch an, wir müssen reden."
„Sprecht Ihr nicht mit nackten Männern?"
„Es fällt mir zumindest schwerer, Respekt zu erweisen." Florent grinste.
„Oh. Na dann." Federico sprang auf und klatschte in die Hände. Ein Diener steckte den Kopf zur Tür herein. „Frisches Wasser ins Becken und Wein für mich und meinen Schwertmeister."
An Florent gewandt, sagte er: „Gestattet mir eine Katzenwäsche, bevor Ihr mir wieder Euren vollen Respekt erweist." Während ein Diener die Waschschüssel aufstellte,

siegte doch die Neugier: „Redet schon, was ist so dringend?“
„Der Markgraf von Este hat einen Boten geschickt. Seine Truppen und die Heerschar Cremonas stehen ab heute Nacht an der Furt des Lambro bereit, Euch in Empfang zu nehmen und in die Stadt zu geleiten.“
„Na endlich!“, rief Federico und griff nach der Seife. „Raus hier aus diesem Loch!“
Florent musterte die türkisfarbene Seidentapete an der Wand, die Möbel im Mailänder Stil und die Scheiben aus venezianischem Glas in den Fenstern, und fragte sich, warum der Junge das Ganze als Loch bezeichnete. Nicht immer waren sie auf ihrer Reise so komfortabel untergebracht gewesen. Höchstens in Genua, wo sie nach vierzehntägiger Odyssee über das Meer unversehrt an Land gegangen waren.
Er, Florent, mit wackligen Knien und um einige Pfund leichter. Die Seekrankheit hatte ihm schlimmer zugesetzt als die Angst vor der pisanischen Flotte. Und was noch tragischer war: Wenn er mit zitternden Knochen in der Kajüte lag, während Luna auf dem Schiff unterwegs war, um Kranke zu behandeln, sah er immer wieder vor seinem geistigen Auge, wie Federico ihr Haar flocht und ihr mit großspuriger Miene Dinge ins Ohr flüsterte.
Der Genueser Fürst von Dario hatte sie gebührend begrüßt. Es gelang ihm recht schnell, dem jungen König allerhand Versprechungen und Privilegien für die Zukunft zu entlocken, die nunmehr unterzeichnet und mit dem königlichen Siegel versehen, in seinen Schubladen ruhten. Die Stadtväter von Genua ließen sich diese Investition einiges kosten, der mehrwöchige Aufenthalt des Königs in ihrer Stadt und die großzügige Reisekasse erleichterte sie mit Sicherheit um etliche Truhen Silber. Doch auch in Genua hatten sie nicht freiwillig gewartet. Es mussten Bündnisse geschaffen werden, die freies Geleit sicherten, vorsichtig fühlten die

Diplomaten der Stadt vor, wer den Stauferkönig fördern würde und wer ihm feindlich gesinnt war. So versicherte er sich von dort aus bereits der Treue Pavias und Cremonas, was sich jetzt auszahlte.
Mitte Juni waren sie auf dem Landweg weitergezogen. Hier oben im Norden, in Reichweite Mailands, ritten sie mit einer größeren, bestens gewappneten Truppe. Genuesische Ritter gaben Geleitschutz, außerdem Gesandte Cremonas und Pavias, der Grafen von Montferrat und von San Bonifacio. Sie umritten Mailand westlich in einem weiten Bogen, was sie mindestens drei Wochen zusätzlich kostete.
Florent hatte diese Lösung befürwortet, genau wie die genuesischen Berater. „Da Ihr nach Cremona wollt, werden die Mailänder Euch verstärkt im Osten suchen. Niemand rechnet damit, dass ihr Milano im Westen passiert." Der Erfolg gab ihnen recht. Sie zogen bis Asti und schwenkten dann nach Osten, um nach zwei Tagesritten Pavia zu erreichen. Als die Mailänder von dieser List erfuhren, saß Federico längst an der reichlich gedeckten Tafel im Palazzo des *podestàs* von Pavia.
Und nun ging es endlich nach Cremona weiter. Federico griff nach einem Handtuch und wickelte es sich um den Leib. Dann goss er sich reichlich Wein ein und hielt den gläsernen Kelch gegen das Licht.
„Der Wein hier oben ist nicht schlechter als der sizilianische", sagte er. „Wir sollten Händler verpflichten, die in den Norden liefern. Über den Wein dort oben erzählt man sich wahre Schauergeschichten. Ist er wirklich so grauenhaft?"
Florent hob die Augenbrauen. „Woher soll ich das wissen?"
„Ihr wart in Trifels, wenn ich nicht irre?"
Florent lachte bitter auf. „Im Verlies gab es hin und wieder muffig schmeckendes Wasser."
„Vergebt mir, ich sollte erst denken, dann reden." Federico sah ihn ehrlich betroffen an.

„Sehr weise, Majestät", sagte Florent spöttisch. Solche Momente erinnerten ihn an früher, als der junge Federico zwar widerspenstig, aber respektvoll mit seinem Meister diskutierte. In den letzten Jahren wandelten Florent und Luna in ihrer Beziehung zu Federico zunehmend auf dem schmalen Grat zwischen Diener und Freund. Das war anstrengend und gefährlich. Er räusperte sich. „Ich schlage vor, wir schicken Kundschafter, die die Furt beobachten. Es könnte sich um eine Falle handeln."
„Wenn wir zu lange zögern, werden die Truppen aus Cremona entdeckt und die Mailänder besetzen das hiesige Ufer." Federico schüttelte den Kopf. „Wir reiten noch heute zu dieser Furt."
Florent richtete sich auf. „Heute?"
„Warum nicht?"
Eine Weile starrten die beiden Männer sich an, der eine enttäuscht, der andere verständnislos. „Ihr habt es vergessen", sagte Florent tonlos.
„Was ...?" Federico schlug sich vor die Stirn. „Ach, Ihr meint Eure Heirat?"
Florent kannte den König zu genau, um nicht zu merken, dass der es keinesfalls vergessen hatte. Die Zeremonie war für morgen geplant gewesen. Seit Wochen schon fand er jeden erdenklichen Grund gut genug, diese Hochzeit zu verhindern.
„Heiraten könnt Ihr in Cremona, wenn wir in Sicherheit sind. Ihr lebt jetzt schon so lange in Sünde, da kommt es auf die paar Tage nicht mehr an." Der König stieg in seine Bruch. „Bereitet alles vor, schickt einen Boten an den Lambro. Bei Sonnenuntergang reiten wir los."
Im Innenhof des Palazzo standen Ritter aus Genua und Asti mit dem Boten aus Cremona zusammen. Marcus von Dario, der Anführer der Genuesen, krauste die Stirn, als er von Federicos Absichten hörte. „Ich hätte mir die Furt gern vorher angesehen. Wir müssen sicher sein, dass es sich nicht um

eine Falle handelt." Er warf einen schnellen Blick in Richtung des Boten.
Der Mann hob beide Hände. „Ich kenne die Furt, ich kann sie euch beschreiben."
„Gibt es Stellen, die man schlecht einsehen kann? Größere Baumgruppen oder Bodensenken?", fragte von Dario.
„Westlich der Furt macht der Fluss eine Biegung, das Ufer ist dort dicht mit Schilf und Weiden bewachsen. Ein perfektes Versteck für eine Handvoll Berittener."
„Dann schicken wir einen Spähtrupp voraus, der das Gelände absucht."
„Der scheucht mit Sicherheit die Mailänder auf, sie durchkämmen das Südufer des Lambro seit Tagen. Sie wissen, dass wir irgendwann über den Fluss müssen", wandte Florent ein.
„Sie sind bereits alarmiert, wenn sie am Nordufer unsere Truppen entdecken", wandte der Bote des Markgrafen ein. „Wahrscheinlich ist es am besten, sofort aufzubrechen."
„Wie weit ist es bis zur Furt?", fragte von Dario.
„Eine gute Stunde."
Von Dario sah nach der Sonne. „Ich schicke einen fähigen Mann, der das Gelände absucht. Bis Sonnenuntergang ist er zurück."
Damit waren alle einverstanden. Der Bürgermeister stellte in aller Eile eine berittene Truppe zusammen, die den jungen König bis zum Flussufer begleiten sollte. Er beobachtete das emsige Treiben der Ritter und Bischöfe mit gemischten Gefühlen. Einerseits war er froh, nach der Abreise der hohen Gäste wieder Ruhe und Normalität in seinen Alltag zu bringen. Andererseits hatten er und seine Stadt mit der Aufnahme des Staufers ein Bekenntnis abgelegt, das ihnen mächtige Feinde bescherte. Auch in ihren Schreibstuben lagen notariell verbriefte Zugeständnisse, die nur dann nutzten, wenn Federico tatsächlich Kaiser wurde. Im anderen Falle konnten die Vereinbarungen den Untergang der

Stadt und den eigenen Tod bedeuten. Sein Vater hatte oft vom Schicksal Mailands erzählt, das von Kaiser Barbarossa dem Erdboden gleich gemacht worden war, weil die Stadtväter sich ihm widersetzt hatten. Nur allmählich gewann die Stadt wieder Macht und Einfluss und gehörte mittlerweile zu den erbittertsten Staufergegnern.
Florent fand Luna beim Packen. Er zog sie an sich.
„Hab schon gehört", sagte sie und vergrub ihr Gesicht an seinem Hals. Ihre Stimme hatte einen bemüht fröhlichen Klang. „Ich weiß, dass du nichts dafür kannst. Es ist doch egal, ob wir den Segen eines Bischofs haben oder nicht."
„Nein. Er findet immer einen Grund, unsere Hochzeit zu verschieben und langsam macht es mich wütend. Außerdem hattest du dich auf die Feier gefreut, oder?" Sein Blick glitt hinüber zum Schrank, wo heute früh noch das blaue Brokatkleid gehangen hatte. Jetzt war es verschwunden, offenbar in den Reisesäcken verstaut.
Er verschwieg, was sie ohnehin wusste. Die Hochzeit war ihm wichtig, um gegenüber Federico ein Zeichen zu setzen. Der König sollte endlich zur Kenntnis nehmen, dass Luna seine Frau war. Andererseits wussten sie beide, dass der Ehestand einer Frau für Federico kein Hindernis darstellte. Was er haben wollte, bekam er in der Regel.
„In Cremona setzen wir die Hochzeit durch. Das schwöre ich, so wahr ich hier stehe." Er küsste sie zärtlich auf den Mund. „Ich würde dieses Versprechen gern anders besiegeln, aber ich fürchte, uns bleibt keine Zeit mehr. Die Sonne scheint heute schneller zu sinken als sonst."
Luna lachte. „Verschwinde endlich. Dein Reisesack ist fertig, du kannst ihn mitnehmen."
Sie ritten los, als die Sonne geraume Zeit hinter dem Horizont verschwunden war. Ein rot gefärbter Horizont spendete noch etwas Licht, während vom Osten her Dunkelheit über die Stadtmauern kroch. Alle Männer trugen volle Rüstung, selbst Luna steckte in einem Brustharnisch aus dickem

Rindsleder, vorn und hinten mit dünnen Metallplättchen besetzt. Ihren Kopf schützte ein silberner Helm mit Visier. Beides gehörte dem halbwüchsigen Sohn des Bürgermeisters, der schmollend die Haustür zuwarf, als sein Vater ihm offenbarte, dass er zuhause bleiben musste.
Florent lenkte sein Pferd neben von Dario. „Was meint Euer Kundschafter? Wird es Probleme geben?“
Der Genueser klappte sein Visier hoch, zwei graue Augen sahen Florent besorgt an. „Er ist nicht zurückgekommen.“
„Verflucht! Warum habt Ihr das nicht eher gesagt?“
„Der König weiß es.“
Wütend gab er seinem Hengst die Sporen. Federico trug keine herausragende Rüstung, kein Banner wurde ihm vorausgetragen, damit er für die Mailänder nicht erkennbar war. Florent wusste ihn in der Mitte des kleinen Trupps.
„Majestät?“, rief er halblaut.
„Seid still!“, entgegnete der Reiter direkt neben ihm durch das geschlossene Visier. „Wollt Ihr, dass man uns bis Mailand hört?“
„Ihr habt gehört, dass der Kundschafter nicht zurückgekehrt ist?“
„Der wird schon auftauchen. Wahrscheinlich hat er sich verirrt oder ist im Sumpf stecken geblieben.“
„Ihr solltet das wichtig nehmen. Er war ein guter Mann, wenn er nicht zurückkehrt, hat das etwas zu bedeuten.“
Federico klappte sein Visier auf. „Dann unternehmt etwas, Ihr seid mein militärischer Berater!“ Er trat seinem Pferd heftig in die Weichen und stürmte davon.
Florent fluchte leise vor sich hin. Inzwischen war es fast dunkel und die vorderen Reiter hatten Fackeln angezündet, um den Weg auszuleuchten. Die hinteren Pferde folgten instinktiv, sodass sie trotzdem zügig vorankamen.
Als es leicht bergab ging und sie das Wasser bereits riechen konnten, ließ Florent die Truppe halten. „Ab jetzt allergrößte Vorsicht. Wir wissen nicht, ob die Mailänder am Ufer auf uns

warten. Sollte es zum Kampf kommen, halten die Pavianer den Feind auf, während die Genueser den König über den Fluss bringen. Haben alle verstanden? Fackeln aus und Ruhe!“

Unmöglich, einen Trupp von dreißig Reitern geräuschlos durch die Nacht zu führen, Pferde schnaubten, Äste knackten und die Hufe pochten dumpf auf den Boden. Schwerter und Zaumzeug klirrten. Ab und zu fluchte einer der Männer verhalten, wenn sein Tier stolperte oder scheute. Als vor ihnen das Wasser des Lambro schimmerte, saßen die Reiter ab und führten die Tiere am kurzen Zügel zur Furt.

„Ich muss pinkeln!“, sagte Federico und verschwand in der Dunkelheit.

Von Dario fluchte leise. „Dunkel wie im Arsch des Teufels.“

Florent kniff die Augen zusammen, doch das half nicht. Am anderen Ufer war nichts zu sehen. Sie zündeten eine Fackel an und schwenkten sie in Hüfthöhe, eine kleine Ewigkeit später flammte jenseits des Wassers ein Licht auf.

„Da sind sie!“, flüsterte von Dario. „Dem Herrn sei gedankt.“

„Dankt ihm lieber erst, wenn wir drüben sind“, wollte Florent sagen, doch da brach die Hölle los.

Nordhusen, Juli anno 1212

Leider kann das nimmer sein,
daß Gut und Erden ehren
und Gottes Gnade kehren
zusammen in ein Herze ein.
Walther von der Vogelweide

Ottos Miene zeigte auf den ersten Blick keinerlei Regung, als sie das Stadttor passierten, aber seine Kiefer mahlten heftig. Weder waren die Häuser geschmückt, noch standen blumengekränzte Jungfern am Straßenrand, um zu jubeln. Außer ein paar Bettlern, die auf Almosen hofften, war niemand zu sehen. Hin und wieder zeigte sich flüchtig ein Gesicht hinter den Fenstern der mehrstöckigen Handwerkerhäuser, die den Weg säumten wie Festungsmauern. Die teilweise recht krummen Balken der Fachwerkhäuser lenkten die Blicke der Ankömmlinge nach oben, wo ein schmaler Streifen grauer Himmel zwischen den Giebeln hing. Es regnete seit drei Tagen und die Pferdehufe stampften schmatzend durch stinkenden Morast.

Der Weg zur Burg führte stetig bergauf, das Regenwasser floss ihnen in kleinen Rinnsalen entgegen und brachte allerhand Abfall mit, den die Nordhuser Bürger vor die Türen gekippt hatten. Kohlblätter und Hühnerknochen zählten zu den harmloseren Dingen. Mussten nicht Blütenblätter und bunte Teppiche die Straßen zieren, wenn ein Kaiser einritt?

Kanzler Konrad las die Gedanken, die hinter der gefurchten Stirn des Kaisers kreisten. Wo zum Teufel sind die Stadtväter, die uns einen würdigen Empfang bereiten sollten? Warum wehten keine Fahnen, schallten keine Businenklänge von den Mauern?

Schon in Frankfurt, wo sie einen Hoftag abhielten, um die zweifelnden und abtrünnigen Fürsten wieder fester an sich zu binden, ernteten sie nur verhaltenen Jubel, obwohl Otto

reiche Privilegien versprach. Zugegeben, er hatte zuvor keine seiner Zugeständnisse in Taten umgesetzt. Womit auch, die eisenbeschlagenen Geldtruhen, auf einem gut abgesicherten Karren im Tross fest verzurrt, waren leer. Konrad ließ sie trotzdem bewachen, um seine Soldaten in Sicherheit zu wiegen. Die Männer hätten eher den Standartenwagen mit dem aus drei halben Löwen und einem halben Adler zusammengesetzten Wappen des Welfen aus den Augen gelassen, als den Karren, in dem sie ihren Sold vermuteten. In Südthüringen schleiften sie in den letzten Wochen etliche Burgen von Stauferanhängern, vor allem, um den übergeschnappten Landgraf Herrmann in seine Schranken zu verweisen. Die Beute reichte gerade eben, um die Männer, die ihre Hälse für Otto riskierten, einigermaßen zufriedenzustellen. Wozu folgte ihm denn ein fähiges Heer? Die Ritter und Landsknechte wollten sich schlagen, Beute machen, Siege feiern und nicht nur kreuz und quer durchs Land ziehen wie fahrendes Volk. Seit sie vor Messina lagen, Sizilien greifbar nah, waren Schwerter und Tribock untätig gewesen.
Der größte Teil des Heeres schlug jetzt am Fuße des Hügels, auf dem die Stadt wie ein Adlerhorst hockte, das Lager auf. Dem Kanzler graute schon jetzt vor den vielen Beschwerden, die auf ihn zukommen würden, wenn die Männer sich vor den Toren gütlich taten. Er hatte etliche Mühlen gesehen, ein Hospital und kleinere Höfe. Sowohl die Frauen als auch die Scheuern und das Vieh der Vorstädter hatten schwere Tage vor sich.
Das südliche Tor Nordhusens war bereitwillig geöffnet worden, nachdem sie die Brücke über das Zorgeflüsschen passiert hatten. Die Stadt lag seit Langem schon im Streit mit ihren Landgrafen, und da der jetzige mit den Staufern sympathisierte, ergab sich zwangsläufig das Bündnis mit Kaiser Otto. Blieb abzuwarten, wie die stauferfeindlichen Stadtväter auf den neuesten Schachzug Ottos reagieren würden. Doch zunächst einmal schienen sie sich in Luft aufgelöst zu

haben. Ungeduldig schlug der Kaiser seinem Destrier die Sporen in die Weichen, sodass der einen Satz nach vorn machte. Prompt rutschten die Hufe im Schlamm und das Tier hatte Mühe, das Gleichgewicht wiederzufinden.
„Verfluchter Regen! Wie lange brauchen wir noch?“, fragte Otto.
Konrad richtete sich im Sattel auf. Der Weg führte inzwischen wieder leicht bergab. „Die Pfalz müsste jeden Moment in Sicht kommen, Majestät.“ Auch er sehnte sich nach einer trockenen Kammer mit einem Badezuber und nach einem üppigen Essen. Sein Magen knurrte schon seit Stunden und das Regenwasser hatte längst den Weg unter den gewachsten Umhang gefunden, ließ das Hemd am Rücken kleben und lief in den Beinkleidern entlang in die Stiefel. Dem Herrn sei gedankt, dachte er, als der Vorhang aus Regentropfen am Ende des Weges einen mächtigen Wehrturm freigab. Hier duckte sich das Tor der Pfalz unter dicken Bruchsteinmauern.
Wachen öffneten die schweren Riegel und ließen sie passieren. Der Hohlweg dahinter führte leicht bergan. Sie passierten einen heruntergekommenen, langgestreckten Bau aus derben Bruchsteinen und mit schadhaftem Dach. Die Fenster waren mit Holzläden verschlossen und rundherum mit Werg und Moos ausgestopft. Die graue Brettertür zierte ein hölzernes Kreuz, im Türsturz erkannte er eine stark verwitterte Inschrift, die er nicht lesen konnte. Sie näherten sich dem Kamm des Pfalzhügels und hielten auf die gedrungene Kirche in der Mitte des Hofes zu. An ihrer Seite hockte ein halbrunder Anbau.
Turm oder Apsis?, rätselte Konrad. Hier in der Stadt fehlte ihm die Orientierung, sodass er nicht einmal sagen konnte, in welcher Richtung die Sonne untergehen würde. Aber wer wusste schon, ob man diesen alten Bau, in der mit Sicherheit noch Mathilde, die Frau Heinrich I. gebetet hatte, auch wirklich ordentlich geostet hatte?

Sie ritten an einem Kreuzgang vorbei, als Knechte hinzueilten und ihnen die Pferde abnahmen. Steif wie ein Brett glitt Konrad aus dem Sattel und unterdrückte einen Schmerzenslaut, als seine Knie die Last seines Körpers wieder zu spüren bekamen. Otto schien es nicht besser zugehen, er fluchte halblaut und streckte den Rücken durch.
Ein langer Kerl mit dunklem Wams und einer schiefen Mütze auf dem Kopf verbeugte sich vor ihnen und bat sie zum Palas. Dabei wies er auf ein imposantes Gebäude, etliche Pferdelängen hinter der Kirche. Dahinter zog die Mauer ihre Runde, ging über in einen weiteren, mächtigen Wehrturm, daneben flache, einfache Wirtschaftsgebäude oder Ställe vor wolkenverhangenem Himmel.
Der Abend an der reich gedeckten Tafel beim flackernden Licht der Fackeln und des Kamins ließ die Strapazen des Weges vergessen. Die Muskeln lockerten sich in der Wärme des lodernden Feuers und der Gewürzwein ölte zuerst die Kehlen und wenig später die schmerzenden Gelenke.
Dietrich von Hohenstein, der Burgvogt, hatte sie empfangen und sich mit einem jüngst überstandenen Fieber für die mehr als dürftigen Vorbereitungen entschuldigt. „Die Hälfte des Gesindes lag danieder, ein Dutzend von ihnen ist gestorben. Meine Töchter – beide krank, sind wieder genesen, der Herrn sei gepriesen!" Der Vogt drehte die Augen zur Decke. Immerhin bog sich die Tischplatte unter Speisen und Getränken und auch das Heer vor der Stadt war versorgt worden.
„Nun, Herr Dietrich, berichtet! Wie steht es hier in Nordhusen mit der Königstreue?", begann Otto, nachdem der Vogt ihm Wasser gereicht und er sich die Hände am Tischtuch getrocknet hatte.
„Majestät, ich kann nur Gutes berichten. Die Stadt steht nach wie vor hinter Euch. Und Landgraf Herrmann hat sich nicht wieder vor unseren Toren blicken lassen."

Otto lachte schadenfroh. „Der hat im Moment andere Probleme. Burg Ranis ist von meinen Männern besetzt, mein Tribock hat ihre Mauern durchlöchert wie Bisamratten ein Flussufer." Er ließ sich von einer Magd Wein nachschenken. Dabei musterte er die Frau, als wolle er jeden Moment über sie herfallen.
Beinahe tropft ihm der Geifer vom Kinn, dachte Konrad gehässig.
„Wenn wir hier fertig sind, nehmen wir uns das Nest des Verräters vor." Otto trank einen derben Schluck und verzog das Gesicht.
„Weißensee?", fragte Dietrich und schob die Augenbrauen nach oben.
Otto nickte und musterte den Weinkrug.
„Eine harte Nuss. Weißensee gilt als ..."
„Papperlapapp!", fiel Otto dem Vogt ins Wort. „Ihr habt meine Steinschleuder nicht gesehen. Zieht mit uns, Vogt Dietrich. Ihr werdet staunen, was sie anrichtet, wenn sie richtig bedient wird. Wenn wir erst drin sind, könnt Ihr Euch bedienen. Gold, Wein, Frauen, was immer Ihr wollt."
Der Vogt neigte mit verkniffenen Lippen den Kopf, er war recht jung für sein Amt und seine zwiespältigen Gefühle ließen sich leicht aus seiner Miene lesen.
Er hat wenig Lust, in eine ungewisse Schlacht zu ziehen, mutmaßte Konrad.
Dietrich hob diplomatisch den Kelch und prostete Otto zu. „Auf Euren Erfolg, Majestät." Dann fasste er sich ein Herz und fragte: „Was genau führt Euch nach Nordhusen, Majestät?"
Otto schmunzelte zufrieden. „Ich werde heiraten!"
„Oh! Aber wer ist Eure Verlobte?" Dietrich war offensichtlich nicht auf dem Laufenden.
„Beatrix von Schwaben", half Otto ihm großzügig aus der Patsche.

Das Gesicht des Mannes könnte man als Buch verkaufen, dachte Konrad, es liest sich leichter als die Bibel.
Dietrich von Hohenstein hatte sich im letzten Moment den Ausruf „Eine Stauferin?“ verkniffen, weil ihm klar wurde, welchen Schachzug Otto mit seinem Plan einleitete. Ein Lächeln glitt über sein Gesicht, das zu einem breiten Grinsen wuchs. „So wollt Ihr die abtrünnigen Fürsten kriegen?“
Otto nickte siegessicher. „Sie werden alle zurückkommen. Eine staufische Kaiserin und ein Welfenkaiser. Alle unter einem Hut. Und der kleine *terrone* kann zurückreiten auf seine Insel und Zitronen pflücken.“
„Aber wird er freiwillig verzichten, jetzt, wo er seinem Ziel so nah ist?“
„Er hat keine Wahl. Über die Alpen kommt er nicht, die sind abgeriegelt. Nicht mal eine Maus gelangt nach Norden. Und die Städte in Oberitalien werden von ihm abfallen wie Blutegel von einer Wasserleiche, wenn sie sehen, dass er ohne einen einzigen Taler dasteht.“ Der Kaiser leerte den Krug mit einem letzten Zug und schüttelte sich. „Wo habt Ihr bloß diesen grässlichen Wein her? Bereitet eine ordentliche Hochzeit vor, die Braut wird in ein, zwei Tagen eintreffen. Eine Feier, klein und knackig, wie die dralle Magd vorhin. Wo ist sie eigentlich abgeblieben?“
Konrad zog die Stirn kraus und der Vogt blinzelte irritiert.
Otto wandte sich zum Gehen und knurrte: „Macht Euch keine Umstände, ich finde sie schon.“ Im Türrahmen drehte er sich um: „Und besorgt besseren Wein, ich will auf meiner Hochzeit keinen Essig trinken.“
Als die Tür hinter ihm ins Schloss fiel, fragte Dietrich von Hohenstein den Kanzler: „Was meint er mit klein und knackig?“
Konrad seufzte. „Keine große Feier. Richtet ein Festessen aus, so wie heute Abend, schafft süffigen Wein heran. Um Musik braucht Ihr Euch nicht kümmern, der Sänger Walther reitet in unserem Gefolge. Besorgt einen Schneider, damit

das Mädchen ein angemessenes Brautkleid bekommt, so was mögen die Frauen. Einen Goldschmied für die Ringe, und lasst ein Brautgemach herrichten. Die Trauung übernehme ich."

Der Vogt sah ihn über seinen Weinkrug hinweg nachdenklich an. „Beatrix, König Philipps Tochter. Wie lange ist der jetzt tot? Drei Jahre?"

„Vier."

„Ihr wart sein Kanzler, nicht wahr?"

Konrad nahm einen herzhaften Schluck und zog die Mundwinkel nach unten. Der Vogt rätselte, ob es am Wein lag oder an der Frage, die er ihm gestellt hatte.

„Ja, ich war Philipps Kanzler. Als er ermordet wurde, stand ich vor dem Nichts, so wie sein gesamter Hofstaat. Otto bot mir an, meine Arbeit weiterzuführen, im Sinne Philipps. Das erschien mir gerecht. Damals ahnte ich nicht ..." Er brach ab, fast hätte er zuviel gesagt. Er kannte den Vogt nicht gut genug.

Dietrich schien es nicht zu bemerken. „Beatrix' Mutter lebt nicht mehr ..."

„Sie starb im selben Jahr wie Philipp, bei der Geburt ihres letzten Kindes."

Der Vogt legte den Kopf in den Nacken. „Wenn ich richtig rechne, dürfte Beatrix jetzt vierzehn Jahre alt sein."

„Ihr kennt Euch gut aus."

„Als König Philipp in Nordhusen Hof hielt, das muss um das Jahr 1200 gewesen sein, war mein Vater – Gott bewahre seine Seele – Vogt in dieser Stadt. Ich stand ihm als halbwüchsiger Knabe zur Seite. Die kleine Beatrix konnte gerade laufen, später rannte sie mir überall hin nach. Irgendwie hatte sie einen Narren an mir gefressen."

Die zwei Männer tranken noch einen zweiten Kelch Wein zusammen und hingen ihren Gedanken nach.

Zwei Tage darauf traf Beatrix mit einem kleinen Gefolge aus Braunschweig ein. Die Wolken hatten sich verzogen und die

Sonne malte helle Flecken auf den Hof der Pfalz. Dort, wo nie Pferdehufe hingelangten, dicht an den Hausmauern und rund um den Brunnen, wuchs frisches Gras, hin und wieder leuchteten sogar wilde Margeriten und roter Mohn daraus hervor. Die Pflastersteine glänzten feucht und sauber vom Regen, nur der Morast vor der abseits gelegenen Küche und dem Pferdestall zeugte vom Wetter der vergangenen Tage.
Die Knechte nahmen die Pferde der Ankömmlinge bereits vor der Pfalz entgegen. So betraten die Gäste den Hof zu Fuß. Allen voran ging das Mädchen, das ein Königreich retten sollte. Es wurde von einer korpulenten Frau geführt, die es am Arm hielt wie eine Blinde.
Vor dem Palas reihte sich das Gesinde, die Mägde trugen saubere Schürzen, die Knechte frisch geputzte Stiefel. In der Tür zum Saal stand Konrad in festlichem Ornat und sah den Ankömmlingen entgegen, die über frisch gestreute Margeritenblüten liefen. Um den Kopf der schmächtigen Braut wand sich helles Haar, geflochten und mit Blumen, bunten Bändern und einem leichten Schleier verziert. Unter dem grünen Brokatüberwurf leuchtete ein safranfarbenes Seidenkleid hervor. Konrad fragte sich, ob sie diese Farbe mit Bedacht gewählt hatte, denn sie war noch nicht lange hoffähig. Gelb trugen noch vor wenigen Jahren ausschließlich Jüdinnen oder Huren.
Sie lächelte, als sie ihn erkannte, doch die Frau an ihrer Seite griff fester nach ihrem Arm. Da erlosch das Lächeln, als hätte es jemand weggewischt.
„Da ist sie, meine schöne Braut!" Otto trat hinter Konrad aus dem Palas.
Beatrix zögerte kurz, doch dann ging sie tapfer weiter, bis sie dem Mann gegenüber stand, der sie um Haupteslänge überragte. Sie nahm allen Mut zusammen und blickte auf. „Majestät", sagte sie leise.

„Willkommen!“, dröhnte Otto und richtete das Wort an alle. „Seid willkommen und tretet ein. Ein Begrüßungstrunk ist vorbereitet, gewiss habt Ihr gehörig Hunger nach dem langen Ritt.“ Galant bot er Beatrix den Arm und führte sie an Konrad vorbei in den Saal.

Die Trauungszeremonie sollte am nächsten Tag in der Kirche des Frauenstiftes Zum Heiligen Kreuz stattfinden, der kleinen Kirche auf dem Pfalzhof. Das eilig angefertigte Brautkleid aus weißem, mit Gold- und Silberfäden besticktem Brokat, schlotterte um die Taille der Braut. Die Frauen, die ihr beim Ankleiden halfen, schlugen die Hände über dem Kopf zusammen. Wenigstens fanden sie in den Truhen einen passenden Gürtel aus weißem Hirschleder, um es enger zu schnüren.

Klein und verloren stand die Braut neben dem Kaiser vor dem Altar. Ihre Amme schluchzte hinter einer Säule. Außer Ottos engeren Beratern wohnten Vogt Dietrich mit Frau und Töchtern, Mathilde, die Äbtissin des Frauenstiftes, und Theodor von Nordhusen, der Stadtvorsteher mit seiner Familie der Messe bei. Hinter ihnen füllten die Stadtoberen und einflussreiche Stadtbewohner die Reihen, in einigem Abstand reckten die Kanonissen des Frauenstiftes neugierig ihre Hälse, um nichts von der Zeremonie zu verpassen.

Nach dem Festessen im Palas debattierten die Gäste und tranken von dem italienischen Wein, den der Vogt herangeschafft hatte. Ottos Hofsänger Walther von der Vogelweide spielte auf seiner Laute und sang Minnelieder. Als die Texte anzüglicher wurden, erhob sich die Äbtissin und verabschiedete sich.

Diepold sah der großen Frau mit einem sehnsüchtigen Blick nach. „Was für eine Verschwendung“, sagte er und blickte die anderen Männer Beifall heischend an.

„Hütet Eure Zunge!“, fauchte Otto mit gerunzelter Stirn.

Konrad wunderte sich über die plötzliche Sittsamkeit des Kaisers und Diepold schien ähnlich zu denken, denn er grinste verhalten.
Der Stadtvorsteher neigte sich Otto vertraulich zu. „Was denkt Ihr, Majestät, werden die Staufer Euch nach dieser Hochzeit den Treueeid schwören?“
„Was sonst?“, fragte Otto siegessicher. „Ich bin der Kaiser, mit dem kleinen Sizilianer braucht niemand zu rechnen. Der kehrt spätestens am Brenner um und verkriecht sich auf seine Insel.“
Theodor von Nordhusen hatte zweifelsohne ein gerüttelt Maß von dem Rotwein genossen, sonst hätte er jetzt nicht gefragt: „Aber seid Ihr nicht gebannt?“
Zum Glück für ihn war auch Otto schon betrunken und reagierte langsamer als üblich. So konnte Konrad antworten, bevor des Kaisers Zorn in Wallung kam. „Der Bann wird aufgehoben, sobald Innozenz von dieser Vermählung Kunde hat. Es sind Herolde unterwegs, die Nachricht im Land zu verkünden und nach Rom zu tragen.“
Der Vorsteher nickte mit glasigem Blick, Otto bedachte ihn mit einem verdrießlichen Blick und ließ sich Wein nachschenken. „Walther!“, rief er. „Spielt etwas Lustiges, die Gäste wollen tanzen!“
Der Musiker verneigte sich, griff zur Laute und begann eine Weise, die in die Beine fuhr. Doch die Kinder des Burgvogtes waren die Einzigen, die sich auf der kleinen Fläche vor dem kalten Kamin im Kreise drehten. Die Braut beobachtete sie mit einem traurigen Lächeln auf den Lippen.
Als der Kanzler die Tafel verlassen wollte, stellte sich die rundliche Amme in seinen Weg. „Hochwürden, bitte, auf ein Wort.“
Er wies auf eine Fensternische, in der sie relativ ungestört wären.

„Ich erinnere mich an Euch als besonnen und aufrichtigen Mann“, begann sie ohne Umschweife. „Ich möchte Euch bitten, auf seine Majestät einzuwirken, dass er ...“ Nachdem sie die Worte zunächst heruntergehaspelt hatte, stockte sie.
„Was meint Ihr?“, fragte er.
„Das Beilager.“ Sie wand sich ein wenig. „Der Kaiser ist ein kräftiger Mann und meine Beatrix, seht sie Euch an, sie ist so zart. Wie kann sie das überstehen?“ Ihre großen Augen füllten sich mit Tränen.
Allmählich begriff Konrad, was die Frau meinte. Doch was sollte er tun? Die Ehe musste vollzogen werden, sonst wäre sie ungültig.
Die Amme griff nach seinem Arm. „Bitte sprecht mit seiner Majestät, er soll ...“
„Er soll ... was?“, fiel ihr ein Bass ins Wort, der leicht angetrunken klang. Otto stand neben der Fensternische und blickte sie auffordernd an.
Die Amme wurde rot wie ein reifer Apfel, doch die Liebe zu ihrem Schützling verlieh ihr den Mut einer Bärin. „Majestät!“, sagte sie mit bebender Stimme. „Ich möchte Euch bitten, heute Nacht sanft mit Eurer Braut umzugehen, sie ist so zart und so jung. Ihr dagegen seid ein starker Mann und ...“ Hier versagte ihre Stimme vollständig und sie sank in die Knie.
Otto musterte sie eine Weile sprachlos, dann lachte er. „Frau, was macht Ihr Euch Sorgen? Jedes junge Pferd muss eingeritten werden. Schließlich will ich Erben zeugen, gleich heute Nacht. Und wenn ich mit meiner Braut fertig bin, könntet Ihr mir als Nachspeise dienen, an Euch ist einiges mehr dran.“
Konrad hob entsetzt die Hand. „Majestät! Ich bitte Euch!“
„Was denn? Spielt Ihr wieder die Mimose? Habt Euch nicht so, Ihr solltet selber mal Dampf ablassen, damit Euch die Säfte nicht zu Kopf steigen. Und jetzt segnet unser Lager und wünscht uns eine gute Nacht!“ Er stampfte zurück zur Tafel und zog Beatrix von der Bank.

Konrad packte die Amme fest am Arm. „Lasst sie! Sie muss sich dem Leben stellen, das Gott für sie vorgesehen hat."
Er selbst kam sich erbärmlich vor, als er das Bett segnete, vor dem die Braut stand, inzwischen nur mit einem weißen Leinenhemd bekleidet. Das Gebet fiel kurz aus, Otto sandte Blicke herüber, die getötet hätten, wenn sie Pfeile gewesen wären.
Nachdem die Amme Beatrix vollständig entkleidet hatte, schob Konrad sie eilig aus der Tür. „Das Einzige, was wir tun können, ist beten. Kommt mit mir!" Am Arm zog er die Frau zur Kirche. Dort fielen sie vor dem Altar auf die Knie. Er stützte sie, während seine Lippen das Paternoster sprachen. Der warme Frauenkörper bot einen trügerischen Trost, die Amme fiel irgendwann in seine Litanei ein und sie beteten im Gleichklang.
Dann schwiegen sie, der Wind rüttelte an den Dachpfannen, die Holzpfeiler knackten in der Dunkelheit, ab und zu knisterte die Flamme der Kerze auf dem Altar. Als das Schweigen wie eine betäubende Medizin zu wirken begann, hörten sie die Schreie. Die Wände der Kapelle waren nicht besonders dick, aber diese Laute allerhöchster Pein hätten auch dicke Festungsmauern durchdrungen. Der Körper der Amme zuckte wie von einem Peitschenhieb getroffen zusammen. Er legte seinen Arm um sie, hielt sie fest. „Betet!", sagte er eindringlich. Sie schüttelte den Kopf, es war wieder still, die Stille schmerzte in den Ohren. Dann erneut Geräusche, dumpf und rhythmisch.
Die Amme schlug sich mit den Händen auf die Ohren, immer wieder, fester und fester, als wolle sie den Rhythmus aufnehmen. Er versuchte, ihre Arme festzuhalten, doch es gelang ihm nicht. Sie war kräftig, sie würde sich ernsthaft verletzen. Er schlüpfte aus seiner Soutane und wickelte sie ungeschickt um die Frau, vielleicht, um sie zu lähmen wie eine Spinne ein Insekt.

„Hört auf! Ich bitte Euch, im Namen des Herrn!“ Und während er mit dieser Frau vor dem Altar rang, fiel ihm auf, dass er nicht einmal ihren Namen wusste.
Irgendwann – es schien eine Ewigkeit zu dauern – lag sie still, eingewickelt wie eine Raupe in seiner Soutane. Er lag halb neben, halb auf ihr, erschöpft, ratlos. Die Kälte des Bodens kroch langsam in die Knochen, doch die Nähe der Frau fühlte sich tröstlich an.

Konrad erwachte, als ein Sonnenstrahl wie der Finger Gottes durch das Altarfenster auf ihn zeigte und seine Nase kitzelte. Er lag allein auf dem gestampften Erdboden, jemand hatte die Soutane über ihn geworfen.
Seine Knochen schmerzten und er humpelte über den Hof wie ein alter Mann. Mägde huschten mit Milcheimer und Körben zum Wirtschaftshof hinüber, Knechte schleppten überflüssig gewordene Tafeln aus dem Saal. Alle verhielten sich merkwürdig still, keine Scherze, kein Geplänkel untereinander wie sonst am Morgen. Im Saal löffelten Diepold und der Vogt mit griesgrämiger Miene Haferbrei aus einer Schüssel. Er nahm sich einen Löffel, mehr aus Gewohnheit, er spürte keinen Hunger.
Da sah er es. Der Löffel fiel ihm aus der Hand. Sie musterten ihn abwartend, mit verkniffenen Gesichtern. Über der Brüstung im oberen Stockwerk hing das Tuch. Wie üblich war das Bettlaken des Brautpaares nach der Hochzeitsnacht ausgehangen. Alle Welt sollte sehen, dass die Ehe vollzogen, Mann und Frau rechtsgültig verheiratet waren. Das Tuch über dem Geländer sah aus, als hätte man damit eine Schlachtbank gesäubert. Auf dem Linnen war kaum mehr eine weiße Stelle, über dem Geländer hing ein blutgetränkter Lappen.
„Gott steh uns bei“, murmelte er und schlug ein Kreuz. „Wo ist sie?“

Die Männer hoben die Schultern, niemand sagte etwas. Er stieg die Treppe hinauf. Eine Magd, die ihm ausweichen wollte, hielt er am Arm fest. Sie sah ihn mit schreckgeweiteten Augen an.
„Bring das weg!“, befahl er und ruckte mit dem Kopf in Richtung Laken.
„Wohin, Herr?“
„Verbrenn es, sofort.“
Er ging weiter, die Schritte bleischwer. Die Tür zum Brautgemach war nur angelehnt. Auf dem Boden des Gemachs lagen zertretene Rosenblüten, ein Geruch hing in der Luft, der ihn erinnerte. Blut und zermalmtes Gras, Angst, Schweiß und Gewalt, der Geruch einer Schlacht.
„Was wollt Ihr hier?“, zischte eine leise Stimme. Die Amme saß am Bett, das mit bunten Bändern verziert und mit einem Vorhang aus dunkelblauem Brokat verhüllt war. Neben dem Kopfende lag die Morgengabe auf einem Tisch ausgebreitet, Halsketten, Ringe und Armreife, der Goldschmuck von Ottos Mutter, den er aus Braunschweig hatte holen lassen. Der Preis wofür?
„Wie geht es ihr?“, fragte er.
„Ich weiß es nicht“, flüsterte sie. „Sie ist nicht da.“
Erstaunt trat er einen Schritt näher und wollte nach dem Vorhang greifen, doch sie schlug ihm auf die Hand. „Lasst sie!“
„Ich denke, sie ist nicht da?“ Er schüttelte sie ab und schob den Stoff vorsichtig beiseite. Beatrix lag auf den Kissen wie aufgebahrt. Das Gesicht weiß und durchsichtig, die Augen geschlossen, ihre Hände sorgsam gefaltet über dem weißen Linnen des Hemdes. Er sah ihre Lider leicht flattern.
„Sie lebt“, sagte er.
Die Amme schnaubte. „Sie verblutet. Das Leben läuft aus ihr heraus wie ein Bächlein. Ihr Geist hat sich bereits verabschiedet.“
„Ein Arzt muss her. Das hätte längst geschehen können!“

„Was soll der tun? Kann er die Zeit zurückdrehen? Kann er diesem Schlächter das Handwerk legen?“
„Im Namen des Herrn, sitz nicht herum!“ Wütend verließ er das Zimmer und rief über die Brüstung hinab nach dem Vogt. „Wir brauchen einen Arzt. Oder eine Heilerin. Am besten beides! Eilt!“

Cremona, Juli anno 1212

„... begleitet von den Spottreden der Mailänder,
die später grimmig erzählten,
der Knabe Friedrich
habe seine Hosen im Lambro gewaschen ...“
Thomas von Pavia

Sie hörten das dumpfe Schlagen von Hufen, ihre Pferde wendeten die Köpfe, tänzelten und schnaubten nervös.
„Bei Gott, die Mailänder!“, rief von Dario.
Hastig stülpten sie die Helme auf, sprangen in die Sättel, zogen mit hellem Zischen ihre Schwerter. Das Geräusch schwoll an, als käme Perchtas wilde Jagd direkt aus der Hölle. Und während sie noch ihre Reihen ordneten, brach mit lautem Geschrei eine Horde Reiter aus dem schwarzen Nichts. Florent hörte Gebrüll und verstand „Tod dem *terrone*!“ Und „Schnappt ihn euch!“, während er mit der einen Hand das Visier schloss und mit der anderen das Schwert hob. Geblendet vom Licht der Signalfackel, fuchtelte er ziellos mit der Waffe in der Luft herum, sein Hengst drehte sich, als wolle er seinen Schwanz fressen. Die Hufschläge schienen aus allen Richtungen zu kommen, niemand wusste, wo Freund oder Feind war.
„Federico!“, schrie Florent und „Luna?“
Es war aussichtslos, eine Antwort zu hören, der Tumult war ohrenbetäubend. Schon klirrten die ersten Schwerter gegeneinander. Männer brüllten vor Wut, Angst und Schmerz. Die heftig gespornten Pferde wieherten schrill.
„Zum Wasser! Reitet zum Fluss!“ Seine Stimme kippte, er hoffte, dass seine Leute ihn hören konnten.
Die Cremoneser auf der gegenüberliegenden Seite hatten mehrere Feuer entzündet, um ihnen den Weg über die Furt zu weisen. Reflektiert vom schnell dahinfließenden Fluss

entstand so ein diffuses Licht, das den Fliehenden die Richtung wies, aber nicht ausreichte, um die Leute zu erkennen, die hier in wilder Hast durcheinanderwirbelten. Sie mussten es zum Ufer schaffen, bevor die Mailänder ihnen den Weg abschnitten.
Florent drehte den Kopf, das Visier schränkte die Sicht ein und einen Moment drohte Panik ihn zu lähmen, dann griff ihn ein gepanzerter Reiter von der Seite an und die Routine verdrängte die Angst. Geschickt parierte er die Schwerthiebe, wich aus, wenn es nötig war, und schlug zu, wenn sich die Gelegenheit ergab. Nach kurzem, aber heftigem Kampf hob sein Gegner den Arm, um auszuholen, und bot ihm damit die vom Kettenhemd ungeschützte Stelle in der Achselhöhle. Florent nutzte die Gelegenheit und stieß zu. Er legte alle Kraft in diesen Stoß, um die Rippen zu durchdringen. Der Mann ging mit einem schrillen Schrei zu Boden. Für einen Moment trafen sich ihre Blicke durch die Schlitze des Visiers. Die weit aufgerissenen grauen Augen des Gegners würde er im nächsten Moment vergessen haben, zu oft hatte er Männer fallen und sterben sehen. Er nutzte das Gewicht des stürzenden Körpers, um das Schwert herauszuziehen. Ein Gesetz, das er seinen Schützlingen immer wieder eintrichterte: Niemals das Schwert verlieren, wenn der Gegner fällt, sonst bist du selbst das nächste Opfer.
Im Augenwinkel sah er einen falben Zelter mit einem schmächtigen Reiter zum Fluss hinab galoppieren. Luna! Er lenkte seinen Hengst mit dem Knie nach links und folgte ihr. Bis zum schlammigen Ufer war das Kampfgetümmel noch nicht vorgedrungen.
„Luna?“, rief er.
Sie zügelte das Tier und drehte sich um.
„Hast du ihn gesehen?“ Er vermied Federicos Namen, um die Gegner nicht aufmerksam zu machen.

Bevor sie antworten konnte, preschte von der Seite her ein Packpferd heran. Die Ladung war verrutscht und hing bedenklich schief, das Tier keilte während des Galopps panisch nach hinten aus und steuerte auf den Fluss zu. Erst als das seichte Uferwasser unter seinen Hufen aufspritzte, sah Florent den Mann, der auf der anderen Seite des Pferdeleibes hing: Federico. Etwas blitzte hell auf, erst später sollte Florent begreifen, dass es der königliche Hintern war, denn der Reiter trug keine Bruch. Als das Tier vollends im Wasser war, löste sich die Ladung und trieb den Fluss hinab, während das Pferd quer zur Strömung zu schwimmen begann. Die seichte Furt hatte es offensichtlich verfehlt. Der Mann, der inzwischen aufgesessen war und den Gaul fest am Zügel hielt, war vor den Leuchtfeuern der Cremoneser gut zu erkennen.
Irgendjemand schrie: „Da ist er!“
„Dort im Wasser, seht!“
„Der Sizilianer!“
Als er sah, dass die Mailänder nach Pfeil und Bogen griffen, legte Florent beide Hände vor den Mund und brüllte: „Runter vom Pferd!“ Gleichzeitig fiel ihm ein, dass Federico ein Kettenhemd trug, das ihn unweigerlich hinabziehen würde. Hoffentlich war er schlau genug, sich am Pferd festzuhalten. Doch darüber nachzudenken, fehlte die Zeit. Schon zischten die ersten Pfeile über das Wasser und die kämpfenden Reiter rückten dem Ufer näher.
Eilig schob er Lunas Stute ins Wasser. „Folge ihm, halt dich aber weiter rechts!“, rief er und gab dem Tier einen kräftigen Schlag auf die Kruppe. „Und besorg ihm eine Bruch!“, murmelte er, während er seinen Hengst wendete und sich den anstürmenden Reitern entgegenstellte. Im Nu hatte er links und rechts seine Leute an der Seite.
Neben sich hörte er den Bischof keuchen, den ein Mailänder Ritter heftig bedrängte. Zwar wehrte er sich mit einem Kurzschwert, doch der Angreifer schwang seinen Bihänder

mit erschreckender Leichtigkeit. Des Königs Leibdiener Assad griff den Mailänder mit einem Krummsäbel von hinten an. Den Bischof vorerst in Sicherheit wissend, konzentrierte Florent sich auf die Bogenschützen, die dem fliehenden Federico Pfeile hinterherschickten. Mit einem lauten Schrei trieb er sein Pferd in ihre Reihen. Mehrere Soldaten Darios folgten ihm, sodass die todbringenden Geschosse, die über das Wasser zischten, ihr Ziel verfehlten. Das wiederum reizte die Mailänder Schwertkämpfer, die mit unverminderter Kraft auf die Männer aus Pavia einhieben. Mit dumpfer Angst hörte er die Schreie der Männer, roch das Blut, das die Erde tränkte. Lange konnten sie das Ufer nicht mehr halten, die Mailänder waren in der Überzahl.
Immerhin erwies sich das Packpferd als wackerer Schwimmer und sie hörten die Cremoneser triumphierend schreien, als der König am anderen Ufer ankam. Sprechchöre schallten über das Wasser: „Hoch Federico! Vivat Federico!“
Im selben Moment gab der Mailänder Anführer das Zeichen zum Rückzug. Die Angreifer hievten in aller Eile ihre Verwundeten auf die Pferde und verschwanden in der Dunkelheit.
Berard rutschte schwerfällig aus dem Sattel seines braunen Hengstes, kniete nieder und faltete die Hände zum Gebet.
Von Dario riss sich den Helm vom Kopf und wischte sich den Schweiß von der Stirn. „Das war knapp!“, sagte er. An seinem Arm lief Blut aus einem fingerlangen Schnitt.
„Ihr seid verletzt, Ihr solltet das verbinden lassen!“
„Alles zu seiner Zeit. Ich muss meine Männer nach Hause bringen. Viele von Ihnen sind schwerer angeschlagen.“
„Ihr habt einige Tote zu beklagen“, sagte Florent leise und sah sich um. Die Männer, die Glück gehabt hatten, kümmerten sich um die anderen, andere fingen die Pferde ein, Routine nach einem Kampf. „Wenn Ihr Hilfe braucht ...“
Von Dario schüttelte den Kopf. „Nein, wir kommen zurecht. Sie werden uns in Ruhe lassen, sie wollten nur den König.

Mit uns haben sie keine Esel zu kämmen." Er reckte den verletzten Arm und verzog kurz das Gesicht. „Bringt den tollkühnen Knaben in den Norden. Wir brauchen einen starken Mann, der für Ruhe und Ordnung im Reich sorgt. Ich glaube, er ist der Richtige dafür."
Florent ergriff die ihm gebotene Hand. „Ich danke Euch für alles. Wir werden dafür Sorge tragen, dass Eure Hilfe nicht umsonst war."
„Eins noch", sagte der Graf. „Habe ich mich getäuscht, oder hatte der König ein nacktes Hinterteil?"
„Da müsst Ihr Euch getäuscht haben", sagte Florent grinsend.
Der Graf lachte und stieg auf sein Pferd. „Wenn Ihr mal wieder in der Gegend seid ..."
„Graf von Dario, es war mir eine Ehre!" Florent verneigte sich und stieg ebenfalls in den Sattel. „Fertig mit dem Gebet?", fragte er den Bischof, pfiff die Männer zusammen und trieb seinen Hengst in den Fluss. Assad ritt knapp hinter ihm. Wenn man die Furt erwischte, war es ein Kinderspiel, hinüberzugelangen. Das Wasser reichte nur bis zu den Steigbügeln und die Pferde schritten zügig aus. Die Cremoneser begrüßten sie mit erneutem Jubelgeschrei.
Luna schloss ihn erleichtert in ihre Arme und Federico klopfte ihm auf die Schulter. „Danke!", sagte er knapp.
Assad musterte fragend den Umhang, in den der König gehüllt war. „Wo ist Eure Bruch?"
„Drüben im Gebüsch."
Assad murmelte etwas auf Arabisch, das niemand außer Federico verstand.
Der rollte mit den Augen. „Auch ein König muss mal brunzen, was denkst du denn?"
Florent unterdrückte das Bedürfnis, laut zu lachen. „Ich denke, wir sollten Gott danken, dass wir heil über diesen Fluss gekommen sind." Er bemerkte plötzlich, dass ihm die Knie zitterten.

„Da Ihr den Herrn erwähnt – wo ist der Bischof?“, fragte Federico.
Florent blickte zum Lambro hinab. Berards Pferd erreichte gerade das Ufer, der Bischof kletterte aus dem Sattel und schüttete das Wasser aus seinen Schuhen.
Federico grinste. „Keine Verluste?“
„Nur Eure Bruch“, erinnerte Florent.
„Ich hab mehr davon.“
Assad schüttelte den Kopf. „Falsch. Euer Gepäck schwimmt den Fluss hinab.“
Federico sah sich nach dem Befehlshaber der Rettungsmannschaft um, der schon geraume Zeit im Hintergrund stand. „Der Markgraf von Este, ein wackerer Kämpfer und Freund, der uns hier erwartet hat und nach Cremona begleiten wird.“
Der Markgraf, der seinen Helm unter dem Arm trug, trat näher und neigte den Kopf. „Und noch ein Stück weiter, wenn Ihr erlaubt.“
„Aber heute Nacht nicht mehr!“, schnaufte der herankommende Bischof entsetzt. Alle lachten.
„Ein paar Tage Ruhe seien Euch vergönnt“, sagte von Este. „Die Bürger von Cremona freuen sich auf ihren hohen Gast.“
Federico sah sich nach einem Pferd um. „Dann lasst uns reiten!“ An von Este gewandt, fragte er: „Führt der Weg am Fluss entlang?“
„Teilweise, Majestät. Warum?“
„Vielleicht können wir mein Gepäck noch einholen. Ich hänge sehr an der Tunika aus chinesischer Seide.“
Luna lenkte ihre Stute an Florents Seite: „Wird er nie erwachsen?“, fragte sie und beide lachten. Erleichterung lag in diesem Lachen und Glück.
Federico wandte sich im Sattel um. „Ihr habt was gut bei mir, Florent.“
„Wie wär’s mit einer Hochzeit?“, antwortete der.

Federico stutzte, dann fiel sein Blick auf Luna, die ihn erwartungsvoll ansah. „Diesmal wird es klappen, ihr habt mein Wort", sagte er feierlich, als hätte er nie etwas anderes gewollt.
Am Ende der ersten Woche in Cremona heirateten sie. Marco Caldini, der *podestà* der Stadt, ließ die Feier ausrichten, Bischof Berard führte die Zeremonie in der *Cattedrale di Santa Maria Assunta* durch, einem prächtigen Dom mit Kampanile.
Frau und Töchter des Bürgermeisters hatten bei der Aussicht auf eine Hochzeit begeistert in die Hände geklatscht und sofort die Vorbereitung an sich gerissen. Sie wühlten sich mit Luna durch die Stoffballen sämtlicher Tuchhändler der Stadt, befühlten Damast, Seide und Brokat. Sie bestellten Apfelsinen, Datteln, Feigen und Zuckermelonen. Ein Weinhändler lieferte die besten toskanischen Weine, blutrot und goldklar, für jeden Geschmack. Der Metzger schlachtete ein Kalb, Bäcker buken Törtchen, Pasteten und kleine Weißbrote.
Die Caldinis luden die Würdenträger der Stadt ein, ließen auf dem Innenhof ihres Palazzos eine Tafel aufbauen, ein Schneider brachte ein Dutzend Klafter weißes Linnen und nähte mit seinem Gesellen an Ort und Stelle Tischtücher. Caldinis halbwüchsige Töchter wanden Blumenkränze und banden duftende Lavendelsträußchen. Am vorletzten Tag fiel der Hausfrau mit Entsetzen ein, dass auch der Bräutigam ausstaffiert werden müsste. Florent wehrte sich erfolglos, glaubte er doch bis dahin, sein Lederharnisch, gut aufpoliert, wäre eine würdige Kleidung für einen Bräutigam.
Am Anfang protestierte das Brautpaar noch gegen die Verschwendung, doch Donna Lucia schüttelte entrüstet den Kopf: „Der König hat angeordnet, es soll eine prächtige Hochzeit werden. Und ich werde mich nicht blamieren, basta."

So trug Luna schließlich ein perlweißes Kleid aus griechischem Damast, das sich kaum von ihrer Haut abhob. Die weiten Ärmel waren mit zarten Goldfäden durchwirkt und der Schleier aus hauchdünner chinesischer Maulbeerseide gefertigt. Ihre Schuhe wurden in aller Eile vom städtischen Schuster aus weichem Hundsleder angefertigt und mit kleinen beinernen Perlen bestickt.
Luna, die von Kindesbeinen an gelernt hatte, sich zurückzunehmen und nicht aufzufallen, behagte der Aufwand um ihre Person überhaupt nicht. Doch gegen die geballte Ladung von weiblichem Enthusiasmus und die vielen *bastas* war sie machtlos. Donna Lucia und ihre zwei Töchter behandelten sie wie eine Edeldame, obwohl sie nichts anderes als eine Bedienstete des Königs war.
Florent betrachtete das Aufheben um seine Vermählung ebenfalls mit gemischten Gefühlen, wenn auch aus anderen Gründen. Allzu oft vollführte des Königs Meinung unberechenbare Kehrtwendungen. In der Nacht vor der Hochzeit träumte er, wie Federico vor den Altar trat, Luna an der Hand nahm und ihn zum Kirchenportal hinausjagte. Als er aufschrak und Luna sich besorgt über ihn beugte, erzählte er ihr widerstrebend von seinen Ängsten.
Sie seufzte in der Dunkelheit und schwieg.
„Was ist?“, fragte er alarmiert. „Traust du ihm auch nicht?“
„Gestern früh, als du zur Anprobe warst ...“ Sie zögerte und er hörte in der Dunkelheit der Kammer nur ihren Atem. „Er nahm mich beiseite. Bitte reg dich nicht auf, ich wollte es dir nach der Hochzeit sagen, um sie dir nicht zu vergällen.“
Florent setzte sich auf und zündete die Öllampe an. „Luna, um Himmels Willen, was wollte er von dir?“
„Er nahm mir das Versprechen ab, dafür zu sorgen ... Er sagte, ich wüsste mit Sicherheit, wie Frauen so etwas regeln.“ Sie holte tief Luft. „Wir dürfen keine Kinder haben, solange wir in seinen Diensten stehen.“

„Was?“ Florent fuhr herum und das Tischchen mit der Öllampe wackelte bedrohlich.
Luna griff nach seinem Arm. „Hör zu, wir werden... Auf keinen Fall darfst du ihn zur Rede stellen.“
„Natürlich tue ich das!“, rief Florent erbost. „Was denkt er sich? Ist er Gott? Oder der Papst? Oder beides?“
Luna sah besorgt zur Tür. Sie bewohnten eine eigene Kammer im Gästeflügel des Palazzos, aber durch die Tür konnte man ihn mit Sicherheit auf dem Gang hören. Und neugierige Ohren gab es überall.
„Sei still! Er sagte, dass er die Heirat verbietet, wenn ich dir von der Abmachung erzähle.“
„Abmachung nennst du das? Das ist Erpressung, gottlos und widerwärtig.“ Er begriff plötzlich, dass sie diese Ungeheuerlichkeit schon einen Tag lang allein mit sich herumschleppte, und zog sie an sich. „Warum tut er das?“, fragte er leise.
„Er glaubt, dass meine Kräfte versiegen, wenn ich ein Kind zur Welt bringe.“
„Ist das so?“
Luna hob die Schultern. „Ich weiß es nicht.“ Sie seufzte und drängte sich an ihn. „Wir sollten uns nicht so viele Gedanken um diesen Pakt machen. Gott wird eine Lösung für uns finden.“
Florent senkte die Stimme, als er sagte: „Mit Gottes Hilfe werden *wir* eine Lösung finden. Hier ist kein Platz mehr für uns. Unser Falke ist flügge geworden.“ Er schlug mit der flachen Hand auf die Bettkante. „Zum Geier ist er geworden, wie ich es befürchtet habe.“
„Er wird uns niemals aus den Fängen lassen.“ Luna starrte vor sich hin. „Du weißt zu viel über ihn und von mir verspricht er sich Gesundheit und das ewige Leben.“
Er nahm ihr Gesicht in beide Hände und sah sie eindringlich an. Der flackernde Lichtschein warf bläuliche Schatten auf

ihr milchweißes Antlitz. „Wir werden glücklich sein, für immer. Das kann er uns nicht nehmen.“
In ihren hellen Augen schimmerte Hoffnung. „Für immer.“
Er küsste sie und sein Herz quoll über. Womit verdiente er dieses Glück? Doch gleich meldete sich die Besorgnis. Der Geier, der einst ein Falke war – dieses Bild wollte nicht aus seinem Kopf. Es wurde Zeit, mehr an sich und Luna zu denken. Er musste einen Weg finden, heil aus den Krallen des Geiers zu entkommen.
Nur wenige Stunden später waren die düsteren Gedanken verdrängt. Vor dem prächtigen Altar der Kathedrale von Cremona schielte er immer wieder nach rechts, wo Luna den Worten Berards lauschte. Sie leuchtete aus sich heraus wie frisch gefallener Schnee in der Sonne. Er griff ihre Hand, um den Goldring aufzustecken, den er seit Monaten in seinem Gepäck getragen hatte. Ihre Wärme strömte zu ihm herüber und in diesem Moment schnürte sich sein Hals zu. Der Drang, sie an sich zu reißen und mit ihr davon zu reiten, weg von diesem Hof, weg von Federico, dessen Blicke er in seinem Rücken spürte, wurde übermächtig. Sie drückte seine Hand fester und ihre Lippen formten ein „Für immer!“.
Auf dem Innenhof des Palazzos feierten sie ein ausgelassenes Fest. Die Edlen der Stadt waren der Einladung gefolgt, so wie der Bischof von Cremona, der während der Trauung nur Zuhörer gewesen war. Federico hielt zu fortgeschrittener Stunde eine kurze Rede über die Macht der Liebe. „… und nun liebes Brautpaar, entlassen wir euch ins Brautgemach. Zum ersten Mal werdet ihr euch unter Gottes segnender Hand lieben, sicher seid ihr gespannt auf den elementaren Unterschied.“
Alle lachten, lediglich die beiden Bischöfe schauten pikiert in die Runde, während Florent versuchte, eine neutrale Miene aufzusetzen. Er erhob er sich und griff nach Lunas Hand. Sofort hagelte es zotige Bemerkungen.
„Bitte nicht so laut!“

„Wenn wir helfen sollen, einfach rufen!"
Eilig verschwanden sie die Treppe hinauf. Florent schloss die Kammertür hinter ihnen und atmete auf. „Das wäre überstanden."
„Hoffentlich geben sie jetzt Ruhe", sagte Luna und sah misstrauisch zur Tür.
„Sie sollen es nur wagen!" Seine Miene wurde weich, als er sie in die Arme nahm. „Nun gehörst du mir vor Gott." Sein Blick versank in ihrem. Im Schein der Lampe erinnerten ihre Augen an venezianisches Glas. Vorsichtig hob er sie hoch und trug sie zum Bett. „Gütiger Gott, ich tue alles dafür, dass ich dich niemals verliere", murmelte er, während er die Flamme der Öllampe heller drehte. Er wollte sehen, was er zu genießen dachte. Als er sich voller Elan neben sie legte, schien die Welt aus den Fugen zu geraten. Das Bettgestell neigte sich und brach mit einem lauten Krachen zusammen. Luna schrie auf. Der schwere Brokat des Betthimmels fiel wie der letzte Vorhang im Theater und es wurde dunkel. Florent wühlte sich laut fluchend aus dem Stoff. „Himmel und Hölle, was zum Teufel ..."
Im selben Moment flog die Tür auf und ein Pulk von angeheiterten Hochzeitsgästen strömte ins Zimmer, mitten drin der König.
„Ihr habt gerufen? Braucht ihr Hilfe?", fragte Federico prustend und wie alle anderen krümmte er sich vor Lachen.
„Ihr wart wirklich stürmisch, junger Herr!", kreischte Signora Caldini und wies auf den wirren Haufen aus Kissen und Stoff, aus dem Lunas zerzauster weißer Haarschopf herausleuchtete. Sie hatte sich den Brokat bis an das Kinn gezogen und versuchte zu grinsen.
Florent verstand keinen Spaß. Seine Stimme war gefährlich ruhig. „Raus! Alle! Sofort!" Vollkommen nackt stand er vor dem Bett und wies auf die Tür.

Die Töchter des *podestàs* kicherten im Hintergrund mit aufgerissenen Augen. Es dauerte geraume Zeit, bis alle verstanden hatten, dass der Spaß zwar gelungen, aber vorbei war. Johlend zogen sie wieder hinab in den Hof, während das frischvermählte Paar sich auf dem Boden ein provisorisches Lager aus Decken und Matratzen herrichtete.
Florent besah sich das zerbrochene Bettgestell. „Sie haben es angesägt!", murmelte er fassungslos.
„Ich hörte schon von schlimmeren Streichen", murmelte Luna und atmete tief durch. „Manchmal setzen sie dem Brautpaar Frösche ins Bett. Oder sie streuen Hagebuttenkerne in die Laken."
„Du hättest dich verletzen können!" Er schob einen Tisch vor die Tür und verkeilte zusätzlich einen derben hölzernen Schemel unter dem Riegel.
„Frösche wären schlimmer gewesen. Komm jetzt endlich zu mir!"
Und das tat er.
Die zweite Woche in Cremona verging über Verhandlungen. Wie die anderen Stadtväter zuvor unterstützten die Cremoneser den jungen König nicht aus purer Nächstenliebe. Sie brachten konkrete Vorstellungen zu Papier, was sie von dem künftigen Kaiser erwarteten. Ein Notar stand ihnen zur Seite, die Urkunden zu prüfen, und die Parteien siegelten ihr neues Bündnis. Federico unterzeichnete weitreichende Zugeständnisse, vergaß allerdings nicht, alles unter der Bedingung „da ich tatsächlich Kaiser sein sollte" zu versprechen. Das war die Option, auf deren Eintreten sowohl er als auch seine Vertragspartner setzen mussten.
Als der Siegellack auf der letzten Schriftrolle trocknete, lehnte Federico sich erschöpft zurück. „Ich hielt nie für möglich, dass dieser Schreibkram der anstrengendste Teil der Arbeit eines Kaisers ist."
Genau deshalb brauchen wir irgendwann einen Kanzler, dachte Florent missmutig, sprach es aber nicht aus.

Der Bürgermeister lächelte. „Was haltet Ihr von einer Beizjagd, um Euch zu entspannen?“
Federicos Miene hellte sich auf. „Habt Ihr gute Vögel?“
„Nur die besten, Herr. Ich besitze einen großen Gerfalken, den ich Euch gern zur Verfügung stelle. Aber Ihr könnt wählen, vielleicht gefällt euch auch ein flinker kleiner Saker oder ein Habicht?“
„Ich schaue sie mir an. Lasst uns eine Kleinigkeit essen, und wenn die Mittagshitze abklingt, reiten wir los. Da fällt mir ein: Habt Ihr Kundschafter ausgesandt, die Alpenpässe zu prüfen? Ich muss möglichst bald weiterziehen.“
Caldini hob beide Hände. „Selbstverständlich. Doch es wird dauern, bis sie zurück sind, der westlichste Pass ist drei Tagesreisen entfernt.“ Er zog ein säuerliches Gesicht. „Ich fürchte nur, sie werden keine guten Nachrichten bringen. Der Kaiser ...“
„Wen nennt Ihr Kaiser?“ Federico hob die Stimme.
Der Mann reckte seine Hände weiter in die Luft, inzwischen ähnelte er Jesus am Kreuz. „Ich bitte um Vergebung, ich meine Otto, den Gebannten. Der Baiernherzog Ludwig ist nach wie vor welfentreu und hat seine Söldner überall im Gebirge. Weiter westlich streifen die Männer des Herzogs von Meranien durch die Wälder, auch er ist ein glühender Anhänger Ottos. Es sollte mich wundern ...“
„Was können wir tun, wenn Ihr recht habt?“, unterbrach ihn Federico erneut.
„Der Bischof von Trient, ein alter Freund von mir, ist ein hervorragender Bergsteiger. Er könnte Euch auf Wegen über das Gebirge bringen, die nur die Einheimischen kennen.“
Federicos Miene hellte sich auf.
„Wo ist der Haken?“, fragte Florent, der das Mienenspiel Caldinis genau beobachtet hatte.
„Diese Wege sind für Ungeübte äußerst gefährlich. Nicht für Pferde geeignet, höchstens für Esel oder Maultiere. Ihr

müsstet das Gepäck auf das Notwendigste beschränken, Alte und Schwache zurücklassen."
„Den Bischof?", fragte Federico.
Der Bürgermeister schwieg, aber er senkte in eindeutiger Geste den Kopf.
„Kein Problem, der Bergführerwird ihn ersetzen. Wann kann der Mann hier sein?"
Caldini lächelte stolz. „Ich habe mir erlaubt, ihm einen Boten zu senden, da ich nicht damit rechne, dass wir einen unbewachten Pass finden werden."
Federico erhob sich und klopfte ihm anerkennend auf die Schulter. „Sobald ich Kaiser bin, werdet Ihr in den Genuss meines Dankes in Form von klingender Münze kommen. Bis dahin muss Euch meine Anerkennung genügen."
Florent verkniff sich ein Grinsen ob der großspurigen Antwort.
Als sie von der Jagd zurückkehrten, warteten zwei Boten. Federico, der mit Caldinis Gerfalken etliche Enten und einen Fasan erlegt hatte, war bester Laune und ließ die Männer sofort vor.
Der erste Reiter, ein junger Kundschafter aus Cremona, kam vom Brennerpass und berichtete von einer dichten Kette von Wachfeuern. „Sie brennen nachts auf Sichtweite, Majestät. Und die Männer an den Feuern sind nicht etwa Bauern, sondern Brabanzonensöldner, hervorragend ausgebildet und gut bewaffnet." Er zeigte ihnen auf der Karte, die Caldini ausgelegt hatte, den ungefähren Verlauf der Sperrlinie.
Der zweite Bote war ein Bauer aus einem der Bergdörfer, der sich als Kundschafter ein Zubrot verdiente. „Ein Eilbote des Papstes wechselte sein Pferd in der Herberge meiner Schwester, die ihm gehörig Wein einschenkte. Er berichtete, der Kaiser Otto habe geehelicht, droben jenseits der Berge. Ein Stauferweib sei seine Braut, eine Tochter des ermordeten Königs."

„Bei den Schwanzhaaren des Teufels, das darf nicht wahr sein!“, schrie Federico und der Bauer wich erschrocken zurück. Caldini steckte ihm einen kleinen Beutel mit Kupfermünzen zu und schob ihn hastig aus der Tür.
„Eine Tochter des ermordeten Königs? Etwa von diesem Philipp?“
Bischof Berard, der nicht gewagt hatte, bei dem Fluch zu intervenieren, nickte betreten. „Das muss Beatrix sein, Eure Base.“
„Damit ködert er die staufertreuen Fürsten. Dieser Hundsfott!“ Federico war kreidebleich. „Wir müssen in den Norden, so schnell wie möglich. Wir werden nicht auf diesen Bergsteiger-Bischof warten, wir reisen ab.“
Der Bürgermeister öffnete den Mund, doch Federico machte eine heftige Bewegung mit der Hand und beugte sich über die Karte. „Wir brechen morgen früh auf in Richtung Mantua, von dort nach Verona. Sendet Eurem Bischof eine Nachricht, wir treffen ihn unterwegs. Sollen die Verräter denken, dass wir über den Brenner reiten. Sobald Euer Mann zu uns gestoßen ist, wenden wir uns nach Westen. Und dann vergälle ich diesem Hundsfott seinen Honigmond.“
Florent wandte sich zum Gehen. Es gab jede Menge vorzubereiten. Er war froh, dass die Warterei ein Ende hatte. Der Überraschungseffekt, mit dem sie den gut gerüsteten Widersacher Otto hätten schlagen können, war längst verspielt. Die Nachricht von Ottos Heirat glich einer Katastrophe, denn nun sahen die staufischen Fürsten jemanden von ihrem Schlag an der Macht und würden kaum auf den unbekannten Jungen aus Sizilien warten. Der einzige Punkt, der ihnen noch zu Buche stand, war die Exkommunizierung Ottos.
Ohne Bischof Berard, der den Befehl, in aller Ruhe mit einem Kaufmannszug über die Alpen zu reisen, sehr gefasst aufnahm, brachen sie am nächsten Morgen auf. Cremona

stellte zwanzig Männer Begleitschutz, insgesamt kam die Truppe auf drei Dutzend Reiter, eine Menge, die sehr wohl auffiel und nicht mehr unerkannt über die Felder reiten konnte. Die Bauern sanken auf die Knie, wenn sie durch die Dörfer ritten, obwohl Federico bewusst auf Fahnen verzichtete und sie alle nur schlichte Kleider und Rüstungen trugen. Doch die Nachricht, der sizilianische König sei auf dem Weg in den Norden, um den verhassten deutschen Kaiser zu vertreiben, breitete sich vor ihnen aus wie der Rauch eines Feuers im Wind. Und wer anders als Federico konnte dieser stattliche Junge sein mit dem forschen Blick unter den rotblonden Locken? So kam es nicht selten vor, dass die Leute zusammenliefen und „Vivat Federico“ riefen, wobei sie ihre Mützen in die Luft warfen und die Bauernmädchen in aller Eile zusammengepflückte Blumensträuße brachten.
In Mantua übernachteten sie im Hause des Bürgermeisters, dann ging es weiter nach Verona, wo Bischof Enno von Trient sie erwartete.
„Sein Gesicht erinnert an einen alten Olivenbaum“, raunte Florent Luna zu, als sie ihn an der Tafel des *podestàs* zum ersten Mal sahen. Der Bürgermeister ließ sich nicht lumpen und ein üppiges Mahl auftischen.
„Die Sonne oben in den Bergen trocknet die Haut aus.“ Luna schob ihm Feigen mit Speck und mit Mandeln gefüllte Oliven in den Mund.
Er kaute und fragte besorgt: „Hast du genug Schleier dabei?“
„Keine Sorge.“
Bischof Enno saß neben dem König und unterhielt sich angeregt mit ihm. Sein Haar wallte kräftig und silbergrau unter seiner Pfaffenkappe hervor. Obwohl er zulangte und sich mehrmals vom gebratenen Ferkel nachlegen ließ, war er hager und sehnig.

Gerade schüttelte er auf eine Frage Federicos heftig den Kopf. „Nein, Majestät. Keine Pferde. Die Pfade sind höchstens eine Elle breit. Esel sind möglich oder Männer als Lastträger. Habt Ihr viel Gepäck?"
„Waffen, Rüstungen und Proviant."
„Keine Rüstungen, keine Begleitmannschaft." Der Bischof hob das Messer, mit dem er ein Stück Ferkelbraten aufgespießt hatte. „Kein Proviant. Brot und Käse erwerben wir bei den Bauern in den Bergen."
Federico krauste die Stirn.
Der Bürgermeister von Verona beugte sich nach vorn. „Wir sollten uns zurückziehen. Hier an der Tafel sind zu viele Ohren."
Federico erhob sich. „Ihr habt recht." Sein Blick suchte Florent.
Der seufzte und flüsterte Luna zu: „Versuche, etwas von dem Fasan in unsere Kammer zu bringen. Und von den Trauben und dem Käse dort ..."
„Kommt Ihr?", rief der König ungeduldig.
Luna lachte. „Geh nur, ich sorge schon dafür, dass du nicht verhungerst."
„Du hast gehört, in den Bergen wird der Brotkorb höher hängen."
Im Amtszimmer des *podestàs* versammelten sich Federico, der Bürgermeister und der Bischof, der nun, da er aufrecht stand, eine beachtliche Größe aufwies. Florent kam als letzter und schloss die Tür hinter sich.
„Wenn Ihr gestattet", begann Bischof Enno auf einen Wink des Königs hin, „mache ich einen Vorschlag: Wir gehen mit minimaler Besatzung in die Berge, höchstens ein halbes Dutzend Leute. Der Rest der Truppe mit Pferden und Gepäck wartet einige Tage und erweckt den Anschein, als sei der König noch hier. Erzählt einfach, er wäre krank und kuriere sich aus."

Er wies mit dem Kinn auf den Bürgermeister. „Camillo, nach Ablauf einer Woche streut Ihr das Gerücht, der König sei längst im Norden, was dann hoffentlich auch stimmt. Sie werden daraufhin die Wachen am Brenner abziehen und die Truppe kann uns unbehelligt folgen."
Florent trat ans unbespannte Fenster und blickte hinunter auf die Straße, wo die Bürger der Stadt ihren Geschäften nachgingen. „Ihr erwartet, dass wir uns ohne Rüstung und Pferde in Eure Hände begeben?"
„Wenn Ihr mir nicht vertraut, solltet Ihr nicht mit mir in die Berge gehen", entgegnete der Bischof emotionslos. „Dort oben bedeutet Argwohn den sicheren Tod."
„Wir werden mit Euch gehen", sagte Federico nach einer Weile.
„Wer?", fragte Florent.
„Ihr und Luna, Assad und ich."
„Eine Frau?", fragte Bischof Enno und seine Augenbrauen tanzten unter dem grauen Haaransatz. „Ausgeschlossen!"
Florent schwankte zwischen Empörung und Erleichterung. Er trennte sich ungern von Luna, doch war der Weg, den der Bischof einschlug, weitaus gefährlicher als der, den die restliche Truppe nahm, wenn der Brennerpass wieder frei wäre. Andererseits konnte er sie nicht beschützen, wenn sie nicht bei ihm war.
Federicos Antworterstaunte ihn. „Sie ist in den Bergen aufgewachsen, sie findet sich dort zurecht wie eine Schneekatze. Als Kind rettete sie zwei Menschen aus einer Lawine, das solltet Ihr wissen, bevor Ihr urteilt."
Der Bischof ließ sich nicht so schnell beeindrucken. „Wozu braucht Ihr sie? Sie kann bequem mit den anderen ..."
Federico ihm das Wort ab. „Sie kann heilen. Ohne sie gehe ich nirgendwohin."

Sie ritten den ersten Teil der Strecke noch auf den kleinen, kräftigen Pferden, die Caldini besorgt hatte. Da sie nur noch zu fünft waren und schlichte Kleidung trugen, wirkten sie auf den flüchtigen Beobachter wie eine Gruppe Händler oder Handwerker in wichtigen Geschäften. Lediglich Assad mit seinem weißen Turban über der rehbraunen Haut erntete hin und wieder neugierige Blicke. Sarazenen gab es hier oben seltener als im Süden, wo sie zum Straßenbild gehörten.

Zunächst führte Enno sie das Etschtal hinauf in Richtung Trient, doch schon bald nutzten sie die Seitentäler, die aus den westlichen Bergen kamen, ein Vorteil, denn niemand vermutete den *terrone* in westlicher Richtung. Ihr Ziel war die Stadt Chur, weil der dortige Bischof als ausgesprochen stauferfreundlich galt.

„Er rüstet Euch mit allem aus, was Ihr zurücklassen musstet“, versprach der Bischof.

„Auch mit Söldnern?“, fragte Federico.

„Er hat Beziehungen zu Fürsten, die Truppen ausheben können. Und er besitzt jede Menge Überzeugungskraft, Ihr werdet sehen. Bevor Ihr ein Vaterunser beten könnt, hat er Euch einem Heer an die Spitze gestellt.“

„Das Vaterunser überlasse ich Euch“, knurrte Federico und riss an den Zügeln. „Und betet für diesen Gaul, er ist das verfressenste Tier, auf dem ich je gesessen habe.“ Unbeirrt knabberte sein Hengst an den würzigen Gebirgskräutern.

Luna, die eine bereitwillige Stute erwischt hatte, lachte. „Euer Gaul erinnert mich an einen Esel namens *tronco*. Damals war ich noch ein Kind und wir zogen mit ihm nach Rom.“

„*Tronco*?“, fragte Florent. „Wie der Baumstamm?“

„Genau. Er war so unglaublich stur.“

Bischof Enno beobachtete Luna mit Argwohn. Widerwillig hatte er feststellen müssen, dass sie ausdauernd reiten konnte, beinahe besser als er selbst. Doch sie war zart und irgendwie blutleer, wie sollte sie die steilen Ziegenpfade meistern?

„Woher stammt Ihr, Signora Luna?“, fragte er sie, nachdem alle über den Baumstamm-Esel gelacht hatten.
Luna hob den Schleier und sah ihn an. Er erschrak über die Intensität ihres Blickes. „Wenn wir auf dieser Route bleiben, Eminenz, kann ich Euch die Gegend zeigen.“
„Wie heißt der Ort?“
Luna hob die Schultern. „Niemand hat sich die Mühe gemacht, dem Platz mit unserer Hütte einen Namen zu geben.“
„Unsere?“, hakte Enno nach.
„Meine Mutter lebte mit mir dort. Sie starb am Lungenfieber, als ich fünf oder sechs war. Zwei Reisende nahmen mich damals auf.“
Der Bischof schwieg und grübelte.
Als die Luft dünner und die Wege zu schmal wurden, übergaben sie die Pferde einem Senner, der ihnen Proviant und einen kleinen, stämmigen Esel verkaufte. Er versprach, die Pferde dem Bürgermeister zurückzubringen, wo ihn ein entsprechender Lohn erwarten würde.
Dabei musterte er sie mit derart eindringlichen Blicken, dass Federico die Nerven verlor und ihn am Wams packte. „Denk nicht daran, irgendjemandem von uns zu erzählen! Ich komme zurück und schneide dir eigenhändig die Kehle durch.“
Der Senner befreite sich und zog ein beleidigtes Gesicht. „Herr, wenn Ihr der seid, für den ich Euch halte, würde ich meine eigene Zunge verschlucken, bevor ich Euch verrate. Wir hier oben in den Bergen wissen vielleicht nicht alles, was da unten im Land geschieht, aber Hoffnung auf ein ruhigeres Leben ohne die vermaledeiten Deutschen haben auch wir.“
Federico machte ein verdutztes Gesicht. Dann ergriff er die Hand des Senners und entschuldigte sich. „Verzeih mir, ich bin ein Trottel.“

Das Gesicht des Mannes zerfiel in tausend Fältchen, als er breit lächelte. „Drei Tage dürfte sich das Wetter noch halten. Bis dahin müsst Ihr drüben sein“, sagte er mit Blick auf den leuchtend blauen Himmel.
Der kleine Esel war das Klettern gewohnt, geduldig trug er das wenige Gepäck. In Serpentinen ging es immer weiter hinauf, Florent hatte bald das Gefühl, die Flanke des Berges schon zigmal von links nach rechts und umgekehrt durchkreuzt zu haben. Dabei durften sie keine Steine lostreten, nicht mit dem Fuß umknicken oder auch nur ausrutschen. Trotz der Höhe war es warm, die Sonne schien unbarmherzig und das Gestein strahlte die Wärme zurück. Luna litt ungleich mehr, sie trug einen dichten Schleier vor dem Gesicht und wagte es nicht, das lange Überkleid abzulegen. Der Einzige, dem die Sonne nichts ausmachte, war Assad.
„Bald gelangen wir zur Nordseite. Dort werdet Ihr Euch nach der Sonne sehnen“, prophezeite Enno, der gewandt und sicher voranschritt. Im Stillen nannte Florent ihn nur noch die Gämse.
Der Trampelpfad wand sich allmählich um den Gipfel herum und auf der anderen Seite begann der Abstieg. Hier im Schatten war es tatsächlich kühl, was sie zunächst als angenehm empfanden. Als es am Abend zu dunkel wurde, um gefahrlos weiterzugehen, lagerten sie unter einem Felsvorsprung, groß genug für alle fünf und den Esel. Assad breitete Decken aus und Enno holte Riemen hervor, legte ein Seil um einen großen Gesteinsbrocken und befahl ihnen, sich an diesem Seil festzubinden. Auch das Grautier wurde festgezurrt. Dann kauten sie, eng aneinander gedrängt, Brot und Käse, bevor sie sitzend in einen dämmrigen Schlaf verfielen. Luna rückte dicht an Florent heran und versuchte dabei, den Abstand zum Bischof zu vergrößern. Als Florent einen Arm um sie legte, fühlte sie sich sicher. Sie nahm den Schleier ab, schob ihn unter ihren Kopf und schlief bald darauf ein.

Sie erwachte von leise gewechselten Worten.
„Lasst die Finger von ihr!“, hörte sie Federico zischen.
„Ich wollte nur ...“ Die Stimme des Bischofs.
„Ich erlaube es nicht.“
Sie öffnete die Augen und sah Enno ungläubig auf ihre Haare starren.
„Was seid Ihr?“, fragte er unverblümt und bekreuzigte sich.
„Was geht Euch das an?“, hörte sie Florent dicht hinter sich.
„Nun, ich denke schon, dass ich wissen sollte, mit wem ich die Berge ...“
Florent streckte sein Bein aus und trat dabei einen Stein los. Er polterte ins Tal und löste eine kleine Geröllawine aus, deren Gerassel und Getöse den Esel in Panik versetzte.
„Wir brechen auf!“, befahl Federico, nachdem Assad den Esel beruhigt hatte. Erstes blasses Morgenrot färbte die gegenüberliegenden Gipfel.
Sie lösten die Riemen, verrichteten nacheinander ihre Notdurft am Gesteinsbrocken und kletterten mit steifen Knien den Berg hinunter. Sie kamen durch ein schmales Tal, dessen Grund die Sonne wahrscheinlich nie erreichte. Es war kühl und feucht und mit Flechten, Farnen und Moosen bewachsen. Der Esel knabberte gierig an dem frischen Grün. Nachdem sie ein schnell fließendes Bächlein mit eiskaltem Wasser überquert hatten, begann auf der anderen Seite erneut der Aufstieg. Assad sah zum Gipfel hinauf und zog die Mundwinkel nach unten. „Oh Allah, wozu muss es Berge geben?“, murmelte er.
Der Bischof blickte missbilligend zurück, als er Allahs Namen hörte, doch er schwieg und schritt schneller aus. Sie folgten einem Pfad, den Gämsen und Ziegen am Hang ausgetreten hatten. Schweigend kletterten sie, konzentriert und vorsichtig. Auf halber Höhe blieb Luna stehen und wies auf ein Plateau unterhalb eines kleinen Wäldchens aus verkrüppelten Bäumen. „Dort drüben stand die Hütte meiner Mutter.“

Federico fragte: „Möchtet Ihr hinüberklettern?“
„Würdet Ihr das erlauben?“, fragte sie.
„Ich würde sonst nicht fragen.“
Sie nickte mit leuchtenden Augen und ihre Wangen glühten.
„Gut, dann gehen wir alle“, sagte Federico.
Enno wandte ein: „Das kostet uns mindestens eine Stunde.“
Federico ignorierte ihn und sagte zu Luna: „Geht voran.“
Der Weg war von den Gämsen gut ausgetreten, sie schienen die Lichtung zum Grasen zu nutzen. Am Rande der Wiese angekommen, ließ Assad den Esel weiden und packte Brot und Käse aus.
Luna führte Florent zum Waldrand. Dort lag ein mannshoher Felsbrocken, daneben wucherte Brombeergestrüpp. „Hier stand die Hütte“, sagte sie leise.
Er nahm einen abgebrochenen Ast und stocherte damit in den Büschen herum. Ein Siebenschläfer sprang heraus und flüchtete in den Wald. „Es ist nichts mehr davon zu sehen.“
„Es ist zu lange her.“ Unter einer gebeugten Kiefer, deren Äste von dicken Flechten überzogen waren, kniete sie nieder. „Hier ist das Grab meiner Mutter.“
Er sah nur Gras und Moos, doch er kniete sich neben sie und sie beteten gemeinsam.
Der Bischof beobachtete die Szene mit gerunzelter Stirn vom Wiesenrand aus. „Sie ist eine weiße Hexe, nicht wahr? Deshalb legt ihr Wert auf ihre Gegenwart.“
Federico ärgerte sich über die penetrante Neugier des Mannes, zumal er selbst nicht genau wusste, wie er sein Interesse an Luna einordnen sollte. „Macht Euch nicht so viele Gedanken über diese Frau. Eure Aufgabe besteht darin, uns heil über die Berge zu bringen.“
Enno schwieg beleidigt und Assad, der die kärglichen Reste des Proviants in den Satteltaschen verstaute, grinste schadenfroh.

Eine Stunde später liefen sie wieder auf dem Ziegenpfad und hatten beinahe den höchsten Punkt des Weges erreicht, bevor sie auf der anderen Seite den Abstieg beginnen konnten. Hier oben gab es kaum noch Vegetation, Fels und Steine dominierten die Gegend. Die Felswand zu ihrer Linken ragte senkrecht auf und rechts neben ihnen ging es steil bergab.
„Nicht nach unten sehen!", mahnte Enno zum wiederholten Male. „Immer nach vorn und auf die Füße achten."
Sie kamen an eine Stelle, die so schmal war, dass sie dem Esel die Satteltaschen abnehmen mussten. Assad warf sich eine über die Schulter, Florent nahm die andere und band sie sich am Gürtel fest. Doch es nutzte nichts, der Esel stieß nach einem falschen Schritt an die Felswand zu seiner Linken, verlor das Gleichgewicht und kam ins Rutschen. Mit dem Hinterteil voran und einem schrillen Schrei glitt er rechts von ihnen den Abhang hinunter. Florent, der hinter ihm gegangen war, erwischte ihn am Halfter und versuchte, ihn zu halten. Der Esel strampelte und trat Geröll los, das mit lautem Gepolter in die Schlucht hinabstürzte.
„Loslassen!", brüllte Enno, der etliche Schritte voraus war und sich vorsichtig zurück tastete. „Ihr geht sonst mit ihm zugrunde."
Im selben Moment gab die Kante nach und Florent stürzte mit dem Esel mehrere Manneslängen nach unten. Auf einer Geröllhalde blieben beide liegen. Der Esel rappelte sich auf, rannte voller Panik los und fiel über einen Vorsprung in die Tiefe. Florent dagegen lag still und rührte sich nicht.
„Florent!", rief Luna voll Entsetzen. „Was ist mit dir?"
Ein Stöhnen kam als Antwort.
„Bewegt Euch nicht! Atmet ruhig ein und aus, aber bewegt Euch nicht!", rief Enno nach unten. „Wir ziehen Euch herauf."
Aus einer der Satteltaschen zerrte er das Seil, mit dem er sie in der Nacht am Felsen festgezurrt hatte. Er wand es

Assad um den Bauch. „Ich lasse dich hinab, du bindest den Mann an deinem Körper fest und wir ziehen euch hoch, verstanden?“
Assad nickte. Der Sarazene war klein und drahtig, für Federico und den Bischof war es ein Kinderspiel, ihn abzuseilen. Deutlich schwieriger war es, den kräftigen und muskulösen Körper Florents festzuzurren, ohne ihn auf dem Geröll erneut ins Rutschen zu bringen. Als Assad es geschafft hatte, tropfte ihm der Schweiß von der Stirn. Florent hob den Kopf und suchte Lunas Blick weit über ihm. Sie betete stumm und versuchte, zu lächeln.
Der Bischof zog ein weiteres Seil hervor und band sich und Federico an einem Zacken fest, der hinter ihnen wie ein Drachenzahn aus dem Felsen herausragte. Dann zogen sie gemeinsam die beiden Männer herauf, was sich als sehr schwierig erwies, denn die Felswand hinter ihnen ließ kaum Bewegungsfreiheit. Sie mussten sich hüten, ebenfalls das Gleichgewicht zu verlieren.
„Nur wegen dieses blöden Esels“, murmelte Bischof Enno zwischen den Zähnen hindurch. Die Köpfe der beiden Männer tauchten an den Resten der abgebrochenen Kante auf. Assad konnte sich selbst helfen, schließlich folgte Florent, der benommen wirkte und nicht zu wissen schien, was ihm geschah. Sie zerrten ihn von der schmalen Stelle des Pfades weg und legten ihn vorsichtig ab. Seine Stirn blutete heftig und der rechte Arm hing seltsam verdreht herab.
Luna kramte in der Satteltasche, die noch immer über Florents Schulter hing, nach ihrem Medizinbeutel.
„Wenigstens hatte er die festgebunden“, stellte Enno fest.
„Der Arm ist ausgekugelt“, sagte Luna. „Das ist nicht weiter schlimm.“ Dann runzelte sie die Stirn, während sie Florents Kopf abtastete. „Der Schädelknochen scheint ganz zu sein. Nur eine heftige Prellung.“
„Den Arm kann ich einrenken“, sagte Enno mit einem kritischen Blick auf Lunas zarte Gestalt.

„Gut, dann erledigen wir das jetzt, bevor er richtig zu Bewusstsein kommt. Federico und Assad, ihr müsst ihn festhalten.“ Luna hatte das Kommando übernommen, niemandem fiel auf, dass sie den König Federico genannt hatte. Sie nickte dem Bischof zu, der einen Fuß in Florents Achselhöhle setzte und mit einem kräftigen Ruck am Arm zog. Der Verletzte bäumte sich auf, aber Assad und Federico waren gewappnet. Es gab ein knackendes Geräusch, Florent sackte zusammen und Luna nickte zufrieden.
„Und nun?“, fragte Federico.
„Wir warten, bis er alle Sinne beisammen hat“, sagte Luna. „So kann er nicht durchs Gebirge laufen.“
„Und wenn er nicht wieder klar wird?“, fragte Enno.
Luna zog ein Kraut aus ihrem Beutel und zerrieb es in der Hand. Ein aromatischer Geruch nach Minze breitete sich aus. Sie hielt Florent die Hand über Mund und Nase. „Das sollte ihn auf die Beine bringen“, sagte sie zuversichtlich.
„Das will ich hoffen“, knurrte Enno. „Sonst müssen wir ihn tragen. Das wird kein Spaß.“
„Mit Spaß hatte ich hier oben sowieso nicht gerechnet“, entgegnete Federico sarkastisch.
Luna zog sich Florents Kopf auf den Schoß, legte beide Hände an seine Schläfen und schloss die Augen. *Dunkle Mauern, feucht, muffiges Stroh, dicke rostige Gitterstäbe. Ein Junge im Stroh. Blut.*
Bischof Enno beugte sich zu Federico hinab. „Was tut sie da?“, murmelte er.
Federico hob mahnend die Hand und legte einen Finger auf die Lippen.
Tastende Hände, warmes, klebriges Blut. Leere Augenhöhlen. Wimmern.
Luna zog ihre Hände zurück und öffnete die Augen.
Bischof Enno runzelte missbilligend die Stirn. „Heidnisches Zeug!“, knurrte er.

Federico hatte Luna fasziniert beobachtet und riss jetzt den Kopf herum: „Was meckert Ihr ständig wie eine Bergziege, Eminenz? Soll ihm geholfen werden, oder wollt Ihr ihn tragen?“
Bevor der Bischof antworten konnte, zuckten Florents Augenlider. „Was ist passiert?“, erklang seine Stimme etwas zittrig. Er setzte sich auf, verzog er das Gesicht und stöhnte. „Ein Bienenstock ... in meinem Schädel“, stammelte er.
„Könnt Ihr laufen?“, fragte der Bischof ungeduldig.
Florent starrte ihn an. „Warum nicht?“ Als er aufstehen und dabei seinen rechten Arm benutzen wollte, stöhnte er auf und sank zurück.
„Macht Euch nicht ins Hemd, Eure Schulter war lediglich ausgekugelt“, sagte Federico gönnerhaft.
„Wir binden den Arm an deinem Körper fest.“ Luna suchte nach einem geeigneten Tuch. Ihr Blick fiel auf Assads Turban.
„Oh – nein!“, stammelte der Leibdiener.
„Oh doch!“, sagte Federico. „Ich wollte schon immer sehen, was du darunter ausbrütest.“
Mit saurem Blick wickelte Assad seine Kopfbedeckung ab und offenbarte dichte, schwarze Locken.
„Nicht schlecht“, kommentierte der König grinsend. „Diese prächtige Mähne musst du nicht verstecken.“
Assad verdrehte die Augen, schwieg aber wohlweislich und half Luna, den Stoffstreifen um Florents Leib zu schlingen. Dann marschierten sie langsam weiter. Enno hatte sie alle mit dem Seil verbunden und ihnen eingeschärft, äußerst wachsam zu sein.
„Sollte einer ins Rutschen kommen, müssen alle anderen sofort dagegenhalten. Sonst stürzen wir gemeinsam in die Tiefe.“
Florent tapste zunächst noch ungeschickt zwischen ihnen, gewann aber nach und nach seine Sicherheit zurück.

„Luna muss schlafen“, mahnte er. „Und mir platzt der Schädel.“
„Ich friere an den Ohren“, ergänzte Assad, der als Letzter lief.
„Auf deinen Pelz sind sogar die Bären neidisch“, rief Federico über die Schulter. „Wie kannst du damit frieren?“
„Wir kommen bald zu einem Ziegenbauern“, sagte Enno. „Dort ruhen wir aus.“
Der Weg führte jetzt wieder bergab, was nicht unbedingt leichter war. Die Gefahr abzustürzen, wuchs eher mit dem dauernden Blick in die Tiefe, während ihre Kräfte stetig nachließen. Als die Sonne den Berggipfel links vor ihnen berührte, hörten sie das Bimmeln von Glocken und das Meckern von Ziegen.
„Das schönste Geräusch, das ich je gehört habe“, murmelte Florent, dem die Knie zitterten.
Luna ließ ihn nicht aus den Augen. Sie sorgte sich, dass seine Schädelverletzung schlimmer war, als angenommen.
Die Frau des Bauern begrüßte sie mit einem Becher Ziegenmilch und einem groben Kanten Brot für jeden. Das Brot duftete nach Wiesenheu und die Milch war noch warm. Florent schloss die Augen und kaute langsam. Seine Kopf dröhnte noch immer.
Luna trank hastig ihren Becher aus, fragte den Ziegenhirten nach Schafsfett und holte aus ihrem Beutel Andorn und Fenchel. Dann bat sie Assad, die Kräuter zu zerstoßen und unter das Fett zu rühren.
„Damit reibe ihm Stirn, Schläfe und Nacken ein!“ Sie deutete auf Florent, legte sich zurück ins Heu und schlief ein.
Enno schüttelte missbilligend den Kopf, schwieg aber wohlweislich, als er Federico schmale Augen sah.
Am nächsten Morgen ging es Florent besser, lediglich die Schulter bereitete noch Schmerzen. Mit den ersten Sonnenstrahlen verabschiedeten sie sich von dem Ziegenhirten und seiner Frau. Der Pfad wurde breiter und ab und zu

konnten sie sich sogar einen Blick über die prächtige Berglandschaft leisten. Dafür legten die Wolken dem Bischof Sorgenfalten auf die Stirn.
„Wir müssen unten sein, bevor das Wetter kommt“, knurrte er und legte einen Schritt zu.
„Wieso kommt das Wetter?“, fragte Assad und krauste die Stirn unter den dunklen Locken. „Ist es nicht immer da?“
Enno verdrehte die Augen und antwortete nicht. Sie marschierten ohne Pause. Nachdem sie von einem Hirten einen Hinweis auf eine Söldnertruppe des Herzogs von Meranien erhielten, die einen kleinen, aber häufig benutzten Pass kontrollierte, raubte ihnen der nötige Umweg über ein Geröllfeld Zeit und Kraft. Florent stolperte mit zusammengebissenen Zähnen über die Steine, die verletzte Schulter schmerzte höllisch, obwohl Luna ihm zwischendurch Beinwellwurzeln zum Kauen gab.
Als er mehr davon verlangte, schüttelte sie den Kopf. „Du musst deine Sinne beisammen haben, sonst stürzt du noch einmal ab.“
Er verfluchte die Berge, den Bischof, den armen Esel und schlussendlich die ganze Welt, bis plötzlich, am späten Nachmittag, als die dunklen Wolken sich immer dichter über ihnen auftürmten, der Blick sich auf ein Tal öffnete und der Bischof die erlösenden Worte sagte: „Dort unten liegt das Kloster Chur.“

Weißensee, August anno 1212

Wê ir huiten und ir hâren,
die niht kunnen frô gebâren
sunder wibe herzeleit!
Dâ mac man sünde bî der schande schouwen,
die maneger ûf sich selber leit.
(Durchprügeln und kahlscheren sollte man sie,
die nicht fröhlich sein können
ohne Frauen Leid zuzufügen.
Hier kann man Sünde und Schande sehen
die so mancher sich selbst auflädt.)
Walther von der Vogelweide

Das Holz des Tribocks knarrte und knackte, als die Knechte mit hochroten Köpfen die Winde betätigten.
„Zu-gleich, zu-gleich, zu-gleich!“, kommandierte der Hauptmann der Mannschaft.
Irgendwann berührte die Spitze des sich nach oben verjüngenden Hebels den Boden. Die Angelegenheit war so kräftezehrend, weil am anderen Ende des Abzugs ein mit Blei gefüllter Kasten hing, der mindestens so viel wog wie zwei schlachtreife Ochsen. Ein kräftiger Haken und dicke Taue verhinderten, dass die Bleibeschwerung sofort wieder nach unten stürzte. Bedrohlich quietschend schaukelte sie leicht in der Luft. Zwei Männer legten die beiden Enden der Netzschleuder in eine Rinne zwischen den Füßen des Tribocks. Zwei weitere hievten das Geschoss hinein, einen Steinbrocken mit einem Durchmesser von gut zwei Ellen.
Einer der Männer hob den Arm: „Bereit zum Schuss!“
Einen Moment verharrte die Kriegsmaschine wie ein geduckter Fuchs vor dem Sprung. Der Stein war in ein ölgetränktes Tuch gewickelt, an das der Hauptmann im letzten Augenblick eine Fackel hielt. Er wartete, bis die Flammen ordentlich aufloderten, dann rief er: „Und ab!“

Ein Geschützknecht löste den Schnapper vom Haken, mit einem Summton strafften sich die Taue und ächzend richtete der Hebel sich zunächst langsam, dann immer schneller werdend, auf. Die vier Männer, die eben noch die Winden betätigt hatten, beschleunigten ihn zusätzlich, indem sie den Bleikasten an Seilen nach unten zogen. Alle anderen brachten sich mit einem Sprung zur Seite in Sicherheit. Die Schleuder mit dem lodernden Steinbrocken war am Ende des Hebels befestigt. Sie glitt über die Führungsrinne und schwang dann durch die Luft, vollführte einen perfekten Halbkreis, der danach noch eine Weile als Rauchfahne am Himmel zu sehen war. Während die Spitze des schnellenden Hebels oben ankam, krachte der bleigefüllte Kasten unten gegen die dicken Balken des Gestelles. Die netzartige Schleuder bewegte sich weit nach vorn, bis sie abrupt gestoppt wurde und der Stein, enorm beschleunigt, die vorgesehene Öffnung verließ und weiter flog. Dabei gab es ein hässlich pfeifendes Geräusch, auf das die Leute der gegnerischen Seite mit ängstlichem Gebrüll reagierten.
Die Mannschaft johlte laut, während sie die Bahn des Feuerballs verfolgte. Es galt als hohe Kunst, das Geschoss zu entzünden und abzuwerfen, ohne die Schleuder ebenfalls zu beschädigen. Doch Hauptmann Arnim beherrschte sein Geschäft seit der Belagerung der Burg Ranis. Sie hörten den dumpfen Aufschlag innerhalb der Mauern von Weißensee, Frauen kreischten, Kinder heulten und Hunde kläfften. Doch das taten sie schon den ganzen Tag und weiter passierte nichts. Weder gab es bisher einen ausreichend großen Durchbruch in der Mauer, noch schienen die Bewohner sich endlich zu ergeben. Auch diesmal blieb der erhoffte Feuerschein aus dem Inneren der Burg aus. Die Burgleute hatten es erneut geschafft, das Feuer rechtzeitig zu löschen.
„Da kotzt doch die Jungfrau!“ Otto riss entnervt sein Pferd herum und galoppierte zurück zum Lager. Er sprang aus

dem Sattel, warf einem der Pferdeknechte die Zügel zu und stürmte in sein Zelt. „Hol sie alle her, den ganzen verdammten Rat!“, sagte er zum bereitstehenden Diener. „Und bring Wein!“

Nach und nach trafen Diepold von Schweinspeunt, der Markgraf von Meißen und Hauptmann Arnim, der eben noch am Tribock gestanden hatte, ein.

„Wo bleibt der Kanzler?“, fragte Otto und winkte dem Diener, einzuschenken. „Wir müssen eine Entscheidung fällen. Diese Burg ist zäher, als ich dachte.“

Arnim nickte mit ernster Miene. Getrockneter Schweiß zog sich in weißen Rändern über Gesicht und Wams, seine Ärmel waren vom Ruß verschmiert. „Sie gilt als uneinnehmbar.“

Otto fuhr herum. „Unfug! Es gibt immer eine Schwachstelle. Mit dem Tribock muss es möglich sein, eine Bresche in die Mauern zu schlagen.“ Wein schwappte aus seinem Krug, als er zu heftig ansetzte und lief ihm in den Bart.

„Wir brauchen mehr Zeit“, sagte Diepold. „Wenn wir immer wieder auf dieselbe Stelle zielen, schaffen sie es nicht, die Schadstellen auszubessern.“

Der Diener meldete einen Boten.

„Schick ihn herein. Und schaff den Kanzler heran, den faulen Sack.“ Ottos Bart tropfte und seine Laune war auf dem Tiefpunkt.

Der Bote trat ein und kniete nieder. „Majestät, der Herzog von Baiern schickt mich. Der Sizilianer hat die Alpen überquert. Er wurde in Chur gesehen.“

„Waaas?“ Otto griff nach dem Weinkelch und warf ihn über den sich duckenden Diepold hinweg an die Zeltwand, wo er wenig Schaden anrichtete, denn er war leer. „Wie, zum Teufel, konnte das passieren? Hat er die Pässe nicht bewachen lassen?“

Der Bote nickte eifrig. „Doch, Majestät, niemand kam da durch. Er muss über die Berge geklettert sein.“

„Unfug! So ein dreckiger Sizilianer kann überhaupt nicht klettern. Irgendwo ist eine undichte Stelle gewesen.“ Otto sprang auf und lief im Zelt auf und ab.
Die anwesenden Männer redeten wild durcheinander.
„Wir brechen die Belagerung ab und ziehen sofort nach Baiern. Wir müssen verhindern, dass er im Süden Anhänger um sich schart“, schlug Dietrich von Meißen vor.
Otto sah Diepold an. „Was denkt Ihr?“
„Wir brauchen Geld, Majestät. Die Männer hatten mit Beute gerechnet beim Schleifen der Burg. Jetzt gehen sie leer aus. Außerdem müssen wir sie verköstigen, die Vorräte gehen zur Neige.“
„Geld, Geld, Geld!“ Otto schnaufte. „Haben wir nicht Rothenburg und Dryburg geplündert?“
„Das wenige, was wir dort fanden, war schnell verprasst.“ Diepold verschwieg wohlweislich, dass der Löwenanteil an der Beute in Ottos Taschen geflossen war. Wobei er dem Kaiser zugutehalten musste, dass etliche tausend Taler allein an Bestechungsgeldern nötig waren, um den thüringischen Adel bei der Stange zu halten.
Otto stierte auf die Tischplatte. „Ich muss endlich diese Grundsteuer durchsetzen, wie sie die Engländer und die Normannen eintreiben. Eine permanente Einnahmequelle, ohne auf den Fall irgendwelcher Burgen warten zu müssen. Lasst einen Schreiber kommen!“
Seine Berater tauschten entsetzte Blicke. Jeder von ihnen nannte großzügige Ländereien sein Eigen, eine Grundsteuer würde ihre Geldtruhen empfindlich treffen.
„Wo bleibt der Kanzler, zum Teufel nochmal?“, schrie der Kaiser.
„Hier bin ich, Majestät.“ Konrad stand plötzlich in der Tür. Er trug weder Wams noch Mantel und sein Gesicht war so weiß wie das Linnen seines Hemdes.
„Wo treibt Ihr Euch herum?“

Konrad schluckte. „Es gibt schlimme Nachrichten, Majestät."
„Das ist mir klar! Deshalb beraten wir hier."
„Ich meine nicht den Sizilianer."
„Was meint Ihr dann?" Otto sah ihn wild an. „Was könnte denn noch schlimmer sein?"
Der Kanzler zögerte, dann brachte er heraus: „Ein Bote aus Nordhusen ... Ihre Majestät die Königin ... sie ist tot."
Die einsetzende Stille war greifbar und nur, weil das Zeltlager um sie herum eine monotone Geräuschkulisse bildete, schmerzte sie nicht in den Ohren. Jeder der Anwesenden sortierte seine Gedanken. Wenn die junge Königin tot war, gab es keine Beziehung zu den Staufern mehr. Im Gegenteil, mit Sicherheit gaben die Staufer Otto die Schuld am Tod seiner Braut und würden sich nun im Zorn erst recht gegen ihn wenden. Genügend Zeugen waren nach der Brautnacht auf ihre Burgen und Bischofssitze zurückgekehrt und gewiss verbreitete sich das Gerücht von Ottos Unbeherrschtheit wie der Rauch eines Feuers im Lande.
Der Witwer Otto fiel auf seinen Stuhl und tastete auf der Tafel vergeblich nach seinem Weinkelch, der vergessen an der Zeltwand lag. Er sah die Männer an der Tafel rundum an, sie erschraken vor seinem stieren Blick, der keinen von ihnen zu erkennen schien.
„Wie – tot?", krächzte er. „Warum ist sie ... woran starb sie?" Es klang beinahe beleidigt.
Konrad ärgerte sich über die schlecht gespielte Ahnungslosigkeit seines Herrn. „Sie starb an den Folgen der Hochzeitsnacht, Ma-jes-tät." Ottos Titel spuckte er förmlich aus, Diepold und Dietrich zuckten zusammen.
Otto schien es nicht zu bemerken. Wie immer, wenn sich sein schlechtes Gewissen melden wollte, verdrängte er es mit einem Wutausbruch. „Dann hat sie nichts getaugt, beim Schwanz des Teufels. Wie sollte sie je Erben austragen, wenn sie schon die Vögelei nicht aushält?"

Dietrich entfuhr ein entrüstetes „Majestät!"
„Waaas?", schrie Otto und fasste nach seiner Seite, wo aber kein Schwert hing.
Der Markgraf erhob sich hastig. „Mein Beileid!", sagte er geistesgegenwärtig. „Wenn Ihr uns jetzt entschuldigen würdet? Ihr werdet einen Augenblick allein sein wollen."
„Unfug! Wir haben wichtige Dinge zu bereden." Er zeigte auf den Kanzler: „Ihr reitet nach Nordhusen und findet heraus, ob sie krank war. Wahrscheinlich hat man mir ein faules Ei untergeschoben. Kümmert Euch darum, dass die Morgengabe wieder nach Braunschweig gebracht wird! Und schickt mir endlich diesen verfluchten Schreiber!"
Konrad drehte sich wortlos um und ging, er hatte sich nicht einmal verneigt.
Als er eine gute Stunde später mit zwei prall gefüllten Satteltaschen und in leichter Rüstung das Lager verließ, wandte er sich zunächst nach Norden. Doch kaum außer Sicht der Wachhabenden, lenkte er seinen Streithengst über eine Wiese hinweg auf eine Straße nach Westen und gab ihm die Sporen. Bis zur Nacht wollte er ein gehöriges Stück Weg geschafft haben.
Es dauerte jedoch nicht lange, da tauchte vor ihm auf dem Hohlweg ein anderer Reiter auf, der etwas langsamer ritt. Konrad erkannte an seiner bunten Kleidung bald den Minnesänger Walther. Ärgerlich hob er die Zügel und überlegte, ob er einen Umweg wählen sollte, um die Begegnung zu vermeiden. Doch da drehte der Barde sich um, erblickte ihn und zügelte ebenfalls sein Pferd. Konrad blieb nichts anderes übrig, als ihn einzuholen.
„Seid gegrüßt, Eminenz", sagte Walther strahlend. „Wollt Ihr mir auf einem Stück meines Weges die Zeit vertreiben? Es ist gar so unheimlich, allein zu reiten."
Konrad antwortete mit einer Gegenfrage, während er im Hinterkopf nach einem glaubhaft klingenden Grund für seine eigene Reise suchte. „Ihr seht mich verwundert, Herr

Walther. Warum seid Ihr nicht im Lager und spielt den Rittern auf?“
Der Sänger sah ihn treuherzig an. „Ich hoffe, Ihr legt mich nicht sofort in Fesseln, wenn ich Euch ehrlich antworte. Ich bin ein Freigeist, meine Muse küsst mich nur, wenn ich mir selbst treu bleibe. Ich fühlte mich am Hof des Kaisers mehr und mehr wie ein Hofnarr, denn wie ein Künstler. So griff ich meine Laute und ging.“
Konrad stockte der Atem bei dieser offenen Antwort, noch vor wenigen Stunden hätte er ernsthaft erwogen, den Mann zu binden und zurückzubringen. Stattdessen fragte er: „Wohin wollt Ihr gehen?“
„Nach Süden. Ich werde den Hof des Sizilianers suchen. Man sagt, er sei freundlich und großzügig gegenüber Künstlern. Angeblich dichtet der junge König sogar selbst.“ Walther plauderte arglos vor sich hin, als hätte er nicht ausgerechnet den Kanzler seines gerade verschmähten Herrn neben sich. „Und Ihr? Wohin seid Ihr unterwegs, so ganz allein?“
Konrad überlegte kurz, ob er dem Musiker trauen könne. Doch dann sah er dessen sorglosen Blick und eine seltsame Ruhe überkam ihn. Er lächelte dem Sänger zu und sagte: „Ich glaube, wir haben dasselbe Ziel.“

Konstanz, September anno 1212

Da legt ich das Maß dem König an:
Seht, wie er schoß empor!
Sein junger Leib wurd' stark und groß.
Seht nur, er wächst und wächst.
Schon ist er den Riesen ein Genoß.
Walther von der Vogelweide

Die Stadt Konstanz rüstete sich seit Tagen für das große Ereignis. Kaiser Otto gab sich die Ehre. Zwar war er ein exkommunizierter Kaiser, aber in diesen Zeiten wusste man nie, wer zu guter Letzt an der Macht blieb. Über Nacht konnte der Papst den Bann wieder aufheben und dann gnade Gott demjenigen, der seine Gunst dem Falschen geschenkt hatte.

Im Norden der Stadt, nahe beim Rheintor, glänzten die buckligen Steine des Straßenpflasters frisch gekehrt in der Spätsommersonne, Besen und Schaufel lauerten griffbereit für die Hinterlassenschaften der einziehenden Pferde. Schweine und Hunde blieben in ihren Verschlägen eingesperrt, Bettler und Huren waren längst in die Nebengassen verbannt. Aus den Fenstern hingen Teppiche und bunte Stoffbahnen, vor den Türen wetteiferten frisch gepflückte Blumensträuße mit wohlriechenden Öllampen. Aus zahlreichen Buden an den Straßenecken duftete es nach gebratenen Hühnchen, knusprigem Fisch, Gewürzwein und jüngst gebrautem Bier. Feuerschlucker, Possenreißer und Messerwerfer lungerten in den Gassen, Wahrsagerinnen hockten unter weiten Umhängen an den Ecken des großen Marktes.

Das Heer des Kaisers lag am jenseitigen Ufer bei Überlingen, es konnte sich nur noch um Stunden handeln, bis Otto mit seinem Gefolge übersetzte und das Stadttor passieren würde. Die Fähren lagen vor Überlingen bereit.

Sein Hofgesinde vereinnahmte bereits seit dem Morgengrauen die Stadt, um den Empfang vorzubereiten. Kaiserliche Köche drehten Ochsen am Spieß, füllten Gänsehälse mit Lebermus, kochten Rinderzunge und Meerrettichsoße. In den Lehmöfen reihten sich Roggenbrotlaibe, Hefezöpfe und Pasteten aneinander. Ottos Mundschenk durchsuchte die städtischen Weinkeller nach den besten Tropfen.
Zahlreiche Gerüchte, die sich in ihrer Brisanz übertrumpften und gleichzeitig widersprachen, machten seit Tagen die Runde und ließen die Spannung vor dem Kaiserbesuch ins Unerträgliche steigen. Die Städter wetzten sich die Mäuler.
„Er hat die Stauferprinzessin gefreit!"
„Ja freilich, aber die ist doch inzwischen gestorben. Sie war ihm nicht zu Willen, da hat er sie erschlagen."
„Schmarrn! Ein fahrend Händler hat g'sagt, sie hätt sich vergiftet, weil sie net mit einem Welf verehelicht sein wollt."
„Des hab ich auch g'hört. Gemeinsam mit ihrer Amme hat sie sich umg'bracht."
„Der arme Kaiser, sein Kanzler soll ihm weg g'laufen sein."
„Naa, net der Kanzler, der Musiker war's, dieser Walther. Der spuilt jetzt g'wiss beim Zaunkönig die Lauten."
„Jedenfalls hat so mancher von die hohe Herrn kalte Füß kriegt, weil der Kaiser jetzt eine Grundsteuer erhebt. Einen Taler für jeden Morgen Land. Ha, da wern's sich krümmen, die Geizkragn."
„Recht ist's. Unsereins muss genug zahl'n, jed's Jahr an Michaelis."
Ein halbwüchsiger Junge wies nach hinten: „Schaut's nur. Sie rennen alle zum Südtor."
Tatsächlich eilte hinter ihrem Rücken Bischof Konrad von Konstanz im feierlichen Ornat und mit umfangreichem Gefolge aus Stadtvätern und anderen Würdenträgern auf das südliche Stadttor zu.
„Komisch, i hätt g'dacht, der Kaiser kommt vom Norden her, über den Rhein!", sagte einer der Schaulustigen.

„Die hohen Herren denken halt anders als du!", rief eine ältere Frau und die anderen lachten, während sie kehrtmachten und sich dem Strom der Neugierigen anschlossen.
Als sie ankamen, ließ der Bischof gerade den inneren Bereich um das Südtor von Soldaten umstellen. Die Stadtwache öffnete die ersten Riegel, als jemand „Halt!" schrie. Der Konstanzer Schultheiß eilte mit losem Mantel die Straße herab. Atemlos und mit wild fuchtelnden Armen stürmte er durch die wartenden Zuschauer auf den Bischof zu. „Was tut Ihr da? Der Kaiser wird am Nordtor erwartet!"
Der Bischof stand wie vom Donner gerührt. „Aber da draußen steht ein Heer!" Er deutete auf das halb entriegelte Tor. Der Stadtoberste ging zur Schlupfpforte, öffnete eine kleine Lade und schaute hinaus. „Das sind nicht Ottos Ritter." Er zog den Kopf aus der Luke und furchte die Stirn. „Sie tragen ein anderes Wappen."
„Ich bitte Euch, wer sollte es sonst sein? Haltet nicht die Prozedur auf mit Euren Spitzfindigkeiten!" Der Bischof bedeutete den Wachen, fortzufahren, und schob den Bürgermeister beiseite. Während sich die mehrere Klafter hohen, schweren Eichenflügel des Stadttores mit Knarren und Knarzen in Bewegung setzten, trat er durch den Spalt hinaus. Der Schultheiß folgte ihm mit ratlosem Blick.
Des Bischofs Schritt stockte bald, seine zur Begrüßung weit geöffneten Arme sanken herab. Er kniff die Augen zusammen und blickte auf eine Abordnung unbekannter Männer, dahinter drängten drei bis vier Hundertschaften von Rittern, die das Wappen von St. Gallen auf Schilden und Wimpeln trugen.
„Wer seid Ihr?", fragte er.
Ein junger Mann auf einem der vordersten Pferde sprang aus dem Sattel und trat auf ihn zu. Er sprach laut und formulierte sorgfältig in gebrochenem Deutsch: „Ich bin Friedrich, von Gottes Gnaden König des Heiligen Römischen

Reiches Deutscher Nation, und verlange Einlass in Eure Stadt."

Bischof Konrad schnappte nach Luft wie ein Karpfen auf dem Trockenen. Hinter ihm schlugen die Torflügel gegen die Mauern, die Männer der Stadtwache verankerten sie und gaben das Gehörte an die Neugierigen weiter. Er schüttelte heftig den Kopf, vielleicht in der Hoffnung, die rettenden Gedanken kämen so schneller.

Der Schultheiß trat an seine Seite. „Verehrte Herren, wir erwarten in Kürze seine Majestät Kaiser Otto. Leider sehen wir unter diesen Umständen keine Möglichkeit, Euch den Zugang zu unserer Stadt zu gewähren. Ich bitte Euch, weiterzuziehen und Blutvergießen zu vermeiden."

Hinter ihnen in den Gassen der Stadt eilte der Ruf von Haus zu Haus, von Gasse zu Gasse: „Der Sizilianer ist da! Friedrich, es ist König Friedrich!"

Vor dem Südtor kletterte derweil ein geistlicher Würdenträger stöhnend von seinem Pferd. Er zupfte sein Ornat zurecht und ging mit steifen Schritten auf die Stadtoberen zu. „Geehrte Stadtväter, ich bin Berard von Castacca, Bischof zu Bari und päpstlicher Legat. Seine Heiligkeit Papst Innozenz beauftragte mich, Euch an den Bannfluch zu erinnern, mit dem Otto von Braunschweig belegt wurde. Wer ihm Zuflucht gewährt, versündigt sich, wer ihn bewirtet, begeht schwere Sünde, wer an seiner Seite kämpft, dessen Seele ist verloren. Er hat den Titel eines Kaisers längst verwirkt, er ist ein Verdammter!" Seine Stimme war stetig lauter geworden, sodass die letzten Worte auch von den Einwohnern der Stadt zu verstehen waren, die sich immer zahlreicher hinter den Wachsoldaten versammelten. „Der rechtmäßige König Friedrich von Staufen, von deutschen Fürsten gewählt, steht vor Eurem Tor. Empfangt ihn, wie es ihm gebührt!"

Die Menge im Hintergrund jubelte und schrie: „Es lebe der Sizilianer! Hoch Friedrich! Lasst ihn ein! Lasst ihn ein!"

Der Konstanzer Bischof und der Schultheiß steckten die Köpfe zusammen und stritten eine Weile. Bischof Berard räusperte sich nachdrücklich, Friedrichs Destrier zerrte am Zügel, Kettenhemden und Schwertgehänge klirrten, Wimpel und Banner flatterten im Wind, Pferde schnaubten, Männer murrten. Die Rufe hinter den beiden Stadtoberen wurden lauter, die Wachen kreuzten die Lanzen, um die Städter zurückzuhalten. Zuletzt warfen die beiden einen resignierten Blick auf die Hundertschaften und gaben den Weg frei. Am entgegengesetzten Ende der Stadt, am nördlichen Tor, sprang nur wenig später Ottos Mundschenk auf ein Pferd und preschte hinab zur Rheinfähre, um überzusetzen und seinen Kaiser zu benachrichtigen.
Florent und Anselm berieten vor dem Stadttor, während Friedrich sich in den Sattel schwang.
„Wenn wir alle in die Stadt reiten, sitzen wir in der Falle, falls Otto die Stadt belagert", gab Anselm zu bedenken.
„Wenn wir uns trennen, sind wir einzeln schwächer." Florent krauste die Stirn. „Bleibt mit einer Hundertschaft hier im Süden der Stadt. So könnt Ihr dem Welfen im Ernstfall in den Rücken fallen. Ich sorge dafür, dass dieses Tor immer für Euch geöffnet wird, sollte das nötig sein."
„Das klingt vernünftig." Anselm nickte und hob die Zügel. „Viel Glück, mein Freund!"
Während die Fähren mit Otto und seinem Heer im Eiltempo über den Rhein setzten, verlagerten die Konstanzer Bürger Musiker und Blumenregen in Windeseile in den Süden der Stadt und feierten Friedrichs Einzug. Dem jungen König an der Spitze des Heeres flogen die Herzen zu, er winkte, lächelte, verteilte Kupfermünzen und küsste den Frauen am Straßenrand vom Pferd herab die Hände. Mädchen reichten ihm dicke Blumensträuße, manch eine auch ein zart besticktes Tuch. Wenn seine Arme nicht mehr ausreichten, gab er die Geschenke an Assad weiter, der mit besorgtem Gesicht nach einem Packpferd Ausschau hielt.

Die Konstanzer jubelten und lachten, in den Seitenstraßen tanzten sie vor Freude. Vor dem Bischofssitz streckten sich lange, mit Blumen und Obst geschmückte Tafeln über den Platz. In der Herbstsonne standen geladene Gäste unschlüssig in kleinen Gruppen und warteten mit ratlosen Mienen.
Berard wackelte kichernd mit dem Kopf. „Die Tafeln und Weinkelche wurden heute Morgen für Ottos Ritter aufgestellt."
„Umso besser wird es uns schmecken!", rief Friedrich über die Schulter zurück.
Florent und Luna suchten sich Plätze unweit des Königs. Friedrich lud die unsicher wirkenden Stadtoberen mit wohl gewählten deutschen Worten zum Platznehmen ein, sein Dialekt brachte die Frauen zum Kichern.
„Er spricht sonst besser Deutsch", flüsterte Luna.
Florent, der kein Wort von dieser barbarisch klingenden Sprache verstand, gähnte herzhaft. „Er begreift schnell, was bei den Leuten ankommt", raunte er und hielt Ausschau nach dem Mundschenk. „Hoffentlich kommt das Essen bald. Ich bin am Verhungern. Und ich würde gern eine der besseren Kammern erwischen, bevor Berard oder die Gämse sie in Beschlag nehmen." Er verschwieg, dass seine Schulter nach dem langen Ritt wieder höllisch schmerzte.
Das Auftragen der Speisen verzögerte sich, da sowohl Köche als auch Diener aus Ottos Gesinde durch das Nordtor geflohen waren. Schwitzend und fluchend trieb der Schultheiß das Gesinde aus den umliegenden Häusern der Adligen zusammen. Der König plauderte indessen mit seinen Gästen über seine abenteuerliche Reise über die Alpen, schwärmte von Sizilien und von Palermo. Die Augen der Frauen hingen an seinen Lippen.
„Wie sprecht Ihr in Palermo, mein König?", fragte eine junge Frau, die ihm schräg gegenüber saß. Große graue Augen strahlten ihn erwartungsvoll an.

Friedrich zwinkerte ihr zu und sagte in *volgaro*: „Ihr seid eine wunderschöne Frau, meine Liebe. Was habt Ihr nach dem Essen vor?“
Die Leute lachten entzückt über die fremdartige Melodie der Sprache, Berard schnaufte entrüstet, die junge Frau senkte verwirrt den Blick.
„Das habe ich wenigstens verstanden“, grummelte Florent und drehte seinen leeren Weinkrug in den Händen. Luna übersetzte für ihn, denn deutsch war die Sprache ihrer Mutter gewesen.
„Warum sprecht Ihr so gut deutsch?“, fragte der Schultheiß, der atemlos an den Tisch zurückgekehrt war und sich zwischen die junge Frau und eine ältere, dickliche Frau in blauem Brokat zwängte.
„Es gab hervorragende Lehrmeister in Palermo. Ich spreche viele Sprachen fließend.“
„Oh! Welche?“, frage die junge Frau.
Friedrich lächelte und sagte ein paar Worte, bei deren Klang sich Assads Miene aufhellte. Alle anderen starrten ihn fragend an und er lachte zufrieden. „Das ist arabisch und bedeutet: Wie ist Euer Name, schöne Maid?“
Sie wurde rot und hauchte: „Heidelinde, Majestät.“
„Welche Sprache beherrscht Ihr am besten?“, fragte die Frau in Brokat.
„Die des Schwertes, edle Frau.“ Er hob seinen Kelch, der nach wie vor leer war.
Die Männer lachten anerkennend, die Frauen warfen sich verzückte Blicke zu. Der Schultheiß brüllte über den Platz, um seinem Gesinde Beine zu machen. Endlich eilten von allen Seiten Bedienstete herbei und schenkten ein.
Florent beugte sich über den Tisch und fragte den Gastgeber: „Habt Ihr daran gedacht, die Männer der Begleitmannschaften zu versorgen?“ Als der Mann ihn verständnislos ansah, übersetzte Luna die Frage.

„Aber ja, Hauptmann. Sie schlugen ihr Lager in der Nähe der Stadtmauer auf und werden ausreichend verköstigt."
„Eine Hundertschaft liegt außerdem draußen vor dem Südtor." Florent dachte an Anselm, der dieses Festessen versäumte. Luna gab seine Worte weiter.
„Auch sie wurde bedacht." Konrad nickte ihm zu.
„Hoffentlich klappt das besser als hier", knurrte er schlecht gelaunt.
„Danke für die gute Organisation!", übersetzte Luna und der Bischof neigte lächelnd den Kopf.
„Ich fürchte, ich muss diese Barbarensprache lernen." Florents Laune schien auf dem Tiefpunkt. „Es sieht so aus, als blieben wir länger."
Endlich ertönten zwei Fanfaren und aus dem Bischofssitz strömte eine Schar von Bediensteten mit großen und kleinen Platten auf den Händen. Knusprigbraune Kapaune, Braten vom Ochsen, gefüllte Gänsehälse, Pasteten mit Spinat und Blumenkohl und süßes Brot mit Rosinen zogen in einer verlockend duftenden Parade über den Platz. In irdenen Schüsseln reichten Mägde Rinderzunge in Meerrettichsoße, gefüllte Eier, Maultaschen, gekochte Pflaumen, gedünstete Äpfel und Birnen mit Honig.
Bald kauten und tranken alle zufrieden die Köstlichkeiten aus Ottos Küche. Nach dem zweiten Kapaunschenkel und einem gehörigen Stück Ochsenbraten lehnte sich Florent wohlig zurück und suchte Friedrichs Blick. Der war ins Gespräch mit der grauäugigen Heidelinde vertieft und nahm von seiner Umgebung wenig wahr.
Nicht schon wieder!, versuchte Florent als Botschaft zu senden, doch er wusste im selben Moment, dass es vergeblich war. Dann sah er Berards unwilligen Blick auf dem König ruhen und dachte schadenfroh: Soll er sich den Mund verbrennen.
Sie verließen die Tafel und ergatterten eine kleine Kammer mit einem Fenster auf den Marktplatz hinaus. Seufzend

streckte er sich auf der Bettstatt aus, die wunderbar groß und sauber war. Obwohl er nur schlafen wollte, bestand Luna darauf, erst den Verband zu wechseln. Sie rieb seine Schulter mit Schafsfett und zerstoßenem Beinwell ein, als draußen auf der Straße die Musik abbrach. Das fröhliche Geschrei der Feiernden und der Gesang verstummten.
„Sie verstehen es, plötzlich zu feiern und genauso abrupt aufzuhören", murmelte Florent müde. „Ein seltsames Volk."
Von weiter entfernt hörten sie Businenstöße. Im selben Moment klopfte jemand an die Kammertür. Florent öffnete resigniert die Augen. „Was ist?"
Assad riss die Tür auf und steckte den Kopf herein, auf dem seit ihrer Ankunft in Chur wieder der helle Turban saß: „Otto steht vor dem Tor. Und mit ihm ein Heer, bei dem auf jeden von uns drei Ritter kommen."
„Bei allen Heiligen!" Florent zuckte zusammen, weil seine Schulter das plötzliche Aufsetzen übel nahm. „Ist einem nicht mal ein Stündchen Ruhe vergönnt?"
Während er fluchend nach seiner Bruch griff, half Assad mit geübten Handgriffen, die Schulter zu verbinden. Dann schnürte er ihm die leichte Rüstung an den Seiten fest.
„Solltest du je den Dienst beim König quittieren, bei mir bist du willkommen", sagte Florent.
„An sich gern, doch wie sollte Federico je ohne mich auskommen?", fragte Assad mit schiefem Grinsen.
Als sie am Nordtor eintrafen, diskutierte dort eine Handvoll Männer mit vom Wein erhitzten Gesichtern. Friedrich lehnte an der Bretterwand der Wachstube und hörte wortlos zu.
„... jetzt seid Ihr an der Reihe als oberster Stadtherr", fauchte der Konstanzer Bischof.
„Vorhin seid Ihr doch auch hinausspaziert, sorglos wie ein liebestoller Kater." Dem Schultheißen standen dicke Schweißtropfen auf der Stirn. „Wir sollten gemeinsam hinaufgehen."

Friedrich rollte mit den Augen. „Gute Idee, dann wissen sie nicht, auf wen sie zuerst schießen sollen."
Der Bischof sah ihn entsetzt an. „Wie meint Ihr?"
„Das war ein Scherz. Euer *podestà* hat recht, Ihr solltet beide hinaufgehen und Euch die Verantwortung teilen."
Draußen vor dem Tor wieherten Pferde, fluchten Männer, knarrte das Holz der Karrenräder. Kommandos erschollen. Trotz des Sicherheitsabstandes von einem Pfeilschuss waberte der Geruch von ungewaschenen Leibern und zerstampften Pferdeäpfeln durch die Ritzen des Tores.
Friedrich nutzte das Guckloch an der Schlupfpforte und nickte beeindruckt. „Ich zähle drei Hundertschaften, wirklich beachtlich."
„Die Fähren rudern zurück!", rief ein Wachsoldat vom Wehrgang herunter. „Drüben warten noch drei oder vier Hundertschaften."
Die beiden Stadtoberen kletterten die hölzerne Stiege hinauf und traten auf den Wehrgang zwischen die Bogenschützen. Ein Teil der ersten Hundertschaft drängte bereits den Weg zum Burgtor herauf. Eine Fähre legte gerade an, eine weitere befand sich in der Flussmitte auf dem Rückweg nach Überlingen.
Ein Ritter mit Standarte galoppierte heran und stoppte in Pfeilschussweite vor dem verschlossenen Tor. Er blieb auf dem tänzelnden Pferd sitzen und klappte sein Visier auf.
Friedrich winkte einem der Stadträte. „Wer ist das?", fragte er und gab das Guckloch frei.
Der Mann schaute hinaus. „Er trägt das Wildschwein im Wappen. Das dürfte Graf Diepold sein, ein enger Berater Ottos."
Friedrichs Augen wurden schmal. „Diepold von Schweinspeunt?"
„Ja, Majestät."
Friedrichs Kiefer mahlten, seine Hand massierte den Schwertgriff. „Einen Bogenschützen, schnell!"

„Was meint Ihr, Majestät?", stammelte der Stadtvater.
Florent, dem Luna das Wichtigste übersetzt hatte, brauchte nur wenig länger, bevor er sich an das Gelübde erinnerte, das der kleine König auf dem Innenhof des Normannenpalastes geleistet hatte. Kurz fühlte er die Schwertspitze, die der Handlanger Markwards ihm auf die Brust gesetzt hatte, um den Jungen aus dem Keller zu locken. *Fürchtet den Tag, an dem ich volljährig bin und den Thron besteige.* Er trat vor und sah durch die Luke. In seiner Rüstung konnte er den Mann nicht erkennen, doch das Wildschwein auf dem Banner war gut zu sehen.
Der Reiter legte den Kopf in den Nacken. „Warum sind die Tore nicht für seine Majestät, den Kaiser, geöffnet?", rief er zur Mauerkrone hinauf.
„Otto steht unter dem Kirchenbann. Damit sind wir nicht verpflichtet, ihn einzulassen", hörten sie des Bischofs Stimme von oben herab.
Am Flussufer drängte sich eine Gruppe Ritter unter dem flatternden Banner des Welfenkaisers. Mittendrin blickte ein Mann herüber, der die meisten von ihnen um Haupteslänge überragte, das musste Otto sein.
Der Mann mit dem Wildschweinbanner hob den Kopf. „Ist es nicht vielmehr so, dass Ihr den Verräter in Euren Mauern aufgenommen habt, den sizilianischen Zwerg?"
Friedrich, der mit weißem Gesicht am Guckloch stand, hob die Hand und zischte: „Bringt mit einen Bogen, worauf wartet ihr?"
Der Stadtrat eilte mit fragender Miene in Richtung Wehrgang und versuchte, mit wedelnden Armen einen der Bogenschützen auf sich aufmerksam zu machen.
Von der Mauer schallte die Antwort: „Friedrich von Staufen ist der rechtmäßige König des Reiches, von den Fürsten gewählt, bereits zum zweiten Male. Wenn wir dagegen einen Gebannten aufnehmen, gefährden wir unsere Seele."
„Das heißt, die Tore bleiben geschlossen?"

„Jawohl."
Der Reiter klappte das Visier herunter, wendete seinen Hengst und galoppierte zurück. Auf rotem Stoff flatterte das Wildschwein über seinem Helm.
Friedrich schlug mit der Faust gegen das Tor. „Bei den Barthaaren des Teufels, wo bleibt der Bogen?"
Der Stadtrat kam mit der gewünschten Waffe und hochrotem Kopf. „Hier, Majestät."
Friedrich riss die Schlupfpforte auf, die im Tor eingelassen war, legte einen Pfeil ein, setzte den linken Fuß vor, zog die Sehne durch und zielte. Einen Augenblick stand er so mit zusammengekniffenen Augen, dann setzte er die Waffe knurrend ab und atmete schwer aus. „Möge sein Schwanz verfaulen, er ist zu weit weg!"
In Ottos Lager brüllte jemand etwas und zeigte auf Friedrich. Auch dort zückten etliche Ritter ihre Bögen.
Florent trat auf ihn zu, nahm ihm die Waffe ab und schloss die Schlupfpforte. „Habt Geduld. Die Stunde der Rache kommt. Wir standen ihm heute nicht das letzte Mal gegenüber."
Nun begann das Warten. Ottos Heerstab redete sich am Flussufer die Köpfe heiß. Eine zweite Fähre legte an, doch niemand verließ das Schiff, am Ufer war kein Platz mehr für weitere Ritter.
„Wie gut ist Eure Stadt gewappnet?", fragte Friedrich den Schultheiß, als der vom Wehrgang kletterte.
„Bestens, Majestät. Die Mauern sind in Ordnung und stabil. Die Stadtwehr ist hervorragend ausgebildet und bereit zur Verteidigung, Munition ist vorrätig, Wasser und Nahrungsmittel reichen mehrere Wochen, falls es zur Belagerung kommt."
„Habt Ihr gute Bogenschützen?"
„Aber ja, Majestät. Oben auf dem Wehrgang stehen sie bereit."

Florent verpasste Friedrichs Antwort, denn Assad trat auf ihn zu und zog ihn beiseite. „Da ist jemand, der Euch sprechen möchte."
„Mich?"
Assad führte ihn zu einer schäbigen Herberge in der Nähe des Torhauses. Am Eingang standen zwei Männer, der erste gekleidet wie ein Edelmann, schlicht, aber teuer, der andere bunt und auffällig. Der Edelmann redete drauf los und reichte ihm die Hand.
„Halt!", sagte Florent. „Ich verstehe kein Deutsch!"
„*Perdònano, mi signore*. Verzeiht." Der Mann wechselte zu *volgaro*, wobei er die Worte mühsam zusammenklaubte. „Gestattet, dass ich vorstelle mich und mein Freund." Er wies auf den bunt Gekleideten. „Das ist Walther, ein junger Musikus und Dichter. Ich bin Bischof Konrad von Scharfenberg, ehemaliger Kanzler des Königs Philipp von Schwaben, später für den Welfen Otto von Braunschweig aus."
„Langsam." Florent furchte die Stirn. „Ihr seid Ottos Kanzler?"
„Ich war es."
„Was ist geschehen?"
Konrad von Scharfenberg wiegte den Kopf und suchte nach den richtigen Worten. Der Minnesänger schien nicht helfen zu können, er verstand offensichtlich kein italienisch. „Ich bin nicht einverstanden mit dem, was Otto tut. Deshalb bin ich gegangen."
„Und was kann ich für Euch tun?", fragte Florent und während seine Gedanken galoppierten, hielt er Ausschau nach Friedrich. Entweder verstand er den Mann mit seinem holprigen Italienisch falsch oder der versuchte, ihm eine äußerst plumpe Falle zu stellen. Warum sollte der höchste Würdenträger unter dem Kaiser einfach so das Lager wechseln?
„Ich möchte bei Eurem König – wie sagt man? – zu dienen? Ich möchte in seinen Dienst treten."
Florent zögerte und sah Assad ungläubig an.

„Doch, es ist wahr", beteuerte Konrad. „Ich kann Eurem Herrn nützlich sein. Wenn Ihr Otto besiegen wollt, dann traut mir."
„Und diesen bunten Vogel da habt ihr als Dreingabe gleich mitgebracht?" Florents Kinn ruckte in Richtung Walther, der fragend lächelte und die Schultern hob. Dann erhellte sich sein Blick, er nahm die Laute vom Rücken, griff in die Saiten und begann zu spielen. Dazu sang er mit glockenheller Stimme, sodass sich im Nu Leute um ihn scharten.
„Was hältst du davon?", fragte Florent Assad, während immer mehr Volk gelaufen kam, um dem Musiker zu lauschen.
„Katzenjammermusik!", sagte Assad. „Damit lockst du keine Schlange aus dem Korb."
„Ich meinte nicht den Minnesang!"
Plötzlich stand Friedrich neben ihnen. „Der Junge ist gut, wir sollten ihn einstellen. Fragt ihn, was er verlangt!"
Florent und Assad sahen sich an und lachten.
„Was ist?", fragte Friedrich mit hochgezogenen Augenbrauen.
„Wir kriegen ihn umsonst, wenn wir Ottos Kanzler aufnehmen", sagte Florent und freute sich über das verdutzte Gesicht des Königs. „Der Mann neben dem Sänger behauptet, Konrad von Scharfenberg zu sein. Er möchte in Euren Dienst treten."
Der Kanzler hielt sich etwas abseits von der Menschentraube um den Sänger und verneigte sich, als Friedrich ihn musterte. Er hatte von den rotblonden Locken des jungen Sizilianers gehört und schloss aus dem Respekt, den die Umstehenden ihm zollten, dass er der König sein musste.
Friedrichs Miene blieb ernst. „Der Schultheiß wird ihn kennen. Assad, geh hinüber und frage ihn, ob er bestätigen kann, dass es sich um Scharfenberg handelt."
Sie beobachteten den Diener, wie er sich vorm Stadtoberhaupt verneigte und auf den vorgeblichen Kanzler zeigte. Sie sahen, wie der Schultheiß die Augen aufriss und heftig

nickte, während er gleichzeitig den Bischof am Ärmel zog und auf Scharfenberg deutete.
Als auch der Bischof von Konstanz verwundert nickte, sagte Friedrich: „Fortuna scheint nun doch auf unserer Seite. Bringt den Mann zu mir.“
Florent setzte Bischof Berard ins Bild, während sie zurück zum Bischofssitz gingen. Dort berichtete Konrad von Scharfenberg von dem lasterhaften Lebenswandel, den Gewaltausbrüchen, dem Geiz des Welfen. Mit gesenktem Blick erzählte er von der Hochzeit, von Beatrix‘ Tod und von der Kälte, mit der Otto reagiert hatte. „Das gab schließlich den Ausschlag, ich wollte nur weg.“
„Woran starb sie?“, fragte Friedrich. „Die Gerüchte erzählen die widersprüchlichsten Dinge.“
Konrad hob die Schultern. „Man fand sie gemeinsam mit ihrer Amme tot in ihrem Gemach. Es mag sein, dass sie verblutet ist, es ist aber auch möglich, dass die beiden Frauen den Tod suchten, um einem Leben mit Otto aus dem Weg zu gehen.“
„Was könnt Ihr für mich tun?“, fragte Friedrich nach einer kleinen Pause.
„Ich kenne Otto, ich arbeite seit König Philipps Tod für ihn. Außerdem beherrsche ich die Kunst der Diplomatie. Wie ich hörte, habt Ihr selbst keinen Kanzler.“
„Dann sagt mir, was Otto jetzt tun wird.“
Konrad von Scharfenberg blickte auf. „Er ist wütend, denn Ihr habt ihm die Stadt vor der Nase weggeschnappt. Wenn er wütend ist, reagiert sehr unüberlegt. Er wird abziehen.“
Friedrich zog eine Augenbraue nach oben. „Aber er steht draußen mit einem übermächtigen Heer“, wandte er ein.
„Erinnert Ihr Euch an Tarent? Wir hätten nur noch übersetzen müssen, dann wären wir auf Eurer Insel gewesen. Mit einem ebenso stattlichen Heer. Da kam die Nachricht von seinem Bann und von der Wahl der Fürsten, die auf Euch

gefallen war. Er war sehr wütend und gab den Befehl zum Abzug."
„Was würdet Ihr an meiner Stelle tun, falls er wirklich abzieht?", fragte Friedrich.
Konrad überlegte auch diesmal nicht lange. „Ich würde die Fürsten des Landes einladen oder zu ihnen reisen, so viele wie möglich persönlich treffen. Ich würde ihnen Geschenke machen und ihnen Privilegien zusichern."
Friedrich zog die Mundwinkel nach unten und hob seine leeren Handflächen. „Geschenke? Ich bin selbst auf die Almosen meiner Gastgeber angewiesen."
„Das ist kein Problem, Majestät." Der Kanzler spitzte die Lippen. „Ich kenne die Fürsten gut. Ich weiß, wie wir ihnen Honig ums Maul reiben können. Der eine hat ein Auge auf einen vakanten Bischofssitz geworfen, der andere liebäugelt mit der Burg seines Nachbarn. Wir schreiben Besitzurkunden aus und vergeben Titel. Dabei ziehen wir ihnen das Geld aus der Tasche, und sie werden uns danken dafür."
Friedrich stützte den Kopf in die Hände und dachte nach. Florent bedauerte, dass Anselm nicht in der Nähe war, der als Deutscher sicher einen guten Rat zur Hand gehabt hätte. Weder Bischof Berard noch er kannten die Gegebenheiten jenseits der Alpen gut genug, um einzuschätzen zu können, was richtig war. Lediglich die Machtgier der Fürsten schien überall gleich zu sein.
Konrad zog seinen letzten Trumpf aus dem Ärmel. „Außerdem würde ich die Grundsteuer zurücknehmen, die Otto eingeführt hat, nach der die Fürsten für jeden Morgen ihres Grundbesitzes erheblich ins Säckel greifen müssen. Dafür werden sie Euch die Füße küssen."
Friedrich krauste die Stirn. „Eine Grundsteuer wie bei den Normannen?", fragte er.
„Es gibt sie auch bei den Engländern. Otto ist dort aufgewachsen."

Berard übersetzte die Unterhaltung für Florent mit säuerlicher Miene, er fürchtete wohl Konrads Konkurrenz.
Die Tür des Ratssaales flog auf und Assads Turban kam in Sicht. „Otto zieht ab!“, rief er.
„Verdammt!“, schrie Friedrich und sprang auf. Der Stuhl hinter ihm fiel polternd um. „Dieser Schweinsbuckel entwischt mir!“
Konrad sah Berard fragend an, der gab den Blick weiter an Florent.
„Eine offene Rechnung“, murmelte der schulterzuckend.
Friedrich schnaufte kurz, dann streckte er Konrad die Hand entgegen. „Ich glaube, ich kann tatsächlich einen Kanzler gebrauchen.“

Otto zog sich nach Breisach zurück, wo die frustrierten Ritter seines Heeres dermaßen grausam in der Umgebung wüteten, dass die Bevölkerung sich erhob und den vollends in Ungnade gefallenen Kaiser aus der Burg vertrieb. Der Welfe musste durch ein Seitenportal der Burg fliehen. Das Heer zerstreute sich allmählich, einige Ritter kehrten heim auf ihre Burg, manche wechselten die Seite und leisteten dem jungen Staufer den Treueschwur, wieder andere zogen sich an den Niederrhein oder nach Braunschweig zurück, wo sich die letzten Welfenanhänger sammelten.
Neben der Leibwache, die nicht nur die Sicherheit des Königs, sondern auch die seiner Gäste und Hofleute gewährleisteten, hatte Florent ein Netz von Kundschaftern aufgebaut, die als Handwerker oder Spielleute durchs Land zogen und regelmäßig Bericht erstatteten. So wussten sie von den meisten Anhängern Ottos, wohin sie sich gewandt hatten. Doch obwohl Florent seine Spione besonders auf ihn ansetzte, fehlte von Graf Diepold jede Spur.
Der junge König unterzeichnete Enteignungsurkunden, verteilte die Besitztümer des Grafen neu und erklärte den „Schweinsbuckel“ für vogelfrei.

Er befolgte den Rat seines neuen Kanzlers und lud alle Fürsten, die sich zu ihm bekennen wollten, zu einem Hoftag ein. Er berief Anselm von Justingen zu seinem Hofmarschall.
Die Fürsten des deutschen Südens strömten ihm zu, allein Heinrich von Straßburg brachte fünfhundert Ritter in seinem Gefolge auf. Friedrich unterschrieb Besitzurkunden, verteilte Ämter und wenn ihn jemand um Geld bat, dann lieh er sich dieses zuvor von einem der Bischöfe.
Im Herbst besiegelte er das Bündnis mit dem französischen König Philipp II. gegen Otto und gegen den englischen König Johann Ohneland. Friedrich reiste persönlich nach Metz und verhandelte mit Philipps Sohn. Er versprach, dem Franzosen den Rücken freizuhalten, und knöpfte dem unerfahrenen Thronfolger dafür die unglaubliche Summe von zwanzigtausend Mark Silber ab, die in acht streng bewachten gepanzerten Karren heimgefahren wurde.
Als Florent fragte, wo er diesen immensen Schatz sicher aufbewahren wolle, sagte Friedrich strahlend: „Bei den Fürsten."
Seine Großzügigkeit machte sich bezahlt. Der Zustrom der Grafen, Herzöge und kirchlichen Würdenträger ließ nicht nach. Zudem scharte er Musiker und Künstler um sich, abends erklangen in den Hallen Harfen- und Lautentöne, man trug Verse und Gedichte vor.
Nicht selten saßen der Sänger Walther und der König gemeinsam über Schriftrollen gebeugt und dichteten oder lasen sich ihre Verse vor. Besonders Walther tat sein Übriges, um den Ruhm des jungen Königs zu mehren. Die fahrenden Spielleute übernahmen seine Weisen und Texte und zogen damit durchs Land nördlich der Alpen. Die Kunde vom jungen, klugen und großzügigen König der Staufer verbreitete sich so in Windeseile in Burgen, auf Marktplätzen und unter Dorflinden.

Doch gab es neben den vergnüglichen Dingen jede Menge Arbeit, vor allem musste die Krönung vorbereitet werden. Noch immer besaß Otto die Reichsinsignien und trotz seiner Serie von Niederlagen entwischte er Friedrich immer wieder und machte keine Anstalten, sie herauszugeben.

Mainz, Dezember anno 1212

„Die Vernunft rät Uns selber dazu,
und es veranlaßt Uns das Nachsinnen
über Unseren Gegner,
der, weil er anders gehandelt,
die Feindschaft der Menschen auf sich zog
und die Ungnade Gottes.“
Friedrich II.

Die Krönung findet am neunten Dezember statt.“ Der neue Kanzler Konrad schwenkte ein Schreiben, das er soeben geöffnet hatte. „Der Erzbischof von Mainz ist einverstanden.“

Florent sog heftig die Luft ein. „Nächste Woche!“

Friedrich sah ihn böse an. „Worauf wollt Ihr warten? Ich bin bereit!“

„Wir verfügen weder über die Reichsinsignien noch über den richtigen Geistlichen“, kam Berard Florent zu Hilfe. „Eine Krönung kann nur der Erzbischof von Köln durchführen, in Aachen vor dem Thron König Karls.“ Der Bischof schniefte laut und vernehmlich, ihn hatte eine schlimme Erkältung erwischt. „Besagter Erzbischof ist jedoch nach Rom gereist.“

Friedrich schlug mit der Faust auf den Tisch. „Das Kölner Welfennest muss ich mir als erstes vornehmen, gleich nach der Krönung. Dieser hinterlistige Sohn einer *putta* schiebt eine Pilgerreise vor, um die Krönung hinauszuzögern. Wir warten auf keinen Fall auf ihn, der Papst gab uns bereits seinen Segen.“ Er sprang auf und lief zum Fenster des Saales, das mit dicken Butzenscheiben zwar trübes Licht einließ, aber jeglichen Ausblick verhinderte. Er riss an den Hebeln und öffnete den Flügel. Kalte, feuchte Winterluft fuhr in den Raum und der Kamin sandte ihr eine dicke graue Rauchwolke entgegen. „Bei den Schwanzhaaren des Teufels, was für ein scheußliches Wetter. Wie haltet Ihr das aus,

Jahr für Jahr?“ Er warf das Fenster wieder zu und musterte den Kamin mit zornigen Blicken.
Florent wartete auf einen erneuten Wutausbruch über die widrigen Umstände des Nordens, doch der blieb aus. Dabei stimmte er dem König uneingeschränkt zu, denn auch er, ein echter Sohn Siziliens, fand das Wetter und die zugigen Burgen dieses Landes wenig einladend. Er selbst kurierte gerade einen Schnupfen aus, Luna hustete seit Tagen und lag mit Fieber im Bett.
„Was ist mit den Reichsinsignien?“, fragte er.
Konrad hatte diese Frage erwartet. „Mehrere Goldschmiede arbeiten an Duplikaten nach meinen Zeichnungen. Niemand wird die Krone von der echten unterscheiden können, ebenso wenig wie Reichsapfel und Zepter.“
„Wird alles rechtzeitig fertig sein?“
„Sie arbeiten Tag und Nacht daran.“
Florent starrte missmutig auf das frische Bodenstroh zu seinen Füßen. Eine Krönung am falschen Ort, mit einem Ersatzbischof und mit gefälschten Reichsinsignien – das einzig Echte an dieser Zeremonie würde Friedrich sein. Jeder hergelaufene Advokat konnte diese Inthronisation anfechten.
„Selbstverständlich wiederholen wir die Krönung, sobald wir Otto die Krone abgenommen haben, sobald Aachen auf unserer Seite ist und der Erzbischof von Köln zurück ist.“ Konrad versuchte, zuversichtlich zu klingen.
„Ihr meint, wenn Ostern und Christi Geburt auf einen Tag fallen?“ Florent konnte sich den Sarkasmus nicht verkneifen.
Friedrich stand in der Rauchwolke und stocherte im Kamin. „Der zieht nicht richtig, wann ist der das letzte Mal gefegt worden?“ Er winkte einem Diener. „Wir brauchen trockenes Holz, aber schnell. Sonst wird uns der Verstand ausgeräu-

chert.“ Dann wandte er sich an Florent: „Warum so pessimistisch, Schwertmeister? Gott ist auf unserer Seite, das habt Ihr doch sicher bemerkt?“
Florent hob beide Hände. „Gott ist stets auf der Seite der Tüchtigen. Es gibt noch jede Menge zu tun, bis wir am Ziel sind. Hoftage im ganzen Land abhalten, Fürsten gewinnen mit Reden und Geschenken, wir werden kaum aus dem Sattel kommen. Sobald wir hier fertig sind, müssen wir uns den Norden vornehmen, gleich nach dem Jahreswechsel.“
Konrad nickte mit gekrauster Stirn. „Das wird nicht einfach, die Sachsen sind stur. Keiner von ihnen hat bisher einen Treueeid geleistet. Sie stehen nach wie vor zu Otto.“
„In den Norden reiten wir im Sommer“, warf Friedrich ein, „dort soll es jetzt noch kälter und unwegsamer sein.“
„Kälter ja, Majestät.“ Anselm von Justingen meldete sich zu Wort. „In Sachsen und Thüringen gefriert der Boden im Winter und wird hart wie Stein. Es lässt sich im Winter oft besser reisen als im Frühjahr. Nur wenn der Schnee zu hoch liegt, wird es schwierig. Und die Wälder sollte man meiden wegen der Wölfe.“
„Das klingt auch nicht verlockend“, knurrte Friedrich. „Doch wenn das so ist, sollten wir keine Zeit verlieren.“
Berard blickte besorgt auf. Wahrscheinlich sah er sich schon im dichten Schneetreiben durch Thüringens Wälder reiten.
Ein Knecht kam mit einem Korb voller Holz und legte im Kamin nach. Friedrich beobachtete ihn argwöhnisch. Dann wandte er sich um: „Was hören wir von Otto?“
„Er wurde aus Breisach verjagt, wo er versuchte, Unterschlupf zu finden“, antwortete Florent. „Er musste die Burg schmählich durch eine Seitentür verlassen. Jetzt leckt er in Köln seine Wunden.“
„Dann sollten wir noch vor dem Weihnachtsfest nach Breisach reiten, damit die Menschen dort ihren neuen König

kennenlernen. Lasst den Welfen weiter beobachten, ich will immer wissen, was er tut."
Anselm räusperte sich. „Die Fürstenversammlung findet, wie vorgesehen, übermorgen statt. Bis morgen dürften alle Eingeladenen angereist sein. Aus Sachsen kommt mit hoher Wahrscheinlichkeit niemand, auch aus Thüringen traf kein Bote ein."
Friedrich nickte. „Sind die französischen Gesandten schon da?"
„Sie baten um eine Audienz am Nachmittag. Sie werden mit Argusaugen darüber wachen, dass der Pakt mit König Philipp eingehalten wird", meinte Anselm. „Vor allem, da er ihn acht Karren Silber gekostet hat."
Florent grinste. Den Fehler, seinen Sohn zu den Verhandlungen mit Friedrich zu schicken, hatte König Philipp wahrscheinlich bitter bereut. Anselm sah das ähnlich, auch seine Lippen umspielte ein Lächeln. Florent war froh, dass Friedrich diesen fähigen Mann zum Hofmarschall erkoren hatte. Anselm war ein ausgezeichneter Diplomat und kannte sich mit den Traditionen und Gepflogenheiten der Menschen im Norden bestens aus. Während er den neuen Kanzler nach wie vor argwöhnisch beäugte, vertraute er Anselm unbedingt.
„Ich werde in meiner Eröffnungsansprache die Großzügigkeit ihres Königs loben", sagte Friedrich, „dann sind sie beruhigt."
„Wir wollten über die Krönung reden, Majestät", erinnerte Konrad und entrollte ein Pergament. „Hier ist der Ablaufplan."
Friedrich hob die Hand und wandte sich an Anselm: „Eins noch: Beschafft ein anständiges Lehen für den Bänkelsänger. Diesen Walther. Er bringt jeden Abend Licht in meine düsteren Gedanken, er soll ausgesorgt haben." Dann beugte er sich über das Schreiben des Kanzlers.

Nach langen Diskussionen um Gebete, Liturgien, Abläufe und Platzordnungen während der Krönung kam Florent endlich in seiner Kammer an. Luna lag im Bett und sah ihm entgegen.
„Warum schläfst du nicht?“
„Der Husten quält mich.“
Er ließ sich auf dem Bettrand nieder und legte seine Hand auf ihre Stirn. Warm, nicht heiß. „Kein Fieber mehr?“ Ihre weiße Haut war durchscheinend wie verdünnte Milch, die Adern zeichneten ein vertrautes Bild. Er zog die feinen blauen Linien mit dem Zeigefinger nach, fuhr den Hals hinab bis zum Schlüsselbein, das ihn an einen zerbrechlichen Hühnerknochen erinnerte.
„Was gab es Interessantes?“, fragte sie.
„Immer dasselbe. Otto, die Krönung, die Krönung und Otto.“
Lunas Lachen ging in einen Hustenanfall über. „Hört sich spannend an.“
„Hast du genug Tee getrunken?“
„Aber ja, Herr Doktor.“
„Ich könnte noch mal welchen kochen lassen.“
„Nein, dort drüben in der Kanne ist noch genug.“
„Aber der ist kalt. Ich gehe und ...“
„Also gut.“ Luna und setzte sich auf. „Du suchst einen Grund, in die Küche zu schleichen? Ich könnte ein ganzes Hühnchen verschlingen. Schaust du nach, ob sie eins übrig haben?“
„Ich bring dir einen Ochsen, wenn du nur gesund wirst.“ Damit war er zur Tür hinaus. Die Köchin packte ihm ein halbes Huhn, zwei dicke Scheiben Graubrot und eine Schüssel Rübenmus ein, eine Speise, an die er sich einfach nicht gewöhnen konnte.
Luna hingegen schien es zu schmecken. „Wie wäre es mit einem Spiel?“, fragte sie, während sie mit dem Brot das letzte Mus aus der Schüssel wischte. Sie hatte ihn Schach

gelehrt, das Spiel der Sultane. In letzter Zeit gewann er sogar, schon zweimal hatte er ihren König mattgesetzt. Mit etwas Glück gelang ihm das auch heute. Er räumte das Geschirr in den Korb und stellte ihn vor die Tür. Dann reihte er die geschnitzten Figuren auf dem Brett auf. Die dunklen aus Walnussholz auf seiner Seite, die hellen Birkenholzpüppchen auf der anderen.
„Du beginne, ich gewinne!“
„Das werden wir sehen.“ Luna zog ihren ersten Bauern.
Nach drei oder vier Zügen schepperte es vor der Tür. „Verflucht seien die Zähne des Sultans, wer stellt hier Geschirr ab?“, hörten sie Assad schimpfen. Gleich darauf erschien sein Turban im Türrahmen. „Der Herr möchte Euch sehen.“
Florent seufzte und stand auf. „Nicht schummeln, ich weiß, wie die Figuren stehen.“
„Nicht Euch!“, sagte Assad mit einem langen Blick das Schachbrett. „Luna ist gemeint. Warum habt Ihr das Pferd gesetzt? Der Turm wäre besser gewesen.“
„Luna? Weiß er nicht, dass sie krank ist?“
Assad schloss die Tür hinter sich. „Er fiebert und schnieft. Er fürchtet, dass ihm die Nase während der Krönung auf die Schuhe tropft. Luna, erlaubt Ihr, dass ich für Euch weiterspiele? Ich schwöre, dass ich gewinne.“
„Bei den Zähnen des Sultans?“, fragte Luna und schlüpfte in ihre Schuhe, wickelte sich in einen wollenen Umhang und steckte den Schleier fest. „Seid auf der Hut, Florent wird besser von Tag zu Tag.“ Sie griff nach ihrem Kräuterkorb und wandte sich zur Tür.
Florent sah ihr besorgt nach, am liebsten hätte er sie begleitet. Während er grübelte, schlug Assad mit dem Turm sein Pferd. „Verflucht, was tust du?“
„Ich gewinne“, sagte Assad und zeigte seine schneeweißen Zähne.
Luna fand den König im Bett, wo eine Dienerin ihm Luft zufächelte. Es ging ihm also nicht allzu schlecht, sonst hätte

er niemanden außer Assad in seine Nähe gelassen. „Was fehlt Euch?“, fragte sie.
„Geht es Euch besser?“, entgegnete Friedrich.
„Seit heute.“
„Ich dachte schon, Ihr versteckt Euch vor mir.“
„Warum sollte ich das tun?“ Sie trat ans Bett und legte ihm die Hand auf die Stirn. „Ihr habt ein wenig Fieber.“
„Es beginnt im Hals. Ich kann nicht schlucken. Und meine Nase trieft.“
Sie ließ sich von der Dienerin einen Löffel geben. „Öffnet den Mund! Weiter!“ Er krächzte und würgte, als sie ihm mit dem Löffelstiel den Zungenrücken nach unten drückte.
„Euer Hals ist gerötet, eine leichte Entzündung. Ich lasse Euch etwas zum Gurgeln hier. Lindenblüte und Anis.“ Sie fasste nach dem Korb mit den Kräutern. „Ich brauche heißes Wasser.“
Er schickte die Dienerin danach. „Setzt Euch zu mir!“
„Majestät?“
„Früher nanntest du mich Federico.“ Er zog sie auf den Rand seines Bettes.
„Damals wart Ihr ein Junge, unerzogen und einsam.“
„Was hat sich geändert?“ Sie spürte die Wärme seines fiebernden Körpers. „Einsam bin ich nach wie vor.“
Obwohl sie sich innerlich wappnete, konnte sie nicht verhindern, dass er ihre Hand ergriff. „Und unerzogen!“ Sie wagte, den Ton von damals anzuschlagen.
„Ihr müsst mich heilen, ich kann mir gerade jetzt keine Schwäche erlauben.“ Seine heiße Hand klammerte.
„Federico, es ist nur eine Erkältung. Wir alle sind anfällig bei diesem scheußlichen Wetter ...“
Er griff fester zu. Sie schloss die Augen und die Bilder kamen sofort. *Der Palazzo, eine große Frau, eine kleine Katze. Der Teich. Mama, nein! Du musst hart sein, mein Sohn. Mama, nein! Ein Aufprall, Wasser, Wellen. Ein Falke, eine dunkle Laube, Blätter und Ranken, tote Küken. Kinder,*

kleine Kinder in Betten, Ärmchen recken sich, sinken herab. Tot. Alle. Leblose kleine Körper. Erdlöcher im Gras. Eins und noch eins. Tote Kinder, überall.

Mit letzter Kraft zog Luna ihre Hand aus der des Königs, stolperte zur Tür und rannte hinaus. Im Gang stieß sie mit der Dienerin zusammen, das heiße Wasser schwappte auf den Boden. Mit Mühe taumelte sie zurück in ihre Kammer und fiel auf ihr Bett.

Florent sprang vom Schachbrett auf. Etliche Figuren fielen zu Boden. „Was hat er mit dir gemacht? Ich dreh ihm den Hals um!“ Sein Gebrüll war weit über den Gang zu hören.

Assad hielt Florent fest und schlug mit dem Fuß die Tür zu. „Kümmert Euch um Luna und haltet den Mund! Oder wollt Ihr im Verlies landen?“

„Das würde er nicht wagen! Jetzt sieh sie dir an, ihr Wohl interessiert ihn so sehr wie der viel zitierte Schwanz des Teufels.“

Assad beugte sich über Luna. „Sie schläft. Ihre Hände sind kalt.“ Er zog ihr eine Decke über und drückte den wutschäumenden Florent auf den Stuhl. „Jetzt hört mir genau zu: Eure Karten sind nicht mehr die besten. Wenn Ihr Euch nicht vorseht, seid Ihr schneller in Trifels, als Ihr glaubt. Er hat einen Hofmarschall, der sich im Norden besser auskennt als Ihr. Hier oben seid Ihr entbehrlich wie ein abgenagter Hühnerknochen. Luna ist es, die Euch beiden die Daseinsberechtigung erhält.“

Florent war blass geworden. Assad hatte recht. Und der Sarazene kannte seinen Herrn so genau wie seinen eigenen Turban. Er hatte sich sicher gefühlt, den Triumph Friedrichs auch als den seinen betrachtet. Der König sah das gewiss nicht so, er rechnete die Verdienste seiner Vasallen schon immer gern als eigenen Erfolg ab. Er, Florent, saß auf einem absterbenden Ast. Mit Luna ein eigenständiges Leben zu beginnen, schien in weite Ferne gerückt. Der König ließe

Luna niemals gehen, es sei denn, sie verlöre ihre Kraft. Wenn sie ein Kind bekäme ...
Als Luna erwachte, dunkelte es vor dem Fenster mit den vielen runden Scheiben, die sie an übergroße Bienenwaben erinnerten. Sie war allein. Neben ihrem Bett stand ein Becher mit kaltem Tee. Mit der Erinnerung kam das Entsetzen über das, was sie in Federicos Seele gesehen hatte. Nicht der Falke, nicht die Küken und nicht die Katze, nein, die toten Kleinkinder erschütterten sie. Was bedeuteten diese furchtbaren Bilder? Sie glaubte, ihre Visionen seien Bruchstücke aus der Vergangenheit des Kranken, Erlebnisse, die dessen Seele belasteten. Doch was hatte Federico mit toten Kindern zu schaffen? Spielte ihre Gabe ihr einen Streich, weil sie sich selbst längst nach einem Kind sehnte? Sie trank den kalten Tee. Lindenblüte. Den hatte sie Federico empfohlen, bevor er ihre Hand ergriff. Sie musste der Vision auf den Grund gehen.

Am neunten Dezember anno1212 fand Friedrichs Krönung im Dom zu Mainz statt. Vier Tage zuvor sicherten die anwesenden Fürsten auf dem in Frankfurt abgehaltenem Hoftag Friedrich erneut ausdrücklich ihre Unterstützung zu, indem sie einzeln vor ihm niederknieten und den Treueeid schworen. Das Duplikat der Krone war gelungen, doch alle Anwesenden wussten, dass sich die Reichsinsignien noch in Ottos Hand befanden.
Noch vor dem Weihnachtsfest und Friedrichs achtzehntem Geburtstag brach der Hof zu einem Triumphzug durch die südlichen Teile des Reiches oberhalb der Alpen auf. Der König ritt durch Baiern und hielt Hof in Regensburg, wo der Böhmenkönig Ottokar den Treueeid leistete. In Konstanz, der Stadt seines ersten Triumphes, huldigten die schwäbischen Fürsten dem jungen König und versprachen erneut Waffenhilfe. Überall in den Städten jubelten die Menschen

ihm zu, fielen Adlige vor ihm auf die Knie, banden dick vermummte lachende Mädchen bunte Stoffschleifen an das Zaumzeug der Pferde.
Er schlief jede Nacht auf einer anderen Burg oder unterwegs in Herbergen. Abends wärmte er seine kalten Hände und Füße an rauchigen Kaminfeuern, vor denen schneenasse Stiefel und Umhänge nur leidlich trockneten. Doch trotz des widrigen Wetters verlief die Reise in Erfolgsrausch und Freudentaumel, ein Festessen löste das nächste ab, Wein und Bier flossen in Strömen. Die Menschen des Nordens, die ihm trotz ihrer harten Sprache und rauen Sitten herzlich und offen begegneten, sie scherzten, sangen, tranken und spielten nicht weniger gern als die Südländer. Sie schenkten dem jungen König Zuneigung und Respekt und er begann, die ehemals Fremden als *sein* Volk zu sehen. So wuchs er allmählich in die Herzen der Menschen und wurde *ihr* König.

Burg Lare, Weihnachten anno 1212

Ich saß auf einem Steine
und deckte Bein mit Beine,
drauf setzte ich den Ellenbogen
und hatt in meine Hand gezogen
mein Kinn und eine Wange.
Da dacht' ich sorglich lange,
weshalb man auf der Welt sollt' leben.
Ich konnte mir nicht Antwort geben,
wie man drei Ding erwürbe.
Daß kein davon verdürbe,
die zwei sind Ehr und irdisch Gut,
das oft einander schaden tut,
das dritt ist Gottgefallen,
das wichtigste von allen.
Walther von der Vogelweide

Burg Lare war der nördlichste Punkt auf ihrer Reise, obwohl die Feste immer noch einen Tagesritt südlich des Harzes lag. Weiter in den Norden zu reiten, wagten sie nicht. Otto hatte sich in Richtung Magdeburg zurückgezogen, und immer wieder trafen sie auf die Spuren seiner Vasallen: niedergebrannte Dörfer, verkohlte Felder, geschleifte Burgen. Nach zwei Wochen trockenem Frost begann es in den letzten Tagen vor Weihnachten erneut zu schneien, der Schnee verdeckte gnädig die Zerstörungen und vergrößerte das Leid der Bauern. Friedrich verteilte Kupfermünzen, sobald sich jemand von den Unglücklichen aus seinem Versteck herauswagte.

An Lare waren Ottos Truppen tatenlos vorübergeritten, vielleicht entmutigt nach der nicht abreißenden Serie von Niederlagen, vielleicht auch abgeschreckt von ihrer strategisch günstigen Lage auf einem nach Norden hin senkrecht abfallenden Bergsporn. Friedrich beschloss, hier das Weihnachtsfest zu verbringen. Als sie am Nachmittag des Heiligen Abends erschöpft und durchgefroren eintrafen, stand

Graf Ludwig von Lare mit einer sehr jungen Frau auf der Treppe vor dem Palas und hieß sie willkommen. Sein Gesinde rupfte seit Tagen Hühner, buk Brote, schleppte Weinkrüge aus dem Keller und schmückte den Saal mit Tannenzweigen. Vor dem Küchenhaus drehte sich ein Ochse über einem rot leuchtenden Glutbett am Spieß und verströmte einen Duft, der ihre Mägen knurren ließ.
Dunkelgraue Schneewolken zogen vom Eichsfeld her über die Hainleite und brachten dicke weiße Flocken, die leise wirbelnd über die Buchenkronen trieben und die Konturen von Bergfried, Münzturm, Palas und Mauern mit einer weichen Decke überzogen.
Graf Ludwig führte seine hohen Gäste in den Saal im Obergeschoss und stellte ihnen seine Schwester Adelheid vor. „Sie musste schon früh die Rolle der Hausherrin übernehmen, seit meine Frau – Gott sei ihr gnädig – im Kindbett starb. Doch nun ist sie mir eine große Hilfe."
Das Mädchen wurde rot und nestelte an ihrem Gürtel, wo ein dickes Bündel von Schlüsseln hing.
Der Graf nahm einen Rahmen aus einem der Fenster. Sofort wirbelte ein Flockensturm herein und bildete Tropfen auf dem Fußboden aus dicken Holzbohlen. Die Gäste schauderten, sie waren dem Schnee gerade entronnen und rückten dichter ans lodernde Kaminfeuer, das prompt eine graue Rauchwolke in den Raum schickte.
„Der halbstündige Weg bis zur Klosterkirche Mönkelare wird zu beschwerlich", stellte der Graf ungerührt fest, während er seinen Kopf in den Flockenwirbel hinaushielt. „Die verschneiten Wege sind in der Dunkelheit doppelt tückisch. Außerdem habt Ihr für heute gewiss genug gefroren."
Friedrich nickte grimmig, obwohl er – genau wie sein Gefolge – nicht wusste, was der Graf damit sagen wollte. Der drückte endlich den Rahmen zurück ins Fenster und erklärte sich gleich: „Stattdessen soll die mitternächtliche Christmesse in der Kapelle der Burg stattfinden, sie ist zwar

etwas zu klein, vor allem, wenn wir Gäste haben, aber dafür hier vom Saal aus zu erreichen, ohne nasse Mäntel und Schuhe."

Er schmunzelte, als er die erleichterten Gesichter seiner Gäste sah, und schüttelte sich ein paar Schneeflocken aus den Haaren. Hinter ihm stopfte Adelheid den Fensterrahmen wieder mit Werg zu. Ein Diener wischte das Wasser vom Boden.

„Ihr habt sie zweistöckig bauen lassen?", fragte Friedrich, der seine Augen schon bei der Ankunft überall gehabt hatte. Er hatte den Mechanismus der Ziehbrücke im Vorübergehen registriert, den mächtigen Bergfried gemustert und den außergewöhnlich schlanken Treppenturm vorm Palas. „Das würde ich mir gern ansehen, es scheint mir viele Vorteile zu bieten."

Graf Ludwigs Miene leuchtete auf. Florent beschlich der Verdacht, dass ihm das Schneetreiben gerade recht gekommen war, um seine Kapelle präsentieren zu können. Während die Diener die Tafel für das Festessen vorbereiteten, Assad mit Hilfe einer Magd das Gepäck ins Gemach des Königs schleppte und die Ritter des Königs sich im Saal einrichteten, führte Ludwig den König durch eine Verbindungstür aus dem Palas in das Obergeschoss der Burgkirche.

Florent, der wie immer die Sicherheit seines Schützlings im Hinterkopf hatte, schloss sich an, nachdem er Luna zugeflüstert hatte: „Sieh zu, dass wir eine kleine Kammer für uns erhalten. Ich will nicht bei den trunkenen Schnarchern im Saal liegen."

„Die alte Kapelle war baufällig und längst zu klein für die Burgbesatzung", erklärte Graf Ludwig dem König. „Unser Baumeister nutzte die alte Grundfläche, schließlich konnten wir den Burghof nicht vergrößern. Wir hätten das Nachbargebäude abreißen müssen, doch die zwei Stockwerke sind eine vortreffliche Lösung."

„Wen habt Ihr bauen lassen?“
„Steinsetzer aus dem Süden, Majestät. Lombarden. Gute Handwerker.“
Friedrich nickte. Die Lombarden waren bekannt für ihre hervorragenden Steinarbeiten. Er trat an die Wand und strich über die glatt behauenen Quader. „Was ist das für Gestein? Es ist angenehm hell.“
„Kalkstein. Er liegt gleich hinter der Burg direkt im Berg. Er ist sehr hart und – ja, er besitzt diese freundliche Farbe, wie …“ Er suchte nach einer passenden Beschreibung.
„ … Eierschalen! Hell und trotzdem warm.“ Adelheid, die still durch die Tür getreten war, sprang ihm bei und errötete, erschrocken über sich selbst.
Friedrich lächelte ihr zu. „Sehr treffend beschrieben! Hell und warm wie Eierschalen.“
Das hochgewachsene Mädchen senkte den Blick und betrachtete scheinbar interessiert den Saum ihres Überkleides, der mit einer mehrfarbig gewebten Borte verziert war.
Der Burgpfarrerzwängte sich mit einem Arm voller Tannenzweige durch die Tür. Er stutzte beim Anblick der Herrschaft und verneigte sich ungeschickt, bevor er sich dem Altar zuwandte. Adelheid lief ihm nach, um zu helfen.
Florent trat zu einem Geländer in der Mitte der Kapelle, das eine quadratische Aussparung im Bodenumrahmte. Er erkannte im Halbdunkel unter ihnen vier gedrungene Steinsäulen, die wohl das Obergeschoss stützten.
„Ich werde den Gottesdienst dort unten verfolgen“, sagte Friedrich und beugte sich über das eiserne Geländer.
„Majestät, dort steht normalerweise das Gesinde.“ Graf Ludwig rang die Hände. „Ihr könnt den Bischof von dort nicht sehen ...“
„Das ist mir klar“, sagte Friedrich scharf. Er hasste es, wenn man ihn für begriffsstutzig hielt. „Die Messe nur mit den Ohren zu verfolgen, erscheint mir unterhaltsam.“

Florent setzte in Gedanken zwei der Leibwächter und sich selbst als Geleit ein.
„Soll ich Euch begleiten?“, fragte der Graf.
„Nein. Ich will allein sein.“
Das gilt das nicht für die Leibwache, beschloss Florent im Stillen. Er und seine Männer würden im Hintergrund stehen und buchstäblich mit der Wand verschmelzen.
„Aber das Gesinde ...?“, wandte der Graf ein.
„Allein mit dem Gesinde!“
Zwischen den Geschossen gab es keine Treppe, deshalb musste Florent durch den Palas zurück, um den unteren Teil der Kapelle über den Hof zu betreten. Das Untergeschoss war kalt und leer, zwei Fackeln und ein halbes Dutzend Kerzen würden in der Nacht mehr Schatten als Licht verbreiten. Doch der Raum war auch klein und übersichtlich, die Säulen konnten einen Mann nicht verdecken. Beruhigt begab er sich zum Essen zurück in den Palas. Zwei Männer und er, das würde genügen.
Kurz vor Mitternacht bezogen sie an den Kalksteinwänden Stellung. Schon bald fror er in seinem leichten Umhang aus gefilzter Wolle. Wie hatte Adelheid gesagt? Hell und warm? Das mochte im Sommer zutreffen, wenn die Sonne durch die hohen Bogenfenster fiel. Aber jetzt, im dunklen Winter, bei Nacht und Frost, kühlte der Stein wie jeder andere auch. Hoffentlich liebte der Burgpfarrer das Reden nicht allzu sehr, dann bliebe die Predigt kurz. Wenigstens war sein Magen gut gefüllt und wärmte ihn von innen. Er gönnte sich einen kurzen Moment der Vorfreude auf die kleine Kammer, die Luna organisiert hatte, mit einem ordentlichen Bett und einem Glutbecken an der Wand.
Der König lehnte an einer der Säulen unter dem Schallloch. Ihm gegenüber in der Apsis stand unter einem sehr kleinen, dunklen Fenster ein Taufstein, steinerne Lilien rankten an der Außenseite empor. Ein ähnliches Motiv wiederholte sich

an den Säulenkapitellen. An der hofseitigen Wand schickten zwei größere, mit Pergament bespannte Fenster das Licht der Fackeln und Kerzen als heimeligen Schein nach draußen und lockten gemeinsam mit der Kirchenglocke das Gesinde zur Christmesse.
Zwei junge Mägde betraten den Raum, gefolgt von einer hageren Frau, beide in dicke Umhänge aus Schafwolle gehüllt, die er neidisch beäugte. Sie hielten erschrocken inne, als sie den König erblickten. Florent winkte sie näher, woraufhin sie sich weit hinten einen Platz suchten. Auch die nachfolgenden Frauen und Männer musste Florent fast in die Kirche hereinziehen, damit sie die Scheu überwanden. Um den König herum blieb freier Raum, als umgäbe ihn eine unsichtbare Wand. Lediglich die Kinder zeigten keine Angst, sie drängten nach vorn und starrten den ungewohnten Gast ungehemmt an, bis der eine Bewegung machte, die sie davon stieben ließ.
Der Gottesdienst begann und Florent verstand schnell, was Friedrich gemeint hatte. Die Worte des Bischofs nur zu hören, ohne ihn zu sehen, war ein Erlebnis, das freilich nur für jene Privilegierten außergewöhnlich war, die bei jedem anderen Gottesdienst in den vorderen Reihen standen. Für die einfachen Leute war das völlig normal. Auch in einem großen Gotteshaus, wie in Mainz oder Aachen, konnten die meisten Besucher während der Messe den Priester nicht sehen, weil sie hinten standen oder eine dicke Säule die Sicht nahm.
Er betrachtete seinen Schützling, die schmale Gestalt, den geraden Rücken und die rotblonden Locken, die sich im Nacken kringelten. Das Kinn leicht erhoben, schien er nichts um sich herum wahrzunehmen, außer den Worten des Bischofs, die durch das quadratische Loch in der Decke herab rieselten. Doch Florent wusste, dass er jede Kleinigkeit genau registrierte. Berard vermutete einmal genervt, dass Federico mit Sicherheit Augen am Hinterkopf habe. Florent

war sicher, dass der König sich der vielen Blicke aus dem Gesinde bewusst war. Morgen würde Federico seinen achtzehnten Geburtstag begehen und die Menschen hier in Thüringen würden ihn feiern, wie es vor ihnen schon die anderen Deutschen getan hatten. Nun eroberte er nach und nach auch den Norden seines Reiches. Konnte Otto diesen jungen Rebellen noch aufhalten?
Am nächsten Morgen nahm Luna den Rahmen aus dem Fenster in ihrer Kammer und stieß einen entzückten Schrei aus. Der Hof lag weiß und unberührt inmitten der Burg, kleine Hauben saßen auf den Wasserspeiern am Palas, die Mauerkronen trugen dicke weiße Polster.
Florent zog sich die Decke ans Kinn. „Ist es nicht schon kalt genug?"
Sie lachte und nahm eine Handvoll Schnee vom Sims. „Steh auf, das musst du unbedingt sehen."
Er verzog das Gesicht. „Was immer es ist, ich sehe es noch früh genug."
Sie hob die Decke und Florent konnte nur mit Mühe einen Schrei unterdrücken, als der Schnee aus ihrer Hand auf den empfindlichsten Teil seines Körpers fiel. Er wedelte die Reste des kalten Klumpens aus dem Bett, ließ die Decke fahren, griff nach ihr und zog sie an sich. „Das wirst du mir büßen. Ich weiß auch schon wie!"
Sie lachte und befreite sich. „Später. Jetzt gehen wir nach draußen. Die Spuren deiner Füße im frisch gefallenen Schnee, das ist ..." Sie brach ab, ihre Augen glänzten.
Luna war ein Kind des Nordens, erst jetzt begriff er, wie sehr ihr der Winter gefehlt haben musste. Knurrend fügte er sich, kroch in die Bruch, zog Hemd und Wollwams über und griff nach seinen Stiefeln.
Im Hof schoben die Knechte erste Bahnen in die Schneemassen, vom Palas zum Torhaus und von dort zu den Ställen und der Küche. Mägde mit Melkeimern und Körben staksten ihnen mit gerafften Gewändern nach. Luna lief

über die noch unberührte Fläche hinüber zur Mauer, wie nebenbei bückte sie sich und griff in den Schnee. Der erste Schneeball traf ihn auf die Brust, beim zweiten duckte er sich weg. Wohl oder über formte er selbst ein paar kalte Geschosse, doch sie verfehlten Luna und blieben als dicke weiße Punkte an der Wand des Gesindehauses kleben. Als ihn der nächste Ball am Ohr traf, nahm er das Spiel ernster und zielte sorgfältig.
Schweratmend standen sie schließlich an der Mauer und Luna fegte den Schnee von der Mauerkrone. Hell flimmerten die aufstiebenden Kristalle in der Sonne. Unter ihnen im Tal lag eine kleine Siedlung mit einem Dutzend Häuser rund um einen zugefrorenen Teich. Kinder, so groß wie Ameisen, schlitterten über das Eis. Ihr Jauchzen hörten sie bis hier herauf.
Unter Lunas Hand auf dem freigelegten Stein kam ein Kreuz zum Vorschein. „Was ist das?“, fragte sie und schob mehr Schnee beiseite. „Hier ist noch eins, und hier!“
Sie fanden drei Kreuze, sauber nebeneinander in den Stein gehauen. Florent winkte einen Knecht heran, der auf dem Hof Wege freischaufelte. Der hob nur bedauernd die Schultern. „Fragt den Schmied, der ist alt und schon lange hier oben.“
Sie folgten den Spuren der Mägde im Schnee und liefen über die Zugbrücke hinaus auf die Vorburg. Der Schmied stand in der Tür seiner Werkstatt und hielt seinen Bauch in die Morgensonne.
„Drei Kreuze?“ Er drückte den Rücken durch und grinste schief. „Das ist eine lange Geschichte.“ Er holte einen Reisigbesen, fegte den Schnee von der Bank vor der Schmiede und warf ein altes Schaffell darüber, das schon bessere Zeiten gesehen hatte. „Setzt Euch.“
Luna rückte dicht an Florent heran, denn es war empfindlich kühl. Der Alte in seinem dünnen Linnenhemd unter der Lederschürze schien das nicht zu merken. Er roch nach Rauch

und Schafsfett, auf seiner linken Hand leuchtete eine frische Brandwunde.
„Es gab zu vor Zeiten hier auf der Burg eine Gräfin, die hieß Adelheid, so wie alle erstgeborenen Töchter. Sie soll wunderschön, aber etwas eigen gewesen sein. Ihr erster Mann, einer von den Straußbergern ...“, er machte eine vage Bewegung mit der Hand in Richtung Osten, „... war ein ausgemachter Hasenfuß. Es heißt, er habe während einer Schlacht gegen die Mühlhäuser ...“, er zeigte in die entgegengesetzte Himmelsrichtung, „... plötzlich sein Pferd gewendet und sei feige nach Hause galoppiert. Er kam später bei einer Jagd um, ein Keiler machte ihm den Garaus. Als ihr Vater einen neuen Gemahl für sie suchte, bedingte sie sich aus, dass dieser besonders mutig sein solle. Um sie auf die Probe zu stellen, mussten ihre Freier – und davon gab es genug – auf der Mauerkrone entlang reiten, einmal rund um die Burg. Wer dies schaffe, so gab sie bekannt, der könne sie freien.“
„Und?“, fragte Luna. „Sie sind abgestürzt?“
Der Alte nickte. „So wird es erzählt. Drei stürzten in die Tiefe und starben. Lange Zeit meldete sich niemand mehr, um es zu probieren. Doch der vierte Freier war nicht nur mutig, sondern auch schlau. Er wickelte seinem Pferd Lederlappen um die Hufe, dadurch rutschte das Tier nicht aus und kam sicher ans Ziel.“
„Ihn hat sie dann geheiratet“, ergänzte Luna mit glänzenden Augen.
„Sie hielt ihr Wort. Er war tapfer und klug und sie liebten sich bis zu seinem Tod. Sie ließ für ihn ein Kloster errichten, drüben in Walkenried.“ Diesmal zeigte der Schmied nach Norden, über die Mauer hinweg, wo die Harzberge weiß in der frühen Sonne leuchteten. „Dort beten die Mönche jeden Tag für sein Seelenheil.“
Luna sah enttäuscht auf, weil die Geschichte so schnell zu Ende war. „Hatten sie Kinder?“

„Ja, ich glaube zwei oder drei."
„Eine Tochter Adelheid?", vermutete Luna.
„Nein, Adelheid heißen nur die Töchter des Grafen."
Florent erhob sich. „Wir danken Euch, Meister. Euch einen gesegneten Weihnachtstag."
Luna sah seine weiße Nasenspitze und die blaugefrorenen Lippen und verkniff sich ein Grinsen. „Ich lasse Euch eine Salbe bringen, für die Hand."
Der Mann winkte ab. „Das lohnt sich nicht, gute Frau. Meine Hände sind das gewohnt. Trotzdem habt Dank." Er trat in die Schmiede und gleich darauf hörten sie ihn mit jemandem schimpfen, der wohl das Feuer hatte ausgehen lassen.
„Eine verrückte Geschichte", sagte Florent mit klappernden Zähnen, als sie an der Stelle mit den Kreuzen vorüberkamen.
„Denkst du, es ist möglich, die Burg zu umreiten?"
Florent betrachtete die glatt behauenen Steine der Krone. „Breit genug ist die Mauer. Mit einem ruhigen Pferd und einer Rampe, um den Gaul hinauf zu schaffen ..."
„Schade um die Tiere."
„Nicht um die Reiter?"
„Die trafen ihre Entscheidung frei, die Pferde nicht."
„Wer weiß? Wenn diese Adelheid wirklich so schön gewesen ist, waren sie ihr mit Haut und Haaren verfallen. So wie ich meiner weißen Frau."
Luna lachte, bückte sich und griff sich eine Handvoll Schnee. Florent, der sich nur noch nach dem Kaminfeuer sehnte, nahm die Beine in die Hand und rannte.

Burg Eger, Juli anno 1213

Ich dachte, dass Tüchtigkeit und
Freigebigkeit gestorben wären,
so dass ich nahe daran war,
meinem Gesang zu entsagen.
Nun aber sehe ich sie
beide wieder hergestellt."
Der Minnesänger Aimeric de Pegulhan über Friedrich II.

Dichter Nebel lag um die Burg und Florent sah weder die Stadt Eger noch den Felsen unter ihnen, auf dem die Feste errichtet war. „Was für ein barbarisches Land!", schimpfte er. „Nicht einmal im Sommer scheint hier die Sonne!"
„Warte nur ab, später am Tag verzieht sich der Nebel mit Sicherheit", tröstete Luna und reckte sich gähnend.
„Gebe es Gott, ich habe dieses Wetter satt. Wann waren wir die letzten Wochen einmal nicht nass? Die paar Stunden in den Herbergen reichten nie aus, um die Sachen zu trocknen, zumal man hier nicht mit leichtem Linnen auskommt. Und ein nasser Wollrock stinkt wie ein Schafbock." Er schloss resignierend das Fenster.
„Der Markt hier ist bekannt für hochwertige Kleidung, erzählte mir gestern eine Magd", tröstete Luna. „Vielleicht finden wir Zeit, in die Stadt hinunter zu gehen." Sie hob einladend die Federdecke und Florent kletterte wohlig seufzend zurück ins Bett.
„Wenn Ihre Majestät es gestattet", murrte er dicht an ihrem Ohr.
„Wir stehlen uns davon", antwortete sie und kicherte, als seine Hand unter der Decke auf die Suche ging. Sie drängte sich an ihn und flüsterte: „Sei vorsichtig, du weißt ..."
Kurz flammte die Wut in ihm darüber auf, dass der König mit seinem exzentrischen Dickkopf selbst im Ehebett gegenwärtig war. Wie oft zuvor verdrängte er den Gedanken

gleich wieder und konzentrierte sich auf den warmen und weichen Körper neben ihm, der für diesen Moment nur ihm gehörte und den er genießen wollte.
Sie kamen spät zum Frühstück. Florent schlang den kalten und klebrigen Haferbrei mit Todesverachtung hinunter. Luna begnügte sich mit einem Krug lauwarmer Milch. Die Mägde klapperten beim Abräumen vorwurfsvoll mit den Krügen.
„Jung Weib macht hungrig!“, lästerte der Kanzler, der ebenfalls spät dran war. Er deutete mit dem Löffel nach oben. „Der König will uns nachher sehen. Es geht um den Vertrag mit dem Papst. Wir müssen wissen, was wir wollen, bevor die Pfaffen uns im Nacken sitzen. Spätestens morgen werden sie hier einfallen wie die Raben.“
Florent hob den Blick. „Was wir wollen? Wir werden abnicken, was er sich längst ausgedacht hat.“
Der Kanzler runzelte die Stirn. „Ihr seid verbittert.“
„Merkt man das?“, fragte Florent mit zynischem Grinsen.
„Wäre Euch ein Jammerlappen als König lieber, der nicht weiß, was er will und sich leicht beeinflussen lässt?“
„Ihr wisst nicht, wie er früher war.“ Florent suchte nach Worten. „Wir waren – wie Vater und Sohn, dann beinahe Freunde. Er hörte sich meine Vorschläge an und entschied sich. Doch seit einiger Zeit …“
„Er ist erwachsen geworden, das müsst Ihr akzeptieren.“ Der Kanzler musterte Luna. „Wenn Ihr selbst Kinder habt, werdet Ihr erleben, wie schnell ...“
Er brach ab, als Florent so derb mit der Faust auf den Tisch schlug, dass die Breischüssel einen Satz machte. Die Magd, die nach dem Brotkorb greifen wollte, zuckte zusammen, Konrad von Scharfenberg hob die Augenbrauen.
„Genug geschwatzt. Kommt nach oben, es gibt zu tun!“, ertönte Friedrichs Stimme aus dem Obergeschoss. Schuldbewusst sprang der Kanzler auf.

Florent folgte ihm mit rotem Gesicht, nachdem Luna ihm zugeraunt hatte: „Red dich nicht um Kopf und Kragen!"
Bevor sie den Saal verließ, zog sie den Schleier über das Gesicht. In diesem nasskalten und rauen Teil des Reiches waren die Menschen argwöhnischer als im Süden. „Hexe" und „Teufelsweib" waren die Worte, die ihr anfangs leise zugeraunt oder halblaut nachgezischt worden waren, wenn sie in größeren Menschenmengen unterwegs waren. Schnell lernte sie, Gesicht und Haare auch ohne Sonnenschein zu verhüllen und nur in ihrer Kammer den Schleier abzulegen. In Friedrichs buntem Gefolge, in dem es maurische und afrikanische Diener gab, Sarazenenmädchen und Zwerge zur Belustigung der Gäste, war sie nur eine unter vielen weiteren Besonderheiten in seiner Sammlung. Doch wenn sie allein unterwegs war, nahm sie sich in Acht. Heute wollte sie sich auf der Burg umsehen, vielleicht ein paar Kräuter finden und ihre Sammlung wieder auffrischen. Als sie auf den Hof trat, lichtete sich der Nebel gerade und die Sonnenscheibe hing auf halber Höhe über der Burgmauer.
Die Mauern der Anlage erstreckten sich über viele Klafter vollkommen gerade. Fast ergaben sie ein perfektes Viereck, nur die Wand nach Osten wies einen leichten Knick auf. In der südlichen Mauer klaffte das Tor, durch das sie am Abend zuvor eingeritten waren, bewacht von einem dicken Bergfried aus schwarzem Gestein. Gegenüber, direkt über der Nordmauer, lagen Gesindehäuser und Palas. Von dort aus blickte man weit über das Land, davon hatten sie sich beim gestrigen Abendessen überzeugen können, nachdem der Regen nachgelassen hatte.
Jetzt fiel ihr Blick auf die zweistöckige Kapelle, die klotzig wie eine riesige Geldtruhe vor dem Palas stand und ihn halb verdeckte. Grob behauene rötliche und graue Steine waren in senkrechten Streifen nach oben gemauert, in dem zweiten, etwas schmaleren Stück wölbte sich der Türbogen. Sie wunderte sich über diese Asymmetrie. Auch die kleinen

Fenster schienen eher nach dem Zufallsprinzip angeordnet als nach ästhetischen Aspekten. Auf ihrer Reise durch das Reich hatten sie Kapellen gesehen, die gefälliger aussahen als dieser wunderliche Kasten.
Doch der sorgfältig gestaltete Innenraum entschädigte für die hässliche Außenfassade. Das Untergeschoss war menschenleer, sie legte den Schleier zurück und sah sich um. Dicke, stämmige Säulen stützten das schwere Gewölbe, über fein gearbeitete, mannigfache Kapitelle wanderte ihr Blick bis zur achteckigen Aussparung in der Decke. Sie war von einem schmiedeeisernen Geländer eingefasst, darüber spannten sorgfältig gemauerte Kreuzrippen die Decke des oberen Stockwerks auf.
Es war kühl in der Kirche, wie sie es erwartet hatte. Die Luft roch feucht und würzig, sie fühlte sie in ihre Lungen strömen, als atme sie Nebel. Eine enge steinerne Treppe führte nach oben. Im Obergeschoss wirkte alles leichter, der Raum war hell und trocken. Die Säulen, deren Last hier oben längst nicht so groß war, reckten sich deutlich schlanker und höher zur Decke. Teils achteckig, teils rund ausgeführt, verjüngten sie sich leicht nach oben, bevor sie sich oberhalb der Kapitelle im Kreuzgewölbe öffneten wie erblühende Tulpen.
Luna legte erneut den Kopf in den Nacken und hielt den Atem an. Gesichter sonderbarer Gestalten starrten aus dem Stein auf sie herab, umrankt von fein ziselierten Blättern. Der Schleier rutschte ihr vom Kopf, doch sie spürte es nicht. Als sie hinter sich ein leises Geräusch hörte, fuhr sie herum. „Gerade bete ich zum Herrn und schon erscheint mir einer seiner Engel“, sagte Friedrich. Er kniete in einer Nische vor einem hölzernen Kreuz an der Wand.
Luna atmete hörbar aus. „Ihr habt mich zu Tode erschreckt, Majestät.“

„Das war nicht meine Absicht.“ Er erhob sich und kam auf sie zu. Sein Blick war forschend, intensiv, keineswegs bedauernd. „So, wie du hier stehst, die Sonne im Rücken, müsste man dich malen. Dein Haar leuchtet wie ein Heiligenschein.“

Erst jetzt bemerkte Luna, dass die Sonne in die Kapelle schien. Auf dem Steinboden verschmolz ihr Schatten mit dem des Königs. Sie trat einen Schritt beiseite.

„Nein!“ Friedrich fasste sie an den Armen und schob sie zurück in das sonnenhelle Trapez auf dem steinernen Fußboden. „Gleich morgen fordere ich einen Maler an. Ich bedaure oft, dass mir das Malen nicht so recht gelingt. Es gibt so viele Eindrücke und flüchtige Momente, die ich festhalten möchte. So wie dieser hier. Ein Engel in der Kapelle.“

Luna schüttelte den Kopf. „Majestät …“

Er hob die Augenbrauen, griff fasziniert nach ihren Haaren und ließ die weißen Strähnen durch seine Finger gleiten.

Erneut trat sie einen Schritt zurück. „Ich bin kein Engel.“

„Aber eine Fee. Da gibt es keinen großen Unterschied.“ Seine Augen hielten ihren Blick fest. „Sind Feen nicht die Engel der Erde?“

„Was tut Ihr hier?“, fragte Luna, um von sich abzulenken.

Er wies auf die Nische. Neben einem Kniehocker vor dem Kreuz stand der Scherenstuhl, den sie früher in seinem Gemach gesehen hatte. Der dunkelrote Bezug des Polsters war mit morgenländischen Motiven bestickt. Auf einem Pult lag ein Gebetbuch. „Ich bete und meditiere.“

„Habt Ihr nicht zu einer Beratung befohlen?“

„Ich lasse sie erst eine Weile untereinander streiten. Derweil fasse ich hier in aller Stille meine Gedanken zusammen.“ Er schien alle Zeit der Welt zu haben. „Gefällt dir die Kapelle?“

Sie zögerte. „Von außen ist sie scheußlich, innen dagegen ...“ Sie legte den Kopf in den Nacken. „Ich habe das Gefühl, sie strebt direkt in den Himmel.“

Seine blauen Augen leuchteten auf. „Ich weiß, was du meinst.“ Er wies auf das Loch im Fußboden. „Sieh dieses Achteck. Es ist vollkommen symmetrisch, aber kraftvoller und nicht so langweilig wie ein Kreis oder ein Quadrat. Eines Tages werde ich solche Burgen bauen, perfekt in Ästhetik und Funktionalität.“ Sein scharfes Profil leuchtete in der Sonne wie das eines Falken.
Ein beinahe friedliches Einverständnis lag plötzlich zwischen ihnen, wie sie es seit Palermo nicht mehr empfunden hatte. Sie fühlte, dass es der Moment war, in dem sie ihn fragen konnte und wandte sich ihm zu. Ihre Schatten vereinten sich erneut. „Federico, seitdem ich in Eure Seele geblickt habe, quält mich eine Frage. Was hat es mit den Kindern auf sich?“
Die Augen des Falken wurden schmal. Er fixierte sie wie eine Beute. „Was hast du gesehen?“ Er zog sie in die Nische. „Erzähl mir alles.“ Während er sie auf den Scherenstuhl schob, nahm er selbst auf dem Kniehocker vor dem Kreuz Platz.
Sie berichtete ihm zunächst von der Katze. Seine Augen wurden dunkel, doch er sagte nichts. Dann erzählte sie ihm von den Säuglingen. „Sie waren tot, alle.“
Eine lange Zeit schwiegen sie beide. Die alte Vertrautheit schien mit jedem Augenblick zu schwinden, wie Sand, der durch ein Stundenglas rinnt. Luna starrte auf die sich kreuzenden Hölzer des Scherenstuhles, die der Schreiner am Ende mit Tierköpfen verziert hatte. Hunde oder Pferde?
Da begann er zu reden. „Meine Mutter war der Meinung, sie müsse mich zu einem harten Mann erziehen und rechtzeitig an Tod und Leid gewöhnen. Sie schenkte mir an jedem Geburtstag eine kleine Katze. Ich musste sie füttern und pflegen, und wenn ich mich an sie gewöhnt hatte, wenn ich begann, sie zu lieben, dann ließ sie das Tier vor meinen Augen töten. Die vierte Katze brachte ich selbst um. Ich hasste es, wenn sie sie in den Teich warfen, wo sie noch eine Weile

strampelten, bevor sie ertranken. Ich drehte ihr den Hals um, das ging schneller."
Die Sonne vor den Fenstern verdunkelte sich, die Schatten wurden blasser. Luna zog den Umhang um ihre Schultern.
Er warf einen Blick auf das Kreuz an der Wand und fuhr fort: „Du weißt, wie sehr mich Gottes Schöpfung interessiert. Es macht mich wütend, wenn die Gelehrten keine Antwort auf meine Fragen wissen. Dann versuche ich, sie selbst zu finden. Ich frage mich, ob ein Mensch ohne Liebe aufwachsen kann. Ich will wissen, welche Sprache sprechen Kinder, wenn sie heranwachsen, ohne dass jemand mit ihnen redet. Gibt es eine Ursprache, vor Babylon? Die verwaisten Säuglinge lebten in einem Haus vor den Toren Palermos. Frauen stillten sie und hielten sie sauber, aber sie durften bei Strafe kein Wort mit ihnen sprechen, durften sie nicht liebkosen."
Sie schlang ihre Arme um ihren Oberkörper und widerstand dem Drang aufzuspringen und wegzulaufen, um das Ende der Geschichte nicht hören zu müssen. „Sie sind im Laufe der ersten Jahre alle gestorben", fuhr er fort. „Ich bin nicht stolz darauf, aber es geschah für die Wissenschaft. Ich weiß jetzt, dass Menschen der Liebe oder zumindest des gesprochenen Wortes bedürfen, um zu gedeihen."
„Aber zu welchem Preis?", rief Luna und sprang nun doch auf. „Erinnert Euch an das Huhn! Ihr hattet es festgebunden damals im Garten des *palazzo reale*. Florent erzählte Euch vom Recht eines jeden Geschöpfes auf ein würdevolles Leben. Habt Ihr das alles vergessen?"
„Diese Kinder dienten der Wissenschaft, das verlieh ihrem Dasein eine Würde."
„Das *dürft* Ihr nicht denken, Federico, Ihr seid der König und tragt Verantwortung für unglaublich viele Menschen." Lunas Stimme kippte. „Wie könnt Ihr so herzlos sein?"
Er sah sie ruhig an. Das Blau seiner Augen war tief und kalt wie die Gletscherseen in den Bergen. „Genau das ist der Punkt. Das Wohl der Gesamtheit, der Gemeinschaft steht

über dem Wohl des Einzelnen. Indem die Kinder der Erkenntnis dienten, nützten sie der Gemeinschaft. Als König muss ich das Ganze im Auge behalten. Der Einzelne steht immer an zweiter Stelle."
Luna zitterte, es war kalt in der Kirche, aber noch kälter in ihrem Herzen. Sie und Florent hatten geglaubt, einen positiven Einfluss auf den Waisenjungen aus Palermo zu haben, doch jetzt kamen ihr erneut Zweifel, ob sie nicht kläglich versagt hatten.
Er schien ihre Gedanken zu lesen. „Mach dir keine Vorwürfe. Florent war mir ein guter Lehrer, du bist meine gute Fee. Manche Falken lassen sich nicht abtragen. Entweder sterben sie in Gefangenschaft oder sie fliegen zurück in die Freiheit. Und dann werden sie zu den gefährlichsten Jägern unter Gottes Himmel. Frei, mächtig und sorglos. Sie werden zu Adlern."
Er warf einen Blick auf die Sonnenstrahlen, das helle Trapez auf dem Steinfußboden war ein Stück nach rechts gerückt. „Es wird Zeit, dass ich mich meinen Beratern stelle, bevor sie sich gegenseitig zerfleischen."
Ehe sie sich aus ihrer Starre lösen konnte, nahm er ihren Kopf in beide Hände und küsste sie auf den Mund, leicht und zärtlich, mit einem Lächeln auf den Lippen. „Danke!", sagte er und ließ offen, wofür er dankbar war. Dann verschwand er durch eine kleine Tür, die anscheinend in den Palas führte.

Während Bischof Berard und der Kanzler erbittert diskutierten, ob der Papst oder der König die Bischöfe im Land auszuwählen habe, hielt Florent sich zurück. Garantiert ließe Friedrich sich nicht das Recht aus der Hand nehmen, einen Bischof einzuberufen. Überhaupt, wo blieb er solange? Seit einer Stunde warteten sie schon, der Kanzler mit seiner unvermeidlichen Pergamentrolle, auf deren Stichpunkten er

mit dem Finger herum pochte, als würden sie dadurch noch wichtiger.
„Die Unterstützung des Papstes in Mittelitalien, Innozenz muss sicher sein können, dass sein Anspruch auf den Kirchenstaat erhalten bleibt", sagte er.
Berard nickte eifrig, in diesem Punkt waren sie einer Meinung. „Habt Ihr an das Spolienrecht gedacht?"
Konrad klopfte auf das Pergament. „Das ist der nächste Punkt."
„In seinem Entwurf für das Dekret dringt Seine Heiligkeit auf Unterstützung in der Ketzerverfolgung."
Florent gab ein leises Prusten von sich.
„Was ist mit Euch?", fragte der Kanzler. „Ihr seid so schweigsam."
„Wozu soll ich meine Meinung äußern, wenn am Ende doch ausschließlich die des Königs zählt?"
Konrad schob die Augenbrauen nach oben. „Vorher sollten wir das Für und Wider abwägen, um ihn beraten zu können, falls er Fragen hat. Das ist unsere Aufgabe, oder etwa nicht?"
„Zweifelt hier jemand an seinen Aufgaben?", kam Friedrichs Stimme von der Tür, die sich lautlos geöffnet hatte.
„Nein, Majestät", antwortete Berard und sie verbeugten sich. „Wir wägen sorgfältig ab, um eine Meinung zu bilden ...
"
Friedrich schloss die Tür. „Wir stimmen zu!"
„Majestät?", fragte Berard verblüfft.
Florent verkniff sich ein Grinsen, doch auch er glaubte, sich verhört zu haben. „In allen Punkten?", hakte er nach.
„Jawohl." Friedrich nickte und zog sich einen Stuhl an den Tisch, auf dem der Entwurf des Laterans ausgebreitet lag. „Wir stimmen in allem zu, was Innozenz vorschlägt."
Florent starrte ihn an. „Ihr gebt die Bischofswahl aus der Hand?"

Ein kleiner Funke Zweifel glomm in Friedrichs Augen auf, dann schüttelte er energisch den Kopf. „Manchmal muss man einen Schritt zurückgehen, um zwei voranzukommen. Ich kann es mir mit der Bohnenstange nicht verscherzen, er ist der mächtigste Verbündete, den ich habe. Ohne ihn fällt Philipp von Frankreich von mir ab wie ein satter Blutegel und dann triumphiert Otto in wenigen Wochen über das Land."
„Aber Ihr verschenkt alles, wofür Euer Großvater und Euer Vater gekämpft haben. Ihr nehmt Euch selbst ein wichtiges Recht und überlasst Rom die Oberhoheit. Damit hat Innozenz erreicht, was er wollte."
„Das weiß ich", sagte Friedrich. Er zog das Pergament heran und überflog die einzelnen Punkte. „Spolienrechte, Ketzerverfolgung, weitere Anerkennung des Kirchenstaates, alles Dinge, die uns nicht wehtun. Eher retten sie uns den Hintern!"
Berard lächelte glücklich, während Konrad und Florent sich betreten ansahen.
Friedrich erhob sich und winkte dem Schreiber. „Kopiere den Text gewissenhaft, nimm bestes Pergament, fertige drei Kopien und lass das Gold für die Bulle prägen." Dann wandte er sich an seine Berater: „Wir blasen seiner Heiligkeit ordentlich Zucker in den Hintern. Sobald ich stark genug bin, ihm Paroli zu bieten, machen wir ihm Feuer darunter."
Berards Lächeln erstarb.
„Was gibt es sonst?", fragte Friedrich unbekümmert.
Konrad erstattete Bericht: „Von Justingen ist dabei, die Quartiere für die Gäste zu organisieren. Um den Ablauf der Veranstaltung kümmere ich mich, wenn Ihr Einsicht nehmen wollt ..."
Er wühlte in dem Stapel von Rollen, doch der König winkte ab. „Ich verlasse mich auf Euch."
„Ich kümmere mich um die Messe und den Dankgottesdienst", ergänzte Berard.

„Und Florent sorgt für die Sicherheit", sagte Friedrich und es klang nicht wie eine Frage. Als sein Schwertmeister nickte, hob er kurz das Kinn. „Da ist noch etwas, Florent." Er drehte sich um: „Das war alles, meine Herren. Lasst uns allein."
Während die Tür ins Schloss fiel, trat der König an das Fenster und öffnete es. Es war einer der wenigen sonnigen Tage in diesem Sommer und die kleine Stadt Eger lag ausgebreitet wie ein Kuchen auf einem Tischtuch unter ihnen. Er atmete tief ein. „Wie grün es hier ist, wie Sizilien im Frühling, bevor alles verdorrt. Ein seltsames Land, findest du nicht? Meist rau und kalt, aber nicht langweilig." Er drehte sich um. „Hast du auch manchmal Sehnsucht nach den Orangenhainen, nach den knorrigen Stämmen der Oliven, nach den prallen Trauben an den Weinstöcken?"
Florent nickte. „Vergesst nicht die Rauchwolke über dem Ätna. Oder die blaue Bucht von Palermo."
„Der weiße Strand von Cefalù mit den bunten Fischerbooten."
„Gebratener Fisch auf einem Kohlblatt!"
„Ha, dabei bin ich euch beiden damals entwischt!", lachte Friedrich lauthals, und er hörte sich an wie der sechsjährige Federico.
„Das waren Garnelen. Und tags darauf hatte ich Euch auf dem Hof des *palazzos* am Kragen." So herzlich hatten sie lange nicht mehr miteinander gelacht.
„Du wirst Sizilien wiedersehen, schon bald", sagte Friedrich und wurde ernst. „Ich beneide dich."
„Was meint Ihr?", fragte Florent.
„Du reitest nach Palermo und holst mir Konstanze und meinen Sohn. Wenn wir Otto besiegt haben und die wahre Krönung in Aachen stattfindet, sollen sie dabei sein."
„Aber ..."
Friedrich schnitt ihm das Wort ab. „Ich vertraue dir das Wertvollste an, was ich besitze: meinen Sohn. Bring ihn heil und gesund in den Norden."

Zwei gegensätzliche Gedanken huschten durch Florents Kopf. Ich werde Sizilien wiedersehen!, war der eine, der ihn erwärmte. Er will mich loswerden!, war der andere, der sich wie ein Eiszapfen in sein Herz bohrte. Doch bevor er sich dieses Widerstreits der Gefühle bewusst wurde, hörte er den König weiterreden, und was der sagte, ließ den Eiszapfen schmelzen, als hätte man ihn ins Kaminfeuer geworfen.
„Für die Gesundheit meiner Familie nimmst du Luna mit. Außerdem ein kleines Gefolge, nicht zu groß, ihr sollt nicht auffallen, überhaupt muss das Ganze geheim ... Florent? Hörst du mir zu?“ Friedrich sah seinem Schwertmeister in das dümmlich grinsende Gesicht. „Ha, du hast geglaubt, ich würde dich ohne Luna fortschicken?“
Als Florent die Hände hob, sagte er: „Ich gebe zu, ich habe lange darüber nachgedacht. Aber mein Sohn ist wichtiger als alles andere.“
„Wann sollen wir abreisen?“, fragte Florent mit krächzender Stimme.
„Sobald es möglich ist. Aber zuerst bringen wir diesen Hoftag hinter uns.“

Seit Tagen strömten Geistliche und deren Anhang, Edelleute und ihre Bediensteten, Barbiere, Wahrsager, Huren und Spielleute in die Stadt. Eger glich einem Ameisenhaufen, Männer, Frauen und Kinder, Esel, Pferde, Hunde und Katzen wuselten, eilten und streunten in den engen Gassen durcheinander.
Florent und Luna drängten sich zwischen den Leuten auf dem Markt hindurch, sie brauchten Kleidung, nun erst recht, und Ausrüstung für ihre Reise.
„Ausgerechnet jetzt ist dieser Hoftag, die Preise sind doppelt so hoch wie sonst“, murrte Florent.
„Aber nicht für Wachsmäntel, die kauft bei Sonnenschein niemand. Schau, dort drüben! Lass uns fragen, was die kosten.“

„Wir hätten Assad schicken sollen, der handelt alles runter. Als wir letztens Zaumzeug kauften, hätte der Sattler es ihm am Ende beinahe geschenkt.“
Sie lachte. „Assad hat seit Tagen mit Friedrichs Garderobe zu tun. Er wird ihn herausputzen wie einen Pfau.“
Sie blieben vor den Wachsumhängen stehen. „Was wollt Ihr dafür haben?“, fragte er den Händler, der sich bei näherem Hinsehen als ältere Frau in Männerkleidung entpuppte.
„Schaut sie Euch an, Herr, festes Linnen, dicht gewebt und sorgfältig gewachst, da geht nichts durch. Wollt Ihr probieren?“
Florent befühlte den Stoff.
„Gefallen sie Euch?“, fragte die Händlerin. „Nehmt Ihr zwei, gebe ich Euch Nachlass.“
Nachdem sie ohne langes Handeln zwei der Umhänge gekauft hatten, suchten sie einen Schuster, Luna brauchte neue Stiefel. Im Gedränge vor ihnen liefen zwei Mönche in dunklen Kutten, sie steckten die Köpfe zusammen und unterhielten sich angeregt. Dabei übersah einer von ihnen einen fauligen Kohlkopf auf dem Weg, er strauchelte und fiel einer wohlhabend aussehenden Frau, die mit zwei Mägden unterwegs war, direkt vor die Füße. Sein Gefährte, der ihm helfen wollte, stellte sich denkbar ungeschickt an, er rempelte die Frau an und brachte sie beinahe zu Fall.
Sie blieben mit anderen Passanten stehen und belächelten die Schimpftiraden der Dame, die mithilfe der Mägde versuchte, ihre seidene Haube wieder zurechtzurücken. Florent beobachtete die Mönche, die ihre Kutten abklopften und sich hastig entschuldigten. Er runzelte die Stirn. Irgendetwas stimmte nicht mit ihnen. War es die fehlende Demut oder ihr Aussehen?
Er umfasste seinen Schwertknauf, trat vor und packte einen der beiden am Arm. „Wer seid Ihr wirklich?“
Aus dem Augenwinkel sah er, wie der andere Mönch seine Kutte raffte und das Weite suchte. „Haltet ihn!“, rief er.

Sein Gefangener wand sich heftig, doch Florents Griff war fest. Bei dem Gerangel öffnete sich die Mönchskutte und die Schaulustigen rissen die Augen auf. Der vermeintliche Mönch trug einen breiten Gürtel, an dem eine bunte Sammlung von Geldbeuteln hing.
„Beutelschneider!“, rief einer von ihnen.
„Holt den Büttel!“, schrie die Frau, mit der die Diebe zusammengestoßen waren. Fassungslos tastete sie ihre Hüfte ab, wo bis vor wenigen Augenblicken ihr Geldsäckchen gehangen hatte. Bald schon drängten sich zwei Büttel durch die Menge und nahmen Florent den Gefangenen ab. Der zweite Dieb war entkommen.
„Unglaublich!“, zeterte die Frau, die ihren mit Perlen besetzten, seidenen Geldbeutel nun fest an die Brust drückte. „Als Diener des Herrn verkleidet! Wem soll man denn in dieser Welt noch trauen?“
Florent zog Luna weiter. „Als ob die Diener des Herrn immer reine Engel wären“, spottete er halblaut.
„Sie hat sich nicht einmal bei dir bedankt“, bemerkte Luna.
Florent zuckte mit den Schultern. „Schau, dort drüben, ein Schuhmacherstand.“
Hier sollte sich Florents Einsatz doch noch lohnen: Der Schuster, der die Szene beobachtet hatte, verkaufte ihnen ein Paar rindslederne Stiefel für den halben Preis. „Diese verfluchten Beutelschneider verderben uns das Geschäft, Herr. Sie tauchen an guten Markttagen wie aus dem Nichts auf und verschwinden wieder. Wir sind froh über jeden, der erwischt wird“, erzählte der Händler.
„Edle Frau“, ergänzte er mit einem neugierigen Blick auf Lunas Schleier, „wenn Ihr selbst reitet, hab ich etwas Besonderes für Euch.“ Er zog ein Stück helles Leder hervor, das besonders weich und anschmiegsam war. Es hatte die Größe einer Satteldecke, an einer Seite war ein bogenförmiges Stück herausgeschnitten.
„Was ist das?“, fragte Luna.

Der Händler lächelte stolz. „Diese Kniedecke schützt Euch vor Regen und Staub, wenn Ihr auf dem Pferd sitzt. Falls Ihr den Damensitz bevorzugt, könnte ich Euch auch ein anderes Stück zeigen."
„Nein, ich reite im Männersattel."
„Wenn der Ausschnitt zu klein ist, könnt Ihr ihn noch anpassen. Aber so schmal, wie Ihr seid …"
Sie sah Florent an. „Sieht praktisch aus, findest du nicht?"
Florent nickte vorsichtig, er wollte dem Schuster sein Wohlwollen nicht zeigen, um den Preis nicht hochzutreiben. Doch das stellte sich als unnötig heraus.
„Ich schenke sie Euch", sagte der Mann.
Zufrieden und mit verschiedenen Päckchen beladen schlenderten sie über den Markt zurück. „Eine gute Idee, diese Kniedecke", schwärmte Luna. „Ich wusste nicht, dass es so etwas gibt."
„Im Süden ist sie nicht nötig, hier in diesem kalten und nassen Land dagegen ... wirklich ... nützlich."
„Jetzt noch ein neuer Wollmantel für dich?" Sie sah ihn fragend an.
Er antwortete nicht, sondern reckte den Hals, um über die Köpfe der Menschen sehen zu können.
„Was ist?"
„Der Mönch dort vorn, bei dem Pastetenstand!"
„Meinst du, es ist der andere Beutelschneider?"
„Nein, der war größer. Der dort kommt mir anderweitig bekannt vor." Er zog sie zu der Hütte mit duftenden gefüllten Teigteilchen in der Auslage. Hier stand ein Mönch, der seine Kapuze weit ins Gesicht gezogen hatte und an einer Pastete kaute.
„Was macht Ihr hier?", zischte Florent ihm zu.
Luna riss die Augen auf. „Fede..."
„Still!", raunte Florent.
„Diese Teilchen sind einmalig. Kauft Euch unbedingt welche", sagte Friedrich mit vollem Mund und grinste unter der

Kapuze hervor wie ein Junge, der vom Messwein genascht hatte.
„Was denkt Ihr Euch nur?“ Florent sah sich um. „Was ist, wenn Euch jemand erkennt?“
„Wenn Ihr weiter so ein Aufheben macht, kann das passieren“, konterte Friedrich. „Holt Euch eine Pastete, dann gehen wir gemeinsam zurück. Ich hatte genug Spaß für heute.“
„Da bin ich aber froh“, murmelte Florent und fingerte ein paar Münzen aus dem Beutel.
Sie mussten dem König schon bald recht geben, die mit Hühnerfleisch gefüllten Teigtaschen waren köstlich. Zufrieden kauend schlenderten sie in Richtung Burgberg, wo der Strom der Käufer und Marktbummler schwächer wurde.
Am Wegesrand kauerte eine alte Frau und las einem jungen Ritter aus der Hand. Er lachte, als sie ihm etwas zuraunte, und warf ihr eine Münze in den Schoß.
Friedrich wühlte unter seiner Kutte nach dem Geldbeutel. „Jetzt bin ich gespannt“, sagte er.
Florent stöhnte, doch Friedrich war bereits vor die Alte getreten, und streckte ihr die Hand hin. Die Frau ergriff sie und fuhr mit den Fingern leicht über die Linien der Innenfläche. Dabei schloss sie die Augen und mümmelte mit zahnlosem Mund. Ihr dunkles Gesicht, gefurcht wie der Stamm einer alten Weide, war von schlohweißem Haar umrahmt, das unter einer schäbigen Haube hervor lugte. Sie hielt inne, blinzelte kurz und sah Friedrich prüfend an. Dann wiederholte sie die Prozedur, wobei sie heftiger mümmelte und vor sich hin grummelte.
Schließlich holte sie ächzend Luft. „Du bist nicht der, der du scheinst.“
Friedrich schwieg, seine Mundwinkel zuckten.
„Du bist ein bedeutender Mann. Immer werden sie sich an dich erinnern. Hüte dich vor der Stadt mit den Blumen, dort wirst du dein Ende finden.“

Die Alte ließ die Hand fallen, als wäre sie plötzlich heiß. Friedrich warf ihr eine Silbermünze zu, die sie geschickt auffing und sofort in ihrem Gewand verschwinden ließ. Beklommen griff Florent nach Lunas Arm.
„Weiße Frau!“, rief die Alte.
Luna wandte sich um. Die Seherin winkte sie zurück. Ohne ihre Hand zu nehmen oder sie anderweitig zu berühren, raunte sie ihr zu: „Halte dich fern von diesem Mann, er wird deine Kraft verzehren und du wirst sein wie eine späte Blume im Frost.“ Sie lächelte und zeigte zahnlose Kiefer. „Die Götter seien mit dir!“
„Und mit dir!“, entgegnete Luna, kramte eine Münze aus der Tasche, drückte sie der Alten zwischen die krummen Finger und eilte den Männern nach. Deren fragenden Blicken wich sie aus.
Inmitten von Laufburschen, mit Körben bepackten Knechten und Mägden, Maultieren und Packpferden gingen sie den leicht ansteigenden Weg zur Burg hinauf. Ab und zu mussten sie einem Reiter ausweichen. Friedrich schwieg, er schien über die Worte der Seherin nachzudenken. Ohne aufzublicken, verschwand er durch den Dienstboteneingang im Palas.
In ihrer Kammer angekommen, blickte Florent durch das offene Fenster auf den Burghof hinunter. „Die Stadt mit den Blumen. Welche Stadt hat sie gemeint?“
Luna hob die Schultern. „Blumen gibt es überall.“
„Sie hatte in zwei Punkten recht. Also wird der dritte auch zutreffen.“ Er wandte sich um: „Was wollte sie von dir?“
„Ich soll mich von ihm fernhalten.“
Er knurrte zustimmend. „Die Alte weiß, was sie sagt. Ich werde Assad hinunterschicken, sie muss uns den Namen der Stadt nennen.“
„Sie sieht Bilder in ihrem Kopf, keine Namen.“
Florent seufzte. „Soll sich mein Nachfolger damit abplagen, den König vor der Blumenstadt zu bewahren.“ Ein Lächeln

setzte sich auf seiner Miene fest. „Ich kann nicht glauben, dass wir zusammen nach Sizilien reiten."
„Führ das nicht auf seine Güte zurück." Luna saß auf dem Bett und zog sich probeweise die neue Lederdecke über die Knie. „Es ist wohlüberlegt."
„Wie meinst du das?"
„Zum einen: Er schickt dich, weil du ein fähiger Ritter bist und er dir zutraut, seinen Sohn zu schützen. Dabei darf er dich nicht verprellen. Also schickt er mich mit und kann sich deiner Loyalität sicher sein."
Florents Lächeln verblasste. „Zum anderen?"
„Du glaubst, er tut es für dich? Nein. Er benötigt mich, um das Kind zu heilen, wenn es krank werden sollte."
„Ja, das hat er sogar selbst angedeutet."
Luna stand auf und faltete die Kniedecke zusammen. „Das ist noch nicht alles. Er weiß jetzt, wie genau meine Visionen sind. Er fühlt sich durchschaubar. Er wird meine Hand nicht mehr halten, es sei denn, er schwebt in Lebensgefahr."
Er setzte sich aufs Bett. „Er fürchtet, dass du seine geheimsten Gedanken erfährst." Ob das von Vorteil für sie war, würde sich herausstellen.

Der Hoftag begann mit einer Frühmesse. Die Sonne stand um diese Tageszeit noch recht tief und leuchtete durch die Fenster über dem Altar beinahe die ganze Kapelle aus. Die kunstfertig bestickten und mit Steinen besetzten Kleider der Gäste schimmerten und warfen kleine Lichtreflexe an Wände und Säulen.
Florent ließ seine Blicke vom Treppenaufgang her über die Leute im Obergeschoss schweifen. Unter dem Mantel trug er ein kurzes Messer, obwohl für den gesamten Burgbereich Waffenverbot galt, erst recht im Haus Gottes. Doch wer Friedrich schaden wollte, konnte selbst einen massiven Armleuchter als Waffe benutzen, und dann wäre er, Florent, gewappnet.

Tagelang hatte Anselm von Justingen über der Platzordnung gegrübelt. Wer von den Gästen galt als so wichtig, dass er nicht nur im Obergeschoss, sondern sogar in den vorderen Reihen stehen durfte? Selbstverständlich wählte er dafür die Vertreter des Papstes, den König von Böhmen, den Herzog von Baiern und den Thüringer Landgrafen aus. Manch einer der niederen Würdenträger zeigte eine gekränkte Miene, weil er lediglich einen Platz in den hinteren Reihen oder gar im Untergeschoss zugewiesen bekam. Die Glocken verstummten, ihr Nachhall stand noch eine Weile zwischen den Mauern. Erwartungsvolle Stille breitete sich aus, im Raum schien die Zeit den Atem anzuhalten. Bald raschelten die kostbaren Kleider, Köpfe drehten sich und leises Gemurmel kam auf.
Endlich öffnete sich die Verbindungstür und Friedrich trat heraus. Assad hatte sich selbst übertroffen und den König in einen purpurroten, mit weißem Zobelpelz abgesetzten Mantel gekleidet. Die hellen Locken unter der blank polierten Krone fielen ihm kupferglänzend auf die Schultern, die blauen Augen blickten sich herausfordernd um.
Luna stand in einer der hinteren Reihen. Kurz erstarrte sie, als die Blicke des Königs sie streiften, sie erinnerte sich nur zu gut an die Worte aus seinem Mund, die hier im selben Raum vor wenigen Tagen so grausame Bilder malten. Sie versuchte, sich abzulenken und stellte sich vor, wie Assad darauf bestanden haben mochte, die Locken ausgiebig zu bürsten, eine Prozedur, die Federico schon als Kind gehasst hatte.
Obwohl nur von mittlerer Größe, wirkte der König durch die Krone, die leider nach wie vor eine Kopie war, imposant und majestätisch. Gemessen schritt er nach vorn zu seinem Ehrenplatz.
Florent wusste Anselm im Erdgeschoss, wo er einen Platz am Ausgang eingenommen hatte. Gerade als Bischof Berard die Messe begann, sah Kanzler Konrad sich fragend

um. Florent nickte ihm zu. Alles in Ordnung. Erleichtert lehnte er sich an die Wand. Die Litanei der Messe rauschte an ihm vorüber, routiniert glitten seine Blicke über die Gäste. Dabei überkam ihn leises Bedauern. Konrad und Anselm würden ihm fehlen, sogar der anstrengende Bischof Berard schien ihm plötzlich annehmlich. Wenn er in etlichen Wochen mit Konstanze und dem kleinen Heinrich zurückkam, hätte längst jemand anders seine Arbeit übernommen. Wen Friedrich wohl auswählen würde? Das Kommando über seine Leibwache konnte schließlich nicht irgendjemand innehaben. Er schüttelte unmerklich den Kopf, um die störenden Gedanken abzuschütteln. Er musste sich konzentrieren, fixierte die Gäste. Sie lauschten der Liturgie, fielen ein, wenn es von ihnen erwartet wurde. Alles in Ordnung, der Hoftag fand ein sicheres Ende, dafür sorgte er. Und danach würde er den Sohn seines Königs gesund und heil in den Norden holen.
Am Nachmittag fand die Versammlung der Fürsten statt. Friedrich sprach den Gesandten des Papstes seinen ausdrücklichen Dank für die Unterstützung Seiner Heiligkeit aus. Der Inhalt des Vertrages wurde verlesen und er legte einen Eid auf die Einhaltung ab, den die anwesenden Reichsfürsten anschließend bezeugten. Mit den enthaltenen Klauseln wurde die Macht eines Königs im kirchlichen Bereich fast vollkommen ausgeschaltet. Während die päpstlichen Vertreter zufriedene Mienen zur Schau trugen, furchten Herzöge und Landgrafen besorgt die Stirn. Hier ging mit einem Schlag verloren, was seit dem Gang nach Canossa mühsam von Friedrichs Ahnen erstritten worden war. Hatten sie einen Fehler gemacht, als die diesen jungen und unerfahrenen Mann zum König wählten?

Von Sizilien nach Norditalien, Frühjahr anno 1214

Niemand kann mit gerten
Kindes zucht beherten.
Walther von der Vogelweide

Sind wir bald da?", fragte Heinrich, der vor seiner Mutter im Sattel zappelte wie ein Fisch im Netz.
„Nein, mein Kind. Es dauert viele Tage, bis wir ankommen", erklärte Konstanze zum wiederholten Male. „Und wenn du nicht still sitzt, machst du die Stute nervös."
„Ich wäre lieber selbst geritten. Silo ist traurig, weil er nicht mit uns kommen darf."
„Dein Pony ist froh, dass es sich ausruhen kann", tröstete Florent, der an ihrer Seite ritt.
„Er wird fett werden und faul", behauptete Heinrich trotzig und Luna erschrak, wie ähnlich er seinem Vater dabei war. Auch äußerlich fand sie Friedrich in ihm wieder. Sein helles Haar leuchtete rötlich in der Sonne und auf der Nase tanzten die ersten Sommersprossen. Lediglich das fein geschwungene Kinn glich dem seiner Mutter.
Sie ritten die Via Valeria an der Nordküste entlang, die Straße, die Luna vor Jahren mit Bella auf dem Arm gegangen war. Sechs Leibwächter begleiteten sie, in leichter Rüstung und nur mit Schwertern an der Seite, außerdem eine Kinderfrau. Die Frauen trugen hochwertige, aber unauffällige Kleidung, sodass sie wie eine adlige Familie auf dem Weg zu einem Verwandtenbesuch wirkten.
Die Frühlingssonne wärmte angenehm, eine schwache Brise vom Meer vermischte den Duft der vereinzelt noch blühenden Mandelbäume mit dem würzigen Geruch von Tang, Salz und getrocknetem Fisch. Gelber Klee färbte die Olivenhaine zur Rechten und auf der Meerseite raschelten die hohen Schilfhalme, in denen sie Enten und manchmal einen Schwan entdeckten.

„Hätte ich nur meinen Falken dabei", rief Heinrich angesichts der möglichen Jagdbeute.
Florent lachte. „Im Schilf sind die Enten sicher, da kommt kein Falke heran. Wir müssten sie erst hinaustreiben."
Der Dreijährige sah ihn empört an. „Mein Falke findet jede Ente, was denkst du denn?"
Die Königin lächelte und zwinkerte Florent zu. Der legte seine Hand auf die Brust und verneigte sich leicht. „Verzeih, kleiner König, ich vergaß, dein Falke ist der beste."
Heinrich nickte gönnerhaft. „Nenn mich nicht kleiner König. Ich herrsche über ganz Si- Si-Silien."
Jetzt lachten sie alle und der Kleine sah sich trotzig um. „Stimmt doch!", rief er aufgebracht.
„Ja, mein Sohn, das stimmt", beruhigte ihn Konstanze, mühsam ernst werdend.
In Cefalù nahmen sie Quartier beim neuen Bürgermeister, der seine besten Räume für die hohen Gäste herrichten ließ. Am Abend besuchte Luna Ahmed und seine Familie und stellte ihnen Florent vor. Die Großmutter war inzwischen verstorben, genau wie die alte Lorna in Palermo, deren Kräutergeschäft Emilio übernommen hatte. Es gab eine Menge zu erzählen, doch mit Einbruch der Dunkelheit mussten sie zurück, Florent wollte seine Schützlinge nicht zu lange allein lassen. Tags darauf ritten sie am La Rocca vorbei nach Messina, wo sie übers Meer setzen wollten. Der Tag der Überfahrt war windig und kühl. Die Männer brachten die Pferde an Deck.
Florent hätte den kleinen Heinrich am liebsten festgebunden, der Junge wuselte über die Planken und fragte den Schiffsleuten Löcher in den Bauch. „Wie heißt dieses Segel und wofür ist dieses Tau und wohin führt diese Luke?" Die Männer, die alle Hände voll zu tun hatten, das Schiff auf Kurs zu halten, waren wortkarg und schoben ihn ohne viel Aufheben beiseite. Schließlich stampfte der Junge mit dem Fuß auf: „Antwortet eurem König!"

Florent zog ihn zur Reling, wo seine Mutter mit den Frauen stand, und schärfte ihm ein: „Wir reisen in geheimer Mission, du darfst niemandem sagen, wer du bist. Verstehst du mich?“
„Ein Geheimnis?“, fragte er begeistert.
„Ja. Ein großes Geheimnis. Du bist ein kleiner Junge, der mit seiner Mutter verreist.“
„Ich bin nicht klein!“
„Einverstanden, du bist ein großer Junge, aber auf dieser Reise bist du kein König.“
Heinrich schob die Unterlippe vor, der Gedanke gefiel ihm nicht. Florent sah hilfesuchend zu Konstanze, die ihm zunickte und sich den Jungen vornahm.
Erst jetzt sah Florent, dass Luna sich krampfhaft an die Reling klammerte. „Was ist mit dir?“, rief er besorgt gegen eine Windböe, die das Schiff von der Seite erwischte.
Sie schüttelte nur den Kopf, beugte sich über das Geländer und würgte.
Er umfasste ihre Schultern. „Seit wann wirst du seekrank?“
Sie konnte nicht antworten. Er hielt sie, bis sie am Kai anlegten, wo sie mit wackligen Knien das Schiff verließ. Unweit des Hafens nahmen sie Quartier in einer Herberge, um am nächsten Tag die lange Strecke in Richtung Neapel anzutreten. Luna hatte sich während der Nacht nicht richtig erholt, schon beim Anblick der Hafergrütze im Wirtsraum drehte sich ihr Magen um.
„Kannst du reiten?“, fragte Florent besorgt.
Sie nickte. „Frische Luft wird mir helfen.“
Sie ritten am ehemaligen Lagerplatz von Ottos Heer vorbei und Florent erzählte Heinrich, der diesmal bei ihm im Sattel saß, die Geschichte von den verschwundenen Rittern. „Sie hatten so viel Angst vor deinem Vater, dass sie sich einfach davon gemacht haben.“
„Sie waren feige?“
„Ja, das waren sie.“

„Ich bin niemals feige!" Er druckste ein wenig. „Einmal bin ich vor einem Hund weggelaufen, der war sehr groß", erzählte er bedrückt.
Florent schüttelte den Kopf. „Du hast richtig gehandelt, der Hund hätte dir schaden können."
Heinrich nickte beruhigt. „Er war wirklich groß!"
Konstanze ritt neben Luna. „Erzählt mir von meinem Ehemann. Hat er sich sehr verändert?"
„Er ist erwachsen geworden."
Die Königin zögerte, doch da alle anderen außer Hörweite waren, fragte sie leise: „Hat er ... Frauen?"
Luna zögerte.
„Sprecht offen, ich muss wissen, was mich erwartet", bat Konstanze.
„Soweit ich weiß, nimmt er manchmal eine von den Sarazeninnen in sein Bett."
„Das meine ich nicht. Gibt es Frauen, die mir gefährlich werden können?"
Luna überlegte. Sie erinnerte sich an ein Gerücht über eine gewisse Adelheid von Urslingen, der Friedrich angeblich Gedichte geschrieben hatte, aber sie wusste nicht, ob es stimmte. „Ich weiß es wirklich nicht", sagte sie und hoffte, dass sie überzeugend klang.
„Hat er Euch bedrängt?" Konstanze sah, wie Lunas Miene sich verschloss, und beugte sich über den Sattelknauf. „Ich weiß, wie sehr ihn Eure Gabe fasziniert. Er ist sehr interessiert an allem Außergewöhnlichen."
„Er war krank, nichts Besorgniserregendes. Eine Erkältung. Ich musste seine Hand halten."
„Und? Was geschah?" Konstanze war nicht so leicht abzuspeisen.
„Ich konnte Dinge sehen, die erschreckend waren. Er hat es als Kind nicht leicht gehabt."
„Ihr verteidigt ihn."

„Als ich ihm das erste Mal begegnete, war er acht Jahre alt. Er war einsam. Die Welt um ihn herum war herzlos und kalt. So sollte ein Kind nicht aufwachsen."
„Was habt Ihr gesehen, als Ihr seine Hand hieltet?"
„Zwingt mich nicht, darüber zu reden. Er ist Euer Ehemann, vielleicht erzählt er Euch eines Tages selbst davon." Luna fühlte erneut Übelkeit aufsteigen. Eine Weile schwiegen sie und sie atmete tief ein und aus.
„Als Ihr mich geheilt habt, damals in Palermo, was habt Ihr da gesehen?"
Luna seufzte und versuchte, sich zu erinnern, obwohl ihr Magen immer stärker revoltierte. „Ich habe eine Frau auf einer Mauer gesehen. Jemand hielt sie fest, es schien, als wolle sie springen", sagte sie leise.
„Was noch?", fragte Konstanze kaum hörbar.
„Da waren Soldaten, Blut überall, ein Säugling."
Konstanze sprach so leise, dass Luna Mühe hatte, sie zu verstehen. „Sie töteten meinen Mann. Dann mein Kind. Sie rissen es mir aus den Armen und erschlugen es wie einen überflüssigen Welpen. Ich flehte um den Tod, doch mir gönnten sie ihn nicht."
„Wir brauchen eine Pause!", rief Luna.
Nachdem die Männer eine schattige Gruppe von Pinien angesteuert hatten und absaßen, sprang Luna vom Pferd und eilte in die Büsche. Florent hob Heinrich aus dem Sattel und übergab ihn Eva, der Kinderfrau. Aus dem Gestrüpp kamen Würgegeräusche.
„Meine Güte", sagte Florent. „Was hat sie nur?"
„Ich glaube, sie ist guter Hoffnung, mein Lieber!", sagte Eva lächelnd.
„Was?" Florent hielt sich am Zaumzeug seines Hengstes fest. „Aber wie ...?"
„Das muss ich Euch doch hoffentlich nicht erklären?", fragte die Kinderfrau süffisant. Die Königin, die das Gespräch mit angehört hatte, schmunzelte.

Florent verschwand im Gebüsch, um Luna zu stützen. „Stimmt es?“, fragte er, während er ihre Schultern hielt. „Du bist schwanger?“
Sie lehnte sich an ihn. Beide standen eine Weile völlig still, um dem Gedanken Zeit zu lassen.
„Eines Tages musste es passieren“, sagte Luna schließlich. „Wir haben das Glück zu lange auf die Probe gestellt.“
„Aber deine Kräuter?“, fragte Florent.
„Sind keine Garantie, das habe ich dir immer gesagt.“
Er nickte. Und plötzlich breitete sich ein Grinsen auf seinem Gesicht aus, über das er keine Gewalt mehr hatte. Er hob sie hoch und wirbelte sie herum.
„Hör auf, mir ist schon übel“, wehrte sie ab und lachte wider Willen.
„Er kann uns nicht den Kopf abreißen“, sagte er und küsste sie.
„Sollen wir absatteln?“, rief einer der Ritter.
„Was meinst du?“, fragte Florent leise. „Brauchst du eine längere Pause?“.
„Es geht schon.“
Er trat aus dem Gestrüpp. „Wir reiten weiter.“
„Hat Eva etwa ein Geheimnis verraten?“, fragte Konstanze, als die Frauen wieder nebeneinander ritten.
Luna fasste die Zügel kürzer, als ihre Stute den Hals nach einer Pflanze am Wegrand reckte. „Es war mir selbst nicht richtig klar. Ich dachte, es wäre die Überfahrt gewesen. Aber ich werde sonst nie seekrank und die Nachwirkungen dauern jetzt schon ziemlich lange.“
Konstanze sah sie prüfend an. „Wie viele Sommer habt Ihr gesehen?“
„Zweiunddreißig.“
„Dann seid Ihr sogar etwas älter als ich. Ihr habt Euch Zeit gelassen.“
„Der König befürchtet, dass ich meine Kräfte verliere, wenn ich ein Kind austrage.“

Konstanze sog die Luft ein. „Oh, das sieht ihm ähnlich. Er hat es Euch verboten?“ Sie lenkte ihr Pferd um eine Wurzel herum. „Ich glaube, ich bin nicht ganz unschuldig daran. Ich habe ihm von der weißen Frau in Aragon erzählt. Sie verlor ihre Gabe und übertrug sie auf ihr Kind.“
Eine Weile ritten sie schweigend nebeneinander her. Dann fuhr die Königin fort: „Macht Euch keine Gedanken, ich rede mit ihm. Er darf nicht über Euer Leben verfügen, als wärt Ihr seine Leibeigene.“
„Er hat sich verändert. Er wird von allen Seiten hofiert, ist selbstbewusster und schwer zu beeinflussen“, wandte Luna ein.
„Mir wird schon etwas einfallen, ihn umzustimmen“, sagte Konstanze und lachte freudlos. „Doch jetzt erzählt mir von Deutschland. Ist es wirklich so düster und kalt, wie man sagt?“

In Neapel gönnten sie sich zunächst einen Tag Ruhe. Nicht nur Luna litt, Eva und die Leibdienerin jammerten über wunde Stellen am Hintern und an den Oberschenkeln. Luna versorgte die Frauen mit Salbe und bemerkte, dass Konstanze ebenfalls stillschweigend nach dem Tiegel griff. Sie atmeten auf, als Florent einen zweiten Tag Pause ankündigte.
Die Familie des Bürgermeisters verwöhnte die Frauen. Sie badeten ausgiebig im warmen Wasser, um die verkrampften Muskeln zu lockern, sie genossen gebratenen Fisch, Orangen und Mandelmilch. Lediglich Luna aß nichts davon, sie lag die meiste Zeit auf einer Liege im Schatten. Eine Dienerin brachte ihr Kräutertee, aber nichts wollte helfen. Florents Miene wurde besorgter.
„Es dauert ein oder zwei Wochen, dann hat der Körper sich an den Zustand gewöhnt“, beruhigte Konstanze.

„So viel Zeit haben wir nicht“, entgegnete er. „Friedrich erwartet, dass wir Euch so schnell wie möglich in den Norden bringen.“
„Er will, dass wir zur Krönung dort sind. Die kann erst stattfinden, wenn er Otto besiegt hat. Wenn das geschehen wäre, hätten wir davon gehört, meint Ihr nicht?“
Florent überlegte. Die Königin hatte recht. Die Nachrichten aus dem Norden klangen eher ungünstig für Friedrich, der in einem Brief an Konstanze berichtet hatte, er belagere Quedlinburg, wohin Otto sich verkrochen habe. Doch sei der Welfe in seiner Burg recht zählebig und stur. Warum also nicht ein, zwei Wochen warten?
Er beriet sich mit dem Bürgermeister, einem vernünftigen und klugen Mann. Der versicherte ihm, dass seine Schützlinge gerne weiterhin inkognito bei ihm verweilen könne, auf sein Personal sei Verlass.
„Ich schreibe Federico, dass wir in Neapel eine Pause einlegen, weil wir Frauen das endlose Reiten nicht gewohnt sind, wir aber rechtzeitig im Sommer die Alpen überqueren werden“, schlug Konstanze vor. „Bis dahin hat sich die Belagerung dieser unaussprechlichen Festung entschieden, so oder so.“
Florent nickte und die Königin rief nach Feder und Tinte.
Zwei Wochen später verließen sie Neapel, Luna fühlte sich besser, die wunden Oberschenkel der Frauen waren verheilt. Dennoch freuten sie sich über eine großzügige Geste des Bürgermeisters: Er stellte ihnen eines seiner Schiffe zur Verfügung, um die Reisezeit nach Genua zu verkürzen.
Die See zeigte sich gnädig, beinahe glatt wie ein Tisch und eine leichte Brise aus Südwest, so holten sie eine der verlorenen Wochen wieder auf.
In Genua übernachteten sie unerkannt in einer einfachen Herberge. Aber die Gefahr für die Familie des Königs wuchs, je näher sie ihrem Ziel kamen, denn hier im Norden gab es nach wie vor viele von Ottos Anhängern. Von Genua

aus schlugen sie einen weiten Bogen um das stauferfeindliche Milano und ritten in Richtung Alpen. Ihr Ziel war Cremona, wo sie hoffentlich sichere Unterkunft finden würden.

Quedlinburg, Sommer anno 1214

Ein Schaden ist gut,
der zwei Vorteile gewinnt.
Walther von der Vogelweide

Das Feldlager im Schatten der Felsen bot etwas Schutz vor der seit einer Woche unbarmherzig brennenden Sonne. Friedrichs Laune war auf dem Tiefpunkt, denn sie hingen hier seit einem Monat fest.
„Wir sollten längst vor Braunschweig stehen!“, fauchte er während der morgendlichen Besprechung in seinem Zelt.
Konrad nickte unglücklich. „Diese Festung bricht uns das Genick. Lasst uns den Abzug erwägen.“
„Jetzt, wo wir Verstärkung erhalten?“ Friedrich fixierte den Thüringer Landgrafen Herrmann, der mit einem Heer von fünfhundert Rittern am Abend zuvor eingetroffen war. „Ich verstehe nicht, was an einem Damenstift so schwer einzunehmen ist.“
„Otto hat eine ordentliche Festung daraus gemacht, nachdem er die Frauen hinausgeworfen hat“, sagte der Landgraf und rieb sich den Bart. „Vielleicht sollten wir tatsächlich aufgeben und Richtung Braunschweig ziehen.“
„Dann haben wir einen Teil seiner Truppen im Rücken“, rief Konrad hitzig. „Wir müssen hier erst klare Verhältnisse schaffen.“
„Was wisst Ihr über Ottos Aufenthalt?“, fragte Hermann.
„Er soll in Aachen sein“, knurrte Konrad.
In diesem Moment trat Anselm von Justingen ins Zelt. „Falls Ihr vom Welfen sprecht, stimmt das nicht mehr“, sagte er und schwenkte ein Schreiben.
Friedrich griff danach, las und runzelte die Stirn. „Unser Spion schreibt, dass Otto mit gut sechstausend Mann, davon achthundert Panzerreiter, unterwegs ist nach Maastricht. Er will seinen Onkel, König Johann, gegen den französischen König Philipp unterstützen.“

„Aber Johann befindet sich unseren Quellen zufolge im Süden, im Anjou hält er ein Château besetzt“, wandte Konrad ein.
„Na klar, sie wollen Philipp in die Zange nehmen!“, rief der Landgraf. „Otto vom Norden und Johann aus dem Süden. Eine ernste Lage für den Franzosen.“
Friedrich sah auf. „Dann haben wir keine Wahl. Wir brechen hier die Zelte ab und eilen Philipp zu Hilfe.“
Es gab keinen Widerspruch.
„Welche Route schlagen wir ein?“, fragte Anselm.
Sie beugten sich über die Karte und grübelten eine Weile.
„Wir sollten den Erzbischof von Magdeburg informieren, der wird uns den Rücken freihalten, wenn wir hier abziehen“, meinte Konrad. Leider wussten sie nicht genau, wie stark die zurückgebliebene Truppe in der Festung Quedlinburg war. So konnten sie nur hoffen, dass von dort keine allzu große Gefahr drohte.
„Schickt sofort einen Boten!“, sagte Friedrich. „Wir wählen den Weg über Goslar. Die engen Schluchten des Harzes werden wir nicht noch einmal durchqueren.“
Die anderen stimmten zu. Dieses dunkle Gebirge war unwegsam und voller unguter Mächte, für Pferde und Reiter eine einzige Strapaze und strategisch nur für diejenigen günstig, die sich in den Bergen und Tälern auskannten.
„Lasst das Lager räumen! Sobald der Bote zurück ist, brechen wir auf.“
Von den Zinnen der Festung war das Lager nicht einsehbar, Friedrich hoffte, den Aufbruch einen, vielleicht sogar zwei Tage geheimhalten zu können. Still und leise bauten sie die Zelte ab, ließen die Feuer jedoch weiterbrennen, damit die Rauchfahnen die Welfen im Glauben ließen, es sei alles beim Alten. Als der Bote aus Magdeburg mit einem Trupp Soldaten zurückkam, verließen sie mit dieser Nachhut bei Nacht das Lager. Bevor die Quedlinburger merkten, dass die Feuer verloschen waren, verging ein ganzer Tag und

Friedrichs Männer passierten bereits Goslar. Wutschnaubend sandte der Hauptmann der Festung eine berittene Truppe hinaus, aber die fand nur niedergetretenes Gras, Abfall und Pferdeäpfel am Fuße des Stifts.
Friedrich schlug vor, in Richtung Maastricht zu reiten, um Otto in den Rücken zu fallen. „Wir schlagen ihn mit seiner eigenen Taktik", sagte er zu Anselm, während sie an den Mauern von Goslar vorbeigaloppierten. „Er glaubt, Philipp in die Zange nehmen zu können, unversehens hat er uns im Nacken sitzen. Würde mein Schwertmeister sich nicht in Napoli den Hintern sonnen, könnte er dabei sein." Er trieb seinen Destrier an und die Männer hatten Mühe, ihm zu folgen. „Tod dem Welfen!", schrie er in den Wind. „Diesmal erwischen wir ihn!"
Sie ritten direkt nach Westen, ohne Mühe fanden sie die Spuren von Ottos Heer. Die Dörfer lagen leer und geplündert vor ihnen, die Bewohner verkrochen sich in den Wäldern. Einmal trafen sie einen alten Mann, der allein in seinem Dorf am Brunnen saß. Er erzählte ihnen von Kaiser Ottos großem Heer, das vor knapp einer Woche hier entlang gezogen wäre.
„Wir müssen diesen Weg verlassen, wir finden hier keinen Proviant", sagte Konrad am zweiten Tag. Sie nahmen die Heeresstraße, die weiter südlich verlief, obwohl der Umweg sie einen ganzen Tag kostete. Aber die Männer brauchten Brot und die Pferde Hafer. Kurz vor Flandern griff ihre Vorhut einen einzelnen Soldaten auf. Der Mann war schmutzig und keuchte erschöpft, er trug ein fadenscheiniges Wams und am Oberarm einen blutigen Verband.
„Wer bist du und für wen hast du gekämpft?", fragte Friedrich, als der Mann vor ihm kniete.
„Herr, man nennt mich Gotthilf, ich bin freier Bauer aus der Gegend um Braunschweig. Der Graf von Wolfenbüttel ist mein Herr. Wir zogen unter Kaiser Otto gegen den Franzosenkönig."

„Warum bist du nicht bei deiner Truppe?"
„Die Schlacht ist verloren, Herr." Der Mann sah sich verängstigt um, er schien nicht zu wissen, wem er in die Hände gefallen war. „Alles flieht in heilloser Unordnung. Der Kaiser ritt davon, nachdem sein Pferd fiel und einer seiner Ritter ihm sein Ross abtrat. Das Reichsbanner wurde in den Boden gestampft. Danach rannten alle auseinander, also die, die es noch konnten. Ich versuche, mich nach Hause durchzuschlagen, die Gerste muss vom Halm, ich habe vier Kinder."
„Was ist mit dem englischen König?"
Der Bauer hob beide Hände. „Ich weiß es nicht, Herr. Es war ein großes Durcheinander."
Landgraf Herrmann stieß einen Fluch aus, zog sein Schwert und trat auf den Mann zu. Friedrich sah ihn erstaunt an, dann kniff er die Augen zusammen. „Steckt Euer Schwert ein." Er gab dem Mann einen Wink und der kam auf die Beine. „Geh nach Hause, Bauer Gotthilf, und ernte deine Gerste!"
„Gott segne Euch, ich werde für Euch beten!" Der Mann stolperte rückwärts und konnte sein Glück kaum fassen. Erst als er am Rest des Heeres vorüber lief und die Standarten erkannte, begriff er, für wen er beten würde.
An Hermann gewandt, sagte Friedrich gefährlich leise: „Tut das nie wieder, ich treffe meine Entscheidungen noch immer selbst."
Der Landgraf steckte sein Schwert in die Scheide. „Er hätte ein Spion sein können", knurrte er und verzog sich.
„Was tun wir jetzt?", fragte Konrad in die Runde.
„Wenn der Welfe flieht, müssen wir ihn erwischen, bevor er sich im Harz verkriecht. Wir reiten nach Norden, um ihm den Weg abzuschneiden." Friedrich stieg aufs Pferd und fluchte still vor sich hin. Dieser Bastard war so schwer zu greifen wie ein Frosch im Sumpf.

Den Rest des Tages ritten sie in nördlicher Richtung. Mehrmals stießen sie auf versprengte welfische Truppenteile, die sofort flohen, wenn sie des kleinen Heeres ansichtig wurden.
„Versucht, Gefangene zu machen, aber verfolgt sie nicht unnötig lange. Wir sparen unsere Kräfte“, wies Friedrich seine Männer an. Er bedachte den Landgrafen mit einem ernsten Blick, denn Hermann war für seine Mordlust bekannt.
Am Abend, sie schlugen gerade einen Tagesritt vor Tournai das Lager auf, brachten die Wachen einen weiteren Mann.
„Er hat versucht, ein Pferd zu stehlen.“
Der Gefangene fiel auf die Knie. „Vergebt mir, hoher Herr. Ich bin verwundet und meine Beine tragen mich nicht mehr.“ Er sprach den Dialekt der Menschen aus der Gegend.
Friedrich musterte ihn scharf. „Ich sehe kein Blut.“
„Ein Kampfross trat mich, als es durchging ...“ Der Mann zerrte an seiner schäbigen Bruch und zeigte ein blau verfärbtes und angeschwollenes Schienbein.
„Für wen hast du gekämpft?“
„Für den Grafen von Flandern. Am Sonntag trafen wir vor dem Dorf Bouvines auf die Franzosen. Der deutsche Kaiser wollte, dass wir sofort angreifen. Wir sahen darin kein gutes Omen, denn Gott der Herr verbietet Blutvergießen an seinem geheiligten Tag. Doch die Herren lachten nur, meinten, wir könnten anschließend beichten. Und nun ist alles verloren.“
„Was ist mit dem englischen König?“
„Er soll bereits Tage vorher geflohen sein, von der Westküste aus übers Meer. Sein Bruder, den sie Langschwert nennen, kämpfte bis zum Schluss an der Seite des Kaisers. Er wurde gefangen genommen, nachdem er Otto sein Pferd gab und der damit floh.“

Friedrich entließ ihn mit einem Wink und sah dem hinkenden Pferdedieb eine Weile nach. „Es scheint zu stimmen. Philipp hat die Schlacht ohne uns gewonnen. Wir kommen zu spät."
Eine seltsame Mischung aus Erleichterung und Bedauern breitete sich an diesem Abend im Lager aus. Die Männer waren einerseits froh, heil nach Hause zu kommen, andererseits gab es weder Beute noch Heldentaten, von denen sie daheim berichten konnten.
„Hat es Zweck, weiter nach Norden zu reiten?", fragte Friedrich in die Runde, die in seinem Zelt zu Abend aß. „Wahrscheinlich ist er längst auf dem Weg nach Braunschweig."
Niemand legte sich fest, alle starrten in ihre Weinkrüge oder kauten nachdenklich am kalten Schweinebraten. Am nächsten Morgen wurde ihnen die Entscheidung abgenommen. Eine Gruppe französischer Ritter näherte sich ihrem Lager. Friedrich empfing sie mit allen Ehren in seinem Zelt.
Einer der Männer stellte sich als Graf Peter von Auxerre vor und erklärte in recht flüssigem Deutsch: „Eure Majestät, wir überbringen Euch die ehrerbietigsten Grüße unseres von Gott gesegneten Königs Philipp." Nach zahlreichen Verbeugungen und weiteren Floskeln kam er zur Sache: „Seine Majestät König Philipp bedankt sich herzlich für das erfolgreiche Bündnis und ist hocherfreut, Euch als Dankesbeweis die eroberte Reichsstandarte überreichen zu können."
Ein anderer Ritter wickelte mithilfe seines Knappen einen Gegenstand aus einem groben Leinentuch. Zum Vorschein kam der goldene Reichsadler, den Ottos Fahnenträger in der Schlacht vorweg geführt hatte und der mit ihm gefallen war.
„Wir bedauern sehr, dass er während des Kampfes beschädigt wurde, unsere Gnädige Majestät hat ihn eiligst reparieren lassen." Mit einer tiefen Verbeugung überreichte der Mann den Vogel.

Friedrich nahm ihn wortlos entgegen, es hatte ihm die Sprache verschlagen. Ohne dass er in die Schlacht hatte eingreifen können, kam ihm jetzt diese Ehre zuteil. Mit einer Miene, als streichele er das Gesicht einer Frau, strich er über die sorgfältig ausgearbeiteten Federn auf den Flügeln des Adlers. Nur ein Kenner würde am rechten Flügel die kleine Unregelmäßigkeit im Guss bemerken, wo ein offensichtlich fähiger Schmied den Bruch repariert hatte.
Erst als Konrad sich vernehmlich räusperte, fand der König Worte des Dankes und lud von Auxerre und seine Männer ein, mit ihnen zu speisen.
Während des Essens gab es Gelegenheit, den Verlauf der Kampfhandlungen zu erfragen. Die Franzosen waren nur allzu bereit, über die siegreiche Schlacht zu berichten. Es stellte sich heraus, dass sie viele Stunden auf Messers Schneide gestanden hatte, weil beide Seiten zahlenmäßig etwa gleich stark gewesen waren und verbissen gekämpft hatten.
„Unsere Majestät wurde vom Pferd gerissen und entging am Boden nur knapp dem Tode“, schilderte von Auxerre. „Die Entscheidung fiel, als unsere Kavallerie eingriff. Sie fegte wie ein Wirbelsturm auf das Feld. Kaiser Otto, der vorwiegend von Fußvolk umgeben war, verfiel in Panik und gab Befehl zum Rückzug. Dabei wurde er unter seinem sterbenden Pferd begraben, doch blieb er unverletzt.“
Konrad lachte auf. „Das sieht ihm ähnlich. Er hat mal wieder viel zu früh aufgegeben.“
Verwundert sah der Gesandte ihn an.
„Achtet nicht auf ihn“, sagte Friedrich. „Er war mal Ottos Kanzler.“
Der Franzose hielt das für einen Scherz und grinste.
„Was ist mit König Johann?“, fragte Konrad.
„Geflohen. Der ist längst wieder auf seiner Insel, hoffentlich für immer.“

Friedrich hob den Weinkelch. „Dann lasst uns auf den Erfolg trinken, möge er Gott genauso gefallen wie uns."

Cremona und Brennerpass, Sommer anno1214

Der Weise minnet nichts so sehr
Wie Gottes Huld und seine Ehr'.
Walther von der Vogelweide

Euer Kind kann hier zur Welt kommen", sagte Bürgermeister Caldini und legte Florent die Hand auf die Schulter. „Ihr kennt meine Frau. Donna Lucia wird Eurer Gemahlin keinen Moment von der Seite weichen."
Florent sah sich vor der schwierigsten Entscheidung seines Lebens. Er musste Konstanze und Heinrich in den nächsten Wochen über die Alpen bringen, bevor die Herbststürme einsetzten und Schnee in den Bergen fiel. Doch unmöglich konnte er Luna diesen Strapazen aussetzen. Sie litt unter der Schwangerschaft, das war nicht zu übersehen. Während ihr Bauch sich rundete, wurde sie immer schmaler, ihr Antlitz durchscheinender.
Konstanze klopfte ungeduldig auf den Tisch. „Ich verstehe nicht, was es da zu überlegen gibt. Luna bleibt hier, das ist für alle das Beste. Wir gehen über die Berge und sind in ein, zwei Wochen bei Federico. Dann reitet Ihr zurück und seid noch vor der Geburt des Kindes und vor allem vor Wintereinbruch wieder hier."
„Falls Friedrich das zulässt."
„Und das Wetter in den Bergen", ergänzte Caldini.
„Mit Federico werde ich schon fertig, um das Wetter muss sich jemand anders kümmern. Ich lasse jetzt packen."
Als sie zur Tür hinaus war, sagte Florent seufzend: „Sie kennt die Alpen nicht. Und ihren Gemahl kennt sie auch nicht mehr."
Caldini grinste und hob beide Hände. In diesem Moment hörten sie Hufschläge eines schnellen Reitersauf dem buckligen Pflaster. Sie kamen näher und verstummten abrupt vor dem Fenster des Palazzos. Sie hörten jemanden um ein Wechselpferd bitten. Florent eilte mit Caldini hinab, um den

Mann, der die Zeichen eines päpstlichen Boten trug, nach Neuigkeiten zu befragen. Während er in der Küche hastig einen Krug Wasser trank und einen Kanten Brot mit frischer Butter und Rauchschinken verschlang, berichtete er dem Hausherrn, Kaiser Otto sei vom französischen König Philipp geschlagen worden und halte sich angeblich in Aachen auf, wo König Friedrich ihn aufreiben und ihm die Reichsinsignien abnehmen wolle. Florent und Caldini sahen sich an. Damit war klar, dass Konstanze und Heinrich schnellstmöglich abreisen mussten.

Luna nahm den Vorschlag, in Cremona zu bleiben, teilnahmslos hin. Ihr war ständig übel und sie fühlte sich am besten, wenn sie unbeweglich liegen konnte.

„Es dauert nicht mehr lange, dann geht es mir besser. Das sind nur die ersten Monate." Sie strich sich über ihren spitzen Bauch und hoffte, dass er das Zittern in ihrer Stimme nicht hörte. Sie wusste, dass die kritischen Monate, in denen der Körper sich auf die Schwangerschaft einstellte, bereits vorüber waren, doch warum sollte sie ihn unnötig in Sorge versetzen?

Mit gefurchter Stirn stieg Florent auf den Hengst, der ihn über die Alpen bringen sollte. Luna lehnte am Eingangspfeiler des Palazzos und bemühte sich um eine zuversichtliche Miene. „Sobald es mir besser geht, komme ich nach", sagte sie.

„Untersteh dich! Versprich mir, nicht allein über die Berge zu gehen." Florent sah sie eindringlich an, bis sie schließlich nickte. Er beugte sich herab und küsste sie, bevor er Befehl zum Aufbruch gab. An der nächsten Ecke wendete er das Pferd und prägte sich das Bild ein. Seine zarte Frau mit dem wehenden Schleier am Portal des Stadtpalastes. „Möge Gott dich behüten!", flüsterte er, dann spornte er den Hengst und schloss zu den anderen auf.

Der Bürgermeister hatte ihnen einen einheimischen Führer mitgegeben. Als sie den Lambro überquerten und durch die

Furt ritten, erzählte Florent dem kleinen Heinrich die Geschichte, wie sein Vater ohne Hosen über den Fluss geflohen war. „Ohne Bruch?“, fragte der Dreijährige und kicherte. „Das ist lustig.“
„Im Nachhinein schon. Aber damals waren wir heilfroh, ohne einen Pfeil im Rücken hinüber gelangt zu sein.“
Sie ritten den vergleichsweise bequemen Weg über den Brennerpass. „Hier ist schon dein Urgroßvater entlanggekommen“, erklärte Florent, als sie am Fuße der Serpentinen standen.
„Der Rotbart?“
„Ja, die Leute hier nannten ihn Barbarossa. Er träumte davon, dass Sizilien, Italien und Deutschland ein einziges großes Reich werden. Und dein Vater hat es schließlich erreicht.“
„So Gott will“, hörte er Konstanze hinter sich murmeln.
Sie übernachteten in einer wenig komfortablen Berghütte, in der bereits eine Handvoll Händler untergekommen waren. Sie hatten Pelze in den Süden gebracht und waren auf dem Rückweg mit Pfeffer, Safran und anderen Gewürzen im Gepäck. Die Händler brachen am nächsten Morgen mit ihnen auf und schlossen sich ihrem Zug an, denn die Männer in den leichten Rüstungen versprachen Schutz im Notfall. Florent gefiel das nicht, er fürchtete, Heinrich könne sich verplappern, zumal die Reisenden sich gern von dem aufgeweckten Jungen unterhalten ließen. Aber er konnte die Gesellschaft nicht vermeiden, ohne unhöflich zu sein oder lästige Fragen zu provozieren.
„Du besuchst deinen Vater in Baiern?“, hörte er einen Pelzhändler fragen, während er den Sattelgurt festzog.
„Heinrich, du reitest heute mit mir!“, unterbrach er das Gespräch rüde und hob den Jungen aufs Pferd. Mit Sicherheit fragte sich der Mann, welche Rolle Florent in der familiären Reisegruppe spielte. Mehrmals schon hatte er die unverhohlenen Blicke der Männer über ihre hochwertigen Waffen

und Pferde gleiten sehen. Er würde froh sein, wenn sie endlich die engen Täler verließen und ihre Wege sich wieder trennten. Doch zunächst galt es, die gröbsten Anstiege zu überwinden und alle sicher über den Pass zu führen. Der Bergführer, ein derber Bauernbursche namens Enzio, ritt auf seinem Maultier vorneweg. Hinter ihm folgten Konstanze und Eva, danach Florent mit Heinrich.

Die Händler hatten sich mit ihren zweirädrigen Karren vor die Begleitmannschaft gedrängt, allen voran ein eher unangenehmer Reisegefährte, der ständig mit seinen Geschäften prahlte und Florent nicht von der Seite wich. „Wenn Ihr Zobel benötigt, Herr, es gibt keinen besseren als den aus meinem Angebot. Beste Winterware, nicht das billige Zeug, das sie in Milano verkaufen."

Der Anstieg wurde steiler und der Weg schmaler. Sie mussten hintereinander reiten und der Mann hielt endlich den Mund. An den Hängen blühten die hüfthohen Büsche der Alpenrosen, dazwischen leuchteten samtige Edelweißsterne und die roten Kissen des Steinbrechs. Die Frauen wiesen sich begeistert darauf hin, wenn sie eine besonders farbenfrohe Staude entdeckten.

„Was ist das für ein Vogel?", fragte Heinrich, den Blumen weniger interessierten.

Florent sah sich um. „Wo?"

„Ich weiß nicht, ich höre ihn nur pfeifen."

„Ach das. Das ist kein Vogel, das sind Murmeltiere. Sie warnen sich gegenseitig."

Der Junge drehte sich um und sah ihn fragend an. „Mummel ...?"

„Murmeltiere sind kleine Pelztiere. Es gibt viele davon hier oben in den Bergen. Mit etwas Glück sehen wir sie heute Abend, wenn wir rasten."

Die Händler waren längst von ihren Karren gestiegen und führten Pferde und Maultiere am Zügel. Enzio gab das Zei-

chen für alle anderen, ebenfalls abzusitzen. Die Tiere setzten ihre Hufe vorsichtig und schnaubten nervös. Florents Brauner kannte die Berge und ging gelassen, aber der junge Hengst des Pelzhändlers tänzelte gereizt.
„Achtet auf Euer Pferd, Ihr solltet es beruhigen“, warnte Florent.
„Dieser Gaul ist schwierig, man hat mich betrogen in Milano. Hochwertig sollte er sein, aus bester Zucht, aber er ist störrisch wie ein Esel.“ Der Händler zerrte am Zügel, als der junge Hengst vor einer Steinrinne zögerte.
„Er hat Angst. Sicher ist er zum ersten Mal im Gebirge. Redet ihm gut zu und zerrt nicht dauernd an seinem Gebiss, damit fügt Ihr ihm nur Schmerzen zu.“ Gepolter unterbrach Florents Belehrung.
Enzio stieß einen Warnruf aus: „Steinschlag! Duckt Euch ins Gestrüpp!“
Florent ließ die Zügel los, zog Heinrich an seine Brust und drückte sich in die dichten Alpenrosenbüsche, die neben dem Weg den Hang hinauf wucherten.
„Ins Gebüsch!“, rief er Konstanze zu, während das Getöse lauter wurde. Die Königin und die beiden Dienerinnen folgten seinem Beispiel.
Die Pferde standen mit angelegten Ohren still. Der junge Hengst des Pelzhändlers jedoch wieherte schrill und stieg, während der Mann fluchte und an den Zügeln zerrte.
„Lasst ihm Zügel!“, rief Florent, doch seine Worte gingen unter in dem ohrenbetäubenden Geräusch, mit dem die Steinlawine in einer dichten Wolke aus Staub nur wenige Schritte neben ihnen den Hang hinunter polterte. Heinrich zitterte in seinen Armen und er strich dem Jungen beruhigend übers Haar. „Keine Angst, kleiner Mann. Hier in den Büschen sind wir sicher.“
Heinrich reckte den Kopf nach oben. „Ich habe keine Angst!“, behauptete er.

Nachdem der letzte Stein ins Tal gepoltert war, kehrte für einige Momente Stille ein, als hielten die Berge den Atem an. Kein Vogel zwitscherte, kein Murmeltier pfiff.
Sogar der verdammte Pelzhändler hält seine Klappe, dachte Florent und richtete sich vorsichtig auf. „Bleib hier sitzen! Ich sehe nach den anderen."
Der Staub wurde von der Bergluft zügig verweht und er sah, wie die Frauen sich aufrappelten und ihre Kleider abklopften. „Seid Ihr wohlauf?", fragte er.
Konstanze warf einen prüfenden Blick auf Heinrich und nickte.
Hinter ihr stand Enzio mit gefurchter Stirn und rief: „Alle unverletzt?"
Florent drehte sich um. Die Händler kontrollierten ihre Karren, auch seine Männer schienen wohlauf. Sie klopften die Hälse der Pferde und wischten den gröbsten Staub von ihrer Ausrüstung. Erleichtertes Gemurmel kam auf. Er jetzt sah er den Pelzhändler und dessen fassungslose Miene. Ohne Pferd.
„Was ist passiert?", fragte Enzio in seinem breiten oberitalienischen Dialekt.
„Der blöde Gaul ist weg! Was mache ich jetzt ohne Pferd?"
Florent trat an den Rand des steil abfallenden Hanges und sah das Unglückstier mehrere Klafter tief auf einem Felsvorsprung liegen. Es wieherte kläglich und hob hilflos den Kopf. Er winkte einem seiner Männer. „Lucio! Wir brauchen deinen Bogen!"
Lucio band den Langbogen von seinem Sattel und zog einen Pfeil aus dem Köcher. Florent wusste, dass er nur einen Pfeil benötigen würde, er war der beste Schütze unter seinen Männern.
Während er das Tier von seinen Qualen erlöste, zeterte der Pelzhändler ununterbrochen. „Da unten in den Satteltaschen liegt mein Jahresverdienst! Der Hengst hat mich

zwanzig gute Taler gekostet, Ihr könnt ihn doch nicht einfach erschießen. Warum ziehen wir ihn nicht herauf?“
„Halt endlich den Mund, Assunto!“, rief einer der anderen Händler. „Hab ein wenig Mitleid mit dem Gaul. Hättest du ihn nicht so drangsaliert, wäre er vielleicht nicht abgestürzt!“
„Du kannst gut reden, hast deine Einkünfte sicher. Meine dagegen ...“
„Klettere doch hinab und hole sie herauf! Was jammerst du uns die Ohren voll?“, fragte ein kleinwüchsiger Mann, der seinem Maulesel den Staub aus der Mähne klopfte.
„Wir müssen weiter“, sagte Enzio. „Die Sonne sinkt bald hinter die Gipfel.“
Murrend und knurrend reihte sich der Pelzhändler ein, nachdem er einen letzten Blick in die Tiefe geworfen hatte, und marschierte hinter Florents Braunem den Berg hinauf. Missgünstig musterte er die hochgeborene Familie vor ihm, die ihren Reichtum sorgsam zu verbergen suchte.
Sie übernachteten auf einem Sennerhof, wo ihnen eine Magd frische Milch, Käse und duftendes Brot in die Hütte brachte. Pferde und Maultiere drängten sich im Pferch aneinander, der Senner mähte Gras und warf es in die Futterraufe. Die zusätzlichen Pfennige, die er mit der Versorgung der Reisenden auf diesem vielgenutzten Pass verdiente, besserten seine Einkünfte erheblich auf.
Florent nahm einen der Söhne des Hirten beiseite. „Ich wette, du weißt, wo es hier Murmeltiere gibt.“
Der Halbwüchsige nickte eifrig. „Droben am Leitnerhang, Herr.“
„Ist das weit?“
„Ein guter Steinwurf, Herr. Seht’s dort die Felsnase unter dem Schneefeld? Da habn’s ihren Bau. Wollt Ihr jagen?“
„Nein.“ Florent lachte. „Mein kleiner Schützling würde sie gern beobachten. Zeig sie ihm und lass sie vorerst le-

ben.“ Er drückte dem Jungen eine Kupfermünze in die Finger. „Seid aber mit Einbruch der Dämmerung zurück, hörst du?“
Der Junge nickte, zufrieden über die leicht verdiente Münze und nahm Heinrich bei der Hand.
Eva teilte mit Florents Hilfe eine Ecke für die Frauen und das Kind ab, die mit einer Zeltbahn vor den Blicken der Männer geschützt war.
Heinrich, der wenig später stolz vom Ausflug zum Murmeltierbau zurückkehrte, protestierte zunächst. „Warum soll ich bei den Frauen schlafen?“
„Einer muss doch auf sie achtgeben, solange dein Vater nicht da ist.“ Florent schmunzelte erleichtert, als er sah, wie der Junge sein Holzschwert unter den Arm klemmte und sich hinter die Zeltbahn verzog. Dann kratzte er ein wenig Heu zusammen, damit er den gestampften Boden der Hütte weniger spürte, kroch unter seine Decke und schloss die Augen. Um ihn herum beherrschten nächtliche Geräusche den Raum. Der kleine Händler schnarchte für zwei, ein anderer murmelte im Schlaf und draußen schnaubten die Pferde. Während die Laute um ihn herum zu einer beruhigenden Weise wurden, gingen seine Gedanken eigene Wege. Er sah Luna, zart und klein, am Portal des Palazzo in Cremona. Sie stand in der hellen Sonne, ihr weißes Haar wehte im Wind. Wo ist dein Schleier, versuchte er zu fragen, doch die Worte klebten auf seiner Zunge fest. Die Sonne wird dich verbrennen, wollte er sagen. Plötzlich sah er den Schleier in ihrem Arm, etwas war darin eingewickelt. Sie hielt es ihm entgegen, wollte es ihm geben, doch ihre Arme waren zu kurz. Wieder und wieder hob sie das Bündel. Seine Beine waren schwer, er schien in einem Sumpf festzustecken. Luna öffnete den Mund, sie rief etwas, ein Schrei, laut und vernehmlich. „Heinrich!“
Er fuhr hoch und begriff, dass es nicht Luna war, sondern Konstanze, die schrie. „Heinrich! Er ist weg!“

Sie suchten die Umgebung der Hütte ab, mit Fackeln leuchteten sie hinter Felsen und Heuschober. Der Senner und seine Familie wurden aus dem Schlaf geholt, die Händler von ihren Lagern gerissen. Sie stolperten in der Dunkelheit durcheinander, bis der Kleinwüchsige plötzlich rief: „Assunto ist nicht da."
Florent wirbelte herum: „Was sagt Ihr?"
„Der Händler, dessen Pferd abgestürzt ist, Assunto!"
„Ja, ja. Wo ist er?"
„Seine Sachen sind weg. Sein Lager ist unbenutzt."
„Vielleicht ist er zurückgegangen, seine Satteltaschen zu bergen", mutmaßte einer der Gewürzhändler.
Der Kleinwüchsige schnalzte mit der Zunge. „Im Dunkeln? Ist er lebensmüde?"
Die Männer schüttelten ratlos die Köpfe.
„Er hat den Jungen!", sagte Florent in die Stille hinein. „Er will uns Geld abpressen, um seine Verluste auszugleichen."
„Was für ein schändlicher Gedanke!", rief der Gewürzhändler.
„Und doch könnte es stimmen", sagte der Kleinwüchsige. „Ihr wisst, wie Assunto leidet, wenn er Verluste einstecken muss. Dann kommt er auf die dümmsten Ideen."
Die anderen starrten betreten auf ihre Füße.
„Wir werden ihn finden", sagte der Senner. „Wenn wir sofort aufbrechen, können wir noch vor ..."
„Nein!", unterbrach ihn Florent rüde. „Enzio und ich gehen allein. Das heißt ...", er sah über die Schulter nach seinen Männern, „... Lucio wird uns begleiten." Sein Gesicht war grau, seine Miene versteinert wie die zahlreichen Felsen, an denen sie in den vergangenen Tagen vorübergegangen waren.
Konstanze legte ihre Hand auf seinen Arm: „Findet Ihn, aber seid vorsichtig! Es nützt uns nicht, wenn auch Ihr nicht zurückkehrt."

„Ich bringe Euch Euren Sohn zurück, Majestät“, flüsterte er. Er neigte kurz den Kopf und wandte sich ab. Niemand sollte die Wut in seinen Augen sehen, die Wut auf sich selbst, dass er seine Aufgabe so leichtfertig erledigt hatte. Wie ein Ausflug war ihm die Reise erschienen, der fröhlich plappernde Junge, die imponierende Landschaft, die angenehme Gesellschaft Evas und der Königin. Aufgrund der Tarnung als reiche Familie war die Distanz zwischen ihnen zwangsläufig geringer geworden. Selbst die Händler waren ihm mit der Zeit als akzeptable Reisegefährten erschienen, wenn er von Assunto absah. Er hatte lauernde Gefahren nur in den Bergen und der rauen Natur vermutet, war zu gutgläubig gewesen, was seine Mitreisenden anging. Nicht einmal nachdem das Packpferd abgestürzt war, hatte er den geheimen Groll des Händlers geahnt. Wenn nur dem Jungen nichts passiert wäre, mit Assunto würde er schon fertig werden. Wenn der dem kleinen König nur ein Haar krümmte, würde er ... „Wir brechen auf. Ihr wartet hier, bis wir zurück sind.“
Die Händler setzten zum Protest an, aber er schnitt ihnen mit einer heftigen Handbewegung das Wort ab. „Ihr werdet hierbleiben und für die Sicherheit der Signora sorgen. Wir sind bald zurück.“
Er wandte sich ab und wies Enzio an, vorweg zu gehen. Der Bogenschütze folgte ihm. Jeder trug eine Fackel, das flackernde Licht gaukelte ihnen schwankenden Boden vor. Doch Enzio schritt zügig aus und bald stellten sie sich auf die ungewohnten Lichtverhältnisse ein. Sie folgten dem Pass und lauschten den Geräuschen der Nacht, die vom Knirschen des Schotters unter ihren Füßen gestört wurden. Florent spürte, wie seine brennende Wut, jetzt, da sie endlich unterwegs waren, in Energie umgewandelt wurde. Er folgte Enzio mit federnden Schritten und hätte den Bergführer am liebsten beiseitegeschoben, um loszurennen. So trat

er dem Mann beinahe in die Hacken, als der plötzlich stehen blieb und einen Finger hob.
„Hört Ihr das?“, flüsterte er.
„Was?“, fragte Florent.
„Ein Eichelhäher. Weiter unten im Tal. Ein Warnruf.“
„Du meinst ...?“
Enzio nickte. „Das werden sie sein. Sie haben eine knappe Stunde Vorsprung.“
„Dann müssen wir schneller werden.“
Enzio schüttelte den Kopf. „Wir nehmen eine Abkürzung. Die ist nicht für Pferde geeignet, daher wird der Händler sie nicht kennen.“
Der Fußpfad erwies sich als steile Felsklamm, in der ein Bergbach zu Tal plätscherte. Enzio nahm ein Seil vom Gürtel und sie banden sich aneinander fest, um sich gegenseitig zu sichern. Florent verwünschte seine Gedankenlosigkeit, er hatte die Handschuhe zurückgelassen. Die scharfen und vereisten Steinkanten schnitten ihm in die Handflächen und mehr als einmal verkniff er sich einen lauten Fluch. Je tiefer sie kletterten, desto lauter rauschte der Bach, der die Schlucht in den Felsen gekerbt hatte. Trotzdem bemühten sie sich, keine Steine loszutreten oder anders auf sich aufmerksam zu machen.
Die Dämmerung zog silbriges Grau über die Baumkronen, als sie dort ankamen, wo die Klamm in einem breiteren Tal endete, und der Bach sich eilig in einem rauschenden Flüsschen verlor.
Enzio führte sie über den Weg mit zwei Fahrrinnen hinweg zu einer Gruppe größerer Felsbrocken. „Hier verstecken wir uns, er muss diesen Weg herabkommen.“
„Bist du sicher, dass er nicht schon vorüber ist?“ Florent sah sich zweifelnd um, doch links und rechts endete die Sicht an einer Wegbiegung und vor den dichten Kronen dicker Tannen.

„Das ist der Pass, der vom Berg herabführt, seine Serpentinen sind wesentlich länger. Wir haben in der Klamm eine gute Stunde gespart.“
Sie lehnten sich an die Steine und warteten. Der Wald erwachte um sie herum zum Leben. Vögel zwitscherten unerträglich laut, fand Florent, der auf andere Geräusche wartete. Der Morgenwind rauschte in den silbern glänzenden Blättern der Erlen und über ihnen keckerte ein Eichhörnchen. Florent sah die angespannte Miene des Bergführers, die sich blass wie frischer Käse aus dem Dunkeln des Gestrüpps hinter ihnen herausschälte. Er krauste die Stirn und versuchte, verdächtige Geräusche herauszufiltern. Waren das Schritte? Äste knackten, Steine polterten. Florents Kopf fuhr herum.
„Es gibt hier Gämsen“, sagte Lucio leise, doch Enzio hob warnend seine Hand. Die Vögel waren verstummt, nur die Blätter rauschten unbeeindruckt. Dann hörten sie es: Oberhalb der Tannengruppe weinte ein Kind.

Cremona, Spätsommer anno 1214

Ich kam gegangen zu der Aue,
da schon mein Trauter kommen hin.
Da ward ich empfangen, hehre Fraue,
daß ich noch immer selig bin.
Küßt er mich? Wohl tausend Stund. Tandaradei!
Seht, wie rot mir ist der Mund!
Walther von der Vogelweide

Ein weinendes Kind. Ein Messer. Blut. Kampfgeräusche, Fluchende Männer. Bäume im Wind. Florent, Heinrich. Und Blut, überall Blut.

Luna schreckte hoch. Ihr Hemd aus dünnem Leinen klebte auf der Haut, spannte über dem Bauch. Das Kissen unter ihrem Kopf war feucht. Ein leichtes Ziehen ging durch ihren Rücken. Nicht jetzt schon, dachte sie und ihre Panik verstärkte sich. Es ist zu früh.

Sie setzte sich auf. Vor dem Batistvorhang am Fenster brannte die Mittagssonne auf den schmalen Balkon. Sie schüttelte das Kissen auf und griff nach einer der Apfelsinen, die Donna Lucia Caldini immer für sie bereitlegte. Während sie die Schale abzog, dachte sie über ihren Traum nach.

„Lieber Gott, lass es nur einen Albtraum gewesen sein", flüsterte sie. Sie aß die saftigen Apfelsinenspalten und wusch sich die Hände an der Schüssel in der Ecke des Zimmers. Dann setzte sie sich an den Tisch, um den Brief an Florent zu beenden, den sie am Morgen begonnen hatte und in dem sie von ihrer ereignislosen Woche berichtete. Sollte sie ihren Traum erwähnen? Nein. Das Ziehen im Rücken? Auf keinen Fall. Sie siegelte die Rolle und legte sie bereit. Vorsichtig stellte sie das Tintenfass beiseite und streckte sich erneut auf dem Bett aus. Das Kind regte sich, es trat kräftig gegen die Bauchdecke, ein beruhigendes Gefühl.

„Wer bist du?“, flüsterte Luna und legte ihre Hände an die Stellen, wo die Haut kleine Beulen bekam. Das Kleine war schnell und Luna musste lachen. „Ein kräftiger Junge, so wie dein Vater? Oder ein flinkes kleines Mädchen?“
Es klopfte an der Tür und Donna Lucia trat ein. „Mit wem redet Ihr?“
„Mit dem Kind.“
Die Frau runzelte die Stirn. „Ihr seid verschwitzt, es ist zu warm hier oben. Das Mädchen richtet Euch ein Zimmer im Erdgeschoss her.“
„Oh, nein. Lasst mir dieses hier, von dem kleinen Balkon sehe ich abends die Sonne untergehen.“ Luna setzte sich auf.
Donna Lucia seufzte. „Na gut, aber wir sollten ordentlich lüften. Ihr seid immer so furchtbar bleich.“ Sie öffnete die Tür zum Balkon, der Vorhang bauschte sich im Wind.
Luna stemmte unauffällig ihre Hände in den schmerzenden Rücken und lächelte zuversichtlich. „Mir ist nicht mehr übel. Ist der Bote schon da?“
„Nein, bisher nicht. Aber wenn Ihr gestattet, werde ich Euer Schreiben mit in die Halle nehmen.“
„Ich habe geträumt, Donna Lucia. Florent oder der kleine König waren verletzt, ich sah überall Blut. Ich mache mir Sorgen.“
Die Frau winkte ab. „Nehmt das nicht ernst. Wisst Ihr, was ich alles geträumt habe, während ich guter Hoffnung war? Ich saß auf einem Pferd mit drei Köpfen, ich war die Geliebte von Julius Caesar, ein Dichter hätte mehrere Dramen daraus machen können.“ Sie ging zur Tür. „Ruht Euch noch ein wenig aus, sobald die Sonne den Horizont berührt, kommt nach unten. Es gibt Kürbistaschen, Lamm und Risotto.“
Luna wartete auf das gewohnte Gefühl, wenn sich ihr Magen umdrehte, doch erstaunlicherweise spürte sie Hunger. Sie lächelte. „Ich freue mich.“

Donna Lucia verschwand, Luna legte sich zurück und schloss die Augen. Sie erwachte, als die Strahlen der tief stehenden Sonne auf ihr Gesicht fielen. Ein leichter Wind bewegte noch immer die Vorhänge. Sie erhob sich vorsichtig und lauschte auf die Signale ihres Körpers. Alles schien in Ordnung, sie fühlte sich ausgeruht. Auf dem Weg hinab in den Innenhof des kleinen Palazzos hörte sie Stimmen aus dem Arbeitszimmer des *podestàs*. Sie hielt inne, als sie ihren Namen verstand.
„... ich fürchte, da stimmt etwas nicht. Sie magert ab, anstatt zuzunehmen. Wir sollten die Wehmutter konsultieren." Das war Donna Lucias Stimme.
„Ist sie nicht selbst so etwas in der Art?", fragte Caldini.
Seine Frau schnaubte leise. „Eine weiße Frau ist keine Wehmutter. Außerdem – soll sie sich selbst behandeln?"
„Sie steht hoch in der Gunst des Königs, ich werde nach jemandem schicken."
„Du machst das hoffentlich nicht nur wegen der Gunst des Sizilianers?" Lucias Stimme war voll Ironie. Auf dem Hof erklangen Hufgeräusche, Luna eilte die Treppe hinab, in der Hoffnung, ein Bote sei gekommen. Donna Lucia rauschte aus dem Arbeitszimmer. „Schon wach, meine Liebe? Das Essen ist noch nicht so weit. Ich hoffe, Ihr habt nicht wieder schlecht geträumt?"
„Nein, ich habe tief geschlafen. Danke."
Das Getrappel entpuppte sich als Lieferung von wichtigen Unterlagen für den Bürgermeister. Luna war enttäuscht. Wieder keine Nachricht von Florent.
Am nächsten Tag fuhr ein zweirädriger Wagen vor, von dem eine hagere, grauhaarige Frau kletterte, die dem Stallknecht die Zügel in die Hand drückte und sagte: „Die Hausherrin erwartet mich." Ohne zu zögern, öffnete sie die Haustür und rief nach Donna Lucia.

Luna hatte vom Balkon aus die Ankunft beobachtet und sah, wie der Knecht den kräftigen Braunen mit Heu und Wasser versorgte, ohne ihn auszuspannen.
Kurze Zeit später klopfte es an ihrer Tür. Donna Lucia trat ein, gefolgt von der Hageren. „Luna, das ist Emilia, die Wehmutter, die meinen beiden Töchtern auf die Welt geholfen hat. Ich bat sie, nach Euch zu sehen, wenn Ihr nichts dagegen habt."
Luna hob die Augenbrauen. „Aber es geht mir gut."
„Es ist nur eine Vorsichtsmaßnahme. Ich bin unten, wenn ihr mich braucht." In der Tür drehte sie sich noch mal um. „Sofie wird euch Getränke bringen."
Als die beiden Frauen allein waren, herrschte einen Moment betretene Stille. „Wollt Ihr Euch setzen?", fragte Luna schließlich.
„Danke", sagte Emilia knapp, doch sie blieb stehen. „Wie weit seid Ihr?", fragte sie und wies mit einem Kinnrucken auf Lunas Bauch.
„Ich rechne im Herbst mit dem Kind. Vielleicht Anfang des Neblung."
„Das ist in sechs Wochen."
„Ich weiß."
„Ihr seid sehr dünn."
„Ich konnte lange Zeit nichts essen."
Während des Gesprächs, das fast ein Verhör war, lag die Frage in der Luft, die jetzt endlich ausgesprochen wurde: „Ihr seid eine weiße Frau?"
„Ja."
Die Wehmutter runzelte die Stirn. „Deshalb diese Geheimniskrämerei. Und ich dachte, eine von Donna Lucias Töchtern wäre in Schwierigkeiten."
„Kennt Ihr Euch ... damit aus?"
„Womit? Mit Schwierigkeiten?" Die Hagere lachte rau. „Wenn ich für jede einen Taler bekäme ..."
„Nein, ich meine ..."

„Ich weiß, was die Leute sich über weiße Frauen erzählen: Dass sie in der Todesstunde unseres Herrn gezeugt wurden, in den Raunächten zur Welt kommen und für immer verdammt sind. Einige von ihnen, anscheinend auch Ihr, werden allerdings von den Feen gerettet und sind in der Lage Gutes zu tun. Soweit richtig?“
Luna setzte sich auf die Bettkante. „Ich weiß weder, wann ich gezeugt wurde, noch kenne ich meinen Geburtstag. Ich weiß nur, dass ich kranken Menschen mitunter helfen kann.“
Sofie trat ein und brachte Orangensaft. Emilia nahm einen herzhaften Schluck aus dem Becher, den Lucias Tochter ihr reichte. „Danke dir, mein Kind.“ Sofie nickte und verschwand wieder.
„Man müsste Euch noch etwas aufpäppeln, damit Ihr die Geburt übersteht. Euer Becken scheint mir recht schmal zu sein. Darf ich den Bauch abtasten?“
Luna nickte. Emilias knochige Hände kneteten fest, aber behutsam. Das Kind regte sich sofort.
„Ein munteres Kerlchen“, murmelte die Wehmutter. „Könnte hinkommen mit Eurer Berechnung.“
„Ich hatte gestern ein Ziehen im Rücken“; gestand Luna. „Es senkt sich, oder?“
„Möglich. Dann rechnen wir lieber schon Ende Oktober mit der Niederkunft. Ihr werdet hierbleiben?“
„Ja.“ Sie druckste. „Habt Ihr schon einmal eine weiße Frau behandelt?“
Emilia zögerte. „La Donna Bianca lebte nicht weit von hier, sie war steinalt und half vielen Menschen aus Krankheit und manchmal sogar aus dem Tod. Sie brauchte meine Hilfe nicht.“
Luna richtete sich auf. Eine Erinnerung zuckte durch ihren Kopf wie eine Sternschnuppe. *Du bist ein Kind des Lichtes, fürchte die Menschen, nur die wenigsten von ihnen taugen etwas.* Sie hob den Kopf. „Bianca? Lebt sie noch?“

„Das weiß niemand. Eines Tages war sie fort. Ihre Hütte im Wald ist längst verfallen. Kanntet Ihr sie?“
Sie sterben nicht, die Kinder des Lichtes. Eines Tages gehen sie zurück ins Licht.
„Ich bin ihr einmal begegnet, aber das ist lange her.“
„Warum versteckt Ihr Euch hier?“, fragte Emilia direkt. „Was ist mit dem Vater des Kindes?“
„Ich verstecke mich höchsten vor der Sonne. Sie verbrennt meine Haut. Florent, mein Ehemann, ist im Norden unterwegs im Auftrag des Königs. Es ging mir so schlecht, dass ich ihn nicht begleiten konnte. Donna Lucia kümmert sich um mich.“ Erneut breitete sich Schweigen aus. Dann sagte Luna: „In Aragon gab es eine weiße Frau, deren Kräfte nach der Geburt auf ihr Kind übergingen.“
Emilia zog ihre Stirn in Falten. „Es gibt viele Gerüchte über weiße Frauen und Feenkinder. Doch jede Frau ist nach einer Geburt eine andere ... Euer Kind wird nicht in den Raunächten zur Welt kommen. Wie sollte es dann ein Feenkind sein?“
Luna strich versonnen über ihren Bauch. „Ich wünsche ihm so sehr, dass es aufwachsen kann, ohne dass es angestarrt oder angefasst wird. Ohne, dass jemand Hexe zu ihm sagt, oder meint, es besitzen zu müssen wie ein seltenes Tier.“
Emilia musterte sie mitleidig. „Dafür könnt Ihr nur beten.“ Sie erhob sich. „Ich muss weiter. Versucht, noch ein wenig Fett auf die Rippen zu kriegen. Esst, so viel Ihr könnt. Trinkt von diesem Saft, der ist gut.“
Einige Tage später saß Luna mit Sofie und deren Schwester Giulia über Näharbeiten, als sie erneut den Wagen der Wehmutter vorfahren hörten.
„Donna Luna, habt Ihr Zeit für einen Ausflug?“, fragte sie.
Luna legte erleichtert das Wams beiseite, an dem sie die Ösen für die Schnürung ausbessern sollte. Sofie und Giulia sahen ihr neidisch zu. Luna nähte den Mädchen zuliebe, sie waren im heiratsfähigen Alter und mussten lernen, einen

Haushalt zu führen. Sie stellte sich dabei weit ungeschickter an als die Schwestern, denn sie hatte diese Art von Frauenarbeit nie gelernt.
„Wohin fahren wir?“, fragte sie und griff nach dem Schleier, der über der Stuhllehne hing.
„Lasst Euch überraschen.“ Emilias Miene blieb unbewegt.
„Können wir euch begleiten?“, rief Giulia, die ihre Nadel hoffnungsvoll beiseitegelegt hatte.
„Nein. Das ist nichts für Damen“, sagte Emilia streng und machte kehrt.
„Ist Luna denn keine Dame?“, hörten sie Sofie rufen, dann fiel die Haustür hinter ihnen ins Schloss.
Sie kletterte mit etwas Mühe auf die Holzbank, von der aus Emilia das Pferd führte.
„Hü, Brauner!“, rief die Frau und wendete den Wagen. Sie-lenkte den Wagen um Trittsteine, Abfallhaufen oder kleine Verkaufsstände herum, Lunas Finger krampften sich um die Seitenlehne der hölzernen Sitzbank. Das harte Geschaukel auf der schmalen Bank war unangenehm, besorgt hielt sie sich mit der freien Hand den Bauch.
Sie fuhren direkt auf das östliche Tor zu, bald kam die Stadtmauer in Sicht. Luna befürchtete, sie würden Cremona verlassen, doch da bog Emilia in eine Gasse ab, die parallel zu Mauer verlief und in der sich lauter kleine Häuschen aneinanderreihten wie Krähen auf einem Ast.
Vor einem dieser Häuser zog Emilia die Zügel an. „Brrr!“
Sie stiegen ab und klopften. Ein Junge öffnete die Tür so schnell, als hätte er auf sie gewartet. Er war acht oder neun, dunkle Augen unter dichten schwarzen Locken blitzten sie an. „Ihr wollt zur *madre*?“
Emilia verpasste ihm eine zärtliche Kopfnuss. „Luigi, wohin könnten wir sonst wollen?“
Er grinste schelmisch und trat beiseite.
Beim Hineingehen sagte Emilia: „Kümmere dich um das Pferd!“

Luna betrat zögernd das Haus, nachdem der Junge an ihr vorbeigeschlüpft war. Innen war es dämmrig und kühl, sie nahm den Schleier ab und blickte sich um. An einem grob gezimmerten Holztisch saßen zwei kleinere Kinder von fünf oder sechs Jahren und löffelten Brei aus einer Schüssel. Große schwarze Augen musterten die Ankömmlinge. Am Herd im hinteren Teil des Raumes schürte eine gebückte Gestalt das Feuer.

„*Buon giorno*, Lusita“, rief Emilia und als die Frau sich umdrehte, stockte Luna der Atem.

„Emilia!“ Die Frau trat auf sie zu. Sie schien schlecht zu sehen, denn sie kam dicht heran und kniff die Augen zusammen, sehr helle Augen unter einem krausen weißen Haarschopf.

„Das ist sie.“ Die Wehmutter ruckte mit dem Kinn in Richtung Luna.

„Sei willkommen, Luna.“ Lusita reichte ihr beide Hände und zog sie an sich, als würden sie sich schon lange kennen. Wärme und Licht durchströmten Luna, als stünde sie im Frühling auf einer Blumenwiese. Die andere Frau schien das Gleiche zu empfinden, denn sie ließ nur zögernd los.

Die Wehmutter setzte sich zu den Kindern an den Tisch. „Na ihr zwei, was gibt es zu essen?“ Die beiden fingen gleichzeitig an zu plappern.

In Lunas Kopf überschlugen sich die Fragen, alle wollten gleichzeitig gestellt werden.

Lusita schob sie an den Tisch. Sie goss ihnen Wasser in Becher und betrachtete Luna blinzelnd. „Wir könnten Schwestern sein!“, sagte sie und deutete auf Lunas Bauch. „Wann ist es soweit?“

„In gut einem Mond.“ Luna betrachtete die Kinder. Wie Luigi, den sie draußen auf das Pferd einreden hörten, waren sie dunkelhaarig und von gesunder brauner Hautfarbe. Die Kleinste schwenkte den Löffel und schmierte sich den Brei ans Kinn. Lusita griff nach einem Lappen.

Das größere Mädchen starrte Luna an. „Du siehst aus wie Mama!“
„Du hast recht“, antwortete sie und bewunderte die großen braunen Augen des Mädchens. Sie wandte sich an Lusita: „Also wird es nicht vererbt?“
Die Frau wischte der Kleinen den Mund ab und ignorierte deren Protestgeschrei. „Meine Kinder sind verschont geblieben. Dafür danke ich Gott jeden Tag. Aber ich hörte von einer weißen Frau in Napoli, deren Tochter ebenfalls weiß geboren wurde.“
„Es heißt allerdings auch, dieses Kind sei in den Raunächten zur Welt gekommen“, warf Emilia ein.
„Das sind Gerüchte.“ Lusita hob das kleine Mädchen von der Bank. „Geht spielen. Aber nur hinter dem Haus, hört ihr?“
„Kannst du heilen?“, fragte Luna, nachdem die Kinder zur Hintertür hinausgelaufen waren.
„Schon, aber ich versuche, es zu vermeiden, weil ich jedes Mal zu tief schlafe und niemanden habe, der dann auf die Kinder acht gibt.“
„Der Vater ...?“
Lusita senkte den Blick. „Er war Gehilfe beim Stadtbaumeister. Ist von der Mauer gestürzt beim Reparieren.“
„Und du konntest ihm nicht helfen?“
„Als sie mich benachrichtigten, war er schon mehrere Stunden tot.“
„Das tut mir leid.“ Luna legte ihr die Hand auf den Arm. *Ein muskulöser Mann, blutig, aufgebahrt. Eine Frau. Weißes Haar. Kinderweinen.* Ihre Hand zuckte zurück.
Lusita sah sie an. „Was hast du gesehen?“
„Deinen Mann, hier im Raum aufgebahrt.“
„Du kannst es also auch.“
„Wie kommst du zurecht, allein mit den Kindern?“

„Ich verkaufe Kräuter und Salben, lege die Hand auf, wenn einer Rückenschmerzen hat oder so. Ich will nicht, dass es sich herumspricht, sonst kommen zu viele."
Luna hatte gerade überlegt, sie um Hilfe bei der Entbindung zu bitten, doch nun schwieg sie. Wenn Donna Lucia erst von ihr wusste, dann würde sich die Kunde von Lusitas Gabe unter den betuchteren Bürgern Cremonas herumsprechen.
Emilia erhob sich. „Ich muss los. Hab noch ein paar Besuche zu machen."
Lusita sah Luna eindringlich an. „Du weißt jetzt, wo du mich findest. Du bist hier jederzeit willkommen."
„Danke." Sie tauchte wieder ein in Wärme und Licht, als sie sich zum Abschied umarmten. „Ich bin froh, sehr froh."
Auf dem Kutschbock sitzend, fragte Luna: „Warum habt Ihr mir nicht gleich von ihr erzählt?"
„Sie macht ein ziemliches Gewese um ihre angeblichen Gaben", sagte Emilia. „Ich musste sie erst fragen."
Luna begriff, dass Emilia keine Ahnung hatte, wozu Lusita fähig war und dass diese Art Tarnung der beste Schutz war. Versonnen beobachtete sie das bunte Treiben in den Gassen der Stadt und stellte sich vor, in einem dieser Häuser mit Florent und etlichen Kindern zu leben, friedlich und unbehelligt. Ein großes Loch in der Straße vor der Werkstatt eines Hufschmieds beendete die Träumerei, als Emilias Wagen rasant durchrollte, sich zur Seite neigte und Luna sich mit einem Aufschrei im letzten Augenblick festklammerte.
„Tut mir leid!", knurrte Emilia. „Für die Straßen kann ich nichts."
Im Hause des Bürgermeisters lag ihr Brief an Florent noch immer unberührt in der Schale für die Botschaften. Luna griff nach ihm, brach das Siegel und schrieb bis zum Abendessen. Dann versiegelte sie die Rolle neu.

Über den Brenner, Spätsommer anno 1214

Wer schlägt den Löwen? ´
Wer schlägt den Riesen?
Wer überwindet jenen und diesen?
Der tut es, der sich selbst als Mann,
und seinen Leib beherrschen kann!
Walther von der Vogelweide

Florents Körper straffte sich, doch Enzio hielt ihn zurück. „Wartet, hier haben wir die beste Deckung."
Lucio zog behutsam einen Pfeil aus dem Lederköcher und legte ihn ein. Vorsichtig suchte er nach der richtigen Position für einen sicheren Schuss. „Du schießt nur, wenn der Junge nicht in Gefahr ist, hörst du?", flüsterte Florent.
Lucio bedachte ihn mit einem halb empörten, halb beleidigten Blick.
Die schluchzende Kinderstimme drang jetzt lauter zwischen den Bäumen hindurch. „Ich will zurück ... ich will zurück zu meiner Mutter."
Florent erkannte Heinrichs Stimme und seine Hand krampfte sich um den Griff seines Messers.
„Wir wollten doch ein Murmeltier fangen, erinnerst du dich nicht? Gleich sind wir da, wo es viele Murmeltiere gibt." Das war die genervte Stimme des Händlers.
„Ich will kein Murmeltier, ich will zu meiner Mutter!"
„Erzähl mir lieber, wer deine Mutter ist. Wenn du das tust, bring ich dich zurück, versprochen."
Damit hast du dein Todesurteil besiegelt, du elender Bastard!, dachte Florent und machte sich bereit zum Sprung.
Heinrich schluchzte auf. „Ich darf es nicht sagen, ich habe es versprochen."
Jetzt zerrte der Händler das Kind um die obere Wegbiegung, während Heinrich versuchte, sich loszureißen. Doch der Mann hielt ihn mit eisernem Griff und fauchte ihn an:

„Hör auf zu heulen. Wenn du zurückwillst zu deiner Mutter, dann verrat mir gefälligst deinen Namen. Sonst wird es nichts ..."
In diesem Moment waren die beiden nur noch drei oder vier Fuß von dem Felsen entfernt. Florent nickte Lucio zu, dann geschah alles gleichzeitig. Lucio richtete sich auf und spannte den Bogen, Florent sprang vor und packte den Jungen, während der Pfeil sirrend sein Ziel fand. Der Schwertmeister war mit Heinrich im Arm schon wieder hinter den Steinen, als Assunto sterbend in die Fahrgleise des Passweges sank. Auf seinem Gesicht blieb ein fragender Ausdruck zurück.
Florent drückte den verdutzten Jungen fest an sich und versuchte, streng zu klingen: „Jetzt aber schnell zu deiner Mutter, du wirst ihr einiges erklären müssen!"
Heinrich atmete zitternd aus und schniefte. „Er sagte, wir würden Murmeltiere fangen. Ich hätte so gern eins mitgenommen und Vater gezeigt."
Lucio blickte um den Felsen herum. „Was geschieht mit ihm?", fragte er und deutete hinter sich.
„Zieht ihn auf die Lichtung", sagte Enzio und grinste. „Von dort aus kann er sein Pferd sehen."
„Er ist tot, oder?", fragte Heinrich leise.
„Ja, mein Junge. Jeder muss sterben, der sich am König vergreift."
„Aber er wusste nicht, dass ich ein König bin."
Florent stellte den Jungen ab und klopfte sich Blätter und Erde von den Kleidern. „Da hast du recht. Und ich muss dich loben. Du hast es für dich behalten, selbst als er böse wurde. Du warst sehr mutig. Das ist ein besseres Geschenk für deinen Vater als ein Murmeltier."
Heinrich sah ihn zweifelnd an, doch dann lächelte er und griff nach Florents Hand.

In Matrei trennten sie sich von den Händlern, denen er erzählt hatte, Heinrich sei allein unterwegs gewesen und von Assunto hätten sie keine Spur gefunden. Florent bezweifelte, dass sie ihm glaubten, aber sie verabschiedeten sich ohne weitere Nachfragen. Vielleicht waren sie ebenfalls froh, den unangenehmen Reisebegleiter los zu sein.
Sie kamen in einer sauberen Herberge unter, die etliche Taler mehr kostete als üblich. Florent teilte sich ein Zimmer mit Lucio und bestellte ein warmes Bad. Den Eimermengen nach zu schließen, die die Mägde an seiner Tür vorüber schleppten, genoss Konstanze ähnlichen Luxus. Während das warme Wasser seine Haut einweichte, schleppte Lucio Brot, Schinken und Bier aus dem Schankraum herauf.
„Steht eine Wache vor Konstanzes Zimmer?“, fragte Florent.
„Das fragt Ihr mich zum dritten Male“, beschwerte sich Lucio.
Florent blaffte ihn an: „Ich erwarte trotzdem eine Antwort.“
Lucio stieß verdrossen das Messer in den Schinken. „Ja, Enrico hält die erste Wache. Nachher übernehme ich.“ Seit der Junge entführt worden war, ließ sein Hauptmann keine gute Laune mehr aufkommen.
Am nächsten Morgen schlenderte Florent über den Marktplatz von Matrei, vorbei an Obstständen, Auslagen mit Schaf- und Ziegenfleisch, Kesseln und Tontöpfen, Schuhen und Körben, Schmuck und Tand. Bei einem Pelzhändler blieb er stehen. „Ich suche ein Murmeltier.“
Der Mann schaute ihn abschätzend an. Er überlegte wohl, wie viel der Kunde zahlen konnte. „Schaut’s Euch nur um, mein Herr.“ Er fummelte die gestapelten Pelze auseinander. „Hier hat’s einen besonders schönen.“
„Nein, nein“, Florent schüttelte den Kopf. „Ich meine ein lebendes Tier. Ein zahmes, wenn möglich. Für einen kleinen Jungen.“

Der Alte schnalzte mit der Zunge. „Ah, versteh schon." Er drehte den Kopf nach seinem Standnachbarn. „Alois, wo sind die Jungs aus dem Aostatal heut? Die mit den Murmelen?"
„Unten am Brunnen. Geht's nur weiter, Herr, Ihr werdet's scho sehn."
Am Marktbrunnen scharten sich Schaulustige, vorwiegend Kinder, um ein paar halbwüchsige Jungen, die auf einer kleinen Bühne Murmeltiere tanzen ließen. Die Burschen gaben Befehle in einem merkwürdigen Dialekt, den nur die putzigen Tierchen zu verstehen schienen. Sie drehten sich auf den Hinterbeinen und schlugen Purzelbäume, was die Umstehenden zum Lachen brachte. Vor der Bühne stand ein Körbchen, in den die Leute Münzen hineinwarfen, am Ende der Vorstellung verneigten sich die Tiere geschickt und der kleinste der Jungen ging noch einmal mit dem Körbchen herum.
Florent legte eine Kupfermünze hinein. „Wer ist euer Anführer?", fragte er den Jungen, der ihn nur verständnislos ansah. Ein großer schlaksiger Bengel nahm das Körbchen entgegen und warf einen prüfenden Blick hinein.
„Bist du der Hauptmann der Truppe?", fragte Florent.
„Ja.Wasch kann ich für euch tun, mein Cherr?" Der Junge sprach mit einem Dialekt, der sich wie das Fauchen einer Katze anhörte.
„Ich suche ein zahmes Murmeltier zu kaufen."
Der Junge verzog das Gesicht, als hätte er Zahnschmerzen. „Oh mein Cherr, Ihr seht, dasch wir mit den Tieren Chäld verdienen. Sie sind uns sehr lieb, wie könnten wir sie härgäben?" Dabei musterte er mit Kennerblick Florents Wams, das aus kleinen quadratischen Lederstücken gefertigt war, die der Sattler lediglich an den Ecken zusammengenäht hatte. Diese lockere Verarbeitung machte das Kleidungsstück flexibel und bequem. Jeder wusste, dass eine solch

filigrane Arbeit entsprechend teuer war. Der Junge schielte er nach dem Geldbeutel, der an Florents Gürtel baumelte.
„Was verdient ihr denn mit einem Tier pro Tag?“, fragte der Schwertmeister.
Inzwischen drängen sich die anderen Jungen um sie herum und verfolgten die Unterhaltung. Es war eine verwegene Schar, mit selbstbewussten Mienen und gut genährt. Jeder von ihnen trug ein Murmeltier auf dem Arm. Hinten am Brunnen stand ein Karren mit Käfigen, durch deren Gitter weitere Tiere neugierig ihre pelzigen Schnäuzchen steckten.
Der Anführer überlegte angestrengt. Man sah ihm das Dilemma förmlich an, ein zu hoher Preis verschreckte den Kunden, ein zu niedriger würde ihn selbst um den Schlaf bringen.
„Ein Taler chommt scho zammen“, sagte er endlich.
Florent sah, wie die größeren der Jungen die Luft anhielten.
„Ich gebe euch zehn Taler für ein ordentliches Tier. Dafür könnt ihr ein anderes dressieren, sodass euch keine Nachteile entstehen.“
Der Junge überlegte kurz, dann nickte er. „Einverschtanden. Braucht Ihr ein Chäfig dazu?“
Daran hatte Florent nicht gedacht. Wie sollte er das Tier transportieren? Er nickte.
Der Anführer kniff die Augen zusammen. „Für einen Chreuzer gäben wir ...“
„Nein! Der Preis für das Tier ist großzügig, da muss der Käfig abspringen.“ Florents Ton war endgültig.
Der Anführer zögerte kurz, dann sagte er zu einem der Jüngeren: „Chol den Roten!“
Florent schien es, als hätte der Bengel kurz gegrinst, bevor er sich umdrehte und zu dem Karren ging. Aber dann sah er das pelzige Tier mit den langen gelben Nagezähnen, dessen Nackenfell wie Kupfer schimmerte. Es sah ihn durch die Holzstäbe an und stieß einen kurzen Pfiff aus, als wolle es ihn begrüßen.

„Was frisst er?“, fragte Florent.
„Grasch und Rägenwürmer.“ Es war der jüngere Bursche, der ihm den Käfig überreichte und mit verschlagener Miene seinen Blick mied. Was stimmte nicht mit ihm?
„Beißt er?“
„Nein, Cherr.“ Der Anführer sah ihn empört an und die anderen Jungen schüttelten einhellig die Köpfe. „Esch sind friedfärtige Tiere.“
„Nun, das will ich hoffen. Sonst bin ich morgen wieder hier.“
Zufrieden zog er zurück in die Herberge. Wobei er noch lange über den Preis nachdachte, denn der war üppig gewesen. Aber die Vorfreude auf das strahlende Gesicht des kleinen Königs überwog schließlich. Der Junge war ihm in den letzten Wochen ans Herz gewachsen und er dachte immer häufiger daran, dass er selbst bald Vater sein würde. Kurz legten sich Sorgen wie ein Eisenring um sein Herz. Ging es Luna gut? Seit seiner Abreise aus Cremona hatte er nichts von ihr gehört.
Als er in der Herberge ankam, beäugte die Wirtin den Käfig misstrauisch. „Was schleppts Ihr mir ins Haus?“, fragte sie. „Das hat doch hoffentlich kein Ungeziefer?“
„Unsinn! Das ist ein Geschenk für den kleinen Heinrich.“ Da die Wirtin den Jungen ebenfalls in ihr Herz geschlossen hatte, wurde ihre Miene sofort weich. „Wenn Ihr Kohlblätter haben wollt – das Tier muss doch was fressen.“
In dem Moment kam der Junge mit Eva die Treppe herab. Sofort entdeckte er den Käfig und rannte darauf zu. „Ein Murmele?“, fragte er atemlos. „Für mich?“
„Ein Geschenk, weil du so tapfer warst in den Bergen.“
Heinrich drückte sich an ihn, die kurzen, warmen Kinderarme umschlangen Florents Beine. „Danke, Hauptmann!“
Er räusperte sich und Eva zwinkerte ihm zu.
Während der Junge Kohlblätter durch die Gitterstäbe schob, tischte die Wirtin das Mittagessen auf. „Reist Ihr morgen ab?“, fragte sie.

„Ja, wir wollen es bis Mittenwald schaffen."
„Das dürfte kein Problem sein. Das Wetter wird sich halten."
Als ob das Wetter unser größtes Problem wäre, dachte Florent und schwieg. Ottos Vasallen waren noch immer eine Gefahr, wenn sie den Jungen erwischten – nicht auszudenken. Was ihn besonders beunruhigte: Er kannte sich in diesem Land nicht aus, die Wälder waren finster und dicht, die Berge kalt und schneebedeckt, die Wege schlammig und schmal. Selbst die derbe Sprache kam ihm nach wie vor sehr schwer über die Zunge, obwohl Konstanze unterwegs mit ihm und dem kleinen König geübt hatte.
Friedrich erwartete sie in zwei Tagen in Hagenau, einer Festung, die er seit seinem Bündnis mit dem Franzosenkönig anscheinend besonders schätzte, denn er hielt sich schon mehrere Wochen dort auf. Florent hob unbehaglich die Schultern. Er freute sich nicht auf dieses Wiedersehen.
Lucio schleppte Ausrüstung an ihm vorbei. Sein Blick streifte den Jungen, der noch immer Kohlblätter zwischen die Gitterstäbe schob. Er ließ seine Last fallen und hockte sich neben den Jungen. „Ein Murmele? Woher habt Ihr das?"
„Der Hauptmann hat es mir geschenkt", rief Heinrich stolz.
Lucio lachte schallend. „In einem Holzkäfig?"
Florent hob die Augenbrauen: „Ja – und?"
„Habt Ihr seine Zähne gesehen? Der Racker braucht nicht mal eine Stunde, dann hat er diese Stäbe durchgenagt und rennt schnurstracks zurück zu seinem Besitzer." Er lachte erneut. „Zu seinem vorigen Besitzer natürlich. Ein alter Trick aus dem Aostatal. Sie verkaufen ihre Tiere immer in leichten Holzkäfigen."
Deshalb hatte der Junge so hinterhältig gegrinst. Florents Kiefer mahlten. „Ich gehe noch mal zum Markt und nehme mir die Burschen vor."
„Die sind längst weitergezogen. Sie lassen immer nur einen zurück, der die Tiere wieder einsammelt."

Florent schnaubte.
Heinrich blickte mit großen Augen von einem zum anderen. „Wir können einen anderen Käfig kaufen.“
„Eine gute Idee.“ Lucio strich ihm durchs Haar. „Ich gehe schnell und schaue, ob ich einen auftreiben kann. Vielleicht beim Schmied?“
Heinrich nickte eifrig. Florent hätte es ihm beinahe nachgetan, doch er beherrschte sich rechtzeitig und machte nur eine knappe Handbewegung.
Am nächsten Morgen sattelten sie die Pferde und schnallten die Packtaschen auf. Das Murmele saß in einem Käfig mit eisernen Gitterstäben, der einem Packpferd an die Seite gebunden wurde. Die Knechte halfen den Damen in die Sättel. Ohne Probleme erreichten sie Mittenwald. Als wolle das Land, das Florent so schmähte, sich bei ihm einschmeicheln, bot es seit einer Woche schönstes Spätsommerwetter auf. Die Sonne malte mit Herbstfarben, ein milder Wind zupfte die ersten Blätter von den Bäumen. Am frühen Morgen des letzten Tages setzten sie auf einer floßartigen Fähre über den Rhein. Der Fährmann erzählte ihnen während der Überfahrt von dem Wald, den sie durchqueren mussten. „Nach ein bis zwei Stunden in westlicher Richtung kommt ihr zum Heiligen Forst. Verlasst niemals die Flussauen, im Forst seid Ihr verloren. Er ist riesig und entsprechend groß sind dort die Wölfe. Wenn Ihr dem Tal folgt, könnt Ihr die Festung nicht verfehlen, sie liegt auf einer Insel mitten im Fluss.“
Das Tal entlang des Flusses Moder war breit. Ein ausgefahrener Weg ließ keine Zweifel daran aufkommen, dass sie in Richtung einer viel besuchten Festung unterwegs waren. Sie begegneten Fischhändlern mit leeren Eselskarren, die auf dem Weg zurück zum Rhein waren und erleichtert die Hände von den Messergriffen nahmen, als sie die harmlose Reisegesellschaft anhand der vornehmen Frauen erkannten.

Florent und Lucio behielten den Waldrand argwöhnisch im Blick, die dichten Hecken unter den Randbäumen boten ideale Verstecke für Räuberbanden. Je näher sie der Festung kamen, umso mehr Leute waren unterwegs. Bauern, die Vieh zu ihren Höfen trieben, Frauen mit Kiepen auf dem Rücken und Kindern an der Hand.

Konstanze bestaunte die mächtigen Forstbuchen mit ihren silbergrauen Stämmen, deren ausladenden Kronen bereits von einem rötlichen Hauch Herbst überzogen waren. Über der rauen Borke der knorrig gewachsenen Eichen leuchtete hier und da ein Ast mit gelben Blättern heraus. Im Licht der sinkenden Sonne wirkte alles wie mit Goldstaub überzogen.

„So unwirtlich ist dieses Land gar nicht", sagte Eva, die ihrem Blick gefolgt war. Ihre Stute drängte zum Wegesrand, wo hinter einem Schilfgürtel der Fluss träge dahinfloss und die flauschigen Blütenrispen im Wind tanzten. „Sie ist durstig. Wann hatten wir die letzte Rast? Nach Stunden im Sattel verliere ich jegliches Zeitgefühl."

Florent legte die Hand über die Augen. „Dort hinten im Dunst, die Türme, das dürfte Hagenau sein."

„Dann sollten wir jetzt eine Pause einlegen. Ich möchte dem König nicht erschöpft und staubig unter die Augen treten." Konstanzes Zelterstute schnaubte nervös, als spüre sie das Unbehagen ihrer Herrin.

Florent gab das Zeichen und sie saßen ab. Einer der Männer ritt weiter gen Westen auf die Türme zu, um die königliche Familie anzukündigen. Auf einer kleinen trockenen Wiese tranken sie von dem klaren Wasser, wuschen sich Gesicht und Hände, während die Reiter flussabwärts die Pferde tränkten.

Heinrich trampelte kleine Pfade ins trockene Schilf. „Mutter, schau, ein Labyrinth!", rief er.

„Achte auf deine Schuhe, sie dürfen nicht nass werden!", rief Eva besorgt. Sie wäre dem Jungen gefolgt, doch sie hatte panische Angst vor Fröschen.

Konstanze beobachtete ihren Sohn schmunzelnd. „Wenigstens er ist unbeschwert“, sagte sie leise zu Florent.
„Macht Ihr Euch Sorgen?“, fragte er. „Friedrich wird sich freuen, Euch zu sehen.“
„Das hoffe ich von Herzen“, sagte die Königin und seufzte. „Mehr als zwei Jahre sind vergangen. Ich bin älter geworden, noch älter ...“
Florent begriff plötzlich und wurde gleichzeitig verlegen. „Majestät“, begann er und suchte ihren Blick, „Ihr seid noch immer eine schöne Frau. Das müsst Ihr mir glauben.“
Ihre dunklen Augen glühten. Sie sah ihn an und sagte nichts.
„Außerdem ist Friedrich auch älter geworden.“
Konstanze spitzte die Lippen. „Immerhin ist er schon neunzehn.“
„Er wird bald zwanzig.“
„Ein alter Mann.“
Sie lachten, aber es klang bemüht.
„Ihr wirkt auch nicht gerade unbeschwert“, bemerkte sie und steckte eine störrische Haarsträhne unter den Schleier zurück.
Florent seufzte. „Ich fürchte, er reißt mir den Kopf ab, wenn er feststellt, dass Luna nicht bei uns ist. Zum Glück habe ich nur einen Kopf, denn wenn er hört, *warum* sie zurückblieb...
“
Konstanze lächelte. „Tatsächlich, Ihr seid ein Glückspilz.“ Ihr Blick wurde ernst. „Ich werde Euch helfen, so gut ich kann. Aber belügen werde ich ihn nicht, er ist mein Ehemann.“
„Das erwarte ich nicht.“ Florent schüttelte den Kopf. „Früher oder später erfährt er es sowieso, er hat überall Spione.“ Er lachte bitter auf, er selbst hatte das Netz der Spitzel und Zuträger aufgebaut.
„Ich sorge dafür, dass er weiß, was er an Euch hat.“ Sie reckte den Hals. „Zieh den Jungen aus dem Schilf, bevor

ihn die Blutegel auffressen!“, rief sie Eva zu. „Und bürste seine Kleider aus.“
Dann zwinkerte sie Florent zu: „Alles wird gut werden.“
Möge Gott uns dabei helfen, dachte Florent und versuchte, eine zuversichtliche Miene zu zeigen.

Sie trafen früher auf den König als erwartet. Friedrich nutzte das milde und trockene Wetter für eine Jagd im Heiligen Forst. Seine Späher hatten den Boten abgefangen und die Jagdgesellschaft erwartete die Ankömmlinge am Wegesrand. Florent und Konstanze sahen das königliche Banner im Wind flattern, als sie um eine Wegbiegung ritten.
Die Königin zügelte unwillkürlich ihr Pferd und brachte damit den kleinen Tross ins Stocken. „Heinrich, schau, dort vorn. Dein Vater.“
Heinrich saß vor Florent im Sattel und fragte: „Welcher ist es?“
„Auf dem großen weißen Destrier. Er hat immer das schönste Pferd“, sagte Florent.
„Ich finde Rappen besser!“, entgegnete Heinrich. „Weiße Pferde taugen für Frauen.“
„Lust auf einen Galopp?“, fragte Florent hastig, bevor der Junge weiter plappern konnte.
„Au ja!“
Und so kamen sie nur wenig später mit erhitzten Gesichtern und zerzausten Haaren vor dem weißen Hengst des Königs zum Stehen.
„Majestät!“ Florent sprang vom Pferd, half dem Jungen herunter und war sich nicht sicher, ob er sich erst verneigen oder erst Heinrich zu seinem Vater schieben sollte. So tat er irgendwie alles gleichzeitig und siedend heiß fiel ihm ein, dass er ja auch der Königin vom Pferd helfen musste. Doch dann sah er aus dem Augenwinkel schon Lucio hinzuspringen, der Mann, der das Murmeltier an der Flucht gehindert

hatte, und der sich überhaupt als unverzichtbar erwiesen hatte auf dieser Reise.
„Florent!", sagte der König knapp, während er aus dem Sattel glitt und den Jungen musterte. „Du bist also Heinrich?"
Der Junge nickte ernsthaft und flüsterte: „Ich bin der König von Sizilien, dir darf ich das sagen."
Friedrich schob erstaunt die Augenbrauen hoch, dann lachte er. „Du hast vollkommen recht, mein Sohn!" Er legte ihm die Hand auf die Schulter und sagte, noch immer lachend: „Entschuldige mich, ich muss deine Mutter begrüßen."
Während sich Heinrichs Hand in die von Florent stahl, nahm Friedrich die Hand seiner Frau und küsste sie. „Willkommen im Norden, meine Königin!"
Konstanze war verlegen und das stand ihr gut. Ihre Wangen glühten, etliche ihrer schwarzen Locken hatten sich während des Galopps unter dem Schleier hervorgestohlen und Florent sah, dass Friedrichs Augen aufleuchteten.
Er zwinkerte ihr zu, als sich ihre Blicke über Friedrichs Schulter hinweg trafen.
Die Jagdgesellschaft scharte sich um sie und verneigte sich nach und nach, Florent erkannte ein oder zwei bekannte Gesichter unter grauen Bärten und Jagdhüten und nickte ihnen zu. Die meisten Männer dagegen waren ihm unbekannt. Doch dann grinste er, als er einen Turban zwischen den Pferden wackeln sah. „Komm Heinrich, ich möchte dir jemanden vorstellen."
Assad redete auf einen Zelter ein, der unruhig an seinem Zügel zerrte. „Alles gut, du großes Kamel, hab dich nicht so. Es war nur eine Kröte, mit der kannst du es locker aufnehmen."
„Großes Kamel, oder wie du sonst heißen magst, glaub dem Kerl kein Wort!", sagte Florent.
Assad fuhr herum und zeigte seine weißen Zähne. „Sieh an, der *maestro della spada* ist zurück. Wir dachten schon, du

bleibst im warmen Süden. Wäre besser gewesen. Das Wetter hier oben ist scheußlich und die Pferde sind so zickig wie bei uns die brunftigen Kamelstuten. Und da haben wir noch nicht über das seltsame Essen geredet." Sein Blick fiel auf den kleinen König. „Bei Allah, wie bist du gewachsen, kleiner Prinz. Womit haben sie dich gefüttert?"
Heinrich konnte sich nicht an Assad erinnern. Verlegen wagte er, zu widersprechen: „Ich bin kein Prinz, ich bin ..." Hilfesuchend sah er Florent an. Durfte er dem Fremden die Wahrheit sagen?
„Wir sind jetzt in Sicherheit. Du kannst jedem verraten, wer du bist."
Heinrich reckte sich, um ein bisschen größer zu wirken, und sagte: „Ich bin der König von Sizilien."
Assad riss die Augen auf. „Majestät!" Er verneigte sich, bis der Turban fast den Boden berührte. „Ich bin hoch erfreut, Euch zu sehen."
Etwas abseits stand eine schmächtige Gestalt in Jagdkleidung, die sie beobachtete. Florent fing ihren Blick auf und erkannte verblüfft die feinen Züge einer Frau. Auf ihrer hellen Haut tanzten Sommersprossen und einige rote Haarsträhnen quollen unter dem Hut hervor. Ihre Blicke, wären sie Dolche gewesen, hätten den kleinen Heinrich augenblicklich durchbohrt.
Willkommen am Hofe des Königs, dachte Florent, von wegen in Sicherheit. Am liebsten wäre er in den Sattel gesprungen und auf der Stelle zurückgeritten.

Cremona, Herbst anno 1214

Da hat er gemachet mir und sich
von Blumen eine Bettestatt.
Des wird noch gelachet inniglich,
Kommt jemand an den selben Pfad.
Bei den Rosen er wohl mag tandaradei!
Merken, wo das Haupt mir lag.
Walther von der Vogelweide

Lunas Unruhe wuchs. Sie träumte jede Nacht erschreckend realistische Dinge. Friedrich mit blutigem Schwert und einer schmächtigen Frau mit flammend rotem Haar, dann wieder Heinrich, der unter die Hufe eines weißen Pferdes geriet. Sie fuhr jedes Mal schweißgebadet aus dem Schlaf und fürchtete sich davor, wieder einzuschlafen. Sie rechnete nicht damit, dass Florent zurückkommen würde. Friedrich würde es mit Sicherheit nicht gestatten. Sie hatte ihm geschrieben, dass sie im Frühjahr die Reise nach dem Norden antreten würde, sobald das Wetter es zuließ. Bis dahin wäre das Kind groß genug, um die Strapazen zu verkraften.

Doch zunächst sollte das Kind erst mal gesund zur Welt kommen. Der Herbst schritt voran, der Neblung stand vor der Tür. Donna Lucia schlief keine Nacht mehr vor Sorge, sie könne das Einsetzen der Wehen verpassen. Tagsüber wachten Sofie oder Giulia über Luna, die stundenlang auf dem Balkon saß, um auf Boten zu warten. Letzte Woche hatte sie endlich einen Brief von Florent erhalten, in dem er schrieb, sie seien wohlbehalten auf einer Festung namens Hagenau angekommen seien. Der kleine Heinrich hätte die Herzen des Hofes im Sturm erobert, besonders nachdem er behauptet habe, er sei der König eines Landes, das viel größer sei als dieses „Teuschland“ und weiße Pferde seien nichts für Männer.

Luna las den Brief immer wieder und lächelte vor sich hin. Hoffentlich besaß Friedrich genug Humor, um seinem Sohn nichts übel zu nehmen. Florent erwähnte mit keinem Wort, wie Friedrich auf ihr Fehlen reagiert hatte. Das bereitete ihr Sorgen. Hoffentlich war er vernünftig und tat nichts, was ihnen schaden konnte. Von solchen Gedanken geplagt, fiel sie auf ihrem Balkonstuhl in einen unruhigen Schlummer. Prompt tauchte die rothaarige Frau wieder auf, sie stand an der Tür hinter dem Leinenvorhang und hielt ein Messer in der Hand.

„Was willst du?“, fragte Luna kraftlos, aber die Rothaarige starrte sie nur an. „Geh weg! Verschwinde endlich!“

„Wach auf, Luna. Du hast geträumt!“ Sofie rüttelte an ihrer Schulter.

Luna fuhr hoch und fühlte gleich, das etwas anders war. Das Kleid unter ihr war nass. Bevor sie Sofie um frische Wäsche bitten konnte, spürte sie einen Krampf, der ihren gesamten Körper zusammenpresste, als wäre er ein Stück Linnen in den kräftigen Händen einer Wäscherin. Oft genug hatte sie bei Geburten geholfen, um zu wissen, dass das eine Wehe war. Sie krümmte sich und Sofie wurde bleich.

„Geh... Emilia... holen...“ Sie schaffte es zum Bett, dann kam bereits eine weitere Wehe.

Die nächsten Stunden dehnten sich wie Tage und verrannen wie Sekunden. Die Zeit geriet aus den Fugen, genau wie ihr Körper, der zu zerreißen drohte. Mal fühlte sie Emilias derbe Hände, mal hörte sie nur deren Stimme, dann sah sie Donna Lucias rundes Gesicht über sich. Sie hörte, wie die Hausfrau unermüdlich Befehle erteilte, die vertraute Stimme mit dem Kommandoton war das rettende Stück Treibholz, an dem sie sich festklammerte, während ihr Körper im Strudel von Schmerz und Krämpfen unterzugehen drohte.

„Lasst heißes Wasser bereiten!“

„Hol Leinentücher aus der Wäschekammer! Und stell die Waschschüssel hierher. Dort drüben kann ich sie nicht gebrauchen."
„Sofie, schnell, ein feuchter Lappen! Nicht der! Der größere dort. Gib ihr zu trinken, ihre Lippen sind ganz trocken. Dann geh deinem Vater sagen, dass er allein zu Abend essen muss."
„Giulia, setz dich hierhin, halt ihre Hand."
„Solltet Ihr Eure Töchter nicht hinausschicken?" Emilias Stimme.
„Warum? Hier lernen sie was fürs Leben."
„Gleich kommt die nächste Wehe. Könnt Ihr Euch hinter sie setzen und sie stützen?"
„Sofie, komm her. Setz dich hierhin, genauso."
„Olivenöl, wo steht das Öl?"
„Hier drüben, wie viel brauchst du?"
„Gebt den Krug her, ich nehme mir schon. Sofie, aufpassen, die nächste Wehe!"
„Giulia, ist dir übel? Geh nach draußen, an die frische Luft. Nicht auf den Balkon, hörst du? Du könntest stürzen."
„Schickt sie in die Gasse an der Mauer, sie soll nach der Witwe Lusita fragen."
Luna wollte den Kopf schütteln, doch ihre Kraft reichte nicht, ihr Körper hatte inzwischen seine eigenen Gesetze. Stimmen verklangen im Nichts, ab und zu tauchten ein paar einzelne Worte aus dem Nebel auf, Worte wie *zuviel* und *zuwenig* und *zulange*.
Irgendwann spürte sie eine warme Hand auf dem Bauch, der wie ein Felsbrocken vor ihr lag und nicht zu ihr zu gehören schien. Die Wärme drang durch die Haut und brachte Kraft und Licht in ihren erschöpften Körper.
„Luna, ich bin da." Lusitas Stimme klang wie der Gesang eines Vogels im Winter.

Hagenau, November anno 1214

„Laudato si', mi signore,
per sora luna e le stelle,
in celu l'ài formate clarite et pretiose et belle."
Franz von Assisi, Sonnengesang

Was lest ihr da?", fragte Friedrich von der Tür aus und die Köpfe von Mutter und Sohn fuhren auseinander.
„Ein Gebet von einem Einsiedler. Er heißt Franziskus und stammt aus Assisi." Heinrichs Augen leuchteten. „Er war reich und jetzt ist er schrecklich arm."
„Dann war das Gebet nicht hilfreich?", fragte Friedrich und strich seinem Sohn durch das Haar.
„Doch, Vater", sagte der Kleine geduldig. „Er hat alles freiwillig verschenkt. Sein Vater war Stoffhändler und Franziskus hat die Stoffballen einfach aus dem Fenster geworfen."
„Aber dann hat er den Reichtum seines Vaters verschenkt."
„Hmm." Heinrich rutschte auf seinem Stuhl hin und her.
Sein Vater schmunzelte. „Was macht dein Sprachunterricht? Kannst du mir das Gebet ins Deutsche übersetzen?"
Der Kleine nickte. „Gelobt seist du, mein Herr, für ... *sora*?"
„Schwester", raunte Konstanze ihm zu.
„...Schwester Mond und die Sterne. Am Himmel hast du sie geformt, klar und ... kostbar und schön."
Friedrich lächelte versonnen. „Das Original klingt besser. Es tut gut, *volgaro* zu hören, diese Sprache ist Honig für meine Ohren."
Der kleine König runzelte die Stirn. „Honig klebt, Vater. Das ist nicht gut für die Ohren."
„Habt Ihr Heimweh, mein König?", fragte Konstanze.
Er antwortete nicht, sondern nahm ihr den Text aus der Hand und las die nächsten Verse. *„Laudato si', mi signore, per frate vento, et per aere et nubilo et sereno et onne tempo, per lo quale a le tue creature dai sustentamento."*

Heinrich übersetzte eifrig: „Gelobt seist du, mein Herr, für Bruder Wind, für ...“ Fragend sah er seine Mutter an.
„... für Luft und Wolken und heiteres und jegliches Wetter, durch das du deine Geschöpfe am Leben erhältst“, beendete Konstanze den Satz und verzog das Gesicht. „Es ist wahr, auf *vulgaro* klingt es besser.“
„Ich habe einen Dichter und Sänger am Hof, ihr müsst ihn unbedingt kennenlernen. Heute Abend soll er uns aufspielen. Mit Sicherheit kann er diese Verse etwas poetischer übersetzen.“
„Ich habe ihn gestern belauscht, als er in der Gesindestube geübt hat. Erstaunlich, wie du hier oben an so begabte Künstler gelangst.“
Friedrich hob die Hände. „Die Menschen im Norden sind nicht so ungehobelt, wie man denken möchte.“
„Aber diese Sprache ...“
„Selbst in dieser Sprache kann man sich poetisch ausdrücken. Ich selbst habe einige kleine Verse geschrieben.“
„Trägst du sie uns vor?“, fragte Heinrich.
„Wenn dein Deutsch besser wird, lese ich sie dir bald vor, mein Sohn.“ Er wandte sich an Konstanze: „Du wirst es nicht glauben, aber dieser Minnesänger ist mir direkt von Otto zugelaufen, genau wie mein Kanzler.“
Konstanze schob die Augenbrauen hoch. „Otto? Du meinst diesen gebannten Kaiser? Bist du sicher, dass sie keine Spione sind?“
Friedrich winkte ab. „Das ist alles geprüft, keine Sorge.“
Es klopfte an der Tür. Assad brachte ein Pergament. „Ein Bote aus dem Süden, Majestät.“
Friedrich brach das Siegel und überflog das Schreiben. Konstanzes Blick hing an dem Siegelabdruck. „Von den Caldinis? Ist etwas mit Luna?“
„Sie hat einen gesunden Jungen zur Welt gebracht.“

Sie wunderte sich nur kurz über seinen beiläufigen Ton. Dann lachte sie bitter. „Du hast die ganze Zeit gewusst, warum Luna nicht mit uns in den Norden kam. Deshalb hast du nie danach gefragt."
„Caldini hat mich auf dem Laufenden gehalten."
„Ich hätte es mir denken müssen. Du überlässt nichts dem Schicksal." Sie erhob sich. „Wir sollten Florent Bescheid geben!"
Friedrich fasste nach ihrem Arm. „Warte. Das hat Zeit."
„Diese Nachricht kannst du ihm nicht vorenthalten."
Friedrichs Blick wurde kalt. „Es gibt da etwas, das ich ihm übel nehme."
Konstanze nahm seine Hand und legte sie an ihre Wange. Mit einem Seitenblick auf den spielenden Heinrich senkte sie ihre Stimme: „Ich weiß, was du meinst. Du kannst Menschen nicht verbieten, Kinder zu zeugen. Das ist wider Gottes Willen."
Mit einem Ruck entzog er ihr die Hand. „Ich bin der König."
„Du bist nicht Gott!"
Eine heftige Windböe rüttelte an den Fensterflügeln. „Das ist der Bruder Wind!", rief Heinrich und sprang auf. „Können wir nicht hinausgehen, Vater? Ich will dir endlich mein Murmele zeigen, das im Pferdestall wohnen muss. Mutter erlaubt nicht, dass ich es hier oben halte."
„Aber der Text von Assisi ist noch nicht beendet", mahnte Konstanze.
„Er ist langweilig", sagte Heinrich kleinlaut.
Friedrich seufzte. „Also gut, nimm deinen Mantel. Wir gehen zum Pferdestall."
„Mutter, kommst du mit?"
„Nein, mein Sohn. Ich werde noch etwas sticken, ich muss das Tageslicht nutzen, es wird hier so schnell dunkel." Sie wies auf einen Umhang aus Muschelseide, den Friedrich ihr, neben anderen Kostbarkeiten, als Willkommensgeschenk überreicht hatte. Sie hatte begonnen, den Saum mit

zarten Goldkreuzen zu besticken. Wohlweislich verschwieg sie, dass sie keine Lust hatte, ohne Not in die Kälte hinaus zu gehen.
„Federico?"
Der König war bereits an der Tür und hielt inne. „Was ist?"
„Es ist grausam, Florent im Ungewissen zu lassen."
Friedrich schloss ohne ein Wort die Tür. Der kleine König rannte über den Korridor, der von zwei mit Butzenglas verschlossenen Fenstern spärlich ausgeleuchtet wurde. Sein Vater hatte Mühe, ihm zu folgen. Durch Wind und Regen eilten sie über den Hof. Im Stall misteten Knechte die Verschläge aus. Mehrere Karren voll dampfender Pferdeäpfel standen im Gang. Sie wollten sich zurückziehen, als sie den König sahen, doch der bedeutete ihnen, weiterzumachen.
Auf einer Bank nahe der Sattelkammer hatte der Käfig mit dem Murmeltier seinen Platz gefunden. Die Tür stand offen und eine pelzige Schnauze schaute heraus. Heinrich riss sich von der Hand seines Vaters. Vor dem Käfig hockte ein Junge, dessen blonde Haare mit einem deutlichen Kupferschimmer leuchteten. Als er sich umdrehte und zu ihnen aufsah, glaubte Heinrich, in einen Spiegel zu schauen. Sprachlos musterte er seinen Doppelgänger und suchte nach den deutschen Worten, um seine Empörung auszudrücken. Wie konnte es jemand wagen, den Käfig mit seinem Murmele zu öffnen?
Der fremde Junge erhob sich und fragte laut: „Vater, was ist das für ein Tier?"
Es war einen Moment still, nur die Mistgabeln hinter ihnen kratzten hektisch über den Boden. Wenn der König sich umgewandt hätte, wären ihm sicher die schadenfrohen Blicke der Stallburschen aufgefallen. Er hockte sich zwischen die beiden Kinder und sagte zu Heinrich: „Das ist Enzio. Vielleicht erklärst du ihm, um welches Tier es sich handelt?"
Heinrich schob die Unterlippe vor. „Wieso weiß er das nicht selbst?"

Enzio streckte seine Hand aus, um das Murmeltier zu streicheln, doch Heinrich war schneller. Er schnappte sich das pelzige Wesen, klemmte es sich unter den Arm und drehte sich von dem lästigen Konkurrenten weg.
Das Murmeltier zappelte und wehrte sich, entwischte den ungeschickten Kinderhänden und verschwand im Gang zwischen Mistwagen und Knechtstiefeln.
Heinrich riss Mund und Augen auf. „Mein Murmele! Es läuft weg!" Schreiend nahm er die Verfolgung auf.
Friedrich nahm Enzios Hand und trat in den Gang. „Heinrich, warte!"
Die Stallknechte warfen die Forken beiseite und versuchten, das Tier zu fangen, das flink und behände zwischen den Pferdehufen hindurch huschte. Die Aufregung übertrug sich auf die Hengste, sie begannen zu tänzeln, rollten mit den Augen und schnaubten. Als Friedrich seinen Sohn zwischen den breiten Hufen des weißen Destriers herumkriechen sah, packte ihn die Angst. Er kannte seinen Hengst, den sie nicht ohne Grund Demone nannten. Das Tier war die kräftigen Hände und Stimmen der Stallknechte und seines Reiters gewohnt, alle etwa in seiner Augenhöhe. Dieses Gewusel weit unten im Bodenstroh nervte ihn über Gebühr und er würde sich das nicht lange gefallen lassen.
Friedrich stellte Enzio an die Bretterwand vor Demones Verschlag. Mit den Worten „Du rührst dich nicht von der Stelle!", sprang er über eine Ladung Mist in den Koben und packte Heinrich am Mantel, während der weiße Hengst die Ohren anlegte und seine Hinterhufe gegen die Bretter donnerte. Im selben Moment huschte das Murmeltier zwischen Demones Vorderfesseln hindurch, der Hengst wieherte schrill und stieg, wobei er mit dem Huf den zappelnden Heinrich am Kopf erwischte.
„Was fällt dir ein?", brüllte Friedrich das Kind an. „Hat dir niemand beigebracht, wie man sich in einem Pferdestall verhält?" Jetzt begann das Blut aus der Platzwunde auf der

Stirn zu sprudeln und Friedrich drückte den Jungen entsetzt an sich. Rückwärts verließ er den Verschlag und lief in Richtung Palas.
Während Demone mit Getöse die Holzwände bearbeitete, rannten die Stallknechte in alle Richtungen auseinander. Der kleine Enzio stand allein und verlassen an der Seite und starrte mit aufgerissenen Augen auf den tobenden Hengst. Inzwischen rebellierten auch die Pferde in den Nachbarverschlägen. Das Murmeltier kam unter einer Bretterwand hervor, flitzte auf den Jungen zu und drückte sich an seine Beine. Er hob es auf und presste es fest an die Brust. Zu gern wäre er schlichtweg davongelaufen, aber er musste seinem Vater gehorchen, das hatte seine Mutter ihm eingeschärft. Erleichtert sah er, dass sie eben durchs Tor trat.
„Mama!“
„Was machst du hier?“, schimpfte sie. „Komm schnell hier raus.“ Unter ihrer Haube lugte eine Strähne ihres langen roten Haares hervor, mit dem er so gern spielte.
„Das Tier, wir müssen es einsperren.“ Er wies über den Gang hinweg auf den offenen Verschlag.
Seine Mutter sah sich um und zog ihn hinüber. Das Murmeltier schien froh, in seine gewohnte Umgebung zurückzukommen, es ließ sich ohne Probleme in den Käfig stecken. Ebenso froh, dem Tumult entkommen zu sein, berichtete der Kleine auf dem Weg zu ihrer Kammer, die im obersten Stock des Palas lag: „Der Junge, dem gehört das Tier mit dem weichen Fell. Und der Junge blutet! Demone hat ihn getreten.“
Die Frau seufzte und strich ihm über den Kopf. „Das habe ich dir oft gesagt: Der Pferdestall ist nicht zum Spielen da. Diese Hengste sind gefährlich!“
„Aber das Tier ...“
„Es heißt Murmeltier. Und es kann dich beißen. Jetzt komm, es wird Zeit für deine heiße Milch. Du hast doch sicher Hunger, oder?“

Enzio sah die steile Falte auf ihrer Stirn und schwieg lieber. Sie eilten durch die Halle auf die Treppe zu, die in das obere Stockwerk führte. Die alte Mechthild beugte sich in einer der Fensternischen über einen blutverschmierten Kinderkopf. Enzio blieb stehen, doch seine Mutter schob ihn zur Treppe. „Geh nach oben!“, flüsterte sie und ihre Stimme riet ihm, zu gehorchen.
Neben der Magd rang Konstanze hilflos die Hände, während Mechthild versuchte, das Blut zu stillen. Heinrichs Augen schwammen zwar in dicken Tränen, er versuchte aber, still zu sitzen, wie man ihm befohlen hatte. Friedrich hockte abseits an der leeren Tafel und trommelte mit den Fingern auf dem Tisch.
„Was tust du da?“, fragte Konstanze wohl zum zehnten Male die Magd, die lieber in Ruhe gearbeitet hätte.
„Das ist Hirtentäschel, Majestät. Zusammen mit den zerstoßenen Blätter der Eiche wird es die Blutung stillen.“
Kritisch beäugte Konstanze den grünen Brei, den die Magd entlang der Wunde auf der Stirn ihres Sohnes verteilte. Der Riss klaffte weit, und noch immer lief ein dünnes Rinnsal Blut heraus, das sie in regelmäßigen Abständen von der Schläfe wischte. Immerhin sprudelte es nicht mehr so wie noch vor wenigen Minuten.
„Das wird jetzt ein bisschen wehtun, mein Kleiner, aber du bist ein tapferer Ritter und hältst das aus, nicht wahr?“, fragte die Magd und wischte sich mit dem Ärmel den Schweiß von der Stirn. Den Sohn des Königs zu behandeln war etwas anderes als ein Bauernkind oder eines vom Gesinde.
Heinrich schloss die Augen, er wagte es nicht, zu nicken. Eine dicke Träne rollte über seine Wange.
Mechthild griff nach zwei Leinenstreifen, die sie mit einem Brei aus Mehl und Eiklar bestrich. Sie hörte, wie die Königin Luft holte, und kam ihr zuvor. „Die Wunde muss verklebt

werden, sie klafft zu weit, um von allein zusammenzuwachsen. Könnt Ihr die Wundränder vorsichtig zusammenschieben?"
Konstanze atmete tief durch und nickte. Sie drückte zwei Finger auf die weiche Haut ihres Sohnes, hörte ihn stöhnen und zuckte zurück.
„So wird das nichts", grummelte die Magd.
Plötzlich stand der König neben ihr. „Ich mache das."
Mechthild zitterten die Finger, als sie direkt neben den beherzt zugreifenden königlichen Händen die klebrigen Leinenstreifen an den Wundrändern überlappte. „Nicht loslassen!", stammelte sie verlegen. „Jetzt muss der Verband drum, damit es nicht auseinander rutscht."
Sie wickelte dem Jungen den Verband um den Kopf, zwischen den eisern klammernden Händen des Königs hindurch, und schwitzte wie noch nie in ihrem Leben.
Als Heinrich in der Schlafkammer endlich eingeschlafen war, sah Friedrich Konstanze über das Bett hinweg an und sagte: „Ich werde Luna holen lassen. Ich möchte im Ernstfall nicht auf Mechthild rechnen."
„Gibt es hier denn keine Ärzte?"
„Die können nur eins: zur Ader lassen. Die lasse ich nicht in die Nähe meines Sohnes."
Sie stand auf und setzte sich neben ihn auf die Bettkante. „Aber es ist doch nur eine Platzwunde. Luna kann mit dem Säugling unmöglich diese gefährliche Reise antreten."
„Den Säugling soll sie dort lassen. Donna Lucia wird sich auf ihn stürzen wie eine Glucke auf ein verloren geglaubtes Küken."
Sie lachte bitter. Zwecklos, ihm zu sagen, dass man eine Mutter nicht ohne größere Not von ihrem Kind trennt.
Unbeirrt fuhr er fort. „Es geht mir nicht um die Platzwunde. Jeden Tag kann ihm etwas anderes zustoßen. Wenn ich nicht dort gewesen wäre, Demone hätte ihn zertrampelt. Was, wenn er Fieber bekommt?"

„Und wenn Luna ihre Kraft verloren hat?"
Friedrich sah auf. „Du hast recht." Seine Miene wurde noch düsterer. „Genau aus diesem Grund wollte ich nicht ... Sie haben sich den Teufel um meine Anweisung geschert."
Konstanze legte ihre Hand auf seinen Arm. „Liebster, ich war dabei, als Luna bemerkte, dass sie schwanger ist. Sie hat es lange Zeit verdrängt, aus Angst. Glaub mir, sie wollten es nicht."
Friedrich schnaubte: „Sie kennt sich aus, was entsprechende Kräuter angeht."
„Du bist ungerecht. Ist es der Schreck über den Unfall deines Sohnes?" Sie wartete einen Moment, doch der König schwieg. Kurz wog sie ab, ob sie weiterreden sollte. Möglich, dass sie damit eine neue Dummheit provozierte. „Erinnerst du dich, dass ich dir von der weißen Frau in Aragon erzählte?"
„Die ihre Fähigkeiten verlor, ja. Damit hast du mir die Augen geöffnet für diese Gefahr."
„Ich habe dir auch erzählt, dass sie ihre Fähigkeiten auf ihre Tochter übertrug."
„Daran erinnere ich mich nicht ... Warte. Du meinst, Lunas Kind ..."
„Ja. Wenn wir Mutter und Kind in den Norden holen, werden wir es feststellen. Sobald der Frühling da ist, schicken wir ein paar Männer, die sie abholen."
Friedrichs Blick streifte seinen schlafenden Sohn. Mit dem dicken Kopfverband sah er doppelt verletzlich aus. „Solange werde ich nicht warten."
Konstanze begriff, dass sie mehr nicht erwarten konnte. Gleichzeitig fragte sie sich, ob sie diesen Schachzug irgendwann bereuen würde. Sie hatte die Verpflichtung von Luna auf das Kind übertragen. Außerdem würde der Säugling nun im Winter über die Alpen reisen müssen. Wenn sie gewusst hätte, dass Luna ein Kind dieser Berge war, hätte sie sich weit weniger Sorgen gemacht.

Sie lehnte den Kopf an Friedrichs Schulter und flüsterte: „Ich bin so froh, wieder bei dir zu sein. Wir drei sind endlich eine Familie."
Der König hob den Kopf und küsste sie zärtlich auf den Mund. Dann zog er sie zum Alkoven in der Ecke. Sie verdrängte die störenden Gedanken, als sie rückwärts auf das Laken fiel und Friedrich den Vorhang hinter ihnen schloss.
Florent half derweil die Verwüstungen im Pferdestall zu beseitigen, die Demone mit den anderen Hengsten verursacht hatte. Einige Bretter mussten ausgetauscht werden und ein brauner Destrier hatte sich am Maul verletzt. „Was hat die Tiere so in Panik versetzt?", fragte er, während er das Halfter hielt, damit der Marschall die Wunde versorgen konnte.
„Dieses Murmeltier, das der neue Sohn des Königs angeschleppt hat", sagte der Mann verärgert. Er hielt dem Pferd den Kräuterbrei vor die Nüstern, den er ihm ans Maul schmieren würde. „Schnupper nur, das Zeug wird dir helfen. Nein, nicht fressen, nur schnuppern!" Während er dem Braunen den Hals klopfte, ereiferte er sich: „Ich hab gleich gesagt, das geht schief. Die Pferde kennen solche Viecher nicht, außerdem ist es nur eine Frage der Zeit, bis es ausreißt. Und was es für Ungeziefer einschleppt, danach fragt auch keiner."
Er griff mit einem hölzernen Spatel einen ordentlichen Batzen grüner Paste aus dem Bottich. „Jetzt haltet ihn fest, das wird sicher unangenehm."
Florent fasste den Halfter kürzer und legte dem Pferd seine Hand auf die Stirn, wo ein weißer Streifen das dunkle Fell zierte. „Ruhig, mein Guter, du wirst das überstehen." Die großen braunen Augen des Hengstes weiteten sich, aber er zuckte nur kurz.
Der Marschall sah ihn abschätzend an. „Ihr habt Erfahrung mit Pferden?"
„Ich habe dem König das Reiten beigebracht."
„Und jetzt? Wo er es kann?"

„Übernehme ich die gleiche Aufgabe für seinen Sohn."
„Für beide?"
Florent war es gewohnt, nicht alles richtig zu verstehen. Meist fragte er nicht nach, weil es ihm peinlich war, dass er diese Sprache, die sich wie Flusskiesel in seinem Mund anfühlte, noch immer nicht vollständig beherrschte. So hatte er eben erst geglaubt, „der *neue* Sohn des Königs" verstanden zu haben, was natürlich falsch sein musste. Doch jetzt kam er nicht umhin, nachzuhaken: „Was meint Ihr?"
„Unterrichtet Ihr beide Söhne? Das wäre doch praktisch, sie könnten sich gegenseitig anspornen."
Plötzlich fielen Einzelteile in seinem Kopf an die richtige Stelle und ergaben mit einem Mal ein Bild. Die rothaarige Frau, die beim Empfang abseits stand und Heinrich böse Blicke zuwarf. Sie war ihm später mehrmals entgegengekommen, auf der Treppe im Palas oder auf dem Hof. Ihre edle Kleidung, dieser verbitterte Zug um ihre vollen Lippen. Das Kind mit den Kupferlocken an ihrer Hand, warum hatte er das nicht gleich gesehen? Der Hengst schnaubte ihm warme Luft ins Gesicht. Sein Blick schärfte sich und er sah die fragende Miene des Marschalls.
„Ihr wusstet es nicht?", fragte der und lachte schallend. „Meine Güte, darauf war ich nicht gefasst."
„Wie alt?"
„Der Junge ist gute zwei Jahre, das Mädchen, wartet ..." Er freute sich diebisch, als er sah, wie Florent erneut den Mund aufriss. „Vier Monate etwa. Es war sehr heiß – das muss Mitte August gewesen sein – als die kleine Katharina zur Welt kam."
„Und die Mutter?" Florents Hand am Halfter schweißfeucht.
„Adelheid von Urslingen. Angeblich kennen sie sich seit Kindesbeinen. Ihr Vater ist nicht begeistert, das könnt Ihr glauben, aber was soll er machen?"
Von Urslingen? Der Herzog von Spoleto, natürlich! Seine Frau hatte den kleinen König aufgezogen, bis er etwa drei

Jahre alt war. Adelheid musste seine Tochter sein. Florent überlegte er fieberhaft, ob Konstanze eine Ahnung davon hatte.
„Hauptmann, Ihr könnt loslassen, sonst kriegt der Gaul einen schiefen Hals."
Als er den Stall verließ, lief ihm Assad über den Weg. Er hielt ihn am Arm fest: „Du hättest mich warnen können. Ich bin hier ahnungslos wie eine Braut in der Hochzeitsnacht."
Assad hob die Schultern: „Es war bisher keine Zeit für Geplauder. Als ihr ankamt, stand die Gräfin wie eine Salzsäule in unserer Nähe, da konnte ich unmöglich ..."
„Schon gut. Hast du ein Schachspiel? Dann können wir heute Abend in meiner Kammer ein Spielchen wagen. Und du erzählst mir, was ich sonst noch alles wissen muss."
„Heute spielt der Minnesänger in der Halle. Der damals mit dem Kanzler kam. Während er singt, ist es laut genug, dass wir reden können."
Florents Gedankenkarussell kreiste, als er über den Hof eilte. Im Palas deckten die Mägde die Tafel für das Abendessen. Eine Magd schleppte einen Korb voller Speisen die Treppe hinauf und er folgte ihr. Wie es wohl dem kleinen Heinrich ging? Sicher waren die Köstlichkeiten für ihn und seine Mutter. Doch die Magd lief an der königlichen Schlafkammer vorbei bis zum Ende des Ganges, klopfte dort und lauschte. Dann öffnete sie und Florent hörte, wie sie sagte: „Ich bringe Euch Euer Abendbrot, Frau Adelheid." Dann fiel die Tür hinter ihr ins Schloss.
Er machte kehrt und beschloss, vor dem Essen noch den Stallgeruch abzuwaschen. Da öffnete sich hinter ihm eine Tür und als er sich umdrehte, stand er Konstanze gegenüber. Ihre Augen leuchteten auf, als sie ihn sah.
„Wie geht es dem Kleinen?", fragte er nach einer angedeuteten Verbeugung.

„Er schläft. Die Magd hat ihn gut versorgt. Es wird natürlich eine Narbe zurückbleiben, mit der er sich später brüsten kann."
Florent lachte. „Da bin ich aber froh, die Stallknechte haben die schlimmsten Gerüchte verbreitet."
Sie sah ihn fragend an: „Hat Friedrich Euch ...?" Sie unterbrach sich, nahm seinen Arm und zog ihn in die Kammer. „Kommt herein, ich muss Euch etwas sagen."
Ich muss Euch auch etwas sagen, dachte er und betrat zögernd den großen Raum, wo an der gegenüberliegenden Wand das Bett stand, in dem der Junge mit einem weißen Kopfverband schlief, der aussah wie Assads Festtagsturban. Der Alkoven in der Ecke war mit einem gemusterten Vorhang aus Seidenbroché verhangen.
„Der arme Kerl hat viel Glück gehabt", sagte er leise, als sie an Heinrichs Bett traten.
„Ich hoffe, es ist nur diese Platzwunde." Konstanze klang besorgt. „Was in dem kleinen Kopf angerichtet wurde, kann man nicht sehen."
„Er ist ein starker Junge, er wird es überstehen", tröstete Florent, während ihm tausend Möglichkeiten durch den Kopf flatterten, wie er ihr die nächste Unglücksbotschaft beibringen konnte. Keine davon gefiel ihm.
Konstanze schob ihn in die Ecke des großzügigen Raumes, wo ein Kamin behagliche Wärme und Licht verbreitete. „Setzt Euch. Lest diesen Brief." Sie flüsterte es, wahrscheinlich wollte sie das Kind nicht wecken.
Sie legte ein Holzscheit ins Feuer und sah zu, wie die Funken nach oben in den gemauerten Schacht tanzten. Dann setzte sie sich ebenfalls in einen der Scherensessel, die mit dicken Schaffellen gepolstert waren.
Er versank darin, ohne es zu bemerken, denn er hatte bereits Caldinis Wappen erkannt. „... kann ich Euch heute berichten, dass Frau Luna, meiner Obhut anvertraut, am ers-

ten Tag des Neblung mit einem gesunden Jungen niedergekommen ist. Auch die Mutter ist wohlauf. Der Säugling wird getauft werden, sobald wir Eure Anweisungen diesbezüglich erhalten ..."
Er ließ das Pergament sinken und sah sie an. Sein Gesicht spiegelte abwechselnd Verwirrung und Freude. „Das bedeutet ..."
„Ihr seid Vater eines Jungen! Ich gratuliere Euch von Herzen!"
Das Feuer knisterte in ihrem Rücken. Florent schwieg und drehte das Pergament in seinen Händen.
„Der Bote kam kurz vor diesem vermaledeiten Unfall", beantwortete sie seine unausgesprochene Frage.
Er musterte das zerbrochene Siegel. „Das bedeutet, dass Caldini laufend über uns berichtet hat, auch vorher schon?"
Konstanze senkte ihre Stimme noch weiter. Beim Prasseln des wiedererwachten Feuers hatte er Mühe, sie zu verstehen. „Friedrich wollte über unser Wohlergehen informiert sein, das müsst Ihr verstehen."
„Deshalb hat er nie nach Luna gefragt." Er rollte das Pergament erneut auf. „Hier steht leider nur, dass es ihr gut geht. Ich wüsste so gern mehr ..."
Konstanze lächelte. „Hätte eine Frau diese Zeilen geschrieben, dann wären wir mit Details versorgt." Sie goss Wein aus einer bereitstehenden Karaffe in zwei Becher. „Auf Euren Sohn!"
„Und auf den Euren!" Er nahm einen herzhaften Schluck, und eine warme Welle der Zufriedenheit durchströmte ihn. „Gütiger Gott, sie hat das alles allein durchgestanden."
„Glaubt mir, dabei sind Frauen immer allein, wenn man von der Wehmutter absieht." Sie sah ihn warmherzig an.
Ihm fiel ein, dass er ihr mit seiner Nachricht wehtun würde und sein Glückspegel sank ein wenig. Vorsichtshalber nahm er noch einen tiefen Zug aus dem Weinbecher, holte

tief Luft und sagte: „Majestät, ich muss Euch etwas weniger Gutes ...“
„Der Junge wusste nicht, was ein Murmeltier ist“, hörten sie eine verächtliche Kinderstimme sagen. Sie fuhren herum und sahen Heinrich in seinem Bett sitzen.
Konstanze lief zu ihm, Florent folgte ihr, dankbar für den Aufschub.
„Wie geht es dir? Tut dir der Kopf weh?“
„Nein. Nur ein bisschen. Aber der Junge ...“
„Du hast geträumt, mein Kleiner. Leg dich wieder hin. Ich werde dir süßen Brei bringen lassen. Und deine Milch. Florent, würdet Ihr nach der Magd rufen?“
Als Florent zurückkam, sah Konstanze ihn flehend an. „Er erzählt von einem Jungen, der aussah wie er. Ich fürchte, sein Kopf hat gelitten.“
„Nein, sein Kopf ist in Ordnung. Er hat ihn wirklich gesehen, im Stall, kurz bevor der Unfall geschah.“ Florent fühlte, wie sein Magen sich zusammenzog. Gott steh mir bei, dachte er, wie soll ich es ihr sagen, direkt in diese großen dunklen Augen hinein?
Heinrich fühlte sich ermutigt: „Und er hat Vater gesagt, zu meinem Vater!“
„Damit wäre das Problem umrissen“, sagte Friedrichs Stimme aus dem Alkoven. Florent zuckte zusammen und griff unwillkürlich an seine Seite, wo natürlich kein Schwert hing. Dieser Reflex kam stets, wenn er sich unerwartet bedroht fühlte.
„Florent, Ihr könnt gehen. Ich übernehme jetzt.“ Der Vorhang bauschte sich und spuckte den König aus, nur im Leibrock, mit zerzaustem Haar und eisiger Miene.
Er warf Konstanze einen bedauernden Blick zu und eilte fluchtartig hinaus. Auf dem Korridor atmete er tief aus, beugte sich vor und stützte seine Hände auf die Knie.

„Geht es Euch gut?“, fragte die Küchenmagd, die mit einer Breischüssel und einem Krug Milch in den Händen unvermittelt vor ihm stand.
„Das wird schon wieder.“ Er richtete sich auf und schüttelte den Kopf, als sie ihn bat, an die Kammertür zu klopfen und ihr zu öffnen. „Warte noch ein wenig, es ist gerade sehr ungünstig.“
„Oh!“
Er sah ihr an, dass sie an etwas ganz anderes dachte, etwas, was er Konstanze jetzt wirklich gewünscht hätte. Sie standen eine Weile und starrten die Tür an, hinter der die Stimmen lauter wurden. Dann grinste er übergangslos und sagte: „Ich bin Vater geworden! Ein Junge!“ Er musste sich beherrschen, sie nicht an sich zu drücken und ihr einen Kuss in das frische, pausbäckige Gesicht zu geben.
„Ich gratuliere, Herr Hauptmann. Ich wusste nicht, dass Ihr eine Frau habt. Jeder hier glaubt, Ihr seid allein.“
„Sie ist in Cremona geblieben.“
„Ich verstehe.“ Sie sah aus, als hätte sie noch nie von Cremona gehört, aber sie lächelte freundlich. „Heute Abend spielt Walther in der Halle. Da könnt Ihr ausgiebig feiern.“
„Gute Idee.“
Hinter der Tür stritten sie noch immer. Sie sah ihn fragend an. „Was soll ich nur tun?“
„Gib mir die Schüssel.“ Er öffnete vorsichtig die Tür, während die Magd den Krug abstellte und den Rückzug in Richtung Treppe antrat.
„Ausgerechnet Enzio?“, sagte Konstanze mit erhobener Stimme. „Ist euch kein anderer Name eingefallen? Reicht es nicht, dass er aussieht wie dein rechtmäßiger Sohn, muss er auch noch so heißen?“
Er stellte hastig die Schüssel auf den Tisch, holte den Krug hinterher, zwinkerte Heinrich zu und schloss die Tür behutsam von außen.

Die Magd war längst verschwunden, doch hinten am Ende des Korridors trat eine schmale Frauengestalt aus der Kammer. Sie trug einen Säugling auf dem Arm. Als sie an ihm vorübereilte, lächelte das Kind und zeigte zwei kleine Zähnchen im Unterkiefer.
Typisch Friedrich, dachte Florent. Er macht sich nicht die Mühe, seine zweite Familie zu verstecken, weil er kein Unrecht darin erkennt, sie zu besitzen.
Am Abend saß er neben Assad in der Halle und lauschte dem Minnesänger. Die Küchenmagd lächelte ihm zu und versorgte ihn zuverlässig mit Bier. Weder Assad noch die Magd hatten zuviel versprochen. Walther war ein Tausendsassa. Mal verschmitzt und lustig, mal frech und derb, dann wieder nachdenklich und gefühlvoll traf er jeden Nerv seines Publikums. Er spielte mit ihnen, brachte die Stimmung zum Überkochen, sodass die ersten Knechte und Mägde auf den Tischen tanzten, dann sang er vom Herzschmerz und die Leute hielten sich in den Armen und wischten sich verstohlen die Tränen aus den Augen.
Sie verwizent mir daz ich
So nidere wende minen sanc.
Daz si niht versinnent sich
waz liebe si, des haben undanc!
Sie getraf diu liebe nie.
Die nach dem guote und nach der schoene minnent,
we wie minnent die?
„Dass sie nicht begreifen, was Liebe ist, dafür sollen sie verwünscht sein!“ Der König ließ sich neben ihnen nieder. Sofort war die Magd da und stellte ihm einen Krug vor die Nase. „Sie haben die Liebe nie getroffen.“ Friedrich leerte den Krug und hielt ihn der jungen Frau sofort wieder hin.
Florent wunderte sich nicht über die lockeren Sitten hier am Hof, wo der König und Adel unter dem Volk saßen und feierten. Er wusste, dass Friedrich das genauso wollte. Am

liebsten war es ihm, wenn die Leute ihn nicht einmal erkannten.
„Woher habt Ihr es erfahren?“, fragte Friedrich und setzte den Krug ab.
„Der Marschall. Wir haben gemeinsam den Pferdestall aufgeräumt.“
„Na immerhin ...“
„Denkt Ihr nicht, Eure Königin hätte mehr Ehrlichkeit verdient?“
„Verkneift es Euch.“
„Das hättet *Ihr* tun sollen, während Konstanze treu und brav in Palermo ...“
„Ihr redet Euch um Kopf und Hals, Schwertmeister!“
Florent biss sich auf die Unterlippe. „Ich bitte Euch, nach Cremona reiten zu dürfen.“
„Ein unpassender Augenblick für eine Bitte. Überhaupt seid Ihr im Moment in meiner Schuld, knietief, schätze ich.“
Florent schwieg und steckte seine Nase in den Bierkrug.
„Was wollt ihr in Cremona? Euren Sohn besichtigen?“
„Und meine Frau in die Arme nehmen, die das alles allein durchstehen musste.“
Ein kurzes Aufflackern in Friedrichs Augen, dann winkte er ab. „Frauen sind stark bei sowas. Luna erst recht.“
„Ihr kennt Euch aus.“
Friedrich war nicht beleidigt, sondern nahm es als Kompliment. „Ich habe einigen Vorsprung, drei gegen eins.“
„Drei? Ihr vergesst Daria und Claudia.“
Friedrich hob die Schultern. „Wenn Ihr die Bankerte zählen wollt.“
„*Hüetent iuwer zungen* – hütet eure Zungen“, sang Walther gerade, doch Florent überhörte den guten Rat. „Wie ich Euch schon in Palermo sagte: Bankerte sind nicht selten die Ursache von blutigen Kriegen. Außerdem ist diese Adelheid wohl auch nicht eure Gemahlin, oder hat mir der Marschall nicht alles erzählt?“

„Belehrt mich nicht, Schwertmeister! Die Zeiten sind vorbei.“ Friedrich hob den Krug und trank ihn aus.
„Warum habt Ihr diese Adelheid nicht weggeschickt? Es ist für beide Frauen eine unwürdige Situation.“ Er erhielt einen kräftigen Fußtritt unter dem Tisch und sah Assad mit den Augen rollen.
„Ihr seid ein Moralapostel.“ Friedrich schnaufte. „Adelei ist jung und sieht gut aus, sie ist klug und belesen. Sie spielt Harfe, sie schreibt Gedichte. Sie hat rotes Haar. Ich war allein, reicht das?“
„Ich bin auch allein.“ Florents Herz zog sich zusammen.
„Nehmt diese Magd mit dem Schankkrug, sie frisst Euch den ganzen Abend schon auf mit ihren Blicken. Und vergesst Eure ständigen Vorwürfe.“
„Vorwürfe?“
„Natürlich, dazu braucht Ihr nicht mal Worte. Eure Miene ist eine einzige Missbilligung.“ Die Magd füllte seinen Krug auf, nachdem er sofort griff. „Hochmut, Schwertmeister, bekommt Euch nicht. Ihr habt mich belogen.“
„Ich habe Euch nie belogen, ich habe lediglich nicht alles gesagt, was Ihr hättet wissen wollen. Auch Ihr habt mir verschwiegen, dass Luna entbunden hat.“
„Haarspalterei! Der Königin gegenüber seid Ihr wesentlich gesprächiger. Fast hättet Ihr mir die Chance genommen, es ihr selbst zu erklären.“
„Das hättet Ihr getan?“ Es klang höhnisch. Wieder fühlte er Assads Fuß an seinem Schienbein. Doch er war zu wütend, um sich zurückzuhalten.
„*lânt si guote site spehen und die bœsen übersehen*“, trällerte Walther. Die Leute um sie herum sangen weinselig mit. Friedrich wies mit dem Kinn auf den Sänger. „Haltet Euch an ihn! Er trägt die Weisheit auf der Zunge.“
„Was ist mit Cremona?“
„Ich brauche Euch hier, Florent. Seid der umsichtige und einfühlsame Lehrmeister für meinen Sohn, der Ihr für mich

wart!“ Florent bedachte ihn mit einem erstaunten Blick. Hörte er da Respekt hinter den Worten des Königs? Friedrich setzte nach: „Ich weiß zu schätzen, was Ihr für mich getan habt, aus diesem Grunde kann ich über Euren Verrat hinwegsehen.“

Florent zuckte zusammen. Verrat?

Der König stieß seinen Weinkrug gegen Florents. „Seid meinem Sohn ein guter Schwertmeister und kümmert Euch um seine Sicherheit. Otto ist nach wie vor eine große Gefahr für uns alle.“

Florent sah in die Augen seines Königs, die wie die Oberfläche eines tiefen Sees schimmerten. Wo war der Junge geblieben, den er in Palermo im Schwertkampf unterwiesen hatte? Wann hatte er den Einfluss auf ihn verloren?

„Ich werde Luna in den Norden holen lassen, so bald wie möglich. Der Bote wird morgen wieder reiten. Sicher wollt Ihr etwas mitgeben.“

„*Er hât niht wol getrunken, der sich übertrinket*“, mahnte Walther und klimperte auf seiner Laute.

„Du kannst mich mal!“, knurrte Florent in dessen Richtung und hob den Krug.

„Morgen früh werdet Ihr ihm recht geben“, murmelte Assad.

Südliche Alpen, Februar anno 1215

Wie ich da ruhte, wüßt' es einer,
behüte Gott, ich schämte mich.
Wie mich der Gute herzte,
keiner erfahre das als er und ich –
und ein kleines Vögelein,
Tandaradei!
Das wird wohl verschwiegen sein.
Walther von der Vogelweide

Wir brechen auf!", rief Lucio mit befehlsgewohnter Stimme und winkte dem Knappen. „Lennard, sattle mein Pferd, dann hilf der Frau."

„Ich will den Kleinen noch stillen", wandte Luna ein. „Dann kommen wir später zügiger vorwärts."

Lucio zögerte kurz, dann nickte er. Besser jetzt am gesicherten Rastplatz warten als später, irgendwo in den unwirtlichen Bergen. „Männer, prüft das Zaumzeug und gebt den Gäulen noch eine Portion Hafer."

Luna suchte sich ein geschütztes Plätzchen abseits unter einer Gruppe geduckter Kiefern. Zwar benahmen sich Lucios Männer ausnahmslos zuvorkommend und taktvoll, aber sie fühlte sich dennoch wohler, wenn sie nicht mitten unter sechs Rittern und drei Knappen ihre Brust entblößen musste. Zufrieden seufzte sie auf, als die suchenden Lippen des Jungen ihre Brustwarze fanden und sich festsaugten. In den letzten zwei Tagen hatte sie mehrmals während des Reitens gestillt, was ziemlich mühsam gewesen war. Hier in den Bergen traute sie sich das nicht mehr zu, ihre Zelterstute Salta ging zwar willig und brav, doch die Wege wurden immer schlechter.

Vor vier Tagen hatte sie Cremona verlassen. Lucio, Florents bester Bogenschütze, brachte als Hauptmann einer Gruppe von Rittern Friedrichs Befehl, Luna und ihr Kind sofort in den Norden zu bringen. Viele Tränen waren geflossen und Sofie hatte gebettelt, sie begleiten zu dürfen. Doch für die verwöhnte Bürgerstochter wäre der Ritt über die verschneiten Berge zu strapaziös gewesen. Eine Reise im Karren kam nicht in Frage, selbst auf den breiteren Straßen lag noch Schnee.

Sie sah, wie Lucio herüber schielte, und legte Jonathan an die andere Brust an. Der Kleine trank schon weniger gierig und würde sicher bald einschlafen. Sie lächelte dem Bogenschützen zu, der den Sattelgurt ihrer Stute prüfte. Die Aufbruchsstimmung schien die Tiere nervös zu machen, einige tänzelten, Lucios Hengst verdrehte sogar die Augen und legte die Ohren an.

In Lucios Obhut fühlte sie sich sicher. Er hatte ihr erzählt, dass Florent liebend gern selbst gekommen wäre, aber der König hatte es nicht erlaubt. Vorsichtig bettete sie das schlafende Kind auf ihren Schoß und brachte ihre Tunika in Ordnung. Statt Cotte und Surkot trug sie Männerkleidung, die vor allem im Sattel wesentlich bequemer war. Sie beugte sich herab und schnupperte an Jonathans Windel.

„Die sollten wir noch wechseln, mein Kleiner, was meinst du?"

Dem Säugling schien das egal, er blinzelte schläfrig und zufrieden.

„Steh, Salta!" Lucio klang ungeduldig. „Was ist nur los mit dir?" Die Zelterstute wich aus, als er den Gurt festzurren wollte. Sie wieherte ängstlich und zerrte am Zügel.

Mit Jonathan auf den Knien wühlte Luna in ihrer Tasche nach einer sauberen Windel, als der Wald hinter ihr brachial zum Leben erwachte. Äste knackten, etwas schlug dumpf auf den Boden, Kiefernzweige peitschten von oben herab. Reflexartig riss sie den Jungen an sich und krümmte sich zusammen. Ein tiefes Grollen direkt an ihrem Ohr, widerlich fauliger Geruch und zeitgleich ein derber Schlag in ihren Rücken, zottiges, feuchtes Fell an ihrer Wange.

Erst später sollte sie in der Lage sein, die Vorgänge zu sortieren, im Moment geschah alles gleichzeitig. Sie hörte Lucio schreien, aus dem Augenwinkel sah sie die Pferde steigen und ins Unterholz davon galoppieren. Mit einer fließenden Bewegung zog der Hauptmann seinen Dolch aus dem Gürtel, holte nach hinten aus, fixierte sie und warf. Sie sah die Waffe auf sich zukommen, duckte sich tiefer über ihr Kind, während das dumpfe Grollen hinter ihr zu einem lauten Brüllen anschwoll. Der Druck auf ihre Wange und auf ihre Schulter wurde größer, sie fiel zur Seite und befürchtete, den Jungen unter sich zu zerquetschen. Doch da war Lucio schon bei ihr, zerrte sie nach oben und weg von den Kiefern. Plötzlich waren überall hilfreiche Hände, Lennard wollte ihr das schreiende Kind abnehmen, doch sie drückte es fest an sich und schüttelte panisch den Kopf. Endlich drehte sie sich um. Unter den Krüppelkiefern lag ein dunkler Berg aus braunem Fell, aus dem ein Messergriff herausragte.
„Ein Bär!“, sagte einer der Ritter lapidar.
Lennard betrachtete ehrfürchtig die Klauen. „Sehr früh dran, das Tier.“
„Wenn sie Hunger haben, kommen sie beim ersten Sonnenschein heraus.“ Der Ritter schien sich auszukennen.
„*Er* hatte offensichtlich Hunger“, sagte Lucio und schnaufte erleichtert. „Er hatte sich einen zarten Bissen ausgesucht.“ Sein Blick streifte den kleinen Jonathan, der nur noch leicht verärgert greinte.
„Ich danke Euch!“, stammelte Luna, die erst allmählich begriff, was er verhindert hatte.
Der Ritter schlug Lucio auf die Schulter. „Ein guter Wurf, vergesst Euer Messer nicht!“
Lennard stürmte los. „Ich hole es!“
Alle sahen zu, wie er zu dem Fellberg rannte, das Messer griff und zog. Und alle sahen, wie das Tier sich unerwartet

bewegte, ein gequältes Brüllen ausstieß und den Jungen mit seinen Tatzen packte.
Zwei, drei Männer sprangen erneut hinzu, Lucio riss Lennard aus der Umklammerung des Bären, der ließ das Messer fallen, ein anderer Mann griff blitzschnell zu und stieß dem Tier die Klinge in den Brustkorb. Es fiel auf den Rücken, seine Beine zitterten kurz in der Luft, dann lag es still. Der Knappe in Lucios Armen schrie nicht, obwohl sein Mund weit offen stand, im bleichen Gesicht schienen seine Augen aus dem Kopf fallen zu wollen. Der Arm, den die Bärin am schlimmsten erwischt hatte, blutete stark aus mehreren tiefen Kratzern. Lucio legte ihn im Gras neben der noch warmen Feuerstelle ab.
„Jemand muss mir das Kind abnehmen. Und ich brauche heißes Wasser. Etwas zum Verbinden." Luna wickelte den greinenden Jungen in ihren Umhang und reichte ihn an den nächsten Ritter, der ihn zuerst entgeistert anstarrte und ihn dann ungeschickt zu wiegen begann.
„Facht das Feuer noch einmal an!", befahl Lucio. „Und fangt die Pferde ein!"
Luna wusch die Wunden gründlich, Verletzungen von Tierkrallen oder -zähnen entzündeten sich häufig. Kräuter zur Wundheilung und Fiebersenkung fände sie um diese Jahreszeit kaum.
„Das muss genäht werden", sagte sie zu Lucio und deutete auf einen langen, tiefen Riss in Lennards Oberarm, der bis auf den Knochen hinabreichte.
„Dann werden wir wohl oder übel hier übernachten." Er drehte sich um und wies die Männer an, ein Lager aufzuschlagen.
Lennard wimmerte leise vor sich hin. „Ich dachte, er sei tot!"
„Das dachten wir alle." Der Hauptmann hockte sich zu ihm. „Mach dir keine Sorgen, morgen bist du wieder wohlauf. Frau Luna flickt dich zusammen." Er schmunzelte über den

Ritter, der, auch zur Freude der anderen Männer, mit wiegenden Schritten wie ein Storch rund ums Feuer schritt, damit das Kind in seinen Armen einschlief.
Als Lucio Lunas besorgten Blick auffing, wurde seine Miene schlagartig ernst.
„Ich habe nichts dabei, womit ich nähen könnte“, sagte sie leise.
„Morgen erreichen wir ein Kartäuserkloster oben am Pass. Die Mönche dort werden ihm helfen.“
„Ihr wollt mich zurücklassen?“, fragte Lennard und richtete sich auf, nur um nach Luft zu schnappen und mit einem Schmerzenslaut wieder zurückzusinken.
„Es ist besser so. Wie willst du mit einem Arm ein Pferd satteln?“
Luna pflichtete ihm bei. „Lucio hat recht. Außerdem wird die Wunde sich entzünden, wenn du nicht ruhig liegst. Du hast großes Glück gehabt und solltest es nicht auf die Probe stellen.“
„Wenn wir das nächste Mal hier durchziehen, holen wir dich ab, versprochen.“ Lucio erhob sich, um nach den beiden Knappen zu sehen, die gerade die entflohenen Pferde zurückbrachten.
„Wann wird das sein?“, fragte Lennard kläglich.
„Wie ich unseren König kenne, werden wir alle paar Wochen hier entlang reiten.“
Später saßen sie um das Feuer, bis auf die zwei Männer, die mit dem Bogen in der Hand Wache hielten. Lennards Arm war bis zur Schulter hinauf verbunden, er saß an einem Baumstamm und freute sich über die Sprüche der Männer, die ihn nach seiner unfreiwilligen Heldentat wie Ihresgleichen behandelten. Sie nannten ihn „Bärenliebchen“ und fragten, wie es sich angefühlt habe, vom Bären, der, wie sich herausgestellt hatte, eine Bärin war, umarmt zu werden.

Lucio hockte neben Luna am Feuer und schüttelte immer wieder den Kopf. „Wir hatten unsagbares Glück“, sagte er leise. Immer wieder malte er sich in Gedanken aus, wie er seinem Freund Florent vom Tode seines Söhnchens hätte berichten müssen, den der noch nicht einmal gesehen hatte.
Sie dachte genauso. Jonathan schlief und sein Gewicht in ihren Armen fühlte sich unsagbar gut an. In der Nacht begann Lennard zu fiebern, immer wieder stöhnte er, schrie auf und warf sich hin und her. Luna band sich das Kind vor die Brust und setzte sich neben den Knappen. Sie zögerte, wartete, bis die beiden Wachhabenden sich mit einer Fackel entfernten und vergewisserte sich, dass die um das Feuer liegenden Männer schliefen, dann erst nahm sie die Hand des Verletzten. Seit der Geburt ihres Kindes hatte sie niemandem auf diese Art helfen müssen. Jetzt würde sie erfahren, ob ihre Gabe verloren war.
Doch die Bilder kamen, genau so schnell wie früher. *Tosendes Wasser, knarrendes Holz, Dunkelheit, schreiende Männer, Wasser, überall Wasser, heulender Sturm, ein Kreuz auf weißem Grund. Schwanken, alles schwankt. Wasser. Gischt.* Hastig zog sie ihre Hand zurück, schüttelte den Kopf, um die Eindrücke von Angst und Gefahr zu vertreiben. Sie sah sich um. Die Männer schliefen, die beiden Wachen kamen vom Kadaver der Bärin zurück geschlendert und unterhielten sich leise. Einer hielt etwas in der Hand. Als er in den Schein der Glut trat, sah sie, dass es eine Bärentatze war. Er legte sie neben Lennard ab, der jetzt ruhig schlief.
„Ein Andenken, das er später seinen Enkeln zeigen kann“, sagte er leise zu ihr und grinste.
Luna legte sich nieder und zog die Decke über sich und den Jungen. Am nächsten Tag würde sie all ihre Kraft brauchen. Bevor sie einschlief, nahm sie sich vor, Lennard zu fragen, ob er in seinem jungen Leben schon je auf einem Schiff gewesen war.

Aachen, Juli anno 1215

Sin keiserlîchez houbet zimt ir alsô wol,
daz si ze rehte nieman guoter scheiden sol:
ir dewederz dâ daz ander niht enswachet.
Si lachent beide ein ander an,
daz edel gesteine wider den jungen süezen man...
(Sein kaiserliches Haupt ist der Krone geziemt,
daß kein guter Mensch Grund hat, beide zu trennen.
Sie tun sich gegenseitig keinen Abbruch.
Sie lachen beide einander an,
die Edelsteine und der junge gesegnete Mann...)
Walther von der Vogelweide

Johanna, ist der Mantel gebürstet?", fragte Konstanze zum dritten Mal.
„Aber ja, Majestät, alles erledigt."
„Wo ist Heinrich?"
„Er wartet unten in der Halle. Wir sind die Letzten." Die Kammerdienerin zupfte nervös an ihrem Reiseumhang. Es würde Ärger geben, wenn sie nicht pünktlich losritten. Der König legte Wert auf die Einhaltung seiner Pläne. Und der Kanzler würde ihr die Schuld geben, nicht etwa der Königin. Sie atmete auf, als ihr einfiel, dass Bischof Konrad gestern vorausgeritten war, um in der Stadt die Vorbereitungen zu kontrollieren.
„Dann hilf mir in den Mantel. Dieses Monstrum kann ich nicht allein bewältigen."
Das Monstrum verdiente diese Bezeichnung nicht, fand Johanna. Es war aus prächtig glänzender Muschelseide und Konstanze selbst hatte die Säume mit goldenen Kreuzen bestickt. Der Ärger beruhte auf der Tatsache, dass eine gewisse Adelheid einen Mantel aus der gleichen Seide besaß, lediglich ohne die Goldstickerei. Der König war nicht eben feinfühlig, was Geschenke für seine beiden Frauen betraf.
Die Dienerin seufzte und zog den raschelnden Stoff über den Schultern zurecht, damit die Falten gleichmäßig nach

unten fielen. Wenigstens war die Nebenbuhlerin in Hagenau geblieben, so blieb zu hoffen, die Laune der Königin würde sich bessern.
In der Halle des Klosters Reichenstein, wo sie die Nacht verbracht hatten, herrschte Aufbruchsstimmung. Der Abt wieselte zwischen den edlen Herren und Damen umher, die seine Gastfreundschaft genossen hatten und denen er erleichtert nachschauen würde. Die Ruhe in seinem Kloster war empfindlich gestört bei so vielen wichtigen Gästen. Aber mit dem Stauferkönig sollte man es nicht verderben. Genauso wenig wie mit allen anderen Kaisern oder Königen, wer immer gerade die Oberhand besaß, das konnte man nie so genau vorhersehen. Bis vor kurzem war noch Kaiser Otto hier in der Gegend um Aachen hofiert worden. Der Abt kannte mehrere hohe Herren, bei denen Ottos neue Frau, die Kaiserin Maria, schwindelerregend hohe Spielschulden hinterlassen hatte, nachdem sie vor wenigen Tagen eiligst abgereist war. Man sagte, sie habe sich zu ihrem Mann auf die Harzburg geflüchtet, in dieses dunkle Gebirge im Osten, wo die Hexen mit dem Teufel buhlten. Wie passend. Der Abt bekreuzigte sich und strahlte die Königin an, die soeben die Treppe herunter schwebte. Endlich kam Bewegung in die Gesellschaft.
Friedrich empfing sie mit gekrauster Stirn. „Hattest du kein Stundenglas in deiner Kammer? Wir sollten längst unterwegs sein."
Konstanze bedachte ihn mit einem kühlen Blick und fragte lediglich: „Worauf warten wir dann noch?"
Er stieg aufs Pferd und klatschte in die Hände. „Aufbruch!"
Die Reittiere standen seit geraumer Zeit im sauber gepflasterten Hof und der Abt stöhnte leise auf, als er die zahlreichen Hinterlassenschaften der großen Gäule sah. Sie waren mit dem prunkvollsten Zaumzeug geschmückt, das der königliche Marstall zu bieten hatte. Die Goldnieten auf den

Riemen aus geöltem Rindsleder funkelten mit den Trensenringen um die Wette. Die Mähnen der Tiere glänzten in der noch tief stehenden Sonne, Knechte und Mägde hatten sie in den frühen Morgenstunden kunstfertig geflochten, die Schweife gekämmt und geradegeschnitten. Und doch stanken die Pferdeäpfel wie bei jedem gewöhnlichen Ackergaul und der Abt schielte nach einem Novizen, den er nach Schaufel und Besen schicken konnte.
„Auf nach Aachen!“ Friedrich lachte laut und hob die Zügel. Jubel brandete auf, dieser Tag war von allen lang ersehnt worden. Die Begleitmannschaft ritt mit hoch erhobenen Köpfen und erwartungsvollen Gesichtern hinter dem Königspaar. Leichte Lederharnische, alle neu und einheitlich, polierte Schwertgehänge, sorgfältig gekämmte Bärte. Die letzte Festung des verhassten Welfen würde ihnen heute die Tore öffnen. Und nicht nur das. Die Fürsten würden ihm, Friedrich von Staufen, in wenigen Stunden noch einmal die Krone aufs Haupt setzen, in der Pfalzkapelle, die Karl der Große hatte errichten lassen und in der nahezu alle Könige dieses Reiches gekrönt worden waren. Drei Jahre hatte er darauf gewartet. Achteckig sollte sie sein, diese Kapelle, das hatte ihm der Kanzler erzählt. Eine architektonische Ausprägung, die ihm ausgesprochen gut gefiel. Das Achteck, perfekter als jeder Kreis, würde ihm Glück bringen. Er saß mit einem Hochgefühl im Sattel, das ihn fast zum Jauchzen brachte. Mühsam beherrschte er sich, grinste in die Runde und fand Florents Blick, der Heinrich vor sich im Sattel hatte. Er drückte Demone die kurzen Sporen in die Seite und trabte an. Konstanze auf ihrer weißen Stute reihte sich neben ihm ein, gefolgt von Florent mit Heinrich und daneben Luna, die ihr Söhnchen Jonathan in einem Brusttuch vor sich gebunden trug.
Es versprach ein herrlicher Tag zu werden, der Himmel wölbte sich blassblau über ihnen und die zwei Stunden Ritt bis Aachen stellten ungetrübtes Vergnügen in Aussicht.

Kanzler Konrad hatte seit Tagen alles vorbereitet, wie immer akribisch und umsichtig. Was für ein unverschämtes Glück, dass ihm dieser Mann in den Schoß gefallen war. Und der Minnesänger gleich mit. Er grinste. Walther war mit Sicherheit schon in Aachen eingetroffen, er würde heute Abend die Krönungsfeierlichkeiten begleiten. Die letzten Wochen hatte der Sänger auf seinem kleinen Landgut verbracht, das Friedrich ihm kürzlich zu Lehen gegeben hatte. Er wandte sich um und sah den Zug seiner Begleitmannschaft in lockerer Reihe hinterher traben. Luna lächelte ihm zu. Der Kleine an ihrer Brust schien zu schlafen. Die beiden waren zum Jahreswechsel in Hagenau angekommen, die Reise über die Alpen hatte ihnen nicht geschadet. Ein weiterer Glücksfall. Luna schien nichts von ihrer Kraft eingebüßt zu haben, obwohl er das noch würde testen müssen. Der Junge zeigte deutlich sizilianischen Einschlag, dunklen Flaum auf dem Kopf und bronzefarbene Haut. Er hob sich von seiner Mutter ab wie ein im Schnee liegendes Reh.
Der kleine König Heinrich hing so sehr an seinem Schwertmeister, dass Friedrich einen feinen Stich in der Brust fühlte, als er die beiden miteinander sah. Sein Blick wanderte weiter zu seiner Königin. Womit er in seinem Resümee bei den weniger erfreulichen Dingen angekommen war. Konstanze hatte ihm noch immer nicht verziehen. Inzwischen bezweifelte er, dass er je damit rechnen konnte. Er hatte den Stolz der Aragonier unterschätzt. Doch daran konnte er nichts ändern, was geschehen war, war geschehen. Was ihn wesentlich mehr wurmte, war die Tatsache, dass er diesem Möchtegernkaiser die Reichsinsignien nicht hatte abjagen können. Immer wieder hatte er in den letzten Monaten die Auseinandersetzung gesucht, sobald Otto irgendwo auftauchte, war er ihm auf die Fersen gerückt. Doch der wand sich wie eine Blindschleiche im Gras, ward kurz gesehen und verschwand wieder. So musste er heute in Kauf nehmen, erneut die Kopie der Königskrone aufgesetzt zu bekommen.

Zwar diesmal am richtigen Ort, aber es würde sich noch immer nicht vollkommen anfühlen.
Sie benutzten die alte Römerstraße, die nach Köln führte und durchquerten einen großen Wald. Vereinzelte tauchten Köhlereien zwischen den Bäumen in der Nähe des befestigten Weges auf. Friedrich registrierte die Köhler vor ihren rauchenden Meilern, die sich tief verbeugten, sobald sie des prunkvollen Zuges ansichtig wurden. Die Kinder liefen meist ein kurzes Stück nebenher und irgendjemand aus dem Gefolge warf ihnen Kupfermünzen zu.
Diese Straßen, dachte Friedrich, wie wichtig sie sind. Ich muss dafür sorgen, dass sie erhalten werden und ich muss mehr davon bauen lassen. Es kann nicht sein, dass wir uns nach so vielen Jahrhunderten immer noch auf die Bauten der Römer verlassen.
Als der Wald sich lichtete, ging es leicht bergab und sie erkannten zwischen den Hügeln die Türme Aachens. Sie saßen ab, ließen die Pferde an einem Bach saufen und vertraten sich die Beine.
Assad schleppte eine Truhe heran. „Zeit für Euer Ornat, Majestät."
Friedrich verzog missmutig das Gesicht. Es graute ihm vor dieser unbequemen Kostümierung, aber er selbst hatte vorgeschlagen, in Krönungskleidung in die Stadt einzureiten. In der letzten Hochburg seines Erzfeindes Otto durfte er nichts dem Zufall überlassen, um die Menschen zu beeindrucken.
Konstanze saß auf einem Eichenstamm, der frisch gefällt neben einigen Artgenossen zum Abtransport bereitlag, neben ihr stillte Luna den Säugling. Florent übte mit Heinrich das Auf- und Absteigen auf das große Pferd, so wurde dem Jungen die Zeit nicht zu lang und die Gefahr verringerte sich, dass er sich am Wegesrand das wertvolle Gewand zerriss oder beschmutzte.

Widerwillig legte Friedrich seinen leichten Brustpanzer ab, er fühlte sich nackt und schutzlos ohne ihn. Er hatte im Vorfeld darüber nachgedacht, ihn unter den großzügig geschnittenen Zeremonienkleidern zu tragen, aber es war Juli und selbst in der Kirche würde es warm sein. So schlüpfte er in die indigofarbene Dalmatika, eine zwar gelungene aber eben nur eine Kopie des echten Krönungsgewandes. Assad streifte ihm eine Alba aus goldfarbener Seide über, die ein reich bestickter Brustlatz zierte. Auch sie war eine Kopie. Es tröstete ihn ein wenig, dass diese Kleider nach Originalvorlagen in den königlichen Werkstätten in Palermo angefertigt worden waren. Die Arbeit sizilianischer Meister wärmte seine Seele und verhieß ihm Glück. Sie wärmte allerdings auch seinen Körper, schon jetzt brach ihm unter der dicht gewebten Seide der Schweiß aus. Assad streifte ihm die goldbestickten Schuhe über, Johanna reichte die perlenbesetzten Handschuhe und kämmte seine rotblonden Locken, bis sie glänzten.
„Frieren werde ich wenigstens nicht“, knurrte er, als sie fertig waren.
Heinrich legte den Kopf schief: „Du siehst prächtig aus, Vater, wie ein richtiger König.“ Sein Haar fiel zur Seite und ließ die Huftrittnarbe auf der Stirn aufleuchten.
Assad trat einen Schritt zurück und kniff die Augen zusammen. „Ihr habt Recht, kleiner König. Es fehlt nur die Krone.“
Die Krone, die er in Mainz getragen hatte, war mit dem Kanzler vorausgereist und wartete hoffentlich in der Pfalzkirche auf ihn. Konstanze nahm einen Goldreif aus der Truhe. „Der muss vorerst reichen.“ Sie setzte ihm den schmalen Ring aufs Haar. Für einen Moment vergaß sie ihren Groll und lächelte. „Perfekt.“
Friedrich sah ihr tief in die Augen: „Kannst du das wiederholen?“
„Auch das muss reichen.“ Ihre Miene wurde wieder zu Stein.

Sie halfen ihm auf sein Pferd, Demone tänzelte und drehte sich, raschelnde Seide war ihm verhasst. „Hab dich nicht so, mein Freund“, sagte Friedrich und klopfte ihm den Hals. „Die Viertelstunde bis Aachen musst du das aushalten.“
Assad zupfte und zog, bis die Alba einigermaßen saß. Das Gewand war für stehende Männer und nicht für Reiter genäht. Wenigstens lugten die blauen Ärmel des Unterkleides deutlich sichtbar heraus.
Die Knechte und Ritter hatten in der Zwischenzeit die Pferdehufe poliert und die Kleider abgebürstet, die Bärte noch einmal gekämmt und den Staub von den Stiefeln gewischt, um beim Einreiten perfekt auszusehen. Anspannung breitete sich aus, niemand konnte voraussehen, wie die Bevölkerung auf den neuen König reagieren würde. Er machte zwar seit drei Jahren im Norden des Reiches Furore, aber das hier war Welfenland, hier hatte man zu Otto gestanden. Im Frühjahr hatten die deutschen Fürsten auf einer erneuten Reichsversammlung in Andernach beschlossen, gegen die letzten starrköpfigen Welfenstädte Aachen und Köln vorzugehen. Doch Waffengewalt war nicht mehr nötig gewesen, beide Städte boten Frieden und Unterwerfung an. Friedrichs Großzügigkeit, die mittlerweile landesweit bekannt war, erwies sich als unschlagbares Argument. Statt Knauserigkeit und unbezahlten Schulden winkten den Stadtvätern Goldgeschenke und neue Ländereien.
Die Stadt, einst von Barbarossa zu Haupt und Sitz des Deutschen Reiches ernannt, rückte in der frühen Mittagssonne zwischen grünen Hügeln näher, präzise gesäumt von einer ordentlichen Mauer mit einer Handvoll Türmen recht ungleicher Bauweise. Inmitten brauner Ziegeldächer hockte die Pfalzkirche wie eine Glucke zwischen ihren Küken. Sie wirkte von weitem außerordentlich gedrungen, fast wie eine Motte aus grauen Vorzeiten, erst bei genauerem Hinsehen erkannte man ein Oktogon. Die achteckige Gestalt verlieh

mit ihrer perfekten Symmetrie etwas überirdisch Vollkommenes, als wäre sie nicht von Menschenhand erschaffen.
Die Via Colonia führte zielstrebig auf ein weit geöffnetes Tor zu, vor dem sich eine bunte Menschenmenge tummelte. Unter aufgeregten Rufen bildete sich allmählich eine Gasse, berittene Wachen formierten sich zu einem Spalier.
Die Gespräche im Trupp verstummten, die Hände griffen fester in die Zügel. Florent sah zu Luna hinüber, die ihren Schleier vor das Gesicht zog und den schlafenden Jonathan fest an sich drückte. Herr Gott, durchfuhr es ihn, lass das alles gut gehen. Wenn dem Kleinen etwas zustieße, wie könnte ich jemals weiterleben? Wieder einmal bemerkte er, wie verletzlich sie beide durch das Kind geworden waren. Bei jedem Schritt, den sie taten, mussten sie zusätzlich die Konsequenzen für ihren Sohn bedenken. Er sah, wie Friedrich den Rücken straffte und das Kinn nach oben reckte. Sie trafen auf die ersten Schaulustigen, meist Kinder, die den Soldaten entwischt waren und ihnen entgegengelaufen kamen. Sie sahen verwahrlost aus und balgten sich mit lautem Geschrei um die Kupfermünzen, die zu Boden fielen.
Vor der Zugbrücke standen einige Dutzend Leute, vorwiegend in Lumpen gekleidet, teilweise siech oder verkrüppelt. Offenbar hatte man die Bettler aus der Stadt gejagt, ohne zu bedenken, dass sie dann die Ersten wären, die der König zu sehen bekam. Auch sie stürzten sich auf die klirrenden Münzen und dann erst kamen vereinzelt Hochrufe auf oder ein genuscheltes Danke.
Wenigstens haben sie die Aussätzigen nicht vors Tor geschickt, dachte Florent verdrossen. Leprakranke mit ihren typischen Rasseln hatte er bisher nicht gesehen. Er warf einen schnellen Blick in Friedrichs versteinerte Miene.
Hinter dem Spalier aus Wachsoldaten drängten sich Knechte, Mägde und Tagelöhner in schlichter, aber ordentlicher Kleidung. Ihr Empfang fiel wärmer aus. „Hoch König Friedrich!“ und „Willkommen!“ schallte es ihnen entgegen,

Blumen fielen auf den Weg. Die Ankömmlinge winkten und passierten das Torhaus, dann polterten die Hufe dumpf über eine hölzerne Brücke. Ein weiteres Torhaus direkt in der Mauer öffnete den Blick auf die Gassen und Häuser der Stadt.

Florent sah Friedrichs Hände am Zügel zucken, als wolle er das Pferd zum Stehen bringen. Die Straße in Richtung Pfalzkirche war mit Blumen und bunten Fahnen geschmückt, Reichsbanner hingen an Fenstern, aus denen lachende Menschen winkten. Auf dem Pflaster lagen Blüten, die bald unter den Pferdehufen klebten und einen intensiven Duft verströmten. Zahlreiche Menschen in Festtagskleidern säumten den Weg, beim Anblick des Königspaares brach Jubel aus, der sich in Richtung Marktplatz ausbreitete und sich mit dem Geläut der Glocken aus dem Stadtinneren vermischte.

Die Erleichterung ging wie eine Woge durch den Zug des Königspaares. Florent schnaufte leise. Luna sah ihn an und lachte. Jonathan war erwacht und sah sich mit großen Augen um. „Gewöhn dich daran, mein Kleiner, so werden wir bald überall empfangen," murmelte Florent plötzlich euphorisch und begann, sich nach den Blumensträußen zu bücken, die junge Mädchen ihm entgegenhielten.

Nach kurzer Zeit kamen sie vor der Pfalzkirche an. Wie ein riesiges Butterfass hockte der Bau mitten in der Stadt. Sie saßen ab und überließen die Pferde den bereitstehenden Knechten. Friedrich half Konstanze aus dem Sattel, Florent nahm Luna das Kind ab. Sie hatten Tage zuvor geprobt, sich möglichst schnell zu einem beeindruckenden Zug zu formieren, jeder kannte seinen Platz. Es gab trotzdem kurze Verzögerungen, weil die Knechte mit den Pferden ihren Weg kreuzten und weil der Stadtvogt von Aachen es sich nicht nehmen ließ, Friedrich vor der Messe zu begrüßen, anstatt danach, wie es das Protokoll vorsah.

Florent hatte seine besten Ritter dabei, die mit einer Hand am Schwert die Umgegend nicht aus den Augen ließen. Am Kirchenportal legten sie die Waffen ab, doch vorsichtshalber trug jeder von ihnen einen kurzen Dolch in einer versteckten Halterung am Bein. Entgegen seinen Befürchtungen hatte in den Monaten seiner Abwesenheit niemand seinen Posten übernommen, sodass er nach wie vor für die Sicherheit der Königsfamilie zuständig war.
Am Eingang der Kapelle, einer mächtigen zweiflügeligen Bronzetür mit zwei schlichten Löwenköpfen als Verzierung, empfing sie der Mainzer Erzbischof Siegfried. Hier begann der zeremonielle Teil. Ohne viele Worte nahmen Mönche Friedrich die Obergewänder ab, im weißen Unterkleid wurde er von Siegfried in die Kirche geführt. Die Männer der Leibwache verteilten sich unauffällig im Gebäude, die Kirche war bis auf den letzten Platz gefüllt. Florent sah erwartungsvolle Gesichter, Männer mit langen Mänteln aus Seide und Brokat, Frauen mit kunstvoll gesteckten Hauben und farbenprächtigen Kleidern. Auf dem sauber gefegten Boden der Kapelle versammelten sich die mächtigsten Fürsten, Landgrafen und Herzöge des Deutschen Reiches neben den höchsten Würdenträgern der Kirche.
Die letzten Gäste fanden ihre Plätze, die Glocken verstummten, das Raunen legte sich und andächtige Stille breitete sich aus, lediglich die Kerzendochte knisterten und die seidenen Kleider der Frauen raschelten. In einer Seitenkapelle stimmten Mönche in weißen Kutten einen Choral an.
Florent entdeckte einige seine Männer an strategisch günstigen Stellen. Er selbst hatte die Menschen im Blick, die im Erdgeschoss im Halbrund standen. Er lehnte seitlich an einer Säule und konnte den meisten von ihnen in die Gesichter sehen. Die Pfalzkapelle bildete einen hohen, achteckigen Raum mit einem zweigeschossigen Umgang. Der innere Teil des Oktogons wurde durch starke Pfeiler gestützt, hinter denen sich im Ernstfall mehrere Männer verstecken

könnten, was Florent besorgt vermerkte. Zwar waren seine Ritter gut verteilt, aber der verzwickte Grundriss dieser Kapelle machte es unmöglich, alle Ecken und Winkel einzusehen. Außerhalb der Pfeiler verlief ein Umgang unter Kreuzgratgewölben, über dem sich die Galerie befand. Schien es schon schwierig genug, das gedrungene Untergeschoss zu überwachen, durfte das im Obergeschoss nahezu unmöglich sein. Dort gab es zwischen den mächtigen Pfeiler zusätzlich je zwei Säulen, ein wahres Paradies für jemanden, der sich verbergen wollte. Zwischen Florents Augenbrauen bildete sich eine steile Falte. Es war ein Fehler gewesen, den Schauplatz der Krönung vorher nicht zu inspizieren. Er hätte er mehr Leute einsetzen müssen, zumal die Königsfamilie in der Mitte des Oktogons wie auf dem Präsentierteller stand. Einmal mehr wünschte er sich tausend Augen, vor allem an seinem Hinterkopf.

Der Erzbischof führte Friedrich zu einem Becken auf halbem Wege im Gang. Dort streifte ihm ein Mönch die kostbaren Handschuhe ab und goss ihm Wasser über die Hände. Nach dieser Waschung führte der Weg zum Altar, wo Friedrich vor einem hölzernen Kruzifix niederkniete und mit heiligem Öl gesalbt wurde. Das Gewand besaß im Rücken eine Öffnung, sodass der helfende Mönch mit geschickten Fingern die Stelle zwischen den Schulterblättern freilegen konnte. Erzbischof Siegfried strich das Öl mit dem Daumen auf und schlug dreimal das Kreuz darüber. Scheitel, Brust und Nacken salbte er auf gleiche Weise, ebenso wie Friedrichs rechte Hand. Anschließend wischten zwei Bischöfe das Salböl mit Roggenbrot und Baumwolltüchern ab. Florent verfolgte die Zeremonie nur halb, sein Augenmerk galt den Gästen. Zwischen den hell verputzten Säulen sah er neugierige, gleichgültige und staunende Blicke. Er achtete besonders auf diejenigen, die abgelenkt waren, wie etwa der Adlige im grünen Prachtmantel, der über die Schulter hinweg einer Dame zunickte, die kaum merklich

mit einem halben Lächeln reagierte. Oder der kleine Dicke, der den Hals reckte, um einem jüngeren Mann zu winken, der vielleicht zu spät gekommen war und nur noch weit hinten Platz gefunden hatte. Ein hagerer junger Mann wühlte endlos lange in den Taschen seines rotbraunen Mantels, nur um schließlich ein Schnupftuch hervorzuziehen.
Begleitet von endlosen Gebeten und liturgischen Gesängen legte der Erzbischof Friedrich den roten Krönungsmantel um, überreichte ihm das Schwert und die heilige Lanze, und setzte ihm zu guter Letzt die Krone auf die hellen Locken. Dann führte ihn der Erzbischof zur Treppe, die hinauf auf die Empore zum Thron Karls des Großen führte. Mit gerecktem Kinn und glänzenden Augen stieg der Gekrönte die Stufen hinauf und nahm Platz auf dem Stuhl aus kühlen Marmorplatten. Von dort aus schweifte sein Blick gemessen über die Menschen, die mit ergriffenen Mienen in den Großen Lobgesang einstimmten.
„Gott sei gedankt!“, flüsterte Florent an Lunas Ohr. „Er hat es geschafft.“
„Hast du daran gezweifelt?“, wisperte sie, während sie den schlafenden Jonathan im Arm wiegte.
Er dachte nach. Nein, gezweifelt hatte er nicht, aber das Tempo, mit dem Friedrich seine Ziele erreichte, verblüffte ihn immer wieder. Sein Schützling, gerade zwanzig Jahre alt, hatte einen vierjährigen Sohn und war soeben erneut zum König des deutsch-römischen Reiches gekrönt worden. Stolz und Freude weiteten Florents Brust. Dort oben auf dem Marmorthron Karls des Großen saß Federico. Der Bengel, den er gelehrt hatte, das Schwert im Sattel zu führen, ohne das eigene Pferd zu verletzen, dem er beigebracht hatte, wie man einen Bogen spannt und gleichzeitig den Gaul mit den Knien führt. Den er auf einer wahnwitzigen Reise heil nach Deutschland gebracht hatte.
Florent räusperte sich.

Luna berührte seinen Arm: „Schau nur, es geht auch an ihm nicht spurlos vorüber.“
Und tatsächlich wischte sich Federico verstohlen eine Träne von der Wange. Florent spürte den Knoten in seinem Hals weiter wachsen und schluckte verärgert. Er musste sich konzentrieren, fand Lucios Blick, der schräg gegenüber neben einem Pfeiler stand. Der nickte ihm zu. Alles in Ordnung. Florent legte den Kopf in den Nacken. Das Oktogon wurde weit oben von einer goldenen Decke gekrönt, ausgeschmückt mit einem Bildnis Jesu Christi. Die sauber und hell verputzten Säulen, die im Obergeschoss schlanker waren, zeigten darauf wie Wegweiser.
Erzbischof Siegfried beendete seine Predigt und verließ den Ambo. Nun erhob sich Friedrich würdevoll und schritt die Stufen von der Empore herab. Die Festgemeinde, die erleichtert dem Ende der Messe entgegensah, warf sich erstaunte Blicke zu, als der König den Weg zur Kanzel wählte, die Siegfried eben verlassen hatte.
Florent stöhnte verhalten. Wie sollte sein Schutz funktionieren, wenn Friedrich sich nicht an die Abläufe hielt? Er sah zu Lucio hinüber, der die Augen verdrehte und seinen Standort wechselte, um den König besser sehen zu können. Friedrich blickte von oben stumm auf die Menschen herab, die ihm zu Ehren gekommen waren. Als die Stille unerträglich wurde, begann er zu reden: „In Ehrfurcht vor Gott, dem Allmächtigen und den irdischen Vätern des Reiches. Allen voran Kaiser Karl der Große, der Heilige, der nicht nur die Fundamente für diese Halle bauen ließ, sondern die Grundmauern für dieses heilige Reich, dessen König ich durch Euch sein will und sein werde, denn Ihr habt mich gerufen. So verkünde ich Euch heute, dass ich das Kreuz nehmen werde und in Gottes Namen und mit Eurer Hilfe die Reise in das Heilige Land antreten und die Stadt Jerusalem zurückholen werde, so wahr mir Gott helfe.“

Und während die Zeugen dieses unerhörten Gelübdes mit offenen Mündern standen, lief der junge König, so schnell es seine Zeremoniengewänder zuließen, die Treppe hinab zum Altar, riss das hölzerne Kruzifix aus seiner Verankerung und legte es sich über die Schulter. Die Zuschauer erwachten aus ihrer Erstarrung und ein Raunen ging durch die Kirche, im Obergeschoss beugten sich Männer und Frauen über die Brüstung, um besser sehen zu können. Friedrich ging mit seiner Last einige Schritte vor, blieb in der Mitte des Oktogons stehen und sprach mit fester Stimme das Vaterunser, in das die Gemeinde allmählich einfiel. Die Menschen im Untergeschoss, die in unmittelbarer Nähe des Königs standen, fielen auf die Knie, nach und nach alle anderen, selbst im Obergeschoss waren nach kurzer Zeit keine Köpfe mehr zu sehen.
Mit widerstreitenden Gefühlen kniete Florent auf dem kühlen Marmorboden und seine Lippen murmelten „... denn dein ist das Reich und die Kraft und die Herrlichkeit in Ewigkeit. Amen."
„Das ist Federico!", flüsterte Luna, als sie sich wieder erhoben. „Spontan und unbesonnen, aber überwältigend."
Ringsum brandete Jubel auf, während die Mönche hastig einen letzten Choral anstimmten. Die Menschen drängten in Richtung Ausgang, jeder wollte die Neuigkeit als erster verkünden.
„Er wusste, dass wir versucht hätten, es ihm auszureden", brummte Florent leise.
Während das Bronzeportal sich öffnete und die Menge hinaus in das grelle Sonnenlicht strömte, trat der Kanzler zu ihnen. In seinem Blick mischten sich Verwirrung und Erleichterung. „Gott sei gepriesen, alles ist gut gegangen."
„Gute Vorbereitung, Konrad", sagte Friedrich, der noch immer mit dem Kruzifix über der Schulter mitten im Oktogon stand.
„Majestät, wenn ich gewusst hätte, dass Ihr ..."

„Darüber lasst uns später reden. Jetzt gehen wir dort hinaus und zeigen uns den Menschen der Stadt." Friedrichs Gesicht glühte. „Genießen wir den Zug durch die Straßen, ab jetzt ist es reines Vergnügen." Euphorisch zwinkerte er seinem Sohn zu.
Er sollte sich irren.
Die Ritter draußen drängten die Leute zurück, um für eine Gasse sorgen, durch die der frischgekrönte und gesalbte König mit seinem Gefolge zu den Pferden schreiten sollte. Erneut ein Bad in der Menge, ein weiterer Albtraum für die Leibwächter. Sie formierten sich in gewohnter Weise zum Spalier. Friedrich, verpackt wie ein Geschenk in seinen kostbaren Krönungsgewändern, aber zufrieden lächelnd, hielt in der linken Hand die Lanze, über seiner rechten Schulter lag das Kreuz. Neben ihm schritt Konstanze mit nachdenklichem Blick. Hinter ihnen hüpfte der kleine Heinrich an der Hand des Kanzlers Konrad, froh über das Ende der langweiligen Messe. Es folgten der Erzbischof und der Bischof von Aachen, danach Florent und Lucio.
Der große Abstand der Leibwache zu Heinrich war im Vorfeld Gegenstand erbitterter Diskussionen gewesen, aber Friedrich war nicht gewillt, seinen Sohn hinter dem Erzbischof von Mainz gehen zu lassen. Andererseits konnte er den höchsten Würdenträger der Kirche auch nicht hinter dem Leibwächter seines Kindes einreihen. So war Florent darauf gefasst, im Ernstfall den Erzbischof beiseite schubsen zu müssen, um an seinen Schützling heranzukommen. Siegfried in seinem Festornat war gut dreimal so breit wie Heinrich und Florent hatte große Mühe, den Kleinen im Auge zu behalten. Die wenigen Schritte vor der Kapelle reichten kaum aus, um die Augen an das helle Licht zu gewöhnen. So hörten sie die Menge, bevor sie sie sahen. Die Menschen jubelten, als wäre Friedrich der Erlöser, Blumen

flogen durch die Luft und fielen vor ihre Füße. Direkt auf ihrem Weg stand eine Kiste mit weißen Tauben, die den Zug schon nach wenigen Schritten zum Stocken brachte.
„Heiliger Eustachius, schon wieder eine Überraschung“, stöhnte Florent.
„Ein Geschenk der Stadtväter“, sagte Erzbischof Siegfried über die Schulter hinweg.
Der Käfig wurde geöffnet und Dutzende von weißen Vögeln erhoben sich flatternd in die Luft. Der Jubel schwoll an.
„Ich kann gar nichts sehen“, jammerte Heinrich.
Friedrich drehte sich um, bückte sich ungeschickt, weil das Kreuz ihn behinderte, und streckte die Arme nach seinem Sohn aus, als etwas dicht über ihn hinweg flog.
Für den Bruchteil eines Augenblicks glaubte Florent, es handele sich um eine verirrte Taube oder eine ungeschickt geworfene Blume, dann hörte sein geübtes Ohr das Sirren von Metall. Er reagierte, ohne nachzudenken.
„Zurück in die Kapelle!“, zischte er Luna zu, während er zeitgleich nach vorn sprang, den Erzbischof rüde beiseite schob und Friedrich und Konstanze gleichzeitig am Arm fasste. „Jemand schießt auf Euch, geht in die Kapelle und schließt das Tor. Hochwürden, lasst uns vorbei!“ Er drängte das Königspaar mit dem Kind zurück zur Tür. Aus dem Augenwinkel sah er, wie Lucio sich durch die schreiende Menge zwängte, offenbar verfolgte er jemanden.
Friedrich erwachte aus seiner ersten Verblüffung. „Wie kommst du darauf?“, fragte er und machte Anstalten, stehen zu bleiben.
Konstanze dagegen zögerte nicht, sie nahm ihm den Jungen ab und folgte Luna zum Bronzetor. Florent deutete wortlos auf das Kreuz, in dessen Querbalken ein Pfeil steckte.

Friedrichs Augen wurden groß, seine Hand ruckte zur Schwertseite. Doch er fand keine Waffe, sondern nur unförmige Gewänder, die ihn behinderten. „Beim Schwanz des Teufels, wer war das?“, fauchte er.
„Das finden wir heraus. Tut mir den Gefallen und schützt Eure Familie in der Kapelle, schließt die Tür hinter Euch!“ Er schob den König mit sanfter Gewalt durch das Tor. Als er sich umdrehte, stand der Erzbischof mit schweißbedeckter Stirn vor ihm. „Wartet hier und lasst niemanden hinein. Ich bin, so schnell ich kann, wieder hier.“ Er war nicht sicher, ob der schlotternde Würdenträger der rechte Beschützer der Tür war, aber darüber wollte er jetzt nicht nachdenken. Seine Ritter saßen inzwischen auf den Pferden und preschten durch die Menge, die schreiend auseinanderstob. Er sprang auf seinen Braunen und rief den Stadtsoldaten vor der Kirche zu: „Bewacht die Tür! Lasst niemanden hinein.“
Er ritt nach links, die Richtung, die Lucio zu Fuß vorgegeben hatte. Eine gepflasterte Gasse führte zwischen Kaufmannshäusern mit hohen Giebeln hindurch. Irgendwann öffnete sie sich zu einem kleinen Platz mit einem sprudelnden Brunnen in der Mitte. Dort fand er seine Männer, die dabei waren, in eines der vornehmen Häuser einzudringen. Er saß ab und folgte dem Geschrei und Gepolter in der Küche des Hauses. Lucio und zwei andere seiner Ritter fesselten dort einen jungen Mann, der sich heftig wehrte. Sein Blick war trotzig, über seinen Lippen wuchs der erste Flaum.
„Ich hab ihn bis hierher verfolgt“, sagte Lucio außer Atem. „Er stand am Fenster eines der Häuser am Marktplatz, direkt gegenüber der Kapelle. Von dort aus hat er geschossen.“
„Gut gemacht!“ Florent klopfte ihm auf die Schulter. Ihm selbst fiel ein Stein vom Herzen.
In der Ecke drängten sich drei Frauen aneinander, offenbar das Küchenpersonal. Auf dem Herd brutzelte etwas, Kessel dampften.

„Wo ist Eure Herrschaft?“, fragte Florent.
„In der Messe zur Krönung des neuen Königs“, stammelte die ältere der Frauen.
„Kennt ihr diesen Mann?“ Er wies auf den Gefangenen.
„Er ist der junge Herr, Konrad von Niederheim.“
Florent drehte sich zu seinen Männern um. „Bringt ihn ins Verlies.“ Er nahm Lucio beiseite. „Du zeigst dem Bengel ein paar der Werkzeuge, die sie im hiesigen Gefängnis hoffentlich haben, um Leuten die Zunge zu lockern, und fragst ihn, ob er allein gehandelt hat. Ich warte in der Kirche auf dich.“
Er ritt, so schnell es das bucklige Pflaster zuließ, zurück zur Pfalzkapelle. Die Soldaten öffneten ihm das Bronzetor.
In der Kapelle war es dämmrig, aus dem Obergeschoss hörte er Stimmen. Er eilte hinauf, erfasste mit einem Blick, dass alle wohlauf waren, und lehnte sich aufatmend an eine der Säulen. „Wir haben ihn!“, sagte er.
„Wer war es?“, fragte Friedrich.
„Konrad von Niederheim. Ein Kaufherrensohn. Sobald wir wissen, dass er allein gehandelt hat, können wir die Kirche verlassen.“
„Niederheim?“, fragte der Bischof von Aachen, der gemeinsam mit dem Erzbischof der königlichen Familie Gesellschaft leistete. „Der Junge war in Maria verliebt, hieß es.“
„Maria?“, fragte Friedrich ungeduldig.
„Die Frau des Kais... äh.“ Der Bischof biss sich auf die Lippen und bekam rote Wangen. „Ottos neue Ehefrau, Maria von Brabant. Sie ging hier in der Stadt bei den reichen Kaufleuten ein und aus. Sie brauchte ständig Geld, überall hatte sie Schulden. Sie spielt, müsst Ihr wissen. Jeden Abend.“ Der Bischof nickte sinnend. „Die Leute erzählten, der junge Niederheim sei ihr hörig.“
„Dann hätten wir zumindest ein Motiv“, sagte Florent.
Er setzte sich neben Luna auf eine schmale hölzerne Bank. „Alles in Ordnung?“, fragte er und musterte Jonathan, der immer lauter quengelte.

„Getrunken hat er.“ Luna verzog bekümmert das Gesicht. „Aber seine Windel ist nass, und das gefällt ihm nicht.“
Konstanze, die an der Brüstung aus golden schimmernder Bronze stand, mischte sich ein: „Wir werden hier sicher ein Leinentuch finden, dass wir benutzen können.“ Sie sah den Bischof fragend an, der verständnislos die Schultern hob. „Wo bewahrt Ihr die Altartücher auf?“, hakte sie nach.
Der Geistliche riss entsetzt die Augen auf, als sie wenig später aus der Sakristei zurückkehrte, einen Sarazenendolch aus ihrem Kleid zog und damit den Stoff in passende Stücke schnitt.
„Geweihte Windeln.“ Sie reichte die Tücher Luna und lachte leise.
Weder der Mainzer noch der Aachener Bischof wagten einen Kommentar, nicht über die artfremde Nutzung des Altartuches und nicht über die Waffe im Gewand der Königin. Friedrich dagegen grinste süffisant und beobachtete interessiert, wie Luna den strampelnden Jonathan in das kunstfertig bestickte Leinentuch wickelte.
„Ihr wolltet mir von der Wolfstür erzählen!“, erinnerte Heinrich den Bischof von Aachen. Der atmete tief ein. „Ja, mein Sohn, das ist eine lange Geschichte.“ Er zog den Jungen auf seinen Schoß. „Als den Aachenern das Geld für den Bau der Pfalzkapelle ausging, schlossen sie einen Pakt mit dem Teufel. Gegen eine ansehnliche Menge Gold versprachen sie ihm die Seele des ersten Lebewesens, das die fertige Kirche betreten würde. Anstelle einer vom Teufel erhofften menschlichen Seele jagten sie jedoch einen Wolf in die Kapelle, den sie zuvor im Wald gefangen hatten.“
„Einen echten Wolf?“, fragte der Kleine atemlos.
„Ja, mein Sohn. Ein riesiges graues Exemplar mit dichtem Pelz und langen spitzen Zähnen.“
Heinrich schüttelte sich leicht, aber seine Augen leuchteten.

„Als der Teufel den Betrug entdeckte, wurde er furchtbar wütend. Er schlug die schwere bronzene Tür der Kirche derart heftig zu, dass sein Daumen in der Tür hängen blieb und abgerissen wurde. Der Daumen des Teufels steckt noch heute in einem der beiden Löwenköpfe, wenn wir nachher hinausgehen, kannst du ihn dir ansehen.“
Heinrich nickte verhalten, seine Mutter schmunzelte.
Der Bischof fuhr fort: „Wem es gelingt, den Daumen herauszuziehen, der erhält von den Aachener Stadtvätern ein goldenes Wams.“ Er blickte den Jungen fragend an. „Möchtest du es versuchen?“
Heinrich sah ernst zu ihm auf und schüttelte den Kopf. „Nein. Vater sagt, diese goldenen Gewänder sind furchtbar unbequem.“ Alle lachten. Selbst Jonathan, endlich in trockenen Tüchern, krähte fröhlich mit.
„Er hat recht“, sagte Friedrich und sah kummervoll an sich herunter. In diesem Moment krachte im Untergeschoss die schwere Bronzetür und alle zuckten zusammen.
Es war nicht der Teufel, sondern Lucio, der atemlos die Treppe hinaufkam. „Der junge Niederheim schwört Stein und Bein, er habe allein gehandelt, aus Liebe zur Königin Maria. Im Haus gegenüber haben wir die Waffe gefunden. Der Hausbesitzer, ein Bäcker, wusste nichts davon.“
„Dann lasst uns endlich gehen. Der Stadtvogt wartet mit einem Festessen auf uns.“ Friedrich eilte die Treppe hinunter, so schnell es seine Gewänder zuließen, und steuerte auf den Ausgang zu. Sie hatten Mühe, ihm zu folgen.
Die Aachener Bevölkerung, die diskutierend in den Hauseingängen gewartet hatte, kam im Nu wieder zusammen, als sie aufsaßen und zum Haus des Stadtvogts ritten. Der kurze Zug durch die Straßen war nun doch noch ein reines Vergnügen, zumindest für Friedrich und seine Familie. Florent und seine Männer ließen die Fenster der hohen Bürgerhäuser nicht aus den Augen, Wachen mit erhobenen Schilden ritten seitlich neben dem König.

Während seiner Ansprache im Hause des Vogtes erwähnte Friedrich den Anschlag mit keinem Wort. Dafür wiederholte er seinen Aufruf zum Kreuzzug. „Wer mir folgen will, der verleugne sich selbst, nehme sein Kreuz auf sich und folge mir nach."

Kanzler Konrad beugte sich an der Tafel zu Florent und murmelte: „Probiert von dem gefüllten Gänsehals, er ist vorzüglich!" Und im gleichen Atemzug fragte er: „Habt Ihr davon gewusst?"

„Nein, ich dachte, Ihr?"

Konrad schnaubte unwillig. „Wo denkt Ihr hin. Ein kluger Schachzug, schade, dass es nicht meine Idee war."

„Klug? Wohl eher unüberlegt."

„Glaubt Ihr? Der Papst wird schäumen vor Wut, weil die Ausrufung einer Wallfahrt seine Aufgabe gewesen wäre. Friedrich ist ihm zuvorgekommen und nimmt ihm damit das Heft aus der Hand. Nach Eger sonnte Innozenz sich im Erfolg, jetzt zieht eine erste dunkle Wolke auf."

Florent kaute auf dem knusprigen Gänsefleisch und nickte widerstrebend. „Das stimmt. Aber ich denke nach wie vor, dass wir erst die Scherereien mit Otto klären müssen, bevor Friedrich in den Osten ziehen kann. Er wird noch nicht mit beiden Beinen auf dem Schiff sein, da tanzen ihm die deutschen Fürsten wieder auf der Nase herum."

„Ihr habt recht." Konrad spülte den Bissen mit einem langen Zug aus dem Weinbecher herunter. „Er wird unbedingt nötig sein, einen König hier zurückzulassen."

Florent stutzte. „Ihr meint ... seinen Sohn?"

Als der Kanzler nickte, sagte er heftig: „Der ist zu jung!"

„Konstanze kann ihn vertreten. Sie ist stark. Mit einer ordentlichen Leibwache und genügend Rittern wird sie die Fürsten im Schach halten."

Florent griff nach einem Stück Rosinenbrot. „Ihr habt das alles schon durchdacht."

„Das ist meine Aufgabe.“ Konrad rülpste leise. „Nur die Sprunghaftigkeit unseres Königs kann ich nicht kalkulieren. Ich warte darauf, dass er ruhiger und besonnener wird.“ Missmutig trank er einen weiteren Schluck Wein, zumal Friedrich seine Rede beendet hatte und allen zuprostete.
„Hoffentlich wartet Ihr nicht umsonst“, murmelte Florent in seinen Becher. Er schrieb Friedrichs Unbesonnenheit längst nicht mehr dessen Jugend zu.
Das Gefolge des Königs war im stattlichen Haus des Stadtvogts untergebracht. Als Florent zu später Stunde endlich in die kleine Dachkammer kam, die man ihnen zugewiesen hatte, lag Luna schon im Bett. Er zog sich aus und kroch zu ihr unter die Decke.
„Du bist kalt“, beschwerte sie sich.
„Die Hallen in den Stadthäusern sind so zugig wie die auf den Burgen. Nachts wird es selbst im Sommer kühl.“ Er tastete nach dem Kind, dessen Schlafkorb neben dem Bett stand. „Jonathan ist schön warm. Ist er gleich eingeschlafen?“
Sie lachte leise. „Er liegt in einer von den geweihten Windeln, was erwartest du?“
Er prustete vor sich hin. „Das Gesicht von Hochwürden, als die Königin den Dolch aus dem Kleid zog und das Altartuch zerschnitt, werde ich nie vergessen. Ich freue mich schon darauf, Jonathan später davon zu erzählen.“
„Wir werden ihm viel zu berichten haben. Vielleicht sollten wir beginnen, alles aufzuschreiben.“ Sie schmiegte sich an seinen kühlen Körper und sie vergaßen zu reden.
Später lagen sie nebeneinander und lauschten den nächtlichen Geräuschen des Hauses.
„Werden wir mitgehen ins Heilige Land?“, fragte Luna.
Florent dachte an das, was der Kanzler ihm anvertraut hatte. Wenn Heinrich König im Norden sein würde ... „Friedrich plant etwas anderes für uns“, wollte er entgegnen, doch

er schwieg im letzten Moment. Wer konnte schon sagen, was der König plante?
Zwei Tage nach der Krönung gelang es Friedrich mit einem weiteren Höhepunkt, selbst die letzten Zweifler unter den Fürsten für sich zu gewinnen. Sein Großvater Barbarossa hatte genau fünfzig Jahre zuvor die Gebeine Karls des Großen aus der Gruft in der Pfalzkapelle heben und in einem hölzernen Schrein aufbahren lassen. Eine hochgeschätzte Kölner Goldschmiedewerkstatt war nun von Friedrich beauftragt worden, einen prachtvollen goldenen Schrein anzufertigen, auf dem nicht nur Karl in kunstfertiger Schnitzerei dargestellt wurde, sondern zudem alle Kaiser und Könige des Reiches, die nach ihm auf dem Thron in Aachen gesessen hatten. Als letzter in der Reihe sollte Friedrich selbst auf dem Schrein verewigt werden. Sogar seinen verhassten Widersacher Otto hatte er großzügig mit in die Reihe der Abgebildeten aufnehmen lassen.
In diesen Schrein sollten Karls Gebeine während eines weiteren Festgottesdienstes umgebettet werden. Erneut konnten Fürsten und Würdenträger des Reiches die Weitsicht und Großzügigkeit ihres Königs bestaunen. Der Schrein funkelte in der Mitte der Kapelle, gegenüber dem Thron des großen Kaisers, im Sonnenlicht, das nicht zufällig gerade durch ein Seitenfenster auf den vergoldeten Kasten fiel. In der Form einer einschiffigen Kirche bedeckten ihn vergoldetes Silber und Kupfer, sowie Filigran, eine feine Flechtarbeit aus Goldfäden und Perlchen. Die Goldschmiedemeister hatten ihn mit zahlreichen Edelsteinen, Emaillen und Braunfirnisplatten verziert, den Sockel schmückten Emailplatten, feine Gravierungen und gestanzte silberne Blumen. An beiden Längsseiten thronten die Kaiser und Könige des Reiches unter emaillierten Säulen mit aufwendig ziselierten Arkaden. An der vorderen Giebelseite saß die Figur Karls,

direkt unter einem Medaillon mit Jesus Christus. Die Figuren wirkten so lebendig, als würden sie sich jeden Moment erheben und den Besuchern huldvoll zuwinken.
Friedrich entnahm eigenhändig die in samtene Tücher gewickelten Gebeine aus dem alten Holzschrein Barbarossas und legte sie in ihrem neuen Behältnis ab. Mönche hoben den schweren goldenen Deckel darauf und begannen, ihn festzunageln. Und wieder überraschte Friedrich seine Zuschauer, als er einem der Mönche den Hammer aus der Hand nahm und die letzten Eisenstifte kräftig und gezielt selbst einschlug. Ein Raunen ging durch die Besucher der Messe und wurde von andächtiger Stille abgelöst, als der letzte Hammerschlag verklungen war. Der Choral der Mönche setzte ein: *„Te Deum laudamus. Te Dominum confitemur. Te aeternum patrem omnis terra veneratur...“*
Das Te Deum erhob sich aus geschulten Kehlen, stieg zur Empore, vorbei am vergoldeten Radleuchter, der die Stadtmauer Jerusalems symbolisierte und ebenfalls von Barbarossa gestiftet worden war, bis unter das Dach des Oktogons. Es füllte die Kirche aus, quoll von den Wänden zurück, drängte sich an den schlanken Säulen und an den wuchtigen Pfeilern vorbei und fand zuletzt die Herzen der Menschen.

„Ihr wolltet mir zeigen, wie man das Schwert mit einer Hand führt, wenn man vom Pferd aus kämpft.“ Heinrich sah Florent treuherzig an. Um seinen Mund zogen sich Spuren von Milch und Pflaumenmus, einer neuartigen Köstlichkeit, die er jeden Morgen zum Frühstück einforderte.
„Haben wir heute Zeit dafür?“, fragte Florent in die Runde. Noch kannte er keinen konkreten Plan für diesen Tag. Höchstwahrscheinlich sehnten sich alle nach ein paar Tagen Ruhe.

„Am Nachmittag“, entschied Friedrich und griff nach einem Pfannkuchen. „Wenn wir vom Richtplatz zurück sind.“ Er biss hinein und zwinkerte seinem Sohn verschwörerisch zu. Konstanze schob die Augenbrauen nach oben. „Ihr werdet ihn doch nicht mitnehmen?“
„Warum nicht? Er kann nicht früh genug lernen, wie ein König mit Attentätern umgeht.“
„Er ist vier Jahre alt!“
„Alt genug!“
„Das lasse ich nicht zu.“
Friedrichs Gesicht wurde weiß. Florent warf Konstanze einen warnenden Blick zu. Doch sie bemerkte ihn nicht.
„Er ist mein Sohn“, sagte Friedrich schneidend und griff nach dem Becher mit dampfenden Tee, „und er ist selbst ein König. Er wird nicht in Samt gepackt.“
Konstanze sah sich verzweifelt um, doch niemand war in der Lage, ihr zu helfen. Alle starrten betreten auf die Reste von herzhaften Pfannkuchen, Rosinenbrot, Mus und Butter. Der Kanzler räusperte sich und beendete die peinliche Situation. „Wir treffen uns zur dritten Stunde, es gibt ein paar wichtige Dinge zu besprechen.“
Der König trank aus und hob die Tafel auf.
Wenig später betrat Erzbischof Siegfried kurzatmig schnaufend als Letzter den Beratungsraum. Konstanze kam nicht, wie Florent besorgt registrierte. Ihr besänftigender Einfluss auf den überschäumenden Charakter des Königs hatte schon manche rigorose Entscheidung abschwächen können. Doch allmählich schien selbst sie an Einfluss zu verlieren. Der Falke war flügge und streifte sein Geschüh ab.
Friedrich kam ohne Umschweife zur Sache, nachdem die Tür hinter Siegfried ins Schloss fiel. „Heute zunächst die Verhandlung und die Hinrichtung des Verräters. Habt Ihr einen Scharfrichter gefunden?“, fragte er den Kanzler.
„Ja, der Stadthenker bereitet alles vor.“
„Ist die Stadtwache informiert?“

Diese Frage ging an Florent und der nickte. „Die Verhandlung ist auf die Mittagsstunde gelegt."
„Dann bleibt uns Zeit, wichtigere Dinge zu besprechen. Wir werden einen Brief an den Papst aufsetzen, indem wir ihm offiziell von unserer Kreuzesnahme berichten. Ich nehme an, er wird ein Konzil einberufen."
„Wann wollt Ihr Euch einschiffen?", fragte Florent.
„Das Konzil bleibt abzuwarten. Doch danach sobald als möglich."
Konrad runzelte die Stirn. „Vorher gibt es schwerwiegende Angelegenheiten zu regeln."
Friedrich lief im Raum auf und ab. „Das ist mir klar. Zuerst hole ich mir die Reichskleinodien. Ohne die rechtmäßige Krone trete ich nicht vor Innozenz. Auf diesem Wege fordere ich die Fürsten des Nordens persönlich auf, mir zu folgen und das Kreuz zu nehmen. Alle anderen werdet Ihr per Dekret informieren. Wenn ich zurück bin, lasse ich Heinrich zum deutschen König wählen. Damit ist meine Nachfolge abgesichert, falls mir im Heiligen Land etwas zustößt."
Erzbischof Siegfried bekreuzigte sich hastig. „Das wird Seiner Heiligkeit nicht gefallen. Damit bestärkt Ihr seine Angst, Ihr könntet den Kirchenstaat in die Zange nehmen."
Der König sah ihn an. In seinen blauen Augen funkelte Berechnung. „Er wird sich entscheiden müssen. Will er Jerusalem, oder nicht?"
Florent schnaufte leise, als er begriff, wie ausgefuchst Friedrichs Plan war. Von wegen, unüberlegt! Er hielt dem Papst eine Weinbeere vor die Nase, während er hinter dem Rücken die ganze Traube versteckte. Wenn der Papst den Kreuzzug absegnete, würde Friedrich mit seinem Sohn gemeinsam ein Reich beherrschen, wie es zuletzt nur unter den Römern bestanden hatte. Das Heilige Römische Reich Deutscher Nation, vom Nordmeer bis Palermo, beherrscht von Vater und Sohn.

Vorausgesetzt, es geschah nichts Unvorhergesehenes. Friedrich musste den Kreuzzug überleben und Heinrich musste in der Heimat geschützt werden. Vor Feinden, vor Verrätern, vor Krankheiten, vor Unfällen, vor seinen eigenen Dummheiten ...
In Gedanken an die Schwierigkeiten, die vermutlich auf ihn zukamen, hätte er Friedrichs letzten Satz fast überhört, der dem Erzbischof den Unterkiefer herunterklappen ließ: „Ich breche natürlich nicht nach Akkon auf, ohne dass Innozenz mich vorher zum Kaiser gekrönt hat.“

Thüringen, Dezember anno 1215

„Daß es nicht vorteilhaft sei,
wenn er das Königreich erhielte,
... daß dadurch das Königreich Sizilien mit dem Kaisertum vereinigt
und die Kirche durch diese Vereinigung in Verwirrung gestürzt werde."
Papst Innozenz III.

Beim Schwanz des Teufels, er hat das Konzil beendet, ohne meine Kreuzesnahme mit einer einzigen Silbe zu erwähnen. Für wen hält er sich?" Friedrich gab Demone zum wiederholten Male die Sporen, ohne dass der Hengst reagierte. Er schien es nicht zu bemerken. Sein Gesicht trug die gleiche Farbe wie der Schnee, in dem die Hufe versanken. „Siebzig Dekrete haben sie erlassen. Leib und Blut Christi seien wahrhaft enthalten in Brot und Wein! Unwichtiges Gerede. Jerusalem an vierter Stelle unter den Patriarchaten! Als wolle er mir zeigen, wie unwichtig ihm die Stadt ist, ausgerechnet jetzt, wo ich sie zurückerobern will." Wieder ein Tritt in die Weichen des Hengstes.

„Innozenz ist gerissen, er besitzt eine Menge politische Erfahrung. Nichts tut er ohne Grund, er will Euch provozieren." Florent hegte gemischte Gefühle bei diesem ungleichen Zwist. Der Papst erwies sich als ernst zu nehmender Gegner, der sein rebellisches ehemaliges Mündel süffisant am Gängelband führte. Oder es versuchte. Stirnrunzelnd schob er den Schal beiseite, der sein Gesicht vor den Schneeflocken schützte, und beobachtete das Pferd des Königs.

„Euer Hengst lahmt", stellte er lapidar fest.

„Was? Demone?" Friedrich benötigte einen Moment, um seine Gedankenwelt zu verlassen. „Verflucht, warum gerade jetzt?"

„Wie lange noch bis zur Harzburg?", rief Florent nach vorn, wo ein ortskundiger Reiter den Zug anführte.
„Zwei Stunden, Herr."
„Zu lange. Wenn Ihr ihn nicht zuschanden reiten wollt, sollten wir eine Herberge suchen."
„Demone hält das aus. Wir gehen im Schritt."
„Dann benötigen wir doppelt so lange. Denkt an Euren Sohn! Er ist durchnässt und friert. Er wird sich erkälten." Florent hatte es von Anfang an als leichtsinnig empfunden, den Jungen auf die Reise in dieses kalte und dunkle Land mitzunehmen, wo der Winter selbst einem Erwachsenen das Leben kosten konnte. Wie auf Bestellung hörten sie plötzlich in einiger Entfernung Wölfe heulen.
Friedrich seufzte und zügelte den Hengst. „Was gibt es als Alternative?"
Florent ritt nach vorn und fragte den Mann an der Spitze.
„Burg Lare wäre eine knappe Stunde entfernt", antwortete der Führer.
„Schickt einen Boten voraus! Wir übernachten dort." Es war ihm gleichgültig, dass Friedrich noch nicht zugestimmt hatte. Heinrich, der vor ihm im Sattel saß, zitterte. Seit einer Stunde schon war sein Geplapper verstummt. Der Junge tat ihm leid. Die Dämmerung schritt schnell voran, dunkle Wolken voller Schnee hatten die Männer griesgrämig und schwermütig gemacht. Das Wolfsgeheul wurde lauter und zerrte an den Nerven. Die Ritter der Nachhut spannten ihre Bögen und öffneten die Pfeilköcher.
Assad stellte fest, dass Demone ein Eisen verloren hatte. In aller Eile sattelten sie ein Packpferd für den König, sodass der weiße Destrier ohne Last mitlaufen konnte. Trotzdem kamen sie nur langsam voran. Der Schnee lag kniehoch und die Pferde traten vorsichtig in die undurchsichtige Masse, die Baumwurzeln und Löcher verbarg. Zudem verschlechterte sich die Sicht, das Licht der Fackeln wurde von den dichter fallenden Schneeflocken zurückgeworfen. Der

Führer musste mehrmals aus dem Sattel steigen, um die richtige Wegmarke zu finden. Florent wickelte seinen Mantel wie ein Zelt um sich und den Jungen. Mittlerweile zitterte Heinrich mehr vor Angst als vor Kälte. Als der Zug an einer Weggabelung erneut stockte, sahen sie dunkle Schatten zwischen den Bäumen dahinhuschen. Er hörte die Bogenschützen fluchen.

„Verflucht, es ist zu dunkel!"

„Sie sind zu schnell!"

„Die Bäume geben ihnen Deckung!"

Der Mann, der den Trupp anführte, drehte sich um und rief: „Bleibt dicht zusammen. Sie greifen nur an, wenn jemand sich von der Gruppe entfernt."

Florent befürchtete, dass ihn nicht alle gehört hatten, denn der schmale Weg zwang sie, hintereinander zur reiten, was den Zug erheblich verlängerte. So brüllte er nach hinten: „Zusammenbleiben! Schießt nur, wenn sie aus der Deckung kommen!" Während er halb verdreht im Sattel saß, einen Arm um Heinrich gelegt und die Zügel locker in der rechten Hand, sprang von rechts ein großer Schatten zwischen den Bäumen hervor und knurrte. Sein Brauner warf den Kopf zurück und tat einen Satz nach links. Zu spät fasste er die Zügel kürzer, das Pferd stolperte über ein Hindernis unter dem Schnee und wurde vollends panisch. Jetzt gab es kein Halten mehr, mit angelegten Ohren jagte der Hengst in die Dunkelheit, ungeachtet des Gestrüpps, das am Waldrand wuchs und Heinrich ins Gesicht peitschte. Der Junge schrie vor Schreck und Schmerz, Florent fluchte laut und hinter ihnen brüllten die Männer. Der Braune donnerte durch den Wald, Florent blieb nur, den Jungen an sich zu drücken und die Knie fest an den Pferdeleib zupressen. Er hörte Stoff reißen und sie verloren den Mantel, doch die Zügel hielt er nach wie vor in der Hand. Beharrlich redete er auf den Hengst ein. „Brrrr. Ruhig, Brauner, alles wird gut."

Allmählich begriff das Tier, dass es sinnvoller war, in diesem unwegsamen Gelände langsamer zu werden. Es stolperte noch einmal über eine Wurzel, dann blieb es mit zitternden Flanken unter einer Fichte stehen, ließ den Kopf hängen und schnaubte.
„Bist du in Ordnung?“, fragte Florent den Jungen und saß ab.
„Ja.“ Er flüsterte es. „Was ist mit den Wölfen?“ Von fern hörten sie Rufe und panisches Pferdewiehern.
„Sie können uns nicht gefolgt sein. Dafür war der Braune zu schnell.“ Er band die Zügel fest um einen Ast und streckte die Arme aus. „Komm runter!“
„Ich glaube, Ihr irrt Euch!“, sagte der Junge und seine Augen wurden riesig. Der Braune zerrte am Zügel, als wolle er den Baum ausreißen. Florent fühlte, wie sich seine Nackenhärchen aufstellten, als er hinter sich ein dumpfes Knurren hörte. Seine Gedanken hetzten durch alle Möglichkeiten: Das Schwert steckte in der Scheide am Sattel, sein Messer im Stiefel. Er entschied sich für die Letztere, keinen Augenblick zu spät. Als er mit einer einzigen Bewegung das Messer zog und sich umdrehte, sah er etwas Dunkles auf sich zu fliegen, kurz blitzten ihn zwei gelbe Augen an, ein plötzlicher, brennender Schmerz an seinem Ohr, dann rammte er den rechten Arm nach oben in diese pelzigen Masse hinein, die aufjaulte, wie ein Stein herabfiel und ihn mitriss. Der Braune stampfte hinter ihm und wieherte schrill. Florent hörte Heinrich schreien und kämpfte sich unter einem stinkenden Fell hervor, das warm und gleichzeitig feucht war.
Als Friedrich mit den Männern der Leibwache ankam, stand sein Schwertmeister wie ein Schlachter vor dem toten Wolf, blutbesudelt und mit dem Messer in der Rechten. Auf seinem linken Arm saß der Junge, mit etlichen blutigen Schrammen auf dem erschrockenen Gesicht. Als sein Vater ihn in die Arme schloss, grinste er bereits wieder.

Der Destrier tänzelte eine Weile nervös, doch als sie ihn auf den Weg zurückführten, schnaubte er nur noch beleidigt. Florent dagegen befürchtete, den Gestank nach nassem Pelz und Blut nie mehr aus der Nase zu kriegen.
„Die Biester haben zwei Packpferde erwischt", sagte der Führer, als sie wieder beim Trupp waren. „Sie warten, bis Panik ausbricht und treiben ein oder zwei Opfer weg von den anderen. Über die machen sie sich dann gemeinsam her."
„Eine interessante Strategie", sagte Friedrich nachdenklich. „Wir reiten jetzt unverzüglich nach Lare. Morgen bei Tageslicht kann jemand nach dem verlorenen Gepäck sehen."
„Tut es weh?", fragte Florent den Jungen und begutachtete die Kratzer im Schein der Fackeln.
Der lächelte tapfer und schüttelte den Kopf. „War nur Gestrüpp." Dann deutete er auf Florents Kopf. „Aber was ist mit Eurem Ohr?"
Florent tastete danach und fand Blut. Es fühlte sich komisch an. „Mir scheint, das hat die Bestie im Vorbeifliegen erwischt."
„Dafür hat sie gebüßt", sagte der Kleine mit ernster Miene.
Burg Lare lag auf einem Felssporn, den sie mühsam über eine lange Umfahrt erklimmen mussten. Ihre überraschende Ankunft hatte einigen Trubel ausgelöst, denn sie hörten hektisches Gebrüll und laute Befehle, schon kurz bevor sich die Mauern der Feste aus dem Schneegestöber herausschälten. Die Ketten rasselten, als die Zugbrücke herabgelassen wurde, in Florents Ohren eines der schönsten Geräusche des Tages. Die Hufe polterten über Holzbohlen, sie überquerten die weitläufige Vorburg bis zur inneren Mauer, die von einem Graben umgeben war, dessen schwarzer Grund endlos tief erschien. Der Graben, in dem die Freier der schönen Gräfin den Tod fanden, wie Florent sich erinnerte. Er nahm sich vor, die Geschichte morgen dem kleinen König zu erzählen. Erneut passierten sie eine

Zugbrücke, dann ritten sie unter einem Falltor hindurch und fanden sich auf dem geschäftigen Burghof wieder, wo der zweistöckige Palas mit behaglich leuchtenden Fenstern lockte.
Unendlich erleichtert rutschte Florent aus dem Sattel. Heinrich war die letzte Meile bei Assad im Sattel geritten, der trug ihn jetzt hinein. Graf Ludwig empfing sie an der Tür zum Saal, hieß sie willkommen und wies auf die Bänke an einer gedeckten Tafel. „Wir waren nicht auf Gäste eingestellt, schon gar nicht auf solch hohen Besuch. Daher ist unser Speisenangebot eher bescheiden."
Florent musterte die Tafel. Er sah Schüsseln mit gesottenen Zwiebeln und Möhren in gebräunter Butter, auf Holzschalen mit Kräutern und Käse gefüllte Eier. Gebratene Hühnchen verströmten einen Duft, der die Mägen der Mannschaft gemeinschaftlich knurren ließ, das in dicke Scheiben geschnittene Brot war hell und locker gebacken. An den Seiten standen Mägde mit Krügen bereit, im Kamin loderte ein beachtliches Feuer.
Friedrich sprach aus, was alle dachten: „Jedes Mahl, das von Herzen kommt, ist gesegnet und dieses hier scheint mir vollkommen ausreichend zu sein, um unsere Mägen zu füllen und unsere Glieder zu wärmen. Seid bedankt für Eure Gastfreundschaft. Doch lasst uns beginnen, bevor wir von den Bänken fallen."
Neben Graf Ludwig, der wohl an die vierzig Sommer gesehen hatte, saß eine Frau, die einen dicken Schlüsselbund am Gürtel trug, ihre Augen leuchteten im gleichen Grün wie die des Grafen. Zwei Zöpfe quollen unter ihrer Haube hervor wie Weizengarben. Adelheid, wenn er sich recht erinnerte. Sie war zu einer schönen Frau herangereift, doch um ihren Mund zeigte sich ein bitterer Zug. Sie musterte Heinrich, dem ständig die Augen zufielen, mitleidig.
Da Friedrich seinem Sohn auf dieser Reise kein Kindermädchen zugestanden hatte, mit der Begründung, der Junge

dürfe nicht verzärtelt werden. Wohl aus dem gleichen Grunde durfte Luna mit Jonathan in Aachen bleiben, was Florent angesichts der Strapazen dieser Reise im Nachhinein immer wieder begrüßte.
Er stand auf und hob den Jungen von der Bank, der kurz protestierte, weil gerade jetzt die Geschichte von den Wölfen die Runde machte und ordentlich ausgeschmückt wurde. Er suchte Adelheids Blick, da er keine Ahnung hatte, wo sich die Schlafstätten der Gäste befanden. Sie erhob sich und begleitete ihn. „Niemand wusste, dass Ihr ein Kind dabei habt. Ich weiß nicht so recht ..."
„Der Junge schläft bei mir."
Sie sah ihn nachdenklich an. „Ihr seid ..."
„Florent von Accera." Er verneigte sich kurz und lächelte. „Ich bin nicht das Kindermädchen, sondern Schwertmeister und Leibwächter des Jungen."
Ihre Augen sprühten grüne Funken. „Ihr wart vor drei Jahren im Geleit des Königs, als er den Gottesdienst inmitten des Gesindes hörte." Sie wies die Wendeltreppe hinauf und ließ ihm den Vortritt. „Davon erzählen die Leute heute noch. Ich bin Adelheid von Beichlingen, die Schwester des Grafen." Oben führte sie ihn den Flur entlang. „Ich denke, die Kammer neben dem Schlafraum des Königs ist genau die Richtige für Euch." Sie öffnete die Tür und entzündete eine Öllampe. „Ich sollte mir die Kratzer ansehen im Gesicht des Jungen. Und Euer Ohr sieht auch erbarmungswürdig aus."
Er nickte dankbar. Während sie mit Leinentüchern und warmem Wasser das halb schlafende Kind wusch und die Wunden im Gesicht mit einem Kräutersud betupfte, beobachtete er ihre geschickten Hände.
„Ein hübscher Junge", sagte sie leise. „Er hatte wohl einen harten Tag. Es ist nicht die beste Jahreszeit, um mit Kindern zu reisen."

„Ihr macht das gut. Habt Ihr selbst welche?“, fragte er. Sie hatte sich von Beichlingen genannt, was ihn vermuten ließ, dass sie verheiratet war.
„Ich hatte zwei. Sind beide gestorben.“
„Das tut mir leid.“
Sie sah ihn nicht an. „Ein Fieber. Gott wollte es so.“ Es klang, als hätte sie diesen Satz schon tausendmal gesagt.
„Und Euer Gemahl?“, fragte er vorsichtig.
„Der ist wohlauf.“ Sie legte die Tücher beiseite und steckte die Decke sorgfältig um den Jungen fest, der endlich schlief. Dann wandte sie sich zu ihm um: „Ihr fragt Euch, wo er ist?“
„Nun, das geht mich nichts an.“ Er drehte am Docht der Lampe, weil die Flamme blakte.
„Er gehört zu den Männern, die sich stark fühlen, wenn sie etwas getrunken haben. Wenn es gar zu arg wird, suche ich Schutz auf der Burg meines Bruders.“ Sie seufzte. „Irgendwann kommt er dann und bettelt. Dann gehe ich wieder mit ihm.“
Florent starrte sie betroffen an. „Wie haltet Ihr das aus?“
„Es geht, solange ich weiß, dass ich jederzeit nach Lare fliehen kann.“ Und ohne den Tonfall zu wechseln: „Jetzt ist Euer Ohr dran. Setzt Euch hier ins Licht.“
Sie drehte seinen Kopf zum Schein der Öllampe hin und beugte sich herab. Um ihren Hals schmiegte sich ein dünnes Lederband, das hinter der Schnürung des Unterkleides in Tiefen verschwand, über die Florent sich zwang, nicht nachzudenken. Vorsichtshalber schloss er die Augen.
„Tut es weh?“, fragte sie, während sie mit dem Tuch die blutige Kruste herunter wischte.
„Nein“, log er und biss die Zähne zusammen.
„Es fehlt ein Stück. Doch wie ich hörte, hat es die Bestie teuer bezahlt.“
Er wollte nicken, aber sie mahnte: „Stillhalten!“ Sie tauchte das Tuch in den Kräutersud und gleich darauf schien sein Ohr in Flammen zu stehen.

„Himmel, was ist das? Essig?“
„So was Ähnliches. Wolfsgeifer kann giftig sein, wir wollen doch nicht, dass Euer Ohr ganz abfällt.“
„Euer Bruder lebt allein?“, presste er zwischen den Zähnen hervor.
„Seine Frau starb bei der Geburt ihres ersten Kindes. Seitdem zeigt er kein Interesse mehr an einer Familie, obwohl er der letzte unseres Namens ist.“
„Ich kannte eine Judith von Lare. Ist sie mit Euch verwandt?“
Adelheid richtete sich auf und zog an dem Lederband um ihren Hals. Ein kleines goldenes Kreuz tauchte aus der Versenkung auf. „Judith? Sie ist meine Tante. Sie schenkte mir dieses Kreuz, als ich ein Säugling war. Mein Vater machte immer viel Aufheben um diesen Anhänger, angeblich bekam sie es von Kaiser Barbarossa geschenkt.“ Sie sah ihn fragend an. „Ich habe sie nie kennengelernt. Wie geht es ihr?“
Florent hob die Schultern. „Das kann ich Euch nicht sagen. Sie ging mit ihrem Mann ins Heilige Land.“
Sie lachte leise. „In den Spinnstuben erzählen sie verruchte Geschichten über meine Tante, wisst Ihr. Sie verließ ihr Kloster bei Nacht und Nebel, floh mit einem Mohren und lebt mit ihm in Sünde.“ Sie zog eine Augenbraue nach oben, aber in ihren Augen saß der Schalk.
„Sie war lange Zeit Heilerin im Dienste des Kaisers. Und Silas war ein Maure, kein Mohr. Ihre Ziehtochter ist übrigens meine Ehefrau.“
„Das müsst Ihr morgen unbedingt meinem Bruder berichten. Doch jetzt lass ich Euch in Ruhe, Ihr seid erschöpft. Es heißt, Ihr habt den Wolf allein getötet.“ Sie verstaute das kleine Kreuz wieder unter ihrem Surkot und musterte seine Sachen. „Dem Hemd sieht man das auch an. Gebt es mir mit, ich lasse es waschen.“

Die Morgensonne tauchte das Land in blendendes Weiß und Silber. Wie damals vor drei Jahren lag der Schnee dick wie Schafspelz auf Zinnen und Mauern, die Baumkronen duckten sich weiß verpackt über graue Buchenstämme. Florent stellte sich vor, wie Luna bei diesem Anblick gestrahlt hätte, nur zu gut erinnerte er sich ihre Vorliebe für dieses kalte weiße Zeug. Sah man an dem Bergsporn gegenüber vorbei, konnte man das Land bis hinüber zum Harz überblicken. Dorthin also hatte Otto sich verkrochen, auf einem dieser Berge musste die Harzburg liegen. Der Blocksberg in der Mitte scharte sie alle um sich wie eine Bärin ihre Jungen. Ein friedliches Bild, und doch würden sie in wenigen Tagen auf dem Weg dorthin den frischen Schnee zertrampeln und, wenn sie aufs Ottos Truppen stießen, mit Blut besudeln.
„Was ist da draußen?“, fragte Heinrich und strampelte die Decke aus dem Bett.
„Eine schöne Aussicht.“
„Ist das nicht immer so auf Burgen?“
„Klar, sie werden nur deshalb gebaut.“
Der Junge beäugte in kritisch. Er wusste inzwischen, dass er Florents Antworten überdenken musste. „Nein“, sagte er entschlossen. „Sie wurden so weit oben gebaut, damit Feinde es schwerer haben, sie zu erobern.“
„Sehr gut, damit hast du dir dein Frühstück verdient.“
„Euch fehlt ein Stück Ohr. Das sieht lustig aus.“
„Tatsächlich?“ Florent schob den Rahmen zurück in die Fensteröffnung und verkeilte ihn. Es wurde dunkel im Raum. Er zündete die Öllampe an und warf dem Jungen seine Kleider aufs Bett. „Zieh dich an.“
„Reiten wir heute weiter?“
„Wir müssen abwarten, was dein Vater entscheidet.“
„Dann ist die Harzburg auch auf einem hohen Berg, damit wir es schwer haben?“
„Davon können wir ausgehen.“

Nach dem Frühstück ritten Knechte aus, um das Gepäck zu bergen, das die unglücklichen Packpferde getragen hatten. Graf Ludwig blieb mit seinen Gästen im Saal sitzen, wo das Feuer angenehm wärmte, wenn man das Glück hatte, in der Nähe des Kamins zu sitzen.
„Ich hörte, Ihr kennt Euch mit Beizvögeln aus?“, fragte der Graf.
Friedrich sah auf. „Habt Ihr welche?“
„Nur noch einen. Die anderen sind eingegangen. Wir haben viel probiert, aber ich fürchte, wir kennen uns mit Pferden besser aus.“
„War es der Sod?“
Der Graf hob die Schultern. „Ich weiß es nicht. Sie wollten nicht mehr vom Reck, fraßen schlecht und nach drei oder vier Tagen fielen sie tot herunter.“
Friedrich riss die Augen auf. „Was für eine Schande! Wie viele habt Ihr verloren?“
„Eine ganze Handvoll.“
„Gerfalken?“
„Ja, und Rotmilane. Schöne Tiere. Ein Falke lebt noch.“
„Lasst ihn holen! Ich sehe ihn mir an.“
Während sie warteten, kam der König auf den Grund seiner Reise zu sprechen. „Graf Ludwig, Ihr wisst von meinen Kreuzzugsplänen?“
„Das hat sich herumgesprochen. Und bevor Ihr fragt, Landgraf Herrmann sandte bereits eine Botschaft. Ich stehe mit meinen Rittern zur Verfügung, sobald Ihr ruft.“
„Wie viele Ritter könnt Ihr ...“ Er brach ab, als ein Knecht einen verhaubten Falken auf dem Arm hereintrug. Er war dunkel, fast schwarz und hatte eine weiße Brust mit schwarzen Tupfen. Florent sah auf den ersten Blick, dass er sich mit seinen gelben Füßen kaum noch am Leder halten konnte.

Friedrich befühlte ihn behutsam. „Seine Nieren sind geschwollen.“ Vorsichtig zog er die Haube ab. Der Vogel blinzelte apathisch. „Habt Ihr Hagedorn? Zerstoßt die Beeren, dazu gesottenes Fleisch und Hasenhaare als Atzung, das könnte helfen.“
Der Graf sah den Knecht an. „Hast du es gehört? Geh zur alten Johanna und lass dir Hagedorn geben.“
„Alles etwa zu gleichen Teilen vermischen!“, sagte der König und stülpte dem Falken die Haube über die Augen.
Der Kanzler trat an den Tisch. „Ein Bote vom Papst, Majestät.“
Friedrich sprang auf. „Herein mit ihm! Worauf wartet Ihr?“
Ein halb erfrorener Mann trat mit steifen Schritten an den Tisch und kniete vor Friedrich nieder. Auf einer Ledertasche prangte das Siegel Innozenz III. Sie öffneten die Tasche, während Graf Ludwig sich um die Versorgung des Boten kümmerte.
„Das wird die Reaktion sein auf mein Angebot zum Kreuzzug“, murmelte Friedrich, als er hastig das zusätzliche Siegel auf der Schriftrolle brach. Dann eilten seine Blicke über die kunstvoll geschriebenen Buchstaben und Wörter. Mittendrin lachte er ungläubig. „Was will er von mir? Hört nur: ...*Unseren Sohn Heinrich, den Wir Eurem Auftrag gemäß zum König krönen ließen, aus der väterlichen Gewalt freizugeben und ihm das Königreich Sizilien als Lehen der Römischen Kirche zu überlassen ... und bis zu seiner Volljährigkeit durch eine geeignete Person verwalten lassen* ...“
Florent, der ihm über die Schulter sah, wechselte einen schnellen Blick mit Konrad. Der schien das gleiche zu denken, wie er. Innozenz wollte mit diesem Vertrag den Lateran aus der Klammer befreien, in die Friedrich ihn zwängte, wenn er deutscher und sizilianischer König gleichzeitig war. Das war die Antwort des Papstes: Du willst Kaiser werden? Dann gib mir Sizilien zurück. Innozenz hatte den Ball aufgenommen und zurückgeworfen.

Friedrich schnaubte erbost. „Er besitzt sogar die Frechheit, mir vorzuschreiben, diesen Vertrag mit einer Goldbulle zu besiegeln."
„Er ist der Papst", erinnerte Konrad.
„Und er hält sich für Gott. Es wird Zeit, dass ihm jemand seine Grenzen zeigt."
„Was wollt Ihr tun?" Florent war auf alles gefasst. Die Antwort war trotzdem überraschend.
„Ich werde unterzeichnen und ihm ein wunderschönes Goldsiegel daran hängen. Das kann er sich in seinen päpstlichen Hintern schieben." Er sah sich um. „Graf Ludwig, habt Ihr Tinte und Feder für mich?"
„So schnell gebt Ihr nach?", fragte Florent, obwohl er schon ahnte, was Friedrich vorhatte.
„Soll dieser Möchtegerngott sich in Sicherheit wiegen. Er wird mich zum Kaiser krönen, nur das zählt. Danach zeige ich ihm, wer Gott ist."
Der Burgpater, der seit einer Weile schweigend am Kamin gesessen hatte, bekreuzigte sich und murmelte etwas, das wie „Blasphemie" klang.
Friedrich fuhr herum: „Was ist, Pfaffe?" Seine Augen wurden schmal. „Wisst Ihr, wer ich bin?"
Der Pater stand erschrocken auf und verbeugte sich. „Ja, Majestät."
„Wisst Ihr, wo ich geboren bin?"
„Äh ... nein, Majestät." Dem Mann brach der Schweiß aus und Florent dachte schadenfroh, dass der Pater wohl lieber in der kalten Kapelle geblieben wäre, wenn ihm jemand gesagt hätte, dass Kleriker das beliebteste Ziel für des Königs Streitlust waren.
Friedrich schob den Kopf vor wie eine Schildkröte. „In Jesi auf dem Marktplatz." Er sah den ratlosen Blick des Paters. „Fällt Euch etwas auf?"
„Jesi?", fragte der Mann dümmlich.
„Klingt wie Jesu", half Graf Ludwig dem Pater aus der Not.

„Und wann bin ich geboren?“, hakte Friedrich nach.
„An Weihnachten, Majestät.“ Immerhin war der Pater nicht völlig ahnungslos.
„Was denkt Ihr, werden die Chronisten über mich schreiben?“
Der Pater schwitzte inzwischen gehörig und hob hilflos die Schultern.
Friedrich trat auf ihn zu und setzte ihm den Finger auf die Brust. „Wenn die Chronisten denken können und sowohl der Zeitrechnung als auch den Überlieferungen eine gewisse Toleranz zugestehen, dann werden ihnen die Ähnlichkeiten meiner Vita zu Christus auffallen, meint Ihr nicht?“
„Sicher, ...Majestät“, stotterte der Pater. Seine Hand zuckte, aber er wagte es nicht, sich noch einmal zu bekreuzigen.
Florent überlegte – wie so oft – ob Friedrich seine Worte ernst meinte oder der Schalk ihm im Nacken saß. Eine peinliche Stille senkte sich über die Menschen im Saal.
Konrad räusperte sich vernehmlich und lenkte die Aufmerksamkeit erneut auf den Vertrag. „Majestät, Ihr solltet dieses Schreiben nicht zum Machtkampf zwischen Euch und dem Papst werden lassen.“
Friedrich kam zurück zum Schreibpult und rieb sich das Kinn. „War es denn je etwas anderes?“, fragte er.
Ein Schreiber brachte Tinte und Federn. „Wir brauchen ein Goldsiegel“, herrschte der König ihn an. Der Mann sah sich ratlos um.
„Ich fürchte, die Urkundensiegel sind in dem Gepäck, das noch nicht wiedergefunden wurde“, sagte Konrad.
„Bei allen Schwanzhaaren, klappt denn hier gar nichts?“, fauchte Friedrich.
„Ich werde mich erkundigen, wie die Suche voranschreitet“, erbot sich Konrad.
Florent mutmaßte, er war froh, den Saal verlassen zu können. Friedrichs Laune sank schneller als die Sonne an ei-

nem Winterabend, denn er begriff, sein ehemaliger Vormund ließ sich nicht so leicht ausspielen, wie er geglaubt hatte. Der Impulsivität und Unberechenbarkeit des jungen Königs standen politische Erfahrenheit und berechnende Klugheit gegenüber. Es versprach, ein fesselnder Wettbewerb zu werden. Schade nur, dass zu vieles auf dem Spiel stand, um ihn genießen zu können.

Heinrich betrat an Assads Hand den Saal. „Vater, darf ich mir den Bergfried ansehen?“, fragte er.

Als Friedrich geistesabwesend nickte, ergriff Florent ebenfalls die Gelegenheit, der unheilvollen Atmosphäre zu entkommen. „Auf geht‘s, mein Junge, klettern wir hinauf. Bist du warm angezogen?“

Sie liefen über den Innenhof, der von lauter schmalen, freigeschobenen Wegen überzogen war, die einem Spinnennetz ähnelten. Dazwischen häufte sich der Schnee, mit feinen Asche- und Rußteilchen grau bestäubt. Der Bergfried ragte neben dem Palas als steinerner Koloss in den blauen Winterhimmel. Das Untergeschoss lag mehr als eine Manneslänge über dem Niveau des Hofes, sie erreichten es über eine ausgetretene Holzstiege.

Interessiert betrachtete Heinrich die eisernen Einhängelaschen am oberen Ende der Stiege. Dahinter befand sich ein enger Raum mit einem rußgeschwärzten Kamin, der zurzeit als Abstellkammer für Rüstzeug genutzt wurde. „Hier passen aber nicht viele rein!“, sagte er nachdenklich.

„Er ist nur für Frauen und Kinder gedacht, die Männer müssen draußen bleiben und kämpfen.“

Der Junge steuerte zur Treppe. Assad ging voran. Die steilen Steinstufen des Bergfriedes führten an der Wand entlang und waren feucht und glitschig. Florent bereute schon fast seine Bereitschaft, als er den Jungen vor sich her schob. Der Raum im nächsten Geschoss war mit einer Holztür versperrt.

Heinrich drückte ein Auge auf ein Astloch. „Niemand drin!“, sagte er und Assad öffnete den Riegel.
In einem Kohlebecken in der Mitte des kleinen Raumes leuchtete Glut, auf einem der Hocker lag ein umgekippter Würfelbecher und es roch nach schalem Bier. In der Ecke hatte jemand Feuerholz und Pfeile zum Fiedern aufgeschichtet. Offenbar benutzten die Wachen die Kammer zum Aufwärmen. Weiter hinauf zum Wachplateau ging es auf einer derben Holzleiter. Obwohl es ein sonniger Tag war, flatterten über ihnen die Banner des Grafen von Lare und des Königs knatternd im Wind. Assad hielt seinen Turban fest und Florent zog dem Jungen die Fuchspelzmütze über die Ohren. Er nickte den beiden Wachhabenden einen Gruß zu. Selbst hier oben war die Mauer des Turmes noch drei Ellen breit. Sie mussten Heinrich hochheben und mit dem Oberkörper auf den Stein legen, damit er über den Rand sehen konnte. Florent packte ihn fest am Gürtel und genoss dann selbst den sagenhaften Ausblick. Er legte eine Hand über die Augen und sah etwa eine Reitstunde ostwärts einen weiteren Bergfried aus dem dichten Wald ragen.
„Straußberg!“, sagte der Wachsoldat, der ihnen am nächsten stand und seinem Blick gefolgt war.
Im Süden dehnte sich Wald, soweit das Auge reichte, im Westen ebenfalls.
„Reiche Jagdgründe“, überlegte Florent laut und schauderte kurz, als ihm einfiel, dass es in diesen dichten Wäldern vor Wölfen und Bären nur so wimmeln musste. In nördlicher Richtung stiegen dünne Rauchsäulen über den Hütten etlicher Dörfer auf. Dahinter hockten die Harzberge wie riesige Maulwurfshügel.
„Der Blocksberg“, sagte der Wachsoldat und ruckte mit dem Kinn in diese Richtung. „Dort treffen sich die Hexen mit dem Teufel.“

Heinrich riss die Augen auf, er wartete auf weitere Einzelheiten, doch der Mann zog den Kopf zwischen die Schultern und schwieg.
„Wo ist die Harzburg?“, fragte Assad.
Der Soldat deutete auf die Bergkuppen westlich vom Brocken. „Etwa dort. Man kann sie von hier nicht sehen, weil das Bergmassiv davor liegt.“
„Eine Stunde von hier?“
Der Mann wiegte den Kopf. „Mit ausgeruhten Pferden vier Stunden.“
„Es sieht näher aus“, zweifelte Florent.
„Das wäre es, wenn Ihr nicht zahlreiche Sümpfe und Berge umgehen müsstet. Der Harz ist tückisch. Ihr solltet auf alle Fälle einen einheimischen Führer dabei haben.“ Der Mann musterte Florent, sein Blick blieb an dem verletzten Ohr hängen. „Seid Ihr der Ritter, der den Wolf getötet hat?“
„Ja“, sagte Florent. Langsam gefiel ihm die Rolle als Wolfstöter.
„Meine Hochachtung, Mann.“
„Er hat ihn mit dem Messer erledigt“, rief Heinrich begeistert. „Der Wolf war riesig!“
„Ich weiß, ich hab ihn gesehen. Sie brachten ihn heute Morgen und zogen ihm das Fell ab.“
„Er ist hier?“, fragte Heinrich aufgeregt und rannte zum Abstieg.
Florent packte ihn am Mantel. „Halt, allein kletterst du da nicht runter.“
„Lieber einen Wolf erledigt, als Kinder gehütet, was?“, spottete der Soldat und zog den Kopf wieder ein, als ein kalter Windstoß über die Zinnen pfiff.
„Stimmt. Ich hoffe, dein Dienst wird dir nicht zu lang hier oben.“ Florent stieg auf die Leiter und hob grüßend die Hand. Dann konzentrierte er sich auf den Jungen. Assad folgte ihnen, eine Hand am Turban.

Der Wolf hing auf der Vorburg an einem Gestell. Ohne Fell wirkte er mager und harmlos wie eine tote Ziege. Das Gesinde scharte sich um den Kadaver und gab Kommentare zum Besten. Als sie Florent kommen sahen, verstummten sie nach und nach. Offenbar wusste inzwischen jeder von seiner Heldentat.
Heinrich schlich um das Tier herum und betrachtete die beachtlichen Reißzähne.
„Lass uns nachsehen, ob wir das Stück von Florents Ohr finden“, sagte Assad und der Junge kicherte. „Wir könnten es wieder annähen.“
Florent starrte auf die erloschenen Augen des Tieres, die ihn gestern noch äußerst lebendig angeblitzt hatten. So schnell ist es zu Ende, dachte er. Von einem Augenblick zum anderen.
Er sah die Wunde, die sein Messer dem Tier am Brustkorb zugefügt hatte, knapp neben dem Herzen. Mehrere weitere Messerstiche hatten das Tier an der Seite getroffen. „Das Fell ist wohl nicht mehr zu gebrauchen, es sei denn, man benötigt Knopflöcher“, scherzte er verlegen.
Die Leute lachten. „Ein guter Kürschner macht da noch was draus“, sagte eine Frau. „Ein Winterfell, das ist schon was.“
Über die Zugbrücke der Vorburg polterten Hufe. Alle Köpfe wandten sich um. Der Suchtrupp kehrte zurück. Auf einem Pferd brachten sie Teile des Gepäcks, das in der Nacht verloren gegangen war. Florent erkannte die eisenbeschlagene Truhe, die Schreibwerkzeuge und Siegel enthielt, sie schien unversehrt. Das würde Friedrichs Laune hoffentlich bessern. Kanzler Konrad eilte herbei und gab Anweisungen, die Knechte stiegen ab und wurden sofort umringt.
„Habt ihr die Wölfe gesehen?“
„Nein. Aber wir fanden Spuren eines Bären bei den toten Pferden“, berichtete der erste.
„Die Füchse taten sich an den Resten gütlich. Es ist kaum was übrig von den armen Tieren“, ergänzte ein anderer.

„Habt ihr alles gefunden?“, fragte Florent.
Der Knecht zuckte mit den Schultern. „Wir wussten nicht, was alles fehlt. Es hat die ganze Nacht geschneit.“
Als sie in den Saal kamen, wo die Tafel für das Abendessen gedeckt wurde, stand der Kanzler über das Schreibpult gebeugt und bereitete das Goldsiegel vor. Der Schreiber des Grafen hatte eine lange Zange beim Schmied besorgt, mit deren Hilfe sie die Bulle im Kamin erhitzen wollten. Dem Mann perlte der Schweiß auf der Stirn.
„Wo ist der König?“, fragte Konrad. „Es sollte doch so eilig sein.“
„Heute reitet der Bote ohnehin nicht mehr los“, vermutete Florent.
„Ich gehe ihn suchen.“ Assad verschwand durch die Tür.
Heinrich stand am Kamin und löcherte den Schreiber mit Fragen. „Wie lange dauert es, bis das Gold schmilzt? Warum geht es bei Eis viel schneller?“
„Leg deinen Umhang ab! Und gib mir deine Stiefel, wir müssen sie trocknen“, ermahnte ihn Florent. Seine eigenen Stiefel trieften vor Nässe und er beschloss, sie gegen Schuhe zu tauschen. Heute würde er hoffentlich nicht mehr hinaus in den verhassten Schnee müssen. Er half dem Jungen aus dem Schuhwerk. Seine Wollstrümpfe dampften in der Nähe des Feuers. Er sah sich um, die Mägde waren mit dem Auftragen der Schüsseln und Krüge beschäftigt. „Ich hole frische Strümpfe! Bleib hier sitzen!“
Vor der Kammer des Königs fand er Assad, unschlüssig und mit ratlosem Gesicht. „Was ist los?“
Der Leibdiener verdrehte die Augen. „Hört selbst!“
In einem fremden Haus lassen sich Geräusche meist schwer einordnen. Knarrt das Bett oder ist es der Dielenboden? Seufzt der Wind im Kamin oder stöhnt ein Mensch? Die Töne aus der Kammer des Königs klangen dagegen allzu vertraut, denn sie hörten sich überall gleich an, egal,

ob auf einer Burg oder in einem Palazzo auf Sizilien. Friedrich lag bei einer Frau und diese Frau schien zu genießen, was er für sie tat. Florent ertappte sich dabei, den König zu bewundern. Es gab keinen Ort im Reich, wo ihm die Frauen nicht zu Füßen oder – besser gesagt – in den Betten lagen. Einen Moment lang wurde ihm schmerzlich bewusst, wie weit Luna von ihm entfernt war. Ein Ziehen in den Leisten ließ ihn beschämt zurücktreten. Belauschte er hier seinen König? Er sah Assad grinsen und widerstand der Versuchung, zu klopfen, einfach nur, um den König zu stören. Er wusste, Friedrich würde sich nicht stören lassen.
„Komm mit in den Saal", sagte er. „Vielleicht reicht die Zeit für ein Schachspiel."
Später beim Abendessen beobachtete Florent genau. Er wollte wissen, welche Magd die Auserwählte war. Doch die Gesichter verrieten nichts, alle strahlten gleichermaßen freundlich und zuvorkommend, egal, ob sie dem König Wein nachschenkten oder die Fleischplatte reichten. Friedrich sah hochzufrieden aus, noch vor dem Essen hatte er seine Goldbulle gesiegelt, das Schreiben lag verpackt in der Ledertasche des Boten. Der würde im Morgengrauen zurück nach Rom reiten. Angeregt plauderte er mit Adelheid von Beichlingen. Er schnappte nach Luft und verschluckte sich am Wein. Konnte das möglich sein?
Die Wangen der schikanierten Ehefrau, die im Hause ihres Bruders Zuflucht suchte, glühten wie die Scheite im Kamin, und ihre Augen leuchteten wie taufrisches Gras. An der Schnürung ihres Unterkleides, dort, wo das goldene Kreuz versteckt lag, war ein Loch vergessen worden, so als hätte sie sich hastig, ohne die Hilfe einer Dienerin, angekleidet. Er grinste in sich hinein. Dieser sizilianische Teufelsbraten. Warum mit einer Magd vorliebnehmen, wenn man die Herrin haben kann?
Graf Ludwig eröffnete nach dem üppigen Mahl die politische Debatte. „Was genau wollt Ihr von Otto?", fragte er ziemlich

direkt und hob seinen Weinkelch. „Soweit man hört, ist er kein ernst zu nehmender Gegner mehr."

„Das war er für mich nie, aber er in seiner Truhe liegt nun mal die Krone, die mir zusteht", entgegnete Friedrich großspurig. Er nahm einen ordentlichen Schluck aus seinem Krug.

Florent sah, wie Kanzler Konrad die Stirn krauste. Er selbst machte sich ähnliche Sorgen. Politische Gespräche unter Einfluss von reichlich Wein brachten meist nichts Gutes.

„Wenn Ihr die Reichskleinodien meint, sucht Ihr auf der Harzburg am falschen Ort. Die bewahrt Maria in Braunschweig auf, falls sie die Juwelen nicht schon verspielt hat. Otto verlor schon vor geraumer Zeit den Überblick."

Friedrich musterte den Grafen wie die Schlange das Kaninchen. „Was wisst Ihr über Otto?"

„Er haust auf der Burg wie ein Eremit, manchmal verschwindet er für etliche Tage nach Goslar, er hat kaum Soldaten um sich und nur wenig Bedienstete. Mal heißt es, er sei siech, dann wieder, er würde sich geißeln, bis das Blut spritzt."

„Gibt es keine Verbündeten mehr?"

„Nein, bis auf die Herren in seiner unmittelbaren Nähe, die nicht anders können."

„Zum Beispiel?"

„Heinrich von Harzburg, sein Gastgeber. Oder der Markgraf von Brandenburg sowie Herzog Albrecht von Sachsen. Wobei ich mir beim Markgrafen nicht sicher bin. Er hängt sein Fähnlein allzu gern nach dem Wind."

„Das muss er – bei seiner ungünstigen Position am Rande des Reiches", sinnierte Friedrich und Ludwig sah ihn erstaunt über seinen Weinbecher hinweg an. „Es ist wichtig, das Reich an den Rändern zu stabilisieren. Das geht nur über Bündnisse, die nicht leicht zu brechen sind." Friedrich hob den Becher. „Erzählt mir etwas über Euren Landgrafen!"

„Was wollt Ihr wissen?“ Der Graf sah ihn über seinen Weinkelch forschend an.
„Ist er zuverlässig?“
„Im Grunde ja. Er liegt in Dauerfehde mit dem Erzbischof von Mainz. Es wird davon abhängen, wem Ihr Eure Gunst häufiger schenkt.“
Am nächsten Morgen, als Florent den Kopf aus dem Fenster steckte, um nach dem Wetter zu sehen, fragte Heinrich: „Könnt Ihr mir heute beibringen, wie man vom Pferd aus kämpft? Ihr habt es schon lange versprochen.“
„Meine Güte, warum drängt das denn so? Auf dem Reitplatz liegt mindestens eine Elle Schnee. Wenn du vom Pferd fällst, muss ich dich ausgraben.“
Heinrich schlug die Decke zurück. „Mutter sagt, ich solle die Zeit mit Euch nutzen, um besser zu werden als dieser Cheinz.“
Florent überlegte einen Moment. „Du meinst Enzio?“ Er verkniff sich ein Schmunzeln. Die Deutschen nannten Friedrichs Bastard Heinz, aber Konstanze hatte Schwierigkeiten mit der Aussprache, bei ihr klang der Name wie „Cheinz“.
„Er ist jünger als du, demzufolge kann er kaum besser sein. Du wirst immer einen Vorsprung haben.“
„Mutter sagt, er ist ein Draufgänger, so wie unser Vater.“
„Aha. Und was bist du?“
„Ich bin ein Denker.“
Florent setzte sich zu ihm auf die Bettkante. „Da hast du Glück, die Denker sind den Draufgängern meist überlegen.“
„Trotzdem, wenn ich gegen ihn kämpfen muss, geht das nicht mit Denken.“
„Warum willst du denn gegen ihn kämpfen?“
„Bevor wir losritten, ließ er mein Murmele frei.“ Der Junge setzte sich auf und sah Florent bekümmert an.
„Das tat er gewiss nicht mit Absicht. Schließlich schadete er sich damit selbst, denn er liebte das Tier, genau wie du.“
„Er war zu dumm, den Riegel richtig zuzumachen.“

„Vielleicht sind seine kleinen Finger noch zu ungeschickt? Eine wichtige Lektion, die ein König lernen muss, ist Vergebung. Wenn jemand ohne böse Absicht einen Fehler beging, sollte man ihm vergeben.“
„Der Mann, der auf Vater geschossen hat ...“
„Der wusste genau, was er tat, hat es lange und sorgfältig geplant. Er musste bestraft werden. Hör zu, junger Mann! Sobald der Schnee schmilzt, gibt es eine Lektion im Schwertkampf zu Pferde, versprochen. Im Übrigen habe ich dir noch gar nicht gesagt, wie stolz ich auf dich bin, weil du im Sattel geblieben bist, obwohl der Braune stieg, während ich mit dem Wolf kämpfte. Das war eine königliche Leistung.“
Das Gesicht des Jungen begann zu glühen. „Ich habe mich so stark festgehalten, dass mir die Finger wehtaten.“
„Damit hast du die erste Lektion eines Schwertkämpfers zu Pferd gelernt.“
„Welche ist das?“
„Man muss im Sattel bleiben, auch wenn das wehtut.“ Er stand auf und schob den Rahmen ins Fenster, denn es wurde langsam empfindlich kalt in der Kammer. „Jetzt zieh dich an, im Saal klappert schon das Geschirr.“
Das Frühstück dehnte sich, Friedrich diskutierte mit dem Grafen über die Politik des Thüringer Landgrafen und über die Bewaffnung während des bevorstehenden Kreuzzuges. Ludwig erzählte ihm von dem hervorragenden Tribock, der seit Ottos Rückzug auf einer der Nachbarburgen stand.
Der König nickte begeistert. „Sichert ihn Euch, hört Ihr? Ich erwarte, dass Ihr ihn zum Lechfeld mitbringt. Er wird uns als Muster zum Nachbau dienen.“
Um die Mittagszeit nahm Florent den Jungen mit zu den Pferdeställen. „Wir üben das Aufzäumen und das Aufsitzen.“
Als sie am Nachmittag zurückkamen, um sich am Kamin in der Halle aufzuwärmen, hörten sie Friedrich den Schreiber

anbrüllen: „Wie oft denn noch? Es heißt Fridericus, nicht Fredericus. Fridericus Romanorum Imperator! Korrigiere das! Wenn es noch einmal falsch ist, kürze ich dir den Daumen mit dem Federmesser."
Der unglückliche Schreiber kam ihnen mit hochrotem Kopf entgegen. Heinrich lief in die Halle und blieb vor seinem Vater stehen, der ihm abwesend über den Kopf strich. „Vater, wenn er deinen Namen nicht mit Absicht falsch schreibt, musst du ihm vergeben."
Der König sah ihn verdutzt an. „Was redest du da?"
„Florent sagt, ein König muss vergeben können."
„Wie oft muss er das?"
Der Junge wandte sich hilfesuchend an seinen Schwertmeister. Der hob unbehaglich die Schultern.
„Wenn jemand dreimal Fredericus schreibt, obwohl es Fridericus heißt, geschieht es dann mit Absicht?", fragte Friedrich, wobei er nicht seinen Sohn, sondern Florent scharf ansah.
„Die eigentliche Weisheit beim Richten liegt darin, zu erkennen, was vorsätzlich geschah", versuchte der, eine salomonische Antwort zu finden.
Assad, der am Schreibpult Tinte nachfüllte, grinste schief und hob unauffällig den Daumen.
Heinrich war zum Glück mit seinen Gedanken bereits woanders. „Vater, wann reiten wir endlich zur Harzburg?", fragte er.
„Bald, mein Sohn. Vielleicht nächste Woche", entgegnete Friedrich unbestimmt.
Florent ärgerte sich. „Warum plötzlich dieses Zaudern?", fragte er gereizt.
Friedrich runzelte die Stirn. „Seid Ihr scharf drauf, bei diesem Wetter unter Wolfsgeheul durch den Schnee zu reiten? Wollt Ihr noch ein Ohr opfern?" Er warf einen Blick auf den Jungen, der neben dem Kamin das Schachspiel entdeckt

hatte und die Figuren aufstellte. „Wir müssen auch an das Kind denken!“
Florents Auswahl an scharfen Bemerkungen verdoppelte sich, als Friedrich seine Sorge um das Kindeswohl heranzog. Trotzdem entglitt ihm erst mal nur die eine: „Liegt es am Namen?“
„Was meint Ihr?“
„*Adelheid*?“
Friedrich lachte amüsiert und setzte sich auf die Bank. Heinrich schob ihm hoffnungsvoll das Schachbrett zu. Sein Vater beachtete ihn nicht, sondern legte den Zeigefinger an die Nase und kniff die Augen zusammen. „Ihr wollt mir doch kein schlechtes Gewissen einreden? Ihr wisst, wie ich zum Monogamiegedanken stehe. Die Christen legen sich unnötige Beschränkungen auf.“
„Ihr seid König eines christlichen Reiches. Der Papst ist Stellvertreter Christi und nicht Allahs.“
Friedrich verdrehte die Augen. „Zieht endlich den Stock aus Eurem Arsch und nehmt Euch selbst ein paar Freiheiten. Habt Ihr nicht bemerkt, die Mägde fressen Euch mit Ihren Blicken beinahe auf. Dieses ausgefranste Ohr – als Wolfstöter könnt Ihr jede Frau hier am Hof haben.“ Er grinste. „Bis auf eine, versteht sich.“
„Warum hat er einen Stock im Arsch?“, fragte Heinrich und setzte seinen ersten Bauern. „Du bist dran, Vater.“
„Weil er immer so furchtbar genau ist und wie ein Erbsenzähler auf die Regeln achtet.“ Friedrich schob einen Bauern nach vorn.
„Das muss man doch“, sagte Heinrich stirnrunzelnd.
„Junge, wenn sich allzeit alle genau an die Regeln halten würden, gäbe es auf dieser Welt überhaupt keine Veränderung. Die Dinge blieben so, wie sie zu allen Zeiten waren.“
Heinrich setzte seinen Bauern geradeaus über Friedrichs Figur hinweg und kassierte einen schwarzen Bauern ein.
„Warte! Der Bauer schlägt nur schräg“, rügte Friedrich.

„Ich habe keinen Stock im Arsch“, sagte Heinrich todernst. Florent verließ fluchtartig den Saal und lachte noch, als er die breite Treppe vom Rittersaal herablief. Erst mitten auf dem Hof blieb er stehen, stützte die Hände auf die Knie und sammelte sich. Er wusste nicht recht, wohin er sich wenden sollte, bei dem Schnee verdarb er sich mit längeren Fußmärschen nun auch noch die leichten Schuhe. Die zweistöckige Kapelle fiel ihm ins Auge. Als er eintrat, umfing ihn Stille. Die permanenten Geräusche der Burg wie das Kichern der Mägde, die rauen Scherze der Ritter, der Wind über den Mauern, das Geschepper aus der Küche, die metallischen Klänge aus der Schmiede, alles endete, als die Tür hinter ihm ins Schloss fiel. Er atmete tief durch. Der untere Kirchenraum war leer.

„... *Et dimitte nobis debita nostra, sicut et nos dimittimus debitoribus nostris.*“ Er horchte auf. *Und vergib mir meine Schuld, wie auch ich vergebe meinen Schuldigern*. Das Raunen kam von oben, eine Frauenstimme. Jetzt verstummte sie, wurde von leichten Schritten abgelöst. Bevor er sich in den Kirchenvorraum zurückziehen konnte, tauchte im Deckenausschnitt über ihm ein taubenblaues Kleid mit einem Schlüsselbund am Gürtel auf. Er sah ein spitzes weißes Kinn über einer blauen Gebändeschleife, darüber eine kleine Nase.

Zwei grüne Augen blickten streng auf ihn herab. „Was tut Ihr da unten? Belauscht Ihr mich?“

„Nein, äh ... natürlich nicht“, stotterte Florent. „Ich kam, um zu beten, aber hier unten gibt es keinen Altar.“

„So fromm hatte ich Euch gar nicht eingeschätzt.“

„Nicht immer sind die, die beten, auch die frommen Menschen“, gab er die Spitze zurück.

„Oh, ich verstehe.“ Adelheid wirkte nicht betroffen, sondern eher belustigt. „Wer seid Ihr, Florent von Accera? Ein Apostel der Moral?“

„Nein, verzeiht mir. Es steht mir nicht zu ...“

Sie hob den Zeigefinger an die Lippen. „Still! Entschuldigt Euch nicht. Damit unterstellt Ihr, es gäbe etwas, was ich vergeben könnte. Das wiederum würde heißen, ich müsste mich angeklagt fühlen. Hat man Euch nicht gesagt, dass der Eingang zur Kapelle über den Palas möglich ist?"
„Doch, äh… nein, ich weiß das von früher."
„Unsere Gäste gehen vom Palas aus zum Gottesdienst. Wenn Ihr wollt, begleite ich Euch morgen zur Frühmesse."
„Gern, danke!", murmelte Florent und nickte ihr zu. Er griff nach dem Riegel an der Kirchentür, als ihre leise Stimme ihn zurückrief.
„Florent von Accera ...", die grünen Augen bannten ihn fest in dem Viereck unter dem Schallloch, „... es gefällt mir, von oben herab zu Euch zu sprechen, als wäre ich ein Priester auf der Kanzel." In der folgenden kleinen Pause schmolz ihr feines Lächeln dahin wie eine Schneeflocke auf der Hand. „Wenn mein Ehegemahl mich holt, in ein oder zwei Tagen, und wieder auf mir liegt mit seinem fetten Wanst, dann schließe ich die Augen und denke an die letzten Tage. Und es wird mich retten. Es wird mir die Momente erträglich machen, in denen er vergeblich versucht, sich in mir zu ergießen, es wird mir helfen, wenn ich meine Prellungen kühle. Gott versteht das, da bin ich sicher. Ob Ihr mich versteht, ist mir egal, denn wir werden uns mit hoher Wahrscheinlichkeit nie wiedersehen." Der taubenblaue Surcot verschwand leise raschelnd.
Er starrte mit glühendem Gesicht die wuchtigen Kalksteine an, die irgendwann einmal ein fremder Maurer aufeinandergeschichtet hatte. Sein Finger strich über die schmalen Meißelspuren. Dieser Mann, ob er glücklich gewesen war? Hatte er seine Frau geliebt oder verprügelt?
Als er draußen Hufgetrappel hörte, trat er vor die Kapellentür und sah einen Reiter durch das Torhaus preschen. Er trug die Farben des Laterans. Florent schlitterte hastig über den Hof und kam gleichzeitig mit ihm vor dem Palas an.

„Ist der König noch hier?“, fragte der Bote, während er aus dem Sattel rutschte. Ein Pferdeknecht übernahm das erschöpfte Tier, sobald der Mann die Satteltaschen losgebunden hatte.
Florent sah nach oben zum Bergfried, das Banner mit Friedrichs Adler hing festgefroren unter einer dicken Schneeschicht. „Ja. Was gibt es Neues?“
„Das muss ich ihm persönlich sagen.“
Florent brachte den Mann in den Saal, wo Vater und Sohn über das Schachbrett gebeugt saßen. Auf dem Tisch lagen helle und dunkle Bauern, Läufer und Springer in wüster Unordnung herum.
Der Mann fiel auf die Knie. „Fridericus Rex?“
„Höchstpersönlich!“ Friedrich hielt den Atem an.
„Ich bin gesandt von Kardinal Pelagius, dem obersten Legaten des Lateran. Meine Nachricht lautet: Papst Innozenz ist tot.“

Hagenau, anno 1216

„Dem Heiligsten Vater und Herrn Honorius,
durch Gottes Gnade höchstem Priester
des hochheiligen römischen Stuhles,
entbietet Friedrich, durch die gleiche Gnade
immer erhabener König der Römer und König Siziliens
seine gebührende wie ergebene Empfehlung und Verehrung ...“
Friedrich II.

Kanzler Konrad starrte auf das Papier und runzelte die Stirn. „... *durch die gleiche Gnade?* Hat er das genauso diktiert?“

Der Schreiber setzte eine beleidigte Miene auf. „Selbstverständlich, Eminenz.“

Florent schnaubte amüsiert. „Innozenz hätte sich das nicht bieten lassen.“

Der Erzbischof von Mainz beobachtete, wie der Schreiber die Schriftrolle mit dem Siegelwachs beträufelte und wiegte den Kopf. „Honorius mag alt sein und kränklich. Aber er ist nicht dumm. Und er giert nach Jerusalem, genauso wie Innozenz zuvor.“

„Aber Friedrich will zum Kaiser gekrönt werden. Er sollte den neuen Mann auf dem Stuhl nicht unnötig verprellen.“ Konrad starrte auf die versiegelte Rolle, als könne er die störenden Worte durch schiere Willenskraft löschen. „Honorius wird es als anmaßend empfinden, dass Friedrich sich als von Gottes Gnaden eingesetzt bezeichnet, ohne die Gnaden des Papstes zu erwähnen.“

Florent nickte gedankenverloren. „Doch wenn Friedrich die schwere Hand des Laterans abschütteln will, dann ist jetzt die Möglichkeit dazu. Honorius gilt als nachgiebig.“ Er sah den Erzbischof fragend an, der ausdrücklich nickte, und fuhr fort: „Außerdem wird er aufgrund seines Alters nicht lange auf dem Stuhl sitzen. Wer danach an die Macht kommt,

steht in den Sternen. Der Tod von Innozenz ist ein Wink des Schicksals."
„Besser hätte ich es nicht sagen können."
Alle Köpfe fuhren herum. Nach wie vor beherrschte der König die Kunst, sich lautlos anzuschleichen. „Immerhin denkt einer meiner Berater noch halbwegs mit. Ich gehe sogar noch weiter. Ich ernenne meinen Sohn zum Herzog von Schwaben."
„Heinrich?", fragte Florent.
„Welchen sonst?", knurrte Friedrich. „Eben schient Ihr noch so schlau."
„Die Kardinäle werden schäumen vor Wut." Siegfried von Mainz kratzte sich den Nacken. „Wie stark ihr Einfluss auf den Papst ist, wissen wir nicht."
„Das finden wir heraus", sagte Friedrich mit einem süffisanten Lächeln auf den Lippen.
Siegfried schüttelte den Kopf. „Ihr habt einen Vertrag unterzeichnet. Ihr versichert darin, dass Heinrich – und zwar Heinrich allein – König von Sizilien ist und nur von Sizilien. Der Lateran will nach wie vor unbedingt verhindern, dass Sizilien mit dem Reich verschmilzt. Die Kardinäle werden sich zum ersten daran stoßen, dass Ihr Euch König von Sizilien nennt, und sie werden zum zweiten fragen, wie Euer Sohn als König gleichzeitig Fürst im deutschen Imperium sein kann."
„Ein Herzog ist kein Fürst." Das Lächeln wurde breiter.
„Ihr bewegt Euch auf dünnem Eis, Majestät. Was, wenn sie Euch die Kaiserkrone verweigern?"
„Dann werfe ich ihnen das Kreuz vor die Füße!"
„Auch auf diesen Kreuzzug habt Ihr einen Eid geschworen."
Florent ahnte, was Friedrich dachte. Was ist schon ein Eid? Zum Glück besaß er Verstand genug, es nicht auszusprechen.
Siegfried ließ nicht locker. „Der Papst kann Euch bannen, das ist sein letzter Trumpf."

Der König ignorierte ihn und klatschte in die Hände. „Sind wir jetzt fertig mit den Sentimenten für den Lateran? Können wir über wichtige Dinge reden?“
Seine Berater verneigten sich stumm, während der Schreiber die Schriftrolle in einer Lederhülle verstaute.
Friedrich holte tief Luft. „Der nächste Schritt ist die Wahl Heinrichs zum deutschen König.“ Er hob beide Hände, als er sah, wie Erzbischof Siegfried den Mund öffnete. „Darüber reden wir nicht, das steht fest. Wir klären lediglich, wie wir es umsetzen.“
Was er dann vorschlug, schrieb dem Erzbischof das Entsetzen ins Gesicht. Der Kanzler hob die Augenbrauen und Florent grinste beifällig. Wie so oft, wenn sein Schützling sich selbst übertraf, war er versucht, sich auf die Schulter zu klopfen.
Als er nach der Beratung nach draußen ging, war der Himmel blau und die Sonne schien auf den Burghof, wo graue Schneereste langsam vor sich hin schmolzen und zwischen den Trittsteinen kleine Rinnsale bildeten. Einige Knechte kratzten schmale Kanäle in den Boden, die das Schmelzwasser durch einen Abfluss in der Mauer nach draußen leiteten.
Erst kürzlich hatte Florent Zeichnungen auf Friedrichs Schreibtisch gesehen, die ein Kanalisationssystem für die Burg zeigten. Regen- und Schmelzwasser sollte in abgedeckten hölzernen Rinnen in eine Zisterne laufen, deren Wasservorrat bei Belagerungen oder bei Feuer genutzt werden konnte. Er staunte immer wieder, mit welcher Leidenschaft der junge König Dinge in Angriff nahm, die er gut und gerne auch einem Untergebenen hätte auftragen können. Nie kam er zur Ruhe, wenn er nicht mit hochrangigen Gästen politische Pläne schmiedete oder bei einer Frau lag, schrieb er Gedichte, fachsimpelte mit den Falknern, philosophierte mit Geistlichen oder schrieb Briefe an namhafte

Wissenschaftler. Sein neuestes Interesse galt der Architektur. Er entwarf eine neue Zugbrücke für Hagenau, nachdem die alte einzustürzen drohte.
Florent schritt über die baufällige Brücke, an deren Seiten Stützgerüste aufgebaut waren. Auf der Vorburg empfing ihn fröhliches Geschrei. Eine Handvoll Kinder bewarf einen kümmerlichen Schneemann mit Steinen. Sein Sohn Jonathan war darunter sowie Katharina, Friedrichs Tochter. Etwas abseits stand eine schwatzende Gruppe von Frauen und beobachtete das lustige Treiben. Neben Luna sah er Enzios und Katharinas Amme, die selbst einen Sohn hatte und sich gelegentlich auch um Jonathan kümmerte, wenn Luna Kranke betreute. Die anderen Mägde und einige halbwüchsige Mädchen kannte er nur vom Sehen.
„Schon Zeit fürs Abendessen?", fragte die Amme, als er zu ihnen trat und Luna einen Kuss auf die Stirn drückte.
„Nein, ich denke nicht. Die Tage werden länger", sagte Florent mit einem Blick auf die sinkende Sonne. „Der Frühling kommt mit Macht."
„Der Herr sei gepriesen", sagte eine der Mägde und blickte auf ihre schlammigen Holzschuhe. „Ich sehne mich danach, wieder warme und trockene Füße zu haben."
Eine andere Frau schniefte in ihren Ärmel. „Und dass dieser ewige Schnupfen endet."
„Wenn du Kräuter brauchst gegen ...", sagte Luna, als sie von der Amme unterbrochen wurde.
„Seht nur, wie Jonathan den Stein wirft!"
Der Zweijährige hatte einen faustgroßen Stein erobert und hob den Arm, der sich durch die Last weit nach hinten bog. Als der Kleine ihn mit einem Ächzlaut abwarf, fiel der Brocken eine Elle hinter ihm zu Boden. Ratlos sah der Junge sich um. Friedrichs Tochter Katharina, die nur wenig älter war als er, griff sich flink das Wurfgeschoss und versuchte ähnlich ungeschickt, den Schneemann zu treffen. Diesmal

verfehlte der Stein nur knapp die Schläfe ihres Spielgefährten.
„Ich denke, das reicht“, rief die Amme besorgt. „Lasst den armen Schneemann in Ruhe, wir gehen noch mal zum Schafstall. Vielleicht ist inzwischen ein Lämmchen geboren.“
„Ganz schön gefährlich hier“, sagte Florent schmunzelnd zu Luna. Er hoffte, die Amme würde Jonathan mit zum Schafstall nehmen, dann ergäbe sich eine halbe Stunde mit Luna allein in der Kammer. Die Vorfreude zauberte ihm ein Grinsen ins Gesicht, das sofort erstarb, als sie einen dünnen Schrei hörten.
Er kam von der Zugbrücke nur wenige Schritte hinter ihnen. Später konnte er nicht sagen, warum niemand von ihnen schon früher etwas bemerkte. Wahrscheinlich waren sie alle abgelenkt von den Wurfversuchen der Kleinen. Dabei war das Baugerüst an der Brücke deutlich sichtbar, so gut zu sehen wie jetzt Enzio, der an einem der Querbalken über dem Burggraben hing und sich mit beiden Händen festklammerte.
„Halt dich fest, ich bin gleich bei dir!“, brüllte Florent, während er losrannte.
Hinter sich hörte er die Amme rufen: „Kommt alle zu mir! Bodo? Bodo, wo bist du?“
Er erreichte die Brücke nach zwei Wimpernschlägen, warf sich auf den Bauch und steckte den Kopf unter der Geländerstrebe hindurch. Etwa zwei Ellen unter ihm baumelte Enzio und sah ihn mit weit aufgerissenen Augen an.
Florent zwang sich zur Ruhe. „Halt dich gut fest, Junge, ich habe dich gleich.“ Aus einem völlig unwichtigen Grund fiel ihm gerade jetzt ein, wie Heinrich seinen Halbbruder nannte: Cheinz. Er schob seinen Oberkörper so weit wie möglich nach vorn, verkeilte einen Fuß am Geländer, um das Gleichgewicht zu sichern und reckte seinen Arm nach

unten. Dabei stellte er fest, dass er mit einer Hand den Jungen nicht vom Balken pflücken konnte, die Gefahr, dass er ihm dabei aus den Fingern glitt, war zu groß. Er sah die weiß hervortretenden Fingerknöchel der kleinen Hände und das Zittern der Armmuskeln. Erleichtert hörte er hinter sich feste Schritte auf der Brücke poltern.
„Ich halte Euch, Schwertmeister." Das war die Stimme des Grafen von Urslingen. Er kniete neben ihm und umklammerte seine Beine mit eiserner Hand. Weitere derbe Schritte erklangen auf den Holzbohlen. „Kommt her und packt mit an!"
Derart gesichert, wagte Florent sich weiter vor, und griff mit beiden Händen einen Arm des Jungen. „Ich hab dich!" Er zog ihn an sich und schob ihn über die Bohlenkante, wo der Graf ihm das Kind abnahm.
Er hörte erleichterte Rufe, nur die Kinderfrau schrie noch immer: „Bodo? Bodo!"
Während er Stück für Stück auf die Brücke zurück kroch, fiel sein Blick in den Graben und er erstarrte mitten in der Bewegung. Auf dem schlammig-grünen Wasser des Burggrabens trieb der Körper eines Kleinkindes, nur wenig größer als Jonathan.
„Er liegt im Wasser!", rief er und rammte hart mit dem Kopf an das Geländer, als er sich hastig aufrichtete. „Schnell! Unten im Graben!"
Mehrere Frauen scharten sich um den laut heulenden Enzio, die Amme rannte über die Vorburg wie ein aufgescheuchtes Huhn. Luna hielt beim Schneemann die restlichen Kinder in Schach. Drei Knechte rutschten den steilen Hang hinab und zogen das Kind aus dem hüfttiefen Wasser. Ein anderer brachte eine Leiter, mit deren Hilfe halfen sie sich gegenseitig wieder hinauf, wobei sich einer von ihnen den kleinen Körper um die Schultern gelegt hatte. Die

Amme erkannte ihren Bodo, heulte auf und stand händeringend am Rande des Grabens, wo die Knechte sich herauf kämpften.
Die Nachricht von dem Unfall verbreitete sich wie ein Lauffeuer über die Burg, immer mehr Gesinde strömte herbei. Luna drückte Florent ihren Sohn in den Arm, der mit Katharina jammervoll um die Wette weinte. Das Gebrüll der Knechte und das Geschrei der Frauen jagte ihnen Angst ein. Florent klopfte dem Kleinen leicht den Rücken und drehte ihn weg vom Anblick des leblosen Kindes, das man der Mutter in die Arme gelegt hatte.
Luna griff nach der tropfnasser Hand des Kindes. Florent konnte sehen, wie sie sich konzentrierte. Dann reckte sie das Kinn in die Höhe und gab ein paar klare Anweisungen. Ein Knecht fasste den Jungen an den Füßen und hob ihn mit ausgestreckten Armen hoch. Luna trat hinter das Kind, umfasste den Brustkorb und drückte ihn mehrmals kräftig. Die Menge stand mit angehaltenem Atem, einige bekreuzigten sich, murmelten ein Gebet. Die Amme war auf die Knie gefallen und hob die Hände flehend gen Himmel. Ein Zucken ging durch den kleinen Körper, dann schoss ein Schwall Wasser aus dem Mund des Jungen. Er hustete und begann, rasselnd zu atmen.
„Bring ihn ins Bett und wärm ihn auf", sagte Luna zur Amme. „Ich komme gleich und sehe nach ihm."
Die Leute redeten jetzt alle durcheinander, jeder wollte wissen, wie das Unglück geschehen konnte. Als Florent mit seiner Familie zum Palas lief, stand Friedrich am Durchgang zur Zugbrücke.
„Was ist passiert?", fragte er.
Florent berichtete ihm von der Rettungsaktion.
„Die Amme hat ihre Aufsichtspflicht verletzt", stellte Friedrich fest. „Mein Sohn befand sich in entsetzlicher Gefahr."
„Ihr eigener Sohn trägt den größten Schaden davon", versuchte Luna, abzuwiegeln.

„Es hätte genauso gut Enzio treffen können." Friedrichs Gesicht war weiß, und sie wussten, was das bedeutete. Vor dem Palas winkte Friedrich einem der Wachhabenden. „Sorge dafür, dass die Amme eingekerkert wird." Der Mann lief davon, sein Erschrecken nur schlecht verbergend.
„Luna, Ihr kommt mit mir!" Friedrich eilte die Treppe hinauf, auf der ihm Adelheid entgegenkam.
„Was ist passiert?", fragte sie atemlos.
„Sieh nach deinem Sohn, er ist nur knapp dem Tode entronnen."
Sie öffnete den Mund, doch er ließ sie stehen. Der kleine Bodo lag in der Gesindekammer. Mägde schleppten Wärmsteine und Felle herbei und wickelten den zitternden Jungen ein.
Friedrich schob Luna zum Lager und schickte alle hinaus. „Ich will, dass Ihr seine Hand nehmt. Sagt mir, was dabei passiert." Seine Augen glänzten.
„Ich bin nicht sicher ..."
„Versucht es."
„Federico", Luna benutzte die vertrauliche Anrede in der Hoffnung, mehr Einfluss auf ihn zu haben, „ich weiß nicht, was Ihr Euch davon versprecht."
„Ich will wissen, was vor sich geht, wenn Ihr heilt."
Luna seufzte und griff nach der kalten Hand des Kindes. Blutergüsse zogen sich über den Spann und die Finger. Luna begann, sie sacht zu reiben. Als sie die Augen schloss, kamen die Bilder.
Holzbalken. Heinz. Ein Fuß. Du bist zu klein! Du traust dich nicht! Der Fuß tritt zu. Kleine Finger am Balken. Loslassen! Der Fuß, die kleine Hand. Nein!
„Was seht Ihr?"
Luna stöhnte leise und schob die Kinderhand zurück unter das Schaffell, dicht an einen der Wärmsteine heran.
Friedrich packte sie am Arm. „Luna, rede!"

Sie sortierte ihre Gedanken, überlegte kurz, ob sie lügen sollte. Doch wozu? „Sie waren beide auf dem Gerüst. Enzio hat Bodo auf die Finger getreten, immer wieder, bis der losgelassen hat."
Friedrich stand auf und ging hinaus.
Zwei Tage später wurde die Amme bei Sonnenaufgang auf dem Burghof an den Galgen gebracht und erhängt. Sie starb ohne Gejammer, Luna und die Köchin hatten ihr seit dem Unfall regelmäßig einen Sud aus Bilsenkraut eingeflößt, der ihren Verstand gnädig vernebelte.

Wartburg, Thüringen, April anno 1220

Wir also, indem Wir zum Heile unserer Seele
unser Testament machen,
bitten ... Dich, Bruder Heinrich, Pfalzgraf bei Rhein, dass Du,
... das heilige Kreuz, die Lanze und die Krone,
... und die kaiserlichen Insignien, außer unserem Mantel, ...
zwanzig Wochen nach unserem Tod bewahrest,
und keinem Menschen unter dem Himmel übergebest, als Dem,
welchen die Fürsten einstimmig und rechtmäßig gewählt haben,
oder Dem, welcher jetzt erwählt ist,
falls die Fürsten über ihn einig sein werden, ...
Kaiser Otto IV., Testament im Mai 1218

Sie erreichten die Burg nach einem langen Ritt durch Schlamm und ausgiebige Regenfälle. Mensch und Tier waren am Rande ihrer Kräfte. Die letzten Meilen klammerte Luna sich nur noch am Sattelknauf fest, um nicht vor Erschöpfung vom Pferd zu rutschen. Florent trug Jonathan vor sich im Sattel, mit einem Ledergurt am eigenen Leib festgebunden. Der Fünfjährige schlief fest. Er war das Leben im Sattel gewohnt und unter dem gewachsten Mantel seines Vaters war es warm und trocken. Luna beneidete ihn. Erleichtert glitt sie endlich mit steifen Knochen aus dem Sattel, ihre Stute ließ den Kopf hängen. Nicht mal der aus dem Stall herüberziehende Duft nach Heu weckte ihre Lebensgeister.

Die Männer, die bereits abgesessen waren, sahen sich um und knurrten erbost. Die Stalltüren blieben verschlossen, keine Stallknechte kamen, um ihnen zu helfen. Der kalte Aprilregen prasselte auf die Sättel und Mäntel. Die nachrückenden Pferde drängten zum Tor herein und bissen gereizt um sich.

„He, Stallmeister!", brüllte Friedrich. „Was ist los, seid ihr alle besoffen?"

Neben ihm saß Walther von der Vogelweide stöhnend ab. Man hatte ihm in Hagenau ein übellauniges Pferd gegeben, mit Sicherheit die Rache des dortigen Stallmeisters, über den er sich in einem seiner Lieder lustig gemacht hatte. Der Mann hatte so krumme Beine, dass ein Schwein ohne Probleme hindurch laufen konnte. Ein Barde musste so etwas in Verse umsetzen, doch der Stallmeister hatte offensichtlich keinen Spaß verstanden. Die Vergeltung in Gestalt eines missgelaunten Destriers drängte jetzt geradewegs in Richtung Stall und biss dabei einer im Weg stehenden Stute in die Kruppe.
„He, halt deine Schindmähre im Zaum!", blaffte ihn der Ritter an, der seine Stute beruhigen musste.
Endlich tat sich etwas an der Stalltür. Sie schwang auf und der Stallmeister sah mit weit aufgerissenen Augen heraus. „Ihr Herren, mit Euch hatten wir heute nicht mehr gerechnet!"
„Das haben wir schon bemerkt", knurrte Friedrich, der noch auf seinem weißen Hengst saß und drängte sich nach vorn. „Wenn du nicht auf der Stelle den Stall öffnest, jage ich dir mein Schwert in den Hintern und drehe es zweimal um."
Der Mann schob eilig das Tor auf, sein stolpernder Gang zeugte von reichlich Weingenuss. Am hinteren Ende des Stalles erhoben sich mehrere Männer, Stallknechte und – den ledernen Wämsern nach – Ritter. Auf einem groben Tisch standen Würfelbecher und Krüge, in der herausströmenden warmen Stallluft waberte Weindunst.
Die Knechte gingen an die Arbeit und griffen sich die ersten Pferde, um sie abzusatteln. Die Ritter standen zunächst und gafften, dann schwankte einer von ihnen heran und hob den Krug. „Willkommen auf der Wartburg, Ihr edlen Herren!"
„Geht aus dem Weg!", knurrte Walther, der hinter seinem vorwärts zerrenden Gaul als einer der Ersten in den Stallgang gelangte.

Der trunkene Ritter lachte laut. „Oho, warum so grantig, mein Lieber? Wollt Ihr Euch nicht vorstellen?“ Bei dem Versuch, den Gaul am Zaumzeug aufzuhalten, griff er daneben und traf die empfindlichen Nüstern des Tieres.
Der ohnehin schon gereizte Hengst machte kurzen Prozess und biss zu. Das nun folgende Handgemenge zwischen Ritter, Pferd und Sänger ließ sich anschließend nicht mehr lückenlos nachvollziehen, da der eine Augenzeuge betrunken, der andere parteiisch war und die nachfolgenden Ritter keine ausreichende Sicht auf die Szene hatten. Fest stand, dass der Betrunkene am Ende seinen Daumen verlor und der Sänger sein Pferd.
Letzteres lag sterbend im Gang mit einem Pfeil in der Brust. Der Streithammel saß ernüchtert und kreidebleich am Würfeltisch und starrte auf seine Hand, wo an Stelle des Daumens Blut sprudelte.
Die Stallknechte berichteten später, der Mann habe seinen Bogen repariert, bevor er sie zu einem Würfelspiel einlud, weshalb die Waffe griffbereit stand. Aus nächster Nähe ein Pferd zu treffen und zu töten war kein Kunststück, selbst für einen Betrunkenen. Den abgebissenen Daumen fand man nicht, wahrscheinlich hatten ihn die Hunde in dem allgemeinen Durcheinander gefressen oder der unglückliche Gaul hatte ihn verschluckt. Es vergingen Stunden, ehe die Gemüter sich beruhigten und alle Männer im Saal bei Brot und kalter Pastete saßen. Wein hatte Friedrich für diesen Abend verboten, lediglich verdünntes Bier durfte getrunken werden.
Landgraf Ludwig lachte schallend, als er die Geschichte hörte. „Ja, Ritter Atze ist ein sehr ungestümer Mann. Auf dem Schlachtfeld nicht zu bremsen, doch auch in Friedenszeiten schlägt er gern mal über die Stränge.“
„Daumen gegen Destrier“, winkte Friedrich ab. „Die Verluste wiegen sich auf.“
„Ein Pferd ist zu ersetzen“, gab der Landgraf zu bedenken.

„Einen neuen Ritter könnt Ihr Euch bald leisten. Kann ich Euch unter vier Augen sprechen?"
Der Landgraf hob fragend die Augenbrauen, erhob sich und führte den König in seine Schreibstube. Dort unterbreitete Friedrich ihm ein Angebot, das ihm dem Atem verschlug und gleichzeitig ein freudiges Leuchten in die Augen trieb.
Friedrich und sein Gefolge blieben eine Woche auf der Wartburg, wo sie in aller Ruhe ihr Gepäck trocknen und ihre Gewänder reinigen ließen. Friedrich gewährte Audienzen und die restliche Zeit genossen sie bei gutem Essen, Musik und Trinkgelagen.
Als der Landgraf und seine junge Verlobte Elisabeth am dritten Tag die Burg mit angemessen großem Gefolge verließen, wurde Florent misstrauisch. „Was hat der Landgraf vor?", fragte er nach dem Abendessen, das sie mit den zurückgebliebenen Grafen und Rittern verbrachten.
Der König grinste selbstgefällig. „Er reitet nach Frankfurt, wo am Sonntag die Fürstenversammlung beginnt."
„Über die Ihr den Vorsitz habt", ergänzte Florent.
„Ja. Aber wir werden die Reise später antreten."
„Spätestens morgen früh, wenn wir pünktlich sein wollen."
„Aber wir wollen zu spät kommen." Friedrich lächelte zufrieden und legte ihm gönnerhaft die Hand auf den Arm. „Verlasst Euch auf mich, Florent. In zwei Tagen hört der Regen auf, wir reiten bei bestem Frühlingswetter."
„Doch warum ..."
„Warum, warum!" Der König zog seine Hand zurück. „Vertraut mir doch einfach. Immer müsst Ihr alles hinterfragen und anzweifeln!" Er stand auf und rückte seine Gürtelschnalle gerade. „Seit zwei Jahren dümpeln wir hier im Norden herum, nichts geht vorwärts, ich habe die Nase voll! Sobald die Herren meinen Sohn gewählt haben, brechen wir auf nach Rom!" Er drehte sich abrupt um und ging hinüber zu dem Tisch, wo die Frauen saßen, die Elisabeth zurückgelassen hatte.

„Hoffentlich heißt keine von ihnen Adelheid", murmelte Florent und nahm verärgert einen Schluck aus dem Krug. Immerhin war seit gestern wieder ordentlicher Wein auf der Tafel. Der Ritter ohne Daumen war auf sein Landgut abgereist und seitdem war die Stimmung friedlicher.
Walther von der Vogelweide sang zu seiner Laute:
„Wenn einer ohrenkrank ist oder nervenschwach
Der meide, rat ich sehr den Hof zu Eisenach
Sonst wird man sein Gehör noch ganz zerstören ..."
Die Zuhörer lachten.
„Oder seinen Daumen!", brüllte einer von Friedrichs Rittern dazwischen und erntete Applaus.
Kanzler Konrad war nicht zu sehen, er arbeitete seit Tagen am Entwurf eines Privilegienpapiers, mit denen Friedrich die deutschen Fürsten von der Wahl seines Sohnes zum König überzeugen wollte. Heinrich und seine Mutter waren mit Sicherheit längst von Hagenau aus nach Frankfurt unterwegs. Seit Kaiser Ottos jämmerlichem Tod vor beinahe zwei Jahren – er starb angeblich an einem zu hoch dosierten Abführmittel – besaßen sie im Norden Narrenfreiheit und konnten relativ sicher reisen. Doch im Stillen musste Florent Friedrich recht geben, die letzten zwei Jahre waren vergangen, ohne dass sie ihrem Ziel, der Kaiserkrönung, näher gekommen waren. Von Ottos Bruder, dem Pfalzgraf bei Rhein, erhielten sie ohne große Umstände die Reichsinsignien, denen sie jahrelang erfolglos nachgejagt waren. Otto hatte es in seinem Testament verfügt. Seitdem reisten sie kreuz und quer durch den Norden, um Fürsten zu werben. Es galt, Mitstreiter für den Zug ins Heilige Land zu finden und sie für die Wahl des kleinen Heinrich zum Nachfolger Friedrichs zu gewinnen. Wenn die Fürsten in Frankfurt sich quer stellten, mussten sie mit dem Bannfluch des Papstes rechnen, der lange genug geduldig auf den Kreuzzug gewartet hatte.
„...ein Wunder, kann am End noch einer hören
Und der Herr Landgraf, er vertut

Mit seinen stolzen Helden alles Hab und Gut...“
Der Sänger stand inzwischen auf einem der Tische, seine Anhänger grölten den Text mit und schlugen im Rhythmus der Melodie die Becher auf die Tafel.
Das traut er sich nur, weil der Landgraf nicht da ist, dachte Florent, aber er hat recht, hier wird man tatsächlich schwerhörig. Missmutig trank er den letzten Schluck Wein aus, erhob sich von der Bank und schlich in seine Kammer, die zum Glück weit entfernt von dem Getöse im Saal in einem Anbau am Palas lag. Er zog sich leise aus, um Jonathan nicht zu wecken, kroch ins Bett und schmiegte sich an den warmen Körper seiner Frau.
„Was ist los?“, fragte sie verschlafen und drehte sich zu ihm um. „Du kommst sonst nicht so früh.“
„Er führt etwas im Schilde.“ Stöhnend drehte er sich auf den Rücken und starrte an die Decke, die sich im flackernden Schein der Öllampe wie ein Banner im Wind zu bewegen schien.
„Friedrich? Was ist daran neu?“
Er knirschte mit den Zähnen. „Ich hasse es, wenn ich der Gefahr nicht ins Auge sehen kann.“
„Weiß der Kanzler Bescheid?“
„Keine Ahnung. Der war nicht im Saal.“
„Wir fragen ihn morgen. Wenn er was weiß, wird er es uns sagen. Und jetzt schlaf. Jonathan wacht mit dem ersten Hahnenschrei auf.“
Florent rückte ein wenig dichter an Luna heran. „Dann sollten wir die Zeit bis dahin nutzen ...“

„Was führt er im Schilde?“, fragte Florent den Kanzler während der Beizjagd am nächsten Morgen.
Konrad hob die Schultern. „Ich habe mich nur mit den Versprechungen befasst, die den Fürsten gemacht werden sollen.“ Er klang besorgt, während er den rasanten Sturzflug

des Gerfalken verfolgte, den Friedrich sich ausgewählt hatte.
„Meint Ihr, sie werden Heinrich wählen?“
„Er hält ihnen ziemlich fette Brocken vor die Nase. Wenn sie zustimmen, besitzen sie Vorrechte wie nie zuvor. Sie wären dumm, wenn sie es nicht tun.“
Der Falke hatte einen Fasan geschlagen und hielt ihn am Boden. Die Jagdhelfer ritten los, um ihm die Beute abzunehmen.
„Aber Ihr seid nicht glücklich mit den Vereinbarungen, das sehe ich Euch an.“
Konrad zog die Mundwinkel nach unten. „Heinrich wird zwar König sein, aber mit so wenig Macht wie kein Herrscher zuvor. Die Herren werden diese Zugeständnisse für Schwäche halten, die neuen Rechte ausbauen und selbst wie kleine Könige herrschen. Wenn der Kreuzzug länger dauert oder –“, er bekreuzigte sich rasch und senkte die Stimme, „wenn Friedrich nicht zurückkehrt, wird das Reich zerfallen wie ein morscher Baumstamm.“
Die Helfer setzten dem Gerfalken die Haube auf und töteten den Fasan. Im Galopp brachten sie Jäger und Beute zurück und übergaben sie dem König.
Florent runzelte die Stirn. „Das ist seine Lieblingsstrategie: Er schnurrt wie ein Kätzchen, um später wie ein Löwe zu brüllen. Was genau sichert er den Fürsten zu?“
„Das freie Verfügungsrecht über ihren Nachlass, uneingeschränktes Zoll- und Münzrecht sowie freie Verfügung über die Lehen ihrer Gebiete.“
Florent sog die Luft durch die Zähne. Auch wenn er von diesem Teil der Reichspolitik nicht viel Ahnung hatte, begriff er doch die Tragweite dieser Privilegien. Friedrich vergab alle wichtigen Rechte eines Königs an die Fürsten. Wenn die hohen Herren zustimmten, wäre der neue König nur noch eine Marionette.
„Habt Ihr Friedrich Eure Bedenken genannt?“

Der Kanzler schnaubte belustigt. „Was glaubt Ihr? Mehrfach, aber vergeblich."
„Sein Dickkopf wird ihm eines Tages den Hals brechen."
„Oder seinem Sohn. Aber warten wir ab. Bisher hatte er immer Glück mit seinen gewagten Ideen. Vielleicht klappt es auch dieses Mal."
Er verneigte sich hastig, als der König vorbeiritt, den Jagdvogel auf dem Arm. „Ein guter Fang, Majestät."
Friedrich strahlte. „Dieser Falke ist ein hervorragender Jäger, ich will ihn dem Landgrafen abkaufen. Klärt mit seinem Vogt alles Notwendige."
„Sehr wohl, Majestät."
Friedrichs Blick blieb an Florent hängen. „Was ist mit Euch? Warum habt Ihr Euch keinen Vogel geben lassen?"
„Es waren nur zwei kränklich aussehende Sperber übrig, damit hätte ich höchstens Feldmäuse beizen können."
„Angst vor der Schmach?"
„So in etwa, Majestät."
„Wenn Ihr wollt, leihe ich Euch meinen Falken. Er ist ausgezeichnet. Allerdings sollten wir eine halbe Stunde warten, bis er wieder aufsteigen kann."
Florent verneigte sich knapp, in der Hoffnung, Friedrich habe sein Angebot bis dahin vergessen. Er konnte nur verlieren bei diesem Angebot: Wäre seine Beute kleiner als die des Königs, erntete er Spott, wäre sie größer, musste er Friedrichs schlechte Laune ertragen. Auf beides hatte er keine Lust.

Frankfurt, April anno 1220

„Als Uns dann die Wahl eröffnet wurde,
weigerten Wir uns, sie anzuerkennen,
da sie ja ohne Euer Wissen und ohne Euren Auftrag,
ohne die Wir nichts planen
und nichts unternehmen wollen, erfolgt war ...“
Friedrich II., Brief an Papst Honorius

Zwei Tage blieben sie noch auf der Wartburg, am Samstag schließlich brachen sie endlich nach Frankfurt auf. Dort sollte am Sonntag der Hoftag beginnen, zu dem Friedrich alle bedeutenden Fürsten des Reiches nördlich der Alpen eingeladen hatte. Es war klar, dass sie an einem Tag nicht bis Frankfurt reiten konnten. Der König als Gastgeber würde zu spät eintreffen.

Friedrich gab ein gemütliches Reisetempo vor, sie ritten höchstens im Trab und rasteten häufig. Es regnete nicht mehr und die Sonne lockte in Wald und Feld frisches Grün hervor. Frühlingswetter, wie er es vorausgesagt hatte. Im Unterholz blühten weiße und gelbe Blumen.

Luna pflückte Bärlauch, die langen Blätter der würzigen Pflanze aßen sie zu Brot und kalten Bratenscheiben aus den Satteltaschen. Während die Männer genüsslich kauten, sammelte sie am Wegrand bereits wieder Huflattichblüten.

„Gegen den trockenen Husten“, sagte sie, als sie Friedrichs fragenden Blick bemerkte.

„Pflückt, so viel Ihr könnt. Wenn Ihr wollt, helfen Euch die Männer.“

Luna sah die entsetzten Blicke der Ritter und lehnte lächelnd ab. Sie wickelte die Stängel behutsam in ein Tuch. Sobald sie in Frankfurt angekommen waren, würde sie die gelben Blüten zum Trocknen auslegen.

Ohne Eile saßen sie schließlich auf. „Genießt den Sonnenschein, ich hab ihn für Euch bestellt!“, lachte Friedrich und ritt an.

„Jetzt legt er sogar schon das Wetter fest“, sagte Florent missgelaunt zu Luna, als sie am Nachmittag im Eschweger Kloster rasteten und sich von den Nonnen bewirten ließen.
Luna lachte leise. „Das lass ihn nicht hören, darauf bildet er sich noch was ein.“ Sie senkte die Stimme weiter. „Ich glaube, dies hier ist das Kloster, in dem meine Ziehmutter Judith einst Äbtissin war.“
„Im Ernst?“ Er sah sich um. „Dann fragen wir doch eine der Nonnen!“
Sie legte die Hand auf seinen Arm. „Nein, ich glaube nicht, dass die Frauen gut auf sie zu sprechen sind, schließlich ist sie bei Nacht und Nebel geflohen.“
„Mit einem Mann“, ergänzte Florent mit tragischem Ton. „Mit einem heidnischen Mann.“
„Du hast recht. Wahrscheinlich werden sie mich im Weihwasser ertränken, wenn ich ihren Namen erwähne.“ Beide prusteten laut heraus.
Jonathan kam auf seinem Pferdchen herangaloppiert, einer ausgefransten Haselrute mit einem Lederriemen am oberen Ende war. „Warum lacht ihr?“, fragte er.
„Weil wir froh sind, dich zu haben“, sagte Luna.
Jonathan blickte sie skeptisch an, doch als sie ihn heftig an sich drückte, zeigte er sich mit der Antwort zufrieden und gab dem Pferd die Sporen.
Am Montagmittag kamen sie in Frankfurt an. Niemand fragte nach dem Grund der Verspätung, es herrschte eher Erleichterung, dass sie überhaupt kamen. Konrad wechselte mit ihm einige ratlose Blicke, als sie ihre Zügel den Pferdeknechten überließen.
Sie betraten den Saal, wo die Fürsten in kleinen Gruppen beisammenstanden und heftig diskutierten. Florent fiel auf, dass etliche unter ihnen frische Blessuren zur Schau trugen, Blutergüsse um die Augen und angeschwollene Nasen, bandagierte Hände.

„Hier gab es wohl eine handfeste Auseinandersetzung, seht Euch die bunten Gesichter an“, raunte er Konrad zu.
Friedrich ging schnellen Schrittes zu dem Podest am Ende des Saales, wo drei gepolsterte Stühle aufgestellt waren. Die Fürsten unterbrachen ihre Gespräche und verbeugten sich tief. Er nahm auf dem mittleren Sessel Platz. Entgegen seiner sonstigen Eitelkeit war er nicht in seinen besten Kleidern erschienen, trug nicht seine schwere Krone, sondern den staubigen Lederharnisch über einfachen Reithosen und einen schmalen Goldreif, der in den zerzausten Locken kaum auffiel. Er trank in langen Zügen Wasser aus dem bereitgestellten Becher, dann musterte er die Anwesenden.
Als die gespannte Stille im Saal greifbar wurde, trat der Erzbischof von Mainz vor und bat um das Wort. Obwohl dem König das Recht der ersten Rede zustand, gewährte Friedrich es ihm mit einer lässigen Handbewegung.
Der Erzbischof verneigte sich dankend und hob die Stimme. „Majestät, willkommen in Frankfurt, seid gegrüßt im Namen des Herrn, dessen Güte unendlich ist. Vergebt mir meine Vermessenheit, aber gute Kunde sollt Ihr, verehrte Majestät, aus meinem Munde hören, bevor Ihr in Eurer Weisheit entscheidet, was dem Reich zum Wohl entschieden werden muss.“ Er wedelte ausladend mit den Armen, wobei er sich drehte, als wolle er die Anwesenden segnen. „Während Ihr, Majestät, unterwegs zu diesem Hoftag wart, trat Euer Untertan, der ehrbare Landgraf Ludwig von Thüringen, vor die Versammlung der Fürsten und sprach in unerhörtem Übermaß an Hochmut in Eurem Namen. Wir verbaten uns diese grobe Anmaßung, was den Herrn nur noch mehr anspornte, alte Streitigkeiten aufzugreifen und zu provozieren, sodass es bald infolge der hohen Ansammlung von Rittern und Streitkräften zu einem Geplänkel kam, das einige besonnene Fürsten und ihre Ritter nur mit Mühe beenden konnten. Es gab Verletzte, durch Gottes Güte keine Toten.“

Florent hatte Friedrich genau im Blick, er sah, dass der König gelassen zuhörte, als überrasche ihn das alles nicht. Im Gegenteil, er schien sich zu amüsieren. Am Eingang des Saales kam Unruhe auf, der Erzbischof unterbrach sich und wandte sich um. Konstanze betrat den Saal, an ihrer Hand der achtjährige Heinrich. Der Junge sah sich scheu um, doch seine Mutter zog ihn energisch durch die Menge. Sie eilte durch ein Meer von gebeugten Rücken zu ihrem Gatten und nahm an seiner Seite Platz.
Friedrich küsste erst seine Frau auf die Stirn, dann seinen Sohn, beugte sich gespannt nach vorn und wedelte mit der Hand. „Fahrt fort, Exzellenz!"
„Im Anschluss an diese unerhörten Geschehnisse erkannten die Anwesenden in Sorge um die Einheit des Reiches die Notwendigkeit, einen König im Lande zu haben, wenn Ihr den Weg ins Heilige Land antretet. Um des erfolgreichen Kreuzzuges Willen wählten sie Euren Sohn Heinrich zum König."
Florent konnte nicht verhindern, dass ihm ein Laut der Überraschung entwich. Anderen unter den zuletzt Angekommenen ging es ähnlich, hier und dort schlug jemand die Hand vor den Mund. Kanzler Konrad hatte seine Miene fest im Griff, lediglich seine Kieferknochen mahlten.
Friedrich erhob sich. Die Unruhe legte sich sofort wieder. Er sah auf die Fürsten herab und schwieg. Seine Augen glänzten feucht, er schien nach Worten zu ringen. Wäre Florent nicht selbst so überrascht gewesen, hätte er das Mienenspiel wahrscheinlich bewundert.
Als die Stille an den Nerven zu zerren begann, räusperte sich Friedrich, griff rechts Konstanzes Hand und links die seines Sohnes und begann zu sprechen: „Edle Herren, Eminenzen, geliebte Fürsten! Wie Ihr seht, sind Wir überwältigt von Eurer weisen Voraussicht, Eurer Sorge um Unser heiliges Reich. Ihr habt vollkommen recht, aufgrund Unserer be-

vorstehenden Abreise entstehen womöglich weitere Misshelligkeiten und größerer Unfriede, Anlässe für Zwist und Hader gibt es genug. Es ist unabdingbar, dass Ihr einen König wählt, der das Reich zusammenhält, während Wir der heiligen Aufgabe nachkommen.“ Er hielt inne und suchte erneut nach Worten. „Dennoch können Wir, kann Unser Sohn diese Wahl nicht annehmen.“
Erneut misstraute Florent seinen Ohren. Überraschtes Gemurmel füllte die Pause nach diesem Satz. Die Männer im Saal blickten sich fragend an, selbst Konstanze runzelte leicht ihre Stirn.
Friedrich strich seinem Sohn übers Haar und fuhr fort: „Diese Königswahl fand ohne Wissen und ohne Auftrag Seiner Heiligkeit statt. Wie können wir ohne Zustimmung des Heiligen Vaters einen König bestimmen?“ Er warf von dem Podest herab einen vorwurfsvollen Blick auf den Erzbischof, der betreten den Blick senkte. „Doch da Ihr einig seid in Eurem Bestreben, schlage ich vor, Ihr haltet Eure Wahl schriftlich fest und ein jeder von Euch siegele seinen Willen, damit das Schreiben Seiner Heiligkeit vorgelegt werde und Papst Honorius daraufhin diese Wahl bestätige.“
Der Erzbischof nickte erleichtert und die Männer klatschten Beifall.
Florent sah sich suchend um. Er musste dringend jemanden finden, der ihm erklärte, was gestern hier passiert war. Die grimmig blickenden Mienen der Umstehenden waren ihm fremd. Sein Blick streifte ein blau unterlaufenes Gesicht mit einem zugeschwollenem Auge, das ihm bekannt vorkam. Der Mann bemerkte ihn und verzog verächtlich die Miene, was ihm sichtlich Schmerzen bereitete. Der Herzog von Meißen, wenn er sich richtig erinnerte. Ein erbitterter Feind des Thüringer Landgrafen, der würde kaum mit ihm reden. Doch Ludwig selbst? Wo war der? Er vermochte weder ihn noch Elisabeth zu entdecken. Der Erzbischof von Mainz stand zu weit vorn, den konnte er unmöglich in ein Gespräch

verwickeln, ohne aufzufallen. Außerdem war es fragwürdig, ob der Mann sich herabließ, mit ihm zu reden. Als er sich umdrehte, sah er den Sänger an der Wand stehen. Er drängte sich langsam durch die Männer nach hinten. Friedrich erklärte ihnen gerade die Privilegien, die sie erhielten, wenn sie die Papiere unterzeichneten und siegelten, die Heinrich zum Nachfolgekönig machen würden.

Walther grinste ihm zu und schien einem kleinen Plausch nicht abgeneigt.

„Habt Ihr gehört, was gestern hier geschah?“, raunte Florent ihm ins Ohr.

Walthers Grinsen wurde breiter. Er nickte und deutete mit dem Kopf auf die Tür. „Eine längere Geschichte!“

Vorsichtig schlichen sie hinaus. Vor dem Saal huschten Bedienstete umher. Der Sänger sah sich geheimnisvoll um.

„Jetzt spannt mich nicht auf die Folter!“, zischte Florent.

„Ich nenne Euch nur die Fakten, deuten müsst Ihr sie selbst.“ Er zog Florent in eine Nische unter einer Treppe. „Wie Ihr wisst, liegen der Erzbischof von Mainz und Landgraf Ludwig seit Jahren im Streit wegen irgendwelcher Zuständigkeiten. Nun hat der Landgraf gestern verkündet, vom König Befugnisse zu haben, den Hoftag zu eröffnen, weil der König aus triftigen Gründen, die er nicht bekannt geben dürfe, verspätet anreisen würde.“

Florent stöhnte leise auf, als er sich an das vertrauliche Gespräch zwischen Ludwig und Friedrich erinnerte.

„Daraufhin erboste sich der Mainzer und verlangte Beweise für dieses Recht, denn er glaubte, aufgrund seines höheren Standes, die Versammlung leiten zu müssen. Der Landgraf verhöhnte ihn auf äußerst unhöfliche Art und überging seine Einwände. Es kam zum Eklat und die Männer des Erzbischofs stürzten sich auf die Thüringer. Bald war eine wilde Rauferei im Gange, es wurden sogar Messer gezogen. Nur mit Mühe gelang es einigen Besonnenen, die Männer zu trennen. Ein paar Stunden später, die Wunden waren versorgt und die Gemüter abgekühlt, trafen sie sich erneut im Saal und wählten auf Betreiben Ludwigs den kleinen Heinrich zum König."

Florent starrte vor sich hin und versuchte, den Sinn dieses Spektakels zu ergründen. „Woher wisst Ihr das alles?"

Walther lächelte zufrieden. „Von den Pferdeknechten. Die haben es von den Mägden und die sind meist bestens informiert."

Sie schlichen sich zurück in den Saal, wo Friedrich mit ernstem Gesicht die Fragen der Fürsten zu den versprochenen Vergünstigungen beantwortete.

„Majestät, Euer Sohn ist acht Jahre alt. Wen habt Ihr als Berater vorgesehen?" Der Herzog von Meißen sprach undeutlich mit einer dick geschwollenen Unterlippe.

Friedrich gab Auskunft, ohne lange zu überlegen. „Er wird einen zuverlässigen und erfahrenen Stab von Ratgebern um sich haben, allen voran Kanzler Konrad von Scharfenberg, dessen Fähigkeiten Ihr kennt. Bischof Engelbert von Köln wird ihn in geistlichen Fragen beraten, Florent von Accera wird seine Leibwache befehlen."

Florent zuckte kurz zusammen, als er seinen Namen hörte. Man machte ihm bereitwillig Platz, als er neben den Kanzler trat.

„Meinen Glückwunsch!", murmelte er zwischen den Zähnen hindurch. „Ihr überlasst nichts dem Zufall!"

Konrad drehte den Kopf. „Glaubt Ihr etwa, ich hätte von dieser Inszenierung gewusst?"

„Ihr habt die Privilegienpapiere ausgearbeitet."

„Damit hatte ich vollauf zu tun. Nur der Landgraf war eingeweiht."

„Wo ist der eigentlich?"

„Er hütet das Lager. Hat wohl gestern bei der Prügelei ganz unten gelegen." Um Konrads Mundwinkel zuckte es verräterisch.

Florent sah den Sänger wieder an seinem Platz an der Wand stehen. Jede Menge Stoff für neue Verse, dachte er und Walther nickte ihm grinsend zu, als könne er Gedanken lesen.
„Was geschieht mit Sizilien?“, fragte der Herzog von Baiern. Unter den Fürsten gab es nicht wenige, die Grundbesitz in Italien hatten.
Friedrich reagierte erstaunt. „Was soll damit geschehen? Heinrich ist König von Sizilien und wird es bleiben. Mein Gemahlin Konstanze wird dort die Rechte für ihn wahrnehmen.“
Florent sah, wie die Königin mit den Tränen kämpfte. Obwohl sie sicher seit geraumer Zeit wusste, dass sie sich von ihrem einzigen Sohn trennen musste, fiel es ihr sichtlich schwer, sich an diesen Gedanken zu gewöhnen.
Auch der Junge blickte unglücklich über die Menschenmenge hinweg. Es würde nicht leicht werden, ihn zu trösten. Florent seufzte, er wäre lieber im Gefolge der Königin nach Sizilien gegangen. Zu gern hätte er Jonathan den rauchenden Berg und die Zitronenbäume auf den Gütern seines Vaters gezeigt.
Am Ende der Versammlung siegelten die Fürsten einhellig das Schreiben an Papst Honorius, das weniger einem Antrag oder einer Bitte entsprach, sondern ihn vor vollendete Tatsachen stellte.
Als Friedrich die Urkunden entgegennahm, leuchteten seine Augen: „Jetzt steht dem Kreuzzug nichts im Wege. Heute Abend wird gefeiert und morgen reitet nach Hause und regelt Eure Geschäfte, wir sehen uns im August auf dem Lechfeld!“
Die Fürsten applaudierten und räumten den Saal, damit die Diener die Tafeln aufstellen konnten.
„Soll ich einen Boten bestellen?“, fragte Kanzler Konrad und wies auf die Urkunden.

„Nein, diese Papiere nehme ich selbst mit nach Rom.“ Friedrich drückte die Urkunden an seine Brust. „Ich überreiche sie Honorius persönlich, vor meiner Krönung zum Kaiser.“

Lechfeld, August anno 1220

„Wir lassen also durch ein Edikt allen Kreuzfahrern verkünden, sie sollten sich mit ihrer Zurüstung mit allem Eifer daran halten, dass sie an einem bestimmten Tage, den Wir festsetzen würden, bereit seien, ohne Widerrede überzusetzen ...“

Friedrich II., Brief an Papst Honorius

Ich will nicht hierbleiben!“ Heinrich stampfte mit dem Fuß auf. Seine Stimme zitterte, Tränen der Wut glitzerten in seinen Augen. „Ich bin schon neun!“

„Du wirst gehorchen!“, sagte Friedrich lapidar, doch sein Gesicht war weiß. Die Auseinandersetzung zog sich bereits seit dem frühen Morgen hin und seine Geduld war am Ende. Konstanze schwieg bekümmert, sie wusste, alle Worte der Welt würden nichts ausrichteten.

„Vater, du hast gesagt, ich müsse schneller zum Manne werden als andere ...“

Friedrich hieb mit der Faust auf den Tisch. „Begreifst du nicht? Du wirst hier im Norden deinen Mann stehen, als König! Und nun kein Wort mehr, sonst verbringst du die Zeit bis zu unserer Abreise im Verlies.“

Der Neunjährige schob seine Unterlippe vor und senkte den Kopf.

Friedrich stand abrupt auf. „Ich begrüße die heute eingetroffenen Fürsten. Kümmert euch um die Abreise.“

Sein Blick fiel auf Konstanze, die lediglich stumm nickte. Das Gepäck musste sortiert werden. Ihre Truhen würden mit nach Rom reisen, während Heinrichs Kleider zurück nach Hagenau geschickt wurden. Zusammen mit ihrem einzigen Sohn, der seinen Tränen jetzt freien Lauf ließ.

Sie zog ihn in ihre Arme. „Sei nicht traurig, mein Junge. Du wirst wachsen. Und ehe du dich versiehst, bist du ein Mann. Du wirst lernen und dich im Schwertkampf üben. Dann bist du bereit für den Kreuzzug.“

Er befreite sich unwirsch. „Bis dahin ist Vater längst siegreich zurückgekehrt!“
Konstanze seufzte. Warum dachten Jungen und Männer immer nur an Kampf und Ruhm? Sie selbst würde Heinrich vermissen, weil er ihr einziger Sohn war. Sie würde vergehen vor Sorge um sein Leben, seine Gesundheit, sein Glück. Er dagegen weinte, weil er nicht mit auf diesen Kreuzzug durfte. Sie suchte nach tröstenden Worten, obwohl sie nicht ihrer Überzeugung entsprangen. „Es wird neue Kreuzzüge geben. Du wirst den Frieden im Heiligen Land sichern, dessen Grundstein dein Vater legt. Du ziehst nach Jerusalem, wenn dein Vater das nicht mehr kann.“
Heinrich schniefte. Sie drückte ihn noch einmal an sich und prägte sich das Gefühl ein.
Wieder wand er sich aus ihren Armen. „Aber warum kann ich nicht wenigstens mit in den Süden gehen?“, klagte er.
„Das hat dein Vater dir erklärt. Du bist der König, die Fürsten haben dich gewählt. Du musst hierbleiben und an deines Vaters Stelle regieren. Florent wird dich unterstützen und Luna bleibt auch bei dir.“ Sie war Friedrich dankbar für diese Verfügung. In Lunas und Florents Obhut waren Gesundheit und Leben ihres Sohnes gesichert. Obwohl sie den Norden hasste, wäre sie selbst gern geblieben, um für Heinrich zu regieren, solange er nicht volljährig war. Doch auch Sizilien verlangte nach einem Herrscher. Die maurischen Stammesfürsten wagten sich immer weiter aus ihren Schlupflöchern in den Bergen heraus und die königstreuen Vasallen baten seit einiger Zeit dringend um Hilfe.
„Enzio kann für mich regieren!“ Heinrich war noch immer nicht überzeugt.
Sie runzelte die Stirn. „Dieser Enzio ist ein Bastard, niemals kann er König sein!“ Ihre Stimme war schärfer als beabsichtigt.
Heinrich stand abrupt auf und ging zur Tür.
„Wo willst du hin?“

„Ich muss mich verabschieden.“
Die beiden Halbbrüder hatten in den letzten Wochen viel Zeit miteinander verbracht und waren Freunde geworden. Sie beobachtete diese Entwicklung mit Argwohn.
Eine Dienerin klopfte an der Tür. „Herrin, wir wären soweit. Wollt Ihr das Gepäck überprüfen?“
Sie erhob sich mühsam, als läge eine schwere Last auf ihren Schultern. „Ich komme.“
Sie begutachtete die hellen Korbtruhen, in denen ihre eigenen Kleider, Mäntel, Decken und Schuhe verstaut waren. Heinrichs Kleidung lagerte in kleineren Kisten aus Kastanienholz, kunstvoll mit Silber beschlagen. Liebevoll strich sie über die sorgfältig gefalteten Leinenhemden, über den Mantel aus gefilzter Wolle, den sie im Winter mit dem Reichsadler bestickt hatte. Wenn sie ihren Sohn irgendwann wiedersah, und sie hoffte von Herzen, das würde überhaupt einmal der Fall sein, dann wären ihm all diese Sachen zu klein. Eine Träne tropfte auf den Mantel und sie wischte sie hastig weg. Sie zog ein beinernes Kruzifix aus der Tasche ihres Umhanges und schob es unter den Mantel. „Möge Gott dich schützen, mein Sohn. Ich kann es nicht mehr.“
Sie hastete zurück in ihr Zelt, kroch mit letzter Kraft in ihr Bett und ließ dort den Tränen freien Lauf. Dabei zog sie sich das Kissen fest über den Kopf, niemand durfte hören, wie sehr sie litt.
Das Zeltlager auf dem Lechfeld wuchs von Tag zu Tag. Herzöge, Grafen und Bischöfe strömten aus allen Landesteilen mit Gefolge, Ausrüstung und Gepäck herbei, um Friedrich zunächst nach Rom und dann ins Heilige Land zu begleiten. Der Bedarf an frischen Lebensmitteln und Wasser stieg enorm und sie mussten schnellstmöglich mit der Abreise beginnen, um die Bevölkerung der Umgegend nicht vollends ausbluten zu lassen. Zwar ließen sich die Bauern die Versorgung gut bezahlen, doch irgendwann war der letzte

Sack Mehl verbraucht und das letzte Schwein geschlachtet. Die Leute hier mussten über den Winter kommen, Kupfermünzen konnten sie schließlich nicht essen. Gegen Mittag brachen die ersten Abteilungen auf und zogen in Richtung Süden, die anderen würden morgen folgen.
Im königlichen Zelt gab es am Abend ein einfaches Essen, weder Konstanze noch Heinrich waren anwesend.
„Die Königin lässt sich entschuldigen", sagte Friedrich mit einem Schulterzucken, als er die fragenden Blicke bemerkte. „Und der Bengel liegt im Bett, er bockt ein wenig." Er sah Florent schadenfroh an: „Ab morgen müsst Ihr seinen Dickschädel ertragen."
„Darin hab ich Übung", entgegnete der lapidar.
Friedrich grinste. Seine gute Laune war durch nichts zu trüben, heute hätte er auch deutlichere Worte geschluckt. Er schlang seine Pastete herunter, Konrad und Florent hatten Mühe, sich satt zu essen, bevor der König die Tafel aufhob.
„Beim ersten Hahnenschrei reiten wir los." Friedrich warf einen nervösen Blick zum abgetrennten Privatbereich des Zeltes, wo Konstanze sich aufhielt. Es galt, Abschied zu nehmen. Für wie lange, wusste niemand.
Auch Adelheid wartete in ihrem Zelt auf den König, sie würde mit ihrem Sohn morgen den Weg zurück nach Hagenau nehmen.
Florent murmelte beim Hinausgehen: „Das wird eine harte Nacht für ihn."
Konrad hob die Schultern. „Darin hat *er* Übung."
„Höre ich Sarkasmus?"
„Habt Ihr Lust auf einen guten Tropfen? Mein Gepäck ist noch nicht vollständig verladen."
„Gern, wir werden uns eine Zeit lang nicht sehen."
„Ich hoffe, Ihr seht darin keinen Grund zum Feiern?"
„Oh nein, Ihr werdet mir fehlen, offen gesagt ..."

Eine laute Frauenstimme unterbrach ihn: „Heinz?“ Adelheid kam ihnen entgegen. „Ist mein Sohn bei Heinrich? Ich kann ihn nirgends finden.“
Florent schüttelte den Kopf. „Soweit ich weiß, schläft der junge König bereits.“
Adelheid sah sich beunruhigt um. „Wo kann er nur sein? Er ist sonst so zuverlässig.“
Ihre dunkelblauen Augen blickten nicht mehr so kühl wie sonst, wenn sie sich begegnet waren. Sorge spiegelte sich darin, die Angst einer Mutter um ihr Kind.
Florent überlegte kurz. Die Männer der Leibwache würden am Feuer sitzen und würfeln. Er nickte ihr zu. „Kehrt zurück in Euer Zelt, falls der Junge kommt, müsst Ihr dort sein. Ich lasse ihn suchen.“
„Kann ich etwas tun?“, fragte der Kanzler. Florent überlegte, ob sie Friedrich informieren müssten, aber wenn der Bengel sich irgendwo rumtrieb und demnächst reumütig heimkehrte, wäre die Aufregung umsonst gewesen. „Öffnet schon mal den Wein.“
Die Männer der Leibwache waren alles andere als begeistert, einen kleinen Ausreißer suchen zu müssen, aber sie murrten nicht in Gegenwart ihres Hauptmannes. Florent sah es an der Art, wie sie sich erhoben und mit scheinbar mühsamen Bewegungen ihre Lederwämser überstreiften.
„Verteilt euch gleichmäßig übers Lager, fragt jeden, den ihr trefft. Er wird sicher bald gefunden.“
Doch er sollte sich irren. Gegen Mitternacht war Heinz nicht entdeckt, niemand hatte ihn in den vergangenen Stunden gesehen. Florent, der beim Kanzler im Zelt gewartet hatte, erhob sich nach der letzten Meldung, nun doch ernsthaft besorgt. „Wir müssen Friedrich informieren.“
Sie trafen ihn auf dem Weg zu Adelheid. „Was ist passiert?“
„Enzio ist verschwunden.“

Adelheid kam aus dem Zelt gestürzt, als sie die Stimmen hörte und fiel Friedrich um den Hals. „Bitte, du musst etwas unternehmen. Bestimmt ist ein Unglück geschehen."
Friedrich schob sie sanft von sich. „Er spielt irgendwo mit Freunden und hat die Zeit vergessen."
„Es ist seit Stunden Nacht! Heinrich hat ihn abgeholt, noch vor dem Abendessen."
„Dann werden wir Heinrich wecken und ihn fragen."
Sie betraten den Teil des königlichen Zeltes, in dem Heinrich schlief. Der Junge lag zugedeckt bis über die Ohren und rührte sich nicht. Friedrich zog die Decke zurück und rüttelte sacht an seiner Schulter: „Heinrich, wach auf!"
Das Kind fuhr herum und schrak hoch. Im dämmrigen Licht der Öllampe glänzten weit aufgerissene Augen in einem verängstigten Gesicht.
„Es war nicht meine Idee!", sagte der Junge kläglich. „Er hat es mir befohlen."
Friedrich und Florent sahen sich an. Vor ihnen saß Enzio.
Nachdem sie ihn aus Adelheids stürmischen Umarmungen gelöst hatten, begann Enzio stockend zu erzählen: „Heinrich will unbedingt mit auf den Kreuzzug gehen. Er hat sich alte Kleidung besorgt und sich als Knappe bei einem fremden Ritter ins Gefolge gemischt. Mir befahl er, sich in sein Bett zu legen, damit alle glauben, er sei hier."
„Welcher Ritter?", fragte Friedrich, dessen Gesicht so weiß war wie Enzios Linnenhemd.
Als der Junge ihn verwirrt ansah, hakte Florent nach: „Weißt du, welchem Ritter er sich angeschlossen hat?"
„Nein. Er sagte, je weniger ich wüsste, desto weniger könne ich verraten." Dem Achtjährigen standen dicke Tränen in den Augen.
Friedrich nickte. „Taktik und Strategie sind durchaus lobenswert." Er schlug sich mit der Faust auf den Oberschenkel und Enzio zuckte zusammen. „Wenn wir mit neun Stunden

Vorsprung rechnen, davon mindestens drei Stunden Lagerzeit, dann genügen sechs Stunden, um sie einzuholen."
„Vorausgesetzt, wir reiten sofort", ergänzte Florent.
Friedrich sah ihn an, als hätte er ihm das Vaterunser erklärt. „Nicht wir, *Ihr* werdet reiten. Wenn das Lager morgen früh abgebrochen wird, müsst Ihr dort sein."
Florent verließ das Zelt ohne weitere Worte. Er suchte zwei seiner besten Leute aus, Lucio, den Bogenschützen, und Lennard, den sie noch immer das „Bärenliebchen" nannten, der inzwischen aber längst kein Knappe mehr war. „Wir reiten der Vorhut nach und finden diesen Bengel. Schade, dass ich ihm nicht den königlichen Hintern versohlen darf." Missgelaunt sattelte er sein Pferd.
Konrad trat zu ihm. „Viel Erfolg!"
„Danke für den Wein, der tröstet mich auf dem Ritt durch die Nacht."
„Den letzten Schluck trinke ich auf Euch!"
Florent und seine Männer spornten ihre Pferde beim Licht der Sterne. Ihre Hufschläge verklangen bald in der Dunkelheit.
Luna saß an Jonathans Bett und summte ein Lied. Die Aufregung, die Florent verbreitet hatte, als er in aller Eile Mantel und Schwert geholt hatte, ließ ihn nicht einschlafen. Jetzt fuhr er hoch und starrte mit großen Augen auf den Zelteingang, wo ein deutliches Kratzen zu vernehmen war.
„Wer ist da?", fragte sie.
Das Zelt öffnete sich und Friedrich trat ein. „Ich bin es", sagte er überflüssigerweise.
Jonathan sank zurück und schloss die Augen. Zum König hatte er Vertrauen.
„Ein hübscher Junge", sagte Friedrich und strich ihm durch die dunklen Locken. „Und so folgsam."
„Das wird nicht so bleiben", entgegnete Luna. „Irgendwann haben sie ihren eigenen Willen und begehren auf. Erinnert Euch!" Sie erhob sich. „Wollt Ihr einen Tee, Majestät?",

fragte sie, während sie überlegte, was er wohl im Schilde führte.
„Gern. Ich habe mich gefragt, ob Ihr nicht etwas Gesellschaft gebrauchen könnt, wo Euer Gemahl doch meinen abtrünnigen Knaben suchen muss."
Sie neigte den Kopf, eine vage Geste, die alles bedeuten konnte. Gleichzeitig schenkte sie ihm Tee ein. Es war ein einfacher Kräutertee, den sie Jonathan abends gab, aber Friedrich trank ihn, als wäre es ein kostbarer Wein. An seiner rechten Hand blitzte ein großer grüner Edelstein auf, während er die Augen schloss und kleine Schlucke nahm.
„Schmeckt wie früher, als meine Mutter noch lebte."
„Erinnert Ihr Euch an sie?"
„Schemenhaft. An ihr Haar, es war wie Weizen, sie trug dicke Zöpfe, die ihr über den Rücken hingen. Und an ihren Körper, warm und weich, wenn ich zu ihr ins Bett kroch."
Sie schwiegen eine Weile und starrten in die Flamme der Öllampe. Luna dachte an die Katzen, die seine Mutter töten ließ, aber daran wollte sie ihn nicht erinnern. Hinter ihnen begann Jonathan leise zu schnarchen.
„Morgen trennen sich unsere Wege, Luna. Ihr werdet mir fehlen, ihr wart immer etwas Besonderes für mich."
Sie lächelte. „Ihr habt einmal gesagt, Ihr haltet mich für Eure gute Fee."
Er nickt ernst. „Ich glaubte, meine Mutter hat Euch gesandt."
„Und heute? Was glaubt Ihr heute?"
„Ich weiß es nicht. Es ist furchtbar ärgerlich, solche Dinge nicht überprüfen zu können. Vielleicht verlässt mich mein Glück, wenn Ihr mich verlasst?"
„Das werdet Ihr nie erfahren. Denn Euer Schicksal könnte das gleiche sein, wenn ich bei Euch bliebe."
Er nickte. „Das ist das Dilemma. Es gibt so vieles, was ich nicht weiß. Und es gibt erbärmlich wenige Möglichkeiten, etwas zu erforschen."

„Manche Möglichkeiten sind zudem moralisch nicht vertretbar“, sagte Luna.
In seinen Augen glitzerte der Übermut. „Was glaubt Ihr, werden die Chronisten einst über mich berichten? Dass ich ein unmoralischer Despot war?“
„Das hängt davon ab, was Ihr alles anstellt in Eurer Regierungszeit. Und die ist, so Gott will, noch recht lang, viel Zeit, den Schreibern Erfreuliches zu liefern.“
„Angenommen, ich kehrte von diesem Kreuzzug nicht zurück, was würdet Ihr schreiben, wenn Ihr Chronist wäret?“
Luna dachte eine Weile nach. „Ich würde schreiben: Federico war ein unzähmbarer Falke, der oft zu nahe an die Sonne flog. Ich würde schreiben: Er war ein Mann, über den die Welt staunte.“
„Stupor mundi?“ Seine Augen leuchteten auf. „Das Staunen der Welt? Das passt eher in ein Liederbuch als in eine Chronik. Aber es gefällt mir. Doch statt Falke schreibt besser: Adler.“
„Dafür seid Ihr zu jung.“
„Ein junger Adler.“ Er seufzte, als erinnerte er sich an den Gerfalken, der den König der Lüfte tötete. Das Licht warf flackernde Schatten auf sein Gesicht und ließ ihn müde aussehen.
„Was wünscht Ihr Euch, was sollen sie über Euch schreiben?“
„Die Wahrheit!“
Luna hob die Augenbrauen. „Die hat bekanntlich viele Gesichter.“
„Wie meint Ihr das?“
„Ein Chronist könnte schreiben: Der König erforschte den Einfluss der Sprache beim Heranwachsen von Kleinkindern. Ein anderer formulierte es so: Bei den grausamen Experimenten des Königs kamen Dutzende Säuglinge ums Leben. Beide hätten die Wahrheit geschrieben.“

„Ihr habt einen scharfen Verstand.“ Friedrichs Augen glitzerten. „Daher wisst Ihr, warum ich tun muss, was ich tue.“
„Trotzdem vermisse ich Demut.“
Friedrich sah sie erstaunt an. „Demut?“ Er strich sich die widerspenstigen Locken hinter die Ohren. „Was glaubt Ihr, wo die Menschheit stünde, wenn wir uns alle demütig gäben? Sie wäre verhungert, bei dem Versuch, dem Nächsten das größere Stück Brot abzugeben.“
Luna schwieg und schenkte Tee nach.
Eine Weile tranken sie schweigend. Von draußen drangen die Geräusche des Lagers herein, lauter als üblich, da der Aufbruch bevorstand.
Leise fragte er: „Wie haltet Ihr es mit der Liebe?“
„Welche Liebe meint Ihr?“
„Nicht die zu Eurem Sohn, das wisst Ihr genau.“
„Ihr seid wie ein Sohn für mich, Federico. Ihr wart ein kleiner Junge, als ich Euch zum ersten Mal traf.“
„Altersunterschiede sind mir nicht wichtig. Wie sonst könnte ich die Königin lieben?“
„Wenn Ihr sie liebt, warum redet Ihr dann mit mir über die Liebe?“
„Weil ...“ Er sah sie an wie ein sterbendes Reh. Dann seufzte er. „Ich hoffe nur, Florent weiß immer, was er an Euch hat. Und jetzt gestattet mir, ein letztes Mal Eure Hand zu halten!“
„Ihr seid nicht krank, Federico.“
„Ich weiß. Aber es gäbe mir Kraft für den Weg nach Jerusalem.“
Sie seufzte. Neben ihr auf dem Teppich saß der Junge aus den Straßen von Palermo. Sie mochte ihn mit all seinen Fehlern und Schwächen. Am Morgen würde er in den Süden ziehen, sie wusste nicht, ob sie ihn jemals wiedersah.
Er sah ihren Wankelmut, beugte sich vor, strich ihr das Haar aus der Stirn und küsste sie sanft auf den Mund. Sie ließ es geschehen, es fühlte sich nicht falsch an. Dann spürte sie

seine Hände, fest und warm griffen sie nach den ihren. Als tausche sich ihr Blut aus, strömten Kraft und Wärme von Hand zu Hand, sie schloss die Augen und ließ die Bilder kommen. *Tosende Wassermassen, knarrendes Holz, Dunkelheit, brüllender Sturm, schreiende Männer, eine Hand, ein Ring, ein grüner Edelstein, sieche Männer in Hängematten, weiße Umhänge, Wasser, überall Wasser, ein Kreuz auf weißem Grund. Schwanken, alles schwankt.*
Schmerzhaft riss sein schwerer Ring an ihrem Finger, als sie ihm ihre Hände entzog. Keuchend tastete sie um sich und stieß die Teetasse um.
„Luna?“ Seine Haut roch nach Amber und sein Atem nach Kräutertee. „Beruhigt Euch. Ihr seid hier bei mir und Eurem Jungen.“
Er griff nach der Tasse und schenkte nach. „Hier, trinkt.“ Dann fragte er: „Was habt Ihr gesehen?“
Sie schüttelte den Kopf. „Diese Vision hatte ich schon einmal. Lennard, der verletzte Knappe… Vollkommen sinnloses Zeug.“
„Das Bärenliebchen?“ Er runzelte die Stirn. „Was habt Ihr gesehen?“
„Glaubt mir, es ergab keinen Sinn. Wart Ihr jemals bei Sturm auf einem Schiff?“
„Nein.“
„Seht Ihr! Es war irgendein Albtraum.“
„Luna!“
Sie seufzte. „Als Lennard von der Bärin verletzt wurde, sah ich es auch. Ein heftiger Sturm. Ein Schiff in Seenot. Auf dem Schiff Männer, lauter kranke Männer in schaukelnden Hängematten.“ Sie spürte den Schlaf kommen. „Keine Ahnung, was das bedeutet. Jetzt lasst mich bitte allein.“
Er erhob sich und als er sich umwandte, schlief sie bereits auf dem Teppich. Er hob sie auf, legte sie zu ihrem Sohn auf das Lager und deckte sie sorgfältig zu. Eine Weile blickte er auf sie herab, verfolgte die blauen Äderchen an

der Schläfe, sah die Fältchen um ihre Augen, die hellen Wimpern, die Schatten auf die bleichen Wangen warfen. Wie so oft bedauerte er, dass er nie gelernt hatte, zu malen. Doch er konnte dichten.
Er steckte den Kopf aus dem Zelt und schickte den nächstbesten Diener nach Schreibzeug. Wenig später kam sein Schreiber Jakobus herbeigeeilt. „Ich brauche nur dein Werkzeug." Er riss dem verdutzten Mann Papier, Tintenfass und Federkasten aus der Hand. Zurück im Zelt, drehte er die Öllampe etwas heller.
„Florent, du kolossaler Glückspilz!", murmelte er, während er die schlafende Frau und das Kind betrachtete. Dann strich er den Bogen Papier glatt und tauchte die Feder in die Tinte.

Der Morgen schob rosa Schleierwolken über den östlichen Horizont, als Florent und seine Männer kurz vor Schongau, oberhalb des Lech, auf das Heerlager stießen. Vereinzelte Männer torkelten verschlafen aus ihren Zelten, standen hinter den Büschen zum Pinkeln. Knappen schürten das Feuer, um Wasser aufzusetzen. Eine Wache sahen sie nirgends, doch niemand nördlich der Alpen war Friedrich feind, seit nun auch sein Sohn Heinrich zum König gewählt worden war. Florent plagten Zweifel, als sein Blick über die Vielzahl an Zelten und die weit abgesteckten Koppeln rund um das Lager schweifte, die sich allmählich aus dem Morgendunst schälten. Wie sollten sie hier einen neunjährigen Knappen auftreiben, der nicht gefunden werden wollte? Er fragte sich zum Obersten des Lagers, dem Herzog von Baiern durch, schilderte ihm die Situation und bat, den Aufbruch der Ritter solange hinauszuzögern, bis sie den Jungen aufgestöbert hatten.
„So ein Teufelsbraten", kommentierte der Herzog amüsiert. „Kommt nach seinem Vater, was? Aber wie wollt Ihr ihn finden? Das Lager ist nicht gerade übersichtlich."

„Ehrlich gesagt – ich weiß es nicht. Er darf nicht von uns erfahren, damit er sorglos bleibt und sich nicht versteckt."
„Er liebt Murmeltiere über alles", sagte Lucio nachdenklich. „Wenn wir welche zur Schau stellen könnten, stünde er gewiss in vorderster Reihe."
Florent hob den Kopf. „Murmeltiere?"
„Mit Verlaub, Herr", meldete sich Lennard zu Wort. „Ich habe Verwandte hier in der Gegend. Gebt mir ein paar Stunden, mit meinen Neffen gemeinsam fange ich Euch welche."
Der Herzog von Baiern nickte anerkennend. „Ihr habt gute Männer, Accera. Ich würde sie Euch glatt abwerben, aber ich fürchte, sie unterstehen dem König. Schickt sie in die Berge und teilt mein Frühstück derweil mit mir. Viel ist es nicht, aber es reicht für zwei."
Florent sorgte dafür, dass Lennard und Lucio etwas Proviant in die Satteltaschen bekamen, dann sah er ihnen nach, bis sie zwischen den Zelten verschwanden.
Nach dem reichlichen Frühstück mit Schinken, würzigem Käse und frischem Brot wollte er hinaus, aber der Herzog hielt ihn zurück. „Wenn der Junge Euch sieht, war alles vergeblich. In diesem Tross kann er sich hervorragend verstecken. Als einfacher Knappe schläft er bei den Pferden und taucht solange unter, bis wir in Jerusalem sind."
„Wir setzen eine Belohnung aus. Irgendjemand wird ihn verraten."
„Wenn er davon erfährt und das Lager verlässt, sucht Ihr den Mistkäfer nicht mehr im Pferdeapfel, sondern im gesamten Misthaufen."
„Ihr habt recht", sagte Florent missmutig. Normalerweise sollte er gegen den Vergleich des kleinen Königs mit einem Mistkäfer aufbegehren, aber im Moment war er nicht gut auf ihn zu sprechen. Statt sich im Zelt an Luna zu schmiegen, hatte er die ganze Nacht im Sattel verbracht. Und die Aussicht, den Jungen in absehbarer Zeit zu finden, war denkbar schlecht. An die Möglichkeit, dass ihm etwas zugestoßen

war, wollte er noch gar nicht denken. Bis gestern hatte er nur die Vorteile seines zukünftigen Amtes gesehen, hatte sich darauf gefreut, mit Luna und Jonathan unbehelligt von Friedrichs Launen im Norden zu bleiben. Jetzt befürchtete er langsam, vom Regen in die Traufe zu kommen, denn der kleine König war längst nicht mehr das treuherzige Kind, das er mit einem Murmele glücklich machen konnte. Blieb zu hoffen, dass die Liebe Heinrichs zu den kleinen Pelztieren wenigstens heute noch einmal von Nutzen sein würde.
„Trinkt in Ruhe noch einen Schluck Wein“, tröstete der Herzog. „Ich gehe hinaus und teile meinen Heerführern mit, dass der Aufbruch verschoben wird.“
„Wie wollt Ihr die Verzögerung erklären?“
Der Herzog überlegte nicht lange. „Ich behaupte, wir warten auf den Haupttross. Ein Befehl des Königs, da fragt keiner nach.“
Der Haupttross mit dem König träfe tatsächlich spätestens morgen ein. Florent stellte sich vor, wie die Ebene dann mit Reitern, Wagen und Fußvolk überflutet würde. Wenn sie den Jungen bis dahin nicht fanden, glich ihre Suche tatsächlich der nach dem Käfer im Misthaufen.
Gegen Mittag kamen Lucio und Lennard zurück, letzterer mit einem Käfig am Sattelknauf, worin sich pelzige Nasen unter Knopfaugen drängten. Lennard ritt damit demonstrativ durchs Lager, lenkte sein Pferd zwischen den Zelten hindurch und schwadronierte über den Unterhaltungswert dieser Tiere, wenn man sie gezähmt und dressiert habe. Lucio zog die Kapuze tief ins Gesicht. Heinrich würde Gefahr wittern, wenn er ihn erkannte. Lennard dagegen brüstete sich lautstark, der beste Murmeltiertrainer jenseits der Alpen zu sein. Er lud alle ein, sich vor Sonnenuntergang am zentralen Platz einzufinden, um die Vorstellung zu erleben.
„Ich denke, du richtest Bären ab?“, rief einer der Ritter, an denen er vorbei kam.

„Normalerweise, ja“, konterte Lennard, „aber die passen so schlecht in den Vogelbauer.“ Er klopfte auf den Käfig an seinem Sattelknauf und die Murmeltiere fiepten erschrocken. Die Männer lachten und die zu erwartende Abwechslung sprach sich schnell herum.

Florent lief im Zelt des Herzogs auf und ab. Fünf Schritte hin, fünf zurück. Eben noch hatte er die beiden jungen Männer gelobt, weil sie binnen weniger Stunden mit Erfolg zurückgekehrt waren. Jetzt plagten ihn erneut Zweifel.

„Wie willst du die Vorstellung aufziehen?“, fragte er Lennard. „Hast du schon einmal mit Murmeltieren gearbeitet?“

Der junge Ritter schüttelte den Kopf. „Nein.“

„Er kennt sich besser mit den Bären aus“, frotzelte Lucio und deutete auf die lange Narbe an Lennards Oberarm. Dann wurde er ernst: „Wir müssen so lange wie nötig improvisieren.“

Der Herzog runzelte die Stirn. „Das muss klappen, wir haben nur einen Versuch.“

Lennard sah ihn niedergeschlagen an.

Florent atmete tief durch. „Durchlaucht, Ihr wisst, wie der Junge aussieht, einige Eurer Heerführer auch. Sie sollen das Publikum beobachten. Wer ihn erblickt, schnappt ihn sich.“

„Dann gehe ich jetzt, die Männer instruieren.“ Der Herzog verschwand.

Lennard seufzte. „Ich sehe nach den Tieren. Vielleicht kann ich sie noch überreden, mitzuspielen.“

Nach dem Abendessen versammelten sich die ersten Ritter auf dem zentralen Platz zwischen den Zelten. Lennard baute aus Brettern und Böcken eine Tafel auf, darauf platzierte er den Korb mit den Pelztieren. Sobald er den Käfig öffnete, würden sie in alle Richtungen davonstieben, ihre Nasen zitterten vor Angst. Er musste seine Zuschauer so lange wie möglich vor dem geschlossenen Käfig in den

Bann ziehen. Inzwischen stand auch der Herzog unter den Zuschauer.
Lennard holte tief Luft und begann: „Liebe Gäste, hochverehrter Herzog, verehrte Herren Ritter und Gefolge samt Geknapse, äh – ich meine Knappen.“ Hier lachten die ersten und Lennards Stimme gewann ein wenig Festigkeit. „Seid gegrüßt und bedankt, dass Ihr so zahlreich – wie viele seid Ihr eigentlich? Ihr könntet mehr sein, denke ich. Habt Ihr denn nicht alle benachrichtigt über dieses Spektakel der besonderen Art, zu dem ich ...“
„Fang endlich an!“, brüllte der Erste aus der locker herumstehenden Zuschauergruppe.
Florent spähte aus einem Riss in der Zeltbahn, den er ohne Wissen des Herzogs ein wenig vergrößert hatte. Es waren etwa zwei Dutzend Männer gekommen, die meisten Ritter fanden mit Sicherheit ein Kartenspiel verlockender als ein paar Pelztiere, die höchstens für wärmende Mützen taugten. Er suchte die Gruppe der Männer nach einem schmächtigen Neunjährigen ab. An der Seite sah er den Herzog stehen, zwei, drei Schritt daneben Lucio mit seiner tief ins Gesicht gezogenen Kapuze.
Ein schmaler Junge in schäbiger Kleidung drängte sich nach vorn, um den Käfig besser sehen zu können. Er trug eine Filzkappe bis über die Ohren gezogen. Lucio packte ihn an den Schultern und drehte ihn um. Der Junge fauchte entrüstet, seine dunklen Augen schielten in Richtung Nase. Lucio murmelte ihm etwas zu und schob ihn wieder nach vorn.
„Geduld, meine lieben Gäste, wir wollen doch die Tierchen nicht erschrecken. Ich möchte sie euch zunächst vorstellen.“ Lennard drehte den Käfig in alle Richtungen.
„Was quatschst du solange rum? Mach die Kiste auf, wir wollen die Pelzkragen laufen sehen!“, rief ein hagerer Ritter in der vordersten Reihe und erntete johlenden Beifall. Wie

die meisten der Männer im Lager hatte er den freien Tag mit ordentlich Met gefeiert.
„Gemach, mein Herr. Gewiss wollt Ihr die Darsteller des heutigen Abends näher kennenlernen. Ich möchte Euch etwas über das Wesen dieser putzigen Tiere erzählen, die seltsame Pfiffe ausstoßen, sodass man meinen könnte, es wären Vögel.“ Lennard gab sich redliche Mühe, auf seiner Stirn perlten bereits Schweißtropfen. Er warf fragende Blicke in Richtung Lucio, doch der hob nur die Schultern. Die Männer drängten um die Tafel, standen dicht an dicht, die Zuschauer in der zweiten Reihe waren schlecht zu erkennen.
„Keine langen Erklärungen, lass die Viecher raus!“
„Wir wollen sie tanzen sehen!“
„Und anschließend machen wir schöne Fellkragen aus ihnen, die wärmen uns beim Ritt über die Berge!“, schrie der Hagere und zückte ein kleines Messer. Begierig streckte er die Hand nach dem Käfig aus.
„Halt!“, schrien zwei Stimmen gleichzeitig. Die erste gehörte Lennard, der schützend seine Hand über den Bauer legte. Die zweite Stimme kam aus einer der hinteren Reihen und Florent erkannte sie sofort. Gleichzeitig sah er, wie sich Heinrich durch die Zuschauer zwängte und den Messerschwinger hart vor das Schienbein trat.
„Du wirst keinem Murmele ein Haar krümmen!“, rief er erbost. Er trug verschlissene Kleider, sein Gesicht war schmutzig. Aber seine Augen glühten, als er sich wild umblickte.
Während der Hagere laut fluchend sein Bein rieb, suchte Lennard Lucios Blick und öffnete den Käfig. Die herausflitzenden Pelztiere verursachten ordentlichen Tumult unter den angetrunkenen Rittern. Der Junge duckte sich unter den Pranken des wütenden Messerschwingers hinweg und lief Lucio genau in die Arme. Der packte ihn kurzerhand und

schleppte ihn so schnell ins herzogliche Zelt, dass kaum jemand Notiz davon nahm. Als Heinrich sich verdutzt umsah, stand er bereits Florent gegenüber.
„Nicht sehr kleidsam, was Ihr da tragt, Majestät!“, sagte der ernst. „Außerdem riecht Ihr streng.“
„Was wollt Ihr hier? Schickt Euch mein Vater?“
„Wer sonst? Habt Ihr gedacht, Ihr kämet einfach so nach Jerusalem? Noch dazu als Knappe?“
„Spätestens im Morgenland hätte ich gesagt, wer ich wirklich bin!“
„Und alle hätten sich gekrümmt vor Lachen und Euch gleich anschließend als Hochstapler gehängt!“
„Mein Vater hätte mich erkannt!“
„Junge, zu dem hätte man Euch gar nicht vorgelassen.“
Heinrich schob die Unterlippe vor. Diese Miene war Florent nur allzu vertraut. „Wenn Ihr König sein wollt und von anderen Gehorsam erwartet, müsst Ihr zunächst Gehorsam lernen, Heinrich. Aber das wird Euer Vater Euch selbst sagen wollen. Wir reiten zurück.“
„Nicht nötig“, sagte der Herzog, der im Hintergrund einen Boten empfangen hatte. „Der Haupttross ist in zwei Stunden hier, Ihr könnt warten.“
„Ich habe den Befehl, König Heinrich sofort zurückzubringen. Wir werden ihnen entgegenreiten.“
Florent rechnete dem Jungen hoch an, dass er nicht zu zetern anfing, sondern den Kopf senkte und sich würdevoll in sein Schicksal ergab. Er zog ihn zu sich in den Sattel, bedankte sich beim Herzog und ritt mit Lucio und Lennard den Weg zurück, den sie in der Nacht zuvor gekommen waren.
Tiefrot färbte sich der Himmel im Westen, als sie an einer Biegung des Lech auf den Haupttross stießen. Am flachen Ufer tränkten die Männer ihre Pferde, Wagen, Karren, Reiter und Fußvolk drängten sich auf dem sandigen Uferstreifen. Florent ritt auf den weißen Destrier zu, der in der einbrechenden Dunkelheit leuchtete.

Die Stimme seines Reiters drang durch die kühle Abendluft:
„Fahrt die Wagen weiter vor!"
„Lasst die Nachrückenden ans Wasser!"
„Den rechten Uferbereich nicht mit Pferden zertrampeln! Dort sollen die Wasservorräte aufgefüllt werden!"
„Konrad, zum Teufel, wo seid Ihr? Muss ich alles allein regeln?"
„Majestät, es kommen Reiter!"
Der weiße Hengst wurde herumgerissen und Friedrich kam ihnen entgegen. „Das wurde auch Zeit, Schwertmeister! Wo wart Ihr solange?"
Bevor Florent antworten konnte, sprang der König von Demone, zog Heinrich aus dem Sattel und drückte ihn an sich. Der Junge, der vor lauter Angst auf den letzten Meilen kein Wort gesprochen hatte, schluchzte auf. „Es tut mir leid, Vater. Ich wollte ..."
„Sei still! Du kannst bereuen, was du getan hast, aber du solltest niemals heulen. Wichtig ist, du bist gesund." Er hielt ihn auf Armeslänge von sich. „Du musst dich dringend waschen."
Auf einem langsam herankommenden Falben erkannte Florent die Königin, gefolgt von einer verschleierten Frau auf einer Zelterstute.
„Luna?", fragte Florent verblüfft.
Sie hatte den schlafenden Jonathan mit einem Tuch vor sich gebunden.
„Warum bist du nicht auf dem Lechfeld geblieben?"
„Ich konnte sie nicht dazu bewegen, dort auf Euch zu warten. Ich hätte sie fesseln müssen", sagte Friedrich sarkastisch.
Luna schlug ihren Schleier zurück und lächelte verhalten.
Konstanze rutschte aus dem Sattel und drückte Heinrich stumm an sich, während ihr Tränen über das Gesicht liefen.

Um sie herum knarrten Räder und knirschten Joche, klirrte Metall, schnaubten Pferde und riefen Männer sich Anweisungen zu. Im Hintergrund rauschte das Wasser und die Luft roch nach aufgewühltem Schlamm.
„Machen wir es kurz, Schwertmeister“, sagte Friedrich. „Auf dem Lechfeld warten Eure Männer. Wir müssen weiter, die Nacht bricht herein.“
Konstanze schluchzte auf, als Heinrich sich aus ihren Armen wand und zu Florent aufs Pferd stieg. Von der Seite trat jemand heran, eine rehbraune Hand klopfte auf sein Knie. „Leb wohl, Freund. Und übe das Schachspiel, damit du eine Chance hast, wenn wir uns wiedersehen.“ Assad zwinkerte ihm zu.
Florent drückte die Hand und fühlte zum ersten Mal echtes Bedauern über die Abreise des Königs. „Grüße das Morgenland von mir.“
„Wir brechen auf! Sammelt euch!“, brüllte Friedrich. Er trat an Florents Braunen heran und sah seinem Sohn in die Augen. „Ich verlasse mich auf Euch, König Heinrich. In Eure Hände gebe ich das nördliche Reich.“
Heinrich senkte den Kopf zu einer knappen Verbeugung. Assad half Konstanze auf ihren Falben, Friedrich stieg in Demones Sattel und sprengte nach vorn. An der Spitze des Trosses entfaltete sich eine weiße Fahne mit einem Kreuz knatternd im Wind.
Luna schlug ihren Schleier zurück und starrte auf das flatternde Tuch. „Das Kreuz!“, flüsterte sie. „Auf weißem Grund.“
„Was meinst du?“, fragte Florent.
Doch sie nahm ihn gar nicht wahr, sie trieb ihrer Stute die Fersen in die Weichen und lenkte sie nach vorn, entlang des langsam in Gang kommenden Trosses. Sie drängte Salta an der Leibwache vorbei und verstellte dem König den Weg. Demone schnaubte entrüstet und biss nach der Stute.
Friedrich zügelte ihn und sah sie fragend an. „Luna?“

„Es war ein Kreuzfahrerschiff!“
Er stutzte. „Was meint Ihr?“
„Die Vision. Die Fahne mit dem Kreuz. Die sterbenden Männer waren darin eingewickelt. Ein Kreuz auf weißem Grund. Auch bei Lennard sah ich dieses Schiff.“
Sie zögerte. „Ihr wart siech ...“
Friedrich beugte sich über Demones kräftigen Hals, sodass ihre Gesichter sich fast berührten. Hinter ihnen tänzelten die Pferde der Leibwache, der Tross zockelte an der Seite vorüber. Der Destrier und Salta standen ruhig nebeneinander, selbst Demone schien die Dringlichkeit des Augenblicks zu begreifen.
„Ich hatte bisher nie die Zukunft gesehen.“ Lunas Stimme zitterte. „Erst jetzt begreife ich ... Es wird einen Sturm geben, doch die Männer auf den Schiffen werden am Fieber sterben. Ich sah diesen Ring an Eurem Finger. Ein grüner Edelstein. Geht nicht auf diese Schiffe, Federico!“
Der König nahm ihre Hände und drückte sie an seine Lippen. Sein Gesicht war beinahe so weiß wie das ihre. „Ich danke Euch, Luna. Für alles.“ Nach kurzem Zögern zog er eine dünne Schriftrolle unter seinem Wams hervor, legte sie ihr in den Schoß und gab Demone die Sporen.
Vor dem glühenden Rot des Horizonts zeichnete sich der Heerzug ab wie ein schwarzer Wurm, selbst der leuchtend weiße Hengst des Königs verschmolz mit dem Grau der einbrechenden Nacht.

Dolce mia donna, lo gire
nonn è per mia volontate:
ch’e‘ mi convene ubidire
quelli che m’a ,m potestate.
Or ti comforta s’io vado,
e già nom ti dismagare,
ca per null’altra d’amare,
amor, te nom faleragio.

Nachklang und Dank

Zu den zahlreichen Talenten Friedrichs II. zählte tatsächlich die Dichtkunst. Etliche überlieferte Texte werden ihm zugeschrieben, bei drei Gedichten gilt es als gesichert, dass sie aus seiner Hand stammen. Eines davon gibt er Luna am Ende meiner Geschichte zum Abschied in die Hand. Es klingt meiner Meinung nach in italienischer Sprache am besten (die Originalsprache war allerdings Latein). Übersetzt ins Deutsche lautet es etwa so:

Süße Herrin mein, der Fortgang
geschieht nicht aus meinem Willen,
denn ich muss dem gehorchen,
der mich in seiner Gewalt hat.
Nun beruhige dich, wenn ich gehe,
und verzage auch nicht,
denn um keiner anderen willen werde ich
davon lassen, dich, Geliebte, zu lieben.

Friedrich schrieb gern in *volgare*, der italienischen „Ursprache", die sich aus dem Lateinischen entwickelte. Er gilt als einer der Förderer dieser Sprache.
Im Vorwort seines berühmten Werkes „Über die Kunst, mit Vögeln zu beitzen", schreibt Friedrich selbst: „*Es ist die Absicht dieses Werkes, die Dinge, die sind, so darzustellen, wie sie sind.*" Diesen hohen Ansprüchen muss ein historischer Roman wohl nicht genügen, denn zwischen den überlieferten Fakten ist stets noch genug Raum für die Fantasie. Wie zuvor bemühte ich mich auch in diesem Roman um historische Genauigkeit, was Lebensdaten und Schicksale der Personen angeht, die tatsächlich existiert haben. Doch um eine stimmige Geschichte zu erzählen, musste ich hier und da auch ein wenig schummeln, was die Leser mir verzeihen mögen. Wer mich kennt, der weiß, warum die Burg Lohra

Schauplatz meiner Romane sein muss. Ob Friedrich jemals auf Lare (Lohra) war, ist nicht überliefert. Ich halte es für denkbar, da die Grafen von Lare als enge Vasallen der Thüringer Landgrafen gelten und die Burg als nördlichste Hainleiteburg vor allem für die Strecke von Braunschweig zur Wartburg als Herbergsstation prädestiniert war.
Wieder einmal bin ich vielen Menschen dankbar, die mir geholfen haben, die vielschichtige, widersprüchliche und unendlich interessante Persönlichkeit dieses Stauferkönigs kennenzulernen und sein Schicksal zu recherchieren. Am Anfang meiner Nachforschungen hoffte ich noch, ihn verstehen zu lernen, aber daran sind vor mir selbst Historiker gescheitert. Mit Sicherheit ist es auch vermessen zu glauben, dies könne in der Rückschau gelingen, aus einer Zeit heraus, in der völlig ungleiche Lebensumstände unser Denken und Handeln anders beeinflussen, als es damals der Fall gewesen sein mag. Wer es dennoch versuchen möchte, dem empfehle ich die Bücher aus dem Verzeichnis im Anschluss.
Ich wollte Friedrich natürlich vor dem Hintergrund seiner Zeit, der Schauplätze seines Lebens und seiner Lebensumstände sehen. Dazu besuchte ich neben Aachen und Eger auch Sizilien und Apulien. Ich stand im Dom zu Palermo vor seinem Sarkophag (so dicht an ihm dran!), ich bestaunte die Mosaiken im Palazzo Reale. Überall im Süden Italiens fand ich seine Spuren. Der Anblick der achteckigen Festung Castel del Monte wird unvergessen bleiben – ein Bau voller Energie und Ästhetik.
Dank an Ron für die unzähligen Kilometer in und um Bari, für das Fahren nach Navi mit italienischen Anweisungen, die in unseren Ohren wie ein Schnellfeuergewehr klangen, auf den halsbrecherischen Autobahnen Siziliens und in Palermo, wo auch noch das Parken zum echten Abenteuer wurde.

Für die Möglichkeit, stolze Greifvögel aus nächster Nähe zu sehen, sie zu beobachten, die zierlichen Lederhauben, das Geschüh und ihre Funktion im wahrsten Sinne begreifen zu können, geht mein Dank an die Mitglieder des Landesverbandes Thüringen im Deutschen Falknerorden.
Danke an Susann und Carsten für den Dombesuch in Aachen, danke auch an den dortigen Gästeführer Gideon, der völlig unbürokratisch seinen Schlüssel nahm und mir die Empore mit dem Thron Karls des Großen zeigte, auf dem auch Friedrich gesessen hat (obwohl dieser Teil des Domes gerade geschlossen war). Er half mir, den Dom so zu sehen, wie er zu Zeiten Friedrichs aussah. Ich staune immer wieder, welch wunderbare und hilfsbereite Menschen ich während der Recherchen kennenlerne.
Danke immer wieder an mein eingespieltes Kritiker-Team: an meine Mutter, an Tina, an Janine, Reinhard und Stefan. (Was wäre das Manuskript ohne eure bunten Klebezettel?)
Danke an die Vorab-Leser aus der facebook-Gruppe „Historische Romane“, von denen einige das Manuskript teils über Nacht, teils akribisch über Wochen lasen und mir ihre Meinung zum Text schrieben. Viele Augen finden noch mehr Fehler. Danke an Eveline und an Doris, an Claudia, Judith, Helga und Bernd, deren Ratschläge dazu beitrugen, einzelne Szenen aus einem anderen Blickwinkel zu betrachten, unschöne Zeitsprünge zu füllen sowie kleine und große Denkfehler auszumerzen. Alles, was jetzt noch an Ungereimtheiten übrig ist, geht auf meine Kappe.
Wieder einmal musste meine Webseite aufwendig umgebaut werden. („Was, Mama, schon wieder?“) Danke Marius!
Bevor auch nur eine Zeile gelesen wird, verleiht das Cover dem Buch ein Antlitz. Dieses wunderbare Cover verdanke ich Ingeborg Helzle.
Nicht zuletzt geht meine Dankbarkeit natürlich an Sie, an euch, liebe LeserInnen. Ihr habt geduldig gewartet, das Buch zur Hand genommen oder auf den Bildschirm geladen

und euch bis hierher durchgekämpft. (Ich klammere hier die Wenigen aus, die ein Buch von hinten beginnen und sich jetzt ertappt fühlen müssten. Ja, ich könnte Namen nennen!)
Ihr habt Federico und Friedrich kennengelernt, den Falken und den Adler, und ihr versteht jetzt die Zeilen zu Beginn des Romans:

Sie werden ihn verfluchen.
Sie werden ihn lieben.
Wie wir.

Großwenden, September 2020, Johanna Marie Jakob

Weiterführende Literatur:

- Humbert Fink, Ich bin der Herr der Welt, List Verlag München 1986
- Ernst W. Wies, Friedrich II. von Hohenstaufen, Bechtel-Verlag München 1994
- Horst Stern, Mann aus Apulien, Kindler Verlag München 1986
- Hans Hoffmann, Kaiser Otto IV. und andere Herrscher auf der Harzburg, Verlag der Buchhandlung Hoffmann Bad Harzburg 1997
- Heinrich Heine, Geschichte der Stadt Nordhausen, Edition Nordhausen, 1. Reprintauflage 2019
-

Außerdem erschienen von Johanna Marie Jakob:

- Simone Knodel*, Adelheid von Lare, amicus-Verlag, 2004
- Simone Knodel*, Radegunde von Thüringen, amicus-Verlag, 2008
- Johanna Marie Jakob, Das Geheimnis der Äbtissin, Droemer Knaur 2012
- Johanna Marie Jakob, Das Erbe der Äbtissin, Droemer Knaur 2015
- Johanna Marie Jakob, Taterndorf, amazon, neobooks, tolino 2015
- Johanna Marie Jakob, Inhalt: Äußerst bedenklich, Verlag tasten&typen, ... 2018

*) Die ersten Romane von Johanna Marie Jakob erschienen unter diesem Namen.
Wer mehr erfahren, der Autorin schreiben oder sich über Neuigkeiten informieren will: www.johanna-marie-jakob.de

Printed in Germany
by Amazon Distribution
GmbH, Leipzig

21899946R00315